마리 앙투아네트
베르사유의 장미

마리 앙투아네트
베르사유의 장미

슈테판 츠바이크
박광자, 전영애 옮김

청미래

Marie Antoinette
by Stefan Zweig 1932

역자
박광자
서울대학교 문리대학 독문학과를 졸업하고 서강대학교에서 박사학위를 받았다. 지금은 충남대학교 교수로 있으며, 저서로는 「괴테의 소설」, 「헤르만헤세의 소설」, 「독일 여성작가 연구」 등이 있고, 역서로는 「소설 휠덜린」, 「벽」 등이 있다.

전영애
서울대학교 문리대학 독문학과를 졸업하고 같은 대학교 대학원에서 박사학위를 받았다. 지금은 서울대학교 교수로 있으며, 저서로는 「괴테의 도시 바이마르에서 온 편지」, 「독일의 현대문학」, 「카프카 나의 카프카」 등이 있고, 역서로는 「변신 시골의사」, 「나누어진 하늘」, 「카프카 프라하의 이방인」 등이 있다.

© 1979 도서출판 까치
© 2005 청미래

마리 앙투아네트 베르사유의 장미

저자 / 슈테판 츠바이크
역자 / 박광자, 전영애
발행처 / 도서출판 청미래
발행인 / 김실
주소 / 서울시 용산구 서빙고로 67, 파크타워 103동 1003호
전화 / 02 · 739 · 1661
팩시밀리 / 02 · 723 · 4591
홈페이지 / www.cheongmirae.co.kr
전자우편 / cheongmirae@hotmail.com
등록번호 / 1-2623
등록일 / 2000. 1. 18
초판 1쇄 발행일 / 2005. 9. 15
　　16쇄 발행일 / 2024. 2. 15
값 / 뒤표지에 쓰여 있음

ISBN 89-86836-21-1 03850

마리 앙투아네트 베르사유의 장미
차례

서문   9

어린 소녀를 결혼시키다   15
침실의 비밀   35
베르사유 데뷔   48
한마디 말을 둘러싼 싸움   60
파리 정복   81
국왕 붕어, 신왕 만세   92
국왕 부처의 초상   102
로코코의 여왕   117
트리아농 성   134
새로운 사회   148
오빠가 누이를 방문하다   158
어머니가 되다   171
왕비가 인망을 잃다   180
로코코 극장에 떨어진 벼락   194
목걸이 사건   210
재판과 판결   230
인민이 잠을 깨다. 왕비가 잠을 깨다   244
결정의 여름   253

친구가 달아나다　263
친구가 나타나다　273
그랬을까, 안 그랬을까?(막간의 의문)　285
베르사유에서의 마지막 밤　297
왕정의 상여　307
자각　316
미라보_　329
도주 계획　341
바렌으로의 도주　352
바렌의 밤　363
귀로　370
서로 속이다　381
친구가 마지막으로 나타나다　391
전쟁으로의 도피　401
마지막 비명　409
8월 10일　416
탕플　428

마리 앙투아네트 홀로　444
마지막 고독　454
콩시에르즈리　468
최후의 시도　476
끔찍한 치욕　486
심문이 시작되다　498
공판　505
마지막 길　522
만가　531

마리 앙투아네트 연보　539
저자 후기　543
역자 후기　551

서문

 마리 앙투아네트의 이야기를 쓴다는 것은 마치 검사와 변호사가 서로 상반되는 주장으로 팽팽하게 맞서 싸우며 100년이나 끌어온 소송을 속개시키는 것과 마찬가지이다. 왕권을 무너뜨리기 위해서 혁명은 왕비를, 특히 왕비가 가진 여자로서의 면모를 공격해야만 했다.
 진실과 정치가 한 지붕 밑에 사는 일은 드문 법이고, 선동을 목적으로 어떤 인물을 그릴 때에는 막일꾼과 같은 사람에게 정의란 별로 기대할 수 없는 법이다. 마리 앙투아네트를 기요틴으로 보내기 위해서는 어떤 수단, 어떤 비방도 불사했다. 모든 악덕, 모든 도덕적인 타락, 온갖 종류의 풍자가 각종 신문, 팸플릿, 서적을 통해서 마구 이 "오스트리아의 창부"에게로 전가되었다. 정의의 집이라는 법정에서조차도 국가의 검사가 격앙하여 "미망인 카페"(루이 16세의 처형 후 왕비를 경멸하여 부른 이름/역주)를 역사의 유명한 패륜녀 메살리나, 아그리피나, 프레데군디스와 비교했다. 그 뒤 1815년, 다시 부르봉가(家)의 한 사람(부르봉 왕정을 복고시킨 루이 18세/역주)이 프랑스 왕관을 썼을 때 돌연 결정적인 변화가 일어났다. 왕조에 아첨하기 위해서 마귀같이 그려놓았던 그림에 가장 윤이 나는 유화물감을 덧칠했던 것이다. 이 시기의 마리 앙투아네트에 대한 묘사는 향연(香煙)이 피어오르지 않은 것이 없고 성스러운 빛에 둘러싸이지 않은 것이 없다. 찬가가 쏟아져나오고, 마리 앙투아네트의 덕이 옹호되고, 그녀의 희생정신, 너그러움, 흠잡을 데 없는 영웅정신 등이 시와 산문으로 찬양되었다. 그리고 귀족들의 손이 눈물로 화려하게 짜낸 에피소드의 베일은 "순교 왕후"의 거룩한 용안을 감싸고 있다.

진실이란 대개 그렇듯이 중용에 가까이 있다. 마리 앙투아네트는 왕권주의의 위대한 성녀도 아니었고, 혁명의 "매춘부"도 아니었으며, 중간적인 성격에 유난히 영리하지도 유난히 어리석지도 않으며, 불도 얼음도 아니고, 특별히 선을 베풀 힘도 없을뿐더러 악을 행할 의사 또한 없는 평범하기 그지없는 여인일 뿐이었다. 마성(魔性)을 과시할 소양도 없고 영웅적인 행위를 이룰 의지도 없으며, 따라서 비극의 대상이 되기에는 적당하지 않은 인물이다. 그러나 역사라는 위대한 창조주는 감동적인 드라마를 고조시키기 위해서 영웅적인 인물을 주인공으로 삼을 필요를 조금도 느끼지 않는다. 비극의 긴장은 등장인물의 과도한 성격에서뿐만 아니라 한 인간의 운명과의 알력에서도 생긴다. 그것은 한 막강한 인간, 영웅이나 천재가 천부적으로 자기에게 주어진 사명에 비해서 너무나 협소하고 너무나 적대적인 주위 세계와 충돌할 때 생기는 법이다. 예컨대 나폴레옹 같은 인물이 세인트헬레나의 좁디좁은 감방에서 질식할 때, 또는 베토벤 같은 인물이 귀머거리 상태에 갇혀 있을 때이다. 언제 어디서든 자기에게 적당한 자(尺)와 분출구를 찾지 못하는 위대한 인물에게서 나타나는 법이다.

그렇지만 평범한 혹은 아주 나약한 천성의 인물이 엄청난 운명의 수렁에 빠져들었을 때, 또 무시무시한 개인적인 책임에 몰릴 때에도 비극은 발생한다. 필자는 이런 형태의 비극을 보다 인간적인, 보다 통절한 비극으로 생각한다. 비범한 인간은 무의식적으로 비범한 운명을 추구하므로 자신의 차원을 초월하려고 하는 그의 본성에는 영웅적으로 사는 것 혹은 니체의 말을 빌리면 "위험하게" 사는 것이 유기적으로 걸맞기 때문이다. 그런 사람은 자신에게 내재한 강한 요구에 의해서 완강하게 세계에 도전한다. 천재적인 인물이라는 그의 내면적 소명이 마지막 힘의 발현을 위해서 불의 시련까지도 신비하게 갈망하므로 그의 수난에 궁극적으로 책임이 없다고 볼 수 없다. 폭풍우가 갈매기를 가지고 놀 듯이 그의 세찬 운명은 그를 보다 강하게, 보다 높게 밀어올린다. 반면에 평범한 성격은 본디부터 평화로운 생활 형식에 자리 잡고 앉아 심한 긴장은 전혀 필요 없이 조용하게, 그늘 속 무풍지대에서, 따뜻한 운명의 품속에서 살고 싶어한다. 그래서 격변에 처했을 때, 눈에 보이지 않는 손이 와닿으면 경계하고 겁을 집어먹고 도망치게 된다. 그런 사람은 세계사적인 책임을 떠맡으려고 하지 않고 그렇게 될까봐 두려워한다. 그가 수난을 스스로 찾는 것이 아니다. 수난이 그에게 억지로 닥친다. 내면에서가 아니라 외부로부터 타고난 것 이상으로 더 위대해지라는 강요를 받는 것이다.

영웅이 아닌 사람, 보통 사람이 받는 이런 수난을 그 사람 스스로 이해할 안목이 없다. 필자가 보기에 이것은 진짜 영웅이 겪는 비장한 수난만큼이나 대단하다. 어쩌면 보다 감동적일 수도 있다. 왜냐하면 보통 사람이란 그런 수난을 혼자서 감내해야만 하며 예술가들처럼 고통을 작품이나 혹은 지속적인 다른 어떤 형태로 변용시키는 축복 속의 구원을 받지 못하기 때문이다.

그러나 운명은 더러 그런 평범한 사람도 뒤집어엎을 수 있고, 명령조의 주먹을 휘둘러 강압적으로 보통을 넘어 나아가도록 몰아가기도 한다. 마리 앙투아네트야말로 그러한 역사의 분명한 증거이다. 38년이라는 생애의 초반 30년 동안 이 여인은 무심한 길을 간다. 적어도 눈에 띄는 범위 안에서는, 그녀는 한 번도 선이든 악이든 평균치를 넘지 않았다. 미적지근한 인생이요 평범한 성격이며, 역사적으로 보면 처음에는 엑스트라에 불과하다. 쾌활하고 구김살 없는 그녀의 유희 세계 안으로 혁명이 밀어닥치지만 않았더라면, 미미한 이 합스부르크가(家)의 여인은 모든 시대의 수많은 여인들처럼 그저 그렇게 무심히 살아갔을 것이다. 춤추고 잡담하고 연애하고 웃고 화장하고 사람들과 만나고 적선도 하고 애를 낳고, 마지막에는 사람들의 마음속에 자취도 남기지 않고 조용히 임종의 침상에 누웠을 것이다. 왕비이므로 장렬하게 관대(棺臺)에 눕혀졌을 것이고, 국상이 치러졌을 것이다. 그런 다음에 마리 앙투아네트는 마리 아델라이데, 아델라이데 마리, 안나 카타리나, 혹은 카타리나 안나와 같은 수많은 다른 황녀들처럼 비정하고 차가운 묘비에 알아보기도 어려울 정도로 마멸된 글자를 남기듯이 「고타 연감」에 그 이름을 남기고 인류의 기억에서 사라졌을 것이다. 후세 사람은 결코 그녀의 모습, 그녀의 사라진 혼에 대해서 묻고자 하는 욕망을 느끼지 못했을 것이고, 아무도 그녀가 어떤 사람이었는지 알지 못했을 것이며 ── 이 점이 가장 중요하다 ── 시련이 없었더라면 프랑스 왕비 마리 앙투아네트 역시 자기가 어떤 사람이었는지 결코 알지도 느끼지도 못했을 것이다. 자신을 헤아려보려는 강한 욕구를 자발적으로는 느끼지 못하며, 운명이 묻기 전에는 자신에 대해서 물음을 던질 호기심도 가지지 못하는 것이 평범한 사람의 행복, 아니 불행이기 때문이다. 보통 사람은 자기의 여러 가지 가능성을 자기 내부에서 잠자게 하여, 실제로 몸을 지킬 필요가 생겨서 혼신의 힘을 짜내기 전에는 사용하지 않는 근육처럼 위축시켜 약해지도록 내버려둔다. 평범한 인물이 자신에게 가능할지도 모르는 어떤 것이 되기 위해서는, 그리고 어쩌면 자신이 이전부터 예견하고 느끼고 있었던 것 이상이 되기 위해서는 우선 자기 자신 밖으로 내쳐져야 한다. 그 목적을 위해서 운명이 쥐고 있는 것이 다름 아닌 "불행"이라는 채찍이다.

　예술가가 자신의 창조력을 확인하기 위해서 의도적으로 온 세계를 포괄하는 비장한 주제 대신 극히 사소한 주제를 찾듯이, 운명 또

한 가끔 존재가 미미한 주인공을 찾는다. 부서지기 쉬운 재료에서도 극도의 긴장을, 또한 나약하고 불만스러운 인물에서도 위대한 비극을 전개시킬 수 있다는 사실을 보여주기 위해서. 그런 비극, 본인이 원치 않았던 영웅을 다룬 가장 아름다운 비극들 중의 하나가 마리 앙투아네트이다. 여기서 역사는 얼마나 대단한 기술로, 얼마나 대단한 허구력으로, 또 얼마나 엄청난 긴장 가운데에서 이 평범한 인물을 그 드라마에 등장시켜 만들어나갔던가! 별로 효과적이지 못한 주인공을 둘러싼 주위의 법칙들을 얼마나 교묘하게 대비시켜놓았는지 모른다.

역사는 악마와 같은 간계로 이 여인을 망쳐놓았다. 어린아이일 때 벌써 궁정을 집으로 선물받았고, 성년이 채 되기도 전에 왕관을 썼다. 아직 어린 나이에 기품과 부의 모든 선물을 아낌없이 무더기로 쌓아주었으며, 게다가 이런 선물의 값과 가치에 의문을 품지 않는 경박한 마음을 덧붙여주었다. 오랫동안 역사는 이 지각 없는 여자를 호강만 시켜주어서 버릇없고 유약하게 만들어, 마침내 그녀는 감각이 무뎌져서 점점 매사에 무관심해졌다. 그러나 그토록 빠르고 쉽게 행복의 절정으로 끌어올렸던 만큼 운명은 그 뒤에 그녀를 그보다 더, 교활하리만큼 잔인하게 천천히 몰락시켰다. 이 드라마는 멜로드라마틱하게 극단적인 상황들을 서로 대비시켜 그 여인을 수백 칸의 궁에서 처참한 감방으로, 왕좌에서 단두대로, 유리와 금으로 만든 의장마차에서 초라한 박피공(剝皮工)의 수레로, 호사로움에서 궁핍으로, 온 세상의 은총에서 증오로, 승리에서 비방으로, 점점 깊이 가혹하게 맨 밑바닥까지 내던졌다.

호강에 겨워 유약에 빠져 있다가 갑자기 기습을 당하자 이 하찮은 인간, 평범한 인간, 물정 모르는 인간은 낯선 위력이 자기를 어떻게 하려는 것인지를 이해하지 못했다. 억센 주먹이 자기를 주무르는 것을 어렴풋이 느낄 뿐이었다. 고통받는 살 속에서 맹위를 떨치는 맹수의 발톱을 감지할 뿐이었다. 마지못해 당할 뿐 이 모든 고통에 익숙하지 않은 순진무구한 이 인간은 저항하거나 의지를 발휘할 엄두조차 내지 못하고 그저 신음하고 도피하고 벗어나려고 할 뿐이었다.

그러나 모든 것을 알고 있는 불행의 손길은 대상으로부터 극도의 긴장, 마지막 가능성을 빼앗기 전에는 물러나지 않는 예술가의 가차 없는 비정함을 지니고 있었으므로 마리 앙투아네트에게서 좀처럼 떠나려고 하지 않았다. 이 연약하고 무력한 영혼을 망치질로 단련하여 딱딱하고 견고하게 만들어놓기 전까지는, 부모와 선조들로부터 그녀의 혼 속에 불어넣어진 모든 위대한 것을 억지로 끌어내서 눈에 보이는 구체적 실체로 만들어놓기 전까지는 떠나려고 하지 않았다. 또 아직 한 번도 자기가 누구냐고 물어본 적이 없는 이 여자는 고통 한가운데서 깜짝 놀라 벌떡 일어서는 순간 마침내 변신한다. 외적인 힘이 끝을 고하는 바로 그때, 시련이 없었더라면 가능하지 않았을 무엇인가 새로운 것, 위대한 것이 내부에서 시작됨을 감지한다.

오만하고 동시에 감동적인 말이 그녀의 놀란 입에서 갑자기 흘러나온다. "불행 속에서 비로소 사람들은 자기가 누구인지를 알게 됩니다." 고통을 통해서 그녀가 살고 있는 하찮고 평범한 생이 후세에 하나의 보기가 된다는 예감이 그녀를 엄습한 것이다. 그리고 이런 보다 높은 의무를 인식하면서부터 그녀의 성격은 그 자체를 초월하여 성장한다. 필멸(必滅)의 형태가 부서지기 직전에 예술 작품, 영원한 예술 작품은 이루어진 것이다.

마리 앙투아네트, 이 평범한 여자가 생의 최후의 시간에 마침내 비극의 척도가 되고 운명처럼 위대해졌기 때문이다.

어린 소녀를 결혼시키다

수백 년 동안 합스부르크가(家)와 부르봉가(家)는 유럽의 패권을 앞에 놓고 독일, 이탈리아, 폴란드 등지의 여러 전장에서 계속해서 싸웠다. 그러나 마침내 양편 모두 지쳐버렸다. 마지막 순간, 이 오랜 적수는 그들의 끝없는 경쟁심으로 인해서 계속된 싸움이 결국은 다른 왕실들에게 길을 터주기 위한 일 이외에 아무것도 아니라는 사실을 깨달았다. 이미 섬나라 영국에서는 이교도 민족이 세계 제패를 향해서 손을 뻗쳤고, 신교를 믿는 마르크 브란덴부르크(프로이센을 말함/역주)도 강대한 왕국으로 성장했고, 반(半)이교국인 러시아도 세력권을 끝없이 확장할 준비를 했다. 양가의 국왕과 외교관들은 ── 항상 그렇듯이 너무 늦게서야 ── 중간에서 벼락 권세가들만 덕을 보는 숙명적인 전쟁 놀음을 계속 벌일 것이 아니라 평화를 유지하는 것이 좋지 않겠느냐는 의문을 품기 시작했다. 그리하여 루이 15세의 외무대신 수아죌과 마리아 테레지아의 고문 카우니츠가 동맹을 맺었다. 그리고 그들은 이 동맹이 임시방편으로 끝나지 않고 오래 지속될 수 있도록 합스부르크와 부르봉 두 왕가가 혈연을 맺자는 제안을 했다. 결혼할 수 있는 황녀로 말하자면 합스부르크가에는 언제라도 있었고, 이번 역시 어떤 나이든 마음대로 고를 수 있도록 준비가 된 상태였다. 처음에 대신들은 루이 15세를, 비록 나이는 할아버지뻘이나 되고 몸가짐이 의심을 받을 정도로 넘어서기는 했지만 합스부르크가의 황녀와 맺어주려는 생각을 했다. 그러나 "가장 크리스트교적이신 국왕"(프랑스 왕의 존칭/역주)께서는 애첩 퐁파두르의 침상에서 얼른 일어나 또다른 애첩 뒤바리의 침상으로 도망치고 말았다. 상처한 요제프 황제(마리아 테리지아의 아들, 아버지 사후에 어머니와 함께 공동 황제가 됨/역주) 역시 루이 15세의 과년한 세 딸 중 하나와 결혼하고 싶은 마음은 전혀 없었다. 이제 가장 자연스럽게 남은 방법은 루이 15세의 손자이자 장차 프랑스 왕위를 계승할, 성년이 되어가는 왕세자와 마리아 테리지아의 딸 한 명을 약혼시키는 제3의 결합이었다.

1766년 당시 열한 살이던 마리 앙투아네트가 이미 정식으로 천거되고 승인되자, 오스트리아 대사는 5월 24일 여제에게 똑 부러지는 어조로 이런 편지를 썼다. "폐하께서는 그 계획이 이미 확정된 것으로 여기셔도 무방하다고, 국왕(루이 15세/역주)께서 분명하게 언명하셨습니다."

그러나 외교관이라는 족속들은 간단한 일을 어렵게 만들고, 또 가장 중요한 관심사를 교묘하게 지연시키는 것을 자랑으로 삼지 않으면 모름지기 외교관이 아니라고 생각하는 모양이다. 양쪽 궁정을 오가는 음모가 개입되어 1년이 가고 2년이 가고, 3년째가 되는 해였다. 그런데 마리아 테리지아로 말하자면 자기가 증오를 품고 "괴물"이라고 불리는 프로이센의 프리드리히 대왕이 결국은 마키아벨리적인 간계를 써서 강국 오스트리아의 지위에 결정적인 영향을 미칠 이 계획을 좌절시키려고 하지나 않을까 두려워하고 있었다. 당연한 노파심이었다.

때문에 그녀는 프랑스가 행여라도 반쯤 해놓은 이 약속에서 발을 빼지 못하도록 애교와 열정과 술책을 동원했다. 직업 중매쟁이의 지칠 줄 모르는 끈기와 휘하 외교관들의 끈질긴 인내심을 총동원하여 끊임없이 황녀의 장점들만을 파리에 알리고 사신들에게는 온갖 의례와 선물을 퍼부었던 것이다. 그들이 베르사유에서 확실한 결혼 신청을 받아오도록. 어머니로서보다는 여제로서, 자식의 행복보다는 "가세(家勢)"의 확장을 더 생각했다. 왕세자가 아무런 재능도 없고 지능이 낮고 외모가 추할뿐더러 그지없이 둔감하다는 경고를 담은 전갈을 사신들이 보내와도 아랑곳하지 않았다. 왕비만 된다면 굳이 행복해질 필요가 있겠는가? 마리아 테레지아가 협정과 편지로 조급하게 재촉하면 할수록 노회한 국왕 루이 15세는 더욱 신중하게 행동했다. 3년 동안 황녀의 초상과 소식을 보내면서 원칙적으로 결혼 계획에 애착을 가지고 있음을 밝혔다. 그러나 오스트리아를 구제할 청혼을 발설하지는 않았다. 자신을 묶어두지 않으려는 것이었다.

아무것도 모르는 이 중한 국사의 담보, 열한 살이 된 마리 앙투아네트는 그 사이 열두 살, 열세 살이 되어감에 따라 화사하게 자라나 우아하고 날씬하고 누가 봐도 예쁜 모습으로 형제, 자매, 친구들과 어울려 쇤브룬 궁의 정원과 방에서 쾌활하게 뛰어다니며 놀았다. 공부나 책, 교양 따위와는 아예 담을 쌓았다. 천성적인 애교와 쾌활한 말괄량이 기질로 교육 담당 가정교사와 성직자들을 능수능란하게 마음대로 움직일 수 있었다. 그녀는 공부시간을 멋대로 빼먹었다. 국사에 분주한 탓에 아이들의 생활에는 조금도 마음을 쓸 여유가 없었던 마리아 테레지아는 어느 날 장래의 프랑스 왕비가 될 마리 앙투아네트가 열세 살이 되도록 독일어도, 프랑스 어도 제대로 쓸 줄 모를뿐더러 역사와 일반 교양에서도 수박 겉핥기 정도의 지식조차도 습득하지 못했다는 사실을 알고 충격을 받았다. 음악 방면 역시 글루크(작곡가/역주) 못지않은 선생이 피아노 교습을 했는데도 신통치가 않았다. 막바지에 이르러 이제까지 하지 못한 교육을 다시 해야 했다. 놀며 세월을 보낸 게으른 마리 앙투아네트를 교양 있는 숙녀로 만들어놓아야만 했다. 장래의 프랑스 왕비에게 무엇보다도 중요한 것은 품위 있게 춤추고 훌륭한 악센트로 프랑스 어를 하는 것이었다. 이런 목적을 위해서 마리아 테레지아는 황급히 위대한 무도의 대가 노베르와 빈에 와 있는 프랑스 극단의 배우 2명을 고용하여, 1명은 발음을, 1명은 노래를 가르치게 했다. 그러나 프랑스 사신이 이 사실을 부르봉가 궁정에 보고하자 곧 베르사유로부터 분노의 신호가 왔다. 프랑스 왕비가 될 여자가 희극배우 나부랭이의 가르침을 받아서는 안 된다는 것이었다. 급히 새로운 외교 협상이 개시되었다. 왕세자의 신부로 천거받은 사람의 교육을 베르사유에서는 이미 자신의 관심사로 간주했기 때문이다. 오랫동안 교섭이 오간 끝에 오를레앙 주교의 추천으로 베르몽이라는 수도원장을 가정교사로 빈에 파견했다. 그가 처음으로 이 열세 살짜리 황녀에 대해서 믿을 만한 보고를 했다. 그는 이 아이가 매력적이고 호감이 간다고 느꼈다. "황홀한 용모에는 상상할 수 있는 모든 기품이 가득 담겨 있습니다. 더 자라면 고귀한 공주님에게서 바랄 수 있는 모든 매력을 갖추시게 되리라고 기대해도 좋겠습니다. 성격과 성향도 탁월합니다."

그렇지만 정직한 수도원장은 학생의 실제 지식과 향학열에 대해서는 매우 신중하게 표현했다. 사실 놀기만 하면서 자랐고, 산만하고, 제멋대로이고, 말괄량이인 어린 마리 앙투아네트는 이해는 빨랐지만, 어떤 대상에 진지하게 골몰하는 구석이라곤 조금도 보이지 않았다. "오랫동안 사람들이 생각해왔던 것보다는 지능은 높습니다. 그렇지만 유감스럽게도 이 지능은 열두 살이 되도록 개발되지 못했습니다. 게으르고 경솔하기 때문에 가르치기가 어렵습니다. 6주일 동안 저는 문예의 기본적인 것부터 가르치기 시작했습니다. 잘 이해하고 바르게 판단했으나 대상을 보다 깊이 꿰뚫어보게 할 수는 없었습니다. 그런 능력이 있는 것처럼 생각되는데도 말입니다."

이렇게 지능은 높은데도 생각하려고 들지 않고 근본적인 대화는 지루해하며 건성으로 지나치려고 드는 태도에 대해서 10년, 20년이 지난 뒤에도 모든 정치인들은 거의 같은 말로 개탄하게 된다. 이 모든 것을 할 수 있을 텐데도 아무것도 진정으로 하려고 하지 않는 성격상의 모든 위험이 열세 살 소녀에게서 이미 명백하게 드러나고 있었던 것이다.

그러나 프랑스 궁정은 소실 천하가 된 이래, 여인의 내적인 충실보다는 겉으로 드러나는 자태를 더 높이 평가했다. 마리 앙투아네트로 말하자면 예쁘고 어디에 내놓아도 손색이 없으며 품위 있는 성격을 갖추고 있었다 —— 그만하면 충분했다. 그리하여 1769년에는 오랫동안 고대하던 루이 15세의 편지가 마리아 테레지아에게 왔다. 국왕은 장중하게 장래의 루이 16세인 자기 손자를 대신하여 어린 황녀에게 구혼을 한 다음 결혼 날짜를 다음 해 부활절로 정하면 어떻겠느냐고 제안했다. 마리아 테레지아는 기쁨에 넘쳐 찬성했다. 슬프게 체념하고 있던 여인에게 근심으로 마음 졸이던 몇 해가 지나자 다시 한 번 환한 순간이 찾아든 것이다. 그녀에게는 이제 제국의 평화와 유럽의 평화가 보장된 것만 같았다. 전령과 급사(急使)를 보내 모든 궁정에다가 합스부르크가와 부르봉가가 적대 관계에서 벗어나 영원히 피로 맺어진 친척이 되었음을 알렸다. 다시 한 번 합스부르크가의 가훈이 확인된 것이었다. "제3자로 하여금 싸우게 하라, 그래도 다행스런 오스트리아여, 그대는 혼인하라."

외교관들의 임무는 성공적으로 끝났다. 그러나 그것은 아무것도 아니었다. 루이 15세와 마리아 테레지아를 화해시킨다는 약정으로 합스부르크가와 부르봉가를 설득시키는 일은, 이 거국적인 축제를 거행할 때 프랑스와 오스트리아의 궁정과 가문의 서로 다른 의식을 통일시켜야 하는 예견하지 못했던 어려움에 비하면 아이들의 장난에 지나지 않았다. 양측의 수석 궁내 대신과 기타 질서광들이 이 엄청나게 중요한 결혼식 축연의 원안을 조목조목 작성하는 데만도 꼬박 1년이라는 시간이 걸렸다. 하지만 중국 사람들이 따지는 복잡한 예절에 비하면 번개 같은 1년이요, 12개월밖에 안 되는 1년에 불과했다. 프랑스의 왕위 계승자가 오스트리아의 황녀와 결혼한다 ── 이 얼마나 세계적인 의전 문제가 터져나올 수 있는 절호의 기회인가, 하나하나의 세부사항은 또 얼마나 깊이 심사숙고해야 할 문제들인가, 수백 년 묵은 서류를 연구해야 했다. 피하지 않으면 다시는 돌이킬 수 없게 될 실수는 또한 얼마나 많겠는가! 베르사유와 쇤브룬 궁에서 관습의 신성한 수호자들이 밤낮으로 협상을 했고, 제안과 또 거기에 대한 대안을 들고 급사들은 마치 화살처럼 양쪽을 오갔다. 그도 그럴 것이, 한번 생각해보라. 이 고상한 기회에 서열을 뽐내려는 유럽 명문가들 가운데 하나라도 자신의 허영심에 손상을 입게 된다면 정말 어떤 재앙이, 7년전쟁(슐레지엔〔폴란드 남부〕 영유권을 둘러싼 프리드리히 대왕과 마리아 테레지아의 전쟁/역주)보다 더 고약한 재앙이 발생할지도 모르지 않는가. 라인 강 동서 양쪽에서 토의에 토의를 거듭한 무수한 문제들은 이런 것이었다. 예컨대, 결혼 약정서에 오스트리아 여제의 이름을 먼저 쓸 것인가. 누가 먼저 서명할 것인가, 무슨 예물을 주고받을 것인가, 지참금은 얼마로 할 것인가, 누가 신부를 데리고 갈 것인가, 누가 신부를 맞을 것인가, 궁신, 여관(女官), 무관, 근위기병, 상하 궁인, 이발사, 고백신부, 의사, 서기, 궁정 비서관, 세탁부는 몇 명이나 있어야 국경까지 가는 오스트리아 황녀의 결혼 행렬에 제격이겠는가. 그리고 국경에서 베르사유 궁전까지 이 프랑스 왕위 계승자의 신부를 모셔오는 행렬은 몇 명의 인원이어야 할 것인가 따위의 문제는 가히 박사학위 논문의 난해한 문제들에 필적했다. 그러나 가발 쓴 양쪽의 점잖은 고관들은 오랫동안 기본 문제의 기본 골격조차 합의를 보지 못하고 있었다. 그러나 양국의 궁신들과 그 부인들은 벌써 결혼 행렬에 참여하는 것이든 맞아오는 것이든 그 영광을 허락받기 위해서 마치 거기에 낙원의 열쇠라도 달린 듯이 서로 경쟁을 했다. 모두 케케묵은 고문서까지 들추어내어 자신의 권리를 주장했으므로 의전관들은 갤리 선을 젓는 노예들처럼 노력했지만 1년이 지나도록 누구에게 우선권을 주고 누구에게 궁정 출입을 허가하느냐 하는 그지없이 중요한 문제들을 마무리짓지 못했다. 마지막 순간에는 더 이상 그런 것들을 다룰 시간이 없었기 때문에 진저리나는 의전 문제를 끝맺기 위해서 알자스 귀족의 소개 같은 것 따위는 프로그램에서 빼기로 했다. 만일 국왕이 명령을 내려 결혼 일자를 정하지 않았더라면 오스트리아와 프랑스의 예식집행 위원들은 지금까지도 결혼식의 "정통적인 형식"에 관해서 합의하지 못했을 것이고, 왕비 마리 앙투아네트도, 어쩌면 프랑스 혁명까지도 없었을 것이다.

프랑스고 오스트리아고 간에 절약이 절실히 필요했는데도 불구하고 의식의 호사와 사치는 극에 달했다. 합스부르크가는 부르봉가에 뒤지려고 하지 않았고, 부르봉가는 부르봉가대로 합스부르크가에 뒤지려고 하지 않았다. 빈에서는 프랑스 사절단을 위한 궁이 손님 1만 5,000명을 수용하기에는 너무 협소한 것으로 드러나 수백 명의 노동자들을 동원하여 매우 급하게 증축을 서두른 반면 베르사유에서는 같은 시각에 결혼 축하연만을 위한 오페라 홀을 준비했다. 왕실을 드나드는 상인들, 왕실 재단사, 보석상, 의장마차 제조공은 이쪽에서도 저쪽에서도 좋은 시절을 만났다. 황녀를 데려오기 위해서 루이 15세는 파리의 궁정 가구상 프랑시엥에게 전례 없이 사치스러운 마차를 2대 주문했다. 값비싼 목재에 반짝이는 유리, 내부는 벨벳으로 씌우고 외부는 아낌없이 그림들로 장식하고 지붕은 온통 관(冠)으로 덮었다. 이렇게 호사스러웠을 뿐만 아니라 살짝 당기기만 해도 날개라도 단 듯이 탄력 있게 굴러가는 그런 마차였다. 왕세자와 궁신들을 위해서는 새 예복을 지어 값비싼 보석을 박았고 당대의 가장 훌륭한 다이아몬드 "대(大)피트"가 루이 15세의 혼례용 예모를 장식했다.

한편 마리아 테레지아도 똑같이 사치스럽게 딸의 혼수를 장만했다. 마린에서 특별히 짠 매우 섬세한 리넨, 실크, 보석으로 장식한 레이스 등이었다. 마침내 사신 뒤르포가 구혼자의 자격으로 빈에 도착했다. 이는 구경이라면 만사를 제쳐놓는 빈 사람들에게 더할 나위 없는 구경거리가 되었다. 육두 의장마차가 48대, 그 가운데 요술 작품 같은 유리마차 2대가 온갖 꽃으로 장식된 길을 지나 천천히 위엄 있게 궁성을 향해갔다. 구혼자를 수행하는 경호원과 마부 117명의 새 제복에만 해도 금화 10만7,000두카텐(옛 유럽 금화/역주)이 들었다. 경비는 모두 35만 두카텐 이상이 들었다. 이 시각부터 축제가 잇달아 열렸다. 공식적인 구혼 의식, 마리 앙투아네트가 복음서를 앞에 놓고 오스트리아 인으로서의 권리를 포기하는 장중한 의식, 십자가상과 타오르는 촛불, 궁정과 대학의 축하인사, 군대의 퍼레이드, 3,000명이나 수용한 망루에서의 영접과 무도회, 리히텐슈타인 궁에서 열린 1,500명을 위한 답례 영접과 만찬 그리고 끝으로 4월 19일에 아우구스트 교회에서 "대리권에 의한" 혼인 체결식이 열렸다. 여기서는 오스트리아 페르디난트가 왕세자를 대리했다. 그리고서도 또 정성 어린 가족 만찬이 있었고 21일에는 장중한 이별, 마지막 포옹을 나눴다. 그리고는 경외심에 가득 찬 도열을 지나 프랑스 국왕이 보낸 의장마차를 타고 오스트리아의 황녀였던 마리 앙투아네트는 자기의 운명을 향했다.

  마리아 테레지아는 딸과의 이별이 참으로 마음 아팠다. 합스부르크가의 가세를 넓히기 위해서 노쇠하고 지친 여인은 여러 해 동안 이 결혼을 성사시키려고 애써왔다. 하지만 막상 마지막 순간에 이르자 그녀 자신이 자식에게 정해준 운명이 근심을 안겨주었던 것이다. 편지나 생활을 깊숙이 들여다보면 이 비극적인 여황제가 지켜온 왕좌는 사실 오래 전부터 무거운 짐일 뿐이었음을 알 수 있다. 끊임없이 계속되는 전쟁 속에서 그녀는 프로이센과 터키, 동방과 서방에 대해서, 결혼으로 맺은, 어떤 의미에서는 인위적인 이 제국을 하나의 통일체라고 무한히 애쓰며 주장해왔다. 그러나 그것이 외적으로 보장되는 바로 이 순간 용기가 꺾이는 것이었다. 온 힘과 열정을 다 바쳐온 자기의 제국이 후대에 이르면 붕괴되어 산산조각이 나고 말 것이라는 기묘한 예감이 이 존경할 만한 여인을 괴롭혔다. 거의 예언자 같은 투시력을 가진 이 여자는 우연히 얽힌 여러 민족의 혼합체인 이 제국이 얼마나 허술하게 결합된 채 지탱되고 있는가를 그리고 얼마나 조심스럽게 신중해야만, 얼마나 영리한 수동적 태도를 취해야만 이 제국의 존속을 연장시킬 수 있는가를 알고 있었다. 그러나 그녀가 근심하며 불안하게 시작한 일을 누가 계승해나갈 것인가? 자기 자식들에 대한 실망이 그녀에게 카산드라(그리스 신화에 나오는 여자 예언자. 아폴론의 구애를 거절해서 예언하는 힘을 잃고 트로이 함락 후 살해됨/역주)의 정신을 일깨웠다.

자녀들은 모두 어머니의 본성 가운데 가장 고유한 힘인 끈질긴 인내, 서서히 확실하게 계획하고 관철하는 의지, 포기할 줄 알고 현명하게 자제할 줄 아는 능력이 없었다. 그 대신 로트링겐가 출신인 부친〔프란츠 슈테판〕의 뜨겁고 불안한 피가 그들의 몸속에서 끓고 있음이 확실했다. 때문에 그들은 모두 순간의 즐거움을 위해서라면 눈에 보이지 않는 가능성 따위는 언제라도 파괴할 듯한 태세였다. 진지하지 못하고, 믿음이 없으며, 순간의 만족을 위해서 애쓰는 소인들이었다. 아들이며 공동 통치자인 요제프 2세만 하더라도 왕세자 특유의 성급함에 사로잡혀 그녀가 평생 적의를 품고 경멸해온 프로이센의 프리드리히 대왕에게 아첨을 하며 달라붙고 게다가 경건한 구교도인 그녀가 반크리스트적이라고 적대했던 볼테르와도 희희낙락 놀아나고 있었다. 왕관을 물려주려고 마음먹었던 황녀 마리아 아말리아 역시 파르마로 시집을 가자 곧 그 경박함으로 온 유럽을 놀라게 하는 터였다. 두 달도 지나지 않아 재정을 문란하게 하고 나라를 흔들어놓고 정부들과 정신 없이 즐기고 있었다. 나폴리에 있는 다른 딸도 그리 명예롭지 못한 짓을 하기는 마찬가지였다. 여러 딸 중 그 누구도 진지함이나 윤리적인 엄격함은 소유하지 못했던 것이다. 이 위대한 여제가 모든 사생활, 기쁨, 가벼운 향락을 희생하면서 이루려고 했던, 의무에 충실하고 희생적인 노력으로 이루려고 했던 역사적인 과업은 이제 아무런 의미도 없이 끝나는 것처럼 느껴졌다. 내키는 대로 하자면 수도원으로 도망치고 싶은 심정이었다. 그러나 덤벙거리는 아들이 경솔하게도 그녀가 이루어놓은 모든 것을 머지않아 파괴하고 말리라는 확실한 예감 때문에, 이 노령의 여전사는 벌써부터 들고 있기가 피곤한 왕홀을 다시 한 번 굳게 쥐었다.

사람의 성격을 꿰뚫어보는 능력을 지닌 이 여인은 마리 앙투아네트가 막내둥이라고 해서 착각에 빠져 있지는 않았다. 막내딸의 장점들 —— 성품이 아주 여리고, 인정이 많고, 활달하고, 명민하고, 꾸밈이 없고, 온순하다는 것을 알고 있었지만, 또한 여러 가지 위험들 —— 미숙, 경박, 무위도식, 산만함 같은 것도 익히 잘 알고 있었다.

자식에게 보다 가까이 가기 위해서, 마지막 순간에도, 잘 흥분하는 말괄량이를 왕비감으로 만들기 위해서, 그녀는 마리 앙투아네트를 프랑스로 떠나기 전 두 달 동안 자기 방에서 재웠다. 높은 지위에 대비하게 하려고 딸과 오랜 대화를 나눴다. 또한 하늘의 도움을 받기 위해서 딸을 데리고 마리아첼까지 순례도 다녀왔다. 그 사이 이별의 순간은 조금씩 더 가까이 다가왔고, 그럴수록 여제는 점점 더 불안해졌다. 뭔지 모르지만 하여간 어떤 어두운 예감이 그녀를 심란하게 했다. 다가오는 재앙의 예감이. 그녀는 이 어두운 힘이 뚫고 나오지 못하도록 있는 힘을 다 기울였다. 떠나기 전, 그녀는 마리 앙투아네트에게 상세한 행동 지침서를 주었다. 이 부주의한 아이에게서 매달 그 지침서를 꼼꼼하게 통독하겠다는 맹세까지 받았다. 그리고 공식적인 서신 외에도 루이 15세에게 따로 개인적인 편지를 띄워 이 열네 살 소녀가 어린아이처럼 진지하지 못한 점을 너그럽게 봐달라며 노숙한 여인으로서 노숙한 남자에게 간절히 당부했다. 그런데도 그녀의 불안은 여전히 가라앉지 않았다. 마리 앙투아네트가 베르사유 궁전에 채 도착하기도 전에 벌써 여제는 그 각서에 적었던 조언을 구하라는 글귀를 다시 한 번 되뇌었다. "사랑하는 딸아, 매월 21

일에는 행동 지침서를 읽어야 한다는 것을 잊지 말아라. 내 소원을 생각하여 꼭 지키도록 하여라. 부탁이다. 네게서 걱정되는 점은 다름이 아니라 네가 기도와 독서를 게을리 하고, 경망하고 태만해지지 않을까 하는 것이다. 그렇게 되지 않도록 자신과 싸우거라 —— 그리고 멀리 떨어져 있다고 하더라도 숨이 끊어질 때까지 너로 인해서 마음 졸이는 이 어미가 있다는 사실을 잊지 말아라." 온 세상이 딸의 승리를 환호하는 동안, 이 늙은 여인은 교회에 가서 그녀 혼자만이 예감하는 재앙을 막아달라고 신에게 기도했다.

거대한 기마 행렬 —— 역참에서마다 바꿔타야 할 말 340필 —— 이 무수했던 축제와 영접을 뒤로 하고 천천히 북부 오스트리아와 바이에른을 지나 국경에 가까이 다가가고 있을 때, 켈과 스트라스부르 사이에 있는 라인 강 줄기의 한 섬에서는 목수들과 실내 장식공들이 희귀한 집을 짓느라고 망치질에 여념이 없었다.

이 섬에 베르사유와 쇤브룬의 수석 궁내 대신들이 최고의 대안을 내놓았기 때문이다. 그 경위는 신부를 인도하는 장엄한 의식이 오스트리아 영토에서 이루어져야 할 것인지 프랑스 영토에서 이루어져야 할 것인지 끝없이 논의하던 끝에 그들 중에서 재치 있는 한 사람이 마치 솔로몬 대왕과 같은 해결책을 내놓았다. 곧 프랑스와 오스트리아 사이를 흐르는 라인 강 가운데 사람이 살지 않는 조그만 모래섬 하나에다가 이 화려한 인도식을 위해서 목조 가옥을 짓자는 것이었다. 이 집은 중립성의 기적이라고 할 만한 것으로, 마리 앙투아네트가 아직 황녀 신분으로 발을 디딜 부속실 두 개는 동편 라인 강 쪽에, 의식이 끝난 뒤 프랑스 왕세자비가 되어 발을 디디고 떠날 부속실 두 개는 서편 라인 강 쪽에 그리고 그 한가운데에다가 황녀가 결정적으로 프랑스 왕위 계승자의 아내로 변신하는 장엄한 인도식이 열릴 커다란 홀을 설계했다. 대주교 궁에서 값비싼 장식 융단을 가져다 급히 지은 나무벽을 덮고, 스트라스부르 대학에서는 천개(天

蓋)를 빌렸고, 부유한 스트라스부르 시민들은 최고급의 멋진 가구들을 내놓았다. 이런 고상하고 호사스러운 성역에 평민이 발을 들여놓을 수 없는 것은 자명한 일이었다. 하지만 어디서나 은화 몇 닢은 파수꾼을 친절하게 만들 수 있었다. 마리 앙투아네트가 도착하기 며칠 전 젊은 독일 대학생 몇 명이 호기심을 참지 못해서 반쯤 지어진 이 집 속으로 살그머니 숨어들었다. 그런데 그중 유별나게 키가 크고, 거침없는 열정적인 눈길과 남자다운 이마 위에 천재의 빛이 번쩍이는 한 학생이 라파엘을 모방하여 만든 고블랭 천을 혼이 나간 듯 한참 동안 바라보고 있었다. 방금 스트라스부르 대사원에서 고딕 정신의 계시를 보고 온 이 젊은이에게 고블랭 천에 대해서도 고전 예술을 이해하듯이 똑같은 애정을 가지고 이해하고 싶은 질풍 같은 욕구가 일어났다. 그는 뜻하지 않게 자신에게 열린 이 이탈리아 대가의 미의 세계를 언변이 그보다 못한 친구들에게 열광적으로 설명했다. 그러다가 갑자기 멈췄다. 언짢은 기색이 돌더니 방금까지 불타오르던 눈길 속에, 굵고 짙은 눈썹 위에 노기가 어렸다. 이 벽장식 융단에 그려진 그림이 결혼 축제와는 도저히 어울리지 않는 전설, 불행한 혼인의 전형, 이아손과 메데이아와 크레우사의 이야기(황금양모를 찾아 떠났다는 아르고 선에 얽힌 그리스 전설 중의 복수극. 이아손은 공주 메데이아의 도움으로 황금양모를 얻었으나 후에 메데이아와 아이들을 버리고 크레우사에게로 가자 메데이아가 복수함/역주)를 담고 있다는 사실을 깨달았기 때문이었다.

"아니, 이게 무슨 변고란 말인가" 하고 이 천재적인 젊은이는 둘러선 친구들의 놀라움에는 아랑곳하지 않고 커다란 소리로 외쳤다. "이렇게 경솔할 수가. 첫발을 들여놓는 젊은 왕비님께서 저 옛날의 이 끔찍스러운 혼례의 복수극을 보게 하다니! 프랑스 건축가, 장식가, 실내 장식가 중 이 그림이 무엇을 상징하는지를 이해하는 사람이 한 사람도 없단 말인가? 그림이라는 것이 감각과 감정에 작용한다는 것을, 인상을 주고 예감을 불러일으킨다는 것을 아는 사람이

한 사람도 없단 말인가? 이는 아름답고 생기발랄하다는 소문이 자자한 신부를 맞으러 흉칙한 괴물을 국경으로 보내는 것과 마찬가지가 아닌가?"

친구들은 간신히 진정시켜 끌어내다시피하여 이 정열적인 학생 괴테 —— 이 젊은 학생이 바로 괴테였다 —— 를 밖으로 데리고 나왔다. 그러나 곧 혼례 행렬이, "큰 물결을 이룬 호화찬란한 행렬"이 밀려와, 꾸며놓은 이 공간은 명랑한 이야기, 즐거운 생각으로 흥건해졌다. 불과 얼마 전에 한 시인의 예언자다운 눈이 이 오색찬란한 능직물에서 이미 비운의 암울한 실마리를 보았으리라고는 꿈에도 생각하지 못했다.

마리 앙투아네트의 인도는 모든 오스트리아 사람과의 이별이며, 또 그녀와 오스트리아 황실을 연결하는 모든 구체적인 것과의 이별이어야 했다. 이 점을 위해서도 의전관들은 특이한 상징을 생각해냈다. 곧 고국의 수행인들은 아무도 국경선 너머로 그녀와 함께 가서는 안 될뿐더러 심지어는 고향에서 만든 실 한 오라기, 구두 한 켤레, 양말 한 짝, 셔츠 한 장, 리본 한 개라도 지니고 가서는 안 된다는 것이 예법의 명령이었다. 마리 앙투아네트가 프랑스 왕세자비가 되는 순간부터는 오직 프랑스산 옷감만이 그녀를 감쌀 수 있다는 것이었다. 오스트리아 쪽 부속실에서 이 열네 살의 소녀는 오스트리아 수행원들 앞에서 살갗 한 꺼풀만 남기고 모조리 벗어놓아야만 했다.

아직은 연약한 소녀의 육체가 한순간 어두운 방에서 실 오라기 하나 걸치지 않은 채 빛나고 있었다. 그 다음에는 프랑스산 실크로 만든 셔츠와 파리산 페티코트를 입히고, 리옹산 양말, 궁정 제화공의 구두를 신기고, 레이스로 휘감았다. 아무것도, 애착이 가는 기념품 한 개라도 지녀서는 안 되었다. 반지 한 개, 십자가 한 개조차도 —— 머리 핀 한 개나 늘 매던 리본 하나를 지니고 간다고 해서 예법의 세계가 무너지기야 했을까? 그리고 이제부터는 익숙하게 보아온 얼굴들은 주위에서 하나도 찾아볼 수 없게 된 것이다. 이 요란한 허식의 소용돌이에 놀란 이 조그만 소녀가, 이렇게도 돌연히 객지로 쫓겨났다는 느낌에 사로잡혀 어린아이다운 울음을 터뜨렸다고 하더라도 놀랄 일은 아니었다. 그러나 곧 침착성을 잃지 말라는 명령이 내려졌다. 정략결혼에서 흥분이란 허용될 수 없는 것이기 때문이다. 저 건너 다른 방에는 벌써 프랑스 시종들이 와서 기다리고 있는데 젖은 눈으로 겁에 질려 새로운 수행원들을 대한다는 것은 부끄러운 일일 것이다. 신부 들러리 슈타렘베르크 백작이 그녀에게 결정적인 발걸음을 떼어놓자고 손을 내밀었다. 그리하여 프랑스 옷을 입고 마지막으로 오스트리아 시종들의 수행을 받으며 아직 2분 동안만은 오스트리아 인으로서 부르봉가의 파견 사절들이 그지없이 호화찬란하게 차려입고 기다리는 인도실로 들어갔다.

  루이 15세의 구혼 대리인이 장중한 인사말을 했고, 의정서가 낭독되었고, 그리고는 —— 모두가 숨을 죽인 가운데 —— 거창한 의식이 시작되었다. 의식은 한걸음 한걸음이 미뉴에트처럼 미리 계산되고 시험해서 익힌 것이었다. 방 한가운데 있는 탁자는 상징적으로 국경을 나타내고 있었다. 그 앞에는 오스트리아 사람들이, 그 뒤에는 프랑스 사람들이 서 있었다. 먼저 오스트리아 인 신부 들러리 슈타렘베르크 백작이 잡고 있던 마리 앙투아네트의 손을 놓자 프랑스 인 신부 들러리가 그 손을 잡아 장중한 걸음으로 천천히 탁자 옆을 돌아 떨고 있는 소녀를 이끌어갔다. 이 정확한 몇 분 동안에 프랑스 시종들이 장래의 왕비를 맞이하려고 다가오는 것과 똑같은 박자로 오스트리아 수행원들은 천천히 출입문 쪽으로 뒷걸음질하여 물러갔다. 마리 앙투아네트가 새로운 프랑스 시종들 앞 한가운데 선 바로 그 순간에 오스트리아 시종들은 벌써 방을 나가고 있었다.

  소리 없이, 훌륭하게 그리고 무시무시하도록 성대하게 이 예법의 비의(秘儀)는 이루어졌다. 다만 마지막 순간에 이르러 위축된 작은 소녀가 이 차가운 엄숙함을 더 이상 인내하지 못하고 말았다. 앞으로 그녀의 말 상대가 될 드 노아유 백작부인의 헌신적인 궁중식 인사에 침착하게 답례하는 대신 도움을 구하듯이 흐느끼며 그녀의 두 팔 안에 몸을 던지고 만 것이다. 양쪽의 위대하신 철학자님들께서 모두 가르치기를 잊었던 아름답고 감동적인 버림받은 느낌의 제스처였다. 그러나 감정이란 것은 궁중 법도의 세계에서는 용납되지 않는 법, 밖에는 이미 유리마차가 대기해 있었고 스트라스부르 대사원에서는 종소리가 요란하게 울리고 예포가 터지고 있었다. 요란한 환호성에 휩싸여 황녀 마리 앙투아네트는 근심 없었던 유년의 물가를 영원히 떠났다. 이제 여자로서의 운명이 시작되는 것이다.

 마리 앙투아네트의 입성은, 축제 분위기를 까마득하게 잊고 지냈던 프랑스 백성들에게는 놓칠 수 없는 축제였다. 수십 년 동안 스트라스부르 시는 왕비 후보를 보지 못했을뿐더러, 어린 소녀와도 같은 이토록 매력적인 왕비를 맞은 일은 처음인 것 같았다. 잿빛을 띤 금발에 날씬한 몸매, 이 소녀는 유리마차에서 생기발랄한 푸른 눈으로, 멋진 알자스 민속의상을 입고 시골에서, 도시에서 쏟아져나와 이 호사스러운 행렬을 둘러싸고 환호하는 헤아릴 수 없이 많은 군중들을 내다보며 웃고 또 웃었다. 마차 앞에서는 흰 옷을 입을 어린이들 수백 명이 꽃잎을 뿌리며 걸어갔다. 개선문이 세워지고, 성문이 꽃으로 장식되고, 도시 광장의 분수대에서는 포도주가 흘러나오고, 소라는 소는 모두 잡아 꼬챙이에 꿰어 굽고, 거대한 광주리에 담긴 빵이 가난한 사람들에게 분배되었다. 어둠이 내리자 집집마다 불을 밝혔고, 춤추는 듯한 불줄기가 불그스레한 레이스 세공품같이 대사원의 탑 위로 활활 타올라 더할 수 없이 아름다운 성당은 투명하게 작열하고 있었다. 라인 강 위에는 빛나는 제등으로 치장한 크고 작은 무수한 배들이 다채로운 횃불을 밝힌 채 미끄러지고 있었고, 그 불빛 사이로 오색영롱한 나무들이 빛을 반사했다. 섬에는 화려한 꽃불이 신화적 형상과 같은 왕세자와 왕세자비의 성명의 이니셜을 불꽃으로 엮은 글자가 누구나 볼 수 있도록 활활 타올랐다. 구경하기를 좋아하는 백성의 무리는 밤늦게까지 강둑과 길을 따라 걸었다. 어디에서나 음악소리가 흥청거리고 가는 곳마다 처녀 총각들이 어울려 즐겁게 춤을 추었다. 이 금발의 처녀와 더불어 오스트리아로부터 행복의 절정이 도래했던 것이다. 분노에 들끓던 프랑스 백성은 다시 한 번 밝은 희망으로 가슴이 부풀어올랐다.

그러나 이 장대한 그림에도 조그만 균열이 감추어져 있었다. 영접실에 있었던 고블랭 천의 그림과 마찬가지로, 여기서도 운명은 재앙의 징후를 상징적으로 짜넣고 있었던 것이다. 다음 날 아침, 마리 앙투아네트가 출발하기 전 미사를 드리려고 할 때 성당 정면에서 그녀에게 인사를 한 사람은 대주교가 아니라 대주교 조카인 보좌 신부였다. 넘실거리는 보랏빛 승복에 싸여 어딘가 여성스러워 보이는 이 세속적인 신부가 한 은근하고 장중한 인사말은 —— 학술원이 그를 택하여 행렬을 영접하게 한 것은 괜한 짓이 아니었다 —— 다음의 공손한 문장에서 절정을 이룬다. "왕세자비 마마께서는 온 유럽이 경탄하고, 후세에도 존경받으실 여황제를 그대로 닮으셨습니다. 모후 마리아 테레지아의 혼이 이제 부르봉가의 혼과 결합된 셈입니다." 인사가 끝난 후, 푸르게 빛나는 사원으로 들어가는 행렬은 경외심에 가득 차 있었다. 젊은 신부는 젊은 황녀를 제단으로 인도하여 반지를 낀 섬세한 여인과도 같은 손으로 성체 현시대(聖體 顯示臺)를 들어올렸다. 프랑스에서 그녀에게 제일 먼저 환영을 베푼 이 사람이 바로 루이 로앙이었다. 후에 희비극이 얽힌 목걸이 사건의 주인공이며, 그녀의 가장 위험한 적, 가장 숙명적인 적이 될 것이다. 지금 축복을 내리며 그녀의 머리 위에서 맴도는 손은 나중에 그녀의 왕관과 명예를 오욕의 구렁텅이 속으로 던지는 바로 그 손이다.

스트라스부르, 반쯤은 오스트리아 땅이라고도 할 수 있는 이 알자스 지방에 마리 앙투아네트는 오래 머물 수가 없었다. 프랑스 국왕이 기다리는데 조금이라도 지체한다면 허물이 될 것이었다. 물결처럼 환호하는 군중을 뚫고, 개선문과 꽃으로 장식된 성문들을 지나, 마침내 신부의 행렬은 첫 목적지인 콩피에뉴 숲을 향했다. 그곳에는 왕실 가족이 타고 온 마차들이 거대한 성을 이룬 채 새 식구를 기다리고 있었다. 궁내 조신(朝臣)들과 시녀들, 장교, 근위병, 북잡이, 나팔수, 취주악대들이 모두 번쩍거리는 새 옷을 입고 위계도 다양하게 무리지어 모여 있었다. 오월의 젊은 빛을 받아 숲은 아물거리는 색채의 유희로 환하게 빛났다. 팡파레가 혼례 행렬의 도착을 알리자 루이 15세가 손자며느리를 맞이하기 위해서 의장마차에서 내렸다. 마리 앙투아네트는 많은 사람들을 경탄시킨 바 있는 특유의 가벼운 걸음걸이로 장래의 시할아버지 앞에서 더없이 우아하게 무릎을 굽혀(무도의 대가 노베르의 제자였던 것이 허사가 아니었다) 인사를 드렸다. 싱싱한 처녀의 살맛에 대해서는 훌륭한 일가견을 가졌을뿐더러 우아한 기품에 매우 민감한 국왕은 흡족해하며 이 젊고 식욕을 돋우는 금발의 귀여운 소녀를 정이 철철 넘치게 몸을 굽혀 일으켜 세워서는 양볼에 입을 맞추었다. 그리고 난 뒤에 비로소 장래의 남편을 소개했다. 그 사람은 178센티미터의 키에 꿔다놓은 보릿자루처럼 어색하고 어정쩡하게 옆에 서 있었다. 그리고 졸음이 가득 찬 근시의 눈을 들어 덤덤하게 예법에 따라 형식적으로 신부의 뺨에 키스했을 뿐이었다. 의장마차 안에서 마리 앙투아네트는 할아버지와 손자 사이, 즉 루이 15세와 장래의 루이 16세 사이에 앉았다. 노신사가 오히려 신랑의 역할을 하는 듯이 보였다. 흥분하여 지껄이고 심지어는 약간 치근거리기까지 했다. 장래의 남편은 지루해하며 입을 봉하고 구석으로 몸을 밀어붙이고 있었다. 저녁이 되어 약혼한 그리고 이미 대리로 혼인을 한 사이인 두 사람이 각자 다른 방으로 자러 갈 때, 이 우울한 연인은 황홀한 소녀에게 다정한 말 한마디 건네지 않았다. 일기에는 이 중대한 날을 무미건조하게 단 한 줄로 요약해서 "왕세자비와 만나다"라고만 적어놓았다.

36년 뒤에는 바로 이 콩피에뉴 숲에서 프랑스의 또다른 통치자,

나폴레옹이 또다른 오스트리아 황녀 마리 루이즈를 아내로 맞이하기 위해서 기다리게 된다. 마리 루이즈는 앙투아네트처럼 예쁘지도 생기발랄하지도 않은, 둥글둥글하고 지루하게 생긴 온순한 여자였던 것 같다. 그러나 적극적인 이 구혼자는 그에게 결정된 신부에게 홀딱 빠져 즉시 맹렬하게 자기 소유로 만들었다. 그날 저녁에만 해도 그는 대주교에게 빈에서의 결혼식이 남편의 권리를 부여한 것인지 아닌지 묻기는 했지만 그 대답을 기다리지도 않고 결정을 내려 다음 날 아침에는 벌써 두 사람이 이부자리 속에서 함께 아침 식사를 했던 것이다. 그러나 마리 앙투아네트가 콩피에뉴 숲에서 만난 것은 구혼자도 남편도 아닌 다만 정략에 희생된 신랑일 뿐이었다.

두 번째 결혼식, 그들의 본 결혼식은 5월 16일, 베르사유의 루이 14세 교회당에서 열렸다. 독실한 가톨릭 왕실의 거궁적, 거국적 예식은 평민들이 참여하여 구경꾼이 되거나 문 앞에서 도열만이라도 할 수 있도록 허락받기에는 너무나도 친밀하고 가족적이며, 너무나도 고상하고 절대적인 의식이었다. 귀족의 혈통 —— 적어도 가짓수가 100개는 넘는 계보 —— 만이 이 교회당에 발을 들여놓을 수 있는 권리가 있었다. 그리고 교회당 안에서는 모자이크 창 뒤의 환한 봄볕을 받아, 수놓은 금란(錦襴), 번쩍이는 비단, 선택된 몇몇 가문이 펼치는 상상할 수 없는 호사스러움이 옛 세계의 마지막 등대처럼 다시 한 번 환하게 빛은 내뿜었다. 랭스의 대주교가 혼례를 주관했다. 그가 금화 13개와 결혼반지에 축복을 내리자 왕세자는 마리 앙투아네트의 넷째 손가락에 반지를 끼워주고 금화를 건네주었다. 그리고 축복을 받기 위해서 두 사람은 무릎을 꿇었다. 오르간 소리와 더불어 미사가 시작되었고 주기도문을 외울 때는 은으로 된 천개가 한 쌍의 어린 머리 위에 받쳐졌다. 그 다음에야 비로소 국왕과 모든 혈족이 조심스럽게 서열에 따라 결혼 약정서에 서명했다. 약정서는 엄청나게 길고 여러 겹으로 접힌 것이었다. 지금도 퇴색한 고문서에서 열다섯 살짜리 어린아이의 손에 힘들게 삐뚤삐뚤 끄적거려 "마리 앙투아네트 조제파 잔"이라고 미숙하게 쓴 네 단어를 볼 수 있다. 그런데 그 옆에는 커다란 잉크 얼룩 —— 다시 한 번 모두가 불길한 징조라고 수군거린다 —— 이 있다. 서명한 모든 이름 중 유독 그녀의 이름 옆에만 펜이 말을 듣지 않았는지 잉크가 튄 것이다. 의식이 끝나자 일반 백성들에게도 황실의 축제를 함께 기뻐할 수 있는 은혜가 베풀어졌다. 헤아릴 수 없이 많은 사람들의 무리 —— 파리 시민의 반 정도 —— 가 베르사유 정원 안으로 밀려들어왔다. 오늘날 시민들에게 인공 분수와 폭포, 그늘진 통로와 풀밭을 보여주는 바로 그 베르사유 정원이었다.

가장 볼 만한 구경거리는 밤 불꽃놀이라는 소문이 돌았다. 궁정에서 지금까지 한 것 가운데 가장 성대한 불꽃놀이가 되리라는 것이었다. 그러나 불꽃놀이의 운명은 하늘에 달린 것, 오후가 되자 불운을 예고하듯 캄캄하게 구름이 몰려오고 번개가 번쩍이더니 무시무시한 소나기가 퍼부었다. 군중들은 거센 동요를 일으키더니 구경거리를 빼앗긴 채 파리 시내로 되몰려갔다. 수만 명이 폭풍우에 쫓겨 함빡 젖어 오한에 떨며 소란스럽게 길을 뛰어 피신하고, 공원에서는 비에 나무들이 뒤흔들려 휘는 동안, 수천 개의 촛불이 밝혀진, 새로 지은 오페라 하우스의 창문 뒤에서는 어떤 폭풍우로도, 어떤 세속적 생활으로도 동요시킬 수 없는 모범적인 의식으로 거창한 혼례만찬이 시작되었다. 처음이자 마지막으로 루이 15세는 위대한 전임자 루이 14세의 사치를 능가하려는 것이었다. 선발된 귀족 손님 6,000명은 몹시 애를 써서 입장권을 쟁취한 사람들이었다. 식사를 함께 하기 위해서가 아니라 오로지 왕실 가족 22명이 어떻게 포크와 나이프를 입으로 가져가는가를 회랑에서 경외심에 가득 찬 눈으로 바라보려고 한 것이다. 이 대단한 구경거리의 장엄함을 방해하지 않기 위해서 6,000명이 모두 숨을 죽이고 있었다. 이 만찬에 보조를 맞추는 것이라고는 대리석 복도에서 부드럽고 나지막하게 들려오는 80인조 오케스트라의 연주 소리뿐이었다. 전 왕실 가족들이 프랑스 근위병들의 인사를 받으며 몸을 굽힌 귀족들의 도열 앞을 통과함으로써 공식 축제는 끝났다. 왕가의 신랑이 이제 해야 할 일은 다른 모든 남편과 마찬가지의 의무를 다하는 것이었다. 국왕은 오른손에는 왕세자비를, 왼손에는 왕세자를 잡고 이 어린 부부(두 사람 나이를 합쳐도 겨우 서른밖에 안 된다)를 침실로 인도했다. 예법은 신방에까지 스며들어 왕세자에게는 국왕이 손수 잠옷을 건네주었다. 왕세자비에게는 갓 결혼한 여자로서 가장 서열이 높은 부인, 사르트르 공작부인이 잠옷을 건네주었다. 그러나 침상 바로 그곳에는 신랑 신부 이외에 단 한 사람, 랭스의 대주교만이 가까이 갈 수 있었다. 그는 침상에 축복을 내리고 성수를 뿌렸다.

 마침내 조신들이 이 내밀한 공간을 떠나고 루이와 마리 앙투아네트는 처음으로 단 둘만 남았다. 침대의 천개가 두 사람 위에 나직이 드리워져 살랑거렸다. 보이지 않는 비극을 담은 비단 휘장이었다.

침실의 비밀

그런데 그 신방에서는 아무 일도 일어나지 않았다 —— 아무 일도. 어린 새 신랑이 초야를 치른 다음 날 아침 일기에 "리앵"(rien : 아무 일도 없었음/역주)이라고만 적어놓았다면, 이것은 결코 예사롭지 않은 뜻을 감추고 있을 것이다. 궁정의 의식이나 신방의 침상에 내린 대주교의 축복, 그 어떤 것도 왕세자의 타고난 괴로운 장애에 대해서는 속수무책이었다. 결혼은 그 참된 의미에서는 이루어지지 않았다. 그날도, 그 다음 날도, 그 몇 년 뒤에도. 마리 앙투아네트는 "무기력한 남편" 무능한 남편을 만난 것이다. 처음에는 열여섯 살이나 된 젊은이를 이 매력 넘치는 소녀 앞에서 불능으로 만든 것은 단지 부끄러움과 무경험 또는 "늦되어서(시쳇말로 하자면 발육부진)" 그렇게 되었다고들 했다. 경험이 풍부한 어머니는 마리 앙투아네트에게 결혼 생활의 실망을 딛고 넘어서려면 정신적인 압박을 받고 있는 사람을 불안하게 하거나 조급하게 굴지 말라고 주의를 주었다. 1771년 5월에는 편지를 써서 "그 위에다가 기분의 포인트인 애무와 애교"를 권하면서도 또 한편으로는 지나치지 않기를 원했다. "열의가 지나치면 전체를 해치는 수가 있단다." 그러나 이런 상태가 계속되자 여제는 젊은 신랑의 "실로 기묘한 행동" 때문에 불안해지기 시작했다.

왕세자의 선한 마음은 의심할 수가 없었다. 그는 날이 갈수록 우아한 아내에게 흠뻑 빠져들어 밤이면 밤마다 빠뜨리지 않고 찾아와 헛된 노력을 계속했으나 마지막의 결정적인 애무에 이르면 어떤 "괴상한 마력", 그 누구도 알 수 없는 운명적인 장애가 작용하여 그를 제지시켜버렸다. 무지한 앙투아네트는 단지 익숙지 못한 탓이며 어린 탓이라고만 생각했다. 이 가련한 여자는 영문도 모른 채 "불능에 관해서 나라 안에 떠도는 고약한 소문"을 직접 단호하게 부정하기까지 했다. 비로소 사정을 알게 된 어머니는 궁중 전의 반 스뷔텐을 불러 "왕세자의 기이한 불감증"에 관해서 상의했다. 의사는 속수무책이라는 듯 어깨를 으쓱했다. 그렇게도 매혹적인 젊은 처녀가 왕세자의 몸을 뜨겁게 할 수 없다면 어떤 치료약인들 효과를 볼 수 있겠느냐는 것이었다. 마리아 테레지아는 파리로 연거푸 편지를 보냈다. 마침내 이 방면에서는 경험이 풍부한 정도가 아니라 너무나도 숙달된 루이 15세가 손자를 심하게 질책하고 프랑스 궁중 전의를 데려와 이 비극적인 사랑의 주인공을 진찰하게 했다. 그 결과 왕세자의 성적 무능력은 정신적인 것이 아니라 사소한 기관(포경)의 결함에서 비롯된 것이라는 사실이 밝혀졌다.

표피의 소대(小帶)가 표피를 단단히 눌러 삽입하려고 할 때 심한 통증을 일으키므로 전하의 충동은 사그러진다는 것이다. 그 표피가 지나치게 닫혀 있으므로 성기의 끝이나 머리는 커질 수가 없고 성교에 필요한 만큼 단단해지지 않는 것으로 짐작된다(스페인 사절의 비밀 보고).

이제 사람들이 문간방에서 야유조로 수군거리는 말대로 "그가 남자로서 큰소리를 칠 수 있도록 하기 위해서" 외과의가 수술을 해야 할 것이냐 아니냐를 두고 숙의에 숙의를 거듭했다. 경험 있는 여자들로부터 성교육을 받은 마리 앙투아네트는 남편이 외과 치료를 받도록 최선을 다했다("사람들이 이야기하고 있고 나도 필요하다고 믿는 사소한 그 수술을 받을 결단을 그가 내리도록 노력하고 있어요." 1775년 어머니에게). 그러나 루이 16세 —— 왕세자는 왕이 되고도 5년이 지나도록 남편 구실을 못한 셈이다 —— 는 그의 우유부단한 성격 그대로 어떤 결단을 내려 실행에 옮기지 못했다. 그는 주저하고 망설이며 시도하고 또 시도해보았다. 이렇게 계속해서 시도만 하다가 포기하는 이 끔찍하고 지긋지긋하고 우스꽝스러운 상태는 2년이나 더 계속되었다. 결국 엄청나게도 7년이나 끌어 마리 앙투아네트의 모멸을 사고, 온 궁정의 비웃음을 사고, 마리아 테레지아를 격분시키고, 국왕의 품위에 손상을 입혔다. 마침내 요제프 황제가 이 용기 없는 매제를 설득하여 수술을 받게 하려고 몸소 파리로 왕림하게 되었다. 그리고 나서야 비로소 이 비극적인 사랑의 카이사르는 무사히 루비콘 강을 건넜다(기원전 49년 카이사르가 폼페이우스와의 싸움에서 이긴 후 "주사위는 던져졌다"라고 외치며 강을 건너 로마로 진군했던 이후부터 "루비콘 강을 건너다"라는 말은 중대한 결단을 내렸다는 뜻으로 쓰임/역주). 그러나 그가 마침내 정복한 세계는 7년에 걸친 우스꽝스러운 전투로 말미암아 마리 앙투아네트가 여자로서, 아내로서 이미 황폐해진 뒤였다. 그녀는 이미 더할 나위 없는 굴욕을 2,000날 밤이나 겪었던 것이다.

 이 미묘하고 신성한 침실의 비밀(다감한 심정을 지니신 많은 분들은 이렇게 물으실지도 모르겠다)을 건드리지 않고 그대로 넘어갈 수는 없을까? 왕이 불능이라는 사실이 밖으로 드러나지 않도록 덮어두든가, 이 신방의 비극을 슬그머니 지나쳐가든가, 아니면 "모성이 누리는 행복의 결핍" 정도로 수식하여 막연하게 넘기면 되지 않을까? 그런 내밀한 속사정들을 털어놓는 것이 정말 불가피한 것일까? 그렇다. 그것은 불가피했다. 왕과 왕비 사이에서, 왕위 계승을 기대하는 사람들과 궁정 사이에서 서서히 싹터 멀리 세계사적 문제에까지 영향을 미치는 모든 긴장과 의존, 예속과 적의 같은 것은 흉금을 터놓고 그 밑바닥까지 파헤치지 않으면 쉽사리 이해되지 않기 때문이다. 사람들이 보통 생각하는 것 이상으로 세계사적인 여러 증상들이 이어지는데, 그 시초는 이 침실에, 왕의 침상을 덮은 휘장 뒤에 있었던 것이다. 개인적인 충동과 정치적, 세계사적 결과 사이의 논리적인 연결이 이 내밀한 희비극에서처럼 확연한 적은 없었다. 그러므로 마리 앙투아네트 자신조차 자기의 근심과 기대의 "본질적 조항", 중요한 문제라고 했던 사건을 덮어둔다면 그런 성격묘사는 부정직한 선에서 그치고 말 것이다.

그렇다면 루이 16세가 여러 해 동안 결혼 생활을 해나갈 능력이 없었다는 사실을 털어놓고 이야기하는 것은 비밀을 벗기는 것이 아니라는 말일까? 전혀 그렇지 않다. 육체관계에 관한 스스럼없는 논의를 일체의 금기로 여겼던 것은 성 문제를 병적이리만큼 신중하게 도덕적으로 다루던 19세기의 이야기인 까닭이다. 18세기만 하더라도 그 이전과 마찬가지로 국왕의 결혼 생활 수행 능력의 유무나 왕비의 임신 능력 유무는 개인적인 관심사가 아니라 정치적이며 국가적인 관심사였다. 그것은 "왕위 계승 서열"을 결정할 뿐만 아니라 국가 전체의 운명을 좌우하기 때문이다. 그래서 침상이라는 것은 세례반이나 관(棺)과 마찬가지로 공공연한 인생의 일부분이었다. 국가 문서 담당 실장이나 서기의 손을 거쳐 끊임없이 오갔던 마리아 테레지아와 마리 앙투아네트의 편지 내용에도 오스트리아의 여제와 프랑스의 왕비가 이 별스러운 결혼 생활의 자세한 속사정과 불행을 조금도 거리낌없이 털어놓고 이야기하고 있다. 마리아 테레지아는 딸에게 동침의 비결을 달변으로 이야기하고, 또 기회만 있으면 그것을 내밀한 결합으로 이끌어가도록 능숙하게 빈틈없이 이용하라고 여러 가지 여자다운 충고를 했다. 딸은 딸대로 달마다 있을 것이 있었는지 없었는지, 남편의 불능이 "조금 나아진 것"을 낱낱이 보고하고 마침내는 개가를 올려 임신을 알린다. 한번은 심지어 「이피게니아」

의 작곡자 글루크까지도, 전에 사절로 파견된 적이 있었다는 이유로 그런 내밀한 뉴스를 전해달라는 부탁을 받았다. 18세기까지만 해도 사람들은 자연스러운 것들을 참으로 자연스럽게 받아들였다.

그러나 그 비밀스러운 불능을 속속들이 아는 사람이 어찌 어머니뿐이었을까! 실제로 시녀들은 물론 여관들, 조신들, 장교들까지도 쑤군거렸던 것이다. 그리고 시종들이 알게 되고, 베르사유 궁의 세탁부들이 알게 되었다. 심지어 식탁에서까지 국왕은 여러 가지 노골적인 농담을 참고 견뎌야만 했다. 그밖에도 이 부르봉가 사람의 생식 능력은 계승 서열에 연결시켜볼 때 지극히 중요한 정치적 관심사였기 때문에 타국의 모든 궁정이 이 문제와 절실한 관계에 놓여 있는 실정이었다. 프로이센, 삭소니아 및 사르디니아 사신들의 보고서에는 이 미묘한 사건의 상세한 논의가 기록되었는데 그들 중에서도 가장 열성적이었던 스페인 사신 아란다 백작은 가능한 정확하게 저 육체관계가 드러내는 결과의 단서를 잡으려고 심지어는 시종들을 매수하여 왕의 침상 시트를 조사시키기까지 했다. 온 유럽 어디에서나 영주와 국왕들은 서면으로 혹은 구두로 이 미숙한 동료를 비웃었다. 베르사유에서뿐만 아니라 온 파리와 프랑스에서 국왕의 결함은 이제 공공연한 비밀이 되었다. 골목골목에서 이 이야기를 나눴고, 그것은 손에서 손으로 돌려보는 탄원서처럼 날개 돋친 듯이 퍼져나갔다. 재상 모르파를 임명할 즈음에는 다음과 같은 짓궂은 풍자가 담긴 노래가 퍼져 온 세상 사람을 즐겁게 했다.

> 모르파는 무능했는데
> 국왕께서는 더 유능하다고 생각하셨다네.
> 재상님 알아차리고 가로되
> "전하, 전하께서도
> 신의 생각으로는
> 그만큼 하실 수 있으실 텐데요."

그러나 농담으로 들리는 말도 실은 위험하고 숙명적인 의미가 담겨 있다. 이 불능의 7년은 정신적으로 왕과 왕비의 성격을 굳혔을뿐더러 이 사실을 알지 못하면 이해할 수 없을 정치적인 결과를 초래했기 때문이다. 한 결혼의 운명이 여기서는 세계의 운명과 결합되어 있는 것이다.

그 내밀한 결함을 모르고는 무엇보다도 루이 16세의 태도를 이해할 수 없으리라. 그의 인품은 남성으로서의 허약에서 비롯되는 열등감의 모든 전형적인 특징들을 임상적으로 명료하게 보여주었다. 정욕을 자유롭게 발산하지 못하는 이 남자는 사생활에서도 공적인 생활에서도 창의력 있는 행동을 할 힘이 없었던 것이다. 그는 행동할 줄도 의사를 나타낼 줄도 몰랐으며 그것을 관철시킬 줄은 더더욱 몰랐다. 남몰래 굴욕을 느끼고 있었던 탓에 서투르고 소심하게 궁정 사교, 특히 여자들과의 교제를 기피했다. 그는 바탕이 정직하고 성실한 남자였기 때문에 자신의 불운이 궁정의 모든 사람에게 알려졌다는 사실과 또 내막을 아는 사람들의 빈정거리는 웃음이 그의 행동을 위축시키고 또 위축시켰다. 더러 완력으로 어떤 권위를 과시하려고, 즉 남자다운 척해 보이려고 애도 썼다. 그럴 때면 언제나 정도가 지나쳐서 조야하고 무뚝뚝하고 난폭해졌다. 그것은 억지로 힘을 쥐어짜내는 제스처를 사용한 것이었고, 아무도 그를 믿지 않았다. 거침없고 자연스러우며 자신 있는 태도는 한 번도 보여주지 못했다. 하물며 위엄 있는 태도에서는 말할 것도 없었다. 침실에서 남편의 역할을 못했기 때문에 다른 사람들 앞에서 왕의 역할도 할 수 없었다.

그가 개인적인 취미로서 더할 나위 없이 남성적인 사냥과 육체적인 중노동을 즐겼다는 사실은 —— 그는 자신의 대장간을 만들었고 그가 쓰던 선반은 지금도 볼 수 있다 —— 임상학적 전형에서 결코 어긋나지 않는다. 아니 오히려 그것을 뒷받침해준다. 남자답지 못한 사람이 남자다움을 과시하려는 법이고 남모르게 약점을 가진 사람이 사람들 앞에서 즐겨 강한 듯이 큰소리를 치고 싶어하는 법이다. 그가 몇 시간이고 멧돼지를 쫓아 숲을 달리거나 모든 사람들 앞에서 지칠 때까지 근육을 쓰는 그때에만 오직 육체적으로 강하다는 의식이 남모르는 약점을 보상했다. 비너스에게 서비스를 제대로 못하는 사람은 헤파이스토스(담금질의 신, 추남/역주) 역할로 마음이 편해진다. 그러나 루이 16세는 대례복을 입고 대신들 가운데 나서는 순간 이 힘은 단지 근육의 힘일 뿐 마음에서 우러나온 것이 아님을 느끼고 금방 당황하게 된다. 그의 웃는 모습을 보기는 퍽 드물었고 진정으로 행복해하거나 즐거워하는 모습 역시 보기 힘들었다. 그렇지만 가장 위험한 것은 이런 남모르는 무력감이 자기 아내를 대하는 태도에도 작용한다는 사실이다. 아내의 행동은 여러 가지로 그의 개인적인 취미에는 맞지 않았다. 그는 아내가 교제하는 사람들이 못마땅했을 뿐만 아니라 끊임없이 소란스럽게 법석을 떠는 오락이며 아내의 낭비, 왕비답지 않은 경박함이 그를 노엽게 했다. 정말 남자라면 그럴 때 금방 못마땅한 버릇을 고칠 방책을 강구했을 것이다. 그렇지만 밤마다 어쩔 줄 모르도록 그를 부끄럽게 만들고, 그가 우스꽝스러운 무능력자임이 증명되는 아내 앞에서 낮이라고 해서 권위를 세울 수 있었을까? 남성으로서 무력한 탓에 루이 16세는 아내에게 언제까지나 참으로 무기력했다. 굴욕감을 느끼는 상태가 오래 지속되었으므로 한심스러울 정도로 완전히 독립심을 잃고 실로 예속과 같은 상태에 빠져버렸다. 그녀는 원하는 것을 뭐든지 남편에게 요구할 수 있었고, 그는 그녀가 끝없이 해달라는 대로 해줌으로써 남모르는 죄책감에서 벗어나려고 했다. 당당하게 그녀의 생활에 간섭하거나 그녀의 공공연한 어리석은 행동을 저지할 의지력이 그에게는 없었다. 의지력이란 결국 육체적 활력의 정신적 표현에 불과하다. 이 비극적인 무능으로 인해서 모든 권력이 어떻게 부박스러운 한 젊은 여인의 손으로 들어가 경박하게 흩뿌려지는가를 재상들과 여제인 어머니 그리고 온 궁정이 절망적인 눈초리로 지켜보았다. 그러나 결혼 생활에서 일단 결정된 힘의 평행사변형은 정신적인 상태로 굳어지는 법이다. 루이 16세가 남편 노릇을 제대로 해서 아이들의 아버지가 되었을 때조차도 프랑스의 국왕인 그는 계속 마리 앙투아네트의 뜻을 좇는 종 노릇을 했다. 제때 남편 노릇을 못했다는 단 하나의 이유 때문이었다.

루이 16세의 성적인 무능에 못지않게 숙명적인 영향을 끼친 것은 마리 앙투아네트의 정신적인 발전이었다. 남녀 양성이 서로 판이하게 다르듯이 한 가지 장애가 남편과 아내의 성격을 서로 정반대의 판이한 모습으로 만들어버린다. 남자의 경우 성적인 폭발력이 장애에 부딪치면 정욕이 억제되고 자신감을 잃지만, 여자의 경우는 몸을 바치려는 수동적인 준비 태세가 아무런 소용이 없어지면 과도한 흥분이나 정욕의 거침없는 발산, 간헐적인 지나친 생기발랄함으로 나타나는 것이 틀림이 없다. 마리 앙투아네트는 천성이 본디 극히 평범하여 여자답고 나긋나긋하고 애를 많이 낳을 타입으로 제대로 된 남편을 만나 순종하고 살기를 원하는 여자였다. 또한 숙명적으로 정을 잘 느끼고 또 정을 느끼고 싶어하는 여자였다. 바로 이러한 여자를 비정상적인 결혼, 남자 아닌 남편 곁으로 밀어버린 것이다. 어쨌든 그녀는 결혼 당시 겨우 열다섯 살이었다. 그때까지만 해도 자신을 속상하게 하는 남편의 무능이 그 자체만으로 정신적인 부담이 되지는 않았을 것이다. 처녀가 스물두 살까지 처녀성을 간직하고 있다는 사실만으로 신체적으로 부자연스럽다고 그 누가 말할 수 있겠는가! 이 별난 부부의 경우, 그녀의 신경을 뒤흔들고 위험하리 만큼 지나치게 자극한 것은, 국가가 정해준 남편이 그녀로 하여금 7년 동안 아무것도 모른 채, 손 닿지 않은 순결한 상태에 머물도록 놓아두지 않았다는 것이다. 발산을 못하는 젊은 남자가 2,000일 동안 밤이면 끊임없이 그녀의 젊은 육체를 달구다가 녹초가 되어 쓰러지곤 했다는 사실이었다. 몇 년 동안이나 그녀의 성은 이런 불만스럽고 부끄럽고 굴욕적인 방식으로 단 한 번도 만족을 느끼지 못하고 헛되게 흥분되고 또 흥분되었던 것이다.

그녀의 숙명적인 생기발랄함, 끝없는 망설임과 불만, 침착하지 못한 쾌락 추구 따위가 바로 남편이 끊임없이 성적으로 흥분시켜놓고는 만족을 주지 못한 결과라는 것을 확인하기 위해서 굳이 신경과 의사가 필요하지는 않을 것이다. 깊은 심층에서 감동과 안정을 체험하지 못했기 때문에 결혼한 지 7년이 지나고도 정복당하지 못한 아내는 언제까지나 동요와 불안에 싸여 있었다. 처음에는 그저 유치하도록 쾌활하게 놀며 지낼 정도였으나 점점 병적인 광기를 띠어 온 궁정이 스캔들로 느끼게 되었다. 그것을 막으려고 마리아 테레지아와 모든 친구들이 노력했으나 허사였다. 왕의 경우 해소되지 않은 남성은 거친 대장간 일이나 사냥의 격정, 즉 둔감하고 피로한 근육의 긴장에 의해서 대치된 반면 그녀의 경우는 올바른 자리에 놓이지 못한 쓸모없는 감수성이 여자들과의 정감 어린 교우, 젊은 기사들에 대한 교태, 의상 도락으로 돌파구를 찾아 발산되었고 점차 만족하기 어려운 기질로 바뀌어갔다. 밤이면 밤마다 그녀는 신방의 침상, 그녀의 여성이 굴욕을 겪는 비극적인 장소를 피하여, 남편 아닌 남편이 벌써 한잠 자며 사냥의 피로를 푸는 동안, 새벽 네다섯 시가 되도록 가장무도회에서, 오락실에서 혹은 만찬을 들며 수상한 말 동무들에게 둘러싸여 빗나간 정념에 몸을 달구며 뛰어다녔다. 자격 없는 남편을 만난 탓에 품위 없는 왕비가 되어버렸다. 그러나 이런 경박함은 정말 기쁨이 없는 것이었고 단순히 춤추고 즐김으로써 내면의 환멸을 잊으려는 것이었음을 드러내는 우울의 순간이었다. 가장 강렬하게 나타난 것은 친척인 사르트르 공작부인이 아이를 사산했을 때 터져나온 그녀의 울부짖음이었다. 그때 그녀는 어머니에게 "그것이 아무리 끔찍하다고 할지라도 저는 최소한 그만큼이라도 되어보았으면 좋겠어요." 사산이라도 좋으니 아이를 가져보았으면 좋겠다는 것이다! 그저 이 파괴적이고 품위 없는 상태에서 벗어나고 싶은 것이다. 결혼하고 7년이 지났으나 여전히 처녀인 상태에 종지부를 찍고 정상적인 진짜 아내가 되고 싶은 것이다. 이 여인의 광적인 오락 추구 뒤에 숨은 절망을 이해하지 못하는 사람은 마리 앙투아네트가 마침내 아내와 어머니가 되었을 때 보인 주목할 만한 변화를 이해할 수 없다. 갑자기 눈에 띄게 안정되고 또다른 마리, 제2의 마리 앙투아네트가 탄생한다. 마리 앙투아네트는 그녀의 생의 후반부에 가면 침착하고 의지력이 굳고 담대한 여인이 된다. 그러나 이런 변화는 너무나 늦게 온 것이다. 어린 시절과 마찬가지로 결혼 생활에서도 결정적인 것은 최초의 체험이다. 영혼의 가장 섬세하고 민감한 부분을 건드린 상처라면 아주 조그만 것이라도 몇십 년이라는 세월도 지워줄 수 없다. 눈에 보이지 않는 가장 깊숙한 감정의 상처는 결코 완쾌되지 않는 법이다.

  이 모든 일은 오늘날 여염집 잠긴 문 뒤에서 매일처럼 일어나는 것과 똑같은 사사로운 비극, 사사로운 불행과 마찬가지일 뿐이다. 그런데도 이 부부에게는 단순한 결혼 생활의 고통이 사생활에서 그치지 않고 훨씬 멀리까지 파급되었다. 남편과 아내가 왕과 왕비였기 때문이다. 그들은 만인이 주목하는 일그러진 오목거울 속에서 벗어날 수가 없었다. 그래서 보통 사람들에게는 언제까지나 비밀일 수 있는 일이 그들에게는 수다와 비판의 대상이 되었다. 별나게 야유를 즐기는 프랑스 궁정은 동정하는 눈초리로 그 불행을 지켜보는 것만으로 만족하지 않았다. 마리 앙투아네트가 어떻게 남편의 무능에 대처하는가를 끊임없이 코를 킁킁거리며 정탐했다. 그들은 매력적인 젊은 여인, 자부심에 차 있고 교태스러운 여인, 몸 안에서 젊은 피가 끓는 격정적인 여인, 천상의 아름다움을 지닌 여인의 베갯머리가 얼마나 비참한 것인가를 지켜보았다. 그녀가 누구와 더불어 남편을 기만하는가 하는 단 한 가지 사실을 알아내기 위해서 할 일 없는 문지기 녀석들이 공연히 바빠졌다. 보고할 만한 일이 없었다는 바로 그 이유 때문에 왕비의 명예는 야비한 소문의 구렁텅이 속에 빠져버렸다. 이름 따위는 아무래도 좋은 어떤 기사가 한 번 나타나기만 해도 할 일 없는 수다쟁이들은 그 기사를 곧 그녀의 정부로 지목해버렸다. 시녀들과 기사들을 대동하고 아침에 산책이라도 하면 즉시 심상치 않은 비밀이 숨어 있다는 이야기가 나돌았다. 온 궁정이 끊임없이 왕비의 애정 생활에 대해서 골몰했다. 입방아가 그치지 않았고, 노래와 비방 글귀, 팸플릿 그리고 음탕한 시가까지 생겼다. 처음에는 시녀들이 부채로 입을 가리고 이 딱정벌레 같은 시구들을 몰래 주고받았다. 그 다음에는 무례하게 집 밖에서 중얼거려지더니 인쇄가 되어 백성들 속으로 퍼져나갔다. 혁명이 시작되었을 때 과격 급진파 언론인들은 마리 앙투아네트를 모든 탈선의 전형으로 내세우고 파렴치범으로 단정하는 데에 힘들여 증거를 찾을 필요가 없었다. 대중이라는 원고는 그녀의 가는 목을 기요틴 아래로 밀어넣기 위해서 호색이라는 판도라의 상자를 한 번 건드리기만 하면 되었다.

결혼 생활의 장애에서 비롯된 결과는 당사자의 운명이나 불운, 불행을 넘어서서 세계 역사에까지 힘을 미쳤다. 국왕의 권위가 붕괴되기 시작한 것은 바스티유에서가 아니라 이미 베르사유에서부터였다. 왕의 무능에 관한 소식과 왕비가 성적으로 만족하지 못한다는 악의에 찬 거짓말들이 그토록 빨리, 그토록 널리 베르사유 궁 밖으로 퍼져나가 온 백성들이 알게 된 데에는 우연이 아니라 가족 내의 정치적인 내밀스런 배경에 의해서 빚어진 것이었다. 곧 궁 안에는 마리 앙투아네트의 환멸스러운 결혼 생활에 개인적인 이해가 얽힌 인물 네다섯 명이 살고 있었다. 그것도 아주 가까운 친척들이었다.

루이 16세의 이 우스꽝스러운 신체적 결함과 외과 의사에 대한 공포로 정상적인 결혼 생활뿐만 아니라 정상적인 왕위 계승 서열까지 무너지면 더할 나위 없이 반가워할 사람은 바로 국왕의 두 아우였다. 그들은 자신들이 왕좌에 오를 수 있는 뜻하지 않은 기회를 엿보게 된 것이다. 루이 16세의 바로 아래 동생 프로방스 백작, 후일의 루이 18세 — 그는 실제로 자기의 목적을 달성했다. 그러나 어떤 부정한 방법으로 달성했는지는 하느님만이 알고 있을 뿐이다 — 는 자신이 직접 왕홀을 쥐지 못한 채 평생 동안 제2인자로서 왕관의 그늘 밑에 있어야 한다는 사실이 참을 수 없었다. 왕위 계승이 지체된다면 왕좌를 직접 이어받지는 못하더라도 섭정으로 임명될 가능성이 있었다. 그의 조바심은 걷잡을 수 없었다. 그러나 그 역시 자식도 없었고 남편 노릇이 의심스러운 사람이었다. 둘째 동생인 아르투아 백작은 두 형들에 비해서 생식 능력이 있다는 이점이 있었다. 그의 아들들은 합법적인 왕위 계승자가 될 수 있었다. 마리 앙투아네트의 불행을 두 사람은 내심 행운으로 여기며 즐기고 있었으며 그 끔찍한 결혼 생활이 오래 계속되면 될수록 계승권이 그만큼 더 확실해진다고 쾌재를 불렀다.

마침내 7년 만에 마리 앙투아네트가 남편을 돌연 남성답게 만드는 기적을 이루었을 때, 국왕과 왕비의 부부관계가 완전히 정상이 되었을 때, 그 엄청난 증오, 자제할 수 없었던 증오는 폭발했다. 모든 기대를 산산조각 내어버린 가공할 만한 타격을 준 마리 앙투아네트를 프로방스 백작은 결코 용서하지 않았다. 올바른 방법으로 그의 소유가 될 수 없다면 부정한 방법으로라도 얻으려고 했다. 루이 16세가 자식을 얻고 나서부터는 그의 동생과 친척들이 가장 위험한 적이 되었다. 이와 같이 혁명은 궁정 안에 훌륭한 조력자를 두고 있었다. 왕자나 영주들의 손은 혁명을 향해서 문을 열어주었고, 최상의 무기를 손에 쥐어준 셈이었다. 이 침실의 에피소드는 모든 외적인 사건들보다도 강하게 권위를 안에서부터 분해시켜 붕괴를 가져왔다. 겉으로 드러나는 공공연한 이유들을 끌어다 붙이는 것은 거의 언제나 비밀스러운 운명이며, 세상사는 개인의 내적 갈등의 반영일 뿐이다.

아주 작은 동기에서 엄청난 결과를 전개시키는 것은 위대하고도 기묘한 역사의 가려진 비밀 중 하나이다. 또 이 경우가 한 남자의 잠정적인 성적 장애로 인해서 온 우주가 뒤흔들린 마지막 사건도 아닌 듯하다. 세르비아의 알렉산다르의 성적 불구, 그를 거기서 구해낸 여인 드라가 마신에 대한 그의 성적 예속, 두 사람의 암살, 카라조르제비치의 즉위, 오스트리아와의 적대 그리고 세계대전, 이 역시 빈틈없이 이어지는 눈사태의 결과이다. 역사라는 거미집에서 시작된 벗어날 수 없는 운명의 그물을 짜는 것이다. 극히 작은 바퀴라도 정교하게 조합된 역사의 장치 속에서는 엄청난 힘을 내는 법이기 때문이다. 그와 같이 마리 앙투아네트의 생애 가운데 아무것도 아니었던 것이 대단한 사건이 되었다. 겉으로 봐서는 우스운 결혼의 처음 몇 해, 몇 밤의 사건이 그녀의 성격을 변모시켰을 뿐만 아니라 세계의 모습을 바꾸었다.

  그러나 아직은 위협적인 암운이 아득히 먼 곳에 모여 있을 뿐이었다! 아직 이 모든 얽히고설킨 결과들은 열다섯 살 소녀의 유치한 감각과는 얼마나 거리가 먼 것인가? 미숙한 친구들과 장난기 가득한 농담을 주고받으며 쾌활하게 뛰노는 작은 가슴, 웃음 짓는 호기심 어린 밝은 눈, 이 소녀는 왕좌를 향한 계단 ─ 그 끝에는 기요틴이 기다리는 ─ 을 오르고 있다고 생각할 뿐이었다. 그러나 검은 운명으로부터 그녀를 선물받은 남자에게 신은 아무런 신호도, 눈짓도 보내주지 않았다. 신은 그로 하여금 아무런 기미도 알아채지 못한 채 천진하게 자기의 길을 가게 했다. 그동안에도 그의 내면에서는 운명이 그를 향해 다가오고 있었다.

베르사유 데뷔

　오늘날까지도 베르사유 궁은 전제정치의 가장 거대하고 도전적인 표적인 것 같다. 수도를 벗어난 시골 평지 한가운데 그 어떤 특별한 동기도 없이 만들어진 인공 언덕 위에 거대한 성은 우뚝 솟아 있다. 인공 운하와 인공 정원을 향하여 수백 개의 창문들이 허공을 바라보고 있었다. 여기에는 상업과 교통을 촉진시키는 강도 없으며, 도로도, 철도도 서로 교차하지 않았다. 전적으로 우연의 소산이요, 한 위대한 군주의 일시적인 기분이 굳어진 것이 바로 이 궁전이다. 이 궁전은 놀란 눈길 앞에 그 무의미하게 거대한 호사를 펼치고 있는 것이다.
　고유한 자부심, 자기를 신격화하려는 기분 위에 번쩍이는 제단을 세우는 것이 바로 루이 14세의 전제군주적 의지가 원했던 것이었다. 단호한 전제군주이며 독재자였던 그는 분열된 나라에 통일의 의지를 강제로 심는 데 성공했다. 곧 왕국에는 질서를, 사회에는 관습을, 궁정에는 예법을, 신앙에는 통일을, 언어에는 순수를 명했다. 이런 단일화의 의지는 한 개인으로부터 발산된 것이었고 또 그렇기 때문에 모든 영광은 마땅히 그 개인에게로 되돌아가야만 했다. "과인이 곧 국가이다." "내가 사는 곳이 곧 프랑스의 구심점이요, 세계의 중심이다." 이와 같은 자기 지위의 무한함을 구체적으로 나타내기 위해서 태양왕은 궁전을 의도적으로 파리 밖으로 옮겼다. 허허벌판에 궁전을 세움으로써 프랑스 국왕은 도시나 시민 대중 —— 자신의 세력을 뒷받침하는 것들 —— 이 필요하지 않음을 강조했다. 그가 팔을 뻗어 가리키기만 하면 금세 진창과 모래밭은 정원과 숲으로 변했고, 인공 폭포와 동굴이 생겼고, 놀랄 만큼 아름답고 위풍당당한 궁전이 세워졌다. 자기가 멋대로 선택한 이 천문학상의 한 점에서 제국의 해는 떴고 또 졌다. 민중은 아무것도 아니고 국왕이 전부임을 프랑스에 보여주기 위해서 베르사유는 축조된 것이었다.

창조력이란 언제나 그것을 성취시키는 사람에게만 국한되는 법, 상속되는 것은 왕관 그 자체일 뿐, 왕관이 지녔던 권력이나 권위는 상속되지 않는다. 이제 성취시킨 자는 자취를 감추었고 왜소하고 정에 무른 향락적인 인물들, 즉 루이 15세와 루이 16세가 넓은 궁과 위대하게 창건된 제국을 이어받았다. 그들의 시대에 외적으로는 아무런 변화도 일어나지 않았다. 국경도, 언어도, 풍습도, 종교도, 군대도 그대로였다. 루이 14세의 단호한 손길이 너무나도 확고하게 형식을 굳혀놓았기 때문에 100년 안에 변화될 수는 없었다. 그러나 형식만 남았을 뿐 내용은 사라졌다. 창조의 원동력이 되는 빛나는 질료가 없어졌기 때문이다. 루이 15세 당시 베르사유의 겉모습은 아직 변화하지 않았지만 의미는 변했다. 복도와 뜰에서는 호사스러운 제복을 입은 하인들 3,000-4,000명이 여전히 붐볐고, 마굿간에서는 말 200필이 여전히 울고 있었고, 무도회, 접견, 가장무도회 따위에서는 예법의 정교함이 기름칠이 잘된 돌쩌귀처럼 여전히 잘 돌아가고 있었다. 사방이 거울로 이루어진 홀, 금빛으로 번쩍이는 홀에서 주름 잡힌 실크에 보석을 박은 호사스러운 의상으로 치장한 기사들과 귀부인들은 여전히 웃어대고 있었다. 아직도 이 궁정은 당대 유럽의 가장 유명하고 세련되고 개화된 궁정이었다. 그러나 이 모든 것들은 이전에는 용솟음치는 충만된 권력의 표현이었으나, 이제는 다만 공호한 몸짓, 영혼도 의미도 없는 타성적인 움직임에 그칠 뿐이었다. 또다른 루이가 왕이 되었으나, 그는 지배자가 아니었고 정치에는 무관심한 공처가였다. 그 역시 궁정 주위에 대주교, 재상, 장군, 건축가, 시인, 음악가들을 불러모으기는 했다. 그러나 그 자신이 루이 14세가 되지 못했듯이, 그들 역시 보쉬에(루이 14세 당시 가장 위대한 주교. 왕권을 강력하게 지지하는 저술을 했음/역주)도, 튀렌(프랑스의 명장. 스페인과의 왕위 계승 전쟁에서 여러 번 승리를 거둠/역주)도, 리슐리외(재상/역주)도, 망사르(건축가/역주)도, 콜베르도, 라신도, 코르네유도 아니었다. 무엇인가를 이루어보려는 대신에, 의지와 정신으로 피흘리며 관철하는 대신에, 이미 이루어진 것을 가지고 무위도식하며 즐기고 지위와 계급에만 눈독을 들이는, 이해에 민활하게 움직이는 족속들이었다. 이 대리석 온실에서는 이제 어떤 대담한 계획도, 단호한 변화도, 문학 작품도 육성되지 않았다. 다만 음모와 여자의 환심을 사려는 말만이 진흙탕의 잡초처럼 무성하게 자라났다. 나라의 공무를 결정하는 일은 이제 업적이 아니라 간계이며, 공로가 아니라 비호였다. 아침 접견시에 퐁파두르나 뒤바리 앞에서 가장 깊숙이 허리를 꺾는 사람이 가장 높은 데까지 승진했다. 행동 대신 말이, 본질 대신 외관이 중요해졌다. 동종교배(同種交配)를 거듭하는 이 사람들은 다만 서로서로를 위해서 그지없이 우아하게 그러나 아무런 목적도 없이, 저마다 국왕, 정치가, 승려, 장군 역할을 하고 있었다. 그들은 모두 현실을, 프랑스를 잊고 자기 자신, 자신의 경력, 자신의 즐거움만을 생각하고 있는 것이었다. 루이 14세 당시 유럽 최고의 광장으로 여겨졌던 베르사유가 루이 15세 밑에서는 귀족 애호가들의 동호인 극장으로 전락했다. 당대의 세계에 알려진 가장 정교하고 사치스러운 극장으로.

처음 데뷔하는 여배우처럼 특유의 머뭇거리는 걸음걸이로 이 굉장한 무대 위에 열다섯 살 소녀가 나타났다. 처음에는 그저 조그만 단역, 왕세자비의 역을 맡았다. 그렇지만 관객인 높은 귀족들은 이 조그만 금발의 오스트리아 황녀가 후에는 베르사유의 주역, 즉 왕비 역을 맡으리라는 점을 알고 있었다. 그녀가 도착하자마자 곧 호기심에 찬 시선들이 일제히 그녀를 향했다. 첫인상은 훌륭했다. 세브르(파리 서남쪽 교외의 도시. 도자기로 유명함/역주)산 초벌구이 질그릇에서 골라낸 것같이 황홀하도록 날씬한 조그만 몸매, 유약을 바른 도자기 같은 안색 그리고 쾌활한 푸른 눈, 어린애답게 깔깔거릴 줄도 알고, 또 더없이 우아하게 미소 지을 줄도 아는 입. 이토록 매력적인 소녀의 등장은 참으로 오랜만의 일이었다. 나무랄 데 없는 몸가짐, 날개라도 단 듯한 우아한 걸음걸이, 춤추는 모습은 더욱 매혹적이고 —— 역시 여황제의 딸은 다르다 —— 사방이 거울로 된 회랑을 꼿꼿한 자세로 당당하게 활보하며 공평하게 좌우로 인사를 보내는 자신 있는 태도는 놀라울 정도였다. 프리마돈나가 없을 때는 제일 훌륭한 배역을 맡아도 좋을 귀부인들은 이 어깨가 좁은, 채 성인이 되지 않은 소녀가 자신들을 누르는 적임을 알고 남몰래 노여움에 몸을 떨었다. 어쨌든 몸가짐이 하나만 잘못되어도 이 엄격하고 일치단결된 궁정 사회는 금세 알아차렸다. 그런데도 이 소녀는 신성한 홀에서 뻣뻣한 자세 대신 어린아이답게 거침없이 행동하고픈 특이한 소망을 가졌다. 그래서 야생마 같은 조그만 소녀 마리 앙투아네트는 손아래 시동생들과 노느라고 치맛자락을 휘날리며 뛰어다녔다. 그녀에게는 장차의 왕비에게 궁전에서 끊임없이 요구하는 삭막하고도 빈틈없는 절도, 얼음과 같은 신중함이 몸에 밸 수 없었다. 그러면서도 중요한 때에는 나무랄 데 없이 처신할 줄 알았다. 사실 그녀는 프랑스만큼이나 훌륭한 스페인-합스부르크가의 예법 속에서 성장했다. 그러나 빈 왕궁과 쇤브룬 궁에서는 장엄해야 할 순간에만 장엄한 몸가짐을 하면 되었다. 접견을 위해서만 예복을 꺼내왔고, 시종들이 내방객들 뒤로 문을 닫기만 하면 곧장 숨을 돌리고 거추장스러운 옷을 벗어버렸다. 그리고 나면 긴장을 풀고 편안해지고 가족적으로 바뀌어 아이들은 마음대로 즐겁고 신나게 뛰어놀아도 좋았다. 쇤브룬 궁에서도 예법을 따르기는 했지만 신처럼 떠받들어 섬기지는 않았다. 그러나 이곳, 젠체만 하는 케케묵은 궁정에서 사람들은 살기 위해서 사는 것이 아니라 오직 위엄을 갖추기 위해서 살고 있었다. 서열이 높아질수록 지켜야 할 것도 그만큼 많아졌다. 아무런 대가도 없는 일, 자발적인 몸짓은 제발 삼가달라고 충고했다. 그런 일은 돌이켜 만회할 수 없는 풍속교란으로 받아들여지기 때문이었다. 아침부터 밤까지, 밤부터 아침까지 언제나 몸가짐, 몸가짐, 또 몸가짐……. 그렇지 않으면 생의 목표가 오직 이 극장 안에서 극장을 위해서 사는 데 있는 완고한 아첨꾼들 무리가 툴툴거렸다.

 이러한 베르사유의 소름끼치도록 근엄한, 의식의 신성화를 마리 앙투아네트는 어린 소녀일 때나 왕비가 되었을 때나 이해할 수 없었다. 고개 한 번 까딱하고 발 한 번 내디디는 데 모든 사람이 부여하는 끔찍한 중요성을 그녀는 도무지 이해할 수 없었고 뒷날에도 결코 이해하지 못했다. 본디부터가 제멋대로이고 반항적이고, 모든 것에 대해서 한없이 솔직했기 때문에 그녀는 구속당하는 것이라면 뭐든지 싫어했다. 그녀는 계속 오스트리아 인으로 살아가고자 했고, 견딜 수 없도록 중요한 것처럼 하는 짓거리들, 중요한 것처럼 받아들이는 태도를 진득하게 참으려고 하지 않았다. 어렸을 때 숙제가 하기 싫어 살그머니 도망을 쳤듯이 여기서도 기회만 있으면 엄격한 시녀 마담 드 노아유 —— 그녀는 야유조로 "마담 에티켓"이라고 불렀다 —— 를 피해 달아나려고 했다. 너무 어린 나이에 정책에 의해서 도매금으로 넘어간 이 어린아이는 무의식적으로 이렇게 함으로써라도 지위가 부여하는 온갖 호사의 한가운데서 단 한 가지 그녀에게 유보된 것 —— 그것은 몇 년간의 진정한 어린 시절이다 —— 을 원하고 있었던 것이다.

 그러나 왕세자비는 이미 아이가 아니었으며 또한 아이가 되어서도 안 되었다. 그녀에게 확고부동한 품위를 지녀야 한다는 의무를 상기시켜주려고 모두가 고심했다. 교육은 주로 독실한 신자인 체하는 수석 여관과 루이 15세의 세 딸이 맡았다. 편협한 신심을 가진 고약한 노처녀들이었다. 그들의 정숙함은 가장 심술궂은 험담가들도 감히 의심하려고 들지 못했다. 마담 아델라이드, 마담 빅투아르, 마담 소피, 이 세 운명의 여신은 겉으로는 매우 다정하게, 남편이 제대로 돌봐주지 못하는 마리 앙투아네트를 맡았다. 그러나 은밀히 규방에서 마리 앙투아네트가 그들에게서 배운 것은 궁정에서 벌어지는 암투의 전략들이었다. 음흉한 악의, 비밀스러운 간계, 중상비방의 기술, 신랄하게 비꼬는 기술을 배워야 했던 것이다. 철부지 마리 앙투아네트는 처음에는 새로운 학습이 재미있어 이 소금기 섞인 재담을 아무런 저항 없이 무턱대고 따라 나불거렸다. 하지만 그녀의 타고난 정직성이 그런 악의에 반감을 가지게 했다. 세 노처녀에게는 안되었지만 마리 앙투아네트는 자신을 꾸미는 방법, 자기 감정 ─ 증오든 애착이든 ─ 을 숨기는 방법을 습득하지 못했다. 올바른 본능이 그녀를 시고모들의 후견에서 벗어나게 했다. 정직하지 못한 모든 것들이 그녀의 곧고 거침없는 본성에 거슬렸던 것이다. 드 노아유 백작부인 역시 그리 성공을 거두지는 못했다. 열다섯 살, 열여섯 살 소녀의 감당하기 어려운 기질은 조목에 따라 자로 잰 듯이 빈틈없이 나누어진 하루 일과에 대해서 끊임없이 반항했다. 그러나 그 일과 중 어느 한 가지도 변경시킬 수 없었다. 마리 앙투아네트는 하루를 이렇게 묘사했다.

"나는 9시 반에서 10시 사이에 일어나 옷을 입고 아침 기도를 드립니다. 그리고는 아침을 들고 시고모들한테로 갑니다. 보통 거기서 국왕을 뵙죠. 그러면 10시 반 정도가 됩니다. 11시 정각에 머리를 다듬으러 갑니다. 정오가 되기 전에는 작위나 이름 없는 사람들을 제외하곤 모두 내 방에 들어올 수 있습니다. 나는 그들 앞에서 연지를 바르고, 손을 씻고 합니다. 남자들은 물러가고 여자들만 남으면 옷을 갈아입지요. 12시 정각에는 교회에 갑니다. 국왕께서 베르사유에 계실 때는 국왕 전하와 왕세자, 시고모들과 함께 미사에 참석합니다. 안 계시면 왕세자님하고 둘이서만 가는데 시간은 언제나 똑같습니다. 미사가 끝난 뒤에는 공식 오찬을 들지요. 저희 둘 다 몹시 빨리 식사를 하기 때문에 1시 반이면 끝납니다. 이어서 나는 왕세자님 방으로 가는데 왕세자님이 바쁘시면 내 방으로 돌아와 책을 읽거나 뭘 쓰거나 일을 합니다. 국왕 전하를 위해서 옷을 하나 만들고 있는데 속도가 느려서 신의 도움을 받아 몇 년 안에는 완성될 수 있기를 바라고 있습니다. 3시에는 다시 시고모들에게 갑니다. 국왕께서는 이 시간에는 꼭 그분들 방에 들르시죠. 4시에는 수도원장이 내게로 오고, 5시에는 피아노 선생이나 음악 선생이 와서 7시까지 있죠. 6시 반에는 산책을 나가거나 시고모들에게로 갑니다. 거의 언제나 이 시간에는 남편도 고모들에게 함께 갑니다. 7시부터 9시까지는 여러 가지 놀이를 하지만 나는 날씨가 좋으면 산책을 나갑니다. 그럴 때면 내 방이 아닌 시고모들 방에서 놀이가 벌어집니다. 9시에 저녁을 먹는데 국왕께서 베르사유에 안 계시면 저희들이 시고모들한테로 가서 보통 10시 45분에 들르시는 국왕을 기다립니다. 나는 그 사이에 커다란 장의자에 누워 잠을 자지요. 국왕께서 안 계시면 11시 정각에 잠자리에 듭니다. 이게 내 하루 일과예요."

이 일과표에서처럼 오락을 위한 시간은 별로 많지 않았다. 바로 그것을 그녀의 초조한 마음이 원하는데도 말이다. 그녀의 몸 안에서 끓고 있는 젊은 피는 마음껏 수선을 부린 뒤에야 잠잠해지고 싶어했다. 놀고 행패를 부리고 싶은 것이다. 그렇지만 그럴 때에는 "마담 에티켓"이 즉시 엄하게 손가락을 치켜세우고 이것저것은 이러저러 하니까 마리 앙투아네트가 원하는 모든 것은 왕세자비라는 지위에 도저히 어울리지 않는다고 경고했다. 전에는 선생이었고 지금은 고백신부이며 강론자인 수도원장 베르몽은 그녀로 인해서 진정 곤경을 치르고 있었다. 마리 앙투아네트의 교양은 평균치에 훨씬 못 미치기 때문에 배워야만 할 것이 원체 너무나 많았다. 열다섯 살에 이미 독일어는 거의 절반을 잊어버렸고 프랑스 어는 아직 완전히 습득하지 못해 글씨는 한심스러울 정도로 서투르고 문장은 뜻이 안 통할 뿐더러 문법상의 오류로 가득 차 있는 형편이었다. 그러나 수도원장은 이러한 마리 앙투아네트에게 도움을 아끼지 않았다. 그녀에게 대충이라도 늘 편지를 쓰게 했다. 그밖에도 매일 한 시간씩 책을 읽어 주었고 강제로라도 스스로 책을 읽게 만들었다. 마리아 테레지아가 편지마다 빠뜨리지 않고 무엇을 읽었느냐고 물었기 때문이었다. 마리아 테레지아는 딸이 매일 오후에 읽고 쓴다는 보고를 믿을 수가 없어 이렇게 주의를 주었다. "부디 네 머리를 훌륭한 독서로 채우도록 하여라. 독서는 다른 그 누구보다도 네게 필요불가결한 것이다. 나는 두 달 전부터 수도원장의 독서 목록을 기다리고 있는데 네가 독서를 게을리 하지나 않을까 걱정이다. 말이나 당나귀 같은 짐승이나 독서하도록 정해진 시간에 딴전을 부리는 법이다. 너는 그림도 음악도 춤도 혹은 다른 학문도 제대로 능숙하게 하는 것이 없지 않느냐. 그러니 겨울인 지금 독서를 소홀히 하지 말아라."

안되었지만 마리아 테레지아의 불안한 생각은 적중했다. 순진하면서도 능숙한 방법으로 작은 마리 앙투아네트는 수도원장 베르몽에게 올가미를 씌워 —— 왕세자비에게 강요하거나 벌을 줄 수도 없으니 말이다! —— 독서시간은 늘 잡담시간이 되고 말았다. 그래서 배우는 것은 거의 없었고 어머니의 어떠한 촉구도 그녀를 진지하게 만들지 못했다. 너무 일찍 결혼한 탓으로 바르고 건강하게 발전할 수가 없었다. 호칭만 부인일 뿐 아직 어린아이였으나 마리 앙투아네트는 위엄 있게 품위와 지위를 대표해야 했다. 동시에 다른 한편으로는 아직 학생용 걸상에 앉아 초등학교 교육 중에서도 아주 기초적인 지식을 뒤늦게 보충하는 판이었다. 때로는 위대한 숙녀로 대접받고 때로는 조그만 아이처럼 야단을 맞았다. 그녀에게 시녀들은 신분에 맞는 태도를, 시고모들은 음모를, 어머니는 교양을 요구했다. 그러나 그녀의 어린 가슴은 어린 나이 그대로 어리고 싶다는 생각으로 가득 차 있었다. 이처럼 나이와 지위, 자기 의사와 타인의 의사 사이의 모순 속에서 방황해야 했다. 그렇지 않았더라면 아주 곧게 자라났을 성격 속에 훗날 마리 앙투아네트의 운명을 그토록 비참하게 만들어놓는 끓어오르는 불안과 자유로워지려는 조바심이 싹텄다. 낯선 궁정에서의 위험하고도 위태로운 딸의 위치를 마리아 테레지아는 훤히 알고 있었을 뿐만 아니라 너무도 어리고, 진지하지 못하고, 부박한 이 아이가 자기의 본능만으로는 결코 음모의 여우 덫과 권모술수의 함정을 피하지 못하리라는 것까지도 알고 있었다. 그래서 그녀는 휘하의 외교관들 가운데 가장 훌륭한 사람, 신뢰할 만한 지도자인 메르시 백작을 딸의 측근으로 보냈다. 그에게 여제는 놀랍도록 스스럼없는 편지를 보냈다. "짐이 두려워하는 것은 딸아이의 지나친 젊은 혈기, 그 아이를 둘러싼 주위의 지나친 아첨, 그애의 태만함과 진지함의 결여라오. 짐은 경을 전적으로 신임하오. 그애가 결코 악인들의 손아귀에 빠져들지 않도록 지켜주기 바라오."

여황제가 메르시보다 더 나은 사람을 선택할 수는 없었을 것이다. 메르시 백작은 본래 벨기에 태생이었다. 하지만 여군주에게 헌신적이었으며, 궁정인이되 간사하지 않았으며, 냉정하게 생각하되 차가운 사람이 아니었고, 천재는 아니더라도 명석했고, 공명심에만 사로잡혀 있지 않은 독신자였다. 그의 평생 소망은 바로 여군주에게 완벽한 봉사자가 되는 것이었기 때문에 모든 판단력을 동원하여 감동적인 충성으로써 황녀의 보호자 역할을 맡았다. 겉으로 보기에는 여황제의 베르사유 궁정 주재 대사였지만 사실 그는 어머니의 눈이자 귀, 도움을 아끼지 않는 손길이었다. 그의 자세한 보고 덕분에 마리아 테레지아는 쇤브룬 궁에서 망원경을 가지고 보듯 딸을 관찰할 수 있었다. 어머니는 딸이 하는 말 한마디 한마디, 읽는 책 한권 한권을 알고 있었고, 무엇을 입었는지까지 알았다. 마리 앙투아네트가 어떻게 하루하루를 보냈으며 누구와 이야기를 나눴으며 무슨 잘못을 저

질렸는지도 알고 있었다. 메르시는 아주 능숙하게 자기의 피보호자 주위에 촘촘한 그물을 쳐놓았다.

"저는 황녀 마마의 시종들 중에서 3명을 제 편으로 포섭했습니다. 베르몽을 통해서 매일 마마를 관찰하게 하며, 또 뒤르포르 후작부인을 통해서 마마가 시고모들과 하는 잡담의 마지막 말까지 알고 있습니다. 이밖에도 왕세자비께서 국왕 전하 곁에 계실 때 일어나는 일을 알아내기 위한 방법을 찾았습니다. 또 제 자신이 철저히 관찰하고 있으므로 마마가 무엇을 하셨고 무슨 말씀을 하셨고, 또 무엇을 잡수셨는지 낱낱이 알고 있습니다. 그렇지만 저는 언제나 폐하를 안심시키는 데 꼭 필요한 정도만 조사를 하고 있습니다." 이 충직한 시종은 그가 듣고 정탐한 것을 숨김없이 진실 그대로 보고했다. 서로의 우편물을 도둑질하는 것이 당시 외교에서 최고의 기술이었기 때문에 특별한 급사가 직접 마리아 테레지아에게 친서를 전했다. "친전(親展)"이라고 쓴 봉인된 겉봉 덕분에 대신도 요제프 황제도 손에 넣을 수가 없었다. 어쨌든 천진한 마리 앙투아네트는 쉰브룬 궁에서 자기의 생활 하나하나를 너무 빠르고 자세하게 알고 있다는 사실을 가끔 의아하게 여겼다. 그렇지만 아버지같이 친절한 백발 신사가 어머니의 은밀한 첩자이며, 신기하게 모든 것을 알고 경고하듯 쓰여 있는 어머니의 편지가 사실은 그의 간청에 의한 것이며, 그의 입김이 들어 있다는 사실은 꿈에도 생각하지 못했다. 메르시로서는 어머니의 권위를 빌리지 않고는 달리 이 망아지 같은 소녀에게 영향을 줄 방법이 없었다. 우방이라고는 하지만 낯선 궁정의 대사인 그가 왕세자비에게 감히 도덕적인 지도를 할 수 있는 권리도 없었고 또 장래의 프랑스 왕비를 교육시키거나 영향을 끼치려는 무엄한 짓을 해서도 안 될 처지에 있었다. 그래서 그는 언제나 무엇인가가 필요하다고 생각될 때면 마리 앙투아네트가 가슴을 설레며 뜯어보는 사랑으로 가득 찬 준엄한 편지를 주문했다. 이 진지하지 못한 어린아이는 이 세상 어느 누구에게도 복종하지 않았지만 어머니의 목소리 —— 비록 글자로 쓰인 말이기는 하지만 —— 를 들을 때면 외경을 느꼈고, 가장 준열한 꾸중을 듣더라도 공손하게 머리를 숙였다.

  이러한 끊임없는 파수꾼 노력 덕분에 마리 앙투아네트는 처음 몇 년 동안 가장 커다란 위험, 즉 그녀 자신의 지나침으로부터 보호받았다. 보다 굳센 정신, 시야가 넓은 위대한 어머니의 예지가 그녀를 대신하여 생각했고 단호한 엄격함이 그녀의 경박함을 지켜주었다. 그리고 여제로서의 마리아 테레지아의 국가 정책을 위해서 너무나도 어렸을 때, 딸의 젊은 생을 희생시켰기 때문에, 어머니로서의 그녀는 그 빚을 그처럼 자상하게 보상하려고 했다.

  어린 마리 앙투아네트는 성품이 온순하고 친절하며 생각하기를 좋아하지 않았기 때문에 자기를 둘러싼 주변 사람 모두에게 처음부터 어떤 반감도 없었다. 그녀는 자기를 다정하게 쓰다듬어주는 시아버지 격의 시할아버지 루이 15세를 정말 좋아했고 노처녀들과 "마담 에티켓"과도 그럭저럭 사이좋게 지냈다. 훌륭한 고백신부 베르몽에 대해서는 신뢰를, 조용하고 다정한 어머니의 친구 메르시 대사에 대해서는 어린아이답게 존경에 찬 애착을 품고 있었다. 그렇지만 그들은 모두가 늙고 모두가 근엄하고 신중하고 장엄하고 위엄 있는 사람들일 뿐이었다. 열다섯 살 소녀는 누군가와 스스럼없는 친구가 되어 즐겁고 허물 없이 지내고 싶었다. 선생이나 감시자, 훈계자가 아닌 놀이 친구를 바랐다. 그녀의 젊음이 젊음을 갈망하고 있는 것이었다. 그렇지만 여기서 그 누구와 즐겁게 지낼 수 있단 말인가? 이 소름이 끼치도록 엄숙하고 차가운 대리석 집에서 누구와 놀이를 한단 말인가? 나이에 걸맞는 정말 놀이 친구라고 할 만한 또래가 1명 있기는 했다. 불과 한 살 위인 남편이었다. 그러나 이 서투른 친구는 젊은 아내가 아무리 신뢰를 보여도 뚱해서 당황해하며, 또 당황한 탓으로 자주 거칠게 피해버렸다. 그 역시도 그렇게 일찍이 결혼하고 싶다는 욕망은 눈꼽만큼도 없었기 때문에 이 낯선 소녀를 공손하게 대해야겠다는 결심을 굳히기까지에는 상당한 시간이 걸렸다. 이제 남은 사람은 남편의 동생들, 프로방스 백작과 아르투아 백작뿐이었다. 열네 살, 열세 살짜리 시동생들과 마리 앙투아네트는 때때로 천진하게 장난을 치고, 의상을 빌려다가 몰래 연극 놀이도 했다. 그러나 "마담 에티켓"이 가까이 오는 즉시 모든 것을 감추어야만 했다. 왕세자비가 놀이를 하는 현장을 들켜서는 안 되니까! 무엇인가 재미있는 것, 다정한 것이 이 분방한 아이에게는 필요했다. 한번은 대사에게 빈에서 몹스(불독같이 못생긴 작은 개/역주) 한 마리를 가져다달라고 청했는가 하면 또 한번은 대(大)프랑스의 왕세자비가 시중을 드는 어린 하녀 둘을 자기 방으로 불러 ─ 기절초풍할 노릇이다 ─ 아름다운 옷에는 아랑곳하지 않고 그들과 함께 방바닥에서 미끄럼을 타고 뒹굴며 법석을 떠는 광경을 엄격한 수석 여관이 발견한 적도 있었다.

 맨 처음 순간부터 마지막 순간까지 마리 앙투아네트 내부의 자유롭고 자연스러운 인간성은 결혼으로 인해서 접하게 된 주위 세계의 부자연스러움에 항거했다. 무거운 스커트 버팀쇠와 답답한 코르셋으로 대표되는 부자연스러운 장중함에 항거하여 싸웠다. 마음이 가볍고 매인 곳 없는 빈 여인은 수천 개의 창문이 달린 장엄한 베르사유 궁전에서 언제까지나 자신을 이방인으로 느끼고 있었다.

한마디 말을 둘러싼 싸움

"정치에 끼어들지도 말고, 남의 일에 간섭하지도 마라." 마리아 테레지아는 처음부터 딸에게 거듭 이렇게 되풀이했다 —— 하지만 사실은 불필요한 경고였다. 어린 마리 앙투아네트에게는 오락만이 이 세상에서 가장 중요한 것이었다. 철저한 심사숙고나 조직적인 사고를 해야 하는 순간에 부딪치면 자기애에 빠진 이 젊은 여자는 말할 수 없이 지루해했다. 그녀가 몇 해 가지 않아 음모라는 가련한 싸움에 말려들게 된 것은 전혀 본의가 아니었다. 음모는 루이 15세의 궁정에서 선이 굵은 국가 정책의 자리를 대신했다.

  그녀는 처음부터 베르사유가 두 파로 갈라져 있음을 알 수 있었다. 왕비가 죽은 지 오래되었으므로 여자로서의 최고의 지위와 모든 권위는 합법적으로 따지면 의당 국왕의 세 딸에게 돌아가야 했다. 그러나 간사하고 편협한 마음씨를 가진 이 세 여자는 서툴고 단순한 데다 소심했다. 미사 드릴 때 맨 앞줄에 앉고 접견시에 윗자리를 차지하려는 것 외에는 달리 자신들의 지위를 이용할 줄 몰랐다. 노처녀답게 만사를 재미없고 짜증스러워한 탓으로 이들 자매는 오로지 쾌락만을 추구하여 분별 없는, 더할 나위 없이 분별 없는 육욕에 불타는 부왕에게 아무런 영향력도 행사하지 못했다. 아무런 권력도 영향력도 없었으므로 말단 신하조차 그들의 환심을 사려고 애쓰지 않았다. 따라서 모든 영광과 명예는 당초에 권위와는 별 상관이 없는 여자에게로 돌아갔다. 그 여자가 바로 국왕의 마지막 애첩 마담 뒤바리였다. 최하층의 천민 출신인데다 과거가 분명치 않고, 소문에 따르면 홍등가를 거쳐 왕의 침실에 이르렀다고 한다. 이 여인은 자신이 궁정의 일원임을 증명하는 증명서를 얻기 위해서 의지박약한 애인 루이 15세에게 귀족 출신의 남편을, 곧 뒤바리 백작을 사달라고 졸랐다. 뒤바리 백작은 문서상의 결혼식을 치른 다음 날 영원히 사라졌다. 그러나 그의 이름은 과거에 거리의 여인이었던 이 여인에게 영원한 입궐 자격을 부여했다. 그리하여 "가장 크리스트교적이신 국왕"이라는 별칭을 가진 프랑스 국왕은 익히 알고들 있는 애첩을 형식상 궁신들이 있는 자리로 데리고 나와 인사를 시키며 낯선 귀족부인이라고 소개했다. 우스꽝스럽고 수치스럽기만 한 익살극이 온 유럽 인들 앞에서 벌어졌다. 이 접견으로 마담 뒤바리의 위치가 합법화되자, 이 국왕의 정부는 거대한 궁정에서 살게 되었다. 격분한 공주들과는 불과 방 세 개를 사이에 두었고, 특별히 마련된 계단이 국왕의 방과 연결되어 있었다. 그 방면으로는 노련하고 독특한 육체를 가졌다는 저 늙은 호색가를 싱싱하고 즐겁게 해준다는 점, 귀엽고 사랑스럽다는 점, 그리고 아직 순진해 보인다는 점에서 색정에 빠진 늙은 루이 15세는 꼼짝달싹 못한 채 완전히 사로잡혀 있었다. 이제 그녀의 살롱을 거치지 않고서는 국왕의 호의를 얻어낼 길이 없었다. 그녀는 막강한 권력을 쥐고 있었기 때문에 모든 궁신들이 몰려들었고, 외국의 군주들이 보낸 사신들은 경외심에 가득 차 그녀의 방 앞 부속실에서 기다리고 있었으며, 왕과 제후들이 선물을 보내는 일은 당연한 것이 되었다. 그녀는 재상을 마음대로 갈아치울 수 있었고, 궁성을 짓게 할 수도 있었을 뿐 아니라, 국왕의 보물은 뭐든지 마음대로 할 수 있었다. 그녀의 피둥피둥한 목에는 묵직한 다이아몬드 목걸이가 반짝거렸고, 두 손에는 거대한 반지가 번득였다. 추기경들과 제후들, 영달을 꾀하는 자들은 모두 공손하게 그 손에 입을 맞추어 경의를 표했다. 그녀의 탐스러운 갈색 머리칼 위에는 눈에 보이지 않는 왕관이 빛나고 있는 셈이었다.

국왕의 은총은 몽땅 이 비합법적인 침상의 주인공에게 내려졌으며, 이제까지 베르사유의 그 어느 왕비에게서도 전례를 찾아볼 수 없는 아첨과 경의가 뻔뻔스럽고 교만하고 무례한 이 탕녀를 둘러싸고 다투어 만발했다. 그렇지만 뒷방에서는 국왕의 까다로운 세 딸이 들어앉아서 온 궁정에 치욕을 가져오고, 아버지를 우습게 만들고, 정국을 마비시키고, 크리스트교적인 가정 생활을 파괴하는 창녀에게 고함을 치며 욕설을 퍼부어댔다. 그들이 가진 유일한 것 곧 부덕(婦德) —— 기품이나 재능, 품위는 아예 없었다 —— 이 내뿜는 모든 증오를 동원하여 이 세 딸은 어머니 대신 왕비의 명예를 누리고 있는 바빌로니아의 창부를 미워했다. 하루 종일 그녀를 조소하고 경멸하고 창피주는 것이 하는 일의 전부였다.

이러한 상황에 놓여 있을 때 뜻밖에 반가운 행운이 굴러들어왔다. 바로 황녀 신분의 어린아이, 마리 앙투아네트의 출현이었다. 이제 겨우 열다섯 살이지만 장래의 왕비라는 지위를 생각하면 당연히 법률상으로는 궁정 제일의 여자였다. 그녀를 뒤바리에 맞서는 대안으로서 내세울 수 있다는 것이 이 세 노처녀에게는 그지없이 반가운 일이었다. 그리하여 첫 순간부터 이 분별 없고 물정 모르는 소녀를 날카롭게 만드는 작업이 시작되었다. 노처녀들은 뒷전에 서고, 앞에 나서서 깨끗하지 못한 야수를 때려눕히는 역할은 마리 앙투아네트가 맡게 했다. 그들은 다정한 얼굴로 어린 황녀에게 접근하여 자신들의 편으로 만들었고, 마리 앙투아네트는 아무것도 알지 못한 채 미처 몇 주일도 지나지 않아 잔혹한 싸움의 한가운데로 말려들었다.

도착했을 당시 마리 앙투아네트는 마담 뒤바리의 특이한 위치는 말할 것도 없고 자기의 위치조차도 알지 못했다. 법도가 엄한 마리아 테레지아의 궁정에서는 소실이 무슨 뜻인지도 전혀 몰랐으니 말이다. 다만 첫 만찬에서 다른 궁중 귀부인들과는 달리 호사스러운 장신구로 환하게 성장을 한, 가슴이 풍만한 부인 하나가 호기심에 찬 얼굴로 자기를 자꾸만 넘겨다보고 있음을 알아차렸을 따름이었다. 그리고 사람들이 그녀를 "백작부인, 뒤바리 백작부인"이라고 부르는 소리를 들었을 뿐이었다. 그러나 순진한 그녀를 친절하게 맞아들인 세 시고모들이 어찌나 철저하게 계획적으로 계몽을 시켜놓았던지 마리 앙투아네트는 몇 주일이 채 못 가서 어머니에게 그 "멍청하고 건방진 계집"에 대해서 편지를 썼다.

그녀는 친절한 시고모들이 함부로 입에 담는 고약하고 심술궂은 말들을 모조리 흉내내어 생각 없이 조잘거렸다. 지금까지 그런 종류의 센세이션에 굶주려왔던 궁정에서는 갑자기 흥미진진한 관심거리가 되었다. 왜냐하면 마리 앙투아네트가 왕국에서 공작새처럼 뽐내고 돌아다니는 무례한 침입자를 철저하게 무시하겠다는 생각을 하게 되었기 —— 아니 오히려 시고모들이 그녀에게 그런 생각을 불어넣었다 —— 때문이었다. 예법에 따르면 베르사유 궁에서는 서열이 낮은 부인이 자기보다 서열이 높은 부인에게 먼저 말을 건넬 수가 없고, 서열이 높은 부인이 말을 걸 때까지 공손하게 기다려야만 했다. 왕비가 없으니 두말할 것도 없이 왕세자비가 가장 서열이 높은 부인이었고 따라서 그녀는 이 권리를 효과적으로 사용했다. 쌀쌀한 미소를 지으며 도전적으로 왕세자비는 뒤바리 백작부인이 자기가 말을 걸어주기를 기다리고 기다리도록 만들었다. 몇 주일, 몇 달을 두고 초조한 여인으로 하여금 단 한마디 말에 굶주리게 했다. 수다쟁이들과 아첨꾼들이 눈치 채지 못할 리 없었다. 그들은 이 결전에 악마적인 흥미를 느끼고 있었다. 시고모들이 용의주도하게 지펴놓은 불길에 온 궁정이 유쾌하게 몸을 녹이는 셈이었다. 모든 사람들은 팽팽하게 긴장하여, 분노를 제대로 억제하지 못하고 궁정 귀부인들 가운데 앉아 있는 뒤바리를 주시했다. 조그만 열다섯 살짜리 무례한 금발 머리가 쾌활하게, 어쩌면 고의적으로 쾌활한 척하며 다른 귀부인들과 잡담을 하고 또 하는 모습을 바라보아야만 하는 뒤바리가 관심의 초점이 되었다. 그녀만 옆에 오면 마리 앙투아네트는 약간 앞으로 나온 합스부르크가 특유의 입술을 힘을 주어 끌어당기고는 아무 말도 하지 않았다. 다이아몬드가 휘황하게 번쩍이는 백작부인을 보면 유리창을 대하듯 무심히 딴 곳을 바라보았다.

뒤바리 역시 본디 나쁜 사람은 아니었다. 평민 출신의 보통 여자로서 그녀는 하층계급이 가지는 모든 장점을 지니고 있었다. 즉 벼락 출세한 사람들의 너그러움을 가지고 있었고, 자기를 좋게 생각하는 모든 사람에게는 거리감 없이 상냥하게 대했다. 허영심 때문에 그녀는 자신에게 아첨하는 사람들이라면 누구든 마음에 들어했다. 뭔가를 청하는 사람들에게는 그들이 누구든지 후하게 주는 편이었다. 아주 악녀거나 시기심이 많은 여자는 아니었다. 그러나 밑바닥에서부터 복잡한 과정을 밟아 벼락 출세를 한 까닭에 뒤바리는 권력이라는 것이 무엇인지 어렴풋하게나마 생각해볼 겨를이 없었다. 그저 그것을 감각으로 느끼고 눈으로 보는 정도에서 즐기려고 했다. 우쭐해서 그 호화로운 불법의 영광 속에 그저 잠겨 있고 싶을 뿐이었다. 무엇보다도 그녀는 그 영광을 합법적인 것으로 인정받기를 원했다. 궁정 귀부인들 가운데서 맨 앞줄에 앉으려고 했고 제일 아름다운 다이아몬드를 가지고 싶어했으며 제일 호사스러운 옷, 제일 멋진 마차, 제일 빠른 말을 가지기를 바랐다. 또한 그녀는 그 모든 것을 그다지 힘들이지 않고 자기한테 성적으로 완전히 예속되어 있는 의지박약한 남자에게서 얻어냈다. 그는 그녀가 청하는 것을 거절하는 적이 없었다. 그러나 그녀의 최후의 공명심은 —— 이것이 모든 불법적인 권력이 빚어내는 희비극인데, 나폴레옹에게서조차 일어났던 희비극이다!(나폴레옹은 프랑스 황제가 된 후 자신의 미천한 신분을 보상하기 위해서 오스트리아 황녀를 강제로 아내로 삼음/역주) —— 바로 합법적인 여인으로부터 인정을 받겠다는 것이었다.

뒤바리 백작부인 역시 모든 제후들이 떼를 지어 경의를 표하고, 모든 조신들이 떠받들고, 소원이라는 소원은 모두 성취했으나, 그보다 더 이루고 싶은 한 가지 소원이 있었다. 궁정 최고 지위의 여자로부터 자신의 존재를 인정받는 것, 합스부르크 가문의 황녀로부터 다정하고 친절하게 대접받고 싶은 것이었다. 그러나 이 빨간 머리의 아이(까무러칠 정도로 격분하여 뒤바리는 마리 앙투아네트를 이렇게 불렀다), 아직 프랑스 어도 제대로 하지 못하는 조그만 열여섯 살짜리 풋내기가, 자기 남편을 제대로 남편 구실을 하게 만드는 —— 우스꽝스럽도록 하찮은 —— 일 한 번 못 해내는 계집아이가 처녀 주제에 언제나 입술을 쳐들고 콧방귀를 뀌며 자기를 무시하는 것이었다. 심지어는 공공연하고 아주 넉살 좋게 자기를 웃음거리로 삼았다. 가장 막강한 뒤바리는 이런 일을 절대로, 절대로 참을 수가 없었다!

　호메로스에나 나올 것 같은 서열 다툼에서 법은 의논할 여지도 없이 마리 앙투아네트 편에 있었다. 그녀는 보다 서열이 높았다. 백작부인 정도의 신분은 왕세자비에 비하면 새카맣게 저 아래였다. 왕세자비는 이 "백작부인"과 굳이 이야기할 필요가 없었다. 그녀의 가슴 위에서 700개의 다이아몬드가 번쩍이더라도 소용이 없었다. 그러나 뒤바리의 배후에는 실질적인 권력이 있었다. 국왕을 완전히 손안에 쥐고 있었던 것이다. 이미 도덕적으로 타락의 맨 밑바닥 가까이에 와 있는 루이 15세는 국가나 가족, 신하나 세계는 아랑곳하지도 않았고, 의기충천해 있는 풍자가들 역시 외면하고 —— 나중에 삼수갑산을 가더라도 —— 오로지 자기 일신의 휴식과 쾌락만을 추구하는 판이었다. 모든 것을 될 대로 되라고 내버려둔 채 궁중 법도 같은 것에는 전혀 신경조차 쓰지 않았다. 그렇게 하지 않으면 자기 자신부터 모범을 보여야 한다는 것쯤은 알고 있었을 것이다. 충분히 오랫동안 나라일을 했으니 이제 마지막 몇 년은 즐기며 살겠다는 것이었다. 자기 주위나 뒷일은 어떻게 되든지 그는 오로지 자신만을 위해서 살겠다는 것이었다. 따라서 이렇게 갑자기 터진 여자들의 전쟁은 괘씸하게도 그의 평화를 교란했다! 그 자신의 에피쿠로스적인 원칙에 따라 그는 조금도 끼어들고 싶지 않았다. 그러나 뒤바리는 날이 면 날마다 그런 어린것한테 모욕을 당하고 온 궁정 사람들 앞에서 웃음거리가 되는 것은 참을 수가 없다느니, 국왕이 자신의 명예를 지켜주고 더불어 국왕 자신의 명예를 지켜야만 한다느니 하며 귀에 못이 박히도록 불평했다. 마침내 국왕은 이 법석과 눈물이 참을 수 없이 귀찮아져서 마리 앙투아네트의 수석 여관 마담 드 노아유를 불러오게 했다. 드디어 일이 어떻게 돌아가는지 사람들이 알게 되었다. 처음에는 손자며느리의 상냥스러움에 대해서 많은 이야기를 하더니 점점 여러 가지 말을 했다. 왕세자비가 다소 경솔하게 말하는 것처럼 생각되며, 그런 태도가 의좋은 가족들에게 나쁜 영향을 미치리라는 사실에 주목해주었으면 좋겠다는 내용이었다. 시녀는 이 경고를 곧(의도한 바대로) 마리 앙투아네트에게 보고했고, 마리 앙투아네트는 시고모들과 베르몽에게 이 이야기를 했고, 베르몽은 또 오스트리아 사신 메르시에게, 메르시는 두말할 것도 없이 깜짝 놀라 겁을 집어먹고 —— 동맹, 동맹이 어떻게 되겠는가! —— 황급히 빈으로 사신을 보내서 사건의 전모를 전했다.

경건하고 독실한 마리아 테레지아에게는 이 얼마나 난처한 상황이었을까! 빈에 그 유명한 풍속위원회를 두어 이런 종류의 여자들은 가차없이 매질하여 교도소로 넘기는 그녀가 자신의 딸에게 뭐라고 해야 할 것인가? 그저 그런 계집에게는 공손히 대하라고? 그렇다고 국왕의 반대편에 설 수도 없었다. 그 여자의 마음속에서는 어머니로서의 처지, 근엄한 기독교도로서의 처지, 정치가로서의 처지가 서로 뒤얽힌 참으로 고통스러운 갈등이 일어나고 있었다. 결국은 노련한 외교관의 입장에 서서 사건을 모두 내각에 밀어버림으로써 그녀는 이 문제에서 슬쩍 발뺌을 했다. 그녀는 직접 딸에게 편지를 쓰지 않았다. 재상 카우니츠로 하여금 메르시가 이번 일에 대한 정치적인 해명을 제출하게 하라는 훈령을 내렸다. 이렇게 해서 한편으로는 예법상의 입장이 옹호되고, 그러면서도 어린 마리 앙투아네트에게는 어떻게 처신해야 할지를 일러준 셈이 되었다. 카우니츠는 이렇게 썼던 것이다. "국왕 전하가 궁정에 받아들인 사람에게 공손하게 대하기를 거부하는 것은 궁정을 모욕하는 일입니다. 국왕께서 신임하는 사람들에게는 모두 공손해야 할 것 같습니다. 그 누구도 그 신임이 정당한 것인지 부당한 것인지를 감히 재검토하려고 해서는 안 됩니다. 제후나 군주들께서 몸소 하신 선택은 모순의 여지없이 존중되어야만 하는 법입니다."

무슨 말을 하려는 것인지 분명히 너무나 분명히 나타나 있었다. 그러나 마리 앙투아네트는 시고모들의 따뜻한 방에 있었다. 편지를 읽어줄 때 그녀는 특유의 태평스러운 태도로 메르시에게 건성으로 "네, 네" "맞아요" 하고 대답했지만 속으로는 늙다리 가발 카우니츠 님 지껄이실 테면 얼마든지 지껄여보시라지, 개인적인 일에는 아무리 재상이라도 간섭하지 않았으면 좋겠어라고 생각하고 있었다. 그 둔한 "멍청한 계집"이 끔찍하게 성이 나 있다는 사실을 알고 난 다음부터 이 의기충천한 조그만 소녀는 그 일이 곱절이나 재미있어졌다. 그래서 아무 일도 없었던 것처럼 심술궂고도 즐거운 마음으로 이 공공연한 침묵을 고수했다. 매일같이 무도회에서, 파티에서, 카드 놀이에서, 심지어는 국왕의 식탁에서 뒤바리를 만나면 그녀가 기다리다 어떻게 눈을 흘기고 마침내는 제 분을 못 이겨 어떻게 몸을 떠는지 관찰했다. 그저 기다려라, 최후의 심판의 날까지 기다려라. 그녀의 시선이 자기를 스쳐갈 때면 언제나 경멸하듯 입술을 비죽이며 얼음처럼 차갑게 굴었다. 뒤바리와 국왕과 카우니츠 그리고 메르시, 또한 남몰래 마리아 테레지아까지 기다리고 열망하던 그 한마디 말을 끝내 건네지 않았다.

이제 전쟁은 공공연하게 선포되었다. 닭싸움 구경이라도 하는 듯 조신들은 단호하게 입을 다물고 두 여자를 둘러싸고 모여들었다. 한 여자는 까무러칠 정도로 격분하여 두 눈에 눈물이 괴어 있고, 다른 한 여자는 입가에 득의만면한 웃음이 경멸하듯 감돌고 있었다. 프랑스의 합법적인 여지배자와 비합법적인 주인 중 누가 자신의 의사를 관철시킬는지 모두 궁금해했고, 내기를 걸며 야단이었다. 베르사유에 수십 년 이래 최고의 구경거리가 생긴 것이었다.

드디어 국왕이 노하고 말았다. 이 궁정에서는 모두 비굴할 정도로 복종했고 속눈썹만 깜빡여도 굽실거리며 그가 뜻하는 방향으로 달려가는 것이 당연했다. 이제 대프랑스 국왕이 처음으로 반항을 감지한 것이다. 채 자라지도 않은 계집아이가 감히 그의 명령을 공공연하게 무시한 것이었다. 간단한 방법이 한 가지 있었다. 이 불손한 고집쟁이를 불러다 세워놓고 강력하게 세뇌를 시키는 방법이었다. 그러나 이성을 잃은 이 철면피한 남자의 마음속에도 아직 마지막 부끄러움은 남아 있었다. 성숙한 손자며느리에게 시할아버지의 소실과 이야기를 나누라는 명령을 내리기는 사뭇 거북했다. 당황한 루이 15세는 마리아 테레지아가 고심 끝에 쓴 방법과 똑같은 방법을 썼다. 즉 사사로운 일을 국가적인 사건으로 비화시켰다. 오스트리아 대사 메르시는 놀랍게도 프랑스 외무부 당국으로부터 협의를 위해서 알현실이 아닌 뒤바리 백작부인의 방으로 와달라는 요청을 받았다. 이 묘한 장소가 선택된 이유를 메르시는 단박에 짐작했다. 그가 예견했던 일이 벌어진 것이다. 대신과 몇 마디 채 나누기도 전에 뒤바리 백작부인이 들어와 다정하게 인사를 했다. 그리고 이야기하기 시작했다. 사람들이 자기가 왕세자비에게 적의를 품고 있다고 생각한다면 매우 부당하며, 수치스럽게 중상모략을 받고 있는 사람은 바로 자기라고 자세하게 털어놓았다. 호인인 대사 메르시는 여제의 대리인인 자기가 그토록 갑작스럽게 뒤바리의 신임을 받게 되는 것이 난처해서 이런 저런 외교적인 이야기로 얼버무리려고 했다.

그때 벽지로 위장된 비밀 문이 소리 없이 열리더니 루이 15세가 친히 이 복잡미묘한 대화에 끼어들었다. "지금까지 경은 여제의 대사였으나 이제부터 당분간은 과인의 대사가 되셔야겠소, 부탁이오"라고 메르시에게 말했다. 그리고 나서 마리 앙투아네트에 대해서 매우 솔직하게 털어놓았다. 그애를 매력적이라고 생각하지만 아시다시피 어리고 지나치게 활발한데다가 그녀를 다스릴 줄 모르는 남편을 만나 여러 가지 음모에 휘말리고 있으며 사람들(시고모, 즉 자신의 친딸을 의미한다)의 그릇된 충고에 빠져 있다고 말했다. 국왕은 왕세자비가 태도를 바꾸어야 한다는 자신의 결정을 알려주기를 바란다고 당부했다. 메르시는 즉각 이 일이 정치 문제화되었음을 알았다. 이것은 수행되어야만 할 공공연하고 명백한 위임이었고 국왕은 전적인 복종을 요구하고 있었다. 메르시는 두말할 것도 없이 이 사태를 급히 빈에 알렸다. 자신이 맡은 일의 난처함을 다소 완화시키기 위해서, 뒤바리가 그렇게까지 고약한 사람은 아니며 그녀의 요구는 오로지 왕세자비가 단 한 번만 공식석상에서 말을 건네달라는 사소한 것에 불과하다고 덧붙였다. 메르시는 뒤바리의 이미지에 다소 우호적인 수식을 곁들였다.

동시에 그는 마리 앙투아네트를 찾아가 재촉을 거듭했고 가장 자극적인 수단까지도 아끼지 않았다. 그녀를 위축시키기 위해서 프랑스 궁정에서 이미 지위가 높은 인물을 제거하는 데 여러 번 사용된 독약에 관해서도 이야기를 했고, 또 각별히 달변으로 합스부르크가와 부르봉가 사이에서 일어날 수도 있는 불화도 설명해주었다. 그는 모든 책임을 지고 단 둘이 있는 자리에서 마리 앙투아네트에게 여차하면 어머니의 필생의 업적인 동맹이 그녀의 태도로 인해서 깨질지도 모른다는 사실을 깨닫도록 구슬렸다. 이것은 그가 내놓을 수 있는 가장 막강한 카드였다.

실제로 그 대포는 효과가 있었다. 마리 앙투아네트가 위축된 것이다. 두 눈에 분노의 눈물을 글썽이면서 대사에게 날을 택하여 트럼프 판에서 뒤바리한테 말을 걸겠다고 약속하기에 이르렀다. 메르시는 한숨을 내쉬었다. 고맙게도! 동맹이 살아남게 된 것이다.

이제 궁중의 내막을 좀 아는 사람들은 멋들어진 궁정극에 대한 기대로 가득 차 있었다. 오늘 저녁 드디어 왕세자비가 뒤바리에게 처음으로 말을 건넬 것이다! 이러한 연극의 예정된 줄거리가 은밀하게 입에서 입으로 널리 퍼져나갔다. 조심스럽게 무대 배경이 준비되고 대사까지 미리 준비되었다. 메르시와 마리 앙투아네트가 합의한 바로는 저녁 인견에서 트럼프 판이 끝날 때쯤 메르시가 뒤바리 백작부인과 간단한 대화를 나눈다는 것이었다. 그러면 우연인 듯 왕세자비가 지나가다가 대사에게 다가가 인사를 하고, 그 기회에 국왕의 애첩에게도 몇 마디 말을 하기로 했다. 모든 것이 탁월하게 계획되었다. 그러나 이렇게 예정된 저녁 공연은 유감스럽게도 성공을 거두지 못했다. 그렇게 미워하는 적수가 공공연히 성공을 거두는 것을 시고모들이 결코 좋아할 리가 없었다. 그냥 보고만 있을 리도 없었다. 그들은 화해의 이중주가 시작되는 순서가 오기 전에 미리 철의 장막을 치기로 계획했다. 아주 훌륭하게 세워진 계획에 따라 마음을 착하게 먹은 마리 앙투아네트는 저녁이 되자 회합에 나갔다. 드디어 막이 올라간 것이다. 메르시는 프로그램에 따라 도입부의 역할을 해나갔다. 우연인 듯 마담 뒤바리에게 다가가 이야기를 시작했다. 그 사이에 마리 앙투아네트는 약속된 대로 장내를 돌며 접견을 시작했다. 한사람 한사람씩 자리를 옮겨가며 차례로 이야기를 해나갔다. 어쩌면 불안과 흥분과 노여움 때문에 마지막 대화를 다소 지연시켰는지도 모르겠다. 이제 단 한 사람, 마리 앙투아네트와 뒤바리 사이에는 마지막 한 사람만이 남아 있었다. 2분, 1분만 더 있으면 그녀는 틀림없이 메르시와 애첩이 있는 곳에 이를 것이다. 그러나 이 결정적인 순간에, 세 시고모 중 주모자인 마담 아델라이드가 불의의 습격을 감행했다. 마리 앙투아네트에게 벼락같이 달려들었다. "이제 갈 시간이 됐어요. 갑시다! 빅투아르 동생 방에서 국왕을 기다리셔야 합니다." 이렇게 명령하듯 말했다. 마리 앙투아네트는 깜짝 놀라 용기를 잃었다. 당황한 나머지 감히 가지 않겠다는 말을 하지 못했다. 기다리고 있는 뒤바리에게 얼른 아무렇게나 한마디 던질 재치는 없었던 것이다. 뒤바리는 얼굴이 빨개져서 어쩔 줄 몰랐다. 마리 앙투아네트가 자리를 뜨자 재빨리 달음질쳐 나가버렸다. 열망했던 말, 부탁했던 말, 외교적 수단을 동원하여 쟁취했던 말, 넷이서 약속했던 그 말은 끝내 입 밖으로 나오지 않고 말았다. 모두가 아연해했다. 무대는 공연히 마련된 것이었다. 화해는커녕 더욱 심한 모욕감을 느꼈을 뿐이다. 궁정의 심술궂은 사람들은 기뻐서 손을 비볐고, 밑으로는 하인들 방에서까지, 뒤바리가 기다렸으나 허탕을 쳤다는 이야기를 하면서 킬킬거렸다. 하지만 당사자인 뒤바리는 입에 거품을 물었고 루이 15세는 —— 이것이 더욱 예사롭지 않은 일이다 —— 격노했다. 가까스로 노기를 감추며 대사에게 이렇게 말했다. "메르시 경, 유감스럽게도 경의 제안이 영향력을 발휘하지 못했소그려. 과인이 이제 직접 관여해야 되겠소."

   프랑스 국왕은 노기등등하여 위협을 가했다. 마담 뒤바리는 국왕의 방 안에서 미친 듯 날뛰고 있었다. 오스트리아와 프랑스의 동맹이 완전히 뒤흔들리고 유럽의 평화가 위협을 받았다. 대사는 곧 이 고약한 사태의 돌변을 빈에 보고했다. 이제는 여제가 달려와야 할 판이었다. 마리아 테레지아가 직접 관여해야 할 상황에 이른 것이다. 오직 그녀만이 이 생각 없고 고집 센 아이를 다룰 수 있기 때문이었다. 마리아 테레지아는 사건의 이러한 진전에 몹시 충격을 받았다. 딸을 프랑스로 시집보낼 때, 진정으로 딸만은 정치라는 혼탁한 거래에 휘말리지 않도록 해야겠다는 결심을 했고, 또 그래서 대사에게 미리 이렇게 썼다. "나는 내 딸이 공적인 일에 대해서는 어떤 종류의 영향력도 가지지 않기를 바라오. 이 점 분명히 밝혀두겠소. 한 거대한 제국을 영도한다는 일이 사람을 얼마나 무겁게 짓누르는 것인가를 내 스스로가 체험했기 때문이오. 게다가 진지한 노력이라고는 조금도 하기 싫어하는 (그리고 아직 아는 것이 아무것도 없잖소) 딸아이의 혈기와 경박함을 나는 익히 알고 있소. 이런 점이 나에게 프랑스같이 내리막길을 걷고 있는 왕정에 대해서 뭔가 상서롭지 못한 것을 예기하게 하는구려. 만일 내 딸이 이런 사태를 호전시킬 수 없다든가, 사태 자체가 더욱 악화된다면, 나는 차라리 그것이 딸아이보다는 어느 재상의 죄과이기를 바라고 있소. 이런 이유로 나는 그애에게 정치나 국가 관심사를 이야기할 결심이 서지 않는구려."
그러나 이번에 이 연로하고 비극적인 여인은 —— 숙명이었다! —— 자기 자신을 배신해야만 했다. 마리아 테레지아는 얼마 전부터 정치 문제로 심상치 않은 근심을 안고 있었기 때문이다. 빈에서는 깨끗하다고 할 수는 없는 불미스러운 일이 진행되고 있었다. 몇 달 전에 그녀가 살아 있는 악마의 사신이라고 증오해온 프리드리히 대왕과, 철저하게 불신하기는 마찬가지인 러시아의 예카테리나 여제로부터 폴란드를 분할하자는 난처한 제안이 들어와 있었다. 공동 통치자인 요제프 2세와 카우니츠는 이 제안에 열렬한 박수갈채를 보냈고 이 제안은 여제의 양심을 뒤흔들어놓았다.

"분할이란 그 어느 것이나 근본적으로 부당하며, 우리에게 해롭다. 본인은 이 제안을 매우 유감스럽게 생각하며 이렇게 된 것을 부끄럽게 여긴다고 공언하지 않을 수 없는 바이다." 그녀는 이런 정치적인 의도가 뜻하는 것, 그것이 도덕적인 범죄요, 무방비 상태의 죄 없는 민족에 대한 약탈 행각임을 즉시 간파했다. "항상 죄 없는 사람을 지켜주는 것을 자랑으로 삼아온 우리가 무슨 권리로 무고한 사람들을 모조리 약탈한단 말인가?" 약자에 대한 그녀의 윤리적 배려를 사람들이 이해하든 말든 그녀는 상관하지 않고 진지하고 순수한 분노를 느꼈기 때문에 이 제안을 거부했다. "우리는 파렴치하다는 소리보다는 차라리 약하다는 소리를 듣자"라고 그녀는 위품 있고 현명하게 말했다. 그러나 마리아 테레지아는 오래 전부터 단독 통치자가 아니었다. 그녀는 오스트리아라는 불안정하고 인위적인 국가 형태를 현명하게 파악하고 오로지 유지와 보존만을 생각하고 있었으나 그녀의 아들이자 공동 황제인 요제프 2세는 오직 전쟁과 제국 확장과 개혁만을 꿈꾸었다. 그는 어머니의 영향력에 맞서기 위해서 어머니의 숙적인 군국주의자 프리드리히 대왕의 뒤꽁무니를 바장이며 쫓고 있었다. 이 노부인에게 더욱 청천벽력 같은 일은 그녀가 자랑으로 여겼던 충복 카우니츠가 세력을 확장하고 있는 아들 편으로 기우는 것을 보아야 하는 일이었다. 과로하고 지친 채, 어머니로서나 통치자로서의 모든 희망에 환멸을 느낀 마리아 테레지아는 그저 국사에서 손을 떼고만 싶었다. 그렇지만 책임감이 그녀를 그렇게 하도록 내버려두지 않았다. 그녀는 예언자적인 확신으로 앞을 내다볼 수 있었다. 이 성급한 개혁가의 침착하지 못하고 불안한 정신 때문에 지금 간신히 유지되고 있는 제국 전역이 다시금 불안에 휩싸이리라는 것을 예감했다. 이 점에서는 똑같이 지쳐 있었으면서도 똑같이 권력에서 손을 뗄 수 없는 프란츠 요제프 황제(오스트리아 황제. 1830-1916/역주)의 상황도 은연중 일맥상통한다.

  이 경건하고 정직하기 그지없는 부인은 마지막 순간까지 이렇듯 자기가 최고의 것으로 간주하는 것, 곧 명예를 위해서 싸웠다. 그녀는 이렇게 썼다. "내 일생 동안 이렇게 마음 졸여본 적이 없음을 고백합니다. 국가를 통치할 때에 나는 나의 정의와 신의 조력에 의지했습니다. 그러나 오로지 정의만이 내 편에 있는 것이 아니라 의무와 정의와 공정이 나를 압박해옵니다. 평정은 사라지고 오히려 불안과 마음의 질책만이 남아 있습니다. 결코 그 누구도, 나 자신까지도 아연하게 하거나, 정지 대신 표리부동을 용납하지 않아왔는데도 말입니다. 충성과 믿음은 영영 사라지고 말았습니다. 그것이야말로 한 군주국의 가장 값비싼 보물이요, 진정한 힘인데도 말입니다." 그러나 프리드리히 대왕은 쉽게 양심의 가책을 느끼는 사람이 아니었다. 그는 베를린에서 이렇게 비웃었다. "예카테리나 여제나 나나 둘 다 노련한 강도들이다. 과연 이 신앙심 깊은 여자는 이 일을 고백신부와 함께 어떻게 결말을 지으려는 것인가?" 그는 요제프 2세에게 재촉도 하고 위협도 하며 또 오스트리아가 이에 따르지 않으면 전쟁이 불가피하다는 것까지 몇 번이나 환기시켰다. 마침내 마리아 테레지아는 눈물을 흘리며, 양심에 상처를 입고 영혼의 고통을 받으며 굴복했다. "나는 일을 독자적으로 수행할 만큼 강하지 못하기 때문에 참을 수 없이 비통하기는 하지만 그들과 같은 길을 가기로 했소." 또 "똑똑하고 경험 있는 남자들이 모두 그렇게 충고하는 까닭에"라는 말을 덧붙이며 서명을 했다. 그러나 마음속 깊이 그녀는 자신이 공범자임을 알고 있었다. 이 비밀스러운 전략과 그 결과가 만천하에 드러나기 전날 그녀는 몸서리를 쳤다. 프랑스에서는 뭐라고들 할까? 프랑스가 동맹 관계를 고려하여 이 날강도 같은 폴란드 기습을 못 본 체할 것인가 아니면 그녀 자신이 비합법적이라고 느끼는(점령 명령서에서 마리아 테레지아는 "합법적"이라는 단어를 손수 삭제했다) 요구를 프랑스가 논란하려고 들 것인가? 이것은 오직 루이 15세의 마음에 달려 있었다.

 이런 근심들, 가열된 양심의 갈등 속에 한창 휘말려들고 있을 때 불쑥 메르시의 경고 서한이 날아든 것이다. 국왕이 마리 앙투아네트 때문에 대단히 격노했으며, 그 분노를 대사에게 공공연히 통고했다는 것이다. 빈에서는 천진난만한 프랑스 사신 프란츠 로앙을 멋지게 속여 향락과 사냥에 파묻히게 함으로써 그는 정치에 관해서는 아무 눈치도 채지 못하고 있는 판이었다. 마리 앙투아네트가 뒤바리와 말하려고 하지 않는 한 폴란드 분할이 국가간에 큰 문제를 일으킬 것이므로 —— 종국에 가서는 전쟁까지 터질지도 모른다 —— 마리아 테레지아는 기겁을 했다. 안 될 말이지, 쉰다섯의 그녀 자신은 고통스러운 양심의 가책을 받으면서 자신의 딸을 국책의 제물로 바치려고 하는데 바로 그 딸은, 물정 모르는 열다섯 살이 된 소녀는 이제 교황보다 더 교황다우려고 하고 어머니보다 더 도덕적이려고 들다니 가당키나 한 일인가. 어린 마리 앙투아네트의 반항심을 아주 꺾어놓기 위해서 여느 때보다도 강한 어조의 편지를 써야 했다. 물론 폴란드나 국책에 대해서는 한마디도 언급하지 않고(이는 노쇠한 여제에게 너무나 가혹한 일일 것이다) 사건을 하찮은 일로 다뤄 이렇게 썼다. "정말, 어버이 중의 어버이인 국왕에게 말을 건네는 일이 얼마나 두렵고 어려운 일인지 안다! 네가 말을 건네야 된다고들 하는 사람한테 말을 건네는 것 역시 그럴 게다! 그렇지만 그저 안녕하세요라든가 그런 비슷한 말을 하는 것이라면 뭐 그리 겁날 게 있느냐? 사소한 말 한마디 하는 것이 그렇게 불쾌한 일이냐? 아니면 그보다 더하단 말이냐? 너는 이성뿐 아니라 의무감으로도 설득되지 않는 노예적 정신 상태에 있는 것 같다. 나는 이제 더 이상 입을 다물고만 있을 수가 없구나. 메르시의 보고를 보니 너는 국왕이 원하는 것이 너의 의무가 되는 것임에도 불구하고 메르시의 말을 듣지 않으려고 하는구나! 무슨 사리에 맞는 변명을 할 수 있겠느냐? 전혀 할 수 없을 것이다. 너는 뒤바리를, 궁정에서 국왕의 상대로 허락받은 다른 여자들과 똑같이 대접해야 한다. 너는 국왕의 으뜸가는 신하로서 너의 지배자가 원하는 바를 무조건 수행한다는 것을 온 궁정에 보여주어야 한다. 물론 굴욕을 요구하거나 극진한 태도를 바란다면 나나 다른 그 누구도 너에게 그런 일을 하라고 충고하지는 않을 게다. 그렇지만 그 여자를 위해서가 아니라 너의 지배자이자 은인이신 할아버지를 위해서 아무 말이나 한마디 하는 것이 그렇게 어려우냐!"

  이 포격은 (전적으로 정직한 설득은 아니었지만) 마리 앙투아네트의 기를 꺾었다. 걷잡을 수 없이 제멋대로 굴었고 고집스럽기는 했지만 그녀는 아직 한 번도 어머니의 권위에 반기를 든 적이 없었다. 합스부르크가의 교육의 승리가 여기서도 또다시 증명된 셈이다. 결국 마리 앙투아네트는 그저 형식상 조금 튕겼을 뿐이다. "싫다고 하지는 않겠어요. 그 여자와 절대로 말하지 않겠다는 것도 아니에요. 정한 날 정한 시간에 이야기할 수 없을 뿐이에요. 그 여자가 미리 알고는 승리감에 취해 있으라구요?" 그러나 사실 그녀의 저항은 마음속에서 이미 무너져 있었고 이 말은 마지막 퇴각전에 불과했다. 항복 문서에는 이미 도장이 찍혀져 있었다.

1772년 정월 초하룻날, 드디어 이 영웅적이면서도 우습기까지 한 여자들의 싸움의 마지막 결전이 벌어졌다. 결과는 마담 뒤바리에게는 승리였고, 마리 앙투아네트에게는 굴욕이었다. 전과 같이 극장무대가 마련되고 또다시 엄숙하게 온 궁정 사람들이 증인이자 관객으로서 초대를 받았다. 국왕에게 드리는 거창한 신년 하례가 시작되었다. 궁중 귀부인들은 서열에 따라 하나씩 차례로 왕세자비 앞을 지나갔다. 그중에는 대신의 부인인 에귀용 공작부인이 마담 뒤바리와 함께 있었다. 왕세자비는 에귀용 공작부인에게 몇 마디 말을 하고 난 다음 고개를 마담 뒤바리 쪽으로 약간 돌려 — 정면을 향한 것은 아니지만 좋게 해석하면 그녀를 향했다고 볼 수 있을 정도로 — 오래 기다렸던 말, 잔인하게 쟁취된 말, 전대미문의 운명적 위력을 지닌 그 말을 했다. 모두가 한마디도 놓치지 않으려고 숨을 죽였다.

"오늘은 베르사유에 사람들이 많이 오셨군요(Es sind heute viele Leute in Versailles)." 정확하게 이 일곱 단어를 억지로 쥐어짜내듯 말했다. 땅덩어리를 하나 얻어내는 것보다도 더 중요하고, 오래 전부터 필요불가결했던 모든 개혁들보다도 더욱 흥분되는 굉장한 궁정의 일대 사건이었다 — 왕세자비가 드디어 국왕의 애첩에게 말을 한 것이다! 마리 앙투아네트는 무릎을 꿇었고 마담 뒤바리는 승리의 월계관을 썼다. 이제 모든 것이 다시 좋아지고 베르사유의 하늘은 바이올린 선율로 가득 찼다. 국왕은 두 팔을 활짝 벌려 왕세자비를 잃어버렸던 자식을 찾은 듯 정이 철철 넘치게 포옹을 했고, 메르시는 감동해서 감사를 표했고, 뒤바리는 공작새처럼 뻐기며 홀을 활보했고, 시고모들은 노기충천하여 날뛰었다. 온 궁정이 흥분의 도가니 속에서 우왕좌왕하고, 용마루에서부터 지하실에 이르기까지 온통 수다를 떨어댔다. 이 모든 것이 단지 마리 앙투아네트가 뒤바리에게 "오늘은 베르사유에 사람들이 많이 오셨군요"라고 말했기 때문이었다. 이 대수롭지 않은 단어 일곱 개는 보이지 않는 깊은 의미를 지니고 있었다. 이 단어들로 커다란 정치적 범죄에 도장이 찍혔다. 이 단어들에 의해서 폴란드 분할에 대한 프랑스의 무언의 동의를 획득한 것이다. 뒤바리뿐만 아니라 프리드리히 대왕과 예카테리나 여제도 이 일곱 단어로써 그들의 의지를 관철시켰다. 마리 앙투아네트만이 굴욕을 당한 것이 아니라 나라 전체가 굴욕을 당한 것이었다.

   마리 앙투아네트는 패배했다. 그 사실은 스스로가 알고 있었다. 그녀의 젊고 아직 어린아이처럼 억제하기 힘든 자존심이 치명타를 맞은 것이다. 난생 처음 그녀는 고개를 숙였다. 그러나 기요틴의 이슬로 사라지기 전까지 두 번 다시 고개를 숙인 일은 없었다. 이것을 계기로 하여 마음 약하고 경솔했던 아이, "착하고 다정한 앙투아네트"는 명예가 거론되면 즉시 자신감에 찬 확고부동한 정신을 보여주게 되었다. 그녀는 격분해서 메르시에게 이런 말을 했다. "한 번은 그 여자에게 말을 건넸지만 그것으로 끝내기로 결심했어요. 그 여자는 한마디도 다시는 내 목소리를 들을 수 없을 거예요." 자기 어머니에게도 이 한 번의 양보뿐, 그 어떤 희생을 더 기대하더라도 허사라는 점을 분명히 전했다. "어머니는 제가 편견과 반항심을 버리리라는 점을 믿으셔도 좋아요. 하지만 사람들이 제게 과시적이거나 제 명예에 위배되는 것을 요구하지 않는 한에서만 그렇다는 것이에요." 자신이 품고 있던 병아리가 처음으로 보인 독자적인 태도가 이러하자 어머니는 몹시 화가 났다. 그러나 아무리 강경한 어조로 기를 꺾으려고 해도 소용이 없었다. "나나 혹은 나의 대사가 네게 명예나 예의범절의 극히 사소한 계율에라도 위배되는 충고를 할지도 모른다고 상상한다면 그야말로 이 어미를 잘못 본 것이다. 그 몇 마디 되지도 않는 말 때문에 그렇게 흥분하는 것을 보니 크게 걱정이 된다. 또 네가 다시는 말을 하지 않겠다고 하니 경련이 날 지경이다." 몇 번이나 거듭해서 "왕궁의 다른 모든 여자들에게 하듯이 뒤바리에게도 말을 해야 한다. 너는 그렇게 해야만 하는 빚을 국왕과 내게 지고 있다"고까지 써보냈으나 허사였다. 뒤바리에게 다정하게 굴고 그렇게 함으로써 국왕의 총애를 받아야 한다고 메르시와 다른 사람들이 끊임없이 설득해도 소용이 없었다. 그 모든 것이 새롭게 익힌 마리 앙투아네트의 자의식에 부딪치면 산산조각이 났다. 단 한 번 마지못해 열렸던 합스부르크가 특유의 얇은 입술은 무쇠같이 굳게 닫혀져 어떤 위협이나 유혹도 다시는 그 봉인을 뜯을 수가 없었다. 오직 일곱 단어를 들었을 뿐 그 추한 여자는 다시는 여덟 번째 단어를 듣지 못하고 만 것이다.

이렇게 하여 1772년 정월 초하룻날, 단 한 번 마담 뒤바리는 오스트리아 황녀이자 프랑스 왕세자비에게 승리를 거두었던 것이다. 이렇게 해서 루이 15세와 마리아 테레지아라는 막강한 동맹자를 가졌으니 추측컨대 이 궁정의 총희는 장래의 프랑스 왕비에게 가히 승승장구로 권세를 휘몰아갈 수도 있었으리라. 그러나 전쟁에 따라서는 승자가 패자의 숨은 힘을 알아차리고는 자신의 승리에 스스로 놀란 나머지 자발적으로 전장에서 퇴각하여 평화 협상을 하는 편이 보다 현명하지 않을까 하고 생각하게 되는 싸움도 있는 법이다. 마담 뒤바리는 승리를 거두었으나 그리 편치가 않았다. 본래 선량하고 보잘 것없는 이 인간은 처음부터 마리 앙투아네트에게 적의 같은 것은 품지 않았다. 자존심이 치명적으로 상했기 때문에 이런 조그마한 보상을 원했던 것에 불과했다. 이제 만족하기는 했지만 그것이 전부는 아니었다. 공공연한 승리를 획득했기 때문에 부끄럽고 불안해졌다. 자신의 세력이라는 것이 단지 급격히 뇌쇠해가는 한 남자의 통증으로 떨리는 불안한 두 다리에 기대어 있다는 것쯤은 알 만큼 그녀는 영리한 여자였다. 예순두 살의 이 노인이 심장마비라도 일으키는 날에는 이 "빨간 머리의 아이"가 프랑스의 왕비가 될 것이고, "체포 명령서", 숙명적인 바스티유 송치 명령서에 즉각 서명날인이 될 판이었다. 그래서 마담 뒤바리는 마리 앙투아네트에게 승리를 거두자마자 그녀와 화해하기 위해서 더할 수 없이 열렬하고 정직하고 성실하게 노력을 기울였다. 쓸개즙 같은 노여움을 당의(糖衣)로 감싸고, 자존심을 억눌렀다. 왕세자비가 사교 야유회에 나타나 한마디 말도 건네지 않아도 언짢은 내색은 전혀 하지 않았다. 오히려 수다쟁이들을 통해서, 또는 그때그때 임시 사절들을 통해서 자기가 얼마나 진심에서 우러나오는 호의를 품고 있는가를 왕세자비에게 알렸다. 온갖 방법으로 국왕에게도 한때의 적을 두둔하려고 애썼다.

 그리고 마지막에는 무모하리만큼 대담한 수단을 동원했다. 호의만으로는 마리 앙투아네트의 호감을 살 수 없었기 때문에 물질로 그녀의 호감을 사려고 한 것이다. 궁정 사람들은 마리 앙투아네트가 값진 장신구에 완전히 정신을 잃을 정도로 탐닉한다는 사실을 알고 있었다 —— 유감스럽지만 나중에 그 악명 높은 목걸이 사건이 보여주듯이 지나칠 정도로 잘 알고 있었다. 그래서 뒤바리는 선물을 미끼로 —— 여기서 특기할 만한 것은 10년 후 로앙 주교 역시 같은 생각을 했다는 점이다 —— 왕세자비를 유혹하려고 마음먹었다. 한 큰 보석상 —— 목걸이 사건의 그 보헤미아 사람 —— 이 17만 프랑 상당의 다이아몬드 목걸이를 가지고 있었다. 마리 앙투아네트가 이 목걸이에 대해서 이미 은밀하게 혹은 공공연하게 경탄을 했고, 탐낸다는 사실을 뒤바리가 알게 된 것이다. 어느 날 뒤바리는 시녀들을 통해서 그 다이아몬드 목걸이를 정말로 원한다면 자신이 루이 15세에게 그것을 선물하도록 간청할 용의가 있노라는 말을 왕세자비의 귀에 들어가게 했다. 그러나 마리 앙투아네트는 이 뻔뻔스러운 제안에 아무 말도 하지 않고 경멸의 빛을 띠며 돌아섰다. 그리고 계속해서 적의 곁을 쌀쌀하게 지나쳤다. 아니, 땅 위의 모든 왕관에 박힌 보석을 몽땅 다 준다고 해도 마담 뒤바리는 자신이 공공연하게 모욕을 준 여인의 입에서 여덟 번째 단어를 들을 수가 없었다. 열일곱 살 소녀의 마음속에서는 새로운 자부심, 새로운 확신이 싹트기 시작했기 때문이다. 달갑지 않은 호의에서 비롯된 보석 따위는 필요하지 않았다. 자신의 이마에 곧 왕비의 관이 놓일 것을 벌써부터 느끼고 있었다.

파리 정복

　어두운 밤이면 베르사유의 언덕에서는 파리 시의 불빛이 공중으로 둥그렇게 뻗쳐 있는 것을 뚜렷하게 볼 수 있었다. 파리 시는 왕국에 그토록 가까이 있었다. 용수철이 달린 이륜마차로 두 시간, 걸어가도 여섯 시간이 채 걸리지 않는 길이었다 —— 그러므로 왕세자비가 결혼식 다음 날이나 그 다음 날 혹은 그 다음다음 날 곧장 장래에 자신의 왕국의 수도를 방문하는 것은 극히 자연스러운 일이었을 것이다. 그러나 의례의 본디 의미, 아니 오히려 그 무의미는 인생의 온갖 형태 속에 있는 자연적인 것을 억누르고 왜곡시키는 법이다. 마리 앙투아네트와 파리 사이에는 예식이라는 보이지 않는 울타리가 가로놓여 있었다. 프랑스의 왕세자는 특별통고를 한 후에 그리고 그보다 앞서 국왕의 허락을 얻은 후에라야 비로소 신부를 데리고 장엄하게 수도에 첫발을 들여놓을 수 있었다. 그러나 바로 이 장엄한 입성, 마리 앙투아네트의 "즐거운 등장"을 그녀를 아낀다는 친척들은 될 수 있는 대로 뒤로 미루려고 애를 썼다. 편협한 신앙심을 가진 늙은 시고모들, 뒤바리 그리고 명예욕이 강한 두 형제 프로방스 백작과 아르투아 백작은 서로 견원지간이었지만, 마리 앙투아네트의 파리행을 차단하려는 이 밧줄에는 한데 매달려 허겁지겁 소용돌이치고 있었다. 그들은 마리 앙투아네트가 서열을 확인하고 승리를 거두는 모습을 보고 싶지 않았던 것이다. 몇 주일, 몇 달이 가도록 궁정의 총신들은 매일같이 이런 저런 새로운 구실을 짜내 결국 6개월이 가고, 12개월이 가고, 24개월이 가고, 36개월이 가고, 1년, 2년, 3년이 흘렀지만 마리 앙투아네트는 아직도 베르사유의 황금빛 철책 속에 갇혀 있었다. 드디어 1773년 5월 마리 앙투아네트는 더 이상 참지 못하고 공공연한 공격을 개시하기에 이르렀다. 의전실장이 자신의 소망에 대해서 수상쩍게 분가루를 뿌린 가발만을 가로저었기 때문에 그녀는 루이 15세에게 직접 청을 올렸다. 루이 15세는 그런 부탁이 별스러운 것이 아닌 데다가 예쁜 여자에게는 약했으므로 매력적인 손자며느리에게, 친척 패거리가 모두 분노하게도, 선선히 그러라고 승낙했다. 심지어는 화려한 입성의 날짜까지 마리 앙투아네트에게 선택하도록 맡겼다.

마리 앙투아네트는 6월 8일을 택했다. 국왕이 최종적으로 허가를 내리자 우쭐해져서, 3년 동안 자기를 파리로부터 차단해놓았던 궁중을 골탕 먹이는 짓을 했다. 사랑에 빠진 약혼자들이 금지된 짓의 매력을 만끽하기 위해서 교회의 축복을 받기도 전에 가족들이 상상도 하지 못하는 사이에 미리 사랑의 밤을 함께 하듯이 마리 앙투아네트는 남편과 시동생에게 공식적인 입성 직전에 비밀리에 파리를 방문하자고 설득했다. "즐거운 등장" 몇 주일 전 그녀는 의장마차에 말을 준비시키고 가면을 쓰고 변장을 한 채 금지된 도시, 파리라는 메카로 가서 오페라 극장 무도회에 참석했다. 다음 날 아침 아무 일도 없었던 것처럼 태연히 새벽 미사에 나타났기 때문에 이 용납하기 어려운 모험은 전혀 발각되지 않았다. 화를 내지도 않고 마리 앙투아네트는 증오스러운 궁중 법도에 대해서 최초의 복수를 성공리에 끝낸 셈이다.

파리라는 낙원의 나무 열매를 맛본 후였으므로 공식적인 장엄한 입성은 더 효과가 컸다. 프랑스 국왕에 뒤이어 천상의 황제도 장엄하게 승낙을 하는 듯 6월 8일 구름 한 점 없는 화창한 하루였다. 굉장한 군중들이 구경을 하러 몰려나왔다. 베르사유에서 파리에 이르는 길은 온통 이리저리 물결치는 사람들과 깃발과 화환에 의해서 색색이 엮은 울타리로 변했다. 성문에는 파리의 통치자인 브리삭 원수가 호화로운 의장마차를 기다리고 있다가 평화로운 정복자들에게 열쇠를 은접시에 받쳐 공손하게 증정했다. 그 다음에는 여자들이 화려하게 차리고 나와(후예 마리 앙투아네트는 전혀 다른 환영을 받게 된다) 그해 처음 수확한 과일과 꽃을 왕가에 바쳤다. 상이용사궁에서, 시청에서 그리고 바스티유에서 예포가 우렁차게 울려퍼졌다. 궁정의 의장마차는 천천히 튈르리 궁의 방파제를 따라 노트르담 사원에 이르는 전 시가지를 통과했다. 사원, 수도원, 대학, 그 어디에서나 왕세자 부처는 정중한 영접을 받았다. 특별히 세워진 개선 아치와 깃발의 숲을 지나갔는데 백성들로부터 지극히 다정한 인사를 받았다. 거대한 도시의 거리에는 수만 명, 수십만 명이 물결쳤다. 상상 외로 매력적인 이 여인의 모습은 알 수 없는 열광을 불러일으켰다. 사람들은 박수치고 환호하고 손수건과 모자를 흔들었다. 아이들, 여자들 할 것 없이 몰려나왔다. 마리 앙투아네트는 튈르리 궁전의 발코니에서 열광하는 엄청난 무리를 보고 경악할 뿐이었다. "맙소사, 웬 사람들이 이렇게 많지!"라고 탄성을 터뜨렸다. 그러나 그때 그녀의 곁에 서 있던 브리삭 원수가 몸을 굽혀 프랑스식 기사도를 발휘하여 대답했다. "마담, 왕세자 전하께서는 언짢으시겠습니다만, 여기 20만 명은 전부 마담한테 반한 것입니다."

마리 앙투아네트가 백성과 첫 대면한 이 장면의 인상은 엄청난 것이었다. 천성적으로 생각이 깊지는 못하지만 이해력이 재빠른 그녀는 모든 사건을 단지 직접적인 자기 나름의 인상, 눈에 띄는 감각으로 파악하곤 했다. 거대한 살아 있는 숲처럼 깃발을 흔들고 소리를 지르며 모자를 흔드는 이름 없는 백성들이 따뜻한 파도처럼 자기에게로 몰려오는 그 순간 비로소 그녀는 운명이 자기를 붙잡아 끌어올려준 지위의 광휘와 위대함을 예감했다. 지금까지 그녀는 베르사유에서 "마담 라 도핀(왕세자비 마마)"으로 불렸다. 그러나 그것은 수천 개의 다른 칭호 중의 하나, 끝없는 귀족 서열 중의 한 서열, 공허한 단어, 무감각한 개념에 불과했다. 그런데 이제 마리 앙투아네트는 처음으로 "프랑스 왕세자비"라는 이 단어에 내재한 뜨거운 의미와 자랑스러운 약속을 감각적으로 이해하게 되었다. 그녀는 감동하여 어머니에게 이렇게 썼다. "지난 화요일에는 평생 잊지 못할 축제를 체험했어요. 파리 입성 말이에요. 기념품으로 말한다면 우리는 사람들이 생각해낼 수 있는 모든 것을 다 받았어요. 그러나 저를 가장 깊이 감동시켰던 것은 그것이 아니라 가난한 백성들의 애정과 열정이었습니다. 그들은 무거운 세금에 짓눌리고 있었으나 우리를 보는 기쁨에 가득 차 있었어요. 튈르리에서는 하도 엄청나게 사람들이 모여 45분 동안이나 앞으로도 뒤로도 움직일 수 없었지요. 그리고 이 산책을 끝내고 돌아오는 길에 우리는 테라스에서 반시간이나 머물러 있었습니다. 그들이 그 순간에 우리들에게 보여주었던 사랑과 기쁨을, 어머니, 저는 어머니께 그대로 전할 수가 없습니다. 돌아오기 전에 백성들과 손으로 인사를 나누었는데 그들은 몹시 기뻐했어요. 우리들 같은 지위에 있는 사람들이 우정을 그렇게 쉽게 얻을 수 있다는 점은 얼마나 다행인지 몰라요. 또 그런 우정보다 더 귀한 것은 세상에 아무것도 없죠. 저는 그것을 깊이 느꼈으며 앞으로도 결코 잊지 않을 것입니다."

　이것은 마리 앙투아네트가 어머니에게 보낸 편지에서 최초로 읽을 수 있는 진정한 개인적인 발언이다. 쉽게 동요되는 그녀의 천성은 강한 인상에 쉽사리 압도당했다. 폭풍노도처럼 몰려오는, 그 무엇으로도 얻을 수 없는 민중의 애정에 대한 아름다운 감동은 그녀의 마음속에 감사와 너그러운 감정을 일으켰다. 그러나 마리 앙투아네트는 이해력이 빠른 만큼 잊어버리는 것도 빨랐다. 파리 방문은 계속되었으나 그녀는 이 환호를 당연한 경의의 표시로, 자신의 계급과 지위에 당연한 것으로 받아들였고 인생이 부여하는 갖가지 선물을 받으면 어린아이처럼 분별없이 기뻐했다. 그녀는 이 따뜻한 군중에 둘러싸여 있는 것이 또 무명의 대중들의 사랑을 받는 것이 즐겁기만 했다. 이 2,000만 백성의 사랑을 권리로서 즐길 뿐 이 권리가 임무를 수반한다는 것 그리고 아무리 순수한 사랑이더라도 줄 가치가 없다고 느끼면 결국은 한순간에 사라진다는 것은 예감하지도 못했다.

첫 여행으로 마리 앙투아네트는 이미 파리를 정복했다. 그러나 파리 역시 마리 앙투아네트를 정복한 것이다. 그날부터 그녀는 이 도시에 사로잡혀버렸다. 자주 때로는 너무나 자주 이 유혹의 도시, 이 끝없는 쾌락의 도시를 향했다. 때로는 낮에 시녀들을 모두 대동하고 위풍당당한 행렬을 지어가기도 했다. 밤에는 가까운 측근 수행원 몇 명만 거느리고 극장이나 무도회에 가기 위해서, 위험한 혹은 위험하지 않은 방식으로 은밀히 즐기기 위해서 이 도시로 가곤 한 것이다. 이제서야 궁중 달력의 천편일률적인 일과표에서 풀려나, 아직도 어린아이 티를 벗지 못한 이 분방한 소녀는 베르사유라는 수천 개의 창문을 가진 대리석과 돌로 만든 집이며 여자들의 인사, 음모, 격식을 차린 축제들이 얼마나 끔찍하게 지루한 것이었는가를 알게 되었다. 아침에는 미사를 보고 저녁에는 양말을 뜨며 함께 지내야만 했던 우스꽝스럽고 곰팡내 나는 시고모들이 얼마나 지겨운 존재인가도. 이제 그녀는 즐거움도 자유도 없이 끔찍하게 과장된 행동만을 요구하는 궁중 에티켓이라는 것이 모조리 참으로 단조롭고 인위적으로 보였다. 그것은 영원히 똑같은 모양의 똑같은 원을 그리는 짓이었으며, 자유롭게 물결치는 파리 생활과 비교할 때 극히 하잘것없는 실수, 한 발만 잘못 디뎌도 끔찍한 경악을 초래하는 미뉴에트 같은 것이었다. 온실에서 자유로운 대기 속으로 빠져나온 것만 같았다. 거대한 도시의 혼란 속에서는 사람들이 꺼져버릴 수도 잠적할 수도 있으며 일과표의 가혹한 시계 바늘에서 벗어나서 우연과 노닐 수도 있었다. 궁정에서는 거울을 위해서만 살았으나 여기서는 자기 자신의 생을 살고 즐길 수 있었다. 이제 화사하게 장식한 여자를 태운 의장마차가 일주일에 두세 번씩 규칙적으로 밤이면 파리로 달려갔다가 새벽녘에 돌아오곤 했다.

그러면 마리 앙투아네트는 파리에서 무엇을 보았을까? 처음 며칠은 호기심에서 박물관이나 상점과 같은 여러 명소들을 구경하고 백성의 축제에 참석하고 미술 전시회까지 가보았다. 그러나 그뒤 20년 동안 파리에서의 그녀의 교양적인 욕구는 이것으로서 완전히 끝을 고했다. 그녀는 환락의 장소에 전적으로 몰두하여 규칙적으로 오페라, 코미디 프랑세즈, 이탈리아 극장, 무도회와 가장무도회에 참석했고 도박장에도 갔다. 정확하게 말하면, 오늘날 부유한 미국 여인들이 즐기는 "밤의 파리, 환락의 도시 파리"를 방문했던 것이다. 그녀를 가장 강하게 유혹한 것은 오페라 극장의 무도회였다. 그것은 지위의 꼭두각시인 그녀에게 허락된 유일한 자유, 가면을 씀으로써 그녀는 마담 라 도핀에게는 불가능한 몇 가지의 즐거움을 스스로에게 허락하는 것이다. 몇 분간 즐거운 대화를 나누기 위해서 낯선 기사를 —— 삭막하고 무능한 남편은 집에서 자고 있다 —— 끌어올 수도 있었고, 페르센이라는 매력적인 젊은 스웨덴 백작에게 마음대로 말을 걸었고, 시녀들이 또다른 남자를 칸막이 관람실 안으로 데려올 때까지 그와 함께 가면을 쓴 채 잡담을 할 수도 있었다. 춤을 출 수도 있었고 뜨겁고도 유연한 육체의 긴장을 실컷 풀 수도 있었다. 파리에서는, 마음 놓고 웃어도 좋았던 것이다. 아, 얼마나 멋지게 살 수 있는가! 여러 해 동안 그녀는 한 번도 시청에 발을 들여놓은 적이 없었고, 한 번도 고등법원이나 학술원의 회의에 참석해본 적이 없으며 자선병원이나 저잣거리를 찾은 적도 없었다. 요컨대 단 한 번도 그녀는 서민의 일상 생활을 경험해보려는 노력을 기울인 적이 없었다.

마리 앙투아네트의 파리 외도는 언제나 부박한 쾌락의 불꽃이 튀는 좁은 범위에 그치고 만 것이었다. "봉 푀플(bon peuple)", 곧 선량한 백성들의 감격스러운 인사를 웃으며 되는 대로 받아주기만 하면 그녀는 그들에게 할 일을 충분히 다했다고 생각했다. 그리고 그녀는 밤에 극장에서 등불을 밝힌 난간으로 나설 때면 백성들이 감격해서 도열을 하고 귀족들과 부유한 중산계급들이 환호를 보내는 것을 보았다. 그녀는 자신의 유쾌하고 한가로운 나들이며, 요란스러운 피크닉이 언제 어디서나 동의를 얻는 듯이 느끼고 있었다. 그녀가 도시로 나가는 바로 그때, 백성들이 일을 끝내고 지쳐서 돌아오는 그 저녁에도, 또 "민중"이 일하러 나가는 새벽 6시에도. 그러면 이 경거망동과 내키는 대로 살아가는 생활의 부당한 점은 과연 무엇이었을까? 어리석은 청춘의 소용돌이에 휩쓸려 마리 앙투아네트는 자신이 근심이 없고 행복했으므로 온 세상이 모두 즐겁고 근심이 없으려니 하고 여겼던 것이다. 물정을 모른 채 궁정을 거부하고 파리에서 즐겁게 소요하며 스스로 인기를 얻었다고 믿었지만 그녀는 유리 구슬이 찰랑거리는 깃털을 넣은 전용 의장마차를 타고 20년 동안이나 진정한 민중, 진정한 파리를 지나치기만 한 것이다.

파리의 영접에서 받는 강한 인상은 마리 앙투아네트의 마음속에 있는 무엇인가를 바꾸어놓았다. 처음 듣는 경탄이 그녀의 자부심을 더욱 강하게 만들었던 것이다. 수천 명에게서 아름답다는 보증을 받은 젊은 여자는 자기의 아름다움을 알게 되면 더욱 아름다워지게 마련이다. 지금껏 베르사유에서 이방인으로, 불필요한 존재로 느끼고 있었던 이 위축된 소녀의 경우도 역시 그랬다. 본질 속에 감추어져 있었던 자신까지도 놀랄 정도의 젊은 자부심이 불확신과 부끄러움을 완전히 몰아냈다. 대사와 고백신부, 시고모들과 친척들의 후원과 후견을 받으며 시녀들 앞에서도 머리를 숙이던 열다섯 살 소녀는 사라진 것이다. 이제 마리 앙투아네트는 오랫동안 요구되었던 고귀한 몸가짐을 단번에 배우게 되었다. 마음속으로부터 긴장하고, 똑바로 서서 시종들 앞을 지날 때처럼 우아하고 경쾌한 걸음걸이로 궁중 귀부인들 앞을 활보했다. 그녀의 모든 것이 달라졌다. 개성이 발휘되기 시작했고 필적까지도 돌변했다. 여태까지는 커다랗게 어린아이 같은 글씨로 어설프게 써왔던 그녀였지만 이제 아주 여자답게 세심한 글씨를 우아한 편지지에 쓸 수 있었다. 천성적인 성급함이나 변덕, 경박하고 무분별한 점이 필적에서 사라질 수는 없지만 표현에 일종의 독립성이 엿보이기 시작했다.

이제 샘솟는 젊음의 정감으로 가득 차서 불타오르는 듯한 소녀는 제 나름의 생활을 누리며 누군가를 사랑할 만큼 성숙해졌다고 할 수 있다. 그러나 아직도 진정한 남성이 아닌 남편에게 정치의 손에 의해서 묶여 있었으며, 스스로 제 마음의 열정을 깨닫지 못한 채 사랑을 바칠 다른 상대를 아직 찾지 못한 열여덟 살의 여자 아이는 자기 스스로에게 반해 있었다. 아첨이라는 달콤한 독이 그녀의 핏줄 속에 흘러들어 피를 뜨겁게 했다. 사람들로부터 감탄을 받으면 받을수록 보다 더 감탄을 받고 싶어했고, 법률에 의해서 왕비가 되기 전부터 여자로서, 그 우아한 아름다움을 통해서 궁정을, 전 도시를, 왕국을 정복하고 싶어했다. 힘이란 한 번 깨닫고 나면 다음에는 그 힘을 써보고 싶다는 욕구를 느끼게 되기 마련이다.

자기의 의지를 타인에게, 곧 궁정과 도시에 밀어붙일 수 있을 것인지 어떨지를 가늠해보려는 이 젊은 여자의 최초의 시도는 다행히도, 예외적이라고 할 만큼 좋은 기회를 만났다. 거장 글루크가 「이피게니아」를 완성해서 파리 공연을 계획하고 있었던 것이었다. 음악을 애호하는 빈 궁정으로서는 그 성공 여부는 일종의 체면 문제였다. 마리아 테레지아, 카우니츠, 요제프 2세 등은 왕세자비가 글루크를 위해서 길을 터주기를 기대했다.

그러나 예술적 가치에 대한 마리 앙투아네트의 안목은 음악은 물론 미술이나 문학에 관해서도 결코 뛰어나지 않았다. 그녀는 일종의 소박한 취미를 가지고는 있었지만 자기의 힘으로 음미해볼 만한 취미는 없었다. 새로운 유행이라면 무엇이든 두말 없이 따르고, 많은 사람이 인정하는 것이라면 무엇이든 짚불처럼 감격하는 건성의 호기심이 있을 뿐이었다. 책은 끝까지 읽은 적이 없었고 심각한 이야기는 피해버리는 마리 앙투아네트는 사물을 제대로 판단하는 데 필요한 전제조건인 진실성이나 외경이나 노력이나 분별을 갖추지 못했기 때문에 사물을 캐고 들어 이해할 수 없었다. 예술은 생활의 장식 이상의 것이 아니었고 오락에 지나지 않았으므로 그녀는 극히 손쉬운 예술 감상밖에는 몰랐다. 진정한 예술 감상을 몰랐던 것이다. 다른 것도 마찬가지였지만 음악에 대해서도 노력하지 않았다. 거장 글루크에게 받은 피아노 레슨도 별로 진전이 없었다. 클라브생(피아노의 전신/역주) 연주도 무대 위의 여배우나 아주 가까운 모임에서의 가수가 노래하는 것처럼 애교 있게 했다. 자기와 같은 오스트리아 태생의 모차르트가 파리에 와 있는 것도 전혀 알지 못했던 그녀였으므로 「이피게니아」의 새로움이나 장대함을 느끼고 이해한다는 것은 어림없는 일이었다.

  그러나 마리아 테레지아로부터 글루크에 대한 찬탄의 소리를 들은 일이 있었던 그녀는 얼핏 보기에는 무뚝뚝하고, 버릇없고, 명랑한 사내가 정말 재미있어 호감을 가졌다. 게다가 파리에서는 이탈리아 오페라와 프랑스 오페라가 음흉한 일을 꾸며 이 "야만인"에게 저항하고 있었으므로 그녀는 이때야말로 자기의 힘을 보여줄 기회라고 생각했다.

  그녀는 당장 궁정 음악가 패거리가 "공연 불능"이라고 단언한 이 오페라를 채택해서 지체 없이 리허설을 시작하도록 했다. 완고하고 성급하며 대예술가 특유의 광신적인 고집쟁이 글루크를 옹호하는 일은 물론 쉬운 일이 아니었다. 글루크는 리허설 때 응석받이 여가수들을 형편없이 윽박질렀으므로 그녀들은 징징 울면서 왕가의 애인들에게 달려가 불평을 늘어놓았다. 글루크는 이러한 엄격함에 익숙하지 못한 음악가들을 사정없이 몰아붙여 오페라 극장에서 폭군처럼 굴었다. 그의 고함소리는 닫혀진 문 안에서 싸움이라도 벌이는 것처럼 요란스러웠다. 그는 또한 수십 번이나 만사를 팽개치고 빈으로 돌아가겠다고 으름장을 놓기도 했다. 왕세자비의 보살핌으로 겨우 물의가 빚어지지 않았던 것이다. 드디어 초연 날짜를 1774년 4월 13일로 잡았다. 궁정에서는 이미 좌석과 의장마차를 예약한 상태였는데, 가수 한 사람이 갑자기 앓아눕는 바람에 서둘러 대역 가수를 내세우지 않을 수 없었다. 하지만 글루크는 그렇게 할 수 없다면서 공연 연기를 명령했다. 당황한 사람들은 궁정의 지시가 끝난 지금에 와서 그런 소리를 하면 어쩌느냐고 한사코 그에게 매달렸다. 단 한 사람의 가수가 잘하고 못하는 것만으로 작곡가가, 그것도 평민인 외국 작곡가가 궁정의 결정이나 지존한 분들의 계획을 뒤집을 수는 없다는 것이었다. "그런 건 난 몰라!" 하고 농사꾼 같은 벽창호는 소리질렀다. "만족할 수 없는 상태로 상연할 바에야 오페라 악보를 전부 불구덩이에 던져버리는 것이 낫겠다"고 그는 고집을 부렸다. 자신의 지원자 마리 앙투아네트에게 달려갔을 때 이 사나운 사내가 재미난 그녀는 곧장 "선량한 글루크" 편을 들었다. 궁정마차가 해약되는 바람에 귀족 나으리들의 노여움을 불러일으키기는 했으나 초연은 19일로 연기되었다. 게다가 마리 앙투아네트는 경찰청장에게 명령하여 분노한 고귀한 나으리들이 예절을 모르는 악사 녀석한테 입방아를 찧지 않도록 손을 쓰게 했다. 그녀는 같은 나라 사람인 글루크 일에 발벗고 나서서 그의 문제를 공공연히 자신의 문제로 만들었다.

 결국 「이피게니아」의 초연은 성공했는데, 그것은 글루크의 성공이라기보다는 마리 앙투아네트의 성공이었다. 그러나 신문이나 청중의 반응은 차가웠다. 그들은 이 오페라에는 두서너 군데 상당히 뛰어난 곳이 있기는 하지만 일반적으로 지극히 진부하다고 생각했다. 예술의 세계에서는 흔히 있는 법이지만 극도의 대담성이 무지한 청중에게 대번에 이해되는 일은 극히 드물었다. 그러나 마리 앙투아네트는 온 궁정을 초연에 끌고 갔다. 여느 때 같으면 천체(天體)의 음악을 위해서 절대로 사냥을 포기시키거나 하지는 않았을 테고, 아홉 사람의 뮤즈의 여신을 전부 합친 것보다도 쏘아잡은 노루 한 마리 쪽을 더욱 대견하게 여겼던 그녀의 남편조차 이때는 함께 가지 않을 수 없었다. 바람직한 분위기가 곧장 조성될 성싶지 않자 마리 앙투아네트는 아리아가 끝날 때마다 칸막이 객석에서 시위의 박수를 보냈다. 따라서 예의상으로도 시누이나 시동생을 비롯한 전 궁정이 박수를 보낼 수밖에 없었고 갖가지 음모가 있었음에도 불구하고 그날 저녁의 공연은 음악사상 한 사건이 되었다. 글루크는 파리를 정복했고 마리 앙투아네트는 파리와 궁정에 군림할 뜻을 처음으로 드러내어 관철한 것이다. 그것은 그녀 자신이 거둔 최초의 승리였으며 전 프랑스에 대한 이 젊은 여자의 최초의 시위였다. 몇 주일이 지나자 그녀가 자신의 힘으로 획득한 권력은 왕비라는 칭호에 의해서 한층 더 확고해졌다.

국왕 붕어, 신왕 만세

1774년 4월 27일, 사냥에 나섰던 루이 15세는 갑자기 엄습한 피로감과 심한 두통으로 그가 좋아하는 트리아농으로 돌아왔다. 밤이 되자 시의들이 왕의 발열을 확인하고 뒤바리 부인을 병상으로 불러들였다. 이튿날 아침에는 불안의 빛을 띤 시의들이 왕을 베르사유 궁으로 옮기도록 지시했다. 가차없는 죽음조차도 보다 더 가차없는 의례를 따라야 했기 때문이다. 프랑스 국왕은 국왕용 장식침대 이외의 곳에서는 중병에 걸릴 수도 죽을 수도 없었던 것이다. "전하! 병은 베르사유에서 앓지 않으시면 안 됩니다." 베르사유에서는 6명의 의사와 5명의 외과 의사와 3명의 약제사 등 도합 14명이 병상을 둘러싸고 1시간에 여섯 번, 그들 한사람 한사람이 맥을 짚었다. 그러나 진단은 우연에만 맡겨져 있었다. 밤이 되어 몸종이 등불을 들어 올렸을 때 둘러서 있던 의사 중 한 사람이 끔찍스러운 붉은 반점을 발견했다. 천연두다! 그 소리는 당장 전 궁정에 퍼졌고 전염될지도 모른다는 공포가 돌풍처럼 거대한 궁전 속을 휩쓸었다. 며칠 뒤에는 몇 사람의 감염자가 나왔지만 왕이 죽고 나면 자기들의 지위가 어떻게 될 것인가 하는 불안에서 나오는 힘이 어쩌면 더 강했을지도 모른다. 딸들은 참으로 두터운 신앙심의 용기로 줄곧 병상 곁을 떠나지 않았고 밤에는 뒤바리 부인이 헌신적으로 병상을 지켰다. 그러나 왕위 계승자인 왕세자와 왕세자비는 전염될 위험이 있다는 이유로 가문의 계율에 따라 병실 출입이 금지되었다. 왕이 앓아누운 지 사흘째 되는 날부터는 두 사람의 생명은 전보다 훨씬 더 귀중한 것이 되었다. 이제 궁정은 명확한 분할선에 의해서 뚜렷이 두 파로 나누어졌다. 루이 15세의 병상 곁에는 구세대와 과거의 권력, 즉 시고모들과 뒤바리 부인이 병자를 지켜보면서 몸을 떨고 있었다. 그들은 신열에 떠는 입술이 숨을 거둠과 함께 자기들의 영광이 종말을 고할 것을 확실히 알고 있었다. 다른 방에는 다가올 세대, 곧 미래의 루이 16세와 미래의 왕비 마리 앙투아네트, 형 루이가 아이를 낳을 결심을 굳히지 않는 이상 미래의 왕위 계승자가 될 프로방스 백작이 모여 있었다. 이 두 장소 사이에는 운명이 막아서 있었다. 누구도 일찍이 영광에 빛났던 낡은 태양이 가라앉는 방에 들어서는 것을 허락받지 못했으며 또한 권력의 새로운 태양이 떠오르는 다른 방에도 들어설 수 없었다. 그 사이에 있는 "황소의 눈"이라는 커다란 대기실에는 참으로 많은 신하들이 모여들어 어느 쪽에 희망을 걸어야 할 것인지, 죽어가는 왕에게 걸어야 할지 아니면 새로 등장할 왕에게 걸어야 할지, 일몰(日沒)에인가 아니면 일출(日出)에인가를 결정하지 못한 채 불안한 동요의 표정으로 기다리고 있었다.

그 사이에도 병마는 치명적인 힘을 떨쳐 서둘러 쇠약하고 지쳐떨어진 왕의 육체를 잠식하고 있었다. 무서우리만큼 부풀어오르고 전신에 좁쌀 같은 종기가 돋아났으나 살아 있는 육체는 조금도 의식을 잃는 일이 없었고 끔찍스런 파멸의 과정을 거치고 있었다. 왕녀들과 뒤바리 부인에게는 엄청난 용기가 필요했다. 창을 열어놓았으나 왕의 방은 페스트와 같은 악취로 가득 차 있었기 때문이다. 시의들까지 한곁으로 물러섰다. 그들은 육체를 단념한 것이다. 그러자 이번에는 다른 싸움, 죄 많은 넋을 둘러싼 실랑이가 시작되었다. 놀랍게도 사제들이 병상 곁으로 다가가서 참회를 듣고 성찬식을 베푸는 것을 거절했다. 사제들은 임종의 병상에 누운 왕은 너무나도 오랫동안 신앙 생활을 멀리한데다 욕망에만 탐닉해왔으므로 마음속 깊이 뉘우치고, 먼저 죄의 근원부터 들어내지 않으면 안 된다, 즉 오랫동안 왕과 함께 자리를 했던 반크리스트교적인 침상에 붙어서 절망 속에서 간호하는 정부부터 내보내지 않으면 안 된다고 말했다. 마지막으로 혼자가 되는 이 두려운 시간에 하필이면 진정 사랑하는 단 한 사람의 인간을 쫓는 일은 왕으로서 좀체로 결단을 내릴 수 없는 일이었다. 왕이 목이 메어 뒤바리 부인에게 이별을 고하자 그녀는 마차에 태워져 눈에 띄지 않도록 가까운 뤼에유 궁으로 보내졌다. 왕의 병이 회복될 때 다시 돌아오도록 그곳에서 기다리게 한 것이다.

이렇게 명확하게 참회의 뜻을 보인 뒤 비로소 고백과 성찬식을 받게 되었다. 이때 처음으로 지난 38년 동안 궁정 안에서 가장 한가로웠던 인간, 즉 왕의 고백신부가 왕의 침실에 들어섰다. 그가 들어가자 곧 방문이 닫혔다. 대기실에 있던 호기심 많은 신하들은 정말 애석하게도 "사슴의 뜰"(방의 이름/역주)에서의 왕의 죄상 보고(꽤나 흥미진진했을 것이다)를 들을 수 없었다. 그러나 그들은 스캔들을 즐기는 심술궂은 기분에서, 루이 15세 정도 되는 사람이 죄와 방자함을 전부 고백하는 데는 시간이 얼마나 걸리는지, 적어도 그것만이라도 알고 싶어서 방 밖에서 시계를 손에 들고 정확하게 시간을 쟀다. 꼭 16분 뒤 마침내 다시 문이 열리고 고백신부가 나왔다. 그러나 여러 가지 징후로 보아 루이 15세에게 최종적인 용서가 허락되지 못했음을 알았다. 38년간에 걸쳐서, 죄 많은 마음을 참회로 씻지도 않은 채 자식들의 눈앞에 오욕과 육체의 쾌락에 탐닉했던 국왕에게 교회는 이번의 비밀고백보다 더 한층 깊은 겸손을 요구한 것이다. 왕이 자기는 지상 최고의 권력자이므로 종교상의 율법을 초월한다고 예사로 생각해왔으므로 교회는 왕이 지극히 높은 신 앞에 더욱 더 깊이 머리를 조아리기를 요구했다. 죄 많은 왕은 공개적으로, 즉 모든 사람들 앞에서 모든 사람들에 대하여 왕의 위엄에 걸맞지 않은 품행에 회오의 뜻을 표명하지 않으면 안 된다. 그렇게 해야 비로소 왕에게 성찬을 베풀 수 있는 것이었다.

이튿날 아침 어마어마한 장면이 벌어졌다. 가톨릭 최대의 전제군주가 신하들이 모인 자리에서 가톨릭 교도로서 참회해야만 했다. 궁전의 계단마다 무장한 근위병이 늘어서고 예배당에서 임종의 방까지는 스위스의 근위병이 정렬했다. 성체 그릇을 받든 고위 성직자가 엄숙한 걸음으로 천개 밑에 들어서자 북소리가 무겁게 잇달아 울렸다. 대주교와 그의 시종 뒤에는 타오르는 촛불을 손에 든 왕세자와 그의 두 아우와 공자, 공녀들이 문 앞까지 성체를 따라갔다. 문지방에서 그들은 무릎을 꿇었다. 그리고 왕의 딸들과 계승권이 없는 공자들만이 고위 성직자들과 함께 임종의 방에 들어섰다.

모두 숨을 죽이고 숙연해진 가운데 왕에게 인사하는 추기경의 낮은 목소리가 들리고 열어젖힌 문을 통해서 성찬을 베푸는 모습이 보였다. 성찬 수수(授受)가 끝나자 대기실의 문지방을 넘어나온 추기경이 모여 있는 모든 조정 신하들에게 소리 높여 말했다. "여러분, 국왕의 위탁으로 여러분에게 전합니다. 국왕은 하느님께 저지른 모욕과 국민에게 보여준 나쁜 본보기의 용서를 하느님께 빌고 있습니다. 하느님이 다시 건강을 베풀어주실 땐 속죄하고 신앙을 가누며 국민의 운명의 무거운 짐을 가볍게 해주기로 약속하셨습니다." 침대에서 낮은 신음소리가 들렸다. 바로 곁에 있는 사람들만 알아들을 수 있는 소리로 사경의 왕은 중얼거렸다. "내가 직접 그런 말을 할 만한 힘이 있으면 좋으련만……."

이후에 일어난 것은 끔찍스런 일뿐이었다. 한 사람의 인간이 죽는 것이 아니라 부풀어올라 거무튀튀한 썩은 살이 분해되어간 것이다. 그러나 루이 15세의 육체는 부르봉 왕가의 조상의 힘을 모조리 한데 모은 것처럼 궤멸에 대해서 거인처럼 저항했다. 모든 사람에게 이

며칠 동안은 소름 끼치는 나날이었다. 시종들은 끔찍한 악취에 진이 빠지고 딸들은 마지막 힘을 다해 간호했다. 단념한 의사들은 이미 물러갔다. 온 궁정이 이 무서운 비극이 빨리 끝나기를 초조하게 기다리고 있었다. 저 아래에는 며칠 전부터 의장마차가 준비를 끝내고 있었다. 전염을 피하기 위해서 신왕 루이 16세는 왕이 숨을 거두면 곧 지체 없이 달려온 신하를 거느리고 수아지로 옮겨가도록 결정되어 있었다. 기수들은 이미 말에 안장을 얹었고 짐도 꾸렸다. 아래에서는 시종과 마부가 이젠가 저젠가 하고 기다리고 있었다. 모든 사람들의 눈은 죽어가는 왕의 창가에 세워진 작은 촛불이 타오르는 불꽃만을 응시했다. 이 촛불은 모든 사람들을 위한 신호로서 왕이 세상을 떠나는 순간에 끄도록 되어 있었다. 그러나 늙은 부르봉의 거대한 육체는 하루를 더 버텼다. 5월 10일 화요일 오후 3시 반에 드디어 촛불이 꺼졌다. 수군대던 소리가 곧장 웅성거림으로 변했다. 방에서 방으로 —— 튀어오르는 물결처럼 —— 소문이, 부르짖는 외침이 불어오는 바람처럼 전해졌다. "국왕은 붕어하셨다. 신왕 만세."

　마리 앙투아네트는 남편과 함께 작은 방에서 기다리고 있었다. 그때 돌연 그 신비스러운 울림이 들려왔다. 소리는 점점 높아졌고 방에서 방으로 알아들을 수 없는 말의 물결이 물밀 듯이 가까이 밀려왔다. 문이 폭풍으로 열린 듯이 활짝 열리며 드 노아유 부인이 들어섰다. 그녀는 무릎을 꿇고 왕비가 된 마리 앙투아네트에게 첫인사를 올렸다. 차례차례 다른 사람들이 몰려들었다. 드디어 모든 조정 신하들이 몰려들었다. 너도 나도 충성을 맹세하기 위해서 서둘러 접근하려고 했고 저마다 얼굴을 내밀며 축사를 늘어놓으면서 먼저 인정을 받으려고 했다. 북이 울렸고 사관들은 칼을 휘둘렀다. 그리고 수백 명의 입술에서 "국왕은 붕어하셨다. 신왕 만세!"라는 부르짖음이 피어올랐다. 마리 앙투아네트는 왕세자비로서 들어갔던 방을 왕비로서 나섰다. 사람들이 안도의 숨을 내쉬며 검푸르게 변해 알아볼 수도 없어진 루이 15세의 주검을 될 수 있는 대로 사람 눈에 띄지 않게 매장하려고 미리 준비해둔 관에 서둘러 넣는 동안 새 왕과 새 왕비를 태운 마차는 베르사유 궁전의 정원에 줄지어 선 금빛 문을 빠져나갔다. 길가의 백성들이 두 사람을 향해 환호하는 모습은 마치 옛 왕과 함께 낡은 고난이 종말을 고하고, 새로운 지배자와 함께 새로운 세계가 시작되기라도 한 듯했다.

늙은 수다쟁이 마담 캉팡이 꿀처럼 달콤한가 하면 눈물로 축축하기도 한 회상록에 쓴 바로는 루이 16세와 마리 앙투아네트는 루이 15세의 서거 통지를 받았을 때 꿇어앉아 흐느끼면서 "신이여 우리를 지켜주소서. 우리는 나라를 다스리기엔 너무 젊습니다. 너무나 젊습니다"라고 울부짖었다고 한다. 이런 감동적인 에피소드는 초등학교 교과서에나 알맞는 것이다. 그러나 유감스럽게도 마리 앙투아네트에 관한 대부분의 에피소드와 마찬가지로 그 날조 방법이 서툴고 비심리학적이라는 결함이 있다. 감정이 없는 루이 16세가 전 궁정이 일주일 전부터 시계를 손에 들고 이젠가 저젠가 하고 기다렸던 사건에 마음이 흔들릴 이유도 전혀 없었고, 마리 앙투아네트 역시 시간이 건네주는 이 선물을 다른 어떤 선물과 마찬가지로 아무렇지도 않게 받아들였을 뿐, 이 에피소드가 전하는 것과 같은 기특한 감동이라니, 천만에, 옳지 않은 말씀이다. 그렇다고 그녀가 권력욕에 들떠 있었다든가 정권을 쥐고 싶어 좀이 쑤신 것은 아니었다. 마리 앙투아네트는 엘리자베스 여왕, 예카테리나 여제, 마리아 테레지아와 같은 인물이 되려고 꿈꾼 적은 한 번도 없었다.

그러한 인물들처럼 되기에는 그녀의 정신적 에너지는 너무나 부족했고 정신의 폭은 너무나 좁았으며 성격은 너무나 게을렀다. 평범한 사람들의 경우가 대개 그렇듯이 그녀의 바람 역시 자기의 분수를 넘지 못했다. 이 젊은 여자는 세계에 새기고 싶은 정치적 이념도 없었고 더더구나 타인에게 압제를 가해 굴복시키고 싶은 생각 따위는 없었다. 단지 남에게서 벗어나려는 강력한 본능과 반항적이며 흔히 철없이 드러나는 천성만을 어릴 때부터 가지고 있었다.

　남을 지배하려고도 하지 않았지만 타인에게 지배되어 영향을 받는 것도 결코 바라지 않았다. 그녀에게 왕비라는 것은 자유 이상의 뜻이 없었다. 3년간이나 후견과 감독을 받은 뒤, 겨우 행동을 속박하는 자가 없어진 지금, 그녀는 무한한 자유를 느꼈다(엄격한 어머니는 수천 킬로미터나 떨어져 있고 굴종적인 남편이 조바심을 내며 항의하더라도 일소에 부칠 수 있기 때문이었다). 왕위 계승자의 아내에서 왕비라는 결정적인 한 계단을 올라선 그녀는, 드디어 모든 사람 위에 서서 자기 자신의 방자함 외에는 누구의 말에도 귀를 기울일 필요가 없어졌다. 시고모들의 쓴 소리도 이젠 그만이요, 오페라 극장의 무도회에 가도 좋을지 국왕에게 의향을 물어볼 필요도 없어졌다. 증오의 적, 뒤바리의 불손도 이젠 끝장이 났다. 내일이라도 그 여자는 영원히 추방되어 만찬회에서 그녀의 다이아몬드가 번쩍이는 일도, 그녀의 손에 키스하려고 왕후장상들이 규방으로 몰려드는 일도 두 번 다시 없을 것이다. 마리 앙트아네트는 자랑스럽게, 그 자랑을 쑥스러워하지도 않고 자기 것이 된 왕관에 손을 내밀었다. "지금의 제 신분은 태어날 때부터 하느님이 주신 것이기는 하지만", 그녀는 어머니에게 띄운 편지에 이렇게 적고 있다. "당신의 막내딸인 저에게 유럽에서 가장 아름다운 왕국을 골라주신 하느님의 섭리를 놀라워하지 않을 수 없습니다." 이 말 속에서 환희의 원음보다 더 높은 소리가 울리고 있음을 알아듣지 못하는 자는 귀가 시원치 않은 사람이라고 할 수밖에 없다. 마리 앙트아네트는 자기의 지위가 위대함을 느꼈을 뿐 거기에 따른 책임을 느끼지 못했으므로 거리낌없이 활짝 핀 얼굴로 왕좌에 오른 것이다.

　왕좌에 올랐을 때 벌써 아래쪽에서는 환호의 소리가 들려왔다. 그러나 두 사람의 지배자는 아직 아무 일도 하지 않았다. 아무런 약속도, 어떤 행동도 하지 않았으나, 벌써 백성들의 감격이 젊은 군주 내외를 맞이한 것이다. 언제나 기적을 믿는 민중은 꿈을 꾸고 있었다. 이제 국왕의 원기를 모조리 빨아먹던 소실이 추방되고 무관심했던 늙은 왕은 땅에 묻혔고 그 대신 젊고 소탈하고 검약하며 겸손하고 경건한 새 왕과 매혹적이고 사랑스럽고 젊고 너그러운 왕비가 프랑스를 다스리게 되었으니 황금시대가 도래하지 않을까? 쇼윈도마다 사랑받는 군주 부처의 초상화들이 두드러지게 눈에 띄었다. 그들의 행동 하나하나가 감격으로 받아들여지자 불안으로 굳어 있던 궁정도 기뻐하기 시작했다. 이제 다시 무도회와 퍼레이드가 개최되었다. 즐거움과 새로운 생의 애착이며 젊음과 자유가 지배하게 된 것이다. 사람들은 안도의 숨을 내쉬며 국왕의 임종을 맞았으며 프랑스 방방곡곡의 탑 위에서 조종(弔鐘)은 축제를 알리는 종소리처럼 싱그럽고 즐겁게 울려퍼졌다.

　루이 15세의 서거로 암울한 예감을 느끼며 진정으로 충격을 받고 놀란 사람은 유럽 전체에서 단 한 사람뿐이었다. 여제 마리아 테레지아였다. 전제군주로 군림했던 힘든 30년의 체험에서 그녀는 왕관이 주는 부담을 잘 알고 있었고 어머니로서 딸의 약점과 결함도 익히 알고 있었다. 이 경솔하고 억제할 줄 모르는 아이가 좀더 성숙하여 낭비벽의 유혹에 넘어가지 않게 될 때까지 대관(戴冠)의 순간을 연기시켰으면 얼마나 좋을까 하는 것이 어머니의 솔직한 심정이었던 것이다. 노부인은 마음이 무거웠다. 암울한 예감이 그녀를 짓누르는 것 같았다. 그녀는 충직한 대사로부터 이 소식을 받았을 때 이렇게 써보냈다. "나는 매우 충격을 받았소. 그래서 딸아이의 운명에 대해서 더욱 골똘히 생각하고 있다오. 그애의 운명은 굉장해지거나 아니면 몹시 불행해질 것이 틀림없소. 나는 국왕이나 재상의 위치, 국가의 형세에 전혀 안심할 수 없는데다 그애 자신은 그렇게 어리니! 그애는 한 번도 진지한 노력을 기울일 줄 몰랐는데 앞으로도 결코 그런 노력을 거의 하지 않을 것이오." 또 이미 앞서 도착한 딸의 의기양양한 통보에 대해서도 역시 우울하게 답을 써보냈다. "나는 너의 새로운 지위에 찬사를 보내지 않겠다. 그 지위는 값비싼 희생을 지불하고 획득한 것이다. 그리고 네가 좋은 시할아버님의 너그러움과 배려 덕분에 지난 3년간 누려왔던 생활, 너희 국민의 동의와 사랑이 너희 내외에게 가져다준 바로 그 평온하고 티 없는 생활을 계속해나가겠다는 결심을 하지 않을 때는 값비싼 희생을 요구할 것이다. 국민의 동의와 사랑이 너희에게 그런 생활을 가져다주었다는 것은 지금 너희들이 자리한 현재의 지위에 큰 이점이 되었다. 그러나 그것은 그 지위를 지켜갈 줄 알고 국왕과 안녕을 위해서 정당하게 사용할 줄 알아야 한다는 뜻이다. 너희 내외는 아직 너무 어리고 짐은 무겁다. 그래서 나는 근심하고 있다. 정말 걱정이 된다.……내가 너희에게 충고할 수 있는 것은 매사에 너무 서둘지 말라는 것이다. 만사를 자신의 눈으로 자세히 보고 아무것도 변화시키려고 들지 말고 스스로 전개되게 내버려두어라. 그렇지 않으면 혼돈이 생기고 음모가 끝없이 끼어들 것이고, 그렇게 되면 내 딸아, 너희는 빠져나오기 어려운 혼란에 빠지게 될지도 모르겠다." 카산드라의 시선을 가진 이 여자는 멀리서 그리고 수십 년의 경험이라는 언덕 위에서 내려다보고 있었기 때문에 프랑스의 불안한 정세를 가까이에서보다 훨씬 더 잘 조망하고 있었다. 그녀는 두 내외에게 무엇보다 오스트리아와의 우호를 지키고 그럼으로써 세계의 평화를 지켜갈 것을 간곡히 당부했다. "양국의 제반 관심사를 처리하기 위해서는 오로지 평화만이 필요하다. 우리가 앞으로 계속 일치단결하여 행동해나가면 아무도 우리 일을 방해하지 않을 것이고 유럽 전체가 행복과 안정을 누리게 될 것이다."

그렇지만 그녀가 딸에게 가장 간곡하게 경고한 것은 경박함과 쾌락에 대한 애착을 경계하라는 것이었다. "나는 너의 다른 모든 것보다 이 점을 가장 두려워하고 있다. 네게 진정으로 필요한 것은 진지한 일에 관계하는 것이고, 무엇보다 유혹에 빠져 임시비용을 지출하는 일이 없어야 한다는 것이다. 우리의 기대를 훨씬 넘어선 이 복된 시작이 언제까지나 계속되고 너희 내외가 백성들을 행복하게 해줌으로써 너희 내외도 행복해지는 것, 모든 것은 그것에 달려 있다."

마리 앙트아네트는 어머니의 근심에 감동을 받고 약속을 하고 또 했다. 모든 진지한 행동에 자신이 약하다는 것을 고백하고 개선해나갈 것을 맹세했다. 그러나 예언자적인 마음의 움직임에 이끌린 노부인의 근심은 가라앉지 않았다. 그녀는 이 왕관이 행복한 것이라고 믿을 수 없었다. 딸의 행복을 믿을 수가 없었던 것이다. 온 세상이 마리 앙트아네트를 둘러싸고 환호를 보내고 시샘을 하는 동안 그녀의 어머니는 자기가 신임하는 대사에게 어머니의 한숨을 적어보냈다. "내 생각으로는 그애가 누렸던 가장 아름다운 날들은 이미 다 지나가버린 것 같구려."

국왕 부처의 초상

 대관식이 있고 나서 몇 주일 동안 전국 방방곡곡의 동판 조각가, 화가, 조각가, 메달 주조가들은 바쁘게 돌아갔다. 이미 오래 전에 인기를 잃은 루이 15세의 초상화는 얼른 치워졌고 화려하게 화환으로 장식된 새 국왕 부처의 초상으로 대치되었다. "노국왕 붕어하다, 신왕 만세!"
 숙련된 메달 조각공이라면 루이 16세의 선량하고 소탈한 얼굴에다 제왕의 모습을 부각시키는 데에는 별다른 아첨 기술은 크게 필요하지 않았다. 새 국왕의 두상은 짧고 뻣뻣한 목만 빼면 별로 흠잡을 데가 없었기 때문이다. 고르고 반반한 이마, 대담하다고 할 정도로 콧날이 높이 치켜진 코에, 촉촉하게 젖은 관능적인 입술, 살은 쪘지만 잘 생긴 턱이 둥그스름하게 마무리되어 당당하면서도 호감을 주는 얼굴이었다. 그러나 눈빛은 미화될 필요가 있었다. 오페라 글라스를 쓰지 않으면, 극도로 근시인 국왕은 세 발자국 앞의 사람도 알아보지 못했기 때문이다. 조각공의 조각칼은 눈꺼풀이 처지고 흐릿한 소의 눈 같은 눈동자에 권위를 부여하기 위해서 상당히 애써 다듬어야 할 형편이었다. 매사에 행동이 서툰 국왕 루이의 몸가짐 역시 문제였다. 예복을 입은 그의 모습을 곧고 위풍당당하게 보이도록 하기 위해서 궁중 화가들은 크게 고심할 수밖에 없었다. 루이 16세는 젊은 나이에 살이 쪄서 비둔한데다가 지나친 근시였기 때문에 우스꽝스러울 정도로 행동거지가 서툴러, 키가 거의 178센티미터나 되고 신체는 곧았으나, 모든 공식석상에 비참한 모습(세상에서 가장 고약한 풍채였다)으로 나타났다. 그는 베르사유 궁의 번쩍이는 널마루 위를 "쟁기질을 하는 농사꾼"처럼 어깨를 흔들며 볼품 없이 걸었다. 춤을 출 줄도 공놀이를 할 줄도 몰랐다. 급하게 걸을 일이 생기면 벌써 차고 있는 칼에 받혀 나동그라지기 일쑤였다. 이런 신체적인 약점을 가련한 남자는 스스로도 잘 알고 있었고 그래서 그것이 그를 당황하게 했고, 그 당황이 또다시 그를 더욱 어색하게 만들었다. 그래서 누구나 프랑스의 국왕은 정말 가련한 멍텅구리라는 첫인상을 받았다.

그렇지만 루이 16세는 결코 멍텅구리나 모자라는 사람은 아니었다. 근시로 인한 소심증(궁극적으로는 성적 무능력에서 기인한 것 같다) 때문에 그는 걸을 때조차도 정신적으로 심한 제약을 받았다. 이렇게 병적으로 수줍음을 타는 국왕에게 대화를 이끌어가는 일은 곧 정신적인 긴장을 뜻했다. 그는 자신이 생각하는 속도가 너무 느리고 어색하다는 것을 알고 있었다. 따라서 입술에서 쉽게 말이 튀어나오는 영리하고 재치 있고 명석한 사람들에게 말할 수 없는 두려움을 가지고 있었다. 이 정직한 남자는 그런 사람들과 자신을 비교해볼 때 자신의 미숙함을 너무나 부끄럽게 생각했다. 그러나 그에게 생각을 정리할 여유를 주고, 빠른 결단과 대답을 재촉하지만 않으면, 탁월하지는 못하지만 성실하고 올바른 양식을 보여 요제프 2세나 페티옹(프랑스 혁명 시대의 정치가. 파리 시장 역임/역주) 같은 회의적인 상대까지도 놀라게 만들었다. 신경질적인 소심함만을 극복하면 그는 지극히 정상적인 사람이었다. 대체로 그는 말하기보다는 읽기와 쓰기를 더 좋아했다. 책은 말이 없고 재촉도 하지 않기 때문이었다. 그래서 루이 16세는 (믿기 어렵겠지만) 책 읽기를 즐겼고 많이 읽었다. 역사와 지리 분야에는 식견이 높았고, 영어와 라틴 어도 꾸준히 연마해나갔는데, 그의 탁월한 기억력이 뒷받침되었다. 또 서류와 가계부를 나무랄 데 없이 잘 정리했다. 매일 저녁 분명하고 둥글둥글한 글씨체로 거의 서예 작품처럼 깨끗하게 그날 그날의 생활을 가엾도록 무미건조하게 ("사슴 여섯 마리 쏨", "하제 복용" 등) 일기장에 적었다. 이 일기는 세계사의 참으로 중요한 사건들을 모조리 간과해버려 그야말로 비애감을 자아낼 정도이다. 그는 세관원이나 관리에 안성맞춤인 사람으로 독자성이 부족한 보통 지능을 가진 대표적인 사람이었다 ── 사건의 그늘에서 극히 기계적인 하급의 역할이라면 무엇에든지 걸맞았겠지만, 꼭 한 가지, 통치자 역할만은 적합하지 않은 지능의 소유자였다.

그러나 루이 16세의 천성에서 숙명적인 것은 피 속에 납이 들어 있다는 점이다. 뭔가 막히는 것, 뭔가 어려운 것이 그의 혈관을 굳어 버리게 하기 때문에 쉽게 되는 일이라고는 하나도 없었다. 성실하게 노력하는 남자는 언제나 뭔가를 행하고 생각하고, 심지어는 단순히 느끼기 위해서도 자신의 내부물질의 저항, 일종의 혼수상태를 극복해야만 했다. 신경은 너무 늘어나버린 고무줄처럼 줄어들지도 늘어나지도 않았고 그렇다고 팽팽해지지도 않았다. 찌릿찌릿한 감을 결코 느끼지 못했다. 이렇게 천성적으로 무딘 신경은 루이 16세에게 모든 강렬한 감정의 발로를 차단시켰다. 사랑(정신적인 의미에서든 육체적인 의미에서든), 기쁨, 욕구, 불안, 고통, 공포 ── 이 모든 감정 요소는 코끼리 피부처럼 두꺼운 그의 무관심 층을 뚫고 들어가지 못했다. 피할 수 없는 생명의 위협조차도 그를 이 무감각에서 벗어나도록 단 한 번도 흔들어놓을 수 없을 정도였다. 혁명의 폭도들이 튈르리 궁으로 몰려가던 때에도 그의 맥박은 1초도 더 빨리 뛰지 않았고, 기요틴에 서기 전날 밤 역시 기요틴의 어느 기둥 하나도 그의 평온이나 수면, 식욕을 흔들어놓지 못했다. 가슴에 피스톨을 들이댄다고 하더라도 결코 창백해질 사람이 아니었고, 사실 흐릿한 두 눈에서 분노가 번득인 적은 결코 없었다. 아무것도 그를 놀라게 하지도 감격시키지도 못했다. 대장간 일이나 사냥 같은 극히 거친 긴장만이 가까스로 그의 몸을 움직이게 할 뿐이었다. 부드럽고, 섬세하고, 고상한 모든 것, 즉 미술, 음악, 무용 따위는 도무지 그의 감정 세계에 가까이 갈 수가 없었다. 뮤즈도, 신도 그의 굼뜬 감각에 탄력을 부여할 수 없는 상태였다. 에로스까지도. 20년 동안 루이 16세는 할아버지가 반려로 정해준 여자 이외의 다른 여자를 원해본 적이 없었다. 그저 언제까지나 아내와 더불어 행복하고 만족했다. 짜증이 날 정도로 욕구가 없는 그는 모든 일에 만족해했다. 그런데 하필이면 곰팡내 나고 둔감한 사람에게 역사상 가장 중요한 세기의 결단을 요구했으니 실로 운명의 심술궂은 장난이었다. 오직 평온한 일만 하도록 태어난 인간을 세계의 가장 가공할 만한 재앙 앞에 내세웠던 것은 거의 악마적이었다. 왜냐하면 그는 신체적으로는 건장했지만 행동이 요구되는 곳, 공격이나 방어를 위해서 의지의 근육이 팽팽해져야 할 장면에서는 약해졌기 때문이다. 루이 16세에게 결단이란 번번이 끔찍하기 이를 데 없는 당혹을 뜻했다. 그는 남이 하자는 일을 따라할 줄밖에 몰랐다. 그 자신은 평온, 평온, 평온밖에는 아무것도 원하지 않았다. 누가 무엇을 요구할 때면 놀랍고 괴로워서 그러마고 약속했고, 또 그와 반대의 것을 요구하는 다른 사람에게도 되는 대로 그러마고 대답했다. 따라서 그에게 다가가는 사람은 이미 그를 장악한 셈이었다. 이런 약점 때문에 루이 16세는 계속 죄 없이 죄를 지어야만 했고, 정직한 마음을 가졌는데도 부정직한 사람이 되어 아내와 대신들이 마음대로 차는 공이나 마찬가지였다. 혼자 내버려두면 통치를 해야 할 시간에 자포자기하거나 절망만을 하는 빈 콩껍데기 임금이 될 것이 뻔했다. 혁명이 이 악의 없고 둔감한 인간의 짧고 굵은 목에 기요틴의 도끼를 내리치는 대신에 조그만 뜰이라도 딸린 작은 농가나 한 채 주어서 사소한 일거리라도 맡겼더라면 프랑스 대주교의 손으로 프랑스의 왕관을 머리에 씌워주는 것보다도 더 행복해졌을 것이다. 그는 자부심도, 욕망도, 품위도 없이 20년 동안 거의 무관심한 채로 왕관을 쓰고 있었다.

궁정 시인 중에서도 가장 궁정 냄새를 진하게 풍기는 시인조차도 이런 선량하고 남자답지 못한 남자를 위대한 군주로 찬양하기에는 엄두가 나지 않았다. 그러나 예술가들은 다투어 온갖 형식과 표현을 동원하여 왕비를 찬미했다. 우아한 시 구절과 대리석, 테라코타, 질그릇, 파스텔, 화려한 상아 미니어처 등으로 그녀의 모습을 모사하기에 바빴다. 그녀의 용모와 행동이 바로 당시의 이상을 그대로 반영했기 때문이었다. 사랑스럽고 날씬하고 고상하고 매력적이며 놀기 좋아하고 애교 있는 열아홉 살의 왕비는 왕비가 된 첫 순간부터 로코코의 여신이 되었다. 당시 한창 인기 있던 유행의 전형이었다. 따라서 예쁘고 매력적이라고 인정을 받고 싶은 여자들은 왕비와 비슷해지려고 고심했다. 하지만 마리 앙트아네트의 얼굴은 원래 대단한 얼굴도, 특별히 인상 깊은 얼굴도 아니었다. 합스부르크가 특유의 두꺼운 아랫입술과 다소 평평한 이마 그리고 몇 군데 조금씩 아슬아슬하게 불균형이 느껴지는 섬세하게 다듬어진 매끄럽고 갸름한 얼굴에는 사람을 매혹시키는 정신적 분위기나 개성적인 인상학적 특징은 별로 없었다. 어떻게 변화할지 변화될지 궁금하기만 한, 아직은 미완성인 이 소녀의 얼굴 —— 뒷날 부인 나이가 되어서야 비로소 당당한 기품과 확고함 같은 것이 자리 잡는다 —— 에서는 빛깔 고운 백랍에서처럼 뭔가 차갑고 공허한 느낌이 풍겼다. 단 한 가지 재빨리 쉽게 바뀌는 부드러운 눈, 쉽게 눈물이 고이는가 하면 금세 장난기와 즐거움으로 빛나는 그 두 눈이 생기를 암시했고, 푸른 눈동자는 근시로 인해서 사람의 마음을 움직이게 하는 아련한 빛이 떠돌았다. 그렇지만 이 창백하고 갸름한 얼굴 그 어디에서도 팽팽한 의지가 그려내는 강한 성격의 선은 찾을 수 없었다. 오직 기분에 따라 움직이고 극히 여자답게 감정의 저류에만 좌우되는 부드럽고 휘어지기 쉬운 본성이 느껴질 뿐이었다. 그러나 사랑스러움과 우아함은 모든 사람들이 마리 앙트아네트에게서 그 무엇보다 경탄하는 점이기도 했다. 이 여인의 진정한 아름다움은 본질적인 여성다움 자체였다. 붉은빛을 띤 잿빛 블론드의 풍성한 머리채, 백자빛의 살결, 매끈한 얼굴, 풍만하면서도 부드러운 몸매에 상아처럼 매끄럽고 둥그스름한 팔의 완벽한 선, 아름답게 다듬어진 손, 반쯤 열린 처녀성이 갓 피어나며 향기를 뿜는 모습이었다. 어쨌든 너무도 여리고도 청초한 매력을 초상화들을 보고 전부 어림잡기는 어렵다.

그것은 그녀의 초상화 중 몇 개 되지 않는 걸작에서조차도, 그녀 본성의 가장 본질적인 요소, 그녀의 인상이 풍기는 가장 개성적인 요소는 담겨 있지 않기 때문이다. 그림이란 언제나 강요된 딱딱한 포즈 하나만을 고정시켜놓을 수 있을 뿐이다. 마리 앙트아네트가 가진 고유한 마력은, 모두 일치된 의견이지만, 도저히 그 누구도 모방할 수 없는 움직일 때의 우아함에 있었다고 한다. 발랄한 몸가짐 가운데서 비로소 마리 앙트아네트는 타고난 신체의 음악성을 드러냈던 것이다. 양 옆으로 죽 거울이 걸린 방에서 발꿈치를 정교하게 디디며 날씬한 몸매로 사뿐사뿐 거닐 때, 애교 섞인 나긋나긋한 몸짓으로 잡담을 하려고 소파에 기댈 때, 벌떡 일어나 계단을 총총 달려 오를 때, 타고난 우아한 자태로 눈부시게 흰 손을 키스를 받기 위해서 내밀거나 여자 친구의 허리에 팔을 살짝 두를 때의 그녀의 몸가짐은 어떤 긴장된 노력의 결과가 결코 아니었다. 그것은 여자다운 육체의 직관에 의해서 완성된 것이라는 인상을 주었다. 냉정한 영국의 호레이스 월폴까지도 완전히 도취해서 이렇게 쓴 적이 있다. "그녀는 똑바로 서면 미의 입상(入像)이고, 움직이면 그야말로 우아함의 화신이다." 정말 그녀는 아마존의 여전사처럼 말을 타고 공놀이를 했다. 그녀의 유연하고 민첩한 몸은 놀이에 끼면 궁정의 내로라 하는 미인들을 압도했다. 재주에서뿐만 아니라 관능적인 매력에서도 그랬다. 매료된 월폴은 그녀가 춤출 때 엄밀하게 리듬을 따르지 않았다고 이의를 제기했지만 실상 그 음악이 틀린 것이라고 예의에 어긋나지 않게 말한 바 있다. 정확히 말해 본능적으로 —— 여자들이란 스스로의 아름다움을 알고 있는 법이다 —— 마리 앙투아네트는 움직이는 것을 좋아했던 것이다. 천성적으로 잠시도 가만히 있지 못했다. 꼼짝 않고 앉아 있거나, 귀 기울여 듣거나, 책을 읽거나, 경청하거나, 생각하는 일, 어떤 의미에서는 잠까지도 그녀에게는 견딜 수 없는 인내의 시험대였다. 그저 좌충우돌하면서 뭔가 자꾸 이일 저일을 벌여놓고는 한 가지도 끝맺는 법이 없었으며, 스스로 진지하게 성실한 노력을 하는 법이 없이 언제나 바쁘게 돌아갈 뿐이었다. 시간은 멈추지 않는다고 느꼈는지 시간을 뒤쫓고, 따라잡고, 추월하려고 들었다! 식사도 오래하지 않았고, 사탕도 얼른 핥아보기만 했고, 잠도 오래 자지 않았고, 생각도 오래 하지 않았다. 그리고 그것은 무위의 반복에 불과했다. 마리 앙투아네트가 왕비의 삶을 살았던 20년은 자신의 주위를 맴도는 영원한 선회였다. 그것은 외적으로도 내적으로도 어떤 목표가 없었기 때문에 인간적으로나 정치적으로나 완전히 공전에 그치는 움직임이었다.

　이렇게 자기 자신을 제어하지 못하는 무절제와 그릇되게만 쓰이는 무수한 힘의 낭비는 바로 마리 앙투아네트가 어머니의 노여움을 사야 했던 것이다. 사람을 볼 줄 아는 이 노부인은 선천적으로 재능도 있고 생기도 있는 이 소녀가 지금보다 100배는 더 소질을 발휘할 수도 있음을 잘 알고 있었다. 아마 자신이 가지고 태어난 바탕만큼이라도 발전시키고 싶은 생각이 있었다면 마리 앙투아네트는 왕실에서 권력을 장악할 수도 있었을 것이다. 그런데 숙명적인 것은 항상 그저 편한 대로 자신이 타고난 정신 수준 이하로만 그녀가 생활했다는 점이다. 진정한 오스트리아 인으로서 그녀가 많은, 너무나 많은 재능을 가졌다는 사실은 의심할 여지가 없었다. 그녀는 유감스럽게도 이 천부의 재능을 남김없이 발휘하거나 발전시키려는 의사가 털끝만큼도 없었다. 경박하게 재능을 흩뿌리고 다녔다. 그것은 곧 자기 자신을 흩뿌리는 일이었다. 요제프 2세는 이런 판단을 내리기도 했다. "그애가 흥분해서 시작할 때면 언제나 옳지. 좀더 꾸준히 밀고 나가고 조금만 더 생각하기만 하면 참으로 훌륭할 텐데." 그러나 바로 이 조금만 더 생각을 해보는 일이 그녀의 조급한 기질에는 벌써 부담이 되었다. 즉석에서 튀어나온 생각 이외의 다른 생각은 무엇이든지 정신적 긴장을 뜻했고, 그런 종류의 긴장은 변덕스럽고 무사태평한 그녀의 천성에 어울리지 않았다. 오직 놀고만 싶고 무엇이든지 누구든지 쉽게만 생각하려고 했고 노력이나 일 같은 것은 싫어했다. 마리 앙투아네트는 머리가 아니라 오로지 입만 가지고 지껄였다. 누가 무슨 이야기를 하든 건성으로 듣고, 매력적인 애교나 반짝이는 경쾌함에만 빠져, 떠오르기 시작하는 생각은 얼른 내팽개쳐버렸다. 뭐든지 끝까지 말하거나 끝까지 생각하거나 끝까지 읽는 법이 없었다. 참된 경험의 의미와 맛을 캐보려고 진득하게 매달리는 적이 없었다. 책이나 공문서와 같은 인내와 집중을 요하는 진지한 것을 좋아할 턱이 없었고, 꼭 필요한 편지 같은 것만 마지못해 성급하게 끄적이는 글씨로 처리했다. 어머니에게 보낸 편지에서조차도 종종 얼른 끝내고 싶어한 흔적이 뚜렷했다. 인생이 이렇게 번거롭지 않았으면, 머리를 탁하고 음울하며 고독하게 만드는 일이 없었으면 얼마나 좋을까 하는 태도가 역력했다. 이런 게으른 기질을 끝까지 잘 받아들여주는 사람만이 그녀에게서 훌륭한 남자라는 인정을 받았고, 긴장을 요구하는 사람은 귀찮은 현학자 취급을 받았다. 궁정의 기사들이나 친지들 가운데 좋은 충고를 하는 사람이 있으면 단박에 멀리했다. 오로지 즐기자. 그리고 생각이나 계산, 절약 따위에 방해받지 말자. 이런 것이 그녀의 주장이었고, 그녀 주변에 있는 모든 사람의 주장이었다. 다만 감각에 따라 생활하고 깊이 생각하지 않는 것 —— 그것이 그 세대 전체의 모럴이었다. 그녀는 분명 그러한 시대의 모럴과 더불어 살았고, 또 그 모럴과 더불어 영원히 사라져갔다.

극단적일 정도로 서로 다른 이 부부보다 성격학적으로 더 날카로운 대조를 이루는 부부를 만들기란 어떤 소설가라도 불가능할 것이다. 신경의 맨 끝, 피의 리듬, 기질의 말초적 진동에 이르기까지 합스부르크가의 마리 앙투아네트와 부르봉가의 루이 16세는 성격과 특징 모두 그야말로 교과서적인 안티테제를 보여준다. 한쪽은 무거운데 다른 한쪽은 가볍고, 한쪽은 비둔한데 다른 한쪽은 나긋나긋하고, 한쪽은 곰팡내가 나는데 다른 한쪽은 거품처럼 끓어오르고, 한쪽은 무신경한데 다른 한쪽은 파르르 떨도록 신경이 예민했다. 정신적인 면에서도 마찬가지였다. 남편은 우유부단한데 아내는 너무 성급하게 결단을 내리고, 남편은 천천히 심사숙고하지만 아내는 얼른 가부를 말하고, 남편은 신앙심이 투철하고 독신자인 체했으나 아내는 쾌활하고 세속적이고, 남편은 겸손하고 겸허하되 아내는 애교 만점에 오만하고, 남편은 현학적이나 아내는 경박하고, 남편은 검약하나 아내는 낭비벽이 심하고, 남편은 지나치게 근엄한 반면 아내는 절도 없이 놀기를 좋아하고, 남편은 묵직한 바다 속의 깊은 흐름이라면 아내는 물거품이요 춤추는 파도였다. 남편은 혼자 있을 때가 제일 편한데 아내는 언제나 시끌벅적한 무리들의 한가운데 있었다. 남편은 동물적으로 둔감함으로써 안락하게 많이 먹고 독한 술을 마시기를 좋아했으나 아내는 술에는 손도 대지 않고 음식은 아주 조금, 얼른 먹어치웠다. 남편의 본령은 잠에 있었고, 아내의 본령은 춤에 있었다. 남편의 세계는 낮이고 아내의 세계는 밤이었다. 따라서 이 부부의 생활 시계 바늘은 해와 달처럼 서로 반대되는 방향으로 돌고 있었다. 루이 16세가 잠자리에 드는 밤 11시는 마리 앙투아네트가 제대로 타오르기 시작하는 시간이었다. 오늘은 오락실로 내일은 무도회로 모레는 또다른 곳으로, 남편이 아침에 일어나 몇 시간이고 사냥을 하며 돌아다닐 때 그녀는 겨우 침상에서 몸을 일으키려고 했다. 습관, 취향, 하루 일과 어느 한 가지도 공통되는 것이 없었다. 실제로 마리 앙투아네트와 루이 16세는 그들 생의 대부분을 따로 살았다. 거의 언제나 잠자리를 따로 했던 것처럼(이 점을 마리아 테레지아는 걱정했다).

그렇다면 싸움이 잦고 신경을 곤두세우며 간신히 지탱되는 고약한 부부 생활이란 말인가? 천만에! 반대로, 아주 아늑하고 평화로웠다. 그 유명하고 곤란한 결과를 불러온 왕의 남성적인 무능력이 없었더라면 참으로 행복한 결혼이기까지 했을 것이다. 왜냐하면 긴장 관계가 성립되기 위해서는 양쪽 모두 힘이 필요하고 의지와 의지가 맞서야 하고 격렬함과 격렬함이 부딪쳐야만 하는데, 마리 앙투아네트와 루이 16세는 두 사람 다 마찰이나 긴장을 피했기 때문이다. 남편은 몸이 굼떴고, 아내는 정신이 굼떴던 것이다. "내 취미는 국왕의 취미와는 달라요" 하고 그녀는 편지에서 내키는 대로 지껄였다. "그는 사냥과 대장간 일밖에는 아무것도 관심이 없어요.……제가 대장간에 간다면 별로 우아하지 않으리라는 것을 인정하시겠지요. 대장간에 간다고 불카누스(불과 담금질의 신/역주)가 될 리 없지요. 거기서 비너스의 역할을 한다면 나보다도 남편의 마음에 더 들지 않을걸요." 루이 16세 역시 어지러울 정도로 요란스러운 아내의 도락이 전혀 자기 취미와는 어울리지 않는다고 생각했다. 그렇지만 이 축 처진 남자는 강경하게 간섭할 생각도, 힘도 없었다. 따라서 절도를 모르는 아내의 행동들을 사람 좋게 보아줄 뿐이었고, 내심 아내가 그토록 자자하게 찬사를 받을 만큼 매력적임을 자랑으로 여겼다. 그의 무기력한 감정이 좀 담력 있게 움직일 수 있을 때면 이 소탈한 남자는 언제나 자기 나름대로 ── 서툴지만 성실하게 ── 자기보다 총명하고 예쁜 아내에게 진정 비굴할 정도로 호의를 보였다. 열등의식 때문에 아내의 빛을 가리지 않도록 옆으로 살짝 비켜섰다. 아내는 이 편한 남편을 좀 깔보는 편이지만 악의는 없었다. 마리 앙투아네트도 자기 나름대로 너그럽게 마치 크고 머리가 더부룩한 세인트버나드(생베르나르)를 대하듯 남편을 좋아했다. 세인트버나드는 으르렁거리거나 툴툴거리는 적이 없이 윙크만 해도 언제나 다소곳이 따르기 때문에 사람들이 가끔씩 긁어주고 쓰다듬어주는 개였다. 시간이 흐름에 따라 그녀도 이 두꺼운 피부의 선량한 남자가 싫지 않아졌다. 고마운 마음에서라도. 그는 기분에 따라 아내가 무슨 짓이든 하게 내버려두었고, 아내가 자기와 함께 있는 것을 원하지 않는다고 느끼면 어디서나 다소곳이 물러갔고, 미리 연락을 하지 않고는 아내의 방에 발을 들여놓지 않았다. 자신은 검약하면서도 아내의 빚은 언제나 갚아주고, 아내의 청이라면 뭐든지 허락하고 끝에 가서는 애인까지도 허락하는 이상적인 남편이었다. 마리 앙투아네트는 루이 16세와 함께 살면 살수록 점점 더 남편의 성격을 존중하게 되었다. 약점이 많기는 했지만 그의 성격은 그만큼 존경할 만한 점이 많았다. 외교의 한 방편으로 맺어진 결혼이 점차 진정한 동료 관계, 다정한 동거 생활로 바뀌어갔다. 아무튼 두 사람의 결혼 생활은 그 시대 대부분의 왕후장상들의 결혼보다는 더 다정한 것이었다.

  다만 사랑이라는 위대하고 성스러운 단어만은 여기서 빼놓는 편이 더 나을 것이다. 진정한 사랑을 하기에는 남자답지 못한 루이 16세에게는 심장의 활력이 모자랐고, 남편에 대한 마리 앙투아네트의 애착에는 부분적이기는 하지만 연민과 비하와 관대가 뒤섞여 있었다. 이 미적지근하게 뒤섞인 감정을 도저히 사랑이라고는 말할 수가 없었다. 신경이 섬세하고 예민한 이 여인은 의무감에서 그리고 나라를 위해서 남편에게 몸을 내맡겨야만 했고 또 그렇게 했다. 이 폴스타프(Falstaff : 셰익스피어의 극중 등장인물/역주)가 원기발랄한 아내의 내부에 성적인 긴장감을 일으켜 만족시켜주었으리라고 가정한다면 난센스에 불과하다. 파리를 방문한 요제프 2세는 사실적인 표현으로 간단명료하게 빈에 보고를 한 적이 있다. "앙투아네트는 남편을 조금도 사랑하지 않습니다"라고. 그녀는 어머니에게 보낸 편지에서 루이의 세 형제 중에서는 신이 자기 남편으로 정해준 사람이 그래도 제일 마음에 든다고 말했다. "그래도"라는 말, 무심코 튀어나온 "그래도"라는 경멸적인 단어는 그녀가 의식적으로 표현한 것

이상의 의미를 시사하고 있다. 그것은 더 나은 남편을 만날 수는 없으니까 이 점잖고 착한 남편이 "그래도" 참고 견딜 만한 대용물이라는 뜻일 것이다. 이 한마디 말에 그들 두 사람의 아주 뜨뜻미지근한 관계가 그대로 드러나 있다. 그런데 마리 앙투아네트가 위장술이나 분별력을 조금만 보여주었더라면, 남자로서는 제로인 남편을 캉티테 네글리자블 —— 무시해도 좋은 양(羊) —— 로 여긴다는 것을 다른 사람들 앞에서 조금만 더 잘 감출 줄만 알았더라면 마리아 테레지아는 이 불안한 결혼에 그런 대로 만족해했을 것이다. 파르마에 사는 다른 딸에 관해서는 훨씬 더 고약한 소문이 들려왔다. 그러나 마리 앙투아네트는 —— 이 점을 마리아 테레지아는 용서하지 않았다 —— 형식을 지키는 것도 동시에 남편의 명예를 지켜주는 것도 잊어버렸다. 다행히도 이런 경박한 언사를 제때 포착하여 문제 삼은 사람이 어머니였다. 왕실 측근인 로젠베르크 백작이 베르사유를 방문했다. 마리 앙투아네트는 이 세련되고 은근한 노귀족이 마음에 들어 신뢰했다. 그녀는 그가 빈으로 돌아갈 때 명랑한 잡담 편지를 보냈는데, 거기서 그녀는 수아죌 공작이 알현을 청했을 때 그 허락을 남편으로부터 받아내면서 은근히 자신이 남편을 얼마나 바보로 여겼는가를 이야기했다. "국왕의 동의 없이 내가 수아죌을 만나지 않았다는 것쯤은 믿으실 테지요. 그러나 내가 허락을 청한다는 인상을 주지 않기 위해서 얼마나 노련한 방법을 썼는가에 대해서는 상상도 못 하실 거예요. 저는 보통으로 말했지요. 수아죌 씨를 만나고 싶은데 날짜 선택만 아직 결말 짓지 못했어요라고. 내가 그 말을 너무나 요령 있게 해서 그런지 그 딱한 양반(르 포브르 옴므)은 손수 그를 만날 가장 좋은 시간을 생각해냈답니다." 마리 앙투아네트의 입에서는 아무렇지도 않은 듯 쉽게 "르 포브르 옴므"라는 말이 흘러나왔고, 태평하게 그런 편지를 봉인했다. 재미있는 일화를 하나 이야기했을 뿐이라고 믿었기 때문이리라. 그리고 그녀의 속마음을 내비친 "르 포브르 옴므"라는 표현은 정직하고 선량하다는 뜻, "딱하고 사람 좋은 위인"이라는 뜻이 있다. 그러나 빈에서는 호감과 연민과 경멸이 뒤섞인 이 말을 다르게 읽었다. 마리아 테레지아는 즉시 프랑스 왕비가 사사로운 편지에서 크리스트교의 최상위자인 프랑스 국왕을 "딱한 양반"이라고 부를 때, 남편을 한 번도 전제군주로서 존중하고 존경하지 않을 때, 얼마나 위험한 무분별이 도사리고 있는지를 깨달았다. 이 골이 빈 오스트리아 여자가 가든 파티나 무도회에 나가서 랑발가나 폴리냐크가의 사람이나 젊은 귀족들과 어울렸을 때는 왕을 대관절 뭐라고 불렀겠는가! 즉시 빈에서는 엄숙한 상의를 거쳐 수십 년 동안 황제 문서실에서 공개를 허락하지 않을 정도의 강경한 편지를 보냈다. 노(老)여제는 몰지각한 딸을 이렇게 질책했다. "로젠베르크 백작에게 보낸 네 편지는 나를 극도로 당황하게 했다. 그냥 넘어갈 수가 없는 문제로구나. 그 무슨 말버릇이며 경박스런 태도냐! 황녀 마리 앙투아네트의 그 착하고 부드럽고 헌신적이던 마음씨는 대체 어디로 갔단 말이냐? 내가 그 편지에서 읽은 것은 음모와 소인배나 일삼는 증오와 조롱과 악의뿐이다. 뒤바리 같은 소실이나 하는 음모 말이다. 황녀가 취할 태도가 못 된다. 하물며 덕과 예의를 숭상하는 합스부르크-로트링겐가의 위대한 황녀로서는 더더욱 그렇다. 나는 너의 빠른 성공과, 네가 오락과 우스꽝스러운 유행과 겉치레에 빠져 있던 지난 겨울부터 네 주위에서 아첨을 해대는 모든 사람들 때문에 전율을 금치 못했다. 내키지 않으면서도 국왕이 네 뜻을 따르느라 마지못해 동반해주거나 묵인한다는 사실을 번연히 알면서도 국왕을 따돌리고 정신 없이 이런 저런 쾌락만을 뒤쫓고 있다니. 이 모든 일 때문에 내가 느끼는 불안은 지난번 편지에서도 말한 바 있다. 너의 편지가 그런 불안을 더욱 더 굳혀주었다. '딱한 양반'이라니 이 무슨 망발이냐! 국왕께서 그렇게 잘해주시는 데에 대한 감사와 존경은 도대체 어디로 가버렸느냐. 여기에 대해서는 스스로 생각해보도록 네게 맡기마. 할말이야 아직도 많지만 이만하겠다.……그렇지만 앞으로 또 그와 같은 온당치 못한 이야기를 듣는다면 그냥 있지 않겠다. 내가 너를 너무도 사랑하기 때문이다. 나는 네가 너무나 경박하고, 격하고, 생각이란 할 염도 하지 않는다는 것을 알고 있기 때문인지 유감스럽게도 전보다 더 불안하다. 너의 행운은 네 자신의 잘못으로 너무나도 빨리 끝나버리고 너를 엄청난 불행으로 몰아넣을지도 모른다. 그 모든 원흉은 너에게 어떤 진지한 몰두도 하지 못하게 만드는 저 무서운 쾌락의 욕망일 것이다. 도대체 무슨 책을 읽느냐? 책을 읽는다면 중대한 문제나 재상의 발탁 같은 데 감히 끼어들겠느냐? 천한 아첨꾼 흉내를 내지 않는다고 하여, 너를 행복하게 해주고자 할 뿐, 즐겁게 하거나 네 약점을 이용하려고 들지 않는다는 이유로 너는 수도원장과 메르시를 별로 탐탁하게 여기지 않게 된 모양이더구나. 어느 날엔가 너는 깨닫게 되겠지. 그러나 그것은 너무 늦었다. 내가 그런 꼴을 보지 않게 되기를 바란다. 신에게 되도록 빨리 나를 불러주십사고 기도하고 있다. 네게 더 이상 도움이 될 수 없기 때문에, 최후의 순간까지 소중히 사랑할 내 자식이 파멸하여 불행해지는 것을 견디며 볼 수 없기 때문이다."

마리아 테레지아가 너무나 과장하는 것이 아닐까? 우쭐해져서 한마디 한 "딱한 양반"이라는 농담 하나를 가지고 지나치게 일찍이 벽에 악마를 그려놓은 것이 아닐까? 그러나 마리아 테레지아는 우연한 말 한마디가 아니라 하나의 불길한 징후를 보았던 것이다. 이 말 한마디에 의해서 마리아 테레지아는 루이 16세가 결혼 생활에서조차도 얼마나 존경을 받지 못하는지, 궁정 전체에서는 또 얼마나 존경받지 못하는지를 번개처럼 훤히 알게 되었다. 어머니의 마음은 불안해졌다. 경시하는 풍조가 왕실이라는 가장 견고해야 할 대들보를 좀먹어들기 시작한다면 어떻게 다른 기둥과 버팀목들이 똑바로 지탱되겠는가? 군주국이 어찌 군주 없이 존속되겠는가? 군주의 생각을 피로, 가슴으로, 머리로 느끼지 않는 단순한 꼭두각시들 가운데서 어찌 왕좌가 지탱되겠는가? 허약한 남자와 사교부인, 지나치게 소심하고 우유부단한 한 남자와 지나치게 분별력이 없는 한 여자, 이런 부족한 인물들이 위협적으로 다가오는 시대에 맞서 어떻게 왕좌를 지켜나가겠는가? 노여제는 딸에게 결코 화를 낸 것이 아니라 오직 걱정하고 있을 뿐이었다.

그리고 실제로 어떻게 두 사람에게 화를 내겠는가? 어찌 그들에게 유죄 판결을 내리겠는가? 훗날 국민의회조차도 이 "딱한 양반"을 폭군, 악한으로 단언하기에는 몹시 주저했다. 두 사람 모두 마음속 깊은 바탕은 눈꼽만큼의 악의도 없는 사람들이었다. 평범한 성격의 사람들이 대개 그렇듯이 모진 마음이나 잔혹함을 찾아볼 수 없었고 명예욕이나 어줍잖은 허영심마저도 없었다. 그러나 안타깝게도 그들이 지닌 장점들, 품위가 깃든 순한 성품, 단순한 사고력, 적당한 호의 같은 것은 평민들 역시 소유한 보통 이상의 것이 되지 못했다. 평민처럼 그저 평범한 시대를 만났다면 결혼 생활도 잘 유지해나갔을 것이고 그럭저럭 괜찮은 인상을 남겼으리라. 그러나 극적으로 격앙된 시기에 맞서 자신도 내적 변화를 겪고 똑같이 고양된 상태가 되어 대처할 줄을 마리 앙투아네트도 루이도 몰랐다. 그들은 강하고 영웅적인 삶을 살기보다는 품위 있게 죽을 줄밖에 몰랐다. 운명이 다가왔으나 그들은 주인이 되어 그 운명을 지배할 줄 몰랐다 —— 무엇인가에 압도당해서 쓰러지는 데에는 언제나 그 나름의 의미가 있을 뿐만 아니라 죄과까지 있는 법이다. 마리 앙투아네트와 루이 16세의 경우 그 죄를 괴테는 이렇게 판관처럼 현명하게 측정했다.

    도대체 무슨 이유로 한 국왕을 빗자루로 쓸 듯이
    그렇게 쓸어버렸단 말인가?
    국왕들이 아직도 있다면
    의연하게 서 있을 텐데.

로코코의 여왕

 마리아 테레지아의 딸, 마리 앙투아네트가 프랑스 왕비의 관을 쓰게 되자 오스트리아의 숙적이며 마리아 테레지아의 숙적인 프리드리히 대왕은 불안해졌다. 그는 거듭 프로이센 대사에게 편지를 띄워 마리 앙투아네트의 정치적 계획을 정탐하게 했다. 사실 그에게 위험은 컸다. 마리 앙투아네트가 약간이라도 의사가 있다면 프랑스 외교의 모든 끈이 그녀의 손아귀 속으로 들어갈 수 있었고, 그렇게 되면 유럽은 세 여자, 곧 마리아 테레지아, 마리 앙투아네트 그리고 러시아의 예카테리나의 지배하에 놓이게 될 판이었다. 그러나 프로이센에게 다행이고, 숙명적인 것은 마리 앙투아네트가 그와 같은 거창한 세계사적인 과제에 간여할 수 있다고는 조금도 깨닫지 못했다는 것이다. 시대를 이해할 생각은 않고 오직 시간을 지루하지 않게 보낼 생각만 했다. 그녀는 왕관을 장난감처럼 아무렇게나 손에 넣은 것이다. 자기에게 우연히 떨어진 권력을 사용하는 대신 단순히 그것을 즐기려고만 했다.
 이 점이 애초부터 마리 앙투아네트의 숙명적인 결함이었다. 그녀는 왕비로서보다는 아내로서 승리하기를 원했고, 세계 역사 속에서의 위대하고 광범위한 승리보다는 사소하고 여자다운 승리에 더 많은 비중을 두었다. 놀면서 세월을 보내는 그녀는 왕비라는 개념에 정신적인 의미를 부여할 줄 모르고 그 개념을 완성된 형태로만 받아들였기 때문에 그녀의 손안에 들어가면 위대한 직책도 잠깐의 유희로, 높은 직무도 배우의 역할로 축소되어버렸다. 생각 없이 경솔하게 살아온 15년 동안 마리 앙투아네트에게 왕비라는 것은 오로지 궁중에서 가장 멋지고, 가장 애교 있고, 가장 옷을 잘 입고, 가장 버릇이 없고 또 무엇보다도 가장 잘 노는 여자라는 찬사를 받는 것, 아르비테를 엘레간티아룸, 즉 자신을 세계의 중심으로 생각하는 지나치도록 고상하게 훈련된 사교계의 지도적인 사교부인임을 뜻했다. 20년 동안 그녀는 일본의 꽃길〔花道〕처럼 심연 위에 만들어진 베르사유라는 개인 무대 위에서 자기도취에 빠져 로코코 양식의 여왕이라는 프리마돈나의 역할을 격식에 맞게 우아하게 해나갔다. 그러나 이 사교희극의 레퍼토리는 상당히 빈약하여 일시적인 애교, 얄팍한 책, 빈약한 정신, 너무 잦은 무도회가 고작이었다. 이런 연극과 유희에서 그녀에게는 합법적인 파트너로서 국왕이 곁에 있었을 뿐 진정한 상대역은 없었고 언제나 똑같은 지루한 속물관객만이 있었다. 금색 격자문 밖에서는 수백만의 백성들이 통치자가 나타나기를 기다리고 있었다. 그러나 이 눈먼 여인은 그녀의 역을 그만두지 않았으며 계속 새로운 것을 찾아 자기의 어리석은 마음을 속이고 있었다. 파리로부터 천둥 같은 함성이 베르사유 정원을 향해서 무섭게 몰려올 때조차도 정신을 차리지 않았다. 혁명이 그녀를 이 좁디좁은 로코코의 무대에서 완력으로 거세게 끌어내려 세계사라는 위대한 비극의 무대 위에 올려놓았을 때에야 비로소 운명이 자기에게 영웅적인 역할을 맡을 힘과 강한 영혼을 주었는데도, 지나간 20년 동안 너무나 보잘것없는 시녀의 역과 살롱 귀부인의 역만을 해왔음을 깨달았다. 뒤늦게 이런 잘못을 깨달았지만 그것은 이미 너무 늦어버린 후였다. 살기 위해서가 아니라 죽기 위해서 왕비의 역을 맡는 바로 그 순간, 그녀는 진정한 모습을 보였다. 연극이 진지한 현실로 바뀌어 사람들이 자기에게서 왕관을 빼앗을 때 비로소 마리 앙투아네트는 진짜 왕비가 된 것이다.

마리 앙투아네트가 저지른 사고(思考)의 죄과, 아니 그보다는 오히려 생각을 하지 못한 죄과, 20여 년 동안이나 아무것도 아닌 것을 위해서 본질적인 것을 희생하고, 향락을 위해서 의무를, 하찮은 것을 위해서 중요한 것을, 좁은 베르사유를 위해서 프랑스를, 유희 세계를 위해서 현실을 희생해온 마리 앙투아네트의 죄과는 참으로 이해하기 어려운 것이다. 그녀의 무감각을 감각적으로 이해하기 위해서는 지도를 보면 된다. 프랑스 지도를 펴놓고 그녀가 20년 동안 지배해온 좁은 행동반경을 표시해보면 그 결과에 스스로 아연해질 것이다. 그 범위가 워낙 좁아서 보통 지도에는 겨우 조그만 점 하나로밖에 표시되지 않기 때문이다. 베르사유, 트리아농, 말리, 퐁텐블로, 생클루, 랑부예, 이 여섯 개 성 속에서 빙빙 돌았다. 몇 시간밖에 걸리지 않는 웃음이 나올 정도로 좁은 공간을 권태롭기만 했던 황금의 팽이는 맴돌았던 것이다. 공간적으로든 정신적으로든 마리 앙투아네트는 단 한 번도 이 오각형을 벗어나 밖으로 나가고 싶은 욕망을 느낀 적이 없었다. 악마 중에서도 가장 어리석은 악마, 쾌락이라는 악마가 그녀를 그 안에 가두어둔 것이다. 한 세기의 거의 5분의 1에 해당하는 세월 동안 프랑스 국왕의 아내는 자신의 왕국을 헤아려달라는 국민의 여망에 단 한 번도 응한 적이 없었다. 그녀는 해변을 씻는 바다, 산들과 요새들 그리고 도시와 성당, 광활하고 다양한 땅의 왕비였으나 신하들을 찾아보기 위해서, 아니 생각만이라도 하기 위해서 그 한가로운 세월의 단 한 시간도 할애한 적이 없었다. 한 번도 평민의 집에 발을 들여놓은 적이 없었다. 귀족 사회의 테두리 밖에 있는 모든 진정한 세계는 그녀에게는 실제로 존재하지 않는 것과 마찬가지였다. 파리의 오페라 하우스를 중심으로 하여 가난과 불만이 둥그렇고 빽빽하게 들어찬 거대한 도시가 펼쳐져 있다는 사실을 몰랐다. 중국 오리와 살진 백조 그리고 공작들이 노는 트리아농 성 연못 뒤에는, 궁정 설계사가 전시효과를 위해서 깨끗하고 멋지게 도안한 마을인 아모 뒤에는 진짜 농가들이 퇴락해가고, 헛간은 비어 있다는 것, 베르사유 정원의 금색 격자문 뒤에는 수백만 백성이 노동하고 굶주리며 한 가닥 희망 속에서 살아간다는 사실을 마리 앙투아네트는 결코 알지 못했다. 어쩌면 로코코라는 화려한 예술 양식은 세상의 모든 비극와 우울을 알지도 못했고 또한 알려고 하지도 않았기 때문에 매혹적인 아름다움과 가볍고 어떤 근심도 없는 우아함을 간직할 수 있었는지도 모른다. 세상사의 진지함을 모르는 사람만이 그토록 희열에 찬 유희를 즐길 수 있었다. 그러나 국민을 잊고 있는 왕비는 참으로 비싼 도박을 한 셈이다. 세계가 마리 앙투아네트에게 문제를 던져주었으나 그녀는 쳐다보지도 않았던 것이다. 시대에 한 번만 눈길을 주었어도 깨달을 수 있었을 것을 알려고조차 하지 않았다. 세계와는 언제까지나 동떨어져 쾌활하고, 젊고, 자유롭고 싶었다. 도깨비불에 홀려 끝없이 뱅글뱅글 돌면서, 궁정이라는 꼭두각시 인형극 속에서 다시는 돌이킬 수 없는 결정적인 세월들을 헛되이 보내버리고 만 것이다.

너무나도 경솔하게 역사의 엄청나게 거대한 사명 앞에 나선 것, 유약한 마음으로 가장 격렬한 세기의 논쟁 속에 휘말려들어간 것은 그녀의 죄과, 부인할 수 없는 죄과이다. 그러나 용서 받을 수 있는 죄과이다. 보다 강한 성격이라고 하더라도 거의 저항할 수 없을 정도의 시험이었기 때문이다. 아동실에서 신방의 침상으로 곧장 이끌려왔고, 궁정 뒷방에서 하룻밤 사이에 꿈결처럼 최고 권력의 지위로 끌려갔다. 특별히 강하지도 특별히 각성되지도 않은 악의 없는 그녀는 갑자기 태양처럼 찬사라는 유성들 속에 둘러싸였음을 느꼈다. 또한 18세기라는 것이 젊은 여인을 유혹하기에 얼마나 파렴치할 정도로 안성맞춤인 시대인가 생각해보라. 세련된 아첨이라는 혼합된 독물에 얼마나 빈틈없이 젖어 있었던가! 아무것도 아닌 것을 가지고도 황홀해하는 재주는 얼마나 천재적이었던가! 인생을 쉽게 살며 사치와 일락을 일삼는 기술과 여자에게 은근함을 가르치는 고등기술은 얼마나 뛰어났던가! 궁신들은 온갖 방법을 다 써서 사람을 유혹하고 유약하게 만드는 능란한 재주가 있었다. 그들은 자기 자신을 알고 싶어하는 소녀의 마음을 재빨리 자기들의 마력적인 울타리 속으로 끌어들였다. 왕비가 된 첫날부터 마리 앙투아네트는 끝없이 자신을 신격화하는 향연에 휩싸였다. 그녀가 말하는 것은 무엇이든지 현명한 것으로 여겨지고, 행한 것은 법으로 간주되고, 바라는 것은 모두 이루어졌다. 변덕을 한 번 부리면 그 다음 날에는 벌써 그것이 유행이 되었다. 어리석은 짓을 해도 온 궁정이 열광해서 그것을 모방했다. 공명심에 차고 허영에 들뜬 무리들에게는 그녀 곁에 서보는 것이 곧 태양 옆에 서는 것이었고, 눈길을 한 번 받는 것이 곧 선물이었으며, 미소를 받는 것이 은총을 입는 일이요, 그녀의 등장이 곧 축제였다. 접견을 할 때면 모든 귀부인들이, 늙은 사람이나 어린 사람이나, 신분이 높거나 낮거나, 한결같이 1초만이라도 왕비의 주의를 자기 쪽으로 끌기 위해서, 한마디 찬사를 보낼 기회를 얻기 위해서, 그것도 아니면 자기를 못 보고 지나치지 말고 한 번이라도 보게 하려고 온갖 발작적인 노력, 온갖 적극적인 노력, 온갖 우스꽝스럽고 멍청한 노력을 다했다. 길에 나서면 백성들이 떼를 지어 늘어서서 충성스러운 환호를 보냈고, 극장에 가면 일등석부터 말석에까지 모여 있던 관중들이 모두 일어났다. 거울 옆을 지나칠 때면 거기서 멋진 옷을 입고 승리감에 부푼 젊고 아름다운 여인을 보았다. 근심 없고 행복하고 궁정에서 제일가는 미인, 아름답고 따라서 —— 그녀는 정말 궁정과 세계를 혼동하고 있었다 —— 세계에서 제일 아름다운 여인을. 어린아이의 마음으로, 보통 사람으로서, 어떻게 행복이라는 마취성 음료에 항거할 수 있을까? 그 음료는 감각을 자극하는 달콤하고 톡 쏘는 맛이 섞여 있었고 남자들의 외경심, 여자들의 경탄 어린 시샘 그리고 백성들의 헌신, 게다가 그녀 자신의 자부심으로 만

로코코의 여왕 121

들어져 있었다. 모두가 그토록 경박한데, 어떻게 경솔해지지 않겠는가? 쉬지 않고 새 종이 쪽지 위에서 돈이 떠돌고 "지불하세요"라고 한마디만 종이 쪽지에 휘갈겨쓰면 수천 두카텐이 쏟아져나오고 값비싼 보석이든 정원이든 성이든 뭐든지 요술처럼 쏟아져나오는 판이었다. 행복이라는 부드러운 대기는 이토록 감미롭고 느슨하게 모든 신경의 긴장을 풀어주었다. 날개가 하늘에서 내려와 빛나는 젊은 어깨에 와 붙었는데 어떻게 태평하고 마음이 가볍지 않을까? 그런 유혹이 유괴해가는데 어떻게 발 밑의 땅을 잃어버리지 않을까?

이러한 부박한 인생관은 역사적인 관점에서 볼 때 의심할 여지없이 그녀의 죄과이지만 동시에 그녀가 산 시대 전체의 죄과이기도 하다. 바로 그 시대정신에 완전히 휩쓸려들어감으로써 마리 앙투아네트는 전형적인 18세기의 대표자가 된 것이다. 로코코, 이 지나치게 세련되고 섬세를 극대화한 고대적 문화의 개화(開化), 이 한가로운 손과 도락을 즐기는 유약한 정신의 세기는 몰락하기 직전에 하나의 인물 속에서 자신을 표현하고 싶어했다. 그런데 이 여인의 세기는 역사의 사진첩에 국왕이나 남자를 대표로 실을 수는 없었던 것 같다 ── 다만 한 여인, 왕비의 모습 속에서 구체적으로 묘사될 수 있는 세기였고, 이 로코코의 여왕으로서 이상적인 여자가 바로 마리 앙투아네트였다. 근심 없는 사람들 중에서도 가장 근심 없고, 낭비가들 중에서도 가장 낭비가 심하고, 멋지고 애교 있는 여자들 중에서도 가장 사랑스러운 멋쟁이이며 애교 덩어리였다. 그녀는 18세기의 풍속과 생의 형식을 바로 자신이라는 인물 속에 다큐멘터리처럼 선명하고 명확하게 표현하고 있었다. 마담 스탈은 그녀에 관해서 이렇게 말한다. "예절에서 이 이상의 우아함과 진지함을 추가하기는 불가능하다. 그녀는 독특한 붙임성이 있었는데 자신이 왕비임을 잊어버리지 않았음에도 불구하고 언제나 마치 그 사실을 잊어버리기라도 한 듯이 행동했다." 마리 앙투아네트는 섬세하고 깨지기 쉬운 악기를 다루듯이 자신의 생을 연주했다. 어느 시대에서 보더라도 인간적으로 위대한 인물이 되는 대신 그녀는 자기 시대의 특질을 여실히 보여주는 역할을 했다. 자신의 내면의 힘을 무의미하게 써버리는 동안에도 사실 하나의 의미를 실현시켰다. 즉 그녀 가운데서 18세기가 완성되고 그녀와 더불어 18세기가 끝났다.

이 로코코의 여왕이 베르사유 성에서 아침에 눈을 뜨고 제일 먼저 했던 걱정은 무엇일까? 도시나 나라로부터 온 소식이었을까? 군대가 승리했는지 아니면 영국에 선전포고를 했는지, 이런 것을 알리는 사신의 편지였을까? 마리 앙투아네트는 대개 새벽 네다섯 시가 지나서 돌아와 몇 시간 자지 않았다. 그녀의 불안은 별로 많은 휴식이 필요하지 않았다. 곧 요란한 의식으로 하루가 시작되었다. 의상실 소속 수석 시녀가 내의 몇 가지와 세수수건, 손수건 등을 들고 아침 화장을 위해서 들어오고, 그 곁에는 침실 수석 시녀가 따랐다. 시녀는 몸을 굽히고 의상실에 있는 모든 의상을 조그만 견본으로 만들어 핀으로 꽂아둔 커다란 책을 그녀의 면전에 내민다. 마리 앙투아네트는 오늘 어떤 옷을 입어야 할지 결정해야만 했다. 얼마나 어렵고 책임이 막중한 선택이었을까? 해마다 새로 마련하는 수백 벌의 의상은 고사하고라도 철철이 새 정장 열두 벌, 유행의상 열두 벌, 대례복 열두 벌을 만들도록 규정하고 있었던 것이다(유행의 여왕이 같은 옷을 몇 번 입는다는 수치를 생각해보라!). 거기다가 양재사, 의상실 침모가 보이지 않는 병기창에서 쏟아져나오는 엄청난 화장옷, 조끼형의 코르셋, 레이스 손수건, 삼각 숄, 모자, 외투, 허리띠, 장갑, 양말, 내의 따위를 내왔다. 선택은 언제나 오래 걸린다. 마침내 그녀가 오늘 입을 의상, 즉 접견 때 입을 정장, 오후에 입을 실내복, 저녁용의 폭넓은 드레스 등을 핀으로 견본에 표시를 한다. 이제 첫 걱정이 해결되었다. 견본책은 물러가고 선택한 진짜 옷이 들어온다.

이처럼 옷이 중요했기 때문에 의상가 마드무아젤 베르탱이 왕비에게 재상보다도 더 큰 위력을 행사하는 것은 놀라운 일이 아니었다. 재상이야 한 다스라도 바꿀 수 있지만 베르탱은 한 명밖에 없었고 그 누구도 대신할 수 없었다. 무뚝뚝하고 오만하며 팔꿈치 힘이 센 베르탱은 최하층 평민 출신으로 평범한 장신구 제조 여공이었지만 이젠 최고급 양장점의 일급 기술자로 왕비의 마음을 완전히 사로잡았다. 이 여자 때문에 진짜 혁명이 일어나기 18년 전 베르사유에서는 일종의 궁중 혁명이 일어났다. 평민은 왕비의 내실에 들어가지 못한다는 예법 규정을 베르탱이 깨뜨리고 왕비와 단독 접견을 하기에 이른 것이다. 볼테르나 다른 모든 시인, 화가들이 이루지 못한 단독 접견이었다. 이 여자가 일주일에 두 번 새 디자인을 가지고 나타나면 마리 앙투아네트는 귀부인들을 모두 물리치고 이 존경받는 기술자와 은밀한 토의를 하려고 밀실로 들어갔다. 새로운, 어제의 것보다 더 어리석은 유행을 만들기 위해서였다. 물론 사업에 능란한 재단사는 이런 승리를 자신의 금고를 위해서 실컷 이용했다. 마리 앙투아네트를 더없이 값비싼 낭비의 유희로 유도한 다음, 온 궁정과 귀족 전체를 수탈했다. 생토노레에 있는 자신의 의상실에다 왕비 의상 담당자라는 직함을 대문짝만 한 글자로 써서 내걸고 고객들에게 느긋이 거드름을 피우며 말했다. "방금 왕비 마마와 함께 일하고 오는 길이랍니다." 일개 연대나 되는 재봉사들과 자수공들이 이 양재사와 함께 수고를 했다. 왕비가 멋지게 차려입을수록 다른 귀부인들도 뒤지지 않으려고 더 맹렬하게 애를 썼다. 어떤 여자들은 아직 왕비도 입지 않은 새 패턴을 자신들에게 재단해달라고 이 불성실한 마술사에게 막대한 금화를 주며 매수했다. 의상의 사치가 질병처럼 만연했다. 정국의 불안이라든가 고등법원과의 충돌, 영국과의 전쟁도 마드무아젤 베르탱이 만들어낸 새로운 벼룩갈색이나 폭넓게 퍼지는 스커트에 받쳐입는 아주 대담한 코르셋, 혹은 리옹에서 처음으로 생산된 실크의 색조에 비하면 허영심에 들뜬 궁중 사교계를 흥분시키지 못했다. 귀부인들은 하나같이 이 과장된 원숭이 춤을 쫓아가야 할 의무가 있다고 생각했다. 어떤 남편은 한숨을 쉬며 이렇게 탄식했다. "일찍이 프랑스 여자들이 자신을 우스꽝스럽게 만드느라고 이토록 돈을 쓴 적은 없었다."

그러나 이런 분위기 속에서 왕비 역할을 하는 것을 마리 앙투아네트는 본연의 의무로 느꼈다. 즉위한 지 석 달밖에 되지 않아, 이 작은 황녀는 벌써 의상계의 멋쟁이가 되어 의상과 머리 모양의 모델로 부상했고, 이러한 승리는 모든 살롱과 궁정을 휩쓸었다. 물론 이 물결은 빈에까지 물결쳐갔는데 그곳으로부터 유쾌하지 않은 메아리가 돌아왔다. 자기 자식이 보다 품위 있는 역할을 하기를 바라던 마리아 테레지아는 지나치게 화려하고 유행을 따라 치장을 한 딸의 초상화를 대사에게 돌려보내며, 그것은 여배우 꼬락서니이지 프랑스 왕비의 모습이 아니라고 화를 냈다. 물론 이번에도 허사였지만 딸에게도 화가 나서 경고했다. "너도 알다시피 유행을 절도 있게 따라야지 과도하게 뒤쫓아서는 안 된다는 것이 평소 나의 생각이다. 젊은 여자, 기품 있는 왕비는 그런 난센스가 도대체 필요하지 않다. 의복은 소박하게 입는 것이 더 잘 어울리고 왕비라는 지위에도 보다 합당한 법이다. 왕비란 영도를 하는 사람이므로 온 세상이 왕비의 사소한 실수까지도 좇아하려고 애를 쓴다. 나는 귀여운 왕비를 사랑하고 한 걸음 한걸음을 지켜보는 까닭에 이런 사소한 경박함을 그냥 넘길 수 없구나."

아침에 일어나서 하는 두 번째 걱정은 머리 모양이었다. 다행히 이 분야에도 고도의 기술자가 한 명 대기하고 있었다. 이름은 레오나르. 그 누구도 추종할 수 없는 무궁무진한 로코코 양식의 피가로이다. 이 사람은 신사 차림에 육두마차를 타고 매일 아침 파리에서 베르사유로 왔다. 빗과 세발향수 그리고 향유를 가지고 새로운 고상한 기술을 날마다 왕비에게 시험해보였다. 위대한 건축가 망사르의 이름을 딴 정교한 뾰족 지붕처럼 레오나르 씨는 내로라하는 지체 높은 집안의 여자들의 이마 위에다 머리카락의 탑을 쌓아올렸다. 우선 커다란 머리 핀과 고형 포마드를 많이 써서 이마의 모근에서부터 머리카락을 수직으로 세웠다. 프로이센 척탄병의 모자 두 배 정도로 높게 올리고 난 뒤, 눈 위 50센티미터 되는 공중에서 비로소 이 예술가 본연의 조형적인 세계가 시작되었다. 이 뺑머리, "케자코스" 머리 (보마르셰의 책자에서 그렇게 말했다) 위에 과일, 정원, 집, 배 따위를 만들었고 출렁이는 바다가 있는 온갖 풍경과 파노라마, 색색의 온 세상 광경을 빗으로 본떠놓았을 뿐만 아니라 아주 다양한 유행을 만들기 위해서 이 조형 예술가는 항상 그날의 사건을 상징적으로 모사하기도 했다. 이 새만 한 두뇌를 골몰하게 하는 모든 것, 대체로 텅 빈 여자들의 머리를 채우는 모든 것을 머리 위에서 볼 수 있도록 장식해야만 했다. 글루크의 오페라를 보고 흥분한 레오나르는 곧 검은 상장 리본과 디아나 여신의 반달을 곁들인 이피게니아 머리형을 만들어냈다. 국왕이 천연두 예방접종을 맞으면 이 자극적인 하루의 사건은 즉시 "종두 장식 머리형"으로 나타났다. 미국에서 일어난 봉기가 화제가 되면 자유형의 머리가 곧 그날의 승리자가 된다. 그러나 이보다 더욱 극악하고 어리석은 것은 기근이 들어 파리의 빵 가게가 약탈을 당했을 때 이 부박한 궁정 사교계에서는 이 사건이 "반란의 모자"라는 머리 모양으로 과시하고 다니는 것 이상의 중요한 의미가 있음을 아무도 몰랐다. 텅 빈 머리 위에 지은 건축은 점점 더 굉장하게 높아졌다. 이 머리카락 탑은 튼튼한 기초와 가발 덕분에 점점 높이 치솟아 마침내 귀부인들이 머리를 하고 마차에 앉을 수 없게 되어 치마를 입은 채 마차 바닥에 꿇어앉아야만 할 정도가 되었다. 값비싼 머리카락 건물이 마차 천장에 부딪쳤던 것이다. 굉장하게 차려입은 귀부인들이 드나들 때마다 몸을 굽힐 필요가 없도록 성의 문틀도 점점 높아졌고, 극장의 칸막이 천장도 둥그렇게 올라갔다. 이 끔찍한 머리카락 탑 때문에 귀부인들의 애인들이 얼마나 심한 곤경을 치렀는가에 대해서는 당대의 풍자문에서 여러 가지 재미있는 일화들을 읽을 수 있다. 그렇지만 여자들은 유행이라면 어떤 희생이라도 치를 용의가 있었고 왕비 쪽에서도 공공연하게 이 모든 어리석은 짓을 주도하거나 다투어 앞장서기를 그만두느니보다는 차라리 왕비 자리를 그만두겠다고 하는 형편이었다.

또다시 빈에서 메아리가 들려왔다. "신문에 자주 오르내리는 문제점 한 가지를 말하지 않을 수 없구나. 네 머리 매무새 말이다! 모근에서부터 90센티미터나 올리고 그 위에다 또 깃털이니 리본 등을 단다고들 하더구나." 딸은 사랑하는 어머니에게 변명했다. 그녀는 여기 베르사유에서는 그런 머리가 워낙 눈에 익어 온 세상 —— 마리 앙투아네트가 세상이라고 말할 때는 언제나 궁중 귀부인 100명만을 뜻한다 —— 이 별난 것이라고 생각하지는 않는다고 했다. 국왕이 유행에 제동을 명해야겠다는 마음이 생길 때까지 대가 레오나르는 신이 나서 계속해서 높이 쌓아올렸다. 그래서 다음 해부터는 이고 다니던 탑을 벗어놓게 되지만, 그것은 두말할 것도 없이 더욱 값비싼 유희의 유행, 즉 타조 깃털 모드에 자리를 내주는 것 이외에는 아무것도 아니었다.

세 번째 걱정은 장신구를 바꾸지 않고 옷을 갈아 입을 수 없을까 하는 것이었다. 그럴 수는 없었다. 왕비는 다른 여자들보다 더 큰 다이아몬드, 더 굵은 진주가 필요했던 것이다. 그녀는 손아래 동서들보다, 다른 모든 궁중 귀부인들보다 더 많은 반지와 머리띠, 팔찌와 장식관 그리고 머리를 장식하는 구슬줄과 보석, 구두 장식이나 프라고나르(로코코 시대의 유명한 화가/역주)의 그림이 있는 부채가 필요했다. 시집올 때 빈에서 많은 다이아몬드를 가지고 왔고 또 결혼식 때 루이 15세로부터 왕가의 패물을 한 상자 그득하게 받기는 했으나 날마다 더 아름답고 더 값진 새 보석을 살 수 없다면 뭣하러 왕비가 되었겠는가? 베르사유에서는 누구나 모두 알고 있듯이 —— 그것을 거론하는 사람은 누구나 이롭지 못했다 —— 마리 앙투아네트는 보석에 홀딱 빠져 있었다. 독일에서 이주해온 유대 인 뵈머와 바상주, 이 노련하고 민활한 두 보석상이 벨벳 천에 매혹적인 귀걸이나 반지의 새 작품을 받쳐서 보여주면 결코 버틸 수가 없었다. 게다가 이 착한 남자들은 왕비가 쉽게 사도록 배려했다. 그들은 프랑스 왕비를 존경하는 방법을 알았다. 두 배쯤 비싼 값을 매기는 대신 외상으로 주었고 부득이한 경우에는 그전에 판 다이아몬드를 반값으로 되돌려받았다. 그런 고리대금업자의 형편없이 낮은 감정(鑑定)을 깨닫지 못한 마리 앙투아네트는 사방에 빚을 졌다. 필요한 경우에는 검약한 남편이 이 문제에 뛰어들리라는 점을 알고 있었던 것이다.

그러나 벌써 빈에서 보다 강경한 경고문이 날았다. "파리에서 오는 소식은 한결같구나. 네가 또다시 25만 리브르짜리 팔찌를 샀고 그 때문에 너의 재정 상태가 흔들려 스스로를 빚더미로 몰아넣고, 빚을 갚기 위해서 다이아몬드를 헐값으로 팔아치웠다는 이야기뿐이다.⋯⋯그런 소식에 무엇보다도 장래를 생각하는 내 마음은 찢어질 듯이 아프다. 너는 대체 언제나 철이 들 테냐?" 어머니는 절망적으로 편지를 썼다. "군주의 아내가 그렇게 치레를 한다는 것은 바로 품위를 떨어뜨리는 일이다. 그것도 하필 이런 시기에 그렇게까지 낭비를 일삼는다는 것은 더더욱 자신을 비하하는 일이다. 나는 낭비라는 유령을 너무나 잘 알고 있기 때문에 특별히 한마디 해야겠다. 너를 지극히 사랑하기 때문에 또 너 스스로를 위해서 하는 이야기일 뿐 네 비위를 맞추려고 하는 것이 아니다. 그런 경박한 행동 때문에 명망을 잃지 않도록 주의해라. 네가 처음 왕비가 되었을 때 얻었던 그 명망 말이다. 사람들은 모두 국왕이 매우 검소하다는 것을 알고 있다. 따라서 잘못은 모조리 네게로 돌아갈지 모른다. 그런 소용돌이를, 그런 파국을 나는 보고 싶지 않다."

다이아몬드도 의상도 돈이 들었다. 즉위 직후부터 너그러운 남편은 아내에게 연금을 두 배로 올려주었다. 그러나 가득 찼던 돈궤의 어딘가에 구멍이 난 것임에 틀림이 없었다. 늘 거기서 충격파가 일고 있었기 때문이다.

그렇다면 어떻게 마련했을까? 다행스럽게도 경박한 자들을 위해서 악마가 만들어낸 특효 방법이 있었다. 바로 도박이었다. 마리 앙투아네트 이전에는 궁정에서는 도박이 당구나 무도와 같은 무해한 저녁 오락으로 간주되었다. 돈을 조금씩 거는 위험하지 않은 랑스퀴네(트럼프 놀이의 일종/역주)를 했던 것이다. 마리 앙투아네트는 카사노바의 경우에서 볼 수 있듯이 온갖 사기꾼들이 쫓고 쫓기며 하는 악명 높은 파라오 게임을 발견하게 되었다. 국왕이 어명으로 도박은 종류를 불문하고 처벌하겠다고 거듭 대외적으로 밝혔으나 왕비의 패거리들은 태연자약했다. 왕비 방에는 경찰이 발을 들여놓을 수 없기 때문이었다. 국왕이 직접 금화가 잔뜩 쌓인 도박판을 막으려고 했지만 경박한 패거리들은 눈썹 하나 까딱하지 않았다. 국왕이 올 경우 즉시 경보를 울리는 책임을 맡은 문지기가 지키고 있었다. 경보만 울리면 마술 지팡이를 휘두른 듯 카드는 탁자 밑으로 사라지고 잡담을 하고 있었던 것처럼 하면 되었다. 착하고 우직한 위인을 비웃으며 게임은 계속되었다. 사업이 번창하고 매상고가 오르도록 왕비는 돈을 대는 사람이면 누구나 그때그때 기분 내키는 대로 게임을 하는 녹색 테이블에 끼어들도록 허락했다. 온갖 간사한 상인들과 뚜쟁이들이 몰려들었고, 곧 왕비의 사교계에는 사기도박이 판을 친다는 추문이 파다해졌다. 그것을 모르는 사람은 단 한 명, 쾌락에 눈이 어두워 아무것도 알려고 하지 않는 마리 앙투아네트뿐이었다. 그녀가 한 번 후끈 달아오르면 아무도 제지할 수 없었고 날마다 새벽 3시, 4시, 5시까지 계속했다. 만성절 전날 밤을 꼬박 세워 궁정이 발칵 뒤집히는 스캔들을 일으키기까지 했다.

그러자 또 빈에서 메아리가 들려왔다. "도박이란 의심할 여지없이 가장 위험한 오락이다. 좋지 못한 친구와 함께 추문을 일으키기 십상이다.……또 이겨야겠다는 격정에 지나치게 사로잡히게 된다. 그러나 올바르게 계산해보면 결국 우롱당하는 것 이외에는 아무것도 아니다. 점잖게 게임을 해서는 이길 수 없기 때문이다. 부탁이다.

사랑하는 딸아, 걱정을 좇아 행동하지 마라. 그런 걱정에서는 당장에 빠져나와야만 한다."

그러나 옷과 장신구와 도박에 골몰할 수 있는 시간은 반나절, 반저녁에 불과했다. 또 하나의 근심이 그 두 배나 되는 나머지 시간을 채웠는데 어떻게 즐길 것인가 하는 것이었다. 승마나 사냥을 하러 나갔다. 옛날부터 내려온 제후들의 오락이었다. 그러나 남편을 동반하는 경우는 퍽 드물었다. 남편은 진정 죽도록 지루한 사람이었다. 그 대신 쾌활한 시동생 아르투아나 다른 기사들을 즐겨 택했다. 때로는 재미로 당나귀를 타고 달리기도 했다. 그다지 고상한 일은 아니었지만 당나귀 녀석이 말을 듣지 않고 뒷발길질을 하면 정말 매력적으로 굴러떨어져 궁정 사람들에게 레이스 속옷과 예쁜 다리를 보여줄 수 있는 것이 재미있었다. 겨울이면 따뜻하게 감싸입고 썰매를 타러 나갔고, 여름이면 저녁 꽃불놀이, 시골 무도회, 공원에서의 야간 연주회에 흥겨운 나들이를 했다. 테라스에서 몇 걸음 내려서서는 몇몇 친구들과 어둠에 완전히 싸여서 유쾌하게 재잘거리며 농담을 주고받았다. 지극히 공손했지만, 인생의 모든 것을 희롱하듯이 위험을 희롱하는 것이었다. 그러나 어떤 한 심술궂은 신하가 왕비의 야간 모험에 관해서 "새벽의 접견시간"이라는 팸플릿을 썼다. 그렇다고 해서 무슨 일이 벌어졌을까? 관대한 남편은 그 정도 풍자에는 꿈쩍도 않는 사람이니 사람들에게 이야깃거리만 실컷 만들어준 셈이다. 가만히 혼자 있지 못하고, 하루저녁도 집에서 책을 보거나 남편과 함께 있지 못하고, 언제나 쾌락만을 쫓았고 쾌락에 쫓겼다. 새로운 유행이 활기를 띠면 누구보다 먼저 마리 앙투아네트가 그 유행을 따랐다. 아르투아 백작이 영국에서 경마를 들여왔을 때 —— 경마는 프랑스를 위해서 그가 세운 단 하나의 업적이었다 —— 사람들은 왕비가 관람석에서 젊은 친영(親英) 패거리에 둘러싸여 내기를 하고 도박을 하여 이 새로운 종류의 긴장에 휘말려 들떠 있는 모습을 볼 수 있었다. 그렇지만 이런 종류의 열광은 보통 짚불 같은 것이었다.

오래 지속되는 법이 없어 어제까지만 해도 왕비를 황홀하게 만들던 것이 다음 날이면 벌써 지루해졌다. 끊임없이 오락을 바꾸는 것만이 불안한 신경을 가라앉힐 수 있었다. 신경 불안이 침실의 비밀에서 비롯된 것임은 의심의 여지가 없었다.

수백 번 바뀌는 환락 가운데서 그녀가 가장 사랑했던 것은 그리고 계속해서 빠져 있었던 단 하나의 환락은 무엇보다도 가장무도회였다. 왕비의 명성에는 가장 위험한 것이었지만 이것은 끊임없이 마리 앙투아네트를 사로잡았다. 왕비로서의 즐거움과 함께 벨벳 가면 덕분에 사람들이 왕비인 줄 모르기 때문에 생기는 또 한 가지 즐거움이 있었다. 도박 테이블에서처럼 돈만 거는 것이 아니라 여자로서의 자기 자신을 걸고 아슬아슬한 지경까지 애무의 모험을 벌이는 제2의 즐거움에 의해서 두 배의 재미를 만끽할 수 있었던 것이다. 달의 여신 아르테미스로 가장하거나 교태가 흐르는 도미노(가면 무도복)를 입으면 예법이라는 얼음장 같은 냉랭한 의례의 고지에서 낯설지만 따뜻한 사람들의 혼잡 속으로, 다정한 숨결 속으로, 유혹 근처로 갈 수도 있고, 이미 반쯤 위험 속으로 미끄러져들어왔음을 뼛속까지 서늘하도록 느낄 수도 있었다. 가면의 보호를 받고 있었기 때문에 멋지고 젊은 영국 신사, 혹은 매혹적인 스웨덴 기사 한스 악셀 폰 페르센과 30분씩이나 팔짱을 끼고 있을 수 있었다. 그리고 유감스럽게도, 정말 유감스럽게도 한 나라의 왕비이기 때문에 정숙을 강요당하는 여인은 그가 얼마나 마음에 드는지를 몇 마디 대담한 말로 표시할 수도 있었다. 그렇게 되면 이 사소한 몇 마디 농담은 곧 베르사유의 험구가들 입에 올라 참으로 에로틱한 색깔로 살롱에 퍼져나갔다. 언젠가 한번은 궁정 의장마차를 타고 가다가 도중에 바퀴가 망가져서 왕비가 오페라 하우스까지 스무 발자국쯤 전세마차를 타고 갔는데 지하신문은 우둔하고 경박한 모험이라고 엉뚱한 거짓 보도를 했다. 그러나 마리 앙투아네트는 이 모든 사실을 전혀 몰랐다. 아니, 알고자 하지도 않았다. "국왕 전하와 동행했다면 나도 입을 다물고 있겠다. 그런데 국왕과 동반하지 않고 파리에서 가장 고약한 젊은 사람들하고만 같이 다니다니! 그것도 매혹적인 왕비가 패거리 중에서 가장 연장자라니. 일찍이 내 딸의 너그러움과 온정을 칭송하던 탓에 내가 호의를 가졌던 신문이며 잡지들이 갑자기 돌변했구나. 경마와 도박과 밤을 새우는 이야기 이외에는 다른 소리가 없으니 이젠 신문도 보고 싶지 않다. 그렇지만 자식에 대한 내 사랑과 애정을 익히 알고 있는 온 세상이 그런 이야기를 하는데도 어떻게 손을 써볼 도리가 없구나. 사람들이 많은 곳에 나가는 것을 피하기까지 하게 되었다. 그런 이야기를 듣고 싶지 않기 때문이다." 이런 어머니의 경고 역시 허사였다.

사람들이 자기를 용납하지 못한다는 사실을 이미 이해할 수 없어진 이 몰지각한 여인에게는 그 어떤 간곡한 훈계도 위력을 발휘하지 못했다. 왜 인생을 즐기면 안 된단 말인가, 이런 생각뿐이었다. 아무튼 어머니의 경고에 대해서 메르시 대사에게 깜짝 놀랄 대답을 했다. "어머니는 대체 뭘 원하시는 거예요? 나는 지루해질까봐 겁이 나는걸요."

"나는 지루해질까봐 겁이 나는걸요." 이 말로 마리 앙투아네트는 자신이 속했던 사회와 시대의 특성을 내뱉은 셈이다. 18세기는 막바지에 와 있었고 그 의미는 완성되었다. 왕국이 창건되었고, 베르사유 궁전이 축조되었고, 예법이 완성되었다. 이제 궁정은 사실 아무 것도 더 할 일이 없었다. 전쟁이 없으므로 장군들은 제복을 입힌 모자걸이에 불과했다. 신을 믿지 않게 되었으므로 대주교들은 보라색 승복을 입은 멋쟁이 신사들일 뿐이었다. 진정한 국왕도 옆에 없고 교육을 시킬 왕위 계승자도 없었으므로 왕비는 쾌활한 사교부인이 되어버렸다. 그들 모두가 파도처럼 힘차게 몰려오는 시대 앞에 지루하게 아무런 생각 없이 멍청히 서 있을 뿐이었다. 더러는 호기심에 찬 손을 그 파도 속에 밀어넣어 번쩍이는 돌멩이를 몇 개 건지기도

했다. 그리고 그들은 아이들처럼 이 무시무시한 돌멩이를 가지고 놀았다. 그들의 손가락 끝으로는 아주 가볍게 느껴졌기 때문에. 그러나 아무도 시시각각으로 솟구치는 물결을 느끼지는 못했다. 마침내 그들이 위험을 깨달았을 때는, 이미 도망도 허사였고 승부에서도 패배했으며 인생은 끝장난 후였다.

트리아농 성

하늘거리는 손으로 마리 앙투아네트는 왕비의 관을 잡았다. 뜻밖의 선물쯤으로 여기면서. 인생이 까닭 없이 주는 것은 아무것도 없으며 사람들이 운명으로부터 받는 모든 것에는 은밀한 값이 매겨져 있다는 것을 알기에는 아직 너무 어렸다. 마리 앙투아네트는 그 값을 지불할 생각은 하지도 못했다. 그녀는 왕좌의 여러 가지 권리를 받았을 뿐, 치러야 할 의무는 쳐다보지도 않고 그대로 남겨두었다. 그녀는 사람의 힘으로는 조화시킬 수 없는 두 가지를 조화시키려고 했다. 곧 다스리면서 즐기려고 했다는 것이다. 왕비로서 남들은 자신이 원하는 바대로 움직여주기를 바라면서도 자기 자신은 그때그때의 기분을 무작정 좇고 싶어했다. 지배자로서의 절대 권력과 여자로서의 자유를 향유하면서 젊고 격한 인생을 갑절로 향유하고자 했다.

그렇지만 베르사유에서는 자유로울 수가 없었다. 환하게 거울이 달린 회랑은 한 발자국도 남몰래 디딜 수가 없었다. 움직임 하나하나가 규제되고 말 한마디 한마디가 악의에 찬 바람에 실려 퍼져나갔다. 홀로 있는 때도 단 둘이 있는 때도 없었고, 충분한 휴식도, 긴장 해소도 없었다. 국왕은 한치의 틀림도 없이 규칙적으로 쉬지 않고 움직이는 거대한 시계의 중심점이었다. 출생에서부터 죽음에 이르기까지, 일어나서부터 잠자리에 들기까지, 사랑의 순간까지도 삶의 행위 하나하나가 국가적인 행위로 바뀌었다. 모든 것의 지배자인 국왕, 그 국왕의 지배자는 또다시 모든 사람으로, 결코 왕 자신이 아니었다. 그러나 마리 앙투아네트는 규제라면 뭐든지 싫어했다. 그리하여 왕비가 되자 곧 그녀는 말 잘 듣는 남편에게 왕비 노릇을 하지 않아도 되는 은신처를 달라고 늘 요구했다. 루이 16세는 반은 약한 마음으로 반은 여자에 대한 친절로 그녀에게 결혼 선물로 여름 별궁 트리아농 성을 선물했다. 이 성은 두 번째로 아주 작은 성이기는 했지만 막강한 프랑스 왕국 안에서 그 나름의 독자적인 왕국이었다.

마리 앙투아네트가 남편에게서 받은 트리아농 성은 그 자체로는 대단한 선물은 아니었다. 그녀의 무료함을 10년 이상 달래주고 마음을 사로잡은 장난감일 뿐이었다. 이 성을 만든 사람은 이곳을 왕족의 장기 체류지로 생각하고 지은 것이 아니라 메종 드 플레지르, 즉 잠깐 들러 쉬는 별장으로 지은 것이었다. 엿보는 사람이 없는 사랑의 보금자리라는 의미로는 루이 15세가 애첩 뒤바리나 그때그때 마음에 드는 다른 여자들과 충분히 이용한 바 있었다. 어느 유능한 기계공이 아래위로 자동으로 움직이는 식탁을 발명했으므로 준비된 식탁이 지하의 부엌에서 누구의 눈에도 띄지 않고 식당으로 올라와, 만찬 장면을 하인이 엿볼 수 없도록 되어 있었다. 에로틱한 쾌적함을 보태준 대가로 탁월한 기계공 레포렐로는 73만6,000리브르 외에 1만2,000리브르의 특별 사례를 받았다고 한다. 그 사례금은 국고에 별장 값과 맞먹는 부담을 지웠다. 베르사유의 정원 속에 있는, 아직 정사(情事) 장면의 열기가 채 가시지도 않은 이 외진 성이 마리 앙투아네트에게로 넘어간 것이다. 이제 그녀는 장난감을 얻었다. 프랑스식 취미가 만든 가장 매혹적인 장난감으로 선이 섬세하고 완벽하게 균형이 잡혀, 젊은 멋쟁이 왕비에게 딱 어울리는 진짜 보석함과 같은 것이었다. 소박하고 고풍스런 건축 양식, 우아한 녹색의 정원 가운데 하얗게 빛나는 궁, 외지지만 베르사유에 가까이 자리 잡은 궁, 애첩의 소유였다가 이제는 왕비의 소유가 된 이 궁은 오늘날의 여염집보다 더 크지도 않고 더 안락하지도 더 호화스럽지도 않다. 기껏해야 방이 일고여덟 개, 대기실 한 개, 식당 한 개, 크고 작은 살롱이 각각 한 개, 침실 한 개, 목욕탕 한 개, 그리고 작은 서재(이 방은 사용되지 않았다. 이구동성으로 하는 말에 따르면 마리 앙투아네트는 평생 잠깐잠깐 훑어본 소설책 몇 권을 제외하면 책이라곤 펼쳐본 적이 없었다)가 한 개 있다. 왕비는 여러 해를 나면서도 이 작은 성의 내부시설을 별로 고치지 않았다. 확고한 취향 때문에 호사스럽거나 화려한 것, 세련되지 못하고 값만 비싼 것은 친근감을 주도록 꾸며진 이 궁 안에 들여놓지 않았다. 오히려 그녀는 섬세하고 밝고 검소한 것만을 놓아두려고 했다. 아메리카를 아메리고 베스푸치의 이름을 따라 잘못 부르는 것과 마찬가지로 부당하게도 루이 16세풍이라는 저 새로운 양식은 이 궁을 겨냥한 것이었다. 이 양식은 사랑스럽고 경쾌하고 멋진 여인의 이름을 따서 마리 앙투아네트풍이라고 불렸어야 마땅하리라. 금방이라도 부서질 듯 섬세하고 우아한 이 양식의 그 어디에도 비만하고 육중한 루이 16세와 그의 조야한 취미를 연상시키는 것은 없었고 모든 것이 —— 오늘날까지도 그녀의 초상화가 이 방들을 장식하고 있다 —— 가볍고 우아한 여인의 자태를 연상시켰다. 침대에서 분첩에 이르기까지, 하프시코드에서 상아 부채에 이르기까지, 의자에서 미니어처에 이르기까지, 한결같이 극도로 정선된 재료만을 눈에 띄지 않게 이용하여 겉보기에는 금방 깨질 듯하면서도 오래 가게 만들어졌다. 고대적인 선과 프랑스식 우미함을 결합시킨 양식, 오늘날까지도 잘 알려진 이 양식은 일찍이 이전의 그 어느 양식과도 달리 프랑스에서는 부인이, 세련되고 취미가 풍부한 여인이 훌륭한 승리를 거두었음을 암시해준다. 루이 15세와 14세 시대의 극적이고 요란스러웠던 요소들을 친밀감과 음악성으로 대치시켜놓았다. 당당하게 울리는 접객실 대신 잡담을 주고받으며 느긋하게 다정한 대화를 즐길 수 있는 살롱이 집의 중심을 이루었다. 깎아지른 대리석은 정교하게 다듬어 도금한 목각 장식으로 대치되고, 중압감을 주는 벨벳과 두껍게 수놓은 비단은 하늘하늘하게 반짝이는 실크로 대치되었다. 옅은 크림색, 옅은 분홍색, 담청색과 같은 약간 어둡고 아름다운 색깔이 부드럽게 온 천지를 뒤덮었다. 이 예술은 여인과 봄을, 멋진 축제와 구실 없는 모임을 지향했다. 거창한 것을 도덕적인 기세로 추구하지는 않았다. 연극처럼 일부러 눈을 끌지도 않았고 강제적인 것은 아니지만 다소 억제된 것을 추구했다. 여기서는 왕비의 위력이 강조되는 것이 아니라 그녀를 둘러싼 주위의 모든 사물들이 젊은 여인의 우아함에 다정하고 사랑스럽게 맞서고 있었다. 이 값비싸고 사랑스러운 원 속에서 비로소 클로디옹의 우아한 작은 조각, 바토나 파테르(두 사람 모두 로코코 시대의 유명한 화가/역주)의 그림, 보케리니의 청아한 음악 그리고 모든 18세기의 정선된 예술이 제대로 진정한 척도를 지닐 수 있었다. 큰 근심을 바로 눈앞에 두고 피어난 이 전무후무한 축복받은 유희 예술은 다른 그 어느 곳에서도 이곳에서처럼 당당하게 피어나지 못했다. 트리아농은 활짝 피어난 꽃이 담긴 가장 섬세하고 부드러우면서도 깨지지 않는 영원한 그릇으로 남을 것이다. 여기서 세련된 도락문화는 하나의 건물, 하나의 형상으로 만들어져 예술로서 완성되었다. 그리고 로코코 시대의 절정과 최후, 그 개화와 사멸의 순간을 동시에, 오늘날에도 마리 앙투아네트의 방, 대리석 벽난로 위에 놓인 추시계에서 또렷이 읽을 수 있다.

미니어처의 세계, 유희의 세계 트리아농 성. 이 성의 창문으로는 삶의 현장이 보이지 않았다. 도시도, 파리 시가지도, 시골도 보이지 않는 것은 상징적인 의미마저 부여했다. 그렇게 크지 않은 이 성은 말을 타고 10분이면 한 바퀴를 다 돌 수 있지만, 이 좁은 공간이 마리 앙투아네트에게는 2,000만 신민들이 있는 프랑스 전체보다 더 중요하고 뜻이 깊었다. 여기서는 그 누구에게도 속박되지 않고, 의식 절차에도, 예법에도, 풍습에도 얽매이지 않는 자유를 느꼈기 때문이다. 얼마 되지 않는 이 땅덩이 위에서는 오로지 그녀만이 명령하고 다른 누구도 명령할 수 없다는 사실을 공표하기 위해서 남편의 이름으로 법령을 발표하는 대신, 그녀 자신의 이름으로, 즉 "왕비의 이름으로" 모든 법령을 공표했다. 결국 프랑크 왕조의 법(여자의 왕위 계승을 부인함/역주)을 엄격히 존중하는 궁정 인사들의 노여움을 샀다. 여기 있는 하인들은 붉은색, 흰색, 푸른색의 왕실 제복을 입은 대신 그녀가 정한 붉은색과 은색 제복을 입었다. 남편조차도 여기에는 손님 자격으로만 —— 초대받지 않았거나 마땅찮은 시간에는 절대 나타나는 법이 없는, 아내가 정한 가법(家法)을 엄격히 준수하는 예의 바르고 편한 손님이었다 —— 나타났다. 그러나 이 소탈한 남편은 여기 오기를 즐겼다. 이곳이 큰 성보다 편안하기 때문이었다. "왕비의 명에 의해서" 여기서는 엄격함이나 과장된 거드름 따위는 일체 사라졌다. 궁정 생활 방식을 떠나 모자도 쓰지 않은 채 꽉 조이지 않는 느슨하고 가벼운 옷차림으로 잔디 위에 앉아 즐거운 시간을 함께 할 때면 계급의 서열이 사라지고 때때로 위엄까지도 사라졌다. 왕비는 여기에 있는 것이 편했다. 그녀는 급기야 저녁이면 마지못해 베르사유로 내키지 않는 발길을 옮겨야 할 정도로 이 해이한 생활 방식에 익숙해졌다. 이런 시골풍의 자유를 한 번 맛본 후로는 궁정이 점점 더 서먹해지고, 신분에 따른 의무가 지루하게 느껴지고, 결혼 생활의 의무들 역시 지루하게 느껴졌다. 점점 하루 온종일 이 즐거운 비둘기장에만 머무르는 일이 잦아졌다. 그녀의 심정으로는 그저 언제까지라도 자기 세상인 트리아농에 머무르고만 싶었다. 언제나 자기 뜻대로만 행동해온 마리 앙투아네트는 정말로 이 여름 별궁으로 완전히 이사를 해버렸다. 침실이 마련되었으나, 물론 방에는 싱글 베드 하나만 준비되었으므로 비대한 국왕은 방에 들어서면 몸

둘 곳이 없었다. 매사가 다 그렇듯이 이제부터는 부부간의 밤일까지도 국왕의 뜻에 따르는 것이 아니라 마리 앙투아네트가 시바의 여왕이 솔로몬을 찾아가는 것처럼 기분이 내킬 때만 착한 남편을 찾아갔다(어머니는 "부부 별침"을 너무도 호되게 나무랐다). 국왕은 단 한 번도 그녀의 침상의 손님이 되지는 못했다. 트리아농은 마리 앙투아네트에게 불가침의 축복을 받은 나라, 즐거움에만 바쳐진 단 하나의 왕국이었기 때문이다. 그리고 그녀는 쾌락에서 의무를 —— 결혼 생활의 의무까지도 —— 헤아린 적이 없었다. 그곳에서 그녀는 자신의 방식대로 자신의 생을 살고자 했다. 하릴없이 바쁜 수천 가지 잡무, 나라, 남편, 궁정, 시대와 세계를 잊고 때로는 —— 그때가 아마도 가장 즐거운 순간이었으리라 —— 자기 자신까지도 잊어버리는 버릇 없고 무절제한 생을 원했다.

트리아농을 소유함으로써 이 무료한 인물은 마침내 일거리를 얻었다. 거듭거듭 새로워지는 장난감을 얻은 셈이다. 잇달아 옷을 무더기로 주문하고 새 장신구를 주문하듯이 마리 앙투아네트는 자신의 왕국을 꾸미기 위해서 계속해서 새로운 것을 주문했다. 이제 의상 디자이너, 보석상, 발레의 대가, 음악 선생, 댄스 교사와 더불어 건축가, 원예사, 화가, 실내 장식가 등이 이 작은 왕국의 새 대신으로 등장하여 그녀의 지루하던, 아, 너무나도 지루하던 시간을 채워 주고 국고를 막대하게 축냈다. 마리 앙투아네트의 주된 관심은 정원이었다. 베르사유의 역사적인 정원과는 어느 것 하나도 비슷해서는 안 되었기 때문에 특히 그랬다. 그것은 당대에서 가장 현대적이고, 가장 유행에 앞서고, 가장 독특하고, 가장 아름다운 정원, 진짜 로코코식 정원이어야만 했던 것이다. 마리 앙투아네트는 또다시 부지불식간에 당대의 취향을 바꾼 셈이었다. 사람들은 정원 예술의 총수격인 르 노트르(베르사유 정원들을 만듦/역주)가 창시한 자로 그어놓은 초원, 면도칼로 잘라놓은 듯 반듯반듯한 생나무 울타리, 호사스럽게 보이도록 제도연필로 냉정하게 계산해놓은 화단장식 따위에는 지쳐 있었다. 태양왕 루이 14세는 왕국, 귀족, 신분, 백성을 강제로 자신이 바라는 형태로 만들어놓았을 뿐만 아니라 신이 창조한 풍경까지도 그렇게 만들었다. 사람들은 녹색의 기하학을 보는 데에 진력이 나 있었다. "자연의 학살"에 지쳐 있었다. 이때 그 "사회"의 아웃사이더 장 자크 루소가 저서 『신(新)엘로이즈』에서 "자연 공원"을 촉구함으로써 당시의 문화병폐 전반에 대해서 그러했듯이, 이 분야에도 하나의 구원의 단어를 던져주었다.

그런데 분명한 것은 마리 앙투아네트가 『신엘로이즈』를 읽은 적이 없다는 사실이다. 그녀는 장 자크 루소를 기껏해야 소품 「마을의 예언자」의 작곡가로 알고 있을 정도였다. 그러나 장 자크 루소의 사상은 당대를 풍미했다. 후작과 공작들은 무구(無垢)함을 주장하는 이 고귀한 사람(사생활에서는 도착된 인간)에 관한 이야기를 전해듣고 눈물을 글썽이며 고마워했다. 그는 자신들을 분발시키는 온갖 자극적인 수단을 주었고 최후의 자극까지도 발명해주었던 것이다. 그것은 소박함의 유희, 순박함의 왜곡, 자연스러움의 가장(假裝) 그것이었다. 마리 앙투아네트는 "자연스러운" 정원, 소박한 풍경을 가지고 싶어했다. 그것도 유행에 맞는 자연스러운 정원을. 그녀는 당대의 세련된 최고의 기술자들을 불러모았다. 가장 인위적인 방법으로 가장 자연스러운 정원을 고안하게 했다.

이 "영국-중국식 정원"에서 —— 이것이 당시 유행이었다! —— 단순히 자연을 묘사하는 데 그치지 않고 자연 전체를, 즉 우주 전체를 얼마 안 되는 소우주 속에 장난감처럼 축소하여 완벽하게 묘사하려고 했다. 좁은 면적 위에 모든 것을 모아놓으려고 한 것이다. 프랑스산 나무, 인도산 나무, 아프리카산 나무에 네덜란드산 튤립, 남국의 목련, 연못과 작은 강, 산, 동굴, 낭만적인 폐허와 시골 농가, 그리고 사원, 오리엔트의 풍경, 네덜란드 풍차……동서남북의 가장 자연스러운 것, 가장 진기한 것들이 다 모였다. 인공적이면서도 가능한 한 가장 실제에 가까운 모습으로. 건축가는 불을 뿜어내는 화산과 중국식의 탑까지도 이 손바닥만 한 땅덩이 위에다 만들려고 했으나 이 제안들은 돈이 너무 많이 드는 까닭에 중단되었다. 왕비의 성화에 수백 명의 일꾼들은 건축가와 화가의 계획에 따라 가능한 한 회화적으로 또 의도적으로 허술하고, 자연스럽게 배치된 경치를 마술처럼 재빨리 실제 풍경으로 만드느라고 바빴다. 우선 목가적인 정경에 필요한 무대장치인, 정취를 돋우며 조용하게 졸졸 흘러가는 시냇물을 초원 가운데에 만들었다. 610미터짜리 파이프로 물을 말리로부터 끌어와야 했고 물과 더불어 엄청난 돈이 이 관 속을 흘러가야 했지만 중요한 것은 굽이굽이 휘돌아가는 이 물줄기가 어디까지나 사랑스럽고 자연스러워 보여야 한다는 사실이었다. 시냇물은 나지막하게 찰랑이며 인공 섬이 있는 인공 연못 속으로 흘러들었다. 그리고 멋지게 장식된 다리 아래에는 백조들의 부드러운 깃털이 눈부시게 반짝였다. 인위적으로 숨겨놓은 사랑의 동굴과 낭만적인 누각이 있고 인조 이끼가 덮인 바위산은 마치 아나크레온(기원전 6세기경의 그리스 서정시인. 연애와 술을 노래했으며 후세에 그를 모방한 것을 아나크레온풍이라고 함/역주)의 시구에나 나오는 것들 같았다. 이토록 감동적인 소박한 경치가 실은 무수한 도화지 위에 미리 그려졌던 경치이며, 설계도면에 따라 연못과 시냇물은 거울 조각으로, 초원과 나무는 그리스도 탄생 장면을 보여주는 모형처럼 채색 이끼를 적절히 사용한 20개의 석고 모형으로 만들어진 것이라는 사실을 눈치 채게 하는 것은 아무것도 없었다. 그런데도 공사는 자꾸 계속되었다. 왕비는 해마다 새로운 욕망에 사로잡혀 보다 더 복잡하고 보다 더 자연스러운 설계로 왕국을 꾸미도록 지시했다. 묵은 계산서가 지불될 때까지만이라도 기다리려고 하지 않았다. 장난감이 생겼으니 계속 가지고 놀겠다는 것이었다. 그녀 휘하의 낭만적인 건축가들은 정원을 보다 사랑스럽게 만들려고 우연히 떨어뜨린 듯이 —— 사실은 정교하게 미리 계산하여 —— 조그만 귀중품들을 정원에

뿌려놓았다. 이 시대의 신, 사랑의 신에게 헌납된 자그마한 신전, 신전이 조그만 언덕 위에 솟아 있고 그 신전의 고대식 원형 홀에는 부샤르동의 매우 아름다운 조각품 중 하나, 헤라클레스의 곤봉으로 멀리까지 적중시키는 활을 깎는 아모르(큐피드, 사랑의 아기 신/역주) 상이 보였다. 동굴, 즉 사랑의 동굴은 워낙 교묘하게 바위 속에 만들어놓았기 때문에 안에 있는 한 쌍의 연인이 다가오는 사람을 제때 눈치 채고 애무의 현장이 발각되지 않도록 했다. 숲속에는 여러 갈래 길들이 이리저리 얽혀 있고, 초원에는 희귀한 꽃들이 군데군데 수놓아져 있으며, 둘레의 녹색 잔디 사이에는 여기저기 작은 음악당, 새하얗게 반짝이는 팔각정 따위가 눈길을 끌었다. 이 모든 것이 워낙 감각적으로 나란히 혹은 사이사이로 널려 있어서 실제로는 이 우아한 풍경 속에서 인위적인 손길은 전혀 느낄 수 없었다.

그러나 유행은 점점 더 진짜를 요구한다. 자연을 더욱 빈틈없이 자연화하기 위해서, 무대에다 가장 세련된 진짜 생명을 심기 위해서, 고금을 통틀어 가장 값비싼 유희의 목가(牧歌) 코미디를 진짜처럼 만들기 위해서 진짜 단역들을 끌어다놓았다. 진짜 농부, 진짜 농촌 아낙네, 진짜 소와 진짜 송아지, 돼지, 토끼, 양 따위를 모는 진짜 처녀 목동, 진짜 풀베는 사람, 수확하는 사람, 양치기, 사냥꾼, 세탁부, 치즈 만드는 사람들을 데려다놓았다. 그들은 풀을 베고 세탁하고 거름을 주고 젖을 짜 이 인형극을 쉴 새 없이 생생하게 진행시켰다. 국고를 보다 많이 축낼 새로운 일거리가 또 하나 있었다. 마리 앙투아네트의 명령으로 트리아농 성 옆에 이 놀기 좋아하는 아이들을 위해서 외양간이며 광, 헛간이 있고 비둘기장과 닭장이 있는 실물 크기의 인형 극장이 상자에서 꺼내졌다. 곧 그 유명한 인공 촌락, 아모를 만들라는 것이었다. 위대한 건축가 미크와 화가 위베르 로베르가 스케치와 설계를 하여 시골의 초가 지붕, 양계장, 거름더미 따위가 있는 농가를 그대로 모방하여 세웠다. 돈을 쏟아부어 자연 한가운데다 갓 만들어놓은 모조품이 부디 가짜라는 인상을 주지 않도록 외관상 가난에 쓰러져가는 빈농의 오두막까지 그대로 모방했다. 망치로 두드려 벽에다 홈을 내고 회칠한 벽은 낭만적으로 군데군데 벗겨내고, 널빤지도 몇 군데 떼어냈다. 위베르 로베르는 오래되고 썩은 기분을 내도록 목재에다 터진 자국을 그려넣고 굴뚝은 꺼멓게 그을려놓았다. 겉보기에는 퇴락한 집들이지만 안에는 갖가지 안락한 시설을 갖추어놓았다. 거울, 난로, 당구대가 있고 푹신한 안락의자가 있었다. 왕비가 가끔 심심해서 장 자크 루소 놀이를 하고 싶었을 때, 즉 시녀들과 손수 버터를 만들고 싶었을 때 왕비의 손가락이 절대로 더럽혀져서는 안 되었기 때문이다. 그녀가 외양간으로 소의 밤색과 흰색을 보러 가면 얼른 보이지 않는 손이 벌써 외양간 바닥을 마룻바닥처럼 반짝반짝하게 닦아놓고 소의 몸뚱이도 꽃처럼 하얗게 마호가니처럼 윤이 나는 갈색으로 손질되어 있고 농가에서 쓰는 더러운 우유통이 아니라 세브르의 공장에 특별히 주문해 왕비의 이니셜이 박힌 도자기 항아리로 우유를 받았다. 퇴락한 모습으로 오늘날까지도 마음을 끄는 이 인공 촌락은 마리 앙투아네트에게는 낮시간을 즐기는 극장이었다. 아무렇게나 만든, 바로 그렇기 때문에 매력적인 전원 극장이었다. 그때 프랑스 전국에서는 농민들이 이미 연대를 이루었고, 세금에 시달린 시골 사람들의 흥분이 극에 달했다. 그리하여 그 불안한 상황을 개선해야 한다는 요구가 선동적으로 일고 있는 반면 이 포템킨 촌(러시아의 원수 포템킨이 1787년 여왕 예카테리나 2세에게 남러시아의 번영상을 보이기 위해서 황무지에다 급조한 촌락/역주) 같은 무대장치 촌락에는 위선적인 느긋한 평화만이 감돌았다. 왕비는 푸른색 끈으로 목을 묶은 양떼가 초원으로 끌려가고 그 사이사이에 시녀들이 양산을 들고 있는 광경을 구경했다. 졸졸 흐르는 시냇가에서 아낙네들이 무명을 헹구는 모습도. 아, 이 소박한 풍경은 얼마나 멋진지, 얼마나 인간적이며 얼마나 쾌적한지! 낙원 같은 이 세계에서는 모든 것이 신선하고 매력적이었다. 그곳에서는 인생이 암소의 젖에서 나오는 우유처럼 맑고 깨끗했다. 사람들은 얇은 모슬린 옷을 입었다. 시골 사람답게 소박한 옷을 입히기 위해서 수천 리브르가 들었다. 사람들은 천진난만하게 오락에 몰두했고, 궁중 생활에 식상한 탓에 변덕을 두려 "자연을 즐기는 취미"에 경의를 표했다. 낚시를 하고, 꽃을 꺾고, 꼬불꼬불한 길로 —— 혼자 걷는 일은 극히 드물었다 —— 산책을 하고, 풀밭 위를 달리고, 공놀이를 하며, 매끄러운 마루 대신 꽃밭에서 미뉴에트와 가보트를 추고, 나무 사이에 그네를 매고, 작은 집들이며 그늘진 가로수 길에서 헤어졌다가 서로 만나고, 승마를 하면서 이 자연의 극장 한가운데서 연극을 했다. 만사가 결국은 남한테 보이기 위한 것이었다.

이러한 열정은 한마디로 마리 앙투아네트가 발견했다. 그녀는 오늘날까지 보존되어오는 아름다운 균형의 매혹적인 자그마한 사설 극장을 지어서 —— 이 기분 풀이를 위한 비용으로 14만1,000리브르밖에 들지 않았다! —— 이탈리아와 프랑스의 희극배우들을 등장시킬 계획이었으나 갑자기 대담한 결심을 하고 스스로 무대 위로 뛰어올랐다. 주위의 쾌활한 무리들도 연극 놀이에 함께 열광했다. 시동생 아르투아 백작, 폴리냐크 일가 그리고 그녀를 따르는 기사들이 즐겨 끼어들었고 여배우 노릇을 하는 아내에게 찬사를 보내기 위해서 국왕까지도 몇 번 건너왔다. 트리아농에서는 1년 사계절 즐거운 카니발이 계속되었다. 남편을 위해서 축제를 베푸는가 하면 시동생을 위해서 또 자신의 요술 왕국을 보여주고 싶은 낯선 귀족 손님들을 위해서 연이어 마리 앙투아네트는 축제를 열었다. 감추어놓은 수천 개의 조그마한 불꽃들이 색유리에 반사되어 자수정처럼, 루비처럼, 토파즈처럼 어둠 속에서 반짝거렸고, 활활 소리를 내며 타오르는 불꽃 다발이 하늘을 가로질렀으며, 가까운 곳에서는 감미로운 음악이 들려왔다. 수백 명이 즐길 수 있는 연회가 열리고, 춤을 위해서 그리고 흥을 돋우기 위해서 장터처럼 노점들이 세워졌다. 소박한 풍경이 사치의 세련된 배경으로 사용되었다. 그렇다, "자연" 속에서는 결코 지루해지지 않는 법이다. 마리 앙투아네트가 트리아농으로 물러난 것은 명상에 잠기기 위해서가 아니라 보다 훌륭하게 보다 마음껏 즐기기 위함이었다.

트리아농에 투자된 비용의 결산서는 1791년 8월 31에야 제출되었다. 총액 164만9,029리브르, 기록되지 않은 자질구레한 것까지 합하면 실제로는 200만 리브르가 넘는다. 밑 빠진 항아리(다나이스의 통) 같은 국왕의 재정 형편에 비하면 물방울 하나에 불과하지만, 파탄에 이른 재정이나 백성들이 전반적으로 겪는 비참한 생활을 생각하면 과도한 지출이었다. 훗날 혁명 재판소에서 "미망인 카페" 자신도 스스로 이것을 인정해야 했다. "소트리아농에 거액의 돈이 필요했다는 것은 옳은 말씀입니다. 내 자신이 생각했던 것보다도 훨씬 더 많이 든 것 같습니다. 점점 끌려들어가서 비용이 늘어났습니다." 또한 정치적인 의미에서도 왕비는 일시적인 자기 기분을 위해서 굉장한 희생을 치른 셈이다. 온 궁정 대신들을 공공연히 베르사유에 남겨두고 감으로써, 궁정의 존재 의미를 빼앗았기 때문이다. 장갑을 건네주던 귀부인, 외경심에 가득 차서 침실용 변기를 준비하던 시녀들은 물론, 나인, 내관, 수천 명의 경비병, 시종, 궁신들이 직무를 잃었는데 무엇을 할까? 하릴없이 그들은 하루 종일 베르사유 궁의 대기실에 앉아 있었다. 기계도 돌아가지 않으면 녹이 슬 듯이 무관심하게 버려진 궁인들의 마음속에는 독기와 불만이 스며들었다. 상류 사교계 인사들이 은밀한 협정 아래 궁정의 축제를 기피하기에 이른 것이다. 건방진 "오스트리아 여자" 혼자 "작은 쇤브룬 궁"에서, "작은 빈"에서 즐겨보라지 하는 마음보였다. 합스부르크가에 뒤지지 않는 유서 깊은 이곳 귀족들은 접견 때 냉정하게 고개만 잠깐 까딱해주는 대접을 받기에는 스스로 너무나 고매하다고 생각했다. 프랑스 명문 귀족 모임인 프롱드 당은 왕비가 베르사유를 떠난 뒤에는 점점 더 공공연하게 왕비에게 맞섰다. 레뷔 공작이라는 사람이 이 상황을 구체적으로 묘사해놓았다. "경박스럽게 놀기만 하며 오랫동안 최고의 권력에 도취된 왕비는 구속받는 것을 좋아하지 않았다. 예법과 의식은 왕비에게 초조감과 권태를 유발할 뿐이었다. 사람들이 모든 선입견에서 해방된 계몽적인 세기에는 지배자들도 습관이 부과하는 불쾌한 질곡에서 빠져나와야 마땅하다는 것, 한마디로 백성의 복종 여부는 국왕 일가가 권태롭기만 한 신하들의 울타리 속에서 얼마만큼의 시간을 보내느냐에 달려 있다는 생각은 우스꽝스럽다는 것을 그녀는 증명하려고 했다.……왕비의 기분이나 어떤 음모에 의해서 왕비에게 선택되어 총애를 받는 몇몇을 제외하고는 모두 궁중에서 내쫓겼다. 지위나 공로, 명망, 명문 따위는 이제 국왕 일가의 모임에 참석할 수 있는 법적 근거가 되지 못했다. 알현이 허락된 사람들은 일요일에만 잠깐 왕실 일가를 볼 수 있었다. 그러나 그들 중 대다수는 곧 감사의 말이라고는 받아보지 못하는 이 불필요한 고역이 싫어졌다. 그렇게 해봤자 나은 대우도 받지 못하는 어리석은 짓임을 깨닫고는 금방 집어치우는 것이다.……유럽 전역에서 세련된 생활양식과 예의를 배우러 왔던 곳, 루이 14세의 영광의 전시장, 베르사유는 이제 마지못해 들어갔다가 될 수 있는 대로 급히 떠나는 지방 소도시에 불과해졌다."

이러한 위험 역시 마리아 테레지아는 멀리서 재빨리 예견했다. "격식이 권태스럽고 공허하다는 것은 나 스스로 익히 알고 있다. 그렇지만 내 말을 믿어라. 그렇다고 해서 그것을 포기하면 이 사소한 부담보다 훨씬 더 파급효과가 큰 불쾌한 일이 생긴다. 활력이 가득한 민족인 너희 나라에서는 더욱 그렇다." 그러나 마리 앙투아네트가 이해하려고 하지 않는 한, 그녀와 사리를 따져 이야기하는 것은 무의미했다. 베르사유에서 겨우 30분 거리에 있는데 무슨 소동이람! 그러나 이 4-5킬로미터의 거리 때문에 그녀는 궁정과 국민들로부터 영원히 떠나버린 것이나 다름없었다. 베르사유에, 프랑스 귀족들과 전통적인 풍습 한가운데에 계속 머물러 있었더라면 그녀는 위험의 순간에 왕자와 제후, 귀족의 군대를 자신의 측근에 둘 수 있었으리

라. 그리고 오빠 요제프 2세처럼 민주적으로 백성들에게 접근했더라면 수십만 파리 시민, 수백만 프랑스 국민들은 그녀를 신격화했으리라. 그러나 절대적인 개인주의자였던 마리 앙투아네트의 행동은 귀족주의자들의 호감도, 백성들의 호감도 사지 못했다. 그녀는 이기심과 트리아농이라는 하나의 변덕쟁이 때문에 제1계급, 제2계급, 제3계급의 사랑을 잃었다. 너무 오래 홀로 자신의 행복 속에만 잠겨 있고 싶어했기 때문에 그녀는 행복 가운데서도 고독했으며 어린애 장난감 같은 트리아농의 대가로 왕관과 생명을 지불해야만 했다.

새로운 사회

마리 앙투아네트는 자신의 즐거운 집에서 살게 되자 새로운 억센 비질을 시작했다. 우선 늙은 사람들을 쓸어냈다 —— 늙은 사람들은 지루하고 흉했다. 그들은 춤을 출 줄도 즐길 줄도 몰랐고, 언제나 주의하고 신중히 하라는 잔소리만을 늘어놓았다. 끝없이 제지받고 경고받는 일에 이 여인은 황녀 시절부터 진저리가 났다. 그녀는 속으로 부르짖었다. 딱딱한 교육자 마담 에티켓, 드 노아유 백작부인은 물러갈지어다, 왕비란 교육을 받을 필요가 없는 법이다. 원하는 것은 뭐든지 할 수 있다! 어머니가 딸려보낸 고백신부이자 고문인 베르몽 수도원장도 밖으로 물러갈지어다, 정신적인 긴장을 주는 사람은 모두 멀리 사라져라! 젊은이만 오라, 어리석게 인생을 진지하게만 받아들여 놀이와 즐거움을 놓치지 않는 유쾌한 세대만 오라! 놀이 친구들이 높은 신분인지, 최고 가문 출신인지, 건실하고 나무랄 데 없는 성격의 소유자인지는 별로 상관하지 않았다. 특별히 똑똑하거나 학식이 있을 필요도 없었다 —— 반짝이는 재치가 있고 자극적인 일화를 들려줄 줄 알고 축제 때 멋지게 보이기만 하면 충분했다. 마리 앙투아네트가 주위 사람들에게 요구하는 것은 즐거움, 즐거움, 오직 즐거움이었다. 그녀를 둘러싼 사람들이란 마리아 테레지아가 탄식한 대로 "모조리 파리에서 가장 불량하고 가장 젊은 사람들" 뿐이었다. 그들은 요제프 2세가 화가 나서 투덜거린 그대로 "수아 디 장트 소시에테", 즉 겉보기에는 게으른 것 같지만 사실 극도로 이기적이며 환락에 빠진 도당들이었으며, 경박하게 봉사한 대가로 왕비에게 막대한 돈을 받고 은근하고 정중하게 놀아주는 동안 분에 넘치는 연금을 은밀히 광대복 호주머니 속에 쑤셔넣었다.

지루한 한 남자가 가끔씩 이 해이한 회합을 망쳐놓았다. 그러나 그를 몰아낼 수는 없었다 —— 하마터면 잊어버릴 뻔했지만 그는 이 쾌활한 여인의 남편이고 또 프랑스 국왕이다. 매력적인 아내에게 푹 빠져 있는 마음씨 좋은 국왕 루이는 허락을 받고 이따금 트리아농으로 건너와 젊은 사람들이 어떻게 즐기는가를 보다가 사람들이 너무 태평스레 인습의 한계를 넘어서거나 지출이 지나치게 늘어나면 가끔 수줍어하며 힐책을 했다. 그럴 때면 왕비는 웃었고 이 웃음으로 모든 것이 다 처리되었다. 울타리 너머 쾌활한 구경꾼들도 왕비가 그들에게 최고의 직책을 부여하는 사령장이 언제나 착하고 공손하게 멋진 필치로 "루이"라고 서명을 해주는 국왕에게 경멸이 섞인 연민을 느끼고 있었다. 이 호인은 결코 그녀를 오래 방해하지 않았다. 언제나 한두 시간 머물다가 총총히 베르사유로 돌아가서 책에 파묻히거나 자신의 대장간으로 갔다. 한번은 너무 오랫동안 주저앉아 있자 왕비와 그 무리들은 파리에 보내고 싶어 안달이 난 나머지 궤종시계를 한 시간 빠르게 돌려놓았다. 국왕은 이 속임수에 넘어가 어린 양처럼 온순하게 평소의 11시가 아닌 10시에 잠자리에 들었고 멋쟁이 무리들은 모두 배꼽을 잡고 웃은 적도 있었다.

국왕의 품위가 그런 장난으로 더 높아질 리는 없었다. 따라서 트리아농으로서는 매사가 서툰 루이 같은 사람은 반갑지 않았다. 그는 이야기를 할 줄도 웃을 줄도 몰랐던 것이다. 배가 아프기라도 한 것처럼 겁을 집어먹고 쾌활한 무리의 한가운데 수줍게 앉아서 하품을 했다. 남들은 자정이 넘어야 제대로 흥이 나는데 말이다. 그는 가장

무도회에도 가지 않았고 카드 놀이도 하지 않았고 여자의 사랑도 구하지 않았다 —— 그렇다, 사람들은 그처럼 선량하고 지루한 남자가 필요하지 않았다. 그는 트리아농의 사교계, 로코코의 왕국, 경박한 오만의 평화스러운 전원에 잘못 와 있는 것이었다.

　국왕은 이 새로운 사교계의 일원으로 간주되지 않았다. 겉으로는 무관심을 가장하지만 야심을 숨긴 프로방스 백작 역시 이 어리석은 멍청이들과 어울려 품위를 손상시키지 않는 편이 현명하다고 생각했다. 그러나 왕비가 놀러갈 때에는 궁정의 남자가 동반해야 하므로 루이 16세의 막내 동생 아르투아 백작이 수호성자의 역할을 떠맡았다. 머리가 비었고 경박하고 무례하지만, 유연하고 능란한 그는 마리 앙투아네트와 똑같은 불안, 즉 지루해지지나 않을까, 골치 아픈 일이 괴롭히지나 않을까 하는 불안에 시달렸다. 여자 사냥꾼이며, 빚쟁이, 한량이며 멋쟁이, 게다가 허풍선이인 아르투아는 용감하다기보다는 뻔뻔하고 정열적이라기보다는 일시적인 충동에 따라 움직였으며, 쾌활한 무리를 새로운 스포츠, 새로운 유행, 새로운 오락으로 인도했다. 그래서 그는 왕과 왕비와 온 궁정의 빚을 합친 것보다도 더 많은 빚을 지게 되었다. 또한 바로 그렇기 때문에 그는 마리 앙투아네트에게 썩 잘 어울렸다. 그러나 왕비는 이 무례한 촐싹이를 별로 높이 평가하지 않았다. 더구나 좋아하지도 않았다. 험구하는 사람들이 그렇게 주장하기는 했지만. 어쨌든 그는 그녀를 돌보아주었다. 시동생과 형수, 두 사람을 놀기에 미쳐서 떼어놓을 수 없는 단짝이 되었다.
　아르투아 백작은 마리 앙투아네트가 유쾌하고 한가롭고 밤낮이 없는 시골 나들이에 데리고 다니는 선택된 호위병들의 대장이었다. 이 부대는 워낙 소규모여서 상좌를 차지하는 사람들이 끊임없이 바뀌었다. 너그러운 왕비는 휘하 친위병들의 모든 허물들, 무례하고 도전적이며 맞먹으려 드는 태도, 연애 사건 및 스캔들을 다 용서했지만 왕비를 지루하게 만드는 것만은 용서할 수 없었다. 누구든 지루하게 만드는 즉시 총애받기는 다 틀린 것이나 다름없었다. 얼마 동안은 노병답게 무뚝뚝한 쉰 살의 스위스 귀족 브장발 남작이 대장 자리에 있었으나 곧 쿠아니 공작에게로 총애가 기울었다. 그는 "가장 지속적으로 총애를 받은 사람, 가장 사려 깊은 사람"이었다. 이 두 사람과 더불어 공명심에 찬 긴 공작과 헝가리 백작 에스터하지에게 특이한 임무가 부과되었으니 왕비가 홍역을 앓는 동안 돌보라는 것이었다. 이 일은 궁정 인사들 간에 만일 국왕이 같은 상황에 처한다면 시녀들 중 누구를 고를까 하는 심술궂은 의문을 품게 했다. 끊임없이 자신의 위치를 고수한 사람은 마리 앙투아네트가 신임했던 폴리냐크 백작부인의 애인 보드뢰 백작이었다. 또한 뒤로 물러나 있으면서도 위치를 지킨 사람은 누구보다 현명한 인물 리뉴 공이었다. 그는 트리아농에서의 지위를 미끼로 연금을 받아내지 않은 유일한 사람이며, 늙어서 일생을 회고할 때도 마리 앙투아네트에 대한 경외심을 잃지 않은 유일한 사람이기도 했다. 또 이 목가적인 하늘에서 명멸하는 스타들 중에는 "미남" 디용과 젊고 정열적인 미치광이 로죙 공작도 있었다. 두 사람은 어쩔 수 없이 처녀인 왕비에게 한동안 정말 위험한 존재였다. 메르시 대사의 굴할 줄 모르는 노력이 미치광이들을 왕비에게서 겨우 떼어놓았다. 로죙은 왕비에게서 단순한 공감 이상의 것을 얻기 직전에 떨어질 수밖에 없었다. 아데마르 백작은 하프에 맞추어 노래도 참으로 멋지게 부르고 연극도 잘했다. 덕택에 그에게는 브뤼셀 주재 공사, 그후에는 런던 주재 공사 자리가 주어졌다. 그러나 다른 사람들은 차라리 국내에 머물면서 거품이 일도록 만들어놓은 물속에서 짭짤하고 실속 있는 궁정의 지위를 낚아올리려고 했다. 이런 기사들 중에서 리뉴 공을 제외하면 아무도 진정한 정신적인 지위를 가지지 못했다. 그 누구도 왕비와의 교우가 제공해준 권력 있는 지위를 정치적으로 굵직하게 이용하려는 공명심조차 없었다. 트리아농의 가면 속에 있던 영웅들 중에서 진정한 역사의 영웅이 된 사람은 하나도 없었다. 마리 앙투아네트 역시 마음속으로 진정 존경한 사람은 한 명도 없었다. 또 젊고 애교 있는 마리 앙투아네트는 왕비라는 지위에 걸맞게 행동하지 못했다. 친밀하게 지낸 그들 중 누구에게도 —— 이 점이 결정적이다 —— 정신으로서나 여성으로서나 완전히 헌신하지 않았다. 그들 가운데서 단 한 사람, 그 당시 그리고 영원히 그녀의 마음을 사로잡았던 단 한 사람, 단 한 사람이었다고들 하고 또 실제로도 그랬던 그 사람은 아직 그늘 속에 가려져 있었다. 오색찬란한 엑스트라들의 소동은 그가 가까이에 있음을, 그가 거기에 있음을 은폐하는 데 쓰였을 뿐이었다.

자꾸만 바뀌는 믿을 수 없는 기사들보다 왕비에게 더 위험스러운 존재는 동성의 친구들이었다. 그들과 함께 할 때는 은밀히 뒤엉킨 감정이 숙명적으로 노출되었다. 마리 앙투아네트는 본래부터 너무나 평범한 여자, 지극히 여성적이며, 부드럽고, 헌신에 대한 욕망과 정이 가득 차 있는 여자였다. 그러나 이 욕망은 굼뜨고 무딘 남편 곁에서 처음 몇 년 동안 전혀 보답을 받지 못했다. 솔직한 그녀는 정신적인 긴장을 누군가에게 털어놓고 싶었다. 그런데 관례상 그 대상이 남자일 수도 없었다. 마리 앙투아네트는 마지못해 여자 친구를 찾았다. 마리 앙투아네트와 여자 친구들과의 교우에 다소 달콤한 색채가 섞인 것은 자연스러운 일이었다. 열여섯, 열일곱, 열여덟 살 때의 마리 앙투아네트는 외관상으로는 결혼했지만, 정신적인 수준, 나이, 성격, 그 어느 면으로 보더라도 기숙사 친구들과 어울릴 시절이었다. 어린 나이에 사랑하는 교육자 어머니의 품 안에서 얼결에 나꿔채져 서툴고 무뚝뚝한 남편 곁으로 왔기 때문에 그 누군가에게 하소연하여 자신의 긴장을 풀고 싶은 소녀적인 마음을 여태 한 번도 쏟아보지 못했다. 소녀다운 갖가지 자질구레한 것, 손을 잡거나, 서로 허리를 안고 걷는다든가, 구석에서 킬킬거리고, 방을 뛰어다니고, 서로 넋을 잃고 쳐다보는 따위의 소박한 "사춘기" 증상이 아직 어린 그녀의 몸속에서 완벽하게 발효를 끝내지 않은 상태였다. 열여섯 살에도, 열일곱 살에도, 열여덟 살에도, 열아홉 살에도, 스무 살에도 언제까지고 어리고 유치한 사랑에 빠져들 수는 없는 것이었다. 그 사랑이란 질풍 같은 격정 속에서 사그라지는 성적인 것이 아니라 수줍은 예감, 몽상적인 것이었다. 여자 친구들에 대한 마리 앙투아네트의 관계 역시 지극히 정감 어린 것이었다. 그러나 이러한 비인습적인 왕비의 처신을 좋아하는 궁중 사람들은 몹시도 심술궂게 곡해를 했다. 닳을 대로 닳은데다가 비뚤어진 그 사람들은 자연스러운 것을 이해할 줄 모르고 왕비의 레즈비언적 태도에 관해서 이런 저런 말들을 속삭이기 시작했다. "저를 따르는 여자들을 제가 각별히 편애한다고 많은 사람들이 이야기합니다"라고 마리 앙투아네트는 느낀 대로 솔직하고 명랑하게 어머니에게 써보냈다. 이렇게 그녀의 자부심에 찬 솔직함은 궁정이나 여론, 세상을 경멸했다. 무수한 혀가 만드는 비방의 위력이 어떤 것인지 아직도 몰랐던 것이다. 몸을 사리지 않고 거침없이 사랑하고 신뢰해도 좋으리라는 기쁨에 몸을 내맡겼다. 그리하여 자기가 얼마나 절대적으로 그들을 사랑할 수 있는가를 여자 친구들에게 증명하기 위해서 조심해야 하는 마음마저 모조리 내동댕이쳐버리고 헌신적으로 사랑했다.

왕비가 첫 총희로 드 랑발 부인을 고른 것은 상당히 잘된 선택이었다. 프랑스 최고 가문 출신으로 돈이나 지위에 급급하지 않는, 정이 깊고 감상적인 본성의 소유자였다. 그다지 총명하지는 않았으나 대신 간사하지도 않았다. 명망 있는 인물은 아니었지만 공명심이 없어 왕비의 호감에 진정한 우정으로 보답했다. 그녀의 품행은 흠잡을 데 없다는 인정을 받았고, 그 영향력은 왕비의 사생활에만 국한되었다. 애인이나 가족을 위해서 후원을 구걸하지도 않았고 국가 경영이나 정치에 끼어들지도 않았다. 그녀는 도박장을 열지도 않았고, 마리 앙투아네트를 쾌락 추구의 소용돌이 속으로 깊이 몰아넣지도 않앉다. 조용히 눈에 띄지 않게 충절을 지키다가 마침내 영웅적인 죽음으로 우정에 종지부를 찍었다.

어느 날 저녁 갑자기 그녀의 위력은 꺼진 불빛처럼 사라져버렸다. 1775년 무도회에서 그때까지 왕비가 알지 못했던 한 여인, 겸손한 우아함으로 감동을 주는 푸른 눈빛이 천사처럼 맑고, 자태가 소녀처럼 연연한 어느 여인이 왕비의 눈에 띈 것이다. 그녀의 이름을 묻자 사람들이 쥘 드 폴리냐크 백작부인이라고 일러주었다. 이번에는 랑발 부인의 경우처럼 서서히 우정으로 승화한 인간적인 호감이 아니라 갑작스럽고 열정적인 관심, 첫눈에 반한 사랑, 일종의 뜨거운 열렬한 사랑이었다. 마리 앙투아네트는 이 낯선 여인에게로 다가가 왜 그렇게 궁정에 나타나지 않았느냐고 물었다. 폴리냐크 백작부인은 자기는 신분에 맞는 생활을 할 만큼 넉넉하지 못하다고 정직하게 대답했다. 이러한 솔직함이 왕비를 사로잡았다. 참으로 순수한 영혼이 이 매력적인 여인 속에 감추어져 있음에 틀림없었다. 당시로서는 최악의 수치였던 돈이 없다는 말을 그녀는 감동적으로 스스럼없이 첫 마디에 털어놓았다. 이 여자야말로 내가 오랫동안 찾았던 이상적인 친구가 될거야……. 마리 앙투아네트는 즉시 폴리냐크 백작부인을 궁정으로 불러들였고 남들이 시샘할 정도로 눈에 띄는 총애를 산더미처럼 내렸다. 왕비는 그녀와 팔짱을 끼고 다녔고, 그녀를 베르사유에서 기거하게 했고, 어디든 함께 데리고 다녔다. 심지어는 출산을 하고 누워 있는, 이 둘도 없는 친구를 찾아보기 위해서 조신들을 모두 이끌고 말리에 다녀오기도 했다. 몇 달 사이에 영락한 귀족 부인이 마리 앙투아네트와 온 궁정의 주인이 되었다.

그러나 유감스럽게도 이 섬세하고 순결한 천사는 하늘에서 내려온 것이 아니라 빚더미에 파묻힌 집안 출신이었다. 그녀는 뜻밖의 호의를 자신을 위해서 열심히 이용하려고 들었다. 곧 재무대신의 염불을 외워야만 했다. 우선 40만 리브르의 빚을 갚아주고, 딸에게는 지참금으로 70만 리브르를 주고, 사위에게는 해군 대령 계급과 함께

1년 후에는 7만 두카텐의 지대가 나오는 토지를 주고, 부친에게는 연금을 주고, 사람 좋은 남편에게는 —— 실제로는 오래 전부터 정부가 남편 자리를 차지하고 있었지만 —— 공작 작위를 주고, 프랑스의 가장 실속 있는 직책 중 하나인 우편 업무를 담당하게 했다. 폴리냐크의 동서인 디안 드 폴리냐크는 평판이 나빴으나 궁정 시녀가 되었고 백작부인 자신은 왕실 아기들의 가정교사가 되었다. 부인은 연금을 받은 것 외에도 사신이 되어 온 가족이 돈과 명예에 파묻혀 허우적거렸다. 또 넘치는 풍요의 뿔(풍요의 상징. 제우스에게 젖을 먹인 염소 아말테아의 뿔에 관한 그리스 신화에서 비롯되었음/역주)에서는 폴리냐크의 정부들에 대한 총애가 쏟아져나왔다. 마침내 왕비의 이런 일시적인 기분을 위해서, 폴리냐크가를 위해서 국가는 해마다 50만 리브르를 부담하게 되었다. "유례 없는 일입니다"라고 메르시 대사는 당황하여 빈으로 소식을 전했다. "짧은 시간에 그토록 많은 금액을 단 하나의 가문에 하사한 일은……." 망트농(루이 14세의 애인/역주)에게도, 퐁파두르에게도, 천사처럼 다소곳이 눈을 내리뜬 총희, 겸손하고 너그러운 폴리냐크 부인에게처럼 많은 돈이 하사되지는 않았다.

소용돌이에 휘말리지 않은 사람들은 품위도 가치도 없는 착취만 하는 집안을 위해서 자신의 이름과 지위와 명성을 그릇되게 하는 왕비의 끝없는 관대함을 이해할 수 없어 어안이 벙벙해져 있었다. 타고난 지능, 내면적인 힘, 솔직함, 그 어느 면에서도 왕비가 그 하찮은 인간보다 백 배는 더 훌륭하다는 것을 누구나 알고 있었다.

그러나 인간관계에서 결정적인 것은 결코 힘이 아니라 재간이며, 정신의 우월이 아니라 의지의 우월이다. 마리 앙투아네트는 게을렀으나 폴리냐크 일가는 야심에 차 있었고, 마리 앙투아네트는 비약이 심했으나 상대는 끈질겼으며, 마리 앙투아네트는 혼자였으나 그들은 무리를 지어 똘똘 뭉쳐 있었다. 이 무리는 계획적으로 용의주도하게 왕비를 다른 사람들로부터 차단했다. 왕비를 즐겁게 해줌으로써 그들은 왕비를 꽉 붙잡고 있었다. 가련한 늙은 고백신부 베르몽이 옛 제자인 왕비에게 "마마께서는 법도와 친구분들의 평판에 대해서 지나치게 관대해지셨습니다"라고 경고하기도 했고 의외일 만큼 대담하게 "자속한 행동, 악습, 상처를 입고 땅에 떨어진 평판이야말로 당신의 패거리가 될 수 있는 수단이 되어버렸습니다"라고 비난하기도 했지만 아무 소용이 없었다. 서로 허리를 잡고 나누는 달콤하고 연연한 잡담에는 도대체 충고가 소용이 없었다. 치밀하게 계산된 간책에 지혜인들 무슨 소용이 있었을까! 폴리냐크와 그 무리들은 왕비를 즐겁게 해줌으로써 그녀의 마음을 여는 마술의 열쇠를 가진 셈이었다. 몇 년이 지나자 마리 앙투아네트는 철저하게 계산된 무리에게 완전히 예속되고 말았다. 폴리냐크의 살롱에서는 감투 청탁이 오가고 한쪽에서는 자리와 연금을 슬쩍슬쩍 건네주었다. 겉보기에는 다른 사람의 안녕을 위해서 노력하는 것으로만 나타났다. 이런 식으로 왕비가 전혀 눈치 채지 못하는 사이에 가뜩이나 고갈되어 가는 국고의 마지막 황금 물줄기가 몇몇 사람의 수중으로 흘러들어 가고 말았다. 대신들은 이런 물줄기를 막을 힘이 없었다. "왕비께 입을 열게 하시오" —— 즉 "왕비께서 당신을 위해서 한마디하게 만드시오"라는 말이 청탁을 받을 때 대신이 언제나 어깨를 으쓱하며 하는 대답이었다. 그것은 계급과 작위, 자리와 연금의 수여가 프랑스에게서는 오로지 왕비의 손에 달려 있었으며 이러한 왕비의 손을 눈에 보이지 않게 지휘하는 것은 오랑캐꽃빛 눈을 가진 여인, 아름답고 부드러운 폴리냐크였기 때문이다.

끊임없이 이어지는 쾌락으로 폴리냐크 무리는 마리 앙투아네트 주위에 불가침의 울타리를 둘러쳤다. 궁정 사람들은 이것을 금세 깨달았다. 또 이 울타리 뒤에는 지상의 낙원이 있다는 것을 알고 있었다. 그곳에는 감투가 널려 있고, 연금이 쏟아져나오고, 한마디 익살이나 한마디 쾌활한 찬사로 남들은 수십 년 동안 꾸준히 업적을 쌓아야 얻을 수 있는 총애를 따냈다. 그 축복받은 피안에는 유쾌함과 태평세월과 기쁨이 충만했다. 왕실의 총애가 널린 그 낙원 안으로 밀고 들어간 사람, 그에게는 지상의 모든 은총이 기다리고 있었다. 따라서 울타리 밖으로 추방된 사람들, 트리아농에 들어갈 수 없는 늙은 귀족들, 공훈을 쌓은 세대들이 격렬히 분노하는 것도 놀라운 일이 아니었다. 그들 역시 탐욕스러운 손을 내밀었으나 황금의 비는 그 손을 적셔주지 않았다. 도대체 우리가 왜 영락한 폴리냐크 가문만 못하단 말인가? 오를레앙가 사람들이 투덜거리고, 로앙가가 투덜거리고, 노아유가가 투덜거리고, 마르생가가 투덜거렸다. 겸손하여 근엄한 젊은 국왕, 국왕은 결코 애첩이 이리저리 굴리는 공이 아니다. 퐁파두르와 뒤바리가 받은 것은 우리가 마땅히 받아야 할 것인데 또다시 왕비의 총희에게 구걸하란 말인가? 국왕은 무엇을 위해서 존재한단 말인가? 불손하게 옆으로 밀어내는 꼴을, 이렇게 냉정하게 무시하는 대접을, 수백 년 동안의 유서 깊은 귀족 대신 어디서 나타났는지 모르는 젊은 녀석들과 수상한 여자들에게 둘러싸인 오스트리아 여자가 주는 이런 수모를 정말 참아야만 한단 말인가? 밀려난 사람들이 점점 더 많아졌다. 날이 가고 해가 갈수록 트리아농 앞에 늘어선 줄은 불어만 갔다. 황량해진 베르사유의 창문을 통해서 증오에 찬 수백 개의 눈동자들이 왕비가 벌여놓은 태평스럽고 물정 모르는 유희의 세계를 건너다보고 있었다.

오빠가 누이를 방문하다

1776년 1777년의 카니발에서 마리 앙투아네트의 쾌락의 광란은 급경사를 그리며 치솟아 절정을 이루었다. 유행에 급급한 왕비는 경마, 오페라 극장 무도회, 가장무도회에 빠지는 일이 없었다. 동이 트기 전에 귀가하는 적도 없었다. 계속 루이와의 침상을 기피했다. 새벽 4시까지 도박판에서 왕비가 잃은 돈과 빚은 세상의 분노를 불러일으켰다. 자포자기한 메르시 대사는 빈에 연거푸 절망적인 보고를 보냈다. "왕비 마마께서는 외적인 품위를 완전히 잃으셨습니다." 그녀를 깨우쳐줄 가망이 거의 없다고 판단했다. "갖가지 오락이 워낙 쉴 새 없이 이어지기 때문에 최대의 노력을 기울여야 간신히 왕비 마마와 진지한 이야기를 나눌 틈을 마련할 수 있습니다." 일찍이 그해 겨울처럼 베르사유가 버림받은 적은 없었다. 계속 왕비의 일, 아니 정확하게 말하자면 왕비의 오락은 변하거나 줄어들지 않았다. 마치 악마가 이 젊은 여인을 사로잡은 것만 같았다. 그녀가 이 결정적인 해처럼 어처구니없게도 평정을 잃고 동요한 적은 한 번도 없었다.

게다가 새로운 위험이 또 등장했다. 1777년 마리 앙투아네트는 이제 프랑스로 올 때처럼 순진한 열다섯 살의 어린아이가 아니라,

스물두 살의 여인이었다. 풍요한 아름다움으로 활짝 피어나 유혹을 하고 유혹을 당하는 여인이었다. 그녀가 베르사유의 지나치게 자극적이고 관능적이고 육감적인 분위기 한가운데서 완전히 무관심한 채 있었다면, 그것이 오히려 부자연스러운 일이었을 것이다. 그녀와 나이가 같은 친척, 친구들은 모두 오래 전부터 아이가 있고 진짜 남편이 있거나 적어도 연인이라도 있었다. 오직 왕비 혼자만이 불운한 남편의 미숙함 때문에 제외되어 있었다. 누구보다도 아름다우며, 누구보다도 욕망에 차 있으며, 추앙의 대상인 그녀만이 아직 누구에게도 감정을 바쳐보지 못한 것이다. 강렬한 애욕을 여자 친구 쪽으로 돌려보아도 허사였고, 끊임없이 사람들과 어울려 마음속의 공허함을 없애고자 했으나 역시 허사였다. 아무것도 소용이 없었다. 자연은, 누구에게나 마찬가지로, 자연스럽고 정상적인 이 여인에게도 점차 그 권리를 주장했다. 젊은 기사들과 같이 있으면 마리 앙투아네트는 점점 더 평정을 잃어갔다. 그러나 아직 가장 위험한 것만은 두려워했다. 그러면서도 그녀는 위험과의 유희를 계속했다. 자신을 거역하려는 스스로의 피에게 명령을 내릴 능력이 사라져 얼굴이 빨개지기도 했고 창백해지기도 했다. 마음에 드는 젊은 기사들 가까이에 서면 무의식 중에 덜덜 떨었고, 당황하여 눈에 눈물이 고였다. 그래도 자꾸만 그런 기사들의 은근한 찬사를 받고 싶어했다. 로죙의 회상록에는 여전히 화가 나 있던 왕비가 갑자기 자기를 가볍게 포옹을 하다 말고 스스로 자신의 행동에 놀라 금세 부끄러워하며 얼른 뒤로 물러섰다는 주목할 만한 장면이 있었다. 이 장면은 조금도 틀리지 않는 사실일 것이다. 왜냐하면 젊은 페르센 백작을 향한 왕비의 노골적인 열정에 관한 스웨덴 사절의 보고에도 비슷한 흥분된 장면이 있기 때문이다. 분명한 것은 서툰 남편에 의해서 계속 희생된 고통스런 스물두 살의 여인이 자제의 위태로운 한계선에 서 있다는 것이었다. 마리 앙투아네트는 자기 방위를 했음에도 불구하고, 또는 바로 그 때문에, 신경의 눈에 보이지 않는 긴장을 더 이상 지탱할 수 없었다. 실제로 메르시 대사는 임상적인 보고를 보충하려는 듯 돌발적인 "신경질적 태도", 소위 "장애"에 관해서 보고했다. 아직은 잠정적인 것이지만, 기사들의 조심스러운 배려가 마리 앙투아네트로 하여금 결혼 생활의 명예를 실추시키는 것을 막아주었다. 로죙과 페르센 두 사람은 왕비의 지나치게 공공연한 관심을 알아차리고 황급히 궁정을 떠났다. 그러나 왕비와 함께 달콤한 유희를 벌이는 젊은 총아들 중 한 명이라도 기회를 잡아 대담하게 손을 뻗친다면 내면적으로 힘없이 유지되고 있는 정절을 쉽게 함락시킬 수 있으리라는 것은 너무도 뻔한 사실이었다. 그러나 마리 앙투아네트는 아직까지 다행히도 추락 일보 직전에서 자신을 붙잡고 있었다. 그러나 내면적인 안정을 잃어감에 따라 위험은 점점 커져갔다. 유혹적인 불빛 주위로 나방은 점점 더 가까이, 점점 더 요란스레 팔랑이며 모여들었다. 날갯짓을 한 번만 잘못 하면 쾌락의 여인은 걷잡을 수 없는 파멸의 늪으로 빠져들 판이었다.

   파수꾼인 어머니가 이런 위험도 알고 있었을까? 로죙이나 디용, 에스터하지에 대한 경고가 암시하는 것으로 보아 경험 많은 노총각 메르시는 이런 긴장된 상황의 궁극적인 원인을, 갑작스런 흥분 상태와 잠재울 길 없이 거칠게 나타나는 불안정 상태가 얼마나 위험한 것인지 이해하지 못하는 왕비 자신보다 더 잘 파악하고 있었다. 그는 프랑스의 왕비가 남편에게 상속자를 낳아주기 전에 애인의 제물이 되고 말 때 일어날 비극의 전모를 예견하고 있었다. 그는 빈으로 거듭 편지를 보내어 이제는 요제프 2세께서 몸소 베르사유로 납시어 형편을 사실대로 보시라고 청했다. 이 조용하고 침착한 관찰자는 알고 있었던 것이다. 지금이야말로 왕비를 구출해야 할 때라는 것을.

   요제프 2세의 파리 여행은 세 가지 목적이 있었다. 첫째, 매제인 국왕과 남자 대 남자로서 아직도 이루어지지 못한 결혼 생활의 의무인 그 복잡미묘한 일에 대해서 이야기를 나누는 것. 둘째, 오빠의 권위로써 도락에 빠진 누이동생의 머리를 씻어주고, 병적인 쾌락욕의 정치적, 인간적 위험을 똑똑히 인식시켜주는 것. 셋째, 프랑스 왕실과 오스트리아 왕실 사이의 국가적인 맹약을 인간적으로 굳히는 것이었다.

 자신에게 주어진 이 세 가지 임무 위에 요제프 2세는 임의로 네 번째 임무를 추가했다. 그는 눈에 띄는 이번 방문이 자신을 부각시킬 수 있는 기회임을 미리 계산하고 자기 개인을 위해서 가능한 한 많은 찬사를 받고 돌아오려고 했다. 그는 고결하거나 비상한 재능은 없었지만 그렇다고 전혀 총명하지 않은 사람은 아니었다. 허영심이 강한 그는 수년 이래 전형적인 황태자병에 단단히 걸려 있었다. 성인이 되었는데도 여지껏 마음대로 제약 없이 통치하지 못한 채, 명성을 떨치는 어머니의 그늘에 가려져 정치의 무대에서 단순히 제2인자의 역할만 맡고 있다는 사실, 화가 나서 스스로 말한 바도 있지만 자기가 "마차의 다섯 번째 보조 바퀴"라는 사실이 그를 노엽게 했다. 그는 지혜에서도 도덕적 권위에서도 자기에게 그늘을 드리우는 위대한 여제를 능가할 수 없다는 사실을 알고 있었다. 그 때문에 그는 이러한 조연 역할에 걸맞는 특별히 두드러진 개성을 모색하고 있었다. 어머니가 이미 영웅적인 통치관을 유럽에 구현해보였으므로 자기 몫으로 민중의 황제, 근대적이고 자애 깊으며 선입견 없는 계몽된 국부(國父)의 역할을 담당하고자 했다. 그는 노동자처럼 쟁기질을 하고, 평민의 옷을 입고, 군중들 속에 섞이기도 하고, 간이 군용침대에서 자기도 하고, 시험 삼아 슈필베르크 성에 칩거해보기도 했다. 동시에 이런 과시적인 겸손이 될 수 있는 대로 세상에 널리 알려지도록 배려했다. 그러나 아직까지 요제프 2세는 사람 좋아하는 이런 칼리프(정치권력과 종교상의 권력을 아울러 가진 회교 국가의 지배자에게 부여된 칭호/역주) 역을 겨우 자신의 신하들 앞에서만 연기할 수 있었다. 그런데 파리 여행이 드디어 넓은 세계 무대에

오빠가 누이를 방문하다 161

등장할 기회를 제공한 것이었다. 여러 주일 전부터 요제프는 자신의 겸손의 덕을 보여줄 모든 세부사항을 익혔다.

요제프 황제의 계획은 반 정도 성공했다. 역사는 속일 수 없었지만 —— 역사는 그의 성적기록부에 서툰 솜씨로 도입한 여러 가지 성급한 개혁들, 숙명적인 경솔한 처사들, 실책에 실책을 계속해서 기록했다. 오스트리아가 위태롭게 다가와 있던 파멸을 그나마 모면한 것은 오로지 그가 요절했기 때문인지도 모른다 —— 역사보다는 사람들이 쉽사리 믿는 전설을 그는 자기 편으로 만들었다. 오랫동안 인자한 민중의 황제에 대한 노래가 불렸고, 수많은 통속소설들이 소박한 외투에 고귀한 낯선 신사가 부드러운 손길로 자선을 행하고 평민 출신의 소녀를 사랑한다는 내용을 그렸다. 이런 종류의 소설에서 유명한 장면은 항상 마지막 장면이다. 낯선 신사가 소박한 외투를 벗자 사람들은 화려한 제복에 얼이 빠져버렸다. "내 이름을 알 수 없을걸. 내가 황제 요제프이다." 이런 의미심장한 말을 남기고 돌아서는 장면 말이다.

어리석은 수작이다. 본능에서 비롯된 이 말은 보통 생각하는 것보다 그럴듯한 말이다. 한편으로는 겸손한 인간인 척하면서 이 겸손이 마땅한 찬사를 받을 수 있도록 온갖 기교를 부린 요제프 황제의 역사적인 성격을 천재적으로 희화화하고 있기 때문이다. 그의 파리 여행은 그런 점에서 특기할 만한 실험 기회였다. 요제프 2세는 황제 자격으로 파리에 가는 것이 아니라 눈에 띄지 않도록 팔켄슈타인 백작이라는 가명으로 가되 아무도 이 무명인사의 정체를 눈치 채지 못하도록 하는 것이 막중한 과제였다. 장문의 문서에 적힌 바로는 그 누구도, 프랑스 국왕까지도 자기를 "므슈" 이외의 다른 호칭으로 불러서는 안 되며, 자신은 궁전에 체류하지 않을 뿐만 아니라 소박한 전세마차를 이용하겠다는 것이었다. 그렇지만 유럽의 모든 궁정은 그의 도착 일정을 소상히 알고 있었다. 슈투트가르트 같은 곳에서는 뷔르템베르크 공작이 고약한 장난을 벌여 여관의 간판을 모조리 치우도록 명령했다. 이 민중 황제께서는 별 도리 없이 공작의 성에 묵을 수밖에 없었다. 이 신판(新版) 하룬 알 라시드(아라비아의 칼리프로 그의 미행 행각은 유명함/역주)는 온 세상이 다 아는 익명을 마지막까지 고집했다. 전세마차로 파리에 입성하여 무명의 팔켄슈타인 백작 신분으로 오늘날 포요 호텔의 전신인 드 트레빌 호텔에 묵었다. 베르사유에서는 더 형편없는 방 하나를 얻어 마치 텐트에서 자는 것처럼 야전용 침대에서 외투만 덮고 잤다. 그의 계산은 적중했다. 사치에만 휩싸인 국왕만 보아온 파리 민중들에게 그런 군주, 곧 구빈원에서 가난한 사람들에게 나눠주는 죽을 맛보고, 학술원 회의와 고등법원의 토의에 참석하고, 뱃사람, 상인, 농아 수용소, 식물원, 비누 공장, 직공들을 방문하는 군주는 새로운 바람을 일으켰다. 요제프는 파리에서 많은 것을 보았고, 또 남들에게 자기를 구경시키는 것이 즐거웠다. 사람을 좋아하는 그는 모든 사람을 매혹시켰고, 사람들이 보내는 열광적인 갈채에 스스로 더욱 매료되었다. 진실과 허위 사이에 놓인 이중적인 역할 한가운데서 이 신비한 인물은 자신의 분열을 끊임없이 느끼고 있었다. 그리하여 떠나기에 앞서 그는 자기 동생에게 이렇게 썼다. "네가 나보다 낫다. 내가 너보다 더 엉터리이다. 그런데 이 나라에서는 그러지 않을 수 없구나. 나의 소박함은 계획적으로 과장된 것이다. 이곳에서 나는 정말 거북한 영광을 받았다. 나는 매우 만족해서 이 왕국을 떠난다. 유감은 없다. 내 역할을 이미 충분히 했기 때문이다."

이러한 개인적인 성공과 더불어 요제프는 예정했던 몇 가지 정치적 목적도 달성했다. 앞에서 말한 복잡미묘한 문제에 대한 매제와의 논의도 깜짝 놀랄 만큼 풀려나갔다. 성실하고 상냥한 루이 16세는 깊은 신뢰감을 보이며 처남을 영접했다. 프리드리히 대왕이 사신 골츠 백작에게 요제프 황제가 "나는 매부와 매제가 세 사람인데 모두가 한심하기 이를 데 없다. 베르사유에 있는 사람은 저능아이고, 나폴리에 있는 사람은 바보이고, 파르마에 있는 사람은 천치이다"라고 말한 적이 있다는 사실을 온 파리에 퍼뜨리도록 지시를 내렸지만 아무런 소용이 없었다. 이 경우 그 "고약한 이웃"의 조바심은 허사였다. 루이 16세는 허영심에 과민하지 않았다. 그런 화살은 그의 우직한 성품에 부딪치면 그냥 튕겨져나갈 뿐이었다. 처남과 매부는 솔직하게 마음을 터놓고 이야기를 나누었다. 꽤 친숙해지자 루이 16세는 요제프 2세에게서 인간적인 존경까지 받게 되었다. "이 사람은 약한 사람이기는 하지만 바보는 아니다. 그는 학식도 있고 판단력도 있는데 다만 정신적으로 신체적으로 둔감할 뿐이다. 논리적인 대화를 이끌어가기는 하지만 보다 깊이 교양을 쌓으려는 욕구와 진정한 호기심이 없다. 그에게는 아직 피아트 룩스(fiat lux : 라틴 어로서 Let there be light, 곧 "빛이 있었다"라는 뜻. 「창세기」 1 : 3/역주)가 들어오지 않았다. 질료가 아직 원형 상태에 있었다." 며칠이 지나자 국왕은 완전히 요제프 2세의 손안에 들어갔다. 그가 큰 힘을 들이지 않고 매제에게 그 은밀한 수술을 받도록 마음을 움직여놓았으리라는 것은 의심의 여지가 없었다.

책임이 컸던 만큼 더욱 어려웠던 것은 마리 앙투아네트에 대한 요제프의 입장이었을 것이다. 누이는 착잡한 기분으로 오빠를 기다렸다. 혈육, 그것도 가장 신뢰가 두터웠던 사람과 솔직하게 이야기를 나눌 수 있으리라는 점에서는 기뻤지만 오빠가 늘 그랬듯이 누이동생들에 대해서 험악하고 교훈적인 태도를 취할까봐 잔뜩 겁을 먹었다. 얼마 전에도 그녀는 여학생처럼 힐책을 받았기 때문이다. "너는 무슨 일에 끼어들고 있는 거냐"라고 그는 써보냈다. "너는 대신을 갈아치우고, 또다른 대신들을 시골 영지로 추방하고, 궁정에 값비싼 관직을 만들어낸다지! 네가 무슨 권리로 궁정과 프랑스 왕국의 문제에 간섭을 하는지 한 번이라도 자문해본 적이 있으냐? 뭘 안다고 네가 감히 끼어드느냐. 네 생각이 국사의 어느 구석에서 중요하리라고 망상을 한단 말이냐? 각별히 심오한 지식을 요구하는 국사에 말이다. 하루 종일 부박한 짓들, 화장, 오락 따위 외에는 아무것도 생각하지 않고, 한 달에 15분도 이성적인 대화를 나누거나 경청하지 않고, 사고하지 않고, 아무것도 끝까지 생각하지 않는 너는, 내 생각에는, 자신의 말이나 행동의 결과를 예측하지도 못하고 있다!……" 트리아농의 신하들에 감싸여 어리광만 부리고 버릇이 없어진 여인은 이런 혹독한 훈계를 참을 수가 없었다. 의전관이 갑자기 팔켄슈타인 백작이 파리에 입성했고 내일이면 베르사유에 나타나리라고 전했을 때 그녀의 가슴이 얼마나 뛰었을까.

그러나 상황은 그녀가 예상했던 것보다는 잘 풀려나갔다. 요제프 2세는 당장 벼락을 내리는 외교관은 아니었다. 오히려 그 반대로 동생의 매력적인 외모에 관해서 몹시 아첨을 하며 자기가 또 한 번 결혼할 수 있다면 동생과 닮은 여자를 고르겠다고 말했다. 마치 애인 같은 역할을 했다. 다시 한 번 마리아 테레지아의 예언이 적중한 것이다. 대사에게 미리 이렇게 전해놓았다. "나는 요제프가 그애의 처신에 대해서 지나치게 엄격하게 비판할까 두려워하지는 않는 바이오. 오히려 그애가 예쁘고 매력적인데다 대화할 때의 훌륭한 태도와 정신을 혼란시키는 능숙한 재주로 오빠의 찬사를 받고, 그래서 요제프가 더욱 으쓱해지리라고 생각하오." 황홀하게 아름다운 누이의 사랑스러움, 오빠를 다시 만나는 솔직한 기쁨, 오빠의 말에 귀 기울이는 조심성 그리고 매제의 가족적인 친절과 자신의 겸양의 희극으로 파리에서 거둔 커다란 승리가 이 현학자의 입을 벙어리로 만들어놓았다. 엄한 곰도 꿀을 듬뿍 받자 진정이 되었다. 그의 첫인상은 오히려 우호적이었다. "그애는 사랑스럽고 품위가 있었다. 아직 다소 어리고 지나치게 생각이 모자라기는 했지만 품위와 덕성이 훌륭한 바탕을 이루고 있고 천부적인 이해력도 있어 가끔씩 나를 놀라게 했다. 맨 처음의 충동은 언제나 올바르다. 만일 그애가 처음의 충동에 따르고 아첨꾼들 무리에 둘러싸이지 않고 조금만 더 신통하다면 그

애에게서 더 바랄 것이 없을 텐데. 그애는 쾌락욕이 매우 강하고, 사람들이 그러한 약점을 알기 때문에 사람들은 그 약점에 매달린다. 그애는 언제나 그런 면에서 자기 비위를 맞추는 사람들의 말에만 귀를 기울인다."

그러나 요제프 2세는 겉보기에는 누이가 베푸는 온갖 축연에 만족한 듯 참석하면서도 주목할 만한 정신의 소유자답게 날카롭고 정확하게 관찰하고 있었다. 무엇보다도 그는 마리 앙투아네트가 "남편에 대해서 조금도 사랑을 느끼지 못한다"는 것, 남편을 소홀하게, 무관심하게, 온당치 못하게, 무시하는 태도로 대한다는 것을 확인했다. 또 그는 고약한 "골 빈" 친구들, 특히 폴리냐크 일가의 친구의 정체를 쉽게 간파했다. 다만 한 가지만은 안심해도 좋았다. 젊은 기사들과 온갖 교태스러운 짓거리를 벌이면서도 누이의 정절이 아직까지는 유지되고 있다는 것, 이렇게 도덕 관념이 흐려진 가운데서도—그는 조심스럽게 "적어도 지금까지는"이라는 유보적 표현을 덧붙였다—동생의 처신이 관심의 관점에서 볼 때 평판보다는 낫다는 사실, 요제프 2세는—더 고약한 상태를 예기하고 두려워하고 있었던 듯—눈에 띌 정도로 안도의 숨을 내쉬었다. 아무튼 아직까지는 저질러지지 않은 일이지만 언젠가는 꼭 벌어지고 말 것 같아 몇 가지 강력한 경고를 해두는 것이 좋으리라고 생각했다. 그는 몇 번 누이동생을 훈계했다. 때로는 격한 충돌이 벌어지기도 했다. 그녀가 "남편에게 아무 짝에도 쓸모없는 여자"라거나 친구인 게므네 백작부인의 오락실, 즉 "진짜 도박장"이 영락없이 사기꾼 동굴이라고 말하는 등 사람들 앞에서 거칠게 비난했을 때 그랬다. 때로는 남매 사이의 담판이 강경 일변도로 격화되기도 했다. 젊은 여인의 어린애 같은 반항심은 오빠의 월권적인 후견을 거부했다. 그러나 그녀의 솔직한 성품은 오빠가 하는 비난이 얼마나 정당한가, 또 자신의 성격상의 약점으로 보아 오빠 같은 감독관이 곁에 있어주는 것이 얼마나 고마운가를 깨닫게 했다.

두 사람 사이는 결정적인 한마디로 요약할 만한 결말을 보지 못했다. 요제프 2세는 훗날 편지에서 마리 앙투아네트와 돌 벤치에서 나눈 대화를 회상하기는 했지만 그때에도 가장 본질적인 것, 가장 중요한 이야기는 동생에게 털어놓으려고 하지 않았다. 두 달 만에 요제프 2세는 프랑스 전국을 모두 돌아보았다. 그는 이 나라에 대해서 국왕보다도 더 많이 알게 되었으며, 누이동생이 직면할 위험에 대해서도 그녀보다 더 잘 알게 되었다. 그러나 이런 경박한 인물은 약속한 말을 일순에 날려버린다는 것, 금방 전부 다, 특히 자기가 잊고 싶은 것은 몽땅 다 잊어버린다는 것도 알게 되었다. 그는 조용히 관찰하고 생각한 것을 한데 모아 30페이지에 달하는 설교집을 만들어 의도적으로 헤어지는 마지막 시간에 자기가 떠난 후 읽어보라는 부탁과 더불어 동생에게 넘겨주었다. 글로 쓴 경고를 동생 곁에 남겨둔 것이다.

이 설교집은 지금까지 남아 있는 자료 중에서 마리 앙투아네트의 성격을 가장 잘 설명해준다. 요제프 2세가 금전의 영향 같은 것을 전혀 받지 않는 상태에서 선의로 쓴 것이기 때문이다. 형식 면에서는 과장되고 취향 면에서는 윤리의식으로 지나치게 비장하지만 매우 능숙한 외교 수완을 보여준다. 오스트리아의 황제로서는 프랑스 왕비의 처신에 대해서 감히 직선적인 행동 규칙을 말할 수 없었다. 그는 교리 문답서처럼 질문에 질문을 나열해놓았다. 생각하는 것은 귀찮아하는 누이를 생각하게 만들며, 그가 미리 의도한 것은 아니었지만, 질문들은 "자기 인식"과 "책임감"을 유발시키기 위한 탄핵처럼 보였다. 겉으로 보기에는 아무렇게나 나열한 듯하지만 마리 앙투아네트가 가진 결함을 완벽하게 목록으로 만들어놓았다. 요제프 2세는 누이에게 얼마나 많은 시간을 무익하게 흘려보냈는가를 돌이켜보게 했다. "너는 나이를 먹어가고 있다. 그래서 이제 '어린아이니까'라는 용서는 받을 수 없다. 네가 더 머뭇거린다면 무슨 일이 일어날지, 뭐가 될지 아느냐?" 그리고 그는 놀라운 통찰력으로 스스로 이렇게 대답했다. "불행한 여자, 불행한 왕비가 될 것이다." 질문 형식으로 그는 누이의 경솔함을 하나하나 열거해나갔다. 무엇보다 국왕에 대한 그녀의 태도를 날카롭고 차가운 눈으로 비판했다. "정말 기회를 모두 찾아보았느냐? 국왕이 네게 열어보이는 감정에 응답했느냐? 국왕이 너와 이야기할 때 네가 냉정하고 산만해한 것은 아니냐? 때때로 지루해하거나 거부하는 듯이 보인 것은 아니냐? 네가 그런 태도를 취하는데, 어떻게 천성이 그런 사람이 네게 접근하여 너를 정말 사랑할 수 있단 말이냐?" 그는 사정없이 누이를 나무라며 —— 계속 질문 형식이지만 실은 날카로운 질책이다 —— 국왕에게 복종, 헌신하지 않고, 국왕에게 돌아갈 모든 성공과 시선을 자기에게 집중시키기 위해서 국왕의 미숙함과 약점을 남김없이 이용하고 있다고 했다. "국왕에게 정말 필요한 존재가 될 수 없단 말이냐" 하고 그는 엄하게 물었다. "그 누구도 너보다 더 국왕을 사랑하고 국왕의 명망과 행복을 마음으로 원하는 사람이 없다고 국왕에게 확언할 수 있느냐? 그의 돈으로 자신을 빛나게 하려는 욕망을 억눌러본 적이 있느냐? 그의 돈으로 자신을 빛나게 하려는 욕망을 억눌려본 적이 있느냐? 국왕을 희생시키고 네가 공을 세운다는 인상을 피하기 위해서 국왕이 소홀히 하는 일을 솔선해서 해본 적이 있느냐? 국왕에게 헌신하느냐? 국왕의 결함과 약점에 대해서 묵묵히 침묵을 지키느냐? 그 허물들을 용서하고, 허물들에 대해서 감히 변죽을 울리는 사람들에게 즉각 침묵을 명했느냐?"

요제프 황제는 계속 쾌락욕에 대한 모든 것을 열거했다. "너의 사교상의 관계와 친구 관계가 모든 점에서 나무랄 데가 없는 인물들에 국한되지 않는다면, 그것이 여론에 어떤 나쁜 영향을 끼치게 될지 아느냐? 그로 인해서 본의 아니게 네가 미풍양속을 해치는 일을 묵인하고 심지어 동조한다는 의심을 받게 될지도 모른다. 좋지 않은 친구들을 상대로 해서 벌인 도박이 몰고 올 무서운 결과를 한 번 생각해본 적이 있느냐? 네 눈앞에서 벌어지는 일들을 반성해라. 국왕도 도박에 손을 대지 않는데 네가 가족 중 유일하게 그 악습을 보호한다면 그것은 선동적인 효과를 가져온다는 점을 잊어서는 안 된다. 한순간만이라도 가장무도회와 관련된 난처한 점들, 네 스스로도 내게 말한 바 있는 고약한 모험들을 생각해보아라. 나는 모든 오락 가운데서 그것이 가장 온당치 못한 것이며 특히 네가 무도회에 가는 태도 때문에 —— 시동생이 거기까지 동행한다고 해서 끝나는 일이 아니다 —— 그렇다는 점을 지적하지 않을 수 없구나. 신분을 드러내지 않는 것, 가면을 쓴 낯선 사람 역할을 하는 것이 대체 무슨 의미가 있느냐? 가면을 쓴다고 해도 사람들은 너를 알아보고 네가 들을 말이 되지 않는데도 너를 즐겁게 하기 위해서, 또 자기들이 전혀 아무런 눈치도 못 채고 한 말이라고 네가 믿도록 의도적으로 여러 가지 말을 한다는 사실을 어째서 모른단 말이냐? 장소 자체가 벌써 몹시 평판이 나쁘다. 거기서 대관절 뭘 찾느냐? 가면은 점잖은 대화를 방해한다. 거기서는 춤도 출 수 없다. 그런데 무엇 때문에 그런 온당치 않은 모험을 한단 말이냐. 무엇 때문에 고삐 풀린 한량들과 탕녀들의 무리와 어울려 자신을 비하하고, 음담패설을 듣고, 그들과 비슷한 사람을 붙잡는 것이냐? 안 될 말이다. 천부당만부당하다. 너를 아끼고 품위 있게 생각하는 모든 사람들이 가장 노여워하는 점이 바로 그것임을 너에게 솔직히 말한다. 국왕을 밤새도록 베르사유에 내버려두고 파리의 불량배들과 어울리다니!"

요제프는 절박하게 어머니의 해묵은 교훈, 즉 독서에 몰두하라는 것, 2시간의 독서는 많지 않으며 그 시간은 나머지 22시간을 보다 현명하고 합리적으로 만들어준다는 것을 반복했다. 그리고 긴 설교 한가운데 갑자기 소름 끼치지 않고는 읽을 수 없는 한마디 혜안(慧眼)을 담은 말이 튀어나왔다. 만일 그녀가 자기 말을 따르지 않는다면 심상치 않은 일이 예견된다는 것이었다. 그리고 단어까지 맞추고 있다. "나는 지금 너 때문에 떨고 있다. 그런 상태가 언제까지나 계속되어서는 안 되기 때문이다. 네가 대처하지 않는다면 혁명

(révolution)은 끔찍할 것이다." 무시무시한 단어가 여기서 처음으로 등장했다. 다른 뜻으로 쓰였다고 하더라도 점쟁이 같은 발언이었다. 그러나 10년이 무심하게 흐르고 나서야 마리 앙투아네트는 비로소 그 뜻을 이해하게 된다.

어머니가 되다

　역사적으로 볼 때 요제프 2세의 방문은 마리 앙투아네트의 생애 가운데 하찮은 에피소드에 불과하다. 그러나 사실은 결정적인 전환을 가져왔다. 채 몇 주일 만에 벌써 미묘한 침실 문제를 두고 황제 요제프와 루이 16세가 나눈 대화의 결실이 나타났다. 격려를 받은 국왕이 용기를 내어 결혼의 의무에 임한 것이었다. 1777년 8월 19일 마리 앙투아네트가 빈에 "조금"이라고 보고했다. 자신의 "(처녀의) 상태에는 아직 아무런 변화도 없지만", 즉 위대한 공략은 이루어지지 않았지만, "변화를 믿어 의심치 않아요. 상태가 조금 호전되었습니다. 국왕이 전보다 다정다감해졌고 그것은 의미심장한 변화이기 때문입니다"라고 편지를 썼다.
　8월 30일에는 드디어 승리의 팡파레가 울렸다. 에로스의 7년 전쟁에서 무수히 패배만을 거듭해온 "무능한 남편"이 처음으로 무방비 상태의 요새를 정복한 것이다. "제 생애 최대의 행복에 잠겨 있어요"라고 마리 앙투아네트는 서둘러 어머니에게 보고했다. "제 결혼이 완전하게 이루어진 지 벌써 여드레가 지났어요. 새로운 시도가 계속되어 어제는 첫날보다 훨씬 더 완전해졌어요. 처음에는 저의 소중한 어머니께 곧 급사를 보낼까 생각했지만 너무 사람들의 주목을 끌고 입에 오르내릴까봐 겁도 났을 뿐만 아니라, 우선 제가 이 일에 대해서 완전한 확신을 가지고 싶었어요. 아직 임신을 했다고는 생각하지 않지만 조금만 시간이 지나면 그렇게 될 수 있으리라는 희망을 가지고 있어요."

이 영광스러운 변화가 오래 비밀로 지켜질 수는 없었다. 가장 소식에 빨랐던 스페인 대사는 본국 정부에다 이 운명적인 전환이 이루어진 날짜(8월 25일)까지 보고할 수 있었을 정도였다. 거기다 그는 이렇게 덧붙였다. "이러한 사건은 재미있고 공식적으로도 중요한 것이기 때문에 본인은 대신(大臣) 모르파와 베르젠과 함께 상세한 이야기를 나누었습니다. 두 사람 모두 본인에게 그 사실을 똑같이 확인시켜주었습니다. 아무튼 확실한 것은 국왕이 이 일을 숙모들 중의 한 사람에게 이야기하면서 '나는 이러한 쾌락을 좋아합니다. 이렇게 오랫동안 그것을 몰랐다는 것이 유감입니다' 라고 터놓고 말했다는 것입니다. 전하께서는 전보다 훨씬 더 명랑해지시고 왕비께서는 여느 때보다도 자주 눈화장을 하십니다." 그런데 유능한 남편에 대한 젊은 아내의 첫 환호성이 아직은 너무 성급했음이 밝혀졌다. 이 "새로운 쾌락"이 루이 16세에게는 사냥만큼 열성적으로 계속되지는 못했기 때문이다. 열흘이 지나자 마리 앙투아네트는 어머니에게 다시 하소연하는 편지를 쓰지 않을 수 없었다. "국왕은 동침하는 것을 좋아하지 않아요. 저는 이러한 부부관계를 그가 완전히 포기하지는 않도록 그의 마음을 움직이려고 하고 있습니다. 가끔 그는 제 곁에서 밤을 지냅니다. 더 자주 그렇게 지내자고 제가 그를 괴롭혀서는 안 된다고 저는 생각합니다."

어머니는 이런 소식이 별로 달갑지 않았다. 그 점이 매우 "중요한" 것으로 여겨졌기 때문이다. 하지만 남편에게 조급하게 굴지 않는 분별력을 보인 딸의 태도에 박수를 보내며 딸에게 남편이 잠자리에 드는 시간에 적응하라고 충고했다. 빈에서 애타게 기다리는 임신 소식은 이런 미적지근한 상황에서는 아직도 요원한 일이었다. 4월에야 비로소 이 초조한 여인은 자기의 간절한 소망이 성취되었음을 느꼈다. 최초의 임신 징후가 나타나자 마리 앙투아네트는 급히 어머니에게 급사를 파견하려고 했고, 궁정 전의는 왕비가 옳다는 쪽에 1,000리브르 내기라도 걸 수 있는 심정이었으나 우선은 왕비를 만류했다. 5월에는 신중한 메르시가 확실한 보고를 했고, 7월 31일 밤 10시 반에 왕비가 아기의 첫 태동을 느끼고 난 다음, 8월 4일에 임신이 궁정에서 공식적으로 발표되었다. 그녀는 "아기가 자주 움직여서 저를 기쁘게 해요"라고 어머니에게 편지를 썼다. 기분이 좋은 그녀는 시험을 거친 남편에게 아버지가 된다는 사실을 알리는 일이 마냥 즐겁기만 했다. 그녀는 남편에게 가서 우울한 얼굴 표정을 짓고는 짐짓 불쾌한 태도로 말했다. "전하, 무엄하게도 제 배를 발로 마구 차는 전하의 신하에 대해서 불만을 말씀드리겠나이다." 선량한 국왕은 금방은 알아듣지 못했으나 곧 자랑스럽게 활짝 웃더니 예기치 못했던 자신의 능력에 어리둥절해져서 아내를 끌어안았다. 즉시 갖가지 공식적인 의식이 벌어지기 시작했다. 교회에서는 감사의 찬미가가 울리고, 고등법원은 축사를 보내고, 파리 대주교는 산모와 아기가 무사하기를 비는 기도회를 열었다. 신중에 신중을 기해서 태어날 아기의 유모를 구하고, 가난한 사람들에게 나눠줄 10만 리브르를 준비했다. 온 세상이 이 대사를 긴장하여 지켜보고 있었다. 그중에서도 빼놓을 수 없는 사람이 조산원이었다. 그에게 이 해산은 도박과 마찬가지였다. 왕세자가 태어나면 4만 리브르의 연금이 기다리고 공주가 태어날 경우에는 1만 리브르가 기다리고 있었기 때문이다. 온 궁정이 오랫동안 없었던 구경거리를 흥분해서 기다리고 있었다. 수백 년 전통의 신성한 관습에 따르면 왕비의 해산은 결코 개인적인 가족의 일이 아니었다. 왕비는 오랜 규칙에 따라 왕자들과 왕녀들이 지켜보는 가운데 온 궁정의 관리하에 진통의 기간을 기다려야만 했다. 왕실의 모든 가족과 최고 서열의 고위 관직자들은 진통이 계속되는 동안 산모의 방에 있을 권리가 있었다. 또한 이와 같

어머니가 되다 173

은 야만적이며 비위생적인 특권을 포기할 생각을 하는 사람은 아무도 없었다. 방방곡곡에서, 먼 산골이나 외진 성에서까지, 호기심에 찬 사람들이 몰려와 조그만 도시 베르사유는 제일 작은 다락방마저도 가득 차버렸다. 거대한 무리가 몰려들어 생활필수품 값은 세 배로 뛰었다. 왕비는 이런 탐탁지 않은 손님들을 오랫동안 기다리게 했다. 드디어 12월 18일 밤 종소리가 온 궁정에 울리고 진통이 시작되었다. 랑발 부인이 제일 먼저 산모의 방으로 뛰어들어가고 뒤이어 흥분한 여관들이 쫓아들어갔다. 3시 정각에는 국왕과 공자, 공녀들을 깨웠고, 시동생들과 근위병들은 왕실의 혈족과 공자와 공녀 신분의 사람들을 모조리 제시간에 데려다 증인으로 세우기 위해서 전속력으로 파리며 생클루로 말을 몰았다. 남은 일이라고는 경종(警鐘)을 울리고 예포를 쏘는 일뿐이었다.

  궁정 전의가 왕비의 진통이 시작되었음을 큰 소리로 알리자 순식간에 한떼의 귀족들이 몰려들었다. 좁은 방을 빼곡히 채운 구경꾼들은 서열에 따라 침대를 삥 둘러 의자에 앉았다. 앞줄을 차지하지 못한 사람들은 소파 위로 올라가기까지 했다. 진통을 겪는 여인의 신음이나 몸짓 하나라도 행여나 놓칠세라. 50여 명이 내쉬는 숨과 식초와 향료의 독한 냄새로 밀폐된 방 안의 공기는 점점 탁해졌다. 그러나 아무도 창문을 열려고도, 자리를 뜨려고도 하지 않았다. 이 공공연한 고뇌의 장면은 장장 7시간 동안 계속되었다. 11시 반에 드디어 아기를 분만했다. 아아! —— 딸이었다. 사람들은 왕녀를 경건하게 안아 옆방으로 옮겼다. 목욕을 시킨 뒤 가정교사에게 맡기기 위해서였다. 우쭐해진 국왕이 뒤늦게야 낳은 경탄할 만한 자식을 보기 위해서 그 뒤를 따랐고 온 궁정 사람들이 호기심에 차서 그 뒤를 바싹 따르고 있었다. 그때 갑자기 조산원의 날카로운 명령이 떨어졌다. "환기하고 더운물을 가져와요! 사혈(瀉血)을 해야겠어요."

  피가 머리에 올라 왕비가 기절을 하고 만 것이었다. 탁한 공기 때문에, 또 어쩌면 50명의 호기심에 찬 구경꾼들 면전에서 고통을 억누르느라고 긴장해서 그랬으리라. 왕비는 베개에 머리를 묻은 채 꼼짝도 하지 않고 숨을 몰아쉬고 있었다. 깜짝 놀란 국왕이 손수 창문을 열어젖혔고 모두가 놀라서 우왕좌왕 뛰었다. 그러나 아무리 기다려도 더운물은 오지 않았다. 아첨꾼들은 출산에 대비하여 온갖 중세적인 의식까지도 생각해내어 준비해놓았으면서도 가장 자연스러운 조처, 더운물을 준비하는 것만은 생각하지 못했던 것이다. 외과의는 더 기다릴 수가 없어 사혈을 감행했다. 따놓은 발의 혈관에서 핏줄기가 솟구쳤다. 그랬더니 왕비가 눈을 떴다. 왕비가 살아났던 것이다. 안도의 환호성이 터져나오고, 사람들은 서로 껴안으며, 기뻐서 눈물을 흘렸다. 종소리가 요란하게 방방곡곡을 울리며 기쁜 소식을 알렸다.

여자로서의 고통은 끝나고 어머니로서의 행복이 시작되었다. 비록 완전한 기쁨은 아니었지만, 축포가 새로 탄생한 왕손에게 경의를 표했다. 왕세자의 탄생을 알리는 101발은 아니었지만 공주를 위한 21발이 울렸다. 베르사유와 파리는 환호했다. 유럽의 모든 나라로 전령이 떠났고, 전국의 가난한 사람들에게 구호금을 나누어주었고, 죄수들을 석방했다. 100쌍의 약혼자들이 국왕의 부담으로 새옷을 선물로 받아 결혼을 했으며 지참금까지 받았다. 산욕을 치르고 일어난 왕비가 노트르담 사원으로 가는 길에는 100쌍의 신혼부부 — 경찰청장은 일부러 용모가 뛰어난 사람들만 뽑았다 — 가 즐겁게 줄을 서서 기다리고 있다가 선물을 하사한 왕비에게 감격적인 경배를 드렸다. 파리 시민을 위해서는 불꽃놀이와 축제 조명이 밝혀졌다. 분수에서 포도주가 솟아올랐고, 빵과 소시지가 배급되었으며, 코미디 프랑세즈가 무료로 개방되었다. 화부(火夫)에게 국왕 전용의 로열 박스가, 생선장수 아줌마에게 왕비의 좌석이 지정되었던 것이다. 가난한 사람들도 축제에 참여했다. 모든 것이 행복해 보이고 좋아 보였다. 루이 16세는 아버지가 된 뒤 보다 명랑하고 자부심 있는 남자가 되었다. 마리 앙투아네트는 어머니가 되고 난 다음부터 행복하고 진지하고 도덕적인 여자가 되었다. 커다란 장애물은 제거되고 부부관계는 돈독해지고 단단해졌다. 새 아기의 부모, 궁정 그리고 온 나라가 온통 기뻐할 좋은 기회였고 실제로도 축제와 갖가지 오락으로 마음껏 즐겼다.

그러나 완전히 만족하지 못하는 사람이 한 명 있었다. 바로 마리아 테레지아였다. 외손녀가 태어남으로써 딸의 지위가 나아지기는 했지만 아직 충분히 굳건한 것은 아니라고 생각했기 때문이다. 여자로서, 정치인으로서 그녀가 생각했던 것은 가정의 행복뿐만 아니라 왕가의 계승이었다. "우리는 왕세자가, 후계자가 필요하다." 그녀는 딸에게 지금이야말로 잠자리를 따로 하지 말고 경거망동해서는 안 된다는 경고를 염불처럼 되풀이했다. 새로 임신이 되지 않은 채 여러 달이 지나가자 마리아 테레지아는 딸이 결혼 생활의 밤을 유익하게 보내지 못한다고 화를 냈다. "국왕은 일찍 주무시고 일찍 일어나는데 왕비가 정반대 생활을 하니 어떻게 좋은 일을 바랄 수 있겠느냐? 그대로 지나간다면 진정한 성과를 바랄 수 없다." 어머니의 재촉은 점점 더 심해졌다. "지금까지는 삼가왔다. 그러나 이제는 주제넘지만 나서지 않을 수가 없구나. 왕가의 핏줄을 더 잇지 못한다는 것은 범죄나 다름없다." 그녀는 딸이 왕세자를 낳는 것을 생전에 보고 싶었던 것이다. "나는 초조하다. 내 나이쯤 되면 더 이상 기다릴 수가 없는 법이다."

그러나 합스부르크가의 혈통을 이은 장래의 프랑스 국왕을 보는 마지막 기쁨은 그녀에게 주어지지 않았다. 마리 앙투아네트의 다음 임신은 유산되었다. 마차의 창문을 세게 닫는 바람에 유산이 되고 말았던 것이다. 오랫동안 열망하고 초조하게 기다리던 손자가 태어나기도, 태중에 있기도 전에 마리아 테레지아는 1780년 11월 29일 폐렴으로 세상을 떠났다 이미 오래 전에 생에 환멸을 느껴온 이 노부인에게 그래도 생에 대한 미련이 있었다면 그것은 두 가지 소망 때문이었다. 첫째는 프랑스 왕좌를 이어받은 외손자를 보는 것이었다. 그러나 운명은 이러한 소망을 들어주지 않았다. 또 하나는 사랑하는 자식이 어리석음과 무지로 불행에 빠지는 것을 생전에 보지 않았으면 하는 소망이었는데 경건한 부인의 두 번째 소망은 다행히도 신이 들어주었다.

마리아 테레지아가 타계한 지 1년이 지난 뒤에야 마리 앙투아네트는 바라던 아들을 낳았다. 첫 출산 때의 기절 소동을 고려하여 이번에는 산실의 요란한 관람은 취소되고 극히 가까운 가족들만 입실이 허가되었다. 이번 출산은 순산이었다. 그렇기는 해도 왕비는 새로 태어난 아기를 데리고 나갈 때 아들인지 딸인지 물어볼 힘조차 남아 있지 않았다. 그때 국왕이 침상으로 다가왔다. 좀처럼 흥분하지 않는 남자였으나 뺨에 눈물이 흘러내리고 있었다. 그는 울리는 목소리로 말했다. "왕세자가 들어오고 있소." 환성이 터져나오고, 두 문이 활짝 열리더니 목욕을 시켜 포대기에 싼 아기 —— 노르망디 공작 —— 가 운집한 궁정 인사들의 한호성 속에서 기쁨에 넘치는 어머니의 품에 안겼다. 이제 드디어 거창한 왕세자 탄생 의식을 마음껏 자랑할 수 있게 된 것이다. 영세 의식을 집전한 사람은 공교롭게도 마리 앙투아네트의 숙적이 될 로앙 추기경이었다. 결정적인 시간마다 그녀와 마주치는 바로 그 인물이었다. 훌륭한 유모 —— 재미있게도 이름이 마담 "푸아트린"(유방/역주)이었다 —— 를 구했고 축포가 울렸고, 온 파리 시민에게 경사를 알렸다. 공주가 태어났을 때보다 더 거창한 축제가 연이어 벌어졌다. 국내의 모든 길드에서 악사가 딸린 대표자들을 베르사유로 보내는 바람에 각 길드의 오색찬란한 행진이 아흐레 동안이나 계속되었다. 어느 계급이건 그 나름의 독특한 방법으로 새로 탄생하신 장래의 국왕에게 인사를 드리려고 했다. 굴뚝 청소부들은 의기양양하게 굴뚝 하나를 통째로 끌고 왔다. 그 꼭대기에는 어린 굴뚝 청소부가 올라앉아 유쾌한 노래를 불렀다. 푸줏간 주인들은 살진 황소를 몰고 왔다. 가마를 만드는 사람들은 유모와 어린 왕세자의 형상을 한 인형이 탄 금빛 가마를 하나 가져왔다. 제화공들은 조그만 유아용 구두를, 양복장이들은 장래 통치자의 축소판 관복을 만들어왔고, 대장장이들은 모루를 들고 와서 박자에 맞추어 두들겨댔다. 자물쇠공들은 국왕이 자기들의 동료나 다름없는 자물쇠 애호가라는 사실을 알고는 극히 정교한 비밀 자물쇠를 바쳤다. 루이 16세가 그것을 전문가의 호기심으로 열어보이자 그 속에서 금속으로 절묘하게 만든 어린 왕세자상이 튀어나왔다. 염색 공장의 여인들은, 몇 년 뒤 왕비를 입에 담을 수 없이 상스러운 음담패설로 조롱하는 바로 그 여인들은 고상한 검은 비단옷을 차려입고 라 아르프(프랑스의 극작가, 비평가/역주)의 식사(式辭)를 외웠다. 성당에서는 미사가 올려지고, 파리 시청에서는 상인들이 거창한 연회를 개최했다. 영국과의 전쟁, 궁핍, 모든 불쾌한 것을 잊어버리고 있었다. 한순간 지상에는 불화도 불만도 존재하지 않았다. 장래의 혁명가들과 공화주의자까지도 시끌벅적한 최고의 왕권주의에 심취해 있었다. 당시만 해도 리옹의 보잘것없는 연극배우였으며 훗날 자코뱅 당의 당수가 된 콜로 데르부아는 "덕성으로 모든 사람의 마음을 사로잡은 지고한 왕비"를 기리는 자작시를 쓰기까지 했다. 나중에는 루이 카페의 사형선고 결정에 서명하지만 이때는 경외심에 가득 차 하늘을 우러러 간청했다.

    프랑스 인의 행복을 위하여
    우리들과 함께 루이 16세는
    테레지아의 혈통과
    영원히 맺어졌네.
    이 행복한 결합에서
    아름다운 새싹이 솟아났네.
    우리들의 마음에

거목이 깃들 수 있도록,
아아, 하늘 같은 수호자여
앙투아네트의 생명을 지켜주소서.

이때만 해도 백성들은 지배자와 결합되어 있었다. 아기는 온 나라의 아기로 태어난 것이고, 아기의 탄생은 온 누리의 축제였다. 거리마다 악사들이 바이올린과 트럼펫을 연주했고, 도시마다 마을마다 음악이 울려퍼졌으며, 바이올린을 켜고 피리를 불고 북을 두드리며 노래하고 춤을 추었다. 충실하게 의무를 수행한 국왕과 왕비를 모두가 사랑하고 칭송했다.

숙명적인 마력은 계속 힘을 발휘했다. 마리 앙투아네트는 이후에도 두 번 어머니가 될 수 있었다. 1785년에 훗날 루이 17세가 된 둘째 아들을 낳았는데 "진짜 농부의 아들"처럼 힘세고 건강한 아기였다. 1786년에는 넷째이자 막내인 소피 베아트릭스를 낳았으나 겨우 11개월밖에 살지 못했다. 어머니가 됨으로써 마리 앙투아네트의 내면에는 아직 결정적인 것은 아니지만 최초의 변모가 나타나기 시작했다. 임신 자체가 여러 달 동안 정신 없이 계속되는 오락을 멀리하게 했고, 아이들을 낳자 곧 아이들과의 애정 어린 유희가 녹색 "도박 테이블"의 경박한 게임보다 훨씬 더 그녀의 마음을 끌었다. 그때까지 대답이 없었던 애무에의 욕구가 몰아온 사랑에 대한 강력한 열망이 드디어 정상적인 분출구를 찾은 것이다. 자각의 길이 이제 활짝 열린 것이다. 조용한 시절, 행복한 시절이 몇 년만 더 계속되었더라면 그녀도 안정되었으리라. 사랑스러운 눈동자의 아름다운 여인도 반성을 하고 무의미한 짓거리의 소용돌이에서 빠져나와 아이들이 자라면서 생을 살아가는 모습을 평화롭게 지켜보았으리라. 그러나 운명은 이러한 순간을 그녀에게 부여하지 않았다. 마리 앙투아네트의 내면에 자리 잡은 동요가 끝나는 바로 그 순간 세계의 동요가 시작되었다.

왕비가 인망을 잃다

 왕세자가 탄생한 순간이야말로 마리 앙투아네트에게는 권세의 절정이었다. 왕국에 왕위 계승자를 선물함으로써 그녀는 진정한 왕비가 되었다. 다시 한 번 군중은 열광의 환호를 보여주었다. 온갖 실망에도 불구하고 프랑스 국민들의 마음속에 세습군주에 대한 얼마나 지극한 사랑과 신뢰의 투자가 준비되어 있는가를, 군주라면 얼마나 쉽사리 프랑스 민족을 자신에게 묶어놓을 수 있는가를 보여주었다. 그녀는 결정적인 단 한 걸음, 즉 트리아농에서 베르사유로, 다시 파리로, 로코코의 세계에서 현실 세계로, 경박한 무리들로부터 귀족에게로, 백성에게로 단 한 걸음만 떼어놓으면 되었다. 그랬더라면 모든 것을 얻었을 것이다. 그러나 어려운 순간들이 지나자 또다시 경박한 쾌락의 세계로 되돌아갔다. 백성들의 축제가 끝나자 트리아농에서는 다시 사치스럽고 숙명적인 축제가 벌어졌다. 이젠 무한한 인내도 막바지에 이르렀다. 행복의 분수령에 도달한 것이다. 이제부터 물은 심연을 향해서 흘러 떨어지기 시작했다.
 당분간은 눈에 보이는 것, 눈에 띄는 일은 아무것도 일어나지 않았다. 다만 베르사유 궁전이 점점 더 조용해졌다는 것뿐이었다. 접견시에 나타나는 신사숙녀들의 숫자가 점점 줄어들고 이 소수의 사람들마저도 인사할 때 의례적인 냉정함을 드러냈다. 아직까지는 형식을 지키고 있으나 형식을 위한 형식일 뿐 왕비를 위한 것은 아니었다. 무릎을 꿇고 궁중 법도대로 국왕 부처의 손에 키스를 했지만 그들에게 말을 걸어주는 은총에 연연해하지 않았으며 그들의 시선은 어둡고 낯설었다. 마리 앙투아네트가 극장에 들어설 때도 일 층 좌석과 이 층 칸막이 좌석에 자리 잡은 관중들은 전처럼 열광적으로 기립하지 않았다. 길거리에서도 오랫동안 자연스레 들려왔던 "왕비 마마 만세!" 소리가 그쳤다. 아직 공공연한 적의는 노출되지 않았지만 이전과 같은 따뜻함이 사라진 것만은 틀림없었다. 아직 군주의 아내에게 복종은 했지만 그 여인에게 경의를 표하지는 않았다. 조심스럽게 왕비를 섬기되 왕비의 호의를 사려고 애쓰지 않았다. 그녀의 뜻을 드러내놓고 거역하지는 않았지만 침묵을 지켰다. 소극적이지만 완강한 악의의 침묵, 모반의 침묵이었다.

이 은밀한 모반의 사령부는 왕실 일문이 소유한 네다섯 개의 성으로 분산되어 있었다. 뤽상부르 궁, 루아얄 궁, 벨르뷔 성 그리고 베르사유였다. 그들은 왕비의 거처인 트리아농에 반기를 듦으로써 한데 뭉쳤다.

이 증오의 합창을 지휘한 것은 세 명의 늙은 시고모들이었다. 그들은 어린 계집아이가 자신들이 베푼 악의의 가르침에서 날쌔게 벗어나, 왕비가 되어 그들 위에 군림할 만큼 커버렸다는 사실을 꿈에도 잊을 수가 없었다. 자신들이 아무런 역할도 할 수 없는 것이 불쾌한 그들은 벨르뷔 성으로 물러나 있었다. 거기서 마리 앙투아네트가 승승장구하던 몇 년 동안 완전히 소외되어 방에 틀어박힌 채 권태롭게 지냈다. 아무도 그들 걱정을 하지 않았다. 사람들의 관심이 모든 권세를 작고 하얀 손안에 쥔 매혹적인 젊은 왕비 주위로만 온통 쏠려 있었던 것이다. 그러던 중 마리 앙투아네트가 점점 백성의 사랑을 잃어가자 벨르뷔 성의 문은 빈번하게 여닫혔다. 트리아농에 초대받지 못한 모든 귀부인들, 버림받은 "마담 에티켓", 톱으로 잘라내듯 밀려난 대신들, 못생겼기 때문에 노상 정숙할 수밖에 없었던 여자들, 뒤로 처진 기사들, 하선당한 해적들과 같은 엽관배들, "새로운 변화"를 혐오하고 오랜 프랑스 전통과 신에 대한 경건함 그리고 "양풍(良風)"의 소멸을 애달프게 탄식하는 모든 사람들이 뒤로 물러난 세 여인의 살롱에서 정기적인 랑데부를 했다. 벨르뷔에 있는 세 시고모의 방은 은밀하게 독약을 조제하는 약방이 되어 증오에 찬 궁중의 험담, "오스트리아 여자"가 저지른 최근의 바보짓과 교태에 관한 풍문이 방울방울 여과되어 병에 담겨졌다. 온갖 심술궂은 비방의 거대한 병기고가, 악명 높은 "중상모략의 아들리에"가 세워진 셈이다. 짤막하고 신랄한 4행시가 지어져 낭독되고 날개 돋친 듯 온 베르사유에 신나게 퍼져나갔다. 음흉한 수작으로 시간의 수레바퀴를 거꾸로 돌려놓고 싶어하는 사람들이 모두 집결했다. 살아 있는 시체나 다름없이 좌절했던 사람들, 권세를 잃은 사람들, 패배한 사람들, 과거의 망령과 미라들, 끝장난 구세대들이 복수를 위해서 모였다. 자신들이 끝장난 구세대가 되어버린 사실에 복수하기 위해서 입에 거품을 문 증오의 독소는 겉으로나마 고결하게 동정을 품고 있는 "가엾고 선량한 국왕"에게는 뻗치지 않았다. 오직 젊고 발랄하고 행복한 왕비, 마리 앙투아네트만을 겨냥했다.

깨물 재간도 없이 그저 거품이나 물고 있는 이빨 빠진 구세대의 위인들보다도 더 위험한 것은 아직 한 번도 권좌에 올라보지 못했지만 더 이상 그늘 속에 묻혀 있지 않겠다는 새로운 세대였다. 베르사유는 배타적이고 무심한 태도로 프랑스가 놓인 상황을 파악하지 못한 채 절연되어 있었기 때문에 나라를 흔들고 있는 새로운 조류를 전혀 눈치 채지 못했다. 지적인 시민계급이 잠에서 깨어나서, 장 자크 루소의 작품에서 여러 가지 권리에 대해서 깨우침을 받았고, 인접한 영국의 민주적인 통치 체제를 접했다. 미국의 독립전쟁에서 돌아온 사람들은 계급과 지위의 격차가 자유와 평등의 이념에 의해서 해소된다는 복음을 낯선 나라로부터 전해주었다. 그러나 프랑스에서는 궁정의 완전한 무능으로 인한 경직과 쇠퇴만을 볼 수 있었다. 루이 15세가 타계했을 때 국민들은 누구나 똑같이 희망했다. 이제 소실 통치의 치욕이 끝나기를, 깨끗하지 못한 배후의 횡포가 종말을 고하기를. 그러나 소실은 아니지만 또 여자들이, 곧 마리 앙투아네트와 그녀의 그늘에 선 폴리냐크가 실권을 쥔 시대가 시작되었다. 계몽된 시민계급은 강국으로서의 프랑스의 정치적 지위가 쇠퇴하고, 부채가 늘어나고, 군대와 함대가 약해지고, 식민지를 상실해가는 반면 주변의 다른 국가들이 힘차게 뻗어가는 것을 알고는 끓어오르는 분노를 감추지 못했다. 이 그릇된 통치의 오류를 종식시키려는 뜻이 드넓은 국토에서 자라나고 있었다.

애국적, 민족적 감수성을 지닌 그들의 불만은 누구보다도 마리 앙투아네트를 겨냥했다. 이것은 그리 부당한 것도 아니었다. 현실적인 결정을 내릴 능력도 의사도 없는 국왕 —— 온 나라가 알고 있는 사실이다 —— 은 도무지 지배자로는 여겨지지 않았다. 오로지 왕비의 결정만이 전능했다. 이제 마리 앙투아네트는 그녀의 어머니처럼 진지하고 활달하고 정력적으로 통치권을 떠맡느냐 아니면 완전히 손을 떼느냐의 두 가지 갈림길에 서게 되었다. 그녀를 정치로 밀어넣으려고 끊임없이 애쓰는 무리는 오스트리아 인들이었는데 그 노력은 허사였다. 통치를 하기 위해서 혹은 통치에 참여하기 위해서는 날마다 규칙적으로 몇 시간씩 서류를 읽어야만 했다. 그러나 왕비는 읽기를 좋아하지 않았다. 재상들의 보고도 귀 기울여 듣고 깊이 생각할 줄 알아야 하는데, 마리 앙투아네트는 도대체 생각하기를 싫어했다. 남의 말을 귀 기울여 듣는다는 사실 자체가 들뜬 그녀의 기질에는 굉장한 부담이었다. "왕비께서는 사람들이 말을 할 때 거의 귀를 기울이지 않습니다." 메르시 대사는 빈에 하소연했다. "중요하고 진지한 문제를 왕비와 상의한다거나 의미심장한 문제에 관해서 주의를 집중시키는 일은 거의 불가능합니다." 어머니나 오빠의 위임을 받은 대사가 심하게 재촉하면 그녀는 겨우 "내가 어떻게 해야 되는지 말씀해보세요. 그렇게 할 테니까요"라고 말할 정도였다. 그러나 다음 날이면 그녀의 무관심은 만사를 다 잊어버리게 했다. 그녀의 관심은 "인내심이라고는 없는 충동"의 한계를 넘어서지 못했다. 마침내 빈 궁정의 재상 카우니츠는 체념하고 말았다. "어떤 일이라도 결코 왕비에게 기대하지 맙시다. 고약한 채무자에게서는 건질 것만 건지면 만족하듯 왕비에게도 그 정도에서 만족합시다." 그는 메르시에게 다른 궁정에서도 여자들은 정치에 간섭하지 않으니 그대로 만족하고 겸손하게 받아들이자고 편지를 썼다.

그녀가 국가를 이끄는 노를 손에서 완전히 놓기만 했어도 얼마나 좋았을까! 그랬더라면 적어도 죄과와 책임은 모면할 수 있었으리라! 그러나 그녀는 총애하는 폴리냐크 패거리에게 선동되어 재상직 하나 관직 하나에 이르기까지 끊임없이 정치에 간섭했다. 정치의 가장 위험한 일에 끼어들면서도 상황을 조금도 모르고 있었다. 아무 일에나 참견을 하고 서툴게 나서서 극히 중요한 문제들까지도 손목만 까닥거려 마구 결정을 했다. 국왕에 대한 자신의 엄청난 위력을 철저히 자기가 총애하는 사람들에게만 유리하도록 사용했다. "진지한 문제에 부딪히면 왕비는 행동하기를 두려워하고 불안해하십니다. 그러나 곧 음험하고 간교한 무리의 재촉을 받아 그들의 소망을 관철시켜주기 위해서 무슨 일이든지 하십니다"라고 메르시는 한탄했다. "바로 이 쓸데없는 간섭, 단지 감싸주기 위한 정당화될 수 없는 임명이 왕비를 세인의 증오의 대상으로 만들었다"라고 국무대신 생 프리스크는 지적했다. 그녀가 시민계급의 이목을 끌면서부터 국사를 수행하기 위해서 앉힌 장군, 외교가, 대신들은 한 명도 쓸 만한 인물이 아니었다. 이 제멋대로의 귀족 정치 체제가 완전히 파국에 이르렀을 때 프랑스 왕국은 급격하게 재정적인 파탄 상태로 치달았다. 때문에 모든 죄과는 책임감이라고는 전혀 없는 왕비에게로 돌아갔다(아, 그녀가 근사한 인물을 몇 사람만이라도 좋은 자리에 앉혔더라면 좋았을 걸!). 진보, 새로운 질서, 정의 그리고 창조적 행위를 원하는 모든 프랑스 국민은 2,000만 인민의 사랑과 복지를 어리석고 경박스럽게 거만한 스무 명의 숙녀와 기사 패거리를 위해서 희생시킨 쾌활한 트리아농의 성주, 철없는 왕비에게 맞서 불평하고 위협했다.

새로운 체제, 보다 나은 질서, 보다 합리적인 책임의 분배를 요구하는 모든 사람들의 거대한 불만은 오랫동안 통일된 구심점을 찾지 못하고 있었으나, 드디어 어느 한 가문에서, 어느 한 인간에게서 그 구심점을 찾았다. 이 격분한 적의 혈관에도 역시 왕실의 피가 흐르고 있었다. 시고모들 소유인 벨르뷔 성에 반동 보수주의가 집결하고 있듯이 혁명은 오를레앙 공작의 루아얄 궁에도 집결했다. 이 두 요새로부터 전혀 상반된 의미의 공격이 마리 앙투아네트를 향해 개시되었다. 오를레앙 공작은 천성적으로 명예욕보다는 향락욕이 강하여 여자를 좋아했고, 도박꾼이며, 방탕아요, 맵시꾼이었다. 전혀 영리하지도 악하지도 않은, 극히 평범한 이 귀족은 창의력이 없는 인간들에게서 흔히 볼 수 있는 약점을 가지고 있었다. 외양적인 것만을 지향하는 허영심이 바로 그것이었다. 그런데 마리 앙투아네트는 이 시사촌의 전공(戰功)을 두고 가벼운 농담으로 —— 오스트리아식 "놀림투로" —— 이야기를 했으며 그에게 프랑스 해군 대장직이 부여되는 것을 방해함으로써 개인적으로 그의 허영심에 손상을 입혔다. 심하게 모욕을 당한 오를레앙 공작은 장갑을 벗어던졌다. 똑같이 유서 깊은 왕실의 후손으로서, 어렵게 부를 쌓은 독립한 남자로서 그는 고등법원에서 국왕에게 집요하게 반기를 들었고, 왕비를 공공연히 자신의 적으로 취급했다. 누적된 불만은 드디어 고대하던 지도자를 이 인물에게서 찾았다. 합스부르크가 및 부르봉가의 정통 지배 가계에 저항하던 사람, 국왕의 무한한 지배를 낡아빠진 압정으로 보던 사람, 이성적이고 민주적인 새로운 질서를 요구하던 사람들이 이제부터는 오를레앙 공작의 비호를 받게 되었다. 영주의 비호를 받는 최초의 혁명 클럽이 된 루아얄 궁의 신진들, 진보주의자들, 입헌주의자들, 볼테르 추종자들, 박애주의 교육자들, 프리메이슨(1717년 런던에서 결성된 자유주의자 단체로서, 반(反) 가톨릭적이며 초종교적, 초계급적, 초국가적, 평화적 인도주의를 받든다/역주) 비밀결사 단원들이 모였다. 불만을 조성하는 모든 구성 요소들도 한데 섞였다. 빚진 사람들, 은퇴한 귀족들, 관직을 가져보지 못한 학식 있는 시민들, 하릴없는 변호사들, 선동가들, 언론인들, 부글부글 끓어오르는 활기 넘치는 모든 힘이 그곳에서 한데 섞였다. 이 힘이 훗날 하나로 뭉쳐져 혁명의 돌격대를 이룬다. 프랑스로 하여금 자유를 쟁취하게 하는 막강한 정신적인 군대가 허영심에 찬 허약한 지도자 아래 결속되어 준비 태세를 갖추었다. 아직 공격 신호를 내리지 않았으나 누구나 공격의 방향을 훤히 알고 있었다. 외칠 구호도 알고 있었다. "국왕 타도!" 그리고 무엇보다도 "왕비 타도!"가 그것이었다.

이 두 그룹의 적들, 곧 혁명적인 인사들과 반동 보수주의 인사들 가운데 그 어디에도 소속되지 않은 가장 위험하고 가장 숙명적인 한 사람인 왕비의 적이 있었다. 그는 다름 아닌 남편의 친동생이며 훗날 루이 18세가 된 "므슈" 프로방스 백작 프랑수아 그자비에였다. 소리 없이 다가와서 그늘 속에 서 있는 신중한 책략가인 그는 성급하게 말썽 많은 일에 휘말리지 않았다. 일부러 어떤 그룹에도 끼어들지 않고 운명이 선물하는 그 순간을 기다리며 시계추처럼 이쪽과 저쪽을 왕복했다. 그는 여러 가지 문제들이 시끄러워지는 것을 구경하는 일도 그다지 싫지 않았다. 하지만 공공연하게 그것을 흠잡는 일은 삼갔다. 말이 없는 시커먼 두더지처럼 그는 지하에 갱도를 파 놓고 형의 지위가 완전히 뒤흔들릴 때를 기다리고 있었다. 왜냐하면 루이 16세와 루이 17세가 처리되고 나서야 프로방스 백작 프랑수아 그자비에는 마침내 국왕이, 루이 18세가 될 수 있기 때문이었다. 이것은 어릴 때부터 그의 명예욕이 남몰래 겨냥한 목표였다. 이미 한 번 프로방스 백작은 국왕의 대리, 형의 "섭정", 곧 합법적인 후계자가 되는 정당한 희망에 가슴이 부푼 적이 있었다. 루이 16세가 결혼생활의 미묘한 장애로 인해서 아이를 낳지 못하던 저 비극적인 7년 동안은 초조하기는 했지만 그에게는 그야말로 성경에 나오는 기름진 7년(「창세기」제41장/역주)과도 같았다. 그런데 그의 계승권에 대한 희망이 참으로 통탄해야 할 장벽에 부딪힌 것은 마리 앙투아네트가 첫 딸을 분만했을 때였다. 스웨덴 국왕에게 보낸 한 편지에서 불쑥 다음과 같은 고통스러운 고백이 튀어나왔다. "주변의 상황이 제게 민감하게 와닿는 것을 감추려고 하지는 않겠습니다.……외면상으로는 저는 곧 자제력을 다시 되찾았고 전과 같이 태연하게 행동합니다. 진짜 기쁨인데도 남들은 가짜라고 생각하건 말건. 그러나 내면적으로도 의기양양하기는 어려웠습니다. 아직도 가끔 걷잡을 수 없이 흥분하기도 합니다. 다만, 결정적으로 말을 내던져야만 할 형편이 되지 않는 한, 장기를 계속 둘 작정입니다."

그러나 잇달은 왕세자의 탄생이 왕위 계승의 마지막 꿈마저 여지없이 꺾어놓았다. 이제 정상적인 길은 완전히 막혀버렸으니 상처투성이 위선자의 길을 갈 수밖에 없었다. 그 길로 그는 ── 비록 30년이나 지난 후이기는 하지만 ── 겨냥했던 목표에 도달했다. 프로방스 백작의 대항은 오를레앙 공작 같은, 공공연한 증오의 화염이 아니라 가식이라는 잿더미 아래서 뭉근하게 타는 질투의 불이었다. 마리 앙투아네트와 루이 16세가 확실하게 권력을 장악하고 있는 동안 왕위를 노리는 이 사람은 겉으로는 전혀 아무런 권리도 내세우지 않으면서 냉정하고 조용하게 처신했다. 그러다가 혁명과 더불어 그의 수상쩍은 활약, 뤽상부르 궁에서의 주목할 만한 회합들이 시작되었다. 운 좋게 죽을 고비를 넘기고 살아남자, 그는 도전적인 성명서를 발표하고 의기양양하게 형과 형수와 조카들의 무덤을 파헤치도록 삽질을 명령했다. 그들의 관 속에서 열망하던 왕관을 찾으려는 — 실제로 성공했다 — 희망을 품고.

프로방스 백작은 과연 이 이상의 다른 일들은 하지 않았을까? 많은 사람들이 주장하듯 그의 역할이 그 이상으로 악랄한 것은 아니었을까? 왕위를 노리던 그의 탐욕이 실제로 형수의 명예를 짓밟는 팸플릿을 찍어 유포시킬 정도는 아니었을까? 사람들이 몰래 사원에서 구해낸 불쌍한 아이, 루이 17세에 대한 서류를 훔쳐내 오늘날까지도 완전히 밝혀지지 않은 어두운 운명 속으로 되던져놓은 사람이 바로 그가 아니었을까? 그의 처신은 여러 가지 점에서 수두룩한 의심의 여지를 남기고 있다. 루이 18세는 왕위에 오르자 즉시 막대한 돈을 들이고 난폭하게 권력을 휘둘러 자신이 프로방스 백작이던 시절에 썼던 많은 편지들을 회수하거나 없애버렸다. 이것으로 봐서도 의심의 여지가 많다. 그리고 그가 사원에서 죽은 어린아이의 시체를 루이 17세로 인정하여 매장하지 않은 사실은, 루이 18세 스스로가 루이 17세의 죽음을 믿지 않았으며, 실제로 낯선 어린아이와 바꿔 치기한 것으로 믿었다는 것 이외에 달리 어떻게 설명하겠는가? 그러나 그늘 속에 몸을 감춘 이 집요한 사람은 침묵하여 자신을 은폐시키는 방법을 잘 터득했다. 그가 프랑스 왕관을 향해서 땅굴을 파는 데 사용한 지하 갱의 버팀목은 이미 오래 전에 파묻혀져 흔적마저 사라져버렸다. 사람들이 알 수 있는 것은 오직 마리 앙투아네트에게는 여러 반대자들 중에서도 이 불가사의한 배후의 인물 이상으로 위험한 적은 결코 없었다는 사실뿐이다.

오락으로 허비한 10년 동안의 통치 기간이 지나자 마리 앙투아네트는 사면초가의 상태가 되고 말았다. 1785년에는 그녀를 향한 증오가 무르익을 대로 무르익었다. 왕비에게 적의를 품은 무리들 — 귀족 전체와 시민계급의 반 — 은 각자의 위치를 지키며 공격 신호가 떨어질 때만을 기다렸다. 그러나 세습적인 힘의 권위가 아직도 강력하게 남아 있었으므로 확고한 계획은 미처 모의되지 않았다. 다만 나지막한 목소리의 속삭임이 섬세한 날개를 가진 화살을 달고 베르사유를 꿰뚫고 지나갔다. 화살마다 그 끝에는 독이 묻혀져 있었고, 국왕을 스쳐 왕비를 겨냥하고 있었다. 손으로 직접 쓰거나 인쇄된 작은 신문이 탁자 밑에서, 손에서 손으로 전해져 떠돌다가 낯선 발자국 소리라도 들리면 얼른 옷 밑으로 숨겨졌다. 루아얄 궁의 책방에는 루이 십자훈장을 목에 걸고 다이아몬드 장식이 박힌 구두를 신은 지체 높은 귀족 신사들이 드나들었다. 책방 주인은 이들을 뒷방으로 안내하고 조심스럽게 문을 잠갔다. 그리고는 먼지 덮인 케케묵은 고본들 틈에서 왕비를 비방하는 최신의 괴문서를 꺼내주었다. 런던이나 암스테르담에서 밀반입한 것이라고는 하지만 실제로는 한눈에 알 수 있을 정도로 갓 인쇄된 것이었다. 게다가 축축하기까지 한 것으로 보아 같은 건물 안에서, 루아얄 궁이나 뤽상부르 궁에서 인쇄된 것 같았다. 지체 높은 고객들은 망설이지도 않고 책의 페이지 수 이상되는 금화를 지불했다. 때로는 10장이나 20장을 넘지 않았으나 그 대신 음탕한 동판화들로 풍성하게 장식되고 악의에 찬 재담이 양념으로 곁들여져 있었다. 걸직한 풍자물이 이제는 귀족들이 애인들에게, 마리 앙투아네트가 트리아농으로 초대하는 영예를 베풀어주지 않은 애인들에게 보내는 가장 인기 있는 선물로 여겨졌다. 그런 음험한 선물이 값진 반지나 부채보다 더 반가운 선물이었다. 무명의 저자가 시를 짓고, 은밀한 손이 인쇄하여, 잡아낼 수 없는 손에 의해서 유포된 책, 왕비의 명예를 깎아내리는 이 책자들은 박쥐의 날개를 단 듯이 베르사유 정원의 물을 지나 숙녀들의 규방으로, 시골의 성 안으로 퍼져나갔다. 경찰이 그것을 뒤쫓았지만 알 수 없는 힘에 의해서 저지당했다. 이 책자들은 사방으로 숨어들어갔다. 왕비는 식탁의 냅킨 밑에서, 국왕은 책상 위 서류 사이에서 쪽지를 발견했다. 왕비의 로열 박스 앞 벨벳 천 위에 바늘로 꽂혀 있는 것은 악의에 찬 시였다. 그녀가 밤에 창을 열고 밖을 내다볼 때면 그녀를 조롱하는 저속한 노래가 들려왔다. 그 노래는 오래 전부터 많은 사람들의 입에 오르내린 것으로 이렇게 시작되었다.

　　모두들 소곤거린다네.
　　국왕께서 될는지 안 될는지?
　　슬픈 왕비는 체념하네…….

그리고는 에로틱한 내용을 하나씩 들고 나서 이런 위협으로 끝났다.

　　사람 다룰 줄도 모르는
　　스무 살의 귀여운 왕비여,
　　바이에른으로 돌아가세요.

초기의 팸플릿들과 "외설 문서"들은 훗날의 것과 비교하면 아직은 소극적이었고, 악질적이라기보다는 심술궂은 것이었다. 독물이 아닌 양잿물에 담갔던 화살촉은 명중시켜서 목숨을 빼앗기 위한 것이 아니라 화를 돋우기 위한 것이었다. 왕비의 예기치 못했던 임신은 왕위 계승을 노리던 궁정 인물을 격분시켰다. 그 순간부터 그 목소리는 눈에 띌 정도로 날카로워졌다. 그렇지 않다는 사실이 밝혀진 뒤에도 사람들은 일부러 큰 소리로 국왕은 성 불구자이고 왕비는 음탕한 여자라고 비웃었다. 미리부터 —— 누구에게 이익이 되는지는 쉽게 알 수 있다 —— 태어날 후손을 사생아라고 주장하기 위해서였다. 특히 명백히 적법한 왕위 계승자인 왕세자가 태어난 뒤부터는 은폐된 지하호에서 "붉은 탄알"이 발사되었다. 왕비의 친구 랑발과 폴리냐크는 왕비의 레즈비언적인 애욕에 봉사하는 노련한 대가들로 지탄되고, 마리 앙투아네트는 만족을 모르는 도착된 색정광으로, 국왕은 가련한 허수아비로, 왕세자는 사생아로 치부되었다. 그 증거로 쓰인 것이 당시 신나게 사람들의 입에 오르내리던 문구였다.

루이여, 사생아를, 정부를,
창녀를 보고 싶거든
들여다보시라, 그대의 거울을,
왕비를 그리고 왕세자를,

 1785년에 비방의 콘서트는 이미 시작되었다. 박자까지 맞춰지고 악보도 배부되었다. 혁명은 마리 앙투아네트를 심판대에 올려놓기 위해서 살롱에서 운(韻)에 맞춰 지은 노래를 길거리로 외치고 나가기만 하면 되었다. 탄핵의 최초 구호를 마련해준 사람은 궁정 사람들이었다. 왕비를 쓰러뜨리려는 증오의 쇠갈퀴는 반지를 낀 가늘고 섬세한 귀족의 손에서 사형 집행인의 손으로 넘어갔다.
 명성에 치명타를 가하는 이 책자는 누가 쓴 것일까? 사실 이것은 별로 중요한 문제가 아니다. 그런 시구를 지은 변변찮은 시인들은 대개 물정을 전혀 모르고 아무런 악의 없이 생업의 수단으로써 지은 사람들이었다. 르네상스 시대에 귀족 신사들은 귀찮은 일을 처리해야 할 때 금화를 한 자루씩 주고 성능 좋은 단검을 사거나 독약을 주문했다. 그러나 박애주의가 등장한 18세기에 와서는 좀더 세련된 방법이 필요했다. 정적에 대항하기 위해서 비수를 빌리는 것이 아니라 펜을 빌리는 것이었다. 웃음거리로 만들어 정치적인 생명을 끊어버림으로써 육체적이 아니라 도덕적으로 정적을 처리했다. 다행히도 1780년에는 돈만 괜찮게 주면 얼마든지 훌륭한 문사(文士)를 고용할 수 있었다. 불멸의 희곡을 남긴 보마르셰(『세비야의 이발사』, 『피가로의 결혼』 등을 남김/역주), 뒷날 국민공회 의원이 된 브리소, 자유의 수호자 미라보, 쇼더 로 드 라클로(『위험한 관계』의 저자/역주), 이런 위대한 인물들 모두가 재능을 가지고도 싼 값에 팔렸다. 그리고 이러한 천재적인 풍자작가들 뒤에는 세련되지 못하고 천한 또다른 수백 명의 중상모략에 열중하는 작가들이 더러운 손톱과 주린 배로 기다리고 있었다. 언제든 요구만 하면 꿀이든, 독이든, 결혼 축시든, 비방문이든, 찬가든, 팸플릿이든 길고 짧은 것에 상관없이 날카롭게든, 다정하게든, 정치적이든, 비정치적이든, 자비로운 신사들이 주문하는 대로 뭐든지 쓸 준비가 되어 있었다. 뻔뻔스럽고 노련하기까지 하면 그런 사업에서는 두세 곱으로 돈을 벌 수 있었다. 처음에는 퐁파두르, 뒤바리에 대한 비방문을, 다음에는 마리 앙투아네트에 대한 비방문을 공급했다. 돈은 이름 모를 주문자로부터 지불되었다. 그 다음에는 이러저러한 비방문이 암스테르담이나 런던에서 인쇄되어 준비 중이라고 궁중에 알렸다. 그리고는 그 인쇄물의 판매 금지에 협조하겠다는 대가로 궁중 금고담당자 혹은 경찰로부터 돈을 받았다. 세 번째로 세 배쯤 똑똑한 사람 —— 보마르셰가 그랬다는 소문이다 —— 은 명예를 걸고 서약을 해놓고서도 완전히 폐기처분한 것으로 보고한 책자 중에서 한두 질을 빼돌렸다가 그것을 수정해서 혹은 그대로 새로 인쇄하겠다고 협박하는 것이다. 더욱 기막히게 우스운 점은 이러한 방법을 고안한 자에게 빈에서는 마리아 테레지아가 2주일의 구금형을 내리는 반면 베르사유에서는 금화로 1,000굴덴의 보상금에다 7만 리브르가 주어졌다는 것이다. 엉터리 악필가들 사이에서는 마리 앙투아네트를 비방하는 팸플릿을 만드는 일이 가장 두둑한 이윤이 남는 사업이며 별로 위험하지도 않다는 소식이 돌았다. 그리하여 치명적인 이 유행은 신나게 퍼져나갔다. 침묵과 수다, 장삿속과 유대 관계, 증오와 탐욕이 서로 합세하여 이런 종류의 책자들은 주문되고 배포되었다. 곧 그들의 단합된 노력은 계획을 성공적으로 성취시켰고, 마리 앙투아네트를 여성으로서, 왕비로서 온 프랑스에서 미움을 받게 만들었다.

마리 앙투아네트는 자기의 등뒤에서 이루어지는 악의에 찬 조작을 분명하게 느끼고 있었다. 조롱하는 책자들에 관해서도 알았다. 그것을 만들게 한 장본인이 누구인지도 짐작하고 있었다. 하지만 그녀의 꿋꿋한 태도, 누구도 가르칠 수 없는 천성적인 합스부르크가

마리아 테레지아와 그녀의 가족 마리아 테레지아는 카를 6세를 뒤이어 오스트리아를 40년(재위 1740-1780) 동안 통치하며 근대화의 초석을 놓았다. 그녀는 로트링겐가의 프란츠 슈테판(신성 로마 황제 프란츠 1세)과 결혼하여 16명의 자녀를 두었다. 그녀는 고문을 폐지했으나 그녀의 딸 마리 앙투아네트는 단두대에서 처형되었다.

마리 앙투아네트와 아이들 그녀는 아들 둘과 딸 둘을 두었으나 첫아들과 딸 하나는 일찍 잃었다.

마리 앙투아네트 1769년, 열세 살에 그려진 초상화로, 이 그림은 그해 5월에 프랑스 왕실로 보내졌다.

문제의 사기 사건의 목걸이 복제품 로앙 추기경을 속여서 보석상에게서 목걸이를 손에 넣은 라 모트 백작부인은 이 다이아몬드 목걸이를 분해하여 팔아치웠다.

베르사유 궁의 왕비 침실

루이 16세

페르센

트리아농 정원에 지금도 남아 있는 "마리 앙투아네트의 집". 루소의 "자연으로 돌아가라"는 그 당시의 유행어였다. 유행의 여왕답게 마리 앙투아네트는 광대한 베르사유의 한 귀퉁이에 인공의 농촌을 만들고 소박한 전원의 아름다움을 즐겼다.

마리 앙투아네트의 로코코식 극장 루이 16세는 자신을 바보, 악동이라고 조롱했던 보마르셰의 연극 「세비야의 이발사」의 공연을 금지했으나 마리 앙투아네트는 왕의 뜻을 거역했다. 스스로 하녀 로지나 역을 맡기도 했던 그녀는 국가와 국왕의 권위보다 자신의 도락이 더 중요했던 것이다.

라 페루즈(오른쪽 첫 번째: 아메리카 독립전쟁으로 유명해진 탐험가)에게 지시하고 있는 루이 16세. 그는 지리에 일가견이 있었다. 루이 16세는 혁명 운동을 저지하지도 지도하지도 못하고 왕위를 잃었으나 그가 지원했던 아메리카 독립전쟁은 성공을 거뒀다.

페르센 마리 앙투아네트가 유일하게 사랑했고 마리 앙투아네트만을 유일하게 사랑했던 스웨덴의 귀족. 그 자신도 그녀의 운명처럼, 운명의 날 6월 20일에 그가 예감했던 대로 살해되었다(노마 시어러가 마리 앙투아네트로, 타이론 파워가 페르센으로 나온 영화의 한 장면).

마리 앙투아네트 그녀는 신성 로마 황제 프란츠 1세와 오스트리아-헝가리-보헤미아의 여제 마리아 테레지아의 아홉 번째 자식으로 태어났다. 1774년에 루이 16세의 즉위와 함께 프랑스의 왕비가 되었으나…….

특유의 자존심은 위험에 대해서 현명하고 조심스럽게 대처하는 대신 그것을 비웃고 무시하는 태도가 더 용감한 행동이라고 여기게 했다. 그녀는 더러운 얼룩을 무시하고 지나쳐버렸다. "우리는 풍자적인 노래의 시대에 살고 있어요"라고 어머니에게 빠른 필치로 편지를 썼다. "궁정에서는 남자 여자 할 것 없이 모든 사람들에 대해서 그런 노래가 만들어져요. 프랑스 사람들 특유의 경박함은 국왕 앞에서도 삼가지를 않는 거예요. 저 역시 예외로 취급되어 보호를 받고 있지는 않아요." 이것이 외관상으로 드러난 그녀의 노여움, 양심의 전부였다. 똥파리 몇 마리가 옷에 앉았다고 해서 어찌 그녀를 해치겠는가! 왕실의 권위로 단단히 무장된 그녀는 자기만은 엉터리 화살에 의해서 다칠 리가 없다고 생각했다. 그녀는 그런 악질적인 비방의 독이 한 방울이라도 여론이라는 혈액 속으로 흘러들어가면 나중에는 아무리 현명한 의사라고 하더라도 손을 쓸 수 없는 열병을 일으킨다는 사실을 잊고 있었다. 웃으면서 대수롭지 않게 생각하며 마리 앙투아네트는 위험의 곁을 스쳐지나갔다. 그녀에게 말이란 바람 속의 티끌에 불과했다. 그녀를 일깨우기 위해서는 폭풍이 한차례 몰려와야 할 것 같았다.

로코코 극장에 떨어진 벼락

1785년 8월 첫 주부터 왕비는 굉장히 바빴다. 그러나 정치적 상황이 특별히 어려워졌다거나 네덜란드의 봉기가 프랑스-오스트리아 동맹을 극히 위험한 시험대 위에 올려놓았기 때문은 아니었다. 왕비에게는 세계라는 드라마틱한 무엇보다도 트리아농의 로코코식 소극장 무대가 더 중요했다. 이번에 왕비가 굉장히 흥분한 이유는 전적으로 한 작품이 첫 공연된다는 것과 관계가 있었다. 보마르셰 원작의 희극 「세비야의 이발사」를 공연하기 위해서 벌써부터 사람들은 들떠 있었다. 선택된 호화 배역진이 비속한 역들을 신성하게 해주고 있었는지도 모른다! 아르투아 백작이 지존한 신분으로 몸소 피가로 역을, 보드뢰유가 백작 역을, 왕비가 쾌활한 하녀 로지나 역을 맡았던 것이다!

보마르셰 원작이라니? 그렇다면 10년 전 루이 16세의 성적 불구를 온 세상에 떠들어댄 비열한 팸플릿 「프랑스 왕위의 권리에 대한 스페인 가문의 견해」를 말로는 수집했다고 했지만, 사실은 직접 썼던 그 사람, 그것을 마리아 테레지아에게 넘겨주어 격노하게 했던 악명 높은 카롱 드 보마르셰란 말인가? 어머니인 여제를 사기꾼, 룸펜이라고 하고 루이 16세를 바보, 악동이라고 불렀던 그 사람이 아닌가? 빈에서 왕명에 의해서 파렴치한 공갈범으로서 구속되어, 생라자르 감옥에서 당시 흔했던 곤장형을 받은 그 사람 아닌가? 그렇다, 바로 그 사람이었다! 오락 문제라면 마리 앙투아네트는 끔찍하게 기억력이 나빴다. 빈에서 카우니츠가 그녀의 어리석음이 "점입가경 일로에 있다"고 말한 것도 과장은 아니었다. 부지런하고 천재적인 모험가는 왕비를 조롱하고 그녀의 어머니를 격분시켰을 뿐만 아니라, 이 코미디 작가의 이름과 결부되어 가공할 만한 왕실의 권위 손상이 기억될 정도이니 말이다. 문학사와 세계사는 150년이 지난 오늘날까지도 작가에 의한 국왕의 비참한 패배를 기억하고 있다. 다만 그 국왕의 아내만이 4년밖에 지나지 않았는데도 벌써 그 사실을 새카맣게 잊어버리고 말았다. 1781년, 이 작가의 새로운 희극 「피가로의 결혼」에서 후각이 예민한 검열관은 떠들썩한 저녁 극장의 들뜬 분위기에 불을 지르고 체제 전체를 송두리째 폭파시킬 수도 있는 화약 냄새를 맡았다. 각료회의는 만장일치로 상연을 금지했던 것이다. 그러나 명성이나 돈이 문제되면 정신 없이 바빠지는 보마르셰는 작품을 공연할 수 있는 길을 백방으로 찾아다니다가 드디어 최종 결단을 내려달라고 어전에서 직접 작품을 낭독하는 데 성공했다. 그 선량한 위인이 아무리 둔감하다고 하더라도 이 희극의 선동적 요소를 못 알아볼 만큼 모자라지는 않았다. 그는 "작가는 국가에서 존중되어야 할 것을 모두 우스꽝스럽게 만들어놓았구먼" 하고 언짢아하며 비난했다. "그렇다면 이 작품은 공연될 수 없단 말이에요?" 재미있는 연극의 초연을 국가의 안녕보다 중요시 하는 왕비가 실망해서 물었다. "안 돼, 절대로 안 돼, 어림도 없지." 국왕의 대답이었다.

이제 이 희곡도 판결이 내려진 셈이었다. 가장 크리스트교적이신 국왕, 프랑스의 절대군주가 「피가로의 결혼」의 공연을 원하지 않았다. 어떤 반대도 있을 수 없었다. 국왕이 이 문제에 대한 처리를 끝낸 것이다. 그러나 보마르셰는 그렇지 않았다. 그는 돛을 내릴 생각을 하지 않았다. 국왕의 머리는 돈과 공문서에만 쏠려 있으며, 군주위에는 실제로 왕비가 군림하고, 왕비 위에는 다시 폴리냐크 일족이 있다는 사실을 너무도 잘 알고 있기 때문이었다. 이 최고 재판소에 접근하자! 보마르셰는 살롱마다 다니며 작품을 열성적으로 낭독했고 ── 금지당한 것이라서 더욱 인기가 있었다 ── 당시의 변질된 사회의 두드러진 특징이었던 은밀한 자기 파괴 충동에 사로잡힌 귀족 전체가 감격해서 이 희곡을 감싸고 돌았다. 첫째는 그 희곡이 귀족들 자신을 조롱했기 때문이고, 둘째는 루이 16세가 그 희곡이 적당하지 않다고 보았기 때문이었다. 폴리냐크의 정부였던 보드뢰유는 무엄하게도 국왕이 금지한 작품을 자신이 후원하는 극장에서 상연하게 했다. 그것만이 아니었다. 누가 봐도 국왕은 부당하고 보마르셰는 정당하다, 이 연극은 국왕 자신의 거처에서 공연되어야 한다. 그가 금지했기 때문에 특히 그래야 한다는 것이다. 은밀하게 ── 폴리냐크의 미소가 남편의 위신보다 더 중요했던 왕비는 분명히 알고 있었을 것이다 ── 배우들에게 자신들이 맡을 배역을 연습하라는 지시가 내려왔다. 입장권이 이미 나누어졌고 극장 앞에는 마차가 잔뜩 밀려들었다. 이때, 이 마지막 순간에 국왕은 자신의 품위가 위협당하고 있다는 느낌이 들었다. 그 작품의 공연은 금지하지 않았는가! 자신의 권위가 땅에 떨어질 판이었다. 공연 시작 한 시간을 남기고 루이 16세는 자신이 날인한 명령서를 보내 공연을 금지시켰다. 조명은 꺼지고 마차는 집으로 돌아가야만 했다.

다시 한 번 문제가 처리된 셈이었다. 그러나 왕비를 둘러싼 뻔뻔스러운 패거리들은 자기들의 힘을 합치면 왕관을 쓴 허약한 한 사람의 힘보다 더 크다는 것을 증명해보일 기회가 왔다는 것이 마냥 즐거웠다. 아르투아 백작과 마리 앙투아네트를 국왕에게 간청하도록 보냈다. 별로 뚜렷한 주견이 없는 남편은 아내가 요청하자 곧 고개를 끄덕였다. 자신의 패배를 호도하기 위해서 몇 군데 도전적인 부분을 고치도록 요구했을 뿐이었다. 그런 구절들이라도 사실 누구나 오래 전부터 외다시피 알고 있는 구절들이었다. 1784년 4월 17일 테아트르 프랑세즈에서 「피가로의 결혼」은 초연되었다. 보마르셰가 루이 16세를 누르고 승리를 거둔 것이다. 국왕이 공연을 금지했고 공연이 실패했으면 좋겠다는 희망을 피력했다는 사실 때문에 반정부주의적 귀족들은 그날 밤을 그야말로 흥분의 도가니에서 지냈다. 사람들이 너무 많이 밀려와 문짝이 찌그러지고 쇠난간이 부러졌다. 구세대들은 도덕적으로 자신들의 목을 따는 이 작품을 광적인 갈채로 환영했다. 그들은 예감하지 못했지만 이 갈채는 최초의 공공연한 반역의 몸짓, 혁명의 번갯불이었다.

마리 앙투아네트는 그런 사태에 직면하여 보마르셰의 희극을 멀리 하고 최소한의 품위, 예절, 이성이라도 지켰어야 했다. 무례하게도 자신의 명예에 먹칠을 하고, 국왕을 온 파리의 웃음거리로 만든 보마르셰라는 이 신사가, 그를 구속한 바 있는 마리아 테레지아의 딸이며 루이 16세의 아내인 여자가 몸소 그의 작품에서 한 배역을 맡았다는 사실을 뽐내고 다니지는 못하게 해야 했다. 그러나 인기는 시류를 좇는 왕비에게는 최고의 법, 최고 법정이었다. 보마르셰 씨는 국왕에게 승리를 거둔 이후 온 파리에서 대인기를 얻었다. 왕비는 그 인기에 맹종했다. 명예와 명망을 뭣하러 따진단 말인가. 그냥 연극만 하면 됐지. 더구나 장난꾸러기 소녀, 그 얼마나 황홀한 배역인가! 대본만 읽어봐도 알 수 있지 않은가? "더없이 귀여운 아가씨를 상상해보십시오. 나긋나긋하고, 사랑스럽고, 펄떡펄떡 뛰듯 싱싱하고, 식욕을 돋우는 아가씨를. 나는 듯한 작은 다리, 실버들처럼 곧고 탄력 있는 허리, 통통한 두 팔에 이슬처럼 싱싱한 입! 섬섬옥수에 백옥과 같은 이! 그 두 눈!" 프랑스와 나바라의 왕비가 아니라면 다른 어느 여자가 그토록 흰 손, 그토록 흰 팔을 지닐 수 있을까? ──매력적인 이 역을 누가 감히 맡을 수 있단 말일까? 공연한 의심이나 주저는 모두 책상 밑으로 쓸어넣어버리자! 고상한 애호가들에게 우아한 몸가짐을 보여줄 수 있도록 코미디 프랑세즈의 명배우 다쟁쿠르를 데려오고, 마드무아젤 베르탱에게 정말 우아한 의상을 주문해야지. 사람들은 즐기고 싶은 것이었다. 영원히, 궁정에 대한 증오, 친족의 악의, 정치의 어리석은 재난들을 생각하고 싶지 않았다. 날이면 날마다 마리 앙투아네트는 흰색과 금빛으로 치장된 조그만 매력적인 극장에서 공연될 이 희극에만 골몰해 있었다. 알지도 못했고 원하지도 않았지만 자신이 주역으로 선택된 또다른 희극의 막이 이미 올라가고 있다는 것은 생각하지도 못했다.

「세비야의 이발사」의 리허설이 끝났다. 마리 앙투아네트는 극도로 불안했고 바빴다. 어떻게 하면 귀여운 로지나 역에 손상이 없도록 어리고 귀엽게 보일 수 있을까? 초대한 친구들이 일 층 객석을 꽉 메웠는데 날렵하고 천진하지 못하여 배우라기보다는 딜레탕트 정도라는 비난을 받지나 않을까? 그녀는 정말 걱정이 되었다. 왕비로서는 별난 근심이지만! 맡은 역을 일일이 봐주기로 한 마담 캉팡은 왜 여태 안 오지? 마침내 그녀가 나타났다. 그런데 대체 무슨 일일까? 저토록 눈에 띄게 흥분해 있으니. 어제 궁중 납품 보석상 뵈머가 그녀의 집에 와서 왕비 알현을 청하더라고 더듬거리며 이야기했다. 작센 출신의 그 유대 인이 아주 이상하고 난처한 이야기를 했다는 것이다. 왕비께서 몇 달 전에 뵈머에게 값진 다이아몬드 목걸이를 가져오게 하셨고 그때 지불은 분할해서 하기로 했다는 것이다. 그런데 할부금 첫 지불기일이 벌써 오래 전에 지났는데도 일전 한푼 지불되지 않았고 자기의 채권자는 돈이 필요하다고 독촉이 불 같다는 이야기였다.

뭐? 뭐라고? 다이아몬드라니! 무슨 목걸이 말인가? 할부금이라니 무슨 할부금? 처음에 왕비는 알아들을 수가 없었다. 뵈머와 바상주, 이 두 보석상이 정교하게 완성시켰다는 값진 목걸이라면 본 적은 있었다. 그녀에게 그 두 사람은 몇 번인가 160만 리브르에 흥정을 한 일은 있었다. 왕비는 물론 호사스러운 그 물건을 가지고는 싶었다. 그러나 대신들이 돈을 내놓지 않았고 그녀 자신도 적자로 숨이 턱까지 차 있었다. 그런데 그 사기꾼들은 내가 어떻게 목걸이를 샀다고,

그것도 분할지불로 남모르게 사놓고 돈을 갚지 않는다고 주장할 수 있단 말인가? 엄청난 착각이지. 참, 이제 기억이 나는군. 일주일쯤 전에 감사하다느니, 값진 장신구가 어떻다느니 하는 이상한 편지 한 장이 보석상에게서 온 적이 있기는 한 것 같다. 그 편지가 어디 있더라? 아, 맞았어. 태워버렸지. 결코 편지를 또박또박 읽는 적이 없었기 때문에 그때도 감사하다는 이해할 수 없는 편지를 그 자리에서 없애버렸던 것이다. 그런데 대체 무엇을 원하는 것일까? 마리 앙투아네트는 즉시 비서를 시켜 뵈머에게 편지를 썼다. 다음 날 당장 그를 오게 한 것이 아니라 8월 9일에 오라고 했다. 아이구, 골치야. 그렇지만 바보와의 일은 그리 급할 것 없어. 지금은 「세비야의 이발사」 초연에만 머리를 써야 하니까.

  8월 9일, 흥분으로 얼굴이 하얘진 보석상 뵈머가 나타났다. 그가 하는 이야기는 도무지 이해가 되지 않았다. 처음에 왕비는 정신병자를 대하는 기분이었다. 발루아 백작부인 —— "뭐라고? 내 친한 친구라고? 그런 이름의 여자는 만나본 적도 없는데!" —— 이 보석상에 나타나 그 목걸이를 보고는 왕비가 남몰래 사고 싶어한다고 했다는 것이다. 그리고 로앙 추기경 예하 —— "뭐라고, 그 꺼림칙한 작자가, 그와는 말 한마디 해본 적이 없는데?" —— 께서 왕비 폐하의 위임으로 그것을 받아갔다는 것이다.

  이야기는 전혀 어처구니 없는 것이었으나 완전한 거짓말은 아닌 것 같았다. 그 가련한 인간이 이마에 땀이 솟아오르고 손발을 덜덜 떨고 있었기 때문이다. 왕비 역시 낯 모르는 건달들이 자신의 이름을 함부로 도용한 데 대한 분노로 몸을 부르르 떨었다. 왕비는 보석상에게 사건의 전모를 즉시 상세하고 정확하게 서면으로 작성할 것을 명했다. 8월 12일 그녀는 오늘날까지도 문서실에 보관되어 있는 기막힌 자료를 받았다. 마리 앙투아네트는 꿈을 꾸는 것만 같았다. 그녀는 읽고 또 읽었다. 분노와 노여움은 한줄 한줄 읽어내려갈수록 점점 더 커졌다. 그것은 유례를 찾아볼 수 없는 사기극이었다. 경계하라는 경고 같았다. 그녀는 당분간 대신들에게 알리지 않고 어떤 친구와도 상의하지 않았다. 8월 14일 그녀는 국왕에게만 사건의 전모를 털어놓고 자기의 명예를 지켜달라고 부탁했다.

  마리 앙투아네트는 그토록 복잡하고 미묘한 사건은 조심스럽게 심사숙고해야만 한다는 사실을 나중에야 깨달았다. 그러나 철저하게 심사숙고하고 검토하는 신중함은 참을성이라고는 전혀 없는 왕비의 천성에서는 찾아볼 수 없었다. 그녀가 가진 본성의 핵심인 충동적인 자만심으로 흥분한 지금은 더욱 더 그랬다.
  자제력을 잃은 왕비는 고발장에서 무엇보다도 먼저 그리고 계속해서 한 사람의 이름에만 신경을 썼다. 그는 바로 루이 드 로앙 추기경이라는 이름이었다. 몇 년 전부터 그녀가 마음속으로 극렬하게 증오해왔고 공공연하게 경시하고 경멸을 마구 퍼부어온 이름이었다. 사실 이 세속적인 귀족 승려는 그녀에게 한 번도 해로운 짓을 한 적이 없었고, 그녀가 프랑스에 입국할 때 스트라스부르 교회의 정문 앞에서 열렬하게 그녀를 환영해준 사람이기도 했다. 그는 그녀의 아이들에게 영세를 주었으며, 기회가 있을 때마다 우호적으로 접근해보려고 애써왔다. 깊이 파고들어보면 두 사람의 본성에는 상반된 대립이 전혀 없었다. 반대로 로앙 추기경은 실제로 마리 앙투아네트를 거울에 비춰놓은 듯한 남자였다. 똑같이 경박하고 똑같이 외양적이고 낭비가 심했다. 그녀가 왕비로서의 의무에 태만했듯이 그는 성직자로서의 의무에 태만했다. 그녀가 부박한 왕비이듯이 그 역시 부박한 사제였고, 그녀가 로코코의 여왕이듯이 그는 로코코의 사제였다. 그는 세련된 매너와 재치로 무료함을 보냈다. 그의 무한한 너그러움은 트리아농에 기막히게 잘 어울렸을 것이다. 이 경박하고 편안하고 부박한 멋쟁이 미남 추기경과 놀기 좋아하고 인생이 즐겁기만 한 사랑스럽고 아리따운 왕비는 아마 서로를 놀라울 정도로 잘 이해했을 것이다. 그런데 하나의 우연이 두 사람을 적으로 만들어놓았다. 원래 바탕이 서로 닮은 사람들끼리는 철저하게 반목하는 일이 많은 법이다.

　로앙과 마리 앙투아네트 사이에 최초로 쐐기를 박은 사람은 마리아 테레지아였다. 왕비의 증오는 그녀의 어머니에게서 상속되었고 계승받았고 설득당했던 것이었다. 스트라스부르에서 추기경이 되기 전 루이 드 로앙은 빈 주재 대사였다. 거기서 늙은 여제의 한량없는 노여움을 사게 되었다. 여제는 유능한 외교관을 기대하고 있었는데 불손한 떠버리가 나타났기 때문이었다. 그가 정신적으로만 열등했더라도 마리아 테레지아는 참을 수 있었을 것이다. 좀 모자라는 사신은 자기 나라의 정치에 오히려 다행한 존재일 수도 있었다. 허영심에 찬 예수의 종이, 한 대에 4만 두카텐씩 하는 공용 의장마차 두 대와 궁중 말에 필적하는 말과 시종, 시녀, 경호병, 외국어 강사, 집사, 가정교사들을 거느리고, 오색영롱한 깃털과 녹색 비단 제복에 레이스 견장을 늘어뜨린 하인들의 숲에 싸여, 한마디로 무례하게 황궁이 무색한 낭비를 자행해가며 빈에 입성한 꼴은 몹시 비위가 상하는 것이기는 했지만 그러한 그의 사치 역시 용서할 수 있었다. 그렇지만 두 가지 점에서 마리아 테레지아는 가차없었다. 종교와 법도에 관한 한 그녀는 장난을 용납하지 않았다. 승복을 벗어던진 신의 종이 매력적인 여자들에게 둘러싸여 갈색 저고리를 입고 단 하루 동안 야생동물 130마리를 살생하는 광경은 신앙심 깊은 이 여인의 마음 속에 끝없는 분노를 일으켰다. 방탕하고 경박하고 해이한 처신이 빈에서, 예수회 교파와 풍속위원회가 있는 빈에서 분노를 사기는커녕 오히려 갈채를 받는 것을 보자 격분은 걷잡을 수 없는 분노로 커갔다. 쉰브룬 궁의 근엄 엄격한 법도에 목이 졸려온 귀족 전체가 멋쟁이, 명문 출신 방탕아가 베푸는 파티에 가서 한숨을 돌린 것이다. 청교도적인 과부가 주도하는 엄격한 법도 때문에 살맛이 없었던 귀부인들은 그의 유쾌한 만찬에 몰려갔다. "우리 나라의 여자들은 젊었건 늙었건 밉건 곱건 전부가 나에게 사로잡혀 있다. 그는 우상이다.

여자들은 그에게 넋이 나가 있다. 그는 이곳이 참으로 마음에 들어 숙부인 스트라스부르의 대사제가 세상을 떠난 후에도 여길 떠날 생각을 하지 않는다"라고 화가 난 여제는 말했다. 더욱 참을 수 없는 일은 충복 카우니츠가 로앙을 사랑하는 친구라고 부르고, 어머니가 "안 된다"고 할 때 "좋다"고 하는 것이 재미인 아들 요제프까지 이 사제와 친교를 맺는 꼴을 자존심을 상해가며 지켜보아야 했던 것이다. 그녀는 이 멋쟁이가 가정을, 온 궁정을 그리고 도시 전체를 방종한 처세술로 온통 유혹하는 꼴을 보아야만 했다. 마리아 테레지아는 엄격하게 가톨릭을 신봉하는 빈이 경박한 베르사유나 트리아농처럼 되는 것을 방관하지 않았다. 귀족들의 결혼 생활이 파탄에 빠지고 그들이 혼외정사에 휘말리는 것을 용납하려고 하지 않았다. 흑사병 같은 몹쓸 것이 빈에 발을 들여놓아서는 안 되었다. 어서 로앙을 쫓아내야 할 텐데. 이 "비난받을 위인", "야비한 주교", "개전의 여지가 없는 인간", "악의로 가득 찬 인간", "악동", "구멍이 숭숭 뚫린 벌집"을 자신의 주변에서 떼어놓으려고 했다. 분노한 여제의 편지는 연이어 마리 앙투아네트에게로 전해졌다 ─ 여제는 노여움으로 분노에 찬 어휘들을 쏟아놓았다. 그녀는 신음하며, 거의 절망적인 목소리로 외쳤다. 이 반기독교도 사신으로부터 자신을 좀 "해방시켜달라"고. 마리 앙투아네트는 왕비가 되자 어머니의 뜻에 따라 루이 로앙을 빈에서 소환했다.

로앙 같은 사람은 쓰러져도 위로 쓰러지게 마련이었다. 대사직을 잃은 대신 주교로 올라앉았다. 그 직후에는 궁정에서 사제 중 가장 높은 관직이며, 백성들의 복지를 위해서 국왕이 하사하는 모든 물품을 맡아 나누어주는 자선주교로 승진했다. 그의 수입은 계산할 수 없을 정도였다. 스트라스부르의 주교가 된데다가 알자스의 태수요, 수입이 아주 좋은 성 바스트 대수도원의 원장이고, 왕립 구빈원의 원장이며, 소르본 교구 관리인이었다. 게다가 프랑스 학술원 회원 ─ 무슨 공로로 그렇게 되었는지는 모르지만 ─ 이 되었다. 수입이 그토록 현기증이 나게 늘어갔으나 지출은 언제나 그 수입을 능가했다. 경솔하게, 후하게 그리고 헤프게 두 손으로 듬뿍듬뿍 돈을 뿌렸기 때문이다. 그는 수백만금을 들여 스트라스부르에 주교궁을 신축했고, 사치스러운 축제를 자주 열었으며, 여자들에게도 돈을 아끼지 않았다. 가장 친한 친구 칼리오스트로 한 사람을 위해서 쓰는 돈이 첩 7명을 거느리는 데 드는 돈보다 더 많았다. 곧 주교의 재정이 극도로 궁핍하다는 사실이 파다하게 퍼졌다. 사람들은 주님의 종을 신의 집에서 보다 유대 인 고리대금업자 집에서 더 자주 만났다. 그는 학식 있는 신학자들보다는 여자들 무리에 싸여 있는 시간이 더 많았다. 고등법원에서도 로앙이 주도하는 구빈원의 적자 경영을 따지고 있는 참이었다. 국왕이 첫눈에 이 촐싹이 동포가 외상을 얻기 위해서 왕비의 이름으로 사기극을 꾸몄다고 믿은 것도 무리는 아니었다. "추기경이 제 이름을 도용했어요"라고 왕비는 격한 분노에 사로잡혀 오빠에게 썼다. "비열하고 서툰 화폐 위조범처럼 말예요. 절박하게 쪼들리자 세상에 드러나지 않게 약속한 기일까지 보석상들에게 지불하면 되겠지 하고 그랬나봐요." 그녀의 실수도 이해할 만하다. 이 한 사람만은 용서하지 않겠다는 그녀의 격분도 이해할 만하다. 스트라스부르 교회 앞에서 처음 만난 이후 15년 동안 마리 앙투아네트는 어머니의 명령을 충실히 지켜 단 한 번도 그에게 말을 건넨 적이 없었다. 공공연하게 온 궁정 사람들 앞에서 무뚝뚝하게 대했다. 그래서 그녀는 그 남자가 자신의 이름을 사기극에 끼워넣어 비열한 복수를 하려고 했다고 생각했다. 자기의 명예에 도전하는 모든 도전 중에서도 이것은 가장 무례하고 간교한 도발로 보였다. 그녀는 두 눈에 눈물을 담고 격렬한 말로 국왕에게 이 사기꾼 —— 똑같이 사기극의 피해자였으나 그녀는 그를 사기꾼으로 잘못 생각했다 —— 을 온 대중 앞에서 본보기로 가차없이 처벌해달라고 요구했다.

    왕비가 행동이나 생각을 할 때 결코 그 결과를 예측해보는 법이 없었음에도 아내의 말에 주견 없이 귀를 기울이는 국왕은 아내가 무엇을 요구할 때면 깊이 생각하지 않았다. 고발에 대해서 신중히 검토하거나, 서류를 요구하거나, 보석상이나 추기경을 불러 물어보지도 않고 국왕은 노예처럼 생각이 얕은 아내의 노여움을 처리해주는 조수 역을 충실하게 수행했다. 8월 15일, 국왕은 추기경을 즉시 체포해야겠다고 하여 각료들을 놀라게 했다. 추기경을? 로앙 추기경을? 각료들은 깜짝 놀라 어안이 벙벙해져 서로 마주보기만 했다. 그러나 누군가가 조심스럽게 나서서 그렇게 높은 고관을, 그것도 성직자를 천한 범죄자처럼 공공연하게 구속하는 것은 거북한 일이 아니겠느냐고 했다. 그렇지만 바로 그 공공연한 모욕을 마리 앙투아네트가 일벌백계(一罰百戒)로 요구하고 있었다. 이번을 본보기로 왕비의 이름은 어떤 경우에서도 지켜진다는 사실을 널리 구체적으로 보여주어야 한다는 것이었다. 그녀는 집요하게 공식적인 처리를 고집했다. 내키지 않았고 불안하고 불길한 예감이 들었지만 결국 각료들은 굴복했다. 몇 시간 지나지 않아 예기치 못했던 연극이 벌어졌다. 성모승천일이 바로 왕비가 명을 내린 날이었기 때문에 베르사유 궁전 사람 전체가 축하문안을 드리기 위해서 나타났다. 대기실과 회랑에는 궁신과 고관들이 빽빽하게 서 있었다. 영문을 모르는 주인공 로앙도 이 경축일에 성스러운 미사를 올리는 임무를 맡아 진홍빛 승복 위에 흰 제의를 걸치고 왕의 방 앞에 있는 고관들을 위한 방에서 대기하고 있었다.

    그러나 루이 16세가 왕비와 함께 미사에 참여하기 위해서 장엄하게 납시는 대신 시종 한 사람이 로앙에게 다가왔다. 국왕께서 그를 사실(私室)로 부르신다는 전갈이었다. 그 방에 들어섰을 때 왕비는 입술을 깨물고 외면한 채 서서 그의 인사에 답례도 하지 않았다. 마찬가지로 얼음처럼 차갑고 쌀쌀한 태도로 격식을 차린 그의 적, 대신 브르퇴유가 서 있었다. 그들이 자기를 어떻게 할 작정인지 제대로 짐작조차 못하고 있는데 국왕이 단도직입적으로 무뚝뚝하게 질문을 하기 시작했다. "친애하는 추기경, 왕비의 이름으로 산 다이아몬드 목걸이의 진상은 어떻게 된 것이오?"

로앙은 창백해졌다. 전혀 생각도 못했던 일이었다. "전하, 저도 사기를 당한 것입니다. 하오나 제 자신이 사기를 치지는 않았습니다." 그는 더듬더듬 대답했다.

"그렇다면, 친애하는 추기경, 걱정할 것 없소, 그러나 부탁이니 해명해보시오."

로앙은 대답을 할 수 없었다. 그는 말없이, 마리 앙투아네트는 위협적으로 서로 건너다보았다. 그는 말이 나오지 않았다. 그가 당황하자 국왕은 동정심이 생겨 돌파구를 찾아주려고 했다. 국왕은 "보고할 것이 있으면 글로 하시오"라고 말하고 나서 마리 앙투아네트와 브르퇴유를 대동하고 방에서 나갔다. 혼자 남은 추기경은 열다섯 줄가량 써서 다시 들어온 국왕에게 넘겨주었다. 발루아라는 이름의 어떤 여자가 왕비를 위해서 그 목걸이를 사도록 설득하는 바람에 그러겠다고 했는데 이제서야 자신이 그 여자에게 속았음을 깨달았다는 이야기였다.

"그 여자는 어디에 있는가?" 국왕이 물었다.

"전하, 저도 모릅니다."

"그렇다면 그 목걸이를 가지고 있소?"

"그 여자가 가지고 있습니다."

국왕은 왕비, 브르퇴유 그리고 옥새를 지닌 궁내 대신을 불러들이고 두 보석상이 낸 진성서를 낭독하게 했다. 국왕은 왕비의 손에 의해서 완성되었다는 그 위임장의 행방을 물었다.

당황한 추기경은 실토하지 않을 수가 없었다. "전하, 제 집에 있습니다. 그러나 그것은 위조된 것입니다."

"어쨌든 있긴 있구면" 하고 국왕이 말했다. 추기경이 목걸이 값을 치르겠다고 했으나 국왕은 엄격하게 말끝을 맺었다. "추기경, 이런 정황에서는 경의 집을 봉인하고 경을 구금하는 것이 불가피하오. 과인에게는 왕비의 이름이 소중하오. 지금 그 이름이 위험에 직면했으니 과인으로서는 한시도 지체할 수가 없소."

로앙은 그런 수치만은 면하게 해달라고, 지금은 신의 앞에 나아가온 궁정을 위해서 미사를 집전해야 할 시간이니 그것만은 면하게 해달라고 간청했다. 사람 좋고 무른 국왕은 사기당한 남자가 절망적으로 매달리자 마음이 흔들렸다. 이때 마리 앙투아네트는 더 이상 참지 못하고 노여움으로 눈물을 글썽거리며 말했다. 8년 동안 말 한마디 건넨 적이 없는 자신이 국왕 몰래 거래를 하려고 로앙, 당신을 중개인으로 이용했다고 말할 수가 있느냐고 다그쳤다. 이런 비난에 추기경은 대답할 말을 찾지 못했다. 그는 어찌하여 자신이 이런 바보 같은 모험에 어처구니없이 얽혀들게 된 것인지 알 수가 없었다. 안 되었다는 생각이 들었지만 국왕은 매듭을 지었다. "과인은 경 스스로 정당함을 밝혀주길 바라오. 과인은 국왕으로서, 남편으로서 책임을 다하고자 할 뿐이오."

이야기는 끝났다. 밖에서는 알현실을 가득 메운 귀족들이 벌써부터 호기심에 가득 차서 초조하게 기다리고 있었다. 미사 시간은 이미 훨씬 지났다. 왜 이렇게 오래 지체하는 것일까? 무슨 일일까? 조용히 창문이 여닫혔고, 초조하고 답답해진 몇몇 사람들은 왔다갔다 했다. 나머지 사람들은 주저앉아 밀담을 나누고 있었다. 그들은 뭔가 심상치 않은 공기가 떠돌고 있음을 느꼈다.

갑자기 어전으로 통하는 쪽문이 열렸다. 진홍색 승복을 입은 추기경이 입술을 꽉 다문 채 창백한 얼굴로 앞장서서 나왔다. 노장군 브르퇴유가 적갈색의 얼굴이 벌개져서 그 뒤를 따랐다. 그의 두 눈은 흥분으로 번쩍이고 있었다. 방 한가운데서 그는 갑자기 친위대 대장에게 일부러 큰 소리로 고함을 질렀다. "추기경을 체포하라!"

모두가 움찔했다. 모두들 얼어붙은 듯이 굳어졌다. 추기경이 체포되다니! 로앙 같은 인물이! 그것도 어전 옆방에서! 노장군 브르퇴유가 술에 취한 것이 아닐까? 그렇지 않았다. 로앙도 항거하지도, 반항하지도 않았다. 눈을 내리깔고 순순히 경비병 쪽으로 갔다. 궁신들은 몸을 떨면서 옆으로 물러났다. 탐색하는 시선, 부끄러워하는 시선, 격분한 시선들이 이루는 창(槍)의 도열을 뚫고 층계에 이르는 방을 차례로 거쳐 국왕의 자선주교, 가톨릭 교회의 추기경, 알자스 주의 영주, 학술원 회원이요, 이루 말할 수 없이 존귀한 권위의 소유자 프랑수아 드 로앙이 걸어가고 그 뒤에는 갤리 선의 노예를 호송하듯 엄격한 표정의 노장군이 감시역으로 뒤따르고 있었다. 구석진 방에서 궁정 경비병에게 넘겨질 때에 정신을 되찾은 로앙은 사람들이 어안이 벙벙해져 있는 틈을 이용해서 잽싸게 몇 줄 적었다. 내용은 관저 부속 신부에게 붉은 편지가방에 든 편지들을 빨리 불태워 없애라는 명령이었다 — 훗날 재판에서 밝혀진 바에 따르면 그것은 위조된 왕비의 편지였다. 로앙의 시종은 황급히 말 위에 몸을 날려 그 쪽지를 가지고 스트라스부르의 대저택을 향해 달렸다. 한걸음 늦은 경찰이 서류를 압류하기 위해서 파견되기 전이었다. 프랑스 자선주교가 국왕 및 궁정 전체 앞에서 미사를 집전해야 할 그 순간에 바스티유로 보내졌으며 — 유례 없는 모욕이었다 — 동시에 아직 분명하지도 않은 이 사건에 관여된 공범자들을 모조리 구속하라는 명령이 내려졌다. 이날 결국 베르사유에서는 미사가 거행되지 못했다. 설령 열렸다고 해도 아무 소용이 없었을 것이다. 아무도 미사에 귀를 기울일 여유가 없었으니까. 온 궁정, 온 도시, 온 나라가 청천벽력 같은 이 소식을 듣고 아연해 있었다.

  굳게 잠긴 문 뒤에 왕비가 흥분한 채 앉아 있었다. 그녀의 신경은 아직도 노여움으로 떨고 있었다. 극적인 장면이 그녀를 무서울 정도로 흥분시켜놓았던 것이다 — 드디어 간악하게 그녀의 명예를 중상하던 자들, 비방하던 자들 중 한 사람이 제거되었다. 이제 호의를 가진 사람들이 그런 악당을 구속한 데 대해서 치하하러 서둘러 몰려오겠지? 오랫동안 허약하다고 오해되어온 국왕이 신부 중에서 가장 품위 없는 신부를 단호하게 잡아넣었으니 그의 패기를 온 궁정이 칭찬하러 오겠지. 그러나 이상하게도 아무도 오지 않았다. 그녀의 친구들조차 당황한 시선으로 뒤로 물러설 뿐이었다. 트리아농과 베르사유는 온종일 몹시 조용했다. 귀족들은 그들 특권층의 한 사람이 불명예스럽게 잡혀간 데 대해서 분노를 감추려고 하지 않았다. 국왕은 로앙 추기경에게 판결에 승복할 경우 너그러운 조처를 취하겠다고 했다. 그러나 충격에서 회복된 로앙은 그러한 은혜를 차갑게 거절했다. 그는 고등법원에서 심판을 받을 작정이었다. 불쾌감이 이 성급한 여인을 엄습했다. 마리 앙투아네트는 자신이 거둔 성공이 즐겁지 않았다. 저녁때 시녀들은 그녀가 우는 모습을 보았던 것이다.

그러자 곧 예전의 얕은 생각이 고개를 들었다. "저로 말하면", 그녀는 어리석은 자기 기만에 사로잡혀서 오빠 요제프에게 썼다. "이 꺼림칙한 사건이 끝장나서 정말 기뻐요." 이 편지는 8월에 썼다. 고등법원에서 열릴 재판은 잘해야 12월쯤 열릴 예정이었다. 어쩌면 다음 해에 열릴지도 모르고 — 뭣하러 미리부터 그런 쓸데없는 일로 골치를 썩이겠는가? 남들이야 수다를 떨든지 툴툴거리든지 마음대로 하라지. 그게 무슨 상관이람! 어서 화장품과 새 의상이나 내오너라, 아무것도 아닌 일 때문에 그렇게 매혹적인 희극을 취소할 수는 없다. 공연은 계속 준비되었고 왕비는 (혹시 중지될지도 모르는 대소송에 대한 경찰의 서류를 살펴보는 대신)「세비야의 이발사」에 나오는 쾌활한 아가씨 로지나 역에 몰두했다. 그러나 그 역조차도 그녀는 너무 소홀하게 파악하고 있었다. 그렇지 않았다면 상대역인 바실리오의 이런 말에 멈칫하여 생각해보았을 것이다. "비방이라! 당신은 모르실 겁니다. 당신이 누구를 비방하며 경멸하고 있는가를! 가장 정직하다는 사람들도 비방 앞에서는 무릎을 꿇고 마는 것을 나는 보았습니다. 정말입니다. 새빨간 악담, 파렴치, 어처구니없는 이야기조차도 제대로 장악하기만 하면 대도시의 한가로운 사람들은 물들여놓고 마는 법, 예외는 없습니다. 여기 이 나라에는 그런 노련한 인물들이 많습니다. 처음에는 그냥 낮은 소리일 뿐이죠……폭풍이 일기 전에 제비가 스쳐지나가듯, 피아니시모(매우 여리게)죠. 그저 우물우물하다가 사라져버립니다. 그러나 궁중에 떠도는 동안 독이 든 씨앗을 뿌리지요. 어떤 입이 그걸 물어다가 아주 능란하게 다른 귀에 속삭여줍니다. 피아노(약하게), 피아노로요. 그렇게 되면 화는 닥친 겁니다. 그것도 자라고 뻗어나 린포르찬도(세게)로 입에서 입으로 퍼져갑니다. 악마처럼 달려가지요. 그러다가 갑자기 어찌된 영문인지 비방은 벌떡 일어나 고적을 불며 눈에 띄게 부풀어오르고 뛰어올라 회오리치며 빙빙 돌다가 천둥이 되어 터져나옵니다. 그리하여 만인의 고함 소리, 공공연한 크레셴도, 증오와 추방의 코러스가 시작되는 거죠. 이러니 어떤 악마가 비방에 베겨나겠습니까?"

그러나 마리 앙투아네트는 여전히 상대방의 말을 경청하지 않았다. 경청했더라면 그녀는 틀림없이 이해했을 것이다. 겉보기에는 별 것 아닌 이 연극이 그녀 자신의 운명에 대해서 함부로 지껄이고 있음을 깨달았을 것이다. 로코코 코미디, 이 희극은 1785년 8월 19일의 마지막 공연을 끝으로 완전히 끝났다. 비극의 막이 오른 것이다.

목걸이 사건

　무슨 일이 일어났는가? 그것을 믿을 만하게 설명하는 일은 쉽지가 않다. 목걸이 사건이 실제 벌어진 경위는 소설 속에서도 믿을 수 없을 정도로 현실감이 없는 사건이기 때문이다. 그러나 현실이 일단 극적인 날에 미묘한 착상을 하면, 상상력과 갈등을 엮어짜는 기술이 가장 허구력이 뛰어난 시인까지도 능가한다. 때문에 시인들은 차라리 현실이라는 연극에서는 손을 떼고 천재적인 구성 기술을 지나치게 발휘하려고 들지 않는 편이 낫다. 『대두목(Gross Kophta)』에서 극화를 시도했던 괴테조차도 현실에서는 더없이 비열했고 복잡하기만 했고, 끝없는 흥분을 자아냈던 목걸이 사건을, 이 역사의 소극(笑劇)을 재미없는 지루한 익살 이상으로는 만들 수가 없었다. 도둑 까마귀, 온갖 엉터리 고약을 바른 여우, 믿기 잘하는 미련한 곰 따위들이 어처구니없는 세계사의 원숭이 희극을 꾸며대는 이 우스운 사건, 잡탕처럼 현란하게 조리를 세워 희극적으로 엮어진 악당, 사기꾼, 사기당한 사람, 바보, 멋지게 속아넘어간 사람들로 만들어진 꽃다발은 몰리에르의 작품을 모두 합쳐도 찾아보기 어렵다.
　희극의 진짜 주인공은 한 여자였다. 목걸이 사건의 여주인공은 몰락한 귀족과 방탕한 하녀 사이에서 태어났다. 밭에서 맨발로 감자를 훔치고, 빵 한쪽을 얻으려고 농부들의 소를 봐주는 더럽고 불량한 거지아이로 자랐다. 아버지가 죽자 어머니는 매춘으로 몸을 굴리고 어린 딸은 오갈 데 없는 부랑아가 되었다. 이 일곱 살짜리 소녀는 요행을 만나지 않았더라면 완전히 타락해버렸을 것이다. 요행은 거리에서 불랭빌리에 후작부인에게 "발루아 가문의 혈통인 불쌍한 고아에게 적선 좀 하세요?"라고 어이없는 하소연을 하며 구걸을 한 데서 비롯되었다. 뭐라고? 저런 이투성이 굶주린 아이가 왕가 혈통의 후예라고? 경건하신 루이의 존귀한 핏줄이라고? 어림도 없지. 후작부인은 이렇게 생각했다. 그러면서도 그녀는 마차를 세우고 어린 거지아이에게 이것저것 물어보았다.

목걸이 사건에서는 처음부터 믿기지 않는 일을 진실로 받아들일 수 있어야만 했다. 너무도 어이없는 일들이 사실이기 때문이었다. 이 소녀 잔은 사실 밀렵꾼이고 술고래이며 농부들이 두려워하던 악당 자크 드 생레미의 딸이었다. 그렇지만 서열이나 연륜상으로는 부르봉가에 뒤질 것이 없는 발루아 가문의 직계후손이었다. 불랭빌리에 후작부인은 믿어지지 않는 왕손의 몰락에 마음이 움직여서 즉시 소녀를 그녀의 동생과 함께 데려가 그녀들을 자기 돈으로 기숙학교에 보내 교육시켰다. 열네 살에 잔은 양장점에 실습을 나가 세탁을 하고, 다림질을 하고, 물을 나르고, 속옷도 만들다가 마침내 귀족 딸들이 가는 수도원에 가게 된 것이다.

그러나 오래되지 않아 어린 잔은 수녀가 될 소질은 거의 없다는 사실이 밝혀졌다. 아버지의 뜨내기 피가 혈관에서 팔딱이고 있었던 것이다. 스무 살 때 그녀는 동생과 함께 결연히 수도원의 울타리를 넘었다. 주머니에는 돈도 한 푼 없이 머릿속은 모험으로 가득 차서 바르 쉬르 오브에 나타났다. 거기서 잔은 예쁜 외모 덕분에 하급 귀족인 헌병 장교 니콜라 드 라 모트를 만나 곧 결혼했다. 만난 지 열두 시간도 채 못 되어서.

그럭저럭 도덕적으로 엉성한 남편 —— 그는 결코 야망에 찬 사람이 아니었다 —— 과 더불어 마담 드 라 모트는 편안하게 소시민의 생활을 영위해나갈 수도 있었을 것이다. 그러나 "발루아의 피"가 가만히 있지 않았다. 애초부터 어린 잔은 어떻게든, 어떤 길로든, 위로 올라가려는 일념에 불타고 있었다. 우선 자비를 베푼 불랭빌리에 후작부인의 어깨에 기어올라가 목말을 타고 곧바로 사베른의 로앙 추기경의 성으로 들어갔다. 예쁘고 능란했기 때문에 사람 좋은 멋쟁이 추기경의 사랑스러운 약점을 남김없이 이용했다. 그의 주선 —— 아마도 보이지 않는 봉사를 했을 것이고 그 대가로 —— 으로 남편은 즉시 경기별 연대의 대위로 임명되었고 늘어만 가던 부채도 추기경이 갚아주었다.

  잔은 그 정도에서 만족해야만 했다. 그러나 위를 향해 멋지게 도약하려는 그녀의 마음은 만족하지 못했다. 곧 그녀의 남편 드 라 모트는 국왕에 의해서 대위로 임명되었다. 그리고 이제 세금도 내지 않고 멋대로 자칭 백작이 되었다. "발루아 드 라 모트 백작부인"이라는 낭랑한 이름을 뽐낼 수 있는데 보잘것없는 장교 봉급과 연금이나 받으며 시골 구석에 파묻혀 있을 수 있겠는가? 말도 안 된다. 그런 이름이라면 예쁘고 양심 없는 여자에게는 연간 수십만 리브르의 수입을 의미했다. 그녀는 허영에 들뜬 사람들과 바보들에게서 철저하게 뜯어내겠다고 결심을 했다. 그러한 목적으로 이 못된 여자는 파리의 뇌브 생 질 가(街)에 집 한 채를 전세 내고, 고리대금업자들에게 자신이 발루아 가의 후예로서 그 권리가 있는 거대한 토지에 대해서 수다를 떨며 빌려온 물건으로 대규모 파티를 열었다 —— 은식기를 세 시간만 쓰자며 가까운 가게에서 빌려오는 것이었다. 파리에서 채권자들이 그녀의 목을 단단히 조여오자 발루아 드 라 모트 백작부인은 베르사유로 가서 그곳 궁정에서 자신의 권리를 주장하겠다고 공언했다. 물론 그녀는 궁중 사람이라고는 한 명도 몰랐다. 그녀의 고운 두 다리가 왕비의 방 옆의 대기실에서 접견조차 허락받지 못한 채 몇 주일이고 서 있어야 할 판이었다. 이 교활한 사기꾼은 책략을 꾸몄다. 그녀는 다른 청원자들과 함께 마담 엘리자베트(루이 16세의 누이/역주)의 현관에 서 있다가 갑자기 기절하며 쓰러졌다. 모두가 달려오자 남편은 두 눈에 눈물을 글썽이며 여러 해 동안 굶주려서 기력이 쇠해졌기 때문이라는 이야기를 했다. 이 건강한 환자는 동정을 한몸에 받으며 들것에 실려 집으로 보내졌다. 이어 200리브르가 따라왔고 연금도 800리브르에서 1,500리브르로 올랐다. 발루아 가문의 여자로서는 구걸이나 다름없는 것이었다. 그래도 힘을 내서 계속 톱니바퀴 속으로 몸을 던졌다. 두 번째 기절 소동은 아르투아 백작부인의 현관에서, 세 번째는 왕비가 다니는 베르사유의 거울의 회랑에서였다. 이 폭력적인 걸식은 왕비의 관심을 끌기 위한 것이었으나 마리 앙투아네트는 이 사건에 관해서 아무것도 듣지 못했다. 베르사유에서 네 번째 기절 소동을 벌인다면 의심을 살 듯하자 부부는 약소한 전리품을 가지고 파리로 되돌아왔다. 그들은 원하던 것을 오랫동안 이루지 못했다. 물론 그 사실이 입 밖에 나지 않도록 몹시 경계했다. 그리고는 왕비께서 얼마나 자비롭게, 얼마나 다정하게 자기들을 친척으로 맞아주었는지 모른다고 뺨이 부어오르도록 떠벌리고 다녔다. 실제로 왕비의 사교계에서 큰 존경을 받은 발루아 백작부인이라면 왕비의 중요한 친구라고 생각하는 이들도 있었기 때문에 금방 상당수의 살진 어린 양들이 털을 깎였고 외상 거래도 다시 시작했다. 빚투성이 두 거렁뱅이는 멋진 궁정 조복(朝服) 일습을 마련하고, 소위 비서의 시중까지 받았다. 수석 비서라는 자는 레토 드 비레트라는 근사한 이름을 가졌지만 사실은 협잡꾼이었다. 귀하신 백작부인과 함부로 잠자리를 같이하는 위인이었다. 차석 비서 로트라는 자는 승직에 있었다. 거기에 마부, 하인, 하녀까지 구색을 갖추자 뇌브 생 질 가의 나날은 유쾌하게 흘러갔다. 계속 즐거운 도박 모임이 열렸다. 끈끈이에 걸려든 어리석은 자들로서는 별 소득이 없었지만, 외설스러운 여자들이 있어서 흥겨웠다. 그러나 유감스럽게도 채권자니 집달관이니 하는 집요한 작자들이 다시 나타나 몇 주일, 몇 달 안으로 기어이 돈을 받아내겠다고 으르렁거렸다. 다시 이 귀하신 내외의 짧은 밑천이 드러났다. 여러 가지 자질구레한 재간이 바닥난 것이다. 크게 한탕할 태세를 취할 도리밖에 없었다.

대규모 사기 행각에는 두 가지 요소가 필요불가결하다. 그것은 다름 아닌 대단한 사기꾼과 대단한 바보이다. 운 좋게도 그런 바보는 이미 확보되어 있었다. 그는 바로 프랑스 학술원 회원이요, 스트라스부르 대주교 예하이며, 프랑스 자선주교인 로앙 추기경이었다. 전형적인 당대의 인물로서 다른 사람보다 더 영리하지도, 어리석지도 않은 이 번드르르한 매력적인 고위 성직자는 다른 사람들과 마찬가지로 자신이 살고 있던 세기의 병을 앓고 있었다. 쉽게 믿는 병을. 인류는 믿음이 없으면 결코 살아나갈 수가 없는 것이다. 당대의 우상이던 볼테르가 유행에서 기독교 신앙을 쫓아냈을 때 그 자리를 메우기 위해서 18세기의 살롱에는 미신이 잠입했다. 연금술사, 헤브라이 신비주의자, 황금십자단원, 협잡꾼, 무당 그리고 돌팔이 의사들에게 황금의 시대가 도래한 것이다. 귀족 신사와 여류 명사 가운데 연극 관람석에서 칼리오스트로 곁에 앉거나 생 제르맹 백작(자칭 연금술사/역주)과 같은 식탁에 앉거나 메스메르(동물자기설 주장/역주)의 자기통(磁氣桶)을 보았다는 것이 자랑이었다. 명석한 지성의 시대요, 우습도록 경박한 시대였기 때문에, 장군들이 군무를, 왕비가 자신의 품위를, 사제들이 신을 더 이상 진지하게 생각하지 않았기 때문에, "계몽된" 탕아들은 그들의 끔찍한 공허를 메우기 위해서 형이상학적인 것, 신비한 것, 초감각적인 것, 불가해한 것과의 유희가 필요했다. 그래서 그토록 계몽되고 기지에 넘쳤음에도 불구하고 턱없이 어리숙하게 야비한 사기꾼들의 올가미에 걸려들곤 했다. 이렇게 정신적으로 빈곤한 사람들 가운데서도 최고의 신앙인인 로앙 추기경 예하께서 천하에서 제일 교활한 위장술의 명수요, 사기꾼들의 교황격인 "거룩한" 칼리오스트로의 손안에 들어가게 되었다. 이 작자는 추기경 소유의 사베른 성에 둥지를 틀고 눌러앉아 능란하게 주인의 돈과 이성을 마술로 우려내어 자기 주머니에 집어넣었다. 점쟁이와 사기꾼들은 언제나 대번에 서로의 정체를 알아보는 법이다. 칼리오스트로와 라 모트도 그랬다. 추기경의 은밀한 소망을 낱낱이 알고 있던 칼리오스트로를 통해서, 그녀는 로앙이 프랑스 재상 자리를 탐낸다는 비밀 소원을 알게 되었다. 아울러 그가 두려워하는 단 한 가지 장애물도 알아냈다. 그것은 로앙 스스로는 요령부득인 자신의 인품에 대한 왕비의 반감이었다. 교활한 여자가 남자의 약점을 안다는 것은 이미 남자를 수중에 넣은 것이나 다름없었다. 이 사기꾼은 재빨리 곰 같은 대주교가 진땀을 흘리며 황금을 내놓을 때까지 춤추게 만들 밧줄을 꼬았다. 1784년 4월 라 모트는 이따금 자기의 "다정한 친구"인 왕비가 얼마나 친밀하게 자기에게 마음속 이야기를 털어놓는지 모른다는 말을 조금씩 비치기 시작했다. 이 이야기는 어리석은 추기경의 마음속에 자그맣고 예쁜 이 여자가 어쩌면 왕비 앞에서 자신의 이상적인 대변자가 될 수도 있으리라는 생각이 들게 했다. 왕비께 경건하게 봉사할 수만 있다면 그 이상의 행복이 없을 텐데도 왕비께서 여러 해 동안 눈길 한 번 주지 않아 마음이 상했노라고 그는 털어놓았다. 아, 누군가 왕비께 내 진정한 뜻을 밝혀준다면 얼마나 좋겠소! 왕비의 "다정한" 친구는 감동해서 관심을 보이며 마리 앙투아네트에게 그를 위해서 이야기하겠노라고 약속했다. 그후 로앙은 그녀의 대변이 차지하는 비중을 보고 놀라게 되었다. 5월에 벌써 왕비가 마음을 돌이켰으며 곧 추기경에게 자신의 심경의 변화를 표시하는 것은 아직 삼가고 다음번 궁정 문안 때 이러이러하게 남이 모르도록 머리를 끄덕여 답례를 하겠노라는 이야기였다. 사람이란 무엇인가를 믿고자 할 때는 즐겨 믿는 법, 무엇인가 보고자 할 때는 즐겨 보이는 법, 선량한 추기경은 그 다음 알현 때 왕비가 머리를 끄덕여준 듯한 "느낌"을 받았다고 스스로 믿고는 왕비의 마음을 움직인 중개자에게 상당한 금액을 치렀다.

하지만 라 모트의 금광은 오랫동안 채굴되어 금맥이 거의 끊겨가고 있었다. 추기경을 더욱 꼼짝하지 못하도록 올가미를 씌우려면 무엇인가 손에 잡히는 구체적인 총애의 표시를 제시해야만 했다. 편지라면 어떨까? 부리지 않으려면 뭣하러 흠잡을 데 없는 비서를 집에 두면서 먹이고 재운담! 레토는 그 즉시 마리 앙투아네트가 친구 발루아에게 보내는 친서를 만들었다. 바보가 편지를 보고 진짜라고 믿고 놀라는데, 수입 좋은 이 길을 내친김에 한 걸음 더 나가지 못할 이유는 없었다. 로앙의 금고를 그 바닥까지 털어내기 위해서라면 로앙과 왕비 사이의 비밀 서신 왕래인들 꾸며내지 못할 것이 없었다. 라 모트의 충고에 눈이 어두워진 추기경은 지금까지의 자기 처신에 대한 상세한 해명서를 작성하여 며칠 동안 수정하고 깨끗이 정서하여 백작부인에게 넘겨주었다. 그랬더니 보라 — 그녀는 정말로 요술쟁이요, 왕비의 절친한 친구가 아닌가! 며칠 지나지 않아 라 모트는 흰 물결무늬 종이에 금박이 박히고 귀퉁이에 프랑스 국화인 백합이 찍힌 짤막한 편지를 가지고 왔다. 범접할 수 없을 정도로 자신을 거부하고 오만하게 굴던 합스부르크가 출신의 왕비가 지금껏 경멸해왔던 남자에게 편지를 쓴 것이다. "경을 더 이상 죄인 취급하지 않아도 되는 것이 기쁘오. 나는 아직 경이 청한 알현에 동의할 수가 없소. 사정이 허락하는 대로 연락을 하겠소. 비밀을 지키도록 하시오." 속은 줄도 모르고 그는 기쁨으로 정신을 차리지 못할 지경이었다. 라 모트의 충고에 따라 왕비에게 감사의 편지를 썼다. 다시 답장이 왔고 추기경은 또다시 편지를 보냈다. 마리 앙투아네트의 총애를 받는다는 자랑과 동경으로 가슴이 부풀면 라 모트는 그만큼 더 그의 주머니를 가볍게 만들었다. 대담한 도박이 실속 있게 진행되었다.

다만 한 가지 유감스러운 것은 중요한 등장인물 1명이 이 희극에 등장할 준비를 하지 않고 있다는 점이었다. 그 인물은 바로 왕비였다. 그녀가 개입하지 않으면 이 위험한 파티는 오래 지속될 수 없었다. 세상에서 제일 잘 믿는 사람일지라도 왕비가 뻣뻣하게 눈길을 스치며 지나가고 말 한마디 건네지 않는데, 왕비가 인사를 했다고 그를 계속 속일 수는 없는 일이었다. 가련한 바보가 낌새를 눈치 챌 만한 위험은 점점 커져갔다. 어서 대담한 묘수를 짜내지 않으면 안 되었다. 왕비가 친히 추기경과 이야기를 나눌 가망이란 전혀 없으니 —— 그 바보가 자신이 왕비에게 이야기를 했다고 믿게 만든다면 되지 않겠는가? 모든 사기 행각이 이루어지기에 좋은 시간인 어두운 시각에, 합당한 장소 곧 베르사유의 그늘진 오솔길 같은 곳을 택하여 왕비 대신 비슷한 여자를 로앙과 만나게 하면 어떨까? 모든 고양이는 밤에는 어느 것이든지 똑같이 모조리 잿빛으로 보이는 법이다. 선량한 추기경은 흥분해 있을 것이고 칼리오스트로의 호언장담이나, 교양 없는 서기가 쓴 금박편지에 속는 것 못지않게 쉽게 속아넘어갈 것이었다.

그렇지만 어디서, 요즘 영화에서 말하는 것 같은 "대역"을 찾아낼까? 그렇다, 거기다. 온갖 종류의 크고 작은 예쁜 여자들, 날씬한 여자, 통통한 여자, 마른 여자, 살찐 여자, 금발 머리, 갈색 머리가 장사할 목적으로 거니는 곳이 있지 않는가? 파리 매춘의 파라다이스, 루아얄 궁의 정원이 그곳이다. 라 모트 "백작"이 이 미묘한 물품 구입을 맡았는데 곧 왕비와 꼭 닮은 여자를 찾아냈다. 이름은 니콜 —— 후에는 돌리바 남작부인으로 불린다 —— 디자이너라고는 하지만 사실은 여성 고객보다는 남성에게 봉사하기에 더 바쁜 젊은 여자였다. 그 여자에게 그 쉬운 역을 맡도록 설득하는 데는 별로 힘이 들지 않았다. "왜냐하면" 하고 훗날 라 모트 여인은 판사 앞에서 그 이유를 설명했다. "그 여자는 아주 바보였기 때문에"라고. 8월 11일 선선히 응락한 이 창녀를 베르사유에 있는 전셋집으로 데려와 발루아 백작부인이 손수 흰 물방울 무늬의 모슬린 가운을 입혔다. 마담 비제-르브랭이 그린 초상화에서 왕비가 입은 옷을 그대로 본떠서 만든 옷이었다. 얼굴에 그림자를 드리울 챙 넓은 모자를 분가루를 뿌린 머리 위에 조심스럽게 눌러 씌우고 나서는 재빨리 그리고 뻔뻔스럽게 출발시켰다. 15분 동안 왕국의 자선주교 앞에서 프랑스 왕비 역을 해야 하는 겁 많은 작은 여자를 데리고 어스름녘의 어둑어둑한 정원으로 갔다! 대담한 희대의 연극이 진행되고 있었다.

가짜 왕비를 데리고 그들 사기꾼 부부는 소리없이 베르사유의 테라스를 살금살금 넘어들어갔다. 하늘은 사기꾼들에게 호의를 보여 달도 없는 어둠을 쏟아내리고 있었다. 그들은 비너스 숲으로 내려갔다. 전나무, 삼나무, 너도밤나무들이 빽빽이 들어차 사람의 윤곽 말고는 알아볼 수 없을 지경이었다. 사랑놀이에는 요술처럼 적합하고, 이 믿기지 않는 바보놀이에는 더더욱 적합한 곳이었다. 가련한 어린 창녀가 몸을 떨기 시작했다. 낯선 사람들에 의해서 이 무슨 모험에 끌려들어왔단 말인가? 그녀는 달아나버리고만 싶었다. 손에 장미와 편지 쪽지를 쥐고 잔뜩 겁에 질려 있었다. 그것을 여기서 말을 걸어오는 귀족 신사에게 건네주도록 되어 있었다. 그때 자갈을 밟고 오는 소리가 들렸다. 한 남자의 윤곽이 나타났다. 왕궁의 시종 역할을 하며 로앙을 이곳으로 안내해온 사람은 비서 레토였다. 갑자기 니콜은 세차게 앞으로 떠밀렸고, 어둠 속으로 빨려들어가듯이 두 뚜쟁이는 옆길로 사라졌다. 그녀는 혼자 서 있었다. 아니, 혼자가 아니었다. 모자를 이미 깊숙이 내려쓴 후리후리한 낯선 남자가 그녀를 향해 오고 있었기 때문이다. 추기경이었다.

그 낯선 남자는 정말 바보처럼 행동했다. 그는 경외심에 가득 차 땅에 닿도록 허리를 굽혔고 가련한 창녀의 옷깃에다 키스를 했다. 이제 니콜이 그에게 장미와 준비해온 쪽지를 줄 차례였다. 그러나 그녀는 당황해서 장미는 떨어뜨리고 편지는 잊어버리고 말았다. 기어들어가는 목소리로 그녀는 뚜쟁이 부부가 몇 번이고 다짐해둔 몇 마디 말을 지껄였다. "지나간 일은 다 잊은 것으로 하세요." 이 말이 낯선 기사를 한없이 열광시킨 듯 그는 거듭거듭 머리를 숙이고 더듬거리며 기쁨이 넘치는 감사의 말을 했다. 무엇에 대한 감사인지 가련한 어린 여자는 알 수가 없었다. 그녀는 말을 잘못하여 자기의 정체가 드러날까봐 너무나 두려웠다. 그러나 천우신조로 마침 급한 발걸음으로 자갈 밟는 소리가 들리더니 누군가가 작지만 흥분한 목소리로 외쳤다. "빨리, 빨리 떠나십시오! 아르투아 백작 내외가 아주 가까이에 계십니다." 그 경고가 효과를 발휘했다. 추기경은 놀라서 황급히 라 모트 부인을 동반하고 그곳을 떠났고 남편은 어린 니콜을 데리고 돌아왔다. 이 희극의 가짜 왕비는 뛰는 가슴을 안고 칠흑같이 어두운 유리창 너머에 진짜 왕비가 영문도 모르고 잠들어 있는 궁정을 살그머니 빠져나왔다.

아리스토파네스의 희극에나 나올 것 같은 사기 행각이 찬란한 성공을 거두었다. 가련한 황소, 추기경은 두개골에 타격을 받고는 정신이 완전히 나가버렸다. 지금까지는 미심쩍은 것들을 참아야만 했었다. 알 수 없는 고개를 끄덕이는 행동 같은 것은 반밖에 믿을 수가 없었고, 편지들 역시 그랬다. 그러나 이제는 왕비와 직접 이야기를 했고 왕비의 입에서 용서한다는 말까지 들었으니 라 모트 백작 부인의 말 한마디 한마디가 복음보다도 더 그럴듯하게 들렸다. 이제 그 여자는 로앙을 마음대로 조종할 수 있게 된 것이다. 그날 밤 프랑스에서 그보다 더 행복한 사람은 없었다. 로앙은 벌써 재상, 왕비의 총신이 된 기분이었다.

며칠 후 라 모트는 추기경에게 다시 한 번 왕비의 총애를 증명해 보였다. 왕비께서 어려움에 처한 어느 귀족 가족에게 5만 리브르를 주려고 하는데 —— 로앙은 왕비의 자비로운 마음을 이해할 수 있었다 —— 공교롭게도 즉시 하사하시기에는 어려운 장애가 있다는 것이었다. 그래서 추기경이 자기를 위해서 이 자비로운 봉사를 떠맡지 않겠느냐는 것이었다. 기쁨에 넘친 추기경은 거대한 수입이 있는데도 왕비의 금고가 빈약하다고 하는 것을 조금도 이상하게 여기지 않았다. 왕비가 항상 빚에 파묻혀 있다는 것은 온 프랑스가 다 아는 사실이었으니 무리도 아니었다. 로앙은 즉시 세르-베르라는 알자스의 유대 인을 불러 5만 리브르를 빌렸다. 이틀 뒤에는 라 모트의 탁자 위에 금화를 주르룩 쏟아놓았다. 그들은 드디어 꼭두각시를 춤추게 하기 위한 밧줄을 수중에 넣은 것이다. 석 달이 지나자 그들은 줄을 보다 팽팽하게 당겼다. 다시 한 번 로앙에게서 돈을 원했고 로앙은 자기를 총애하는 여인의 환심을 사기 위해서 부지런히 가구와 은식기를 저당잡혔다.

라 모트 백작 내외에게는 꿈 같은 시대가 온 것이었다. 추기경은 멀리 알자스에 있었지만 그의 돈은 그들의 주머니로 쩔렁쩌렁 신나게 굴러들어오는 판이었다. 이젠 더 이상 근심할 것이 없었다. 돈을 척척 내주는 바보를 찾았고, 가끔 왕비의 이름으로 편지만 쓰면 새로 금화를 짜낼 수 있었다. 그때까지 멋지고 즐겁게 되는 대로 살자. 내일은 생각하지 말고! 이 엉터리 시대의 경박한 것은 군주나 제후, 추기경뿐이 아니었다. 사기꾼들 역시 그랬다. 호화로운 정원과 부유한 농가가 딸린 별장을 바르 쉬르 오브에 서둘러 짓고, 금접시에다 먹고, 번쩍이는 크리스털 컵으로 마시고, 이 고상한 저택에서 도박과 음악으로 세월을 보냈다. 최고의 인사들이 발루아 드 라 모트 백작부인과 교제하는 영광을 얻기 위해서 문전성시를 이루었다. 이런 바보들이 있는 세상은 그 얼마나 멋진가!

도박에서 세 번 최고 카드를 쥔 사람은 네 번째 역시 무심하고 무모하게 큰 판돈을 걸게 마련이다. 예상치 못했던 우연이 라 모트의 손에 최고의 패 에이스 카드를 밀어주었다. 어느 날 라 모트가 연 파티에서 어떤 사람이 가련한 궁중 보석상 뵈머와 바상주가 근심에 싸여 있다는 이야기를 했다. 그들은 자신들의 전 재산 말고도 빚까지 얻어 세상에서 가장 멋진 다이아몬드 목걸이 하나를 손에 넣었다는 것이었다. 원래는 뒤바리를 위해서 만든 것으로 만일 루이 15세의 영화가 끝나지 않았더라면 뒤바리는 틀림없이 그 목걸이를 샀을 것이라는 이야기였다. 그들은 그 목걸이를 스페인 궁정에도 내놔봤고, 장신구에 넋이 빠져 값은 묻지도 않고 쉽게 사곤 하는 마리 앙투아네트에게도 세 번이나 권했지만 성가신 절약가 루이 16세가 160만 리브르를 내놓으려고 하지 않는다는 것이었다. 이제 보석상은 물이 목까지 차올라올 판이고 지금은 그 멋진 목걸이를 이자가 갉아먹고 있다는 것이었다. 그 경이로운 목걸이를 하나하나 분해해야 하고 그들의 돈도 모두 날아가버릴 것이라는 이야기였다. 마리 앙투아네트와 그렇게 가까운 측근인 발루아 백작부인이라면 왕비에게 그 장신구를 할부로, 최고의 좋은 조건으로 사게 설득할 수도 있지 않을까. 그러면 짭짤하게 국물도 돌아올 것이라는 내용이었다. 왕비에 대한 자신의 영향력에 관해서 전설을 부풀리려고 골몰하던 라 모트는 순순히 탄원해보겠노라고 응했다. 12월 29일 두 보석상은 뇌브 생 질가로 값비싼 보석함을 들고 왔다.

얼마나 굉장한 묘술인가! 라 모트는 심장의 고동이 멎을 정도였다. 이 다이아몬드들이 햇빛 속에서 번쩍이듯, 그녀의 영리한 머릿속에서는 뻔뻔스러운 생각이 섬광을 내며 순식간에 계획이 세워졌다. 지독한 바보 추기경이 왕비를 위해서 남몰래 목걸이를 사게 하면 어떨까. 추기경이 알자스에서 돌아오자 곧 라 모트는 새로운 총애가 그에게 신호를 보내고 있다고 사정없이 압력을 가했다. 왕비는 국왕 모르게 값진 장신구를 하나 사려고 하는데 그러기 위해서는 과묵한 중개인이 필요하며, 그 은밀하고 명예로운 임무를 왕비는 신임의 표시로서 로앙에게 맡길 생각이시라는 것이었다. 며칠 지나지 않아 그녀는 뵈머에게 구매자를 찾았다고 의기양양하게 통고했다. 구매자란 바로 로앙 추기경이었다. 1월 29일, 주교궁인 스트라스부르 대저택에서 매매계약이 맺어졌다. 160만 리브르를 네 번으로 나누어 6개월에 한 번씩 2년 동안 지불한다는 내용이었다. 물건은 2월 1일에 인도받고 첫 할부금은 1785년 8월 1일에 지불하기로 했다. 주교는 자기 손으로 직접 그 조건에 서명하고 계약서를 라 모트에게 넘겨주었다. "친구" 왕비에게 계약서를 보여드리도록 하기 위해서였다. 그 다음 날, 그러니까 1월 30일에 이 사기꾼은 왕비께서 동의하셨다는 대답을 전했다.

그런데 —— 지금까지 말을 잘 듣던 바보 당나귀가 우리로 들어가는 문 한 걸음 앞에서 반항을 했다. 하긴 160만 리브르가 왔다갔다 하게 되었으니 아무리 통이 큰 제후라도 결코 대수롭지 않은 문제는 아니었다. 그런 굉장한 보증을 서는데 적어도 채무증서 같은 것이라도, 왕비가 서명한 서류 한 장쯤, 무엇이든 글로 된 것을 수중에 지니고 있어야 하지 않겠는가? 그렇다면 좋다! 비서는 무엇에 쓰려고 집에 두었겠는가. 그 다음 날로 라 모트는 계약서를 다시 가져왔다. 그런데 보라. 조항 하나하나에마다 귀퉁이에 친필로 "재가"라고 썼고, 계약서 끝에는 "마리 앙투아네트 드 프랑스"라고 역시 "친필로" 서명이 되어 있지 않은가. 머리가 조금이라도 돌아갔더라면 궁중 자선주교요, 학술원 회원이며, 전직 대사에다 장래 일국의 재상을 꿈꾸는 사람으로서 프랑스에서는 왕비가 서류에 이름만 쓸뿐더러 서명하지 않는다는 것, 즉 "마리 앙투아네트 드 프랑스" 같은 서명은 익숙한 위조범도 못 되는 아주 무식한 최하급 위조범의 짓이라는 것쯤은 단박에 알아차렸어야 마땅할 것이었다! 그렇지만 왕비께서 비너스 숲에서 몸소 그를 은밀하게 맞아주셨는데 어찌 의심을 하겠는가? 눈먼 남자는 사기꾼 여인에게 이 채무증서를 결코 내놓거나 타인에게 보이지 않겠노라고 엄숙하게 선서했다. 다음 날인 2월 1일, 보석상은 장신구를 추기경에게 가져왔고 그는 저녁에 그것을 손수 라 모트에게 들고 갔다. 그것이 왕비의 귀한 손으로 넘어가는 모습을 직접 확인하기 위해서였다. 뇌브 생 질 가에서 오래 기다릴 필요가 없었다. 오래지 않아 계단을 올라오는 남자의 발자국 소리가 들렸다. 라 모트는 추기경에게 옆방으로 들어가달라고 청했다. 그 방에서라면 유리창을 통해서 합법적인 인도를 지켜보고 확인해도 좋다는 것이었다. 실제로 온통 검은 옷을 입은 젊은 남자 한 사람 ——

기특한 비서, 레토였다 —— 이 나타나 "왕비의 명을 받고 왔습니다"라고 신고했다. 발루아 백작부인은 얼마나 사려 깊고 성실하게 그리고 능란하게 친구의 일을 주선하는 여인인가. 추기경은 이렇게 생각했음에 틀림없다. 그는 안심하고 보석함을 라 모트에게 건네주고 그녀는 그것을 다시 은밀한 심부름꾼의 손에 넘겨주었다. 그러자 그 사람은 훌륭한 물건을 가지고 올 때와 마찬가지로 재빨리 사라졌다. 그와 더불어 그 목걸이도 최후의 심판 때까지 영영 사라져버렸다. 추기경은 감동해서 작별을 고했다. 이런 우정의 봉사를 해놓았으니 머지않아 왕비의 남모르는 신하인 자신은 곧 국왕의 최고의 시종, 프랑스의 대재상이 될 것이 틀림없다는 생각에 들뜨게 되었다.

며칠 뒤 유대 인 보석상이 파리 경찰을 찾아와 레토 드 빌레트라는 남자가 어마어마하게 비싼 다이아몬드를 형편없이 싼 값으로 팔려고 왔으니 장물로 보지 않을 수 없다고 자리를 피해 동업자를 대신해서 고발했다. 경찰청장은 레토를 소환했다. 레토는 이 다이아몬드는 국왕의 친족뻘인 발루아 드 라 모트 백작부인이 팔아달라고 자기에게 맡긴 것이라고 해명했다. 발루아 백작부인이라는 고귀한 이름에 관리는 기가 죽었다. 새파랗게 질려 있던 레토는 곧 석방되었다. 어쨌거나 라 모트 백작부인은 분해한 보석 —— 그녀는 오랫동안 뒤쫓던 포획물을 손에 넣자 부리나케 다이아몬드를 하나하나 분배했다 —— 을 파리에서 더 투매하다간 위험해진다는 사실을 깨달았다. 그래서 그녀는 기특한 남편의 호주머니에 보석을 가득 채워서 런던으로 보냈다. 뉴 본드 가와 피커딜리의 보석상들은 싼 물건을 보고 입이 벌어질 지경이었다.

만세! 한꺼번에 왕창 돈이 들어왔네. 그것은 대담하기 짝이 없는 여자 사기꾼조차 꿈에도 생각하지 못했던 거금이었다. 기막힌 성공을 거두는 바람에 뻔뻔스럽고 능청스럽게 그녀는 아무런 망설임도 없이 이 새로운 재물을 가지고 요란하게 으스대며 자랑했다. 네 마리의 영국산 말이 끄는 마차를 사들이고, 마부도 호화로운 제복을 입었다. 검둥이 종도 머리끝에서 발끝까지 은 모올(세로는 명주실, 가로는 은실로 짠 비단의 일종/역주)로 휘감아 입혔고 융단, 고블랭 천, 청동제품, 깃 장식이 달린 모자, 진홍빛 벨벳 침대 따위를 사들였다. 이 멋쟁이 내외가 바르 쉬르 오브의 귀족들이 사는 곳으로 옮겨갈 때는 서둘러 사들인 귀중품을 실어나르는 데만도 42대의 마차가 필요했다. 바르 쉬르 오브 사람들은 천일야화에 나올 듯한 야단법석을 구경했다. 이 새로운 무굴 제국의 황제의 행렬에는 화려한 선두가 앞에 서고 그 뒤에 흰 천을 내부에 두르고 진주빛깔의 라크를 칠한 영국제 사인승 마차가 따랐다. 내외의 두 발(이 발로 외국으로 달아나는 쪽이 더 나았을 뻔했다)을 따뜻하게 하는 새틴 무릎 덮개에는 "선조인 국왕으로부터 우리는 피와 이름과 백합을 물려받았노라"라고 쓰인 발루아 집안의 문장이 붙어 있었다. 전직 근위대 장교는 아주 멋지게 차리고 있었다. 열 손가락에 반지를 끼고, 구두에는 다이아몬드 장식을 달고 가슴에는 시계줄이 번쩍이고 있었다. 뒷날 재판 기록으로 재검토할 수 있는 그의 의상 목록에는 벨기에의 마린산(産) 레이스로 가장자리를 꾸미고 금으로 조각한 엄청나게 비싼 금단추가 달린 열여덟 벌의 비단 정장이 올라 있었다. 그의 곁에 앉아 있는 아내도 사치로는 남편에 뒤지지 않았다. 인도의 신상(神像)처럼 보석으로 온몸이 번쩍이고 있었다. 자그마한 바르 쉬르 오브의 거리는 이만한 부자를 구경한 적이 없었으므로 곧 그것은 자석 같은 힘을 발휘했다. 이웃 귀족들은 그의 저택으로 몰려들어 이곳에서 베풀어지는 루쿨루스(사치스러운 생활로 유명한 로마의 장군/역주) 스타일의 호화로운 파티를 즐겼다. 시중꾼들이 값비싼 은그릇에 정선된 요리를 담아나르고, 악사는 연회음악을 연주하고, 백작은 신판 크로이소스 왕(리디아 최후의 왕. 부자로 유명함/역주)이나 되는 것처럼 호화스런 방들을 지나가면서 양손에 한 움큼씩 돈을 사람들에게 뿌렸다.

여기에서 이 목걸이 사건은 또다시 황당무계하고 터무니없는 국면으로 접어들었다. 이런 사기는 3주, 5주, 8주, 늦어도 10주쯤 지나면 전모가 드러나게 마련이었다. 정상적인 이성의 소유자라면 부지중에 의문이 생길 것이다. 어떻게 이 두 사기꾼이 마치 경찰 따위는 없는 것처럼 능청스럽게 재물을 자랑할 수 있었을까? 그러나 라 모트 부인은 애당초 완벽하고 정확한 계산을 하고 있었다. 사태가 정말 악화되더라도 부적의 방패가 있으니 염려 없다고 생각했다. 최악의 경우에는 로앙 추기경이 어떻게 해줄 테지. 프랑스의 시주물을 분배하는 거물이니까, 자신이 영원한 웃음거리가 되고 사건이 떠들썩하게 사람들의 입에 오르내리지 않게 해주겠지. 입을 꽉 다문 채 눈썹 하나 까딱하지 않고 제 주머니에서 목걸이 대금을 지불하는 쪽을 택할 거야. 그렇다면 무엇하러 벌벌 떨 필요가 있을까. 이런 패거리가 얽혀 있으면 마음 놓고 비단침대에서 잠잘 수 있다. 그렇게 해서 정말로, 기특한 라 모트 부인과 그 존경해야 할 만한 남편과 글 잘 쓰는 비서는 아무런 걱정 없이 인간의 어리석음이라는 무진장한 자본에서 교묘하게 뽑아낸 이자를 마음껏 멋대로 즐기고 있었던 것이다.

그동안 사람 좋은 로앙 추기경도 무엇인가 이상하다고 생각하고 있었다. 추기경은 공식 알현 때는 틀림없이 왕비가 값비싼 목걸이를 하고 있으리라 생각하면서 왕비가 아마 무슨 말을 걸든가, 상냥하게 고개를 끄떡이든가, 자기 외에는 아무도 모르게 살짝 고마움을 표시해주겠지라는 기대를 했다. 그러나 그런 일은 결코 일어나지 않았다. 마리 앙투아네트는 전과 마찬가지로 차갑게 눈길을 돌렸고 그녀의 흰 목에는 목걸이가 결코 빛나지 않았다. "왕비는 왜 내가 바친 목걸이를 하시지 않을까요?" 그는 아무래도 이상하다는 듯 라 모트 부인에게 물었다. 이 교활한 여자는 결코 대답에 궁하지 않았다. 지불이 완전히 되기 전까지는 그 목걸이를 걸고 싶어하지 않으세요, 깨끗이 끝난 뒤 국왕을 깜짝 놀라게 할 작정인가봐요. 참을성 많은 노새는 다시 한 번 건초 더미 속에 머리를 처박고 만족해했다. 그러나 4월이 5월이 되고 5월이 6월이 되어 최초의 40만 리브르를 지불해야 할 숙명의 날, 8월 12일이 점점 다가왔다. 지불을 연기하기 위해서 사기꾼은 새로운 트릭을 생각해냈다. 왕비님이 곰곰이 생각한 끝에 아무래도 값이 너무 비싸 20만 리브르를 깎아주지 않으면 목걸이를 돌려주기로 했다고 보석상에게 말한 것이다. 이 교활한 여자는 보석상이 흥정에 열을 올릴 것이므로 그동안 시간은 벌 수 있으리라고 생각했다. 그러나 그것은 오산이었다. 보석상들은 전에 값을 워낙 높게 불렀던데다 그 즈음에는 아주 궁색한 터였으므로 금세 승낙했다. 바상주가 왕비에게 동의한다는 뜻을 아뢰는 편지를 쓰고 뵈머가 로앙 추기경의 승인을 얻어 7월 12일 왕비에게 편지를 보냈다. 그날은 본래 마리 앙투아네트에게 다른 장신구를 배달하기로 되어 있었다. 편지는 다음과 같았다. "마마, 지난번에 제시하신 지불 조건에 대해서 우리는 열의와 모든 존경을 다하여 동의하겠습니다. 그것을 왕비 마마의 명령에 대한 우리의 충성과 복종의 새로운 증거로 보아주신다면 더할 나위 없이 다행이겠습니다. 지상에서 가장 아름다운 다이아몬드 장신구를 왕비님들 중에서도 가장 고귀하고 가장 뛰어난 왕비 마마께 소용되도록 해드린 것을 저희들은 진정한 기쁨으로 삼는 바입니다."

이 편지는 표현이 너무 완곡했기 때문에 사정을 모르는 왕비로서는 얼핏 보아 무슨 말인지 통 알 수가 없었다. 조금이라도 주의 깊게 읽고 약간만 신경을 썼다면 지불 조건이란 무엇을 말하는 것인지, 다이아몬드 장신구란 도대체 어떤 장신구를 말하는 것인지 놀라서 물어보았을 것이다. 그렇지만 다른 경우에서도 볼 수 있듯이 그녀는 인쇄된 것을 주의 깊게 끝까지 읽는 성미가 아니었고 금방 지겨워했다. 차근차근 생각하는 일이란 아예 그녀에게 어울리지 않았다. 그녀는 뵈머가 물러간 뒤에야 편지를 펴보았고 사건의 내막을 전혀 몰랐기 때문에 유감스럽게도 꼬이고 꼬인 문장의 뜻 역시 전혀 이해할 수가 없었다. 그녀는 내막을 알기 위해서 시녀에게 뵈머를 불러오도록 일렀다. 그러나 불행스럽게도 보석상은 이미 궁전을 떠난 뒤였다. 할 수 없지! 바보 녀석이 무슨 말을 하려는지 곧 알게 되겠지. 왕비는 편지를 곧장 불 속에 던져버렸다.

왕비가 이처럼 편지를 파기한 채 사실을 더 이상 캐묻지 않았다는 것은 목걸이 사건의 모든 다른 사실과 마찬가지로 상식으로는 생각할 수조차 없는 일이다. 루이 블랑과 같은 성실한 역사가조차 이렇게 빨리 편지를 처분해버린 것은 왕비 쪽에서도 이 아리송한 사건에 무엇인가 얽혀 있는 것은 아닌가, 수상한 구석이 있다고 생각했을 정도이다. 그러나 왕비의 경우 편지를 그렇게 재빨리 태워 없앤 것은 어떠한 별다른 뜻이 있어서가 아니었다. 그녀는 일생 동안 자신의 부주의와 궁중 스파이를 두려워한 나머지 자기에게 온 문서는 언제나 재빨리 없애버렸던 것이다. 튈르리 궁전이 습격을 받았을 때도 왕비의 문서 책상에는 그녀에게 배달된 문서라고는 단 한 장도 발견되지 않았다. 다만 평소에 조심스러웠던 것이 이 경우에는 부주의한 짓이 되었을 뿐이다.

이 사기 사건이 보다 빨리 드러나지 않은 데에는 일련의 우연이 겹쳐졌기 때문이다. 그러나 이젠 어떠한 재주를 피워도 별수가 없었다. 8월 1일이 되자 뵈머는 돈을 요구했다. 라 모트 백작부인은 그래도 최후의 방어책을 시도했다. 그녀는 보석상들 앞에서 손을 펴보이면서 능청스럽게 말했다. "당신들은 속았어요. 추기경이 가지고 있는 담보문서의 서명은 가짜예요. 그렇긴 해도 그분은 부자니까 돈을 치를 거예요." 그녀는 이런 말로 공격의 손에서 벗어날 수 있으리라고 기대했다. 이렇게 되면 보석상들은 분통이 터져 추기경에게 몰려가 모든 것을 보고할 것이고, 추기경은 평생토록 궁전과 사교계의 웃음거리가 되는 것이 두렵고 수치스러워 입을 다문 채 160만 리브르를 지불할 것이라고 계산했다. 제대로만 된다면 지극히 논리적인 계산이었다. 그러나 뵈머와 바상주의 생각은 논리적인 것도 심리적인 것도 아니었다. 단지 돈이 걱정스러워 몸을 떨었을 뿐이다. 그들은 추기경을 상대할 생각은 추호도 없었다. 그들에게는 왕비 쪽이 추기경 같은 허풍선이보다는 훨씬 더 지불 능력이 있는 채무자였다. 그들 두 사람은 마리 앙투아네트까지 한패로 보았다. 자신들이 보낸 편지에 꿀 먹은 벙어리 시늉을 했으니까. 그들은 이렇게도 생각했다. 최악의 경우라고 하더라도 왕비는 목걸이를 가지고 있을 것이고 그것은 귀중한 담보물이었다.

이제 바보를 놀리는 밧줄은 그 이상 더 당길 수 없을 만큼 팽팽하게 당겨진 것이다. 뵈머가 베르사유 궁전으로 왕비를 찾아가 알현을 요청했다. 거짓과 속임수로 튼튼해진 바빌론의 탑은 일격에 무너져 내렸다. 1분 뒤에는 보석상도 왕비도 비열한 사기극에 걸려들었음을 깨달았다. 그러나 과연 누가 사기꾼인지는 재판이 증명할 것이었다.

복잡하기 이를 데 없는 이 재판에 관련된 서류와 증언에 의하면 한 가지만은 확실했다. 그것은 마리 앙투아네트가 그녀의 이름과 인격과 명예를 방편으로 해서 벌어진 이 비열한 연극에 추호도 관여한 바가 없었다는 사실이다. 그녀는 법적인 의미에서 전혀 무관하며, 역사상 가장 철저하게 무모한 사기 사건의 희생자였을 뿐 결코 관련자가 아니며, 하물며 공범자는 더욱 아니었다. 추기경을 만난 백작부인에 대해서도 아는 바가 없었고, 목걸이 속의 보석 하나 만진 일이 없었다. 마리 앙투아네트와 사기꾼과 골이 빈 추기경 사이에 양해가 있었다는 허튼소리는 확실히 악의이며 모략꾼이 아니고서는 할 수 없는 말이었다. 되풀이하지만 왕비는 전혀 아무것도 모른 채 사기꾼, 위조범, 바보들로 이루어진 일당의 손에 의해서 이 명예훼손 사건에 끌려든 것이었다.

그런데도 불구하고 도덕적인 면에서 보면 마리 앙투아네트가 완전히 무죄라고는 할 수 없었다. 세상을 떠들썩하게 하는 왕비의 악평이 사기꾼들에게 용기를 주었고, 왕비가 만사를 쉽게 믿을 정도로 경박하지 않았더라면 사기에 걸린 사람들도 처음부터 믿지 않으려고 했을 것이기 때문에 이 따위 사기 사건은 일어날 수 없었다. 트리아농에서 벌인 장기간의 경박한 행동과 어리석은 짓이 없었더라면, 이러한 엉터리 희극이 이루어질 전제는 아무것도 없었을 것이다. 제대로 된 생각이 박힌 인간이었다면, 마리아 테레지아 같은 진정한 군주였다면, 설마 하니 남편 몰래 살짝 비밀 편지질을 하고, 하물며 어두운 정원의 나무 사이에서 랑데부가 가능하리라고는 상상도 하지 못했을 것이다. 한밤중에 정원을 거닐고, 사들인 보석을 다른 것과 바꾸고, 빚을 갚지 않는다는 소문이 베르사유 궁전 속에서 떠돌지 않았다면 로앙이나 두 사람의 보석상이, 돈이 궁한 왕비가 국왕 몰래 값비싼 보석 장식구를 중개인을 사이에 넣어 분할 지불을 조건으로 사려고 한다는 엉터리 사기극에 결코 걸려들지 않았을 것이다. 왕비의 경솔 그 자체가 토대가 되고 그 악평이 발판이 되지 않았더라면 라 모트 부인이 이러한 거짓의 탑을 쌓을 수는 결코 없었을 것이다. 마리 앙투아네트는 목걸이 사건의 간계와는 전혀 무관했지만 이러한 사기가 그녀의 이름으로 벌어지고 사람들이 그 사기를 믿은 것은 그녀의 역사적 죄과였으며, 또 역사적 죄과로 언제까지나 남을 것이다.

재판과 판결

　나폴레옹은 목걸이 사건에서 마리 앙투아네트가 보인 생각이 결정적으로 잘못을 저질렀다는 점을 예리한 안광으로 파헤쳤다. "왕비는 결백했다. 그리고 자기의 무죄를 세상에 알리기 위해서 고등법원을 재판소로 삼으려고 했다. 그 결과 유죄로 보이게 된 것이다." 그녀는 이 일에서 처음으로 자신을 잃었다. 여태까지는 구린내 풍기는 입방아나 중상의 수렁에 눈길을 주기는커녕 경멸하면서 그 곁을 지나왔으나, 이번에는 지금까지 얕보아온 법정, 즉 여론에 피난처를 구한 것이다. 오랜 세월 동안 그녀는 중상이라는 독화살의 시위를 당기는 소리를 듣지도, 깨닫지도 못한 것 같은 얼굴로 살아왔다. 그러나 지금, 갑자기 히스테릭한 분노를 터뜨려 재판을 요구한 것을 보면 그녀의 자존심이 얼마나 격렬하게 상처받았는가를 알 수 있다. 가장 심한 짓을 한 로앙 추기경을 분명히 책임자로서, 모든 사람 앞에서 속죄시켜야만 했다. 그러나 불쌍한 바보 로앙 추기경에게 적대적인 감정이 있었다고 믿는 사람은 숙명적이지만 그녀 한 사람뿐이었다. 빈의 요제프 2세조차도 누이 마리 앙투아네트가 로앙이야말로 원흉이라고 말했을 때 의심스러운 듯 고개를 가로저었을 것이다. 자선주교가 지독하게 경박하며 낭비가라는 사실을 알고는 있었지만 지금의 혐의처럼 사기라든가 수상쩍고 비열한 행위를 할 수 있는 인간이라고는 손톱만큼도 생각하지 않았다. 얼마 뒤에는 왕비가 난폭하게 로앙을 체포하게 함으로써 거북스런 공범자들과 손을 끊을 작정이라는 묘한 소문이 퍼졌다. 어머니가 불어넣어준 증오 때문에 마리 앙투아네트는 너무나도 무분별하게 치닫고 만 것이다. 게다가 조심성 없고 요란한 몸짓 때문에 그녀를 지키는 수호신의 외투가 그녀의 어깨에서 흘러 떨어지고 말았다. 그녀는 세상의 증오에 벌거숭이 알몸을 드러냈다.

숨어 있던 적들은 공통의 문제를 중심으로 결속했다. 마리 앙투아네트는 공연히 상처난 허영심이 도사린 뱀굴에 쓸데없이 손을 집어넣은 결과를 불러왔다. 그녀가 어째서 이런 일을 잊어버린 것일까? 루이 드 로앙 추기경은 프랑스에서 가장 유서 깊고 가장 명망 있는 집안 출신이었다. 다른 봉건 귀족, 특히 수비즈가, 마르생가, 콩데가와는 혈연관계도 있었다. 이런 집안의 사람들이 자기들 피붙이 한 사람이 마치 비열한 소매치기처럼 왕궁에서 체포당했음을 심한 모욕으로 받아들일 것은 당연했다. 고위 성직자들도 화를 냈다. 추기경 같은 분을, 주님 앞에서 미사를 올리기로 한 몇 분 전에 법의(法衣)를 입은 채 군인에게 체포하게 하다니! 로마에까지 불평이 들어갔다. 귀족도, 성직자도, 자기들 신분 전체가 모욕을 받았다고 느꼈다. 그리고 강력한 프리메이슨도 투지를 불태우며 등장했다. 그들의 보호자인 추기경뿐만 아니라, 무신론자의 신이며 프리메이슨의 지부장인 칼리오스트로까지 감시병들 손에 의해서 바스티유 감옥에 집어넣어졌기 때문이다. 이때였다. 절대적인 왕좌와 제단을 향해서 강력한 돌멩이를 던질 기회가 온 것이다. 평소에는 궁정 사회의 모든 제전이나 아슬아슬한 스캔들에서 밀려나 있던 백성들은 이 사건에 완전히 홀려버렸다. 백성들은 드디어 굉장한 구경거리를 즐기게 되었다. 피고는 진짜 추기경이었다. 그 붉은 승복의 그늘에는 야바위꾼, 사기꾼, 떠돌이, 위조꾼들이 그야말로 가짜 카드처럼 늘어서고, 그 배경에는 자존심이 강하고 오만한 오스트리아 여인이 도사리고 있다! 이 점이 가장 재미있었다 —— 팸플릿 작성자, 풍자 만화가, 신문 보급업자 등 펜과 붓을 생업으로 삼는 모든 사행가(射倖家)들에게는 "미모의 마마"에 관한 스캔들만큼 흥미로운 제목은 없었다. 전 인류에게 새로운 경지를 연 몽골피에 형제가 1783년 기구를 타고 하늘로 올라갔을 때에도 파리와 전 세계는 왕비의 이번 소송만큼 열렬한 관심을 보이지 않았다. 이번 소송은 왕비가 제기한 것이었으나 서서히 왕비에 대한 재판으로 바뀌어갔다. 심리가 시작되기 전에 변론을 검열 없이 인쇄하는 것은 법률이 허락한 행위였으므로 사람들은 구름떼처럼 서점으로 몰려들었다. 경찰이 개입하지 않으면 안 될 정도였다. 볼테르, 루소, 보마르셰의 불멸의 작품이라고 해도 이번의 변론이 단 일주일에 판 거대한 부수에는 수십 년이 걸려도 따라갈 수 없었다. 7,000, 1만, 2만이라는 부수의 책자가 잉크도 채 마르기 전에 판매원의 손에서 빼앗기다시피 팔려나갔다. 외국 대사관에서는 베르사유 궁정에 관한 비방 문서를, 일족이라는 점에서 호기심을 가진 제후들에게 부치기 위해서 사절들이 온종일 소포를 묶느라 바빴다. 모두들 무엇이든 읽고 싶어했고 또 읽었다고 주장했다. 몇 주 동안 화젯거리는 이 사건뿐이었고 아무리 억지 같은 이야기도 맹목적으로 받아들여졌다. 재판을 구경하려고 시골에서 귀족, 부르주아, 변호사들이 카라반처럼 몰려들었다. 파리에서는 장사꾼들이 몇 시간씩이나 가게를 비웠다. 백성들은 본능적으로 무의식중에 이 재판이 사소한 과오에 대해서만 벌어지는 것이 아님을 깨달았다. 이 작고 더러운 실뭉치에서 풀려나온 실을 더듬어가면 그 끝은 결국 베르사유로 통했고 불법적인 체포 영장, 궁정의 낭비, 재정 파탄 등을 조준할 수 있었다. 백성들은 우연히 틈이 벌어진 한 장의 판자틈 사이로 접근할 수 없는 사람들의 비밀스러운 세계를 처음으로 들여다볼 수 있었다. 이 재판은 단순히 목걸이뿐만 아니라 정치 조직까지 다루었다. 이 고발이 제대로 되면 지배계급 전체와 왕비에게, 동시에 왕정에도 충격을 줄 수 있기 때문이었다. "얼마나 중대하고 심각한 사건인가!" 프롱드 당의 비밀 당원 한 사람이 고등법원에서 부르짖었다. "야바위꾼 추기경의 가면이 벗겨질 것이다! 왕비는 스캔들의 재판에 휩쓸려든다. 주교장(主敎杖)과 왕홀의 더러움이라니! 자유의 이념을 위한 개선가가 연주될 것이다!"

그런데도 왕비는 단 한 번의 경솔한 몸짓 때문에 어떤 재앙이 야기되었는지 아무런 눈치도 채지 못했다. 건물이 썩고 토대에 구멍이 뚫리면 벽에서 못 하나만 뽑아도 건물 전체가 무너져내리는 법이다.

이상한 판도라의 상자가 법정에서 조용히 열렸다. 상자 속에서 피어오른 것은 아무래도 장미 향기라고 하기는 어려웠다. 그나마 도둑인 라 모트 부인에게 유리한 점은 성실한 남편이 때 맞춰 목걸이의 나머지 보석을 챙겨서 런던으로 달아나버린 상황이었다. 이제 눈으로 확인할 수 있는 증거물이 사라진 셈이다. 목걸이를 훔친 죄를 남에게 뒤집어씌울 수 있을 뿐만 아니라 어쩌면 목걸이가 아직도 왕비의 손에 있을지도 모른다고 넌지시 암시할 수도 있었다. 고귀한 분들이 사건을 그들의 어깨에 짊어져줄 것이라고 예감한 라 모트 부인은 로앙 추기경을 웃음거리로 만들고 자기는 혐의에서 벗어나기 위해서 정말 억울한 칼리오스트로에게 절도죄를 뒤집어씌워, 억지로 재판에 끌어들였다. 그녀는 어떠한 것도 두려워하지 않았다. 그녀는 대뜸 부자가 된 사정을 뻔뻔스럽게도 자신이 로앙 추기경의 애인이었으니 그 상냥한 성직자의 배짱을 알 만하지 않느냐고 설명했다. 로앙 추기경에게 사태가 약간 귀찮게 되어갔을 때 레토와 한패인 자그마한 디자이너 "돌리바 남작부인"에게 손이 뻗혀갔다. 그녀의 진술로 모든 사실이 밝혀졌다.

공격하는 측도 변호하는 측도 한 사람의 이름만은 언제나 건드리지 않도록 조심했다. 그것은 왕비의 이름이었다. 피고들은 마리 앙투아네트에게 죄를 덮어씌우지 않도록 세심한 주의를 기울였다. 뒤에 가서는 딴소리를 하지만 라 모트 백작부인조차 왕비가 목걸이를 받았다고 생각하는 것은 범죄와도 같은 불경이라며 부인했다. 그러나 그들이 너나 할 것 없이 왕비에게 일제히 굽실거리며 정중하게 대한 것이 오히려 불신의 눈으로 바라보고 있던 세상 사람들에게는 역효과를 가져왔다. 왕비에게 누를 끼치지 않도록 타협이 이루어졌다는 소문이 파다했다. 추기경이 죄를 뒤집어쓰게 되었구나! 그렇게도 허둥대며 불태워 없앤 편지도 사실은 전부 위조된 것이 아닐까? 확실하지는 않지만 역시 왕비에게 무엇인가 구린 구석이 있는 것이 아닐까? 이런 소문까지 퍼졌다. 사실이 완전히 해명된다고 해도 아무짝에도 쓸모가 없었다. 계속해서 무엇인가가 눌러붙어 남았다. 법정에서는 이름이 입 밖에 나오지도 않았으나 마리 앙투아네트는 더욱 눈에 보이지 않는 모습으로 법정에 함께 서 있는 것이었다.

5월 31일, 드디어 판결이 내려졌다. 아침 5시부터 재판소에 군중이 몰려들어 센 강 왼쪽 기슭뿐 아니라, 퐁뇌프도, 오른쪽 기슭도 군중들로 가득했다. 기마 경찰이 출동해서 겨우 질서를 유지할 수 있을 정도였다. 64명의 재판관은 재판소로 가는 도중 구경꾼의 열띤 눈길과 격렬한 부르짖음 속에서 자기들이 내리는 판결이 전 프랑스에 얼마나 중요한 의미를 가지는가를 절감했다. 그러나 결정적인 경고는 대평의실의 대기실에서 기다리고 있었다. 그곳에는 상복을 입은 19명의 로앙가, 수비즈가, 로렌가의 대표들이 늘어서서 재판관 행렬에 머리를 조아렸다. 그러나 모두 입을 다문 채 누구 하나 걸어 나오는 사람은 없었다. 그들의 차림새와 태도가 모든 것을 말했다. 그리고 그들의 간청, 위협받는 로앙가의 명예를 법정에서 회복시켜주기를 바라는 무언의 간청은 재판관들에게 강력한 영향을 미쳤다. 재판관 자신들도 대개 귀족 출신이었다. 그들은 평의회에 들어가기 전에 백성, 귀족, 나라 전체가 로앙 추기경의 무죄 판결을 바란다는 점을 알고 있었다.

그런데도 평의회는 16시간이나 계속되었다. 로앙가의 사람들과 수만 명의 군중은 아침 6시부터 밤 10시까지 17시간 동안 거리에서 기다려야 했다. 그 이유는 재판관들이 중요한 결정을 앞에 놓고 있기 때문이었다. 사기꾼에 대해서는 처음부터 판결이 내려졌고, 공범자들에 대해서도 마찬가지였다. 그 디자이너는 아무것도 알지 못한 채 "비너스의 숲"으로 갔을 뿐이었으므로 아무런 추궁도 받지 않았다. 결정은 오로지 추기경에 관한 것이었다. 추기경 자신은 사기에 걸린 것일 뿐, 사기를 친 것이 아니므로 무죄를 선고한다는 점에서는 전원의 의견이 일치했다. 다만 무죄를 선고하는 형식에 대해서 의견이 엇갈렸다. 거기에는 큰 정치 문제가 얽혀 있었기 때문이었다. 왕당파의 요구는 —— 그럴 만한 일이지만 —— 무죄 선고에는 불경에 대한 견책이 덧붙여져야 된다는 것이었다. 프랑스 왕비라는 사람이 어두운 나무 사이에서 남몰래 밀회를 할 것이라는 추기경의 생각은 아무래도 처벌받아야 마땅한 불경으로 볼 수밖에 없다는 것이다. 고발한 쪽의 대표는 왕비의 신성한 인격에 대해서 불경스러웠다는 점을 들어 추기경은 대평의실에 대해서 겸허하게 공개 사죄하고 아울러 모든 관직에서 물러날 것을 요구했다. 그러나 반대파, 즉 반왕비파는 소송 중지를 희망했다. 추기경은 사기에 걸린 쪽이므로 비난할 것도, 죄가 될 것도 없다는 이유였다. 완전한 무죄 선고는 화살통에 독화살을 넣는 것과 마찬가지였던 것이다. 왕비의 행동으로 보아 비밀 행동을 했을 가능성도 있다고 생각한 추기경의 주장을 인정한다면 왕비의 경솔을 탄핵하는 것과 같기 때문이다. 저울대에는 무거운 추가 실려 있었다. 로앙 추기경의 태도를 왕비에 대한 존경의 결여로 본다면 마리 앙투아네트는 자기의 이름이 남용된 데 대한 속죄를 받는 셈이었다. 그가 완전히 무죄를 선고받는다면 왕비는 도덕적인 의미에서 유죄 판결을 받는 것이 되었다.

이 결정이 하잘것없는 사건에 대한 것이 아님은 고등법원의 재판관도, 두 파의 사람들도, 기다림에 지쳐 초조해하는 백성들도 모두가 알고 있었다. 여기에서 해결되는 것은 사사로운 문제가 아니라 프랑스 고등법원이 왕비의 인격을 아직도 "신성하고" 불가침한 것으로 보느냐, 아니면 프랑스 국민 그 누구와도 똑같이 법에 종속하는 것으로 보느냐를 가름하는 정치 문제였다. 닥쳐올 혁명이 이 건물의 창문에 처음으로 새벽의 빛을 던졌다. 이 건물 안에는 무서운 감옥 콩시에르즈리도 있었다. 훗날 마리 앙투아네트는 그곳에서 단두대로 끌려가게 된다. 같은 건물 안에서 종말을 고하는 일이 같은 곳에서 지금 시작되려고 하고 있었다. 훗날 왕비는 라 모트 백작부인과 똑같은 법정에서 답변하지 않으면 안 되게 된다.

재판관의 평의는 16시간이나 격론을 벌였다. 이해관계가 얽히는 다툼은 격렬했다. 왕당파와 반왕당파 양 파는 온갖 책략을 부렸고 실탄까지 사용할 각오를 서슴지 않았기 때문이다. 몇 주일 전부터 고등법원의 재판관들은 모두 압력을 받았고, 협박을 당했고 설득을 당했고, 뇌물을 받았으며 매수되었다. 길거리에서는 다음과 같은 노래가 퍼지고 있었다.

> 추기경의 판결이
> 당치 않다고 생각하거든,
> 모름지기
> 잘 들어둬.
> 프랑스에선
> 무엇이든지 돈 나름.

오랫동안 고등법원을 무시했던 국왕과 왕비는 기어코 대가를 치렀다. 재판관들 속에는 이젠 전제정치에 대해서 철저하고 강력한 교훈을 주어야 할 때가 되었다고 생각하는 사람들이 많았다. 아슬아슬하게 22표 대 26표로 추기경은 "아무런 문책 없이" 무죄를 선고받았다. 그의 친구 칼리오스트로도, 그 루아얄 궁의 디자이너도 마찬가지였다. 공범자에 대해서도 관대한 처분이 내려져 단지 추방만 당했다. 라 모트 부인에게 전 책임을 물어, 전원일치의 판결에 의해서 형리의 매질을 당했고 절도범(voleuse)의 머리글자 V의 낙인이 찍혀 살페트리에르 감옥에 종신형 죄수로 갇혔다.

그러나 피고석에 앉아 있지 않았으나 한 여인도 추기경의 무죄 선고에 의해서 종신형을 받게 되었다. 그 여인은 마리 앙투아네트였다. 이후 그녀는 계속 적의 중상과 끊임없는 증오의 대상이 되었다.

한 남자가 판결문을 가지고 법정으로부터 쏜살같이 뛰어나가자 수백 명의 사람들이 뒤따르며 정신 없이 무죄 판결을 길거리에서 부르짖었다. 환호성이 크게 울렸고 그 소리는 센 강 저쪽 기슭에까지 울려퍼졌다. "고등법원 만세" —— 귀에 익은 "국왕 만세"에서 바뀐 새로운 외침 —— 가 온 거리에 울려퍼졌다. 재판관들은 감사의 열광으로부터 몸을 지키기에 정신이 없었다. 사람들은 그들을 포옹했고 중앙시장의 여자들은 키스를 퍼부었고 길에는 꽃이 뿌려졌다. 무죄 선고를 받은 사람들의 승리의 행진이 성대하게 시작되었다. 수만의 군중이 진홍빛 옷을 입은 로앙 추기경을 마치 개선 장군처럼 앞세우고 바스티유로 향했다. 추기경은 이곳에서 하룻밤 더 묵어야 했다. 새벽까지 끊임없이 새로운 무리가 합세했고 군중들은 그곳에서 환성을 울렸다. 칼리오스트로도 이와 비슷한 대접을 받았다. 그를 위해서 파리 거리에 환영대를 가설하자는 계획이 나왔으나 경찰의 명령으로 겨우 저지되었다. 프랑스를 위해서는 왕비와 왕권의 체면에 치명상을 입힌 일 외에는 한 일이라곤 없는 두 남자를 전 국민이 이처럼 찬미한 것은 정말 중요한 징조라고 할 수밖에 없었다.

왕비는 절망을 감추려고 애썼으나 허사였다. 얼굴 한가운데를 내리친 이 채찍의 일격은 너무나도 날카롭고 너무나도 공공연한 것이었다. 시녀는 그녀가 눈물 짓는 광경을 볼 수 있었다. 메르시는 빈을 향해 왕비의 고통이 "이런 일로 당해야 할 만한 정도를 넘고 있다"고 보고했다. 의식적인 반성에 의해서보다는 본능적으로 마리 앙투아네트는 이 패배가 돌이킬 수 없는 것임을 점점 더 깊게 깨달앉다. 왕비가 된 뒤 처음으로 자기의 의지보다 강한 힘이 그녀에게 맞섰다.

그러나 아직 최후의 결정은 국왕의 손에 쥐어져 있었다. 왕이 강력한 조치를 강구하기만 하면 상처받은 왕비의 명예를 구하고 아직은 뚜렷하게 형태를 나타내지 않은 저항을 눌러버릴 수 있었을 것이다. 루이 14세라면 그렇게 했을 것이다. 루이 15세라도 그렇게 했을 것이다. 그러나 루이 16세의 용기는 위축되고 말았다. 그는 고등법원에 대해서 단호한 태도를 취하지 않은 채 아내에게 한낱 만족을 주기 위해서 로앙 추기경과 칼리오스트로를 국외로 추방했을 뿐이다. 그따위 어중간한 조처로는 고등법원에 진정한 타격을 주지도 못하고 성미만 돋울 뿐이요, 아내의 명예를 회복시키지도 못한 채 법을 모욕한 결과를 빚을 뿐이었다. 그는 늘 하던 대로 결단을 내리지 못하고 중간적인 입장을 취했다. 중간적인 입장이란 정치상으로는 늘 오류를 만들기 마련이었다. 이렇게 해서 국왕 내외는 비탈길에 발을 들여놓았고 그들의 굳게 맺어진 운명 속에는 예부터 내려온 합스부르크가의 저주가 실현되었다. 그 저주를 그릴파르처(오스트리아의 작가/역주)는 다음과 같은 시로 노래했다.

> 길 도중에, 행위 도중에,
> 책략 도중에 주저하는 것은
> 우리들 왕가의 저주.

큰 결단을 주저했기 때문에 국왕에게는 돌이킬 수 없는 결과가 되어버렸다. 왕비에 대한 고등법원의 판결과 함께 새로운 시대가 시작되었다.

궁정은 라 모트 부인에 대해서도 흐리멍텅한 태도를 취했다. 이 경우, 가능성은 두 가지로 생각할 수 있었다. 관대한 태도로 잔혹한 형벌을 면제해주든가 —— 그렇게 했다면 훌륭한 인상을 주었을 것이다 —— 혹은 징벌을 가능한 한 공개적으로 하든가 두 가지 중 하나였다. 그러나 궁정은 내심 당혹스러웠기 때문에 또다시 엉거주춤한 조처로 얼버무렸다. 어마어마하게 만들어진 형틀은 백성들에게 공개 낙인형이라는 야만스러운 구경거리를 보여줄 것으로 기대되었다. 사람들은 형틀에 가까운 집들의 창문을 터무니없는 값으로 빌리기도 했으나 막판에 가서 궁정은 자신의 용기에 깜짝 놀랐다. 아침 5시, 구경꾼이 몰려올 염려가 없는 시간을 일부러 골라서 14명의 형리가 째지는 소리를 질러대며 날뛰는 여자를 재판소 계단까지 끌고 왔다. 그리고 태형과 낙인형에 처한다는 판결이 낭독되었다. 그러나 미처 날뛰는 암사자는 잡혀 있는 주제에 히스테릭하게 귀청 떨어질 듯한 소리로 악을 쓰며 국왕, 추기경, 고등법원에 대해서 욕설을 퍼부었으므로 잠을 자던 이웃 사람들이 깨어났다. 물어뜯고, 발길질을 해댔다. 그들은 기어코 낙인을 찍으려고 옷을 벗기지 않을 수 없었다. 그런데 시뻘겋게 달구어진 쇠도장이 어깨에 닿으려는 순간, 여자는 알몸을 드러내어 —— 구경꾼을 즐겁게 만들면서 —— 경련을 일으키며 몸을 뻗혀 올렸기 때문에 시뻘건 "V" 자는 어깨가 아닌 가슴에 찍혔다. 그녀는 미처 날뛰는 짐승처럼 형리의 몸을 옷 위로 물어뜯은 뒤, 정신을 잃고 쓰러졌다. 의식을 잃은 여자는 짐승 시체처럼 살페트리에르 감옥으로 끌려갔다. 이곳에서 그녀는 판결대로라면 종신토록 푸대 같은 회색 아마천 옷에 나막신을 신고 검은 빵과 콩을 먹으면서 노동을 해야 했다.

  이 소름 끼치는 형벌 소식이 전해지자, 당장 세상 인심은 라 모트 부인에게로 쏠렸다. 카사보나의 회상록을 읽어보면 50년 전만 하더라도 귀족들은 루이 15세에게 조그만 펜나이프로 상처를 입혔다는 이유로 정신박약자 다미앙이 고문을 당하는 광경을 부부 동반으로 4시간 동안이나 구경했는데, 달아오른 집게로 조이면서 불행한 사내에게 펄펄 끓는 기름을 퍼부었다. 끝없는 단말마의 고통 끝에 갑자기 하얗게 변한 머리칼을 곤두세우면서 거열(車裂)당하는 모습을 재미나게 구경했다. 그런데 지금은 같은 귀족 사회가 유행에 중독되어 갑자기 박애주의로 변해 "결백한" 라 모트 부인에게 감동이 넘치는 동정을 보내기에 이르렀다. 그 이유는 왕비에 반역하면서도 전혀 위험스럽지 않은 새로운 방법이 발견되었기 때문이었다. 즉 "희생자"에게, "불행한 여자"에게 동정만 보내면 되기 때문이었다. 오를레앙 공은 공개적으로 위로금 모금을 시작했고, 귀족들은 감옥에 물건이나 음식을 넣어주었고 매일처럼 귀족 마차가 살페트리에르 감옥에 도착했다. 복역 중인 도둑을 찾아보는 일이 파리 사교계의 "최신 유행"이 되었다. 그러던 어느 날 감옥을 관리하는 수녀원장은 동정적인 방문자 속에서 왕비의 친구 랑발 공작부인을 보고는 놀라자빠졌다. 스스로 찾아온 것일까, 아니면 소문처럼 마리 앙투아네트에게서 살짝 부탁을 받고 찾아온 것일까? 어쨌든 이 걸맞지 않은 동정은 왕비의 주변에 어두운 그림자를 드리웠다. 그 기이한 동정이 도대체 무슨 뜻일까 하고 모두 의아하게 생각했다. 왕비가 양심의 가책을 견디지 못한 것일까. 남몰래 "희생자"와 타협하려고 한 것일까? 쑥덕공론은 그치지 않았다. 그런 지 몇 주일 뒤에 알 수 없는 방법으로 누군가가 밤을 틈타서 감옥의 문을 열었다. 라 모트 부인이 영국으로 달아났을 때 온 파리의 소문은 일치했다. 라 모트 부인이 법정에서 배짱 좋게도 목걸이 사건에서 왕비 당신의 죄와 공범 관계를 덮어준 것이 고마워서 왕비가 "친구"를 구출해준 것이라고.

라 모트 부인이 도주할 수 있었던 것은 실제로는 한 도당이 된 패거리가 배후에서 꾸민 음흉하기 이를 데 없는 책략의 결과였다. 그러나 이야기가 그렇게 흐르자 왕비가 도둑과 공모했다는 그럴듯한 소문은 공공연해졌을 뿐만 아니라 죄인 라 모트 부인 쪽에서는 런던에서 오히려 원고처럼 뻔뻔스러운 거짓과 중상을 거리낌없이 인쇄물로 만들었다. 그뿐만 아니라 프랑스와 유럽의 무수한 인간들이 이런 따위의 "진상 폭로"를 틈타 떼돈을 벌 수도 있었다. 그녀가 런던에 닿은 바로 그날, 어느 인쇄업자는 거액의 돈을 제공했다. 겨우 중상모략의 위력을 알게 된 궁정에서는 이 독화살을 빼앗으려고 애썼으나 허사였다. 왕비의 총애를 받는 폴리냐크 부인이 20만 리브르로 도둑의 입을 막기 위해서 런던으로 파견되었으나 닳을 대로 닳은 사기꾼은 또다시 궁정을 기만했다. 돈을 받고도 서슴지 않고 세 번씩이나 매번 다른 수법으로 획기적인 새로운 내용을 지어내 덧붙여서 『회고록』을 출판했다. 이들 회고록에는 스캔들을 즐기는 독자들이 알고 싶어하는 것은 전부 들어 있었다. 심지어 고등법원의 심리는 엉터리이며 억울한 라 모트 부인을 비열하게 제물로 만들었다고도 적혀 있었다. 말할 것도 없이 다른 사람이 아닌 왕비가 목걸이를 주문했고, 전혀 죄 없는 자기는 상처받은 왕비의 명예를 지키기 위해서, 단지 우정으로 죄를 짊어졌을 뿐이라고도 쓰여 있었다. 어떤 경위로 그녀가 마리 앙투아네트와 친하게 지냈는가에 대해서도 이 철면피한 거짓말쟁이는 호색스런 패거리들이 듣고 싶어하는 이야기와 꼭 맞아떨어지게 설명했다. 자신은 왕비와 레즈비언식으로 침대를 함께 썼을 정도라고 했다. 또 마리 앙투아네트는 황녀 시절에 이미 로앙 추기경과 연애 관계가 있었다고 라 모트 부인은 주장했다. 그러나 이러한 거짓말의 대부분이 서툴기 짝이 없는 조작임은 뻔한 사실이었다. 왕비에게 호의를 지닌 사람이라면 로앙 추기경이 빈의 대사였던 무렵에 마리 앙투아네트는 벌써 베르사유의 왕세자비가 되었다는 것을 계산할 수 있기 때문이다. 그러나 자명한 일도 아무 소용이 없었다. 왕비에게 호의를 지닌 사람은 줄어든 반면 백성들은 라 모트 부인이 엉터리로 지어서 『회고록』에 수록한 왕비가 로앙에게 보냈다는 사향 냄새가 나는 연애편지를 몇 십 장이나 읽고는 히죽거렸기 때문이다. 라 모트 부인이 왕비의 성도착 이야기를 조작하면 조작할수록 그들은 점점 더 그런 이야기를 듣고 싶어했다. 더러운 글들이 잇달아 간행되었고 그 야비함도 저속함도 점점 더 심해졌다. 드디어 "왕비와 음탕한 관계를 가졌던 인물의 명세서"가 간행되었다. 공작, 배우, 종복, 왕의 아우와 그의 시종, 폴리냐크 부인, 랑발 공작부인, 그리고 마지막에는 채찍질당하는 마조히즘의 매춘부까지 한 묶음으로 묶어 "동성애를 즐기는 파리의 여자 전부" —— 남녀 합계 34명의 이름이 공개되었다. 그러나 이들 34명만으로는 아직 살롱이나 거리의 의견에 따르면 마리 앙투아네트가 상대한 여인들을 모조리 언급했다고는 결코 말할 수 없다. 전 시민, 전 국민이 호색스런 심정으로 그려내는 공상이 일단 한 여자에게 향한 이상, 그 사람이 여제든, 배우든, 왕비든, 오페라 가수든, 옛날이나 지금이나 온갖 난행과 성도착 이야기를 조작해서 상대에게 떠밀어붙이고는 남모르는 쾌감에 젖기 일쑤였다. 겉으로는 그러한 이야기에 분격하는 척하면서 몽상으로 그려낸 쾌락에 탐닉했다. 「마리 앙투아네트의 치정 생활」이라는 어떤 팸플릿에는 이미 오스트리아 궁정에서의 13황녀의 "억누를 수 없는 색정(이것은 또다른 팸플릿의 아취 있는 표제이기도 하다)"을 다스린 정력적인 헝가리 보병 이야기가 적혀 있었고, 온갖 상대와 난잡한 사랑의 포즈를 취한 왕비의 모습을 폭로하는, 여러 장의 음탕한 동판화를 곁들여 상세하게 묘사한 「왕실 청루」(팸플릿 제목)가 독자들에게 제공되었다. 흙탕물은 점점 더 높이 튀어오르고 거짓말은 점점 악의를 더해갔으나, 사람들은 이 "범죄자"의 말이라면 무엇이든지 믿으려고 했기 때문에 어떤 거짓말도 진실로 받아들여졌다. 목걸이 사건이 있고 2-3년이 지나자 마리 앙투아네트는 이미 프랑스에서 가장 음탕하고, 가장 비열하고, 가장 음흉하고, 가장 압제적인 여자라는 악평을 뒤집어써서 어떻게 손을 쓸 수도 없게 되었다. 이와는 달리 낙인이 찍힌 교활한 여인 라 모트 부인 쪽은 억울한 희생자가 되었다. 훗날 혁명이 일어나자 곧 혁명파 클럽은 달아난 라 모트 부인을 자신들의 보호 아래 파리에 다시 데려오려고 했다. 목걸이 사건을 한 번 더 자기들 뜻대로 재탕하기 위해서, 이번에는 라 모트 부인을 원고로 하고 마리 앙투아네트를 사형수의 의자에 앉혀 혁명 재판을 치를 셈이었다. 그러나 라 모트 부인은 갑자스럽게 죽고 말았다. 1791년에 추적 망상에 걸린 라 모트 부인이 갑작스런 발작을 일으켜 창문에서 떨어져 죽는 바람에 이 대단한 사기꾼에게 개선가를 부르게 하고, 파리 시내를 누비도록 "공화국에 대한 공적이 있었다"는 판결문을 줄 수 없게 되었다. 운명이 간섭을 하지 않았다면 라 모트 부인이 자기가 중상모략한 왕비의 처형을 환호성에 싸여 구경하는, 목걸이 사건보다 훨씬 더 괴기한 재판 희극을 보았을 것이다.

인민이 잠을 깨다. 왕비가 잠을 깨다

 목걸이 사건이 야기한 재판의 세계사적인 의미는 그것이 세상이라는 조명등으로 왕비의 인격과 베르사유 궁의 창문을 날카롭게 그리고 눈부시게 비추어 그 모습을 드러나게 한 데에 있다. 그러나 혼란한 시대에 너무 눈에 드러나는 것은 언제나 위험하다. 그 까닭은 수동적이던 불만이 방어력을 갖추고 실력을 행사하기 위해서는 이념의 기수든, 쌓이고 쌓인 증오의 표적이든, 언제나 한 사람의 인간, 즉 성서에서 말하는 속죄양이 필요하기 때문이다. "민중"이라는 불가해한 존재는 사물을 의인적으로 생각한다. 그들은 사물을 단지 인간으로 환원해서 생각하는 사고력만을 가진 것이다. 민중의 이해력으로서는 결코 개념을 파악할 수 없다. 다만 인간의 모습을 확실히 알 수 있을 뿐이다. 프랑스 백성은 이미 오래 전부터 어디에선가 자기들에게 부정을 저지르고 있음을 어렴풋이 느꼈다. 그들은 오랫동안 복종하고 굴종하면서 보다 좋은 시대가 오리라는 것을 믿으며 기다렸다. 새로운 루이가 왕위에 오를 때마다 깃발을 흔들었고, 영주와 교회에 공손히 세금을 바치며 부역을 해왔다. 그러나 허리를 낮게 구부리면 구부릴수록 압박은 가혹해졌고, 세금은 더욱 더 탐욕스럽게 그들의 피를 빨았다. 프랑스는 넉넉한 땅이었으나 곡물창고는 텅텅 비었고 소작인은 가난의 밑바닥에서 허덕였다. 유럽에서 가장 비옥한 땅과 아름다운 하늘을 누리면서도 끼니를 거르는 판이었다. 누군가가 책임을 져야만 했다. 빵도 제대로 먹지 못하는 사람이 있다는 것은 다른 한편으로 진탕 먹는 자가 있기 때문이며, 의무에 목이 졸리는 사람이 있는 것은 권리를 독차지하는 자가 있기 때문이다. 명철한 사고와 탐구에 앞서 나타나기 마련인 어렴풋한 불안이 점차 온 나라를 휩쓸기 시작했다. 볼테르, 루소와 같은 인물에 의해서 잠을 깬 시민계급은 스스로의 힘으로 판단하고, 비판하고, 독서하고, 저작하고, 의지의 소통을 꾀하기 시작했던 것이다. 무서운 폭풍에 앞서 번갯불이 번쩍였다. 부농의 집은 약탈을 당했고, 영주는 압력을 받았다. 거대한 불만이 오래 전부터 먹구름처럼 온 나라를 뒤덮고 있었다.

이때, 두 줄기의 눈부신 섬광으로 온 국민의 눈앞에 모든 것이 적나라하게 제 모습을 드러냈다. 그 하나가 목걸이 사건이며 또 하나는 칼론의 적자재정 폭로였다. 자신이 기도했던 개혁을 저지당한 데다가 궁정에 남몰래 적의를 품고 있던 재무대신 칼론은 처음으로 명확한 숫자를 제시했다. 오랫동안 숨겨졌던 사실이 백일하에 드러났다. 루이 16세 치세 12년 동안 12억5,000만 리브르의 빚을 짊어진 것이다. 이 청천벽력에 민중은 새파랗게 질렸다. 천문학적인 12억 5,000만 리브르라는 돈을 어디에, 누가 써버렸단 말인가! 목걸이 사건의 재판으로 이 물음은 대답을 얻었다. 불과 이삼 수를 위해서 10시간이나 부역을 하는 불쌍한 백성들이 있는데, 어느 계층에서는 150만이나 나가는 다이아몬드를 사랑의 선물로 쓰고, 1,000만, 2,000만으로 성을 사들이고 있었음이 드러났다. 그러나 무기력한 바보, 정신적으로는 소시민에 불과한 국왕은 이렇게 어마어마한 낭비와는 무관했을 것이다. 따라서 분노는 모조리 화려하기 그지없는 낭비가이며 경솔한 왕비를 향해서 세찬 파도처럼 밀려갔다. 국고 부채의 책임자가 밝혀졌다. 왜 지폐 가치가 나날이 떨어지는지, 왜 빵

값이 나날이 오르는지, 왜 세금이 자꾸 많아지는지 이제는 뚜렷해졌다. 그것은 그 매춘부가 흥청망청 트리아농의 방 하나를 다이아몬드로 치장했기 때문에, 오빠 요제프의 군자금으로 수백만금을 오스트리아로 송금했기 때문에, 침실 파트너나 동성애 여자들에게 연금, 관직, 녹봉을 퍼주었기 때문이었던 것이다. 갑작스레 화근이 밝혀졌고, 파산의 장본인이 밝혀졌다. 왕비에게 새로운 이름이 붙여졌다. 프랑스 방방곡곡에서 그녀는 "적자 부인(Madame Defizit)"으로 불리게 되었다. 이 말은 낙인처럼 그녀의 등에 새겨졌던 것이다.

이제 먹구름이 갈라졌다. 팸플릿이나 논쟁서가 비처럼, 우박처럼 쏟아지고 문서와 청원이 홍수처럼 넘쳐흘렀다. 프랑스에서 이처럼 시끄럽게 거론되고, 쓰이고, 입에 오른 사건은 일찍이 그 예가 없었다. 인민은 눈을 뜨기 시작했다. 미국 독립전쟁에서 돌아온 지원병들은 궁정도, 국왕도, 귀족도 없고 시민만이 있는 나라, 완전한 평등과 자유가 지배하는 민주주의적인 나라에 관한 이야기를 무지몽매한 마을에까지 돌아다니며 퍼뜨렸다. 그리고 루소의 『사회계약론』속에는 이미 뚜렷이, 볼테르나 디드로의 저작 속에는 보다 미묘하고 은밀한 필치로, 왕정이 결코 신의 뜻에 의한 단 하나의 정치 체제도 아니며, 현존하는 최상의 것도 아니라고 쓰여 있었다. 묵묵히 머리를 조아리고 있던 오래된 외경심이 호기심에 불타서 처음으로 그 고개를 들었다. 그리고 귀족, 민중, 시민들은 새로운 자신을 가졌다. 프리메이슨 집회나 지방 삼부회에서 들리는 낮은 목소리의 속삭임은 서서히 높아져 드디어는 우레 소리가 되어 멀리까지 퍼졌고, 방전을 일으켜 사방은 열기를 띠었다. "재앙을 엄청나게 팽창시키고 있는 것은 정신을 들뜨게 하는 흥분입니다. 선동이 사회 각계각층의 마음을 사로잡고 있습니다. 그리고 이 열병과 같은 불안이 고등법원으로 하여금 궁정에 적대적으로 맞서게 하는 힘을 부여하고 있습니다. 공개석상에서조차 국왕, 왕족, 대신에 대해서 얼마나 대담한 언사가 펼쳐지는지 도저히 믿을 수 없을 정도입니다. 그들의 지위는 비판받고 있고, 궁정의 낭비는 온갖 악의에 의해서 윤색되어 이 나라에는 마치 정부가 없는 것처럼 일반 신분에 의한 〔의회〕 소집의 필요성이 강조되고 있습니다. 이런 언론의 자유를 처벌로 누르기는 이미 불가능합니다. 열병은 널리 번져 있으므로 몇천 명을 투옥한다고 해도 그 화는 이미 막을 재간이 없고 민중의 노여움을 높일 뿐 폭동은 피할 수 없게 될 것입니다." 메르시 대사는 빈에 이렇게 보고했다.

사람들의 불만은 이제 가면도 조심도 필요 없어져서 공공연하게 정체를 드러내어 하고 싶은 말을 해댔다. 겉으로나마 존경을 보여주는 일들도 없어졌다. 목걸이 사건의 재판 전후 왕비가 처음으로 관람석에 들어서자 모두들 심하게 혀를 찼기 때문에 그녀는 그뒤부터는 극장을 피했다. 비제-르브랭 부인이 마리 앙투아네트의 초상을 "살롱"에 공개 전시하려고 하자 그림 속의 "적자 부인"이 능욕될 가능성이 짙다는 이유로 왕비의 초상을 서둘러 떼어낸 일도 있었다. 귀부인의 살롱에서도, 베르사유 궁정의 "거울의 방"에서도, 그 어느 곳에서도 마리 앙투아네트는 차가운 증오의 눈초리를 등에서뿐만 아니라 얼굴에서 얼굴로, 눈에서 눈으로 느끼게 되었다. 그리고 마침내 마지막 치욕까지 받게 되었다. 완곡한 표현이기는 하지만 경찰이 왕비에게, 파리 방문을 삼가는 것이 좋습니다. 어려운 사건이 돌발하더라도 책임질 수 없습니다라고 말했으니 말이다. 쌓이고 쌓인 온 국민의 분노가 지금 단 한 사람의 인간을 향해 무서운 힘으로 쏟아질 기세였다. 이 증오의 채찍을 맞고서야 태평한 꿈에서 소스라쳐 깨어난 왕비는 절망의 신음 소리를 냈다. "저 사람들이 내게 무엇을 요구하는 것일까……내가 저 사람들에게 무슨 짓을 했단 말일까?"

오만하고 무관심한 마리 앙투아네트를 "불성실"에서 깜짝 놀라 깨어나게 하기 위해서는 천둥이 치고 벼락이 떨어져야 했다. 이제서야 그녀는 눈을 떴다. 여태까지는 나쁜 조언에만 귀를 기울였을 뿐

적절한 충고는 들은 척도 않던 그녀가 지금껏 무엇을 소홀히 해왔던가를 겨우 깨닫기 시작했다. 그녀는 성급히 자기가 저지른 잘못 중에서 가장 사람들의 신경을 거슬렀던 일들에 대해서 유형의 보상을 서둘렀다. 우선 사치스런 생활 방식을 용단을 내려 바꾸었다. 베르탱 양은 해고되었고 의상비, 가계비, 승마용 마굿간 비용에서도 한 해에 100만 이상의 돈을 절약했다. 또 노름은 노름판 주인과 함께 살롱에서 사라졌고, 생클루 궁의 신축 공사가 중지되었고, 다른 궁전도 될 수 있는 대로 빨리 팔아버렸다. 그리고 불필요한 자리는 폐지되었다. 우선 심복들이 트리아농 궁에서 사라졌다. 마리 앙투아네트는 처음으로 귓구멍을 넓히고 사교계의 유행이라는 낡은 힘이 아닌 여론이라는 새로운 힘에 귀를 기울였다. 그녀는 이러한 최초의 시도만으로 지금껏 자기 평판을 희생시켜가면서 몇십 년 동안 베풀어 온 친구들의 속셈을 속속들이 알게 되었다. 이 착취자들은 자기들을 희생시키면서 단행된 국사 개혁에 대해서는 전혀 이해심을 보이지 않았다. 뻔뻔스런 아첨꾼 중 한 사람은 드러내놓고 어제까지만 해도 제 소유였던 것을 내일도 가지고 있게 될지 어떨지 모를 나라에서 사는 것은 견딜 수 없다고 불평을 늘어놓았다. 그러나 마리 앙투아네트는 한 발자국도 물러서지 않았다. 눈을 뜬 뒤로는 여러 가지 일이 전보다 더 잘 보였다. 그녀는 말썽 많은 폴리냐크 일족으로부터 벗어나 메르시나 전에 사임한 베르몽과 같은 옛 조언자들에게 다시 접근했다. 뒤늦기는 했지만 마리아 테레지아의 경고를 지당한 것으로 받아들이려는 것처럼 보였다.

그러나 "너무 늦었다." 이 말은 이 이후에 보여준 그녀의 다른 행동에도 적용될 수 있다. 사소한 단념을 아무리 해보았자 혼란스러운 세상에서는 전혀 눈에 띄지 않았고, 서둘러 재정을 긴축해보았으나 밑 빠진 독에 물을 붓는 격이었다. 일시적인 간단한 조처 정도로는 이미 어떻게 할 수 없는 사태에 이르렀음을 깨닫자 궁정은 섬뜩해했다. 거대한 적자를 단숨에 없앨 수 있는 헤라클레스 같은 인물이 필요했다. 재정의 재건으로 사태를 어떻게든 꾸려나가려고 대신들이 계속해서 새로 임명되었으나 임시변통의 방법에 불과했다. 얼핏 보기에는 이전의 부채를 해소시키는 것처럼 보이는 거액의 공채와 무모한 증세, 아시냐(원래는 국유 재산의 교환권이었으나 뒤에 지폐로 바뀜/역주)의 발행, 화폐 가치를 떨어뜨리는 금화개주(金貨改鑄) 따위가 그런 것이었다. 암암리에 인플레이션이 기승을 부리고 있었다. 그러나 실제로 병의 뿌리는 더 깊은 데 숨어 있었다. 부는 전부 불과 한줌의 봉건귀족의 손아귀에 들어 있어서 국민경제적으로 불건전한 국부의 분배가 이루어졌으며 그 순환도 잘못되고 있었다. 게다가 의사는 과단성 있게 필요한 재정상의 외과 수술을 하지 않았으므로 국고의 피폐는 만성화되었다. 메르시는 기록하고 있다. "낭비와 경솔이 국고를 메마르게 하면 절망과 비명이 솟아오릅니다. 그럴 때 재무대신들은 대개 치명적인 수단을 씁니다. 사기꾼 같은 방법으로 금화를 다시 주조하거나 새로운 세금을 거두기도 합니다. 그러한 일시적인 구제책은 당장의 곤란한 사태를 완화시킵니다. 그렇게 되면 당국은 여태까지의 절망에도 불구하고 도저히 이해할 수 없을 만큼 쉽사리, 아주 느긋한 기분을 느낍니다. 현 정부의 무질서와 착취는 전(前) 정부를 능가하는 것이 확실하며, 이 정세가 파국을 초래하지 않고 더 이상 계속되는 것은 도덕적으로 있을 수 없습니다." 붕괴가 다가오는 날을 피부로 느끼게 되자 궁정에는 불안한 빛이 짙어졌다. 마침내 대신을 바꾸는 것만으로는 충분하지 않다는 것을 느끼고 조직을 바꿔야만 한다고 생각하게 되었다. 파탄의 한 발자국 앞에서 사람들의 생각은, 대망의 구세주가 귀족 출신일 필요는 없으며 인기가 있고, 민중 —— 프랑스 궁정에서는 새로운 개념이다 —— 이라는 미지의 위험한 존재의 신뢰를 받는 인물이어야 한다는 쪽으로 생각이 바뀌었다.

그러나 그런 인물은 확실히 있었다. 궁정에서도 잘 알려진 인물이었다. 시민계급 출신의 외국인, 곧 스위스 사람이며 거북하게도 이

교도라고 할 수 있는 칼뱅 교도였으나 이전에 궁정이 궁지에 몰렸을 때 그 남자에게 조언을 구한 적도 있었다. 당시 대신들이 이 국외자를 기꺼이 맞아들인 것은 아니었다. 그가 「재정 보고서」를 발표하여 자신들의 "마녀의 부엌"을 국민들이 들여다볼 수 있게 했기 때문에 부리나케 해임해버렸다. 그러자 그는 화가 나서 모욕적일 정도로 작은 사각 편지지에 쓴 사표를 국왕에게 보냈다. 루이 16세는 궁정 법도에 어긋나는 이 무례함을 잊을 수가 없었다. 두 번 다시 그 네케르를 임명하지 않을 것이라고 분명히 말했고 심지어 맹세까지 했다.

그러나 지금만큼 네케르가 필요할 때는 없었다. 왕비는 마침내 여론이라는 울부짖는 야수를 달랠 수 있는 대신이 자기에게 얼마나 필요한가를 깨달았다. 그러나 그녀라고 하더라도 네케르 임명을 관철하기에는 자신의 마음속에서 일어나는 저항을 극복하지 않으면 안 되었다. 임명되는 순간에 곧 인기를 잃어버린 전임 로메니 드 브리엔도 그녀의 힘으로 임명된 인물이었기 때문이다. 이번에 또다시 실패할 경우에는 책임을 지게 되지 않을까……그러나 그녀는 결단을 내지리 못하고 망설이는 남편을 보고는 독이라도 마시는 기분으로, 굳게 마음을 먹고 이 위험한 인물에게 손을 내밀었다. 1785년 8월, 그녀는 네케르를 방으로 불러 화가 난 그를 납득시키기 위해서 온갖 기술을 다 부렸다. 네케르는 이중의 승리감을 맛보았다. 왕비에게 호출된 것이 아니라 부탁을 받은 것이며, 또 전 국민이 요구한 셈이었다. 이날 밤 그의 취임 소식이 전해지자 "네케르 만세", "국왕 만세" 소리가 베르사유 궁전의 회랑에, 파리의 거리거리에 울려퍼졌다. 왕비만은 그 소리에 어울려 환성을 올릴 용기를 낼 수 없었다. 익숙하지 못한 손으로 운명의 수레바퀴에 간섭했다는 책임감의 중압에 불안했기 때문이다. 게다가 네케르라는 이름만 들으면 이상한 예감에 가슴속이 암울하게 울렁거렸다. 까닭을 알 수 없었다. 이성보다는 본능으로 더 그랬다. 같은 날 그녀는 메르시에게 이렇게 썼다. "그를 다시 부른 것이 나 자신이라고 생각하면 몸이 떨립니다.

불행을 부르는 것은 나의 숙명입니다. 그가 악마적인 음모 때문에 좌절하든가, 국왕의 권위를 누르든가 하면 나는 지금보다 더욱 미움을 받을 것입니다."

"그렇게 생각하면 몸이 떨립니다." "이런 허약함을 용서하세요." "불행을 부르는 것은 나의 숙명입니다." "지금 이 순간은 당신처럼 친절하고 성실한 친구의 도움이 필요합니다." 이런 말은 이전의 마리 앙투아네트는 결코 쓰지도 말하지도 않았던 것들이다. 이것은 새로운 마리 앙투아네트였다. 마음이 흔들리고 가슴속 깊이 쥐어뜯긴 인간의 소리였으며, 이미 웃음의 날개를 단 응석받이 여자의 경솔한 목소리가 아니었다. 마리 앙투아네트는 인식의 쓰디쓴 나무 열매를 맛보았다. 그녀의 몽유병자 같은 확신감은 사라졌다. 위험을 깨닫지 못하는 자만이 두려움을 모르는 법이다. 거대한 지위에 따르는 책임의 대가를 그녀는 겨우 깨닫기 시작했다. 지금까지는 베르탱 양의 유행 모자처럼 가볍게 쓰고 있었던 왕관이 처음으로 그 무게를 더해왔다. 지각이 약한 땅 아래의 화산이 둔탁하게 움직이고 있음을 느끼고 난 뒤로 그녀의 걸음은 불안해졌다. 나아가는 것은 그만두자, 물러날 때이다. 그녀는 생각했다. 결단과는 완전히 결별하는 쪽이 더 낫다. 정치나 그 어두운 일과는 영원히 안녕을 고하자. 결정하는 것을 여태껏 쉬운 일로 생각해왔지만 이제는 대단히 위험한 것임을 알았다. 이런 일에는 손을 대지 말자. 마리 앙투아네트의 태도는 완전히 바뀌었다. 번잡함에서 행복을 느꼈으나 그녀는 이제 정적과 고독을 찾았다. 극장이나 가장무도회를 피했고, 국왕의 추밀 회의에도 나가려고 하지 않았다. 아이들과 함께 있을 때만 겨우 숨을 돌릴 수 있었다. 웃음이 넘치는 아이들의 방에는 증오나 질투 따위의 질병은 들어오지 않았다. 환멸 속에서 그녀는 또 하나의 비밀을 발견했다. 한 남자, 진정한 벗이며 마음의 벗인 한 남자가 그녀의 감정을 움직이며 달래고 행복하게 해준 것이다. 이제 만사가 잘 풀릴지도 모른다. 다만 조용하게, 가장 좁고 가장 자연스러운 가정이라는 세계 속에서만 살자. 운명에 도전하는 것은 그만두자. 운명이라는 불가사의한 적이 가진 위력과의 관계를 그녀는 비로소 뚜렷이 깨달았다.

그러나 그녀의 마음속에서 모든 것이 정적을 찾으려고 한 바로 그때, 시대의 청우계(晴雨計)는 폭풍우를 가리키고 있었다. 마리 앙투아네트가 자신의 실패를 인정하고 모습을 감추려고 할 바로 그때, 무자비한 힘이 그녀를 앞으로 내몰아 역사상 가장 자극적인 사건의 한가운데로 내던졌다.

결정의 여름

왕비에게서 조난을 당한 나라의 키를 받은 네케르는 단호히, 폭풍우를 향해서 곧바로 배를 몰았다. 그는 돛을 주춤주춤 감지도 않았고, 오랫동안 주저하지도 않았다. 엉거주춤한 조처는 아무짝에도 소용이 없었다. 단 하나, 결정적이고도 강력한 시책, 즉 신뢰를 완전히 회복하는 일만 있을 뿐이었다. 최근 몇 년 동안에 국민들의 신뢰는 베르사유를 완전히 떠나버렸다. 국민들은 이미 국왕의 여러 가지 약속을, 국왕의 채권이나 아시냐 지폐를 신용하지 않았다. 귀족의 고등법원이나 명사 회의에 이미 아무런 기대도 걸지 않았다. 신뢰를 굳히고 무정부 상태를 저지하기 위해서 새로운 권위가 당분간만이라도 유지되지 않으면 안 되었다. 세찬 겨울 탓에 백성들은 주먹을 쥐고 있었다. 시골에서 올라와 도시에서 굶주리고 있는 난민의 절망은 언제 폭발할지 알 수 없었다. 국왕은 여느 때처럼 한참 망설인 끝에 막판에 가서야 삼부회를 소집하기로 했다. 참으로 200년 이래 처음 있는 일이었다. 아직도 갖가지 권리와 부를 쥐고 있는 제1신분과 제2신분, 즉 승려와 귀족에게서 우위를 빼앗기 위해서 국왕은 네케르의 조언에 따라 제3신분의 수를 배로 늘렸다. 양 세력이 균형을 유지하면 결국, 최후의 결정권은 군주의 손에 남게 되었다. 궁정은 국민의회의 소집이 국왕의 책임을 가볍게 하고 국왕의 권위를 강화할 것이라고 생각했다.

그러나 민중은 그렇게 생각하지 않았다. 그들은 비로소 사명감을 느꼈다. 국왕이 민중에게 조언을 구하는 것은 절망에 빠졌기 때문이지, 결코 호의에서 비롯된 적이 없음을 알고 있었다. 민중에게는 대단한 사명이 맡겨진 셈이지만 이것은 또한 두 번 다시 없을 기회이기도 했다. 민중은 이것을 이용하려고 결심했다. 열광의 환호가 거리에서 마을로 노도처럼 퍼져갔고, 선거는 잔치가 되고, 의회는 국민 종교의 고양된 자리로 변했다. 자연이 폭풍우의 전날, 모든 화려한 빛깔을 다해서 아침 노을을 빚어 사람을 속이듯이, 드디어 일이 시작되었다. 1789년 5월 5일, 삼부회 개최의 날, 베르사유는 왕의 저택이 아니라 처음으로 수도로서 전 프랑스 왕국의 뇌, 심장, 혼이 되었다.

1789년의 이 빛나는 봄날만큼 작은 거리 베르사유에 사람들이 몰려들었던 일은 일찍이 없었다. 왕궁에는 4,000명의 사람들이 모였다. 프랑스는 약 2,000명의 대표자를 보냈다. 파리와 시골 마을로부터 호기심에 들뜬 무수히 많은 사람들이 이 역사적인 구경거리를 보려고 몰려들었다. 금화가 든 무거운 지갑으로 겨우 방 하나를 얻었고, 한 움큼의 두카텐 금화로 짚이불 하나를 얻을 수 있을 뿐이었다. 묵을 곳을 찾지 못한 수백 명의 사람들은 성문이나 처마 밑에서 잠을 잤고, 이 어마어마한 구경거리를 놓치지 않으려고 밤부터 수많은 사람들이 쏟아지는 비를 무릅쓰고 울타리처럼 늘어섰다. 식료품 값은 서너 곱으로 뛰어오르고, 혼잡은 점점 더 심해졌다. 이때에 이미 상징적으로 나타난 일이지만 이 좁은 도시에는 한 사람의 지배자밖에 받아들일 장소가 없었다. 두 사람은 들어갈 수 없었다. 언젠가는 그 한 사람, 왕권이든 국민의회든 어느 쪽이 자리를 물려주어야 할 때가 오고야 말 것이었다.

그러나 이 최초의 시간은 싸움을 위해서가 아니라 왕과 민중과의 위대한 화해를 위해서 배당된 것이었다. 5월 4일, 아침부터 종이 울렸다. 회의가 시작되기 전 우선 신성한 장소에서 이 숭고한 일을 위해서 하느님의 축복을 받아야 했다. 새 시대가 시작되는 이날의 일을 자식과 손자들에게 이야기할 수 있도록 전 파리 시민이 베르사유로 몰려왔다. 값비싼 커텐이 늘어뜨려졌던 창문에는 사람들의 머리가 빽빽하게 줄을 짓고, 굴뚝에는 생명의 위험을 무릅쓰고 사람들이 빈틈없이 주렁주렁 매달렸다. 대행렬의 사소한 점 하나도 놓치지 않으려고 했다. 사실 여러 신분의 전시회라고도 말할 수 있는 이 행렬은 대단한 것이었다. 민중에게 진정한 존엄의 모습을 새기고, 태어날 때부터의 지배자, 선서로써 자리에 앉은 지배자임을 보여주려고 베르사유 궁은 이날 마지막으로 그 화려의 극치를 늘어놓았다. 오전 10시에 국왕의 행렬은 궁전을 출발했다. 요란하게 차려입은 시종들과 팔을 쭉 펴고서 들어올린 주먹 위에 매를 앉힌 매 사냥꾼이 앞장을 서고, 그 뒤에는 화사한 깃 장식을 머리에 흔들어 훌륭한 마구의 말이 끄는 황금과 유리로 꾸민 호화로운 국왕의 마차가 아주 엄숙하게 느릿느릿 나타났다. 국왕의 오른쪽에는 바로 아래 아우가, 마부석에는 그 다음 아우가, 뒷좌석에는 앙굴렘가, 베리가, 부르봉가의 젊은 공작들이 앉아 있었다. 이 맨 앞의 의장마차에는 폭풍우 같은 "국왕 만세" 소리가 쏟아져 왕비와 왕녀들을 태운 제2의 마차를 맞는 냉정하고 준엄한 침묵과는 끔찍한 대조를 보였다. 이미 이날 아침 여론은 왕과 왕비 사이에 뚜렷하게 날카로운 선을 긋고 있었다. 다른 왕족을 태우고 뒤따르는 마차들에도 같은 침묵이 이어졌다. 마차 행렬은 천천히 장중하게 노트르담 사원을 향했다. 교회에서는 세 신분에 속하는 2,000명이 제각기 타오르는 촛불을 손에 들고 행진하려는 행렬을 지어 왕실 일가의 도착을 기다리고 있었다.

의장마차는 교회 앞에서 멈췄다. 국왕과 왕비와 신하들이 모두 마차에서 내렸다. 낯선 광경이 그들 눈앞에 펼쳐졌다. 화려한 비단옷

차림에 흰 깃을 단 모자를 한껏 위로 젖힌 귀족 신분의 대표자들은 축제나 무도회에서 알고 있는 사람들이었고, 추기경들이 입은 불타는 듯한 붉은 법의와 주교들의 자줏빛 법의 같은 성직자들의 다채로운 호사 역시 낯익은 것이었다. 제1신분과 제2신분은 100년 전부터 왕좌를 둘러싸고 왕실의 축제를 충실하게 장식해왔다. 그러나 일부러 수수한 검정 상의를 입고 그 위에 희게 빛나는 깃 장식만을 한 저 검은 무리는 누구일까. 교회 앞에 검은 집단을 이룬 저 미지의 사람들, 아직은 무명인 저 사람들은 누구일까. 대담하고 해맑은, 준엄하기까지 한 눈매의, 여태까지 본 적이 없는 얼굴을 한 저 사람들은 대체 어떤 생각을 가슴속에 감추고 있는 것일까. 왕과 왕비는 자신들의 적을 자꾸 쳐다보았다. 그런데 그들은 모여 서서 꼼짝 않고, 노예처럼 허리를 굽히지도, 열광하여 환호하지도 않았다. 잔뜩 차려입은 긍지 높은 사람들, 특권을 누리는 유명한 사람들과 똑같은 자격으로 개혁에 착수하려고 남자답게 조용히 기다리고 있을 뿐이었다. 그들의 음산한 검정 옷과 진지하며 헤아릴 수 없는 태도는 다소곳한 조언자라기보다는 차라리 재판관처럼 보일 정도였다. 어쩌면 이 최초의 만남에서 이미 왕과 왕비는 자신들의 운명을 예감하고는 몸을 떨었을지도 모른다.

그러나 이 최초의 만남은 싸움을 위한 것은 아니었다. 피할 수 없는 싸움을 앞에 두고 협조의 시간을 가져야 했다. 2,000명이 저마다 타오르는 촛불을 손에 들고 거대한 행렬을 지어 교회에서 교회로, 곧 노트르담 드 베르사유에서 생루이 성당에 이르는 거리를, 프랑스 근위병과 스위스 근위병이 총검을 번쩍거리며 정렬한 사이를 지나 엄숙하고 부드럽게 걸음을 옮겼다. 머리 위에서는 종소리가 울려퍼졌고, 옆에서는 북소리가 울렸고, 제복이 반짝였다. 승려들의 성가만이 군대 같은 인상을 부드럽게 하여 보다 높고 장중한 분위기를 빚어내고 있었다.

긴 행렬의 선두 —— 맨 뒤의 사람들이 제일 앞 사람들이 될 것이다 —— 에는 제3신분의 대표자들이 나란히 두 줄을 이루어 행진하고 그 뒤에는 귀족들이 또 승려들이 귀족들을 뒤따랐다. 제3신분의 마지막 의원이 지나갔을 때 민중 속에서 동요가 일어나고 폭풍우 같은 환호가 터져나왔다(결코 우발적이 아니었다). 이 열광의 대상이 된 사람은 궁정을 배반한 오를레앙 공이었다. 그는 선동가다운 계산에서 왕족 행렬에 끼지 않고 제3신분의 의원과 함께 걸어간 것이었다. 다이아몬드로 장식한 미사복을 입은 파리 대주교가 성체를 모신 천개를 받들고 있었다. 그 뒤에 나타난 국왕조차 공공연히 민중의 편에 서서 왕의 권위에 도전한 오를레앙 공보다는 박수를 받지 못했다. 궁전에 대한 이러한 은밀한 적의를 보다 더 뚜렷이 보이기 위해서 몇몇 사람은 마리 앙투아네트가 다가오는 순간을 노려 "왕비 만세"를 부르는 대신, 일부러 그녀의 적인 "오를레앙 공 만세"를 큰 소리로 외쳤다. 마리 앙투아네트는 모욕을 느끼고 새파랗게 질려 어쩔 줄 몰랐다. 그러나 눈에 띄지 않도록 간신히 자제하며 의연하게 굴욕의 길을 마지막까지 나아갔다. 다음 날 국민의회가 열렸을 때 그녀는 또다시 모욕을 받았다. 국왕이 회의장에 들어갔을 때에는 열렬한 박수 소리와 환호가 그녀가 들어서자 입술 하나 손 하나 움직이지 않았다. 얼음장 같은 침묵이 오싹한 냉기처럼 그녀를 향해서 불어왔다. "저기 희생자가 있네." 미라보가 옆 사람에게 중얼거렸다. 국외자인 미국인 거버너 모리스(미국의 정치가. 이 무렵 사절로서 파리에 와 있었다.『프랑스 혁명 일기』의 저자/역주)조차 프랑스인 친구들을 설득하여 한 번만이라도 좋으니 박수를 보내 이 모욕적인 침묵을 조금이라도 완화시켜보려고 애를 썼다. 그러나 허사였다. "왕비는 울고 있었다." 이 자유 국가의 후손은 일기에 이렇게 적고 있다. "그녀를 위한 어떤 환성도 들리지 않았다. 허락을 받았다면 나는 틀림없이 손을 흔들었을 것이다. 그러나 내게 감정을 표현하는 권리는 없었다. 가까운 사람들에게 그렇게 하도록 간청했지만 허사였다." 프랑스 왕비는 3시간 동안이나 어떤 인사를 받지도 관심을 끌지도 못한 채 마치 피고석에 앉아 있듯이 국민의 대표들 앞에 앉아 있어야 했다. 길게 계속되던 네케르의 연설이 끝난 뒤 국왕과 함께 왕비가 회의장을 나서려고 일어섰을 때 처음으로 의원 몇 사람이 동정에서 그러나 주저하며 "왕비 만세"를 외쳤다. 감동한 마리 앙투아네트는 가벼운 인사로 감사의 뜻을 표했다. 이 몸짓이 계기가 되어 마침내 전 청중이 요란스럽게 갈채를 보냈다. 그러나 궁전으로 돌아가면서 마리 앙투아네트는 결코 착각하지 않았다. 멈칫거리며 그녀를 동정해서 인사하는 것과 백성들의 애정에서 우러나온, 터져나오는 듯한 크고 따뜻한 울림의 차이를 너무나도 뚜렷이 느끼고 있었기 때문이다. 그녀가 처음으로 이 나라에 왔을 때는 바라지도 않았으나 백성들의 애정은 아직 어린 그녀의 마음을 환호의 울림으로 감싸주었다. 그러나 이제는 자신이 위대한 화해에서 밀려났으며, 생사를 건 싸움이 시작되었음을 이미 알고 있었다.

이 무렵 마리 앙투아네트의 모습을 본 사람은 누구나 그녀의 안절부절 못하는 흐트러진 태도를 느낄 수 있었다. 국민의회 개회 때에는 과연 왕비답게 자줏빛, 흰빛, 은빛의 호화로운 옷을 입고, 머리에는 훌륭한 타조 깃 장식을 달고, 기품 있는 모습으로 나타났으나 스탈 부인은 그녀의 태도에 어딘가 슬픔과 무거움이 있음을 느꼈다. 평소 어떤 일에도 마음을 쓰지 않는 밝고 아름다운 왕비의 태도에 비추어보면 이런 일은 정말 드물고 낯선 것이었다. 사실 마리 앙투아네트는 극도로 팽팽하게 긴장된 의지로 겨우 자리에 앉아 있었다. 마음도 생각도 이날은 다른 곳을 날고 있었다. 화려한 차림으로 위엄을 보이며 몇 시간 동안 백성 앞에 모습을 보이지 않으면 안 되는 이 시간, 여섯 살 난 왕세자가 무동 궁의 작은 침대 속에서 병을 앓으며 죽어가고 있었던 것이다. 바로 작년에 네 아이들 중 하나인 겨우 11개월 된 왕녀 소피 베아트릭스를 잃는 고통을 겪었는데 또다시 죽음의 사자가 제물을 찾아 아이들 방의 주변을 숨어다녔다. 맏아들에게는 1788년에 이미 곱사병의 최초의 징후가 나타났다. 그녀는 그 무렵 "장남 일이 매우 걱정이 됩니다"라고 요제프 2세에게 편지를 띄웠다. "약간 불구이며 좌골부 쪽이 높습니다. 게다가 척추의 위치가 약간 비스듬히 튀어나와 있습니다. 얼마 전부터 줄곧 열이 있으며 야위어가고 쇠약해져갑니다." 그 뒤 몇 번인가 회복되는 듯하기도 했으나, 시련을 받은 어머니는 이제 희망을 버릴 수밖에 없었다. 삼부회 개회 때의 화려한 행렬은 신기한 구경거리였다. 그것은 불쌍하게 병을 앓고 있는 왕자의 마지막 즐거움이었다. 아이는 너무 쇠약해져서 걸을 수조차 없었다. 외투에 감싸여져 베개에 기댄 채 열에 들뜬 흐릿한 눈으로 왕실 마굿간의 발코니에서 엄마 아빠의 빛나는 행렬이 지나가는 모습을 볼 수 있었다. 한 달 뒤 아이는 땅속에 묻혔다. 그 무렵 마리 앙투아네트는 다가오는 자식의 죽음, 피할 수 없는 죽음만을 애절하게 괴로워하고 있었다. 그녀는 밤낮없이 오직 아이만을 생각했다. 따라서 그 무렵 몇 주일 동안을 그녀가 의회에 대해서 음험한 책략을 세우며 보냈다는 것은 터무니없는 이야기이다. 고통과 증오 속에서 그녀의 투쟁심은 깡그리 꺾여져 있었다. 절망한 사람처럼, 자신의 목숨과 남편과 차남의 왕권을 지키려고 싸울 때 비로소 그녀는 다시 있는 힘을 다해서 최후의 저항을 시도하는데 이것은 훨씬 뒤의 일일 뿐이다. 지금은 기진맥진해 있을 따름이다. 지금이야말로 운명의 회전을 멈추기 위해서는 냉정을 잃은 불행한 인간의 힘보다는 신의 힘이 필요했을 것이다.

사건이 세찬 물결처럼 정신없이 잇달아 일어났다. 며칠 뒤에는 벌써 특권을 부여받은 귀족과 승려 신분은 제3신분과 격렬한 줄다리기를 벌였다. 거부된 제3신분은 자기들만으로 국민의회 성립을 선언하고 민중의 의지인 헌법이 실현되지 않는 한, 해산하지 않겠다는 서약을 테니스 코트에서 했다. 궁정은 자신이 끌어들인 민중이라는 마귀에 놀랐다. 왕은 초청객이기도 하고 불청객이기도 한 조언자들 사이를 이리저리 왔다갔다 하면서 오늘은 제3신분이 옳다고 하고 내일은 제1, 제2신분이 옳다고 하는 판이었다. 그는 날카로운 지혜와 과감한 용단이 요구되는 바로 이때 계속해서 우유부단하게 굴었다. 왕은 칼을 휘둘러 천민들을 자기 집으로 쫓아보내라고 거만하게 큰소리치는 군인들 쪽으로 기울어지는가 하면, 거듭 양보를 주장하는 네케르 쪽으로 마음이 흔들리기도 했다. 오늘은 제3신분을 회의장에서 몰아내는가 하면, 미라보가 "국민의회는 총검의 힘으로써만 진압시킬 수 있다"고 선언하면 또다시 뒷걸음질쳤다. 궁정이 우유부단하면 할수록 민중의 결심은 그만큼 더 굳어졌다. "민중"이라는 침묵의 존재는 출판의 자유로 하룻밤 사이에 발언권을 얻어 무수한 팸플릿 속에서 자기 권리를 주장하며 부르짖었고, 격렬한 신문의 논조 속에서 반역적인 분노를 터뜨렸다. 루아얄 궁에는 오를레앙 공의 보호하에 매일 1만 명이 넘는 사람들이 모여 연설하고, 아우성치고, 선동하며 끊임없이 서로를 격려했다. 계속 입을 다물고 있던 무명의 사람들이 갑자기 연설을 하고 글을 쓰는 즐거움을 누렸고 수백 명의 야심가와 호사가들은 기회가 다가왔음을 느끼고 정치를 논하고, 선동을 하고, 책을 읽고, 토론하고, 변론했다. 한 시간마다 새로운 팸플릿이 출판되었다고 영국의 아서 영(『프랑스 여행기』를 쓴 농업 경제학자/역주)은 다음과 같이 썼다. "오늘은 13권, 어제는 16권, 지난주는 22권이 발행되었다. 그리고 20권 중에 19권이 자유를 옹호하는 입장에 서 있었다." 사람들은 군주의 특권까지 포함한 모든 특권 폐지에 찬성했다. 날마다, 시간마다 국왕의 권리가 한 덩어리씩 떠밀려나갔다. "인민"과 "국민"이라는 단어는 수십만의 사람들에게 전에는 차가운 문자였지만 이삼 주일 만에 전능과 최고의 정의를 나타내는 종교적인 개념으로 변했다. 장교나 병사들까지도 이 저항하기 어려운 운동에 가담했고 관리들은 인민의 힘이 이처럼 폭발했을 때 그 폭발을 저지하는 고삐가 어느새 손에서 빠져나갔음을 깨닫고서는 아연했다. 국민의회조차 이 물결에 휩쓸려 갈 길을 잃고 흔들리기 시작했다. 왕궁의 조언자들 역시 점점 더 불안을 느끼기 시작했고 힘을 과시하는 제스처를 보여 겨우 불안으로부터 달아나려고 했다. 국왕은 위협을 하기 위해서 충성을 지켜온 최후의 신뢰할 수 있는 연대를 불러들여 바스티유에 대기시켜놓았다. 그리고는 스스로 강함을 나타내기 위해서 기어코 국민에게 결투장을 내밀었다. 7월 11일, 단 한 사람의 인기 있는 대신 네케르를 해임시켜 범죄자처럼 내쫓아버린 것이었다.

  그뒤의 나날은 불멸의 문자로 세계사에 새겨져 있다. 단 한 권의 책만은 그렇지 않은데, 그것은 불행하게도 둔감하기 짝이 없는 루이 16세, 그가 썼던 일기장이다. 그 일기장의 7월 11일의 대목에는 "아무 일도 없음. 네케르 씨 출발"이라고만 적혀 있을 뿐이며, 국왕의 권력을 결정적으로 때려부순 바스티유 감옥의 습격이 일어났던 7월 14일 역시 똑같은 비극적인 언어, "아무 일도 없음"이라고만 적혀 있다 —— 즉 사냥도 하지 않고 사슴을 쏘아 잡은 일도 없었으므로 유달리 특별한 일이 없었다는 뜻이리라. 그러나 파리에서는 이날을 전혀 다른 날로 생각했다. 국민들은 그날을 자유 의식의 탄생일로서 축하했다. 7월 12일 정오를 조금 지나 네케르 해임 소식이 파리에 퍼졌다. 화약통에 불똥이 튄 것이다. 루아얄 궁에서는 오를레앙 공의 클럽 회원이었던 카미유 데물랭이 의자 위에 뛰어올라 권총을 휘두르며 국왕이 성 바돌로매의 밤(1572년 8월 24일 밤의 위그노파의 대학살 사건/역주)을 재현하려고 준비하고 있다고 하면서 무기를 들자고 외쳤다. 1분도 지나지 않아 폭동의 상징인 휘장을 찾아냈다. 프랑스 공화국의 삼색 깃발이었다. 불과 몇 시간 뒤에 곳곳에서 군대들이 공격을 받았고 무기창고는 약탈을 당했으며 거리는 차단되었다. 7월 14일 2만 명의 사람들이 루아얄 궁에서 파리를 압제한 증오의 상징 바스티유를 향해서 진격했고 얼마 후 그곳을 점령했다. 바스티유 사령관의 목은 창 끝에서 춤을 추었다. 혁명의 피의 등불에 비로소 불이 켜진 것이다. 이처럼 사납게 터진 민중의 노여움에 누구 한 사람 감히 저항할 수 없었다. 베르사유로부터 아무런 명확한 명령도 받지 못한 군대는 후퇴했다. 밤이 되자 파리는 수천 개의 촛불을 밝히고 승리의 축제를 준비하고 있었다.

이러한 세계사적인 사건의 진원에서 불과 16킬로미터 떨어진 베르사유에는 무엇 하나 예감하는 사람이 없었다. 귀찮은 대신을 내쫓아버렸으니 이제 조용해지겠지. 곧 사냥을 할 수 있게 되겠지. 잘하면 내일이라도 갈 수 있을지도 모르지. 그때 국민의회에서 전령이 달려왔다. 파리에는 불온한 공기가 가득 찼습니다. 무기창고가 약탈당했습니다. 바스티유를 향해서 진격 중입니다. 국왕은 이러한 보고를 받고도 결단을 내리지 않았다. 귀찮은 국민의회는 무엇 때문에 있어서 말썽인가! 이날도 신성한 스케줄은 바뀌지 않았다. 게으르고 어떤 일에도 호기심을 나타내지 않는 점액질의 이 남자는 내일이면 무슨 일인지 다 밝혀지겠지, 이렇게만 생각하며 평소처럼 10시에 잠자리에 들었다. 그리고는 어떠한 세계사적인 사건도 깨우지 못할 둔감하고 깊은 잠에 빠져들었다. 그러나 군주의 잠을 깨우는 불경한 사태가 일어났다. 리앙쿠르 공작이 파리에서 벌어진 일을 알리려고 게거품을 흘리는 말을 몰고서 베르사유로 달려왔다. 그는 잠든 국왕을 깨워달라고 채근했다. 기어코 신성한 침실에 들어선 그는 보고했다. "바스티유가 습격을 받아 사령관이 피살되었습니다. 그의 목을 창에 매달고는 파리 시내를 돌아다니고 있습니다."

"폭동(révolter)이겠지." 불행한 지배자는 더듬거리며 말했다.

그러나 흉보를 가지고 온 사자는 무자비하게도 준엄한 어조로 정정했다.

"아닙니다, 폐하, 혁명(révolution)입니다."

친구들이 달아나다

 1789년 7월 14일, 깜짝 놀라 잠에서 깬 루이 16세는 바스티유 습격에 대한 보고를 받고, 막 생겨난 "혁명(révolution)"이라는 단어의 정체를 당장은 완전히 파악할 수 없었다. 이 때문에 그는 비웃음을 받아 그에 대한 평가는 형편없어졌다. 그러나 모리스 마테를링크(벨기에의 시인이며 극작가. 『파랑새』가 유명함/역주)는 『예지와 운명』이라는 책의 한 부분에서 뒷날 똑똑한 체 말하는 사람들의 주의를 이렇게 환기하고 있다. "무엇이 일어났는지 죄다 알고 난 뒤 어떻게 하는 것이 좋았는가를 말하는 일은 참으로 쉬운 일이다." 국왕도 왕비도 최초로 불어온 폭풍우의 징조만으로는 이 진동의 파괴력을 거의 헤아릴 수 없었다. 과연 동시대인들 중 몇 명이나 그때 거기에서 시작된 일이 대단한 사건임을 처음부터 알고 있었을까. 혁명에 불을 붙인 선동자들조차도 그것을 확실히 파악하지 못했다. 미라보, 바이, 라파예트 등 새로운 국민운동의 지도자들조차도 압제에서 풀려난 이 힘이 애초의 목표를 넘어, 어디까지 치달을지는 조금도 예감하지 못했다. 1789년까지 로베스피에르, 마라, 당통 등 뒷날 혁명파 중에서 가장 과격한 인물들조차 그때까지는 열성 왕당파였기 때문이다. 프랑스 혁명에 의해서 처음으로 "혁명"이라는 단어의 개념은 오늘날 우리들이 사용하는 넓고 격렬한 역사적인 의미를 획득했다. 그때 처음으로 피와 정신 속에 혁명이라는 개념이 새겨진 것이지, 애초에는 거기까지 이르지 못했다. 기묘한 역설이기는 하지만 국왕 루이 16세에게 화근이 된 것은 그가 혁명을 이해할 수 없었다는 사실이 아니라, 반대로 이 둔재가 혁명을 이해하려고 눈물겨운 노력을 했다는 데 있다. 루이 16세는 역사책을 즐겨 읽었다. 소심한 소년이었을 때 『영국사』의 저자 데이비드 흄과 개인적으로 만나 비할 데 없는 깊은 감명을 받기도 했다. 『영국사』는 그의 애독서였다. 왕세자 시절에 이 책을 읽고 같은 국왕 찰스가 혁명이 일어나 결국은 처형되기에 이르는 대목을 보고서는 남다른 긴장감을 느꼈다. 이러한 실례는 언젠가는 왕위에 앉을 겁쟁이 루이에게 강력한 경고의 구실을 했다. 이후 자기 나라에 똑같은 불만의 소용돌이가 일어났을 때 루이 16세는 이러한 경우 국왕은 어떻게 해야만 되는가를 불행한 선배의 실패에서 배우기 위해서 이 책을 되풀이해서 읽었다. 그 길만이 자신의 안전을 도모하는 데에 가장 탄탄한 방법이라고 생각했다. 그리하여 선배가 강압적으로 나왔던 경우에는 양보하려고 했고, 그렇게 함으로써 나쁜 결과를 피할 수 있기를 바랐다. 그러나 다른 혁명을 거울 삼아 프랑스 혁명을 이해하려고 한 이 태도야말로 그에게 화를 불러온 첫째 요인이 되었다. 그 까닭은 지배자는 역사적인 순간에 퇴색한 처방전이나, 항상 통용되리라고 볼 수 없는 선례에 따라서 결단을 내려서는 안 되기 때문이다. 천재의 예언자적 눈빛만이 현재에 구원을 가져다주는 바른 수단이 어떠한 것인가를 깨닫게 하며, 영웅적으로 전진하는 행위만이 혼돈 속에 다가오는 사나운 원초적인 힘을 누를 수 있다. 그러나 돛을 감는다고 해서 폭풍우는 멈추지 않는다. 폭풍우는 사그라지지 않고 더욱 더 거세게 휘몰아친 후에야 스스로 기진해 조용해진다.

  루이 16세의 비극은 교과서를 뒤지듯이 역사를 뒤져 자기가 이해할 수 없는 일을 이해하려고 했고, 벌벌 떨며 국왕다운 태도를 버림으로써 혁명으로부터 몸을 지키려고 한 데 있었다. 마리 앙투아네트는 그렇지 않았다. 그녀는 책에서 도움을 구하지도 않았고 인간에게서 구하지도 않았다. 그녀는 거대한 위험이 닥쳐왔을 때에도 과거나 미래를 생각하지 않았다. 계산하거나 추리하는 것은 그녀처럼 일이 닥쳤을 때 맞겨루려는 성격에는 어울리지 않았다. 그녀의 인간적인 강점은 본능에 따른다는 것이었다. 이 본능은 처음부터 혁명을 단연 거부했다. 왕궁에서 태어나서 왕권신수설에 의해서 교육을 받고, 지배자로서의 여러 가지 권리는 하느님께서 주신 것으로 굳게 믿었던 그녀는 국민의 권리 요구를, 그것이 어떤 것이든, 천민의 당치 않은 반역으로 생각했다. 자기 자신의 모든 자유와 권리를 요구하는 자가 그것을 다른 사람에게도 인정하는 일은 극히 드물다. 마리 앙투아네트는 마음속에서도, 또 외부에 대해서도 논쟁을 벌이는 일이 없었다. 오빠 요제프 2세와 마찬가지로 그녀도 "나의 사명은 단 하나, 왕의 입장을 지키는 일뿐이다"라고 말했다. 그녀의 자리는 위에 있었고 인민의 자리는 아래에 있었다. 그녀는 내려오지 않으려고 했고, 인민이 올라오는 것도 허락하지 않았다. 바스티유 습격에서 단두대에 이르는 시간 동안 자기가 옳다고 생각한 그녀의 신념은 조금도 흔들리지 않았다. 새로운 운동을 마음속에서 용인한 적은 한순간도 없었다. 그녀에게 혁명적이라는 것은 모두 폭동을 아름답게 꾸미는 말에 지나지 않았다.

그러나 혁명에 대한 이와 같은 준엄하고 고집스럽고 흔들리지 않았던 마리 앙투아네트의 태도에는 (적어도 처음에는) 인민에 대한 적의는 조금도 섞여 있지 않았다. 파리보다도 부드러운 오스트리아의 빈에서 자란 마리 앙투아네트는 "좋은 사람들"인 인민을 얌전하되 분별력 있는 존재로는 보지 않았다. 이 기특한 짐승떼들이 언젠가는 망령된 꿈에서 깨어나 선동꾼과 말 많은 자들과 결별하고 그리운 여물통인 옛 왕가로 돌아올 것이라고 굳게 믿었다. 그러므로 그녀의 증오는 온통 그들 도당, 즉 잡다한 이데올로기의 이름에서든 혹은 야심에 찬 관심에서든 정직한 민중에게 왕좌의 제단에 대한 요구를 불어넣으려는 모반자, 클럽 회원, 선동꾼, 변론가, 야심가, 무신론자들에게로 향했다. 그녀는 2,000만 명의 프랑스 인들이 뽑은 의원들을 바보와 부랑자와 범죄자 집단이라고 불렀고 이들 코라의 무리(모세에게 반역하여 땅속에 묻힌 무리/역주)와 잠시나마 한편이 된 자는 구원받을 수 없는 인간이며, 이러한 미치광이들과 이야기를 나누는 것만으로도 이미 의심스러운 사람으로 여겼던 것이다. 라파예트는 세 번이나 생명의 위험을 무릅쓰고 그녀의 남편과 아이들의 목숨을 구해주었으나 고맙다는 말 한마디 듣지 못했다. 백성에게 아첨하는 그 따위 겉치레꾼에게 구조되기보다는 차라리 파멸하는 쪽이 나았다. 그녀는 재판관을 재판관으로 인정하지 않았고 형리라고 불렀다. 뒷날 그들 재판관이나 의원들 그 누구에게도 투옥된 뒤조차도 살려달라고 탄원함으로써 왕비의 탄원을 받았다는 "명예"를 베풀어주지 않았을 정도였다. 천성적으로 타고난 반항심을 남김없이 드러내어 어떤 타협에도 계속 완강하게 거부했다. 최초의 순간에서 최후의 순간에 이르기까지 마리 앙투아네트는 혁명을 단지 인간의 가장 비열하고 저속한 본능에 의해서 휘저어진 더러운 수렁이라고만 생각했다. 자기의 왕권만을 이해하고 주장하려고 했기 때문에 혁명의 역사적인 권리나 건설적인 의지는 무엇 하나 이해할 수 없었던 것이다.

 이렇듯 무엇 하나 이해하려고 들지 않은 것은 마리 앙투아네트의 역사적인 과오였다. 이것을 부정할 수는 없다. 사상적인 연관성을 훑어보거나, 마음속의 눈으로 통찰하는 능력은, 평범하고 정치적인 시야가 좁은 그녀에게 교육에 의해서도 또는 내적인 의지에 의해서도 전혀 주어지지 않았다. 그녀가 이해할 수 있는 것은 언제나 인간적인 것, 가까이 있는 것, 감각적인 것에 한정되었다. 그러나 가까이에서, 인간적인 것에서 본다면 정치적인 운동은 어떤 것이라도 탁한 것이고, 이념이 세상에서 실현될 때 현실적인 그 모습은 언제나 비뚤어지게 마련이다. 마리 앙투아네트는 혁명을 그 지도적 인물로써 평가했다. 달리 어떻게 할 것인가. 개혁의 시대에는 항상 그렇듯이 이 경우에도 가장 소리 높이 외치는 사람이 가장 성실하고 가장 훌륭한 사람은 아니었다. 제일 먼저 일어나 자유에 대한 애정을 털어놓은 자는 귀족 중에서도 빚에 쪼들리거나, 소문이 나빴던 패거리, 혹은 미라보나 탈레랑처럼 도덕적으로 썩어빠진 무리였으므로, 왕비도 불신을 품을 수밖에 없었다. 탐욕스러운 욕심쟁이며 어떤 더러운 일도 하려고 했던 오를레앙 공이 새로운 박애에 열을 올리는 것을 보고서도 마리 앙투아네트가 어떻게 혁명을 성실하고 윤리적인 것이라고 생각할 수 있었을까! 국민의회가 미라보를 영웅으로 만들어가고 있었으나 그런 것은 도저히 생각할 수조차 없는 일이었다. 뇌물을 받아먹었고 음담패설을 즐기는 미라보라는 자는 어느 모로 봐도 16세기 이탈리아 풍자작가 아레티노의 제자라고 부르는 것이 더 좋을 작자였다. 부녀자 유괴 등 수상한 사건을 일으켜 프랑스의 곳곳에서 감옥살이를 한 뒤 스파이로서 목숨을 이어가는, 말하자면 귀족의 쓰레기였다. 이 따위 인간들을 위해서 제단을 쌓는 일이 과연 신성한 일이라고 할 수 있을까. 그들은 잔인한 승리의 징표로 피투성이가 된 모가지를 창 끝에 꿰서 매고 다녔고 더러운 쓰레기 같은 생선장수 여자나 창녀들을 진정한 새로운 휴머니즘의 전위로 생각했던 것이다.

　당장은 폭력밖에 눈에 띄는 것이 없었으므로 마리 앙투아네트는 자유 따위를 믿지 않았다. 또 인간에게만 눈길을 보냈기 때문에 세계를 휘젓는 이 사나운 운동 뒤에 숨겨진 이념을 전혀 깨달을 수 없었다. 그녀는 인간관계의 가장 훌륭한 원칙을 우리에게 전해준 이 운동의 위대한 인간적인 성과를 손톱만큼도 인정하지도, 이해하지도 못했다. 근대의 법률 게시판에 처음으로 계급, 인종, 종파의 평등을 새겨넣고, 고문, 부역, 노예제도 등 중세부터 이어져온 부끄러운 유물을 폐지하고, 신앙의 자유, 사상의 자유, 출판의 자유, 직업 선택의 자유와 같은 위대한 것이 거리의 잔인한 폭동의 배후에 숨겨진 정신적인 지표임을 그녀는 조금도 이해하지 못했고 또한 이해하려고도 하지 않았다. 북새통에 휩싸인 그녀의 눈에는 단지 혼돈만이 비쳤을 뿐 무서운 싸움과 경련 속에서 태어나려고 하는 새로운 질서의 윤곽은 보이지 않았다. 그녀는 최초의 날에서 최후의 날까지 반항심을 온통 다 바쳐 선동가와 선동받는 자들을 증오했다. 결국 올 것은 왔다. 마리 앙투아네트가 혁명에 대해서 부당한 자세를 취했기 때문에 그녀에 대한 혁명의 태도도 준엄하고 부당한 것이 되었다.

혁명은 적이다 —— 이것이 왕비의 입장이었다. 왕비는 장애물이다 —— 이것은 혁명의 기본적인 확신이었다. 인민 대중은 어김없는 본능에 따라서 왕비가 원수임을 깨닫고 불타는 적개심을 처음부터 왕비 한 사람을 향해서 퍼부었다. 루이 16세가 좋든 나쁘든 하잘것없다는 것쯤은 시골 농부들은 물론 길바닥의 어린아이들까지도 알고 있었다. 겁 많고 내성적인 이 사내라면 두세 방 소총을 쏘면 질겁을 해서 어떠한 요구에도 따를 것이고, 붉은 모자를 씌우면 얌전히 쓰고 있을 것이었다. "왕을 쓰러뜨려라. 폭군을 쓰러뜨려라"라고 부르짖으면, 자신이 왕이었음에도 불구하고 순순히 따를 것이었다. 프랑스에서 왕좌와 왕의 여러 가지 권리를 지키고 있는 것은 단 한 사람의 의지였다. 미라보의 말에 따르면 "왕을 소유한 그 단 한 사람"은 "그의 아내" 마리 앙투아네트였다. 따라서 혁명에 동조하는 자는 왕비와 싸워야 했다. 그녀는 처음부터 표적이었다. 그녀가 표적임을 분명히 하고 국왕과 뚜렷이 구별하기 위해서 혁명파의 모든 문서들은 루이 16세 —— 진정한 국민의 아버지이며, 선량하고 덕이 있고 고귀하지만 단지 아깝게도 너무나 허약해서 —— 를 "잘못된 길로 인도된 인물"로 만들기 시작했다. 만약 이 박애적인 사람의 생각대로만 모든 일이 처리되었더라면 국왕과 국민 사이는 참으로 훌륭한 평화가 유지되었을 텐데……저 외국 여자, 저 오스트리아 여자는 오빠 요제프의 말만 듣고, 총애하는 남녀들의 무리에 휩쓸려 지배욕에 불타는 폭군처럼 놀아나고 있다. 이 여자만이 국왕과 국민의 협조를 마다하고 외국 군대를 불러들여 자유 파리를 잿더미로 만들려고 계속해서 새로운 음모를 꾸며대고 있다. 그녀는 악마 같은 간계로 장교들에게 아무런 방비책도 없는 백성들을 향해서 대포를 겨누게 하고 있다. 피에 주린 나머지 병사들에게 술과 선물을 주어 성 바돌로매의 밤을 재현하려고 꼬드기고 있다. 진정 이제야말로 불쌍하고 불행한 왕에게 왕비의 진정한 모습을 보여줘야 할 때라는 것이다. 근본적인 생각은 양쪽 다 같았다. 마리 앙투아네트 쪽에서 보면 인민들은 선량한데 "반도(叛徒)"의 손에 의해서 잘못된 길로 끌려간다는 것이고, 인민 쪽에서 보면 국왕은 선량한데 아내의 선동으로 눈이 멀었을 뿐이라는 것이었다. 그러므로 실제 싸움은 혁명파와 왕비 사이에서 벌어지는 셈이었다. 자기를 향한 증오가 점점 더 거세지고 비난이 점점 더 부당하게 중상적으로 바뀌자 마리 앙투아네트는 마음속으로 그들에 대한 적개심을 더욱 더 굳혀갔다. 결연히 대운동을 지휘하든가, 그 운동을 상대하여 결연히 싸우는 자는 저항에 직면함으로써 자신의 한계를 넘어 성장한다. 세계 전체를 적으로 삼은 뒤 마리 앙투아네트의 애띤 오만은 자부심으로 변했고 흩어졌던 힘을 하나로 모았다.

그러나 유감스럽게도 마리 앙투아네트의 이 힘은 방어 이상의 실력을 발휘하지 못했다. 발에 납덩어리를 달고서야 적과 겨룰 수 없지 않을까? 그 납덩어리란 불쌍한 겁쟁이 국왕이었다. 바스티유 습격으로 오른쪽 뺨을 맞은 왕은 여전히 과연 겸허한 가톨릭 교도답게 이튿날 아침에는 왼쪽 뺨을 내밀었다. 노여워하지도 않고 꾸짖거나 징벌하려고 하지도 않고 루이는 아직도 국왕을 위해서 싸울 각오가 되어 있던 군대를 파리에서 철수시키겠다고 국민의회에 약속했다. 이 조처는 왕을 위해서 싸우다가 쓰러진 전사들의 행위를 부정해버린 것이었다. 바스티유의 사령관을 죽인 자들에게 준엄한 질책을 하지 않음으로써 프랑스에서 테러를 정당한 권력으로 인정하고는 양보해서 폭동을 합법화한 결과를 빚었다. 이러한 굴복에 대한 감사의 표시로 파리는 이 바람직한 지배자를 화관으로 꾸며 잠시나마 그에게 "프랑스의 자유 회복자"라는 칭호를 바치자는 제안에 기꺼이 찬성했다. 파리 성문에서 왕을 맞이하면서 시장은 국민이 왕을 되찾았다는 두 가지 뜻으로 들리는 말을 했다. 루이 16세는 인민이 왕의 권위에 대항하는 표지로 삼은 모장(帽章)을 얌전히 받아들고 사실은 왕에게 환호를 보내는 것이 아니라 지배자를 이렇게 굴종시킨 그들 자신의 힘에 환성을 울리고 있음을 깨닫지 못했다. 7월 14일, 루이 16세는 바스티유를 잃었다. 17일에는 자기의 존엄까지도 내던지고 적 앞에 깊이 허리를 꺾음으로써 왕관은 왕의 머리에서 굴러떨어졌다.

왕이 희생을 치른 마당에 마리 앙투아네트 역시 희생을 마다할 수 없었다. 그녀는 새로운 지배자인 국민이 증오하는 사람들, 곧 폴리냐크 일족과 아르투아 백작 등 놀이 친구들과 분연히 손을 끊음으로써 선의를 가지고 있다는 증거를 보여야 했다. 그들을 추방하여 영원히 프랑스로부터 떠나게 해야 했다. 강제적이지만 않았더라면 그들과의 이별 자체는 왕비에게 그다지 쓰라린 것이 아니었을 것이다. 마음속으로는 벌써 그 따위 칠칠치 못한 자들과는 인연을 끊고 있었기 때문이다. 헤어지게 된 지금, 근심 걱정 없었던 아름다운 세월을 함께 했던 사람들에 대한 그러나 이미 식었던 우정이 한 번 더 되살아났다. 그들은 나와 함께 온갖 바보 같은 짓을 했었지……폴리냐크 부인은 그녀의 모든 비밀에 관여했으며, 아이들을 키워주었고 그들이 자라는 모습을 지켜보았다. 그 부인이 떠나야 했다. 동시에 이 이별이 무심했던 자신의 청춘과의 이별이기도 함을 어떻게 인정하지 않을 것인가? 아무런 근심 걱정 없었던 시절은 끝나고 마는구나. 18세기의 도자기처럼 밝고 젖빛 유리처럼 매끄러운 세계는 혁명이라는 주먹으로 산산히 부서지고 우아하고 섬세한 쾌락으로 보냈던 즐거웠던 날도 영원히 사라졌다. 아마 위대하기는 하지만 조잡하고, 강력하기는 하지만 살벌한 시대가 다가오리라. 로코코의 장난감 은시계는 그 멜로디 연주를 끝냈고, 트리아농의 나날은 과거의 것이 되었다. 마리 앙투아네트는 눈물과 싸우면서 옛날 친구들과 헤어지기 위해서 마지막으로 복도까지 전송하겠다는 결심도 하지 못했다. 그녀는 방에 있었다. 그만큼 자신의 감정이 두려웠다. 밤이 되어 뜰 한가운데 아르투아 백작과 그의 아이들, 콩데 공, 부르봉 공, 폴리냐크 부인, 대신들, 베르몽 신부 —— 그녀의 청춘을 둘러싸고 있던 모든 사람들을 태울 마차가 기다리고 있을 때, 그녀는 서둘러 책상에서 편지지를 꺼내 폴리냐크 부인에게 괴로운 마음을 적었다. "안녕, 소중한 친구여, 두려운 말이기는 하지만 아무래도 이렇게 적지 않을 수 없군요. 말을 준비하라는 명령은 벌써 내렸어요. 나에게는 당신을 껴안을 힘밖에 아무것도 남아 있지 않군요."

이때 이후 그녀가 쓰는 편지마다 이 배음(背音)이 공명했다. 예감적인 우울이 그녀의 모든 언어를 베일로 싸기 시작했다. 얼마 뒤 그녀는 폴리냐크 부인에게 이렇게 썼다. "당신과 헤어져 지내는 일이 얼마나 서운한지 말로 다할 수 없어요. 당신도 같은 마음이기를 바랄 뿐이에요. 마음의 타격이 계속되었기 때문에 조금 약해졌지만 건강은 꽤 좋은 편입니다. 우리 주위에는 곤궁과 불행, 불행한 사람들 뿐 —— 떠나간 사람들은 예외겠지요. 누구나 할 것 없이 달아납니다. 나는, 가까운 사람들이 나에게서 떠나간 일들을 생각하면 그래도 다행스런 기분이에요." 참된 친구들에게조차 약점을 보이지 않으려는 듯이 아니면 일찍이 왕비로서 가지고 있었던 힘 가운데서 아직 한 가지만은, 왕비다운 태도만은 지니고 있다는 듯이 잇달아 이렇게 덧붙이고 있다. "그러나 내가 이렇게 싫은 일 때문에 힘도 용기도 꺾이고 말 것이라고는 생각하지 마세요. 그런 일로 힘을 잃지는 않아요. 도리어 이렇게 지겨울 때 더욱 더 조심성을 배울 수 있답니다. 이런 때야말로 사람을 배울 수 있고 호의를 가진 사람과 그렇지 못한 사람을 구별할 수 있어요."

즐겁게 너무나도 즐겁게 화려한 생활을 보내온 왕비의 주변은 이제 조용해졌다. 대대적인 도주가 시작된 것이다. 옛날 친구들은 어디에 있을까? 모두 지난해의 눈처럼 사라졌다. 욕심쟁이 아이들처럼 언제나 선물이 놓인 탁자 주위에서 떠들던 로죙, 에스테르하지, 보드뢰유, 노름 상대를 하거나 춤을 추거나 기사 역을 맡았던 사람들은 어디로 간 것일까. 말을 타고, 마차를 타고 그들은 제각기 달아났다. 변장하고 베르사유를 떠나갔다. 무도회에 가기 위한 변장이 아니라 민중의 돌팔매를 받지 않으려고 변장한 것이었다. 밤마다 마차가 금색 격자문을 지나 다시는 돌아오지 않을 길을 갔다. 텅 빈 홀은 쥐 죽은 듯했다. 연극도, 무도회도, 행렬도, 알현도 사라지고, 전과 변함없는 것은 아침 미사뿐이었다. 작은 회의실에서 대신들은 지루하고 쓸모없는 회의를 하기는 했지만 대신들 자신들도 무엇을 의논하는지 몰랐다. 베르사유 궁은 에스코리알(스페인 왕실의 무덤/역주)이 되었다. 슬기로운 자는 숨어버리는 것이다.

그러나 세상에서 왕비의 가장 친한 친구라고 생각했던 패거리들이 모두 그녀를 버리고 떠나갔을 때 진정한 친구였던 사람이 어둠 속에서 나타났다. 한스 악셀 폰 페르센이 그 사람이다. 마리 앙투아네트의 총신이 되는 것이 영광이었던 시절에는 이 훌륭한 사람은 연인의 명예를 소중하게 지키기 위해서 소심하게 모습을 감추고 그녀의 생활 중에 가장 깊은 비밀을 호기심과 입방아로부터 지켜주었다. 그러나 왕비의 친구라는 사실이 아무런 이익도 명예도 되지 않고, 존경도 질투도 부르지 않고, 오히려 용기와 아낌없는 헌신만을 요구하는 지금, 단 한 사람을 사랑했고 그 사람에게서 사랑을 받았던 이 인물은 스스로 의연하게 마리 앙투아네트의 곁으로 다가와 역사 속에 발을 들여놓았다.

친구가 나타나다

한스 악셀 폰 페르센의 이름과 모습은 오랫동안 비밀에 가려져 있었다. 그는 구애자들의 명단에 오른 적도 없으며, 대사들의 편지나 동시대인들의 어느 보고서에도 나타난 적이 없다. 그는 폴리냐크 부인의 살롱에서 알려진 손님도 아니었다. 쾌락과 경박으로 물든 그런 곳에 고귀하고 진실한 그의 얼굴은 한 번도 나타난 적이 없었다. 그는 현명하고 절도 있는 처신으로 악의에 찬 궁정 패거리들의 입을 피할 수 있었고, 역사 역시 오랫동안 그를 주목하지 않았다. 왕비와의 깊은 비밀이 없었더라면 그는 영원히 어둠 속에 묻혀버리고 말았을 것이다. 그러나 19세기 후반에 와서 갑자기 그의 낭만적인 존재가 나타나기 시작했다. 마리 앙투아네트의 수많은 비밀 편지는 봉인된 채, 그 누구의 손길도 닿을 수 없는 곳에 보관되어왔다. 그 편지철이 공개되기 전에는 누구도 그의 비밀을 믿으려고 하지 않았다. 그러나 내밀한 부분이 전부 삭제되었음에도 불구하고 그 편지가 공개되자 이 무명의 스웨덴 귀족은 단번에 마리 앙투아네트의 애인들 중에서 특별한 자리를 차지하게 되었다. 그리고 편지 공개는 경박스러웠다고만 알려진 마리 앙투아네트의 성격 형태를 완전히 바꾸어 놓았다. 위험이 가득찬 이 영혼의 드라마는 절반은 왕궁의 그림자에, 나머지 절반은 기요틴에 가려진 목가로서 역사만이 만들어낼 수 있는 감동적인 사건이었다. 한편은 프랑스 왕비, 다른 한편의 북유럽의 젊은 소귀족, 이 두 사람은 비밀을 숨겨야 하는 조심성과 의무 속에서도 서로 멀어지려고 하면 할수록 자꾸만 가까워질 뿐이었다. 그리고 이 두 인간의 운명 뒤에는 붕괴되어가는 세계, 묵시록적인 시대 —— 활활 타오르는 역사의 한 페이지가 진행되었다. 절반쯤은 지워지고 찢긴 암호와 부호에 의지하여 사건의 실상을 해독할 수는 없지만.

이 위대하고 역사적인 사랑의 드라마는 갑작스럽게 시작된 것이 아니라 완전히 로코코 스타일로 시작되었다. 서막은 『포블라』(루베 드크블레의 소설/역주)에서 베낀 것 같은 인상을 준다. 귀족의 후손이며 참사회원의 아들인 스웨덴 젊은이는 열다섯 살 때 가정교사와 함께 세계인이 되기 위해서 3년간의 여행을 떠났다. 한스 악셀은 독일에서 고등 마술(馬術) 교육과 군사학을, 이탈리아에서 의학과 음악을 배운 다음 제네바에 가서 당대 학문의 최고봉인 볼테르를 만난다. 바싹 말라 새처럼 가벼운 몸에 수놓은 가운을 걸치고 있던 볼테르는 그를 다정하게 맞았다. 그는 거기서 정신적인 바칼로레아, 즉 대학 입학 자격을 획득할 수 있었다. 열여덟 살의 젊은이에게는 이젠 세련된 대화와 훌륭한 예의범절의 도시인 파리로 가서 마지막 때를 벗는 일만이 남았다. 18세기의 젊은 귀족으로서의 전형적인 교양 과정이 완성되는 것이었다. 그 다음에는 대사나 장관, 장군이 될 수 있었다. 상류사회가 그의 앞에 문을 열어놓고 있었다.

고상한 품격과 예의 바른 태도, 절제할 줄 아는 현명함, 많은 재산, 외국인으로서의 후광, 그밖에도 젊은 한스 악셀 폰 페르센은 특별한 신용장을 하나 더 가지고 있었는데, 그림과 같은 미남이라는 사실이었다. 반듯하고 넓은 어깨와 단단한 근육 —— 그는 대부분의 스칸디나비아 남자들과 마찬가지로 극히 남성적이었고 그러면서도 조야한 느낌을 주지 않았다. 깨끗하고 자신에 찬 눈길과 터키 칼처럼 둥그스름하게 생긴 검고 둥근 눈썹이 있는 활달한 얼굴, 그의 초상화를 보고 호감을 느끼지 않는 사람은 없으리라. 넓은 이마와 침묵할 줄 아는 부드럽고 감각적인 입, 초상화만 보아도 진짜 여자라면 그런 남자를 사랑하지 않을 수 없고, 인간적으로 신뢰하지 않을 수 없다는 것을 알 수 있다. 페르센은 이야기꾼, 재치꾼, 재미있는 벗으로서 이름을 날리지는 못했지만, 소박하고 꾸밈없는 재능이 인간적인 성실함, 자연스런 범절과 결합되어 있었다. 1774년에 이미 대사는 구스타프 왕에게 다음과 같이 자랑스럽게 보고했다. "소신이 아는 한, 여기 머물렀던 많은 스웨덴 사람 가운데서 이 사람이야말로 세상에서 가장 뛰어나다는 인정을 받을 사람이라고 생각됩니다."

이 젊은 기사는 성격이 까다롭지 않았다. 여자들은 그가 얼음 밑에 "불꽃 같은 마음"을 감추고 있다고 찬양했다. 그는 프랑스에서 재미보는 일을 외면하지 않았고 파리의 궁중 무도회나 모임에도 열심히 참석했다. 어느 날 그는 놀랄 만한 모험을 경험하게 되었다. 1774년 1월 30일 저녁, 오페라 무도회에서 눈에 띌 만큼 멋진 차림의 요염한 젊은 여자가 날씬한 허리와 요사스런 걸음걸이로 그에게 다가와서는 벨벳 마스크를 쓴 채 유쾌한 대화를 건넨 것이다. 그녀의 칭찬에 들뜬 페르센과 여인과의 대화는 즐겁게 이어졌고, 페르센은 자기 파트너가 상당히 기발하고 재미있다는 생각을 했다. 밤을 함께 지낼 갖가지 꿈을 혼자서 꾸고 있었는지도 모를 일이다. 그때, 그는 주위의 남녀들이 호기심에 가득 차 쑤군거리고 있음을 눈치챘다. 자신과 가면 속의 여자가 바로 그 주목의 대상이라는 것까지. 장난스런 음모가가 가면을 벗자 상황은 복잡해졌다. 그녀는 마리 앙투아네트였다. 프랑스 왕위 계승자의 아내가 졸고 있는 남편의 침대에서 뛰쳐나와 오페라의 가장무도회에서 낯선 기사와 잡담을 즐기고 있었던 것이다. 그러나 너무 큰 주목의 대상이 되지 않도록 궁녀들이 에워쌌다. 이탈자인 왕세자비는 단박에 궁녀들에게 둘러싸여 자기 자리로 돌아가야만 했다. 수다스러운 베르사유 궁정은 어떠했을까? 사람들마다 에티켓에 어긋나는 왕세자비의 총애에 대해서 쑤군거렸고, 그 다음 날에는 화가 난 메르시 대사가 마리아 테레지아에게 탄식의 글월을 올렸으며, 쇤브룬에서는 "머리가 텅 빈 딸"에게 혹독한 편지가 급히 날아왔다. 이제 제발 어울리지 않는 "방탕한 생활"을 청산하고, 가장무도회에 대해서 이 이상 이러쿵저러쿵 떠들어대는 소리가 들리지 않도록 하라는 편지였다. 그러나 마리 앙투아네트는 굽히지 않았다. 그 젊은이가 마음에 들었던 마리 앙투아네트는 그것을 숨기지 않았다. 그날 저녁 이후 지위나 계급으로 보면 특별한 것도 없는 젊은이는 베르사유 궁중 무도회에서 극진한 환대를 받았다. 그때부터, 너무 뜨거웠던 그 첫 순간부터 두 사람 사이에 애정이 싹튼 것일까? 그것은 아무도 모른다. 그런데 이 순진무구한 연애에 커다란 사건이 벌어졌다. 어린 왕세자비가 루이 15세가 서거하자 하룻밤 사이에 프랑스 왕국의 왕비가 된 것이다. 그 이틀 뒤 한스 악셀 폰 페르센은 고국 스웨덴으로 돌아갔다. 누군가가 그에게 경고를 했을지도 모를 일이다.

 제1막은 그것으로 끝났다. 그러나 그것은 도입부이며 서막에 불과하다. 열여덟 살의 두 남녀가 서로 만나 눈이 맞았다는 사실은 시쳇말로 하면 댄스 교습시간의 우정이나 김나지움 학생들의 연애 사건과 비슷하다. 아직 본격적인 것은 아무것도 일어나지 않았고 감정의 깊숙한 부분 역시 흔들리지 않고 있었다.

 제2막. 4년 뒤인 1788년에 페르센은 다시 프랑스로 왔다. 부친이 스물두 살의 젊은 아들에게 희망한 것은 부유한 며느리를 구해오는 것이었다. 염두에 둔 여자는 런던의 레이엘 집안의 딸이나 나중에 스탈 부인으로 유명해진 제네바 은행가의 딸 네케르 양이었다. 그러나 페르센은 결혼에 대해서는 전혀 흥미가 없었다. 도착하자마자 그 젊은이는 멋지게 차려입고서 궁중에 나타났다. 사람들이 나를 알아볼까? 기억하는 사람이 혹시 있을까? 왕은 아무 말 없이 고개만 끄덕이면서 별로 중요하지 않은 외국의 청년을 무관심하게 쳐다보았다. 오직 왕비만이 그를 보고는 곧 "어머, 우리는 오래 전부터 서로 아는 사이지요"라고 반가운 기색을 보였다. 왕비는 이 아름다운 북유럽의 기사를 잊지 않고 있었던 것이다. 그녀의 관심은 짚불처럼 타올랐다. 그녀는 페르센을 모임에 초대했고 그에게 온갖 애교를 떨었다. 처음 만났을 때와 마찬가지로 선수를 친 것은 마리 앙투아네트였다. 곧 페르센은 부친에게 이렇게 보고했다. "제가 알고 있는 한, 이 세상의 왕비들 중에서 가장 아름다운 왕비께서 황공하옵게도 저에 관해서 여러 가지 질문을 하셨습니다. 그분은 크로이츠(스웨덴 대사/역주)에게 왜 제가 일요일 카드 놀이에 오지 않았는지 물으셨습니다. 제가 알현을 하지 않는 날에 왔다가 그냥 돌아갔다는 이야기를 들으시더니, 미안하다고 말씀하셨습니다." 괴테의 말을 인용하면 이것은 "청년에 대한 끔찍한 총애"가 아닐 수 없다. 7년 동안 로앙 추기경의 인사도 받지 않았고, 4년 동안 마담 뒤바리에게 고개 한 번 까닥하지 않았던 거만한 여자가 베르사유에 한차례 헛걸음을 했다고 해서 보잘것없는 귀족에게 사과를 했다는 사실은 대단한 일이 아닐 수 없었다. "왕비의 놀이모임에 갔을 때 그분은 제게 말씀하셨습니다"라고 며칠 뒤 젊은 기사는 부친에게 이야기했다. 예의에 어긋나는데도 "참으로 아름다운 왕비께서는" 제복이 그에게 얼마나 잘 어울리는지 보고 싶다며 고향에서 입던 제복을 입고 베르사유로 한번 와달라는 부탁까지 했다. 이것이야말로 연인의 변덕(괴테의 희곡 제목/역주)이었다. 물론 "미남 악셀"은 그 소원을 들어주었다. 오래 전부터의 연극이 이제 다시 시작된 셈이다.

    왕비로서는 정말 위험한 게임이 아닐 수 없었다. 궁중이 아르고스(그리스 신화에 나오는 눈이 1,000개인 거인/역주)의 1,000개의 눈으로 지켜보고 있었기 때문에 마리 앙투아네트는 전보다 더 조심해야만 했다. 이제 그녀는 나이가 어리다는 이유로 용서를 받을 수 있었던 열여덟 살의 왕세자비가 아니라 프랑스 왕비인 까닭이었다. 그러나 그녀의 피는 끓고 있었다. 괴로웠던 7년이 지나고 서툴기만 했던 루이도 이젠 부부관계를 제대로 이끌어나갈 수 있게 되어 왕비를 진짜 여자로 만들어놓았다. 하지만 아름답게 활짝 피어 있는 이 섬세한 여자가 배불뚝이 남편과 젊고 아름다운 애인을 비교할 때 무엇을 느꼈을까? 자신도 의식하지 못한 채 처음으로 열정적인 사랑에 빠진 그녀는 애교와 상기된 얼굴과 당황한 태도로 페르센에 대한 자신의 감정을 모든 호기심 많은 사람들 앞에서 노출시켰다. 마리 앙투아네트는 그녀의 인간적이며 따뜻한 성격 때문에, 좋은 것과 싫은 것을 숨기지 못하는 천성 때문에 위험에 직면하게 된 것이다. 어떤 궁녀는 페르센이 입궐하자 왕비가 달콤한 경악 가운데 전율하는 것을 보았다고 말했다. 언젠가는 피아노 앞에 앉아 푸치니의 오페라 속의 디도(전설상의 카르타고 건설자/역주)의 아리아를 부를 때 온 궁정이 보고 있는데도 "아, 당신을 궁정에서 맞아들였을 때 나는 얼마나 용기가 생겼는지 모릅니다"라는 구절에 이르면 마음속으로 은밀하게(이미 비밀이 아니었다) 선택한 애인을 냉정하기만 했던 푸른 눈으로 꿈을 꾸듯이 쳐다보았다고도 했다. 벌써 소문이 나돌았다. 온 궁정이 떠들어댔다. 왕의 측근들에게는 이 일이야말로 가장 중대한 세계사적 사건이었다. 그래서 모두들 음탕한 얼굴로 왕비가 그를 정부로서 맞아들일 것인지, 그렇다면 어떤 식으로, 언제 그렇게 될 것인지에 관해서 쑤군댔다. 이미 그녀의 감정은 숨길 수 없는 것이 되었고, 자신만이 알지 못할 뿐 누구나 페르센이 젊은 왕비의 총애를 독차지하고 있어서 그가 용기만 있다면 또 경박하기만 하다면 그녀의 최후의 총애를 차지할 수 있으리라는 사실을 알고 있었다.

    그러나 페르센은 스웨덴 인이었고, 진짜 남자였으며, 절도 있는 인간이었다. 북유럽 인들에게는 강한 낭만적인 경향이 조용하고 냉철한 이성과 어울려 있다. 그는 사태의 심각성을 당장에 간파했다. 왕비가 자기를 편애하고 있다는 사실을 그보다 더 잘 아는 사람은 사실 아무도 없었다. 남자 쪽에서도 젊고 매혹적인 여자를 사랑하고 존경했다. 그러나 그런 감정적인 취약점 때문에 왕비를 쓸데없는 소문의 대상으로 만든다는 것은 옳은 일이 아니었다. 공개적으로 사랑을 한다면 틀림없이 스캔들감이었다. 플라토닉한 총애만으로도 벌써 마리 앙투아네트는 비난을 받고 있지 않은가. 그러나 사랑에 빠진 젊고 아름다운 여자로부터 냉정하게 돌아서서 요셉 역이나 하기에는 페르센의 피는 너무나도 뜨거웠고 젊었다. 결국 이 훌륭한 청년은 그런 미묘한 처지에서 보여줄 수 있는 가장 고귀한 행동을 취했는데 그것은 자기와 위험한 여자 사이에 수천 킬로미터라는 거리를 두도록 한 것이었다. 즉 군대에 들어가 라파예트의 부관으로서 미국으로 떠날 결심을 했다. 실마리를 풀 수 없을 정도로 엉켜 비극으로 발전하기 전에 그 실을 끊겠다는 것이었다.

연인들의 이별에 관한 기록이 남아 있다. 스웨덴 대사가 구스타프 왕에게 보낸 공식 문서가 그것인데 페르센에 대한 왕비의 열정적인 총애가 역사적으로 증명되어 있다. 대사는 이렇게 썼다. "젊은 페르센이 왕비의 총애를 받음으로써 몇몇 사람들의 의심을 받을 정도라는 사실을 전하께 보고하지 않으면 안 되겠습니다. 제가 보기에는 왕비께서 그를 총애하는 것은 틀림없습니다. 확실한 증거가 있으므로 의심할 수 없는 사실입니다. 젊은 페르센 백작은 이번 일에 결단을 내리는 훌륭한 처신을 했는데 그것은 미국으로 떠나겠다는 결심입니다. 그가 떠나면 모든 위험이 사라집니다. 그런 결단은 그의 나이로 볼 때 결코 내리기 쉬운 것은 아니었습니다. 어느 날이 가까워지자 왕비께서는 그에게서 눈을 떼지 않으셨으며, 그를 바라보는 눈에 눈물이 가득했습니다. 전하께 부탁드리는 바는 전하와 페르센 상원의원 두 분 가슴에만 묻어두시면 좋겠다는 것입니다. 궁중에서는 백작의 출발 소식에 모두 놀랐습니다. 피츠–제임스 공작부인은 '아아, 당신은 모처럼 얻은 것을 왜 버리시나요'라고 말했습니다. 그는 '저는 얻은 것도, 버린 것도 없다는 것이 저의 진정입니다. 떠나고 싶어 떠날 뿐이며 다른 유감도 없습니다.' 이런 대답이 그의 나이로서는 나오기 힘든 현명하고도 신중한 대답이었음을 전하께서도 인정하실 것입니다. 왕비 역시 훨씬 절제되고 현명한 행동을 보여주셨습니다."

이 기록이야말로 마리 앙투아네트가 "덕"의 수호자로서 깨끗하게 순결을 지켰음을 보여주는 것이라고 그녀를 옹호하는 사람들이 깃발처럼 흔드는 것이다. 페르센은 그녀의 결혼 생활을 파괴하기에까지 이른 총애의 마지막 순간에 몸을 피했다. 연인들은 서로 힘든 포기를 했던 것이다. 그들의 무서운 연정은 "순수한" 상태로 남게 되었다고 기록은 말해주고 있다. 그러나 그것은 스토리의 끝이 아니라 1779년까지는 마리 앙투아네트와 페르센 사이가 아직 마지막 단계에까지는 이르지 않았다는 잠정적인 보고에 불과하다. 몇 년 지나지 않아서 그들의 열정은 결정적으로 위험한 상태로까지 발전하게 된다. 이것은 2막의 끝이며 아직까지는 깊이 빠져들었다고 볼 수 없다.

제3막. 페르센과의 재회, 자신이 선택했던 4년간에 걸친 망명길로부터 미국의 지원군과 함께 돌아온 페르센은 곧 베르사유를 향해서 발길을 서둘렀다. 미국에서도 왕비와의 편지 왕래가 계속되었지만 사랑은 점점 열기를 더해가서 이제는 더 이상 헤어져 지낼 수 없을 지경이었다. 두 사람의 사랑은 너무나 깊게 뿌리를 내리고 있었기 때문에 그들의 눈길과 눈길 사이에는 어떠한 거리도 찾아볼 수 없었다. 왕비의 바람에 따라 페르센은 프랑스 군대의 연대장이 되기로 결심했다. 이유는 오로지 왕비 때문이었다. 그러나 스웨덴에서 살고 있는 연로한 부친으로서는 도대체 그 이유를 알 도리가 없었다. 한스 악셀이 왜 그렇게 프랑스를 떠나지 않으려고 하는 것일까? 노련한 군인으로서, 옛 귀족 가문의 후계자로서, 또 낭만적인 구스타프 왕의 총신으로서 훌륭한 지위를 얼마든지 얻을 수 있는데…… 왜 프랑스에만 있겠다는 것일까? 실망한 부친은 화가 나서 몇 차례나 회신을 요구했다. 그럴 때마다 아들은 불신에 가득 찬 아버지에서 "부유한 상속녀와 결혼하기 위해서입니다. 백만장자인 네케르 양과 같은 여자와 결혼하기 위해서죠"라고 서둘러 대답했다. 그러나 그가 사실상 결혼에 대해서는 생각조차 하지 않았음은 마음을 솔직하게 털어놓았던 누이에게 보낸 편지에서 확실하게 드러난다. "나는 절대로 결혼이라는 속박에 몸을 내맡기지는 않기로 결심했다. 그건 부자연스러운 일이니까……내 스스로 그녀에게 속하고 싶고, 날 사랑하고 있는 오직 한 여자가 있지만 난 속할 수 없는 처지이다. 그녀 역시 나를 다른 사람에게 속하게 하고 싶지 않을 것이다."

이것으로 충분하지 않을까? 사랑하고는 있으나 결혼할 수 없는 "오직 한 여자"란 일기에 "엘"(elle, 프랑스 어로 그녀라는 뜻/역주)로 나타나는 왕비가 아니면 또 누구란 말일까? 누구에게 왕비의 총애에 대해서 그다지도 자신만만하게 말하고 있다는 사실, 드러내놓고 말할 수 있을 정도라는 사실은 왕비와의 사이에 결정적인 일이 있었음을 뜻한다. 그리고 그는 부친에게 자기가 프랑스에 있어야만 하는 이유 중에는 "글로는 도저히 다 쓸 수 없는 수천 가지의 개인적인 이유"가 있다고 말했는데, 그 수천 가지의 이유 뒤에는 거역할 수 없는 단 하나의 이유, 즉 자신이 선택한 애인을 가까이에 붙잡아두려는 마리 앙투아네트의 간청, 혹은 명령이 숨어 있었다. 페르센이 연대장 자리를 원한다고 했을 때 "이 문제를 해결해준 총애를 베푼" 사람은 누구였을까? 그것은 바로 얼마 전만 해도 군인사 문제 같은 것에는 관심조차 없었던 마리 앙투아네트였다. 그리고 —— 이례적으로 —— 관직 수여를 황급히 스웨덴 왕에게 통지한 사람은 또 누구였을까? 그것은 그러한 권한을 가진 프랑스의 최고 군사령관이 아니라 그의 아내인 왕비가 손수 쓴 편지를 통해서였다.

그해, 아니면 그 다음 해부터 마리 앙투아네트와 페르센 사이에는 내적이고도 은밀한 관계가 시작되었다. 2년 동안 페르센은 —— 그의 뜻과는 달랐지만 —— 부관으로서 구스타프 왕의 여행길에 동행해야만 했다. 그러나 1785년에는 마지막으로 프랑스에 돌아왔다. 그 몇 년 동안 마리 앙투아네트는 결정적인 변모를 했다. 목걸이 사건은 현실적이기만 했던 그녀를 고독하게 만들었고 본질적인 것에 대한 감각을 눈뜨게 했다. 그녀는 이제 영혼의 나라를 믿지 않는 부박한 무리와 경박한 무리, 유쾌한 놀이패들에게서 벗어나 자신의 쓸쓸한 가슴속 깊이 진실한 친구를 보게 되었다. 곳곳에 산재한 증오 가운데에서 부드러움, 신뢰, 사랑에 대한 그녀의 열망은 점점 크게 자라났다. 이제 그녀는 성숙했다. 거울 앞에 서서 허영심에 가득 차 어리석게 남들의 찬사를 받기 위해서 애쓰는 것이 아니라, 영혼을 활짝 열어놓고 한 인간에게 헌신하게 되었다. 기사다운 훌륭한 천성을 가진 페르센 역시 그녀가 비방당하고 중상당하고 추적당하고 위협당하는 인간이었음에도 충만한 감정으로 그녀를 사랑했다. 그녀가 세상에서 신처럼 숭앙을 받고 많은 아첨자들에게 둘러싸여 있을 때 그녀의 총애를 피했던 페르센은 그녀가 도움을 필요로 하고 고독해졌을 때 사랑하겠다고 나섰다. "그녀는 참으로 불행하다." 그는 이런 말을 누이에게 썼다. "그녀의 놀랄 만한 용기는 그녀를 더욱 매혹적으로 만드는구나. 내가 괴로워하는 것은 오직 그녀의 모든 고통이 보상받지 못하고 있다는 점, 마땅히 누릴 만한 행복을 누리지 못하고 있다는 점이다." 그녀가 불행해지면 불행해질수록, 버림받고 또 고난을 당하면 당할수록 그의 남성적인 의지는 더욱 강렬해졌고 사랑을 통해서 모든 것을 보상해주려고 했다. "그녀는 나와 함께 그칠 줄 모르는 눈물을 흘린다. 내가 그녀를 정말 사랑하는지 알고 싶다." 대변혁이 다가오면 다가올수록 두 사람은 더욱 더 열정적으로, 비극적으로 가까워졌으며, 수많은 환멸을 겪으면서 왕비는 그에게서 마지막 행복을 찾아보려고 했다. 그리고 페르센은 기사적인 사랑으로, 무한한 희생으로, 그녀에게 잃어버린 왕국을 보상해주려고 했다.

가벼운 편애가 정신적인 사랑으로 변하고, 사랑의 유희가 참된 사랑으로 변하자 두 사람은 그들의 관계를 세상에 숨기기 위해서 매우 조심스럽게 처신했다. 남들의 의심을 받지 않으려고 마리 앙투아네트는 젊은 장교 페르센을 파리 수비군 대신 국경 근처 발랑시엔으로 보냈다. 궁정에서 "사람"이 자기를 부르면 (페르센은 조심스럽게 일기에다 "사람"이라고만 써놓았다), 그는 온갖 재주를 다 부려 남들이 자기가 트리아농으로 가는 이유에 대해서 조금도 의심하지 않도록 여행목적을 거짓으로 꾸며댔다. "내가 여기서 편지를 보냈다고 남들에게 말하지 마라"라고 페르센은 베르사유에서 누이에게 썼다. "왜냐하면 다른 편지들을 전부 파리에서 쓴 걸로 해놓았기 때문이다. 안녕히 잘 있거라. 난 지금 왕비에게 가야 한다." 페르센은 폴리냐크의 모임에도 트리아농의 친구들 모임에도 거의 참석하지 않았다. 거기에는 왕비의 가짜 총아들이 사람들의 눈에 띄게 늘어서 있었다. 이런 장식물들이 왕비의 비밀을 궁중에서 숨기는 데 많은 도움을 주었다. 그들은 낮을 지배했다. 그러나 페르센의 왕국은 밤이었다. 두 사람은 맹세를 했고 이야기를 주고받았다. 그러나 페르센은 사랑을 받으면서도 침묵하고 있었다. 모든 것을 다 알면서도 자기의 아내가 페르센에게 반해 멋진 연애편지를 써대고 있다는 것만은 몰랐던 당대의 정통한 소식통 생프리스트는 자기 주장이 다른 사람들의 정보보다 더 쓸 만하다고 확신하며 말했다. "페르센은 일주일에 서너 번씩 트리아농에 갔다. 왕비 역시 아무도 대동하지 않고 똑같이 행동했다. 그리고 총아가 자신의 위치에 대해서 자랑한다든가 왕비에 관해서 친구들에게 이야기하는 법 없이 극히 겸손하고 신중을 기했음에도 불구하고 이러한 랑데부는 곧 소문이 났다." 따라서 5년 동안 두 사람이 함께 지낸 시간은 얼마 되지 않는다. 개인적인 용기나 그녀에 대한 시녀들의 신뢰감에도 불구하고 마리 앙투아네트는 지나치게 마음대로 할 수 없었기 때문이다. 이별 직전인 1790년에야 페르센은 기쁨 가운데서 자기가 처음으로 하루 종일 "그녀와 함께" 있을 수 있었다고 이야기한다. 밤과 아침 사이에, 정원의 나무 그늘 속에서, 트리아농 근처 마을의 농가에서 왕비는 그녀의 천사를 기다렸을 것이다. 그것은 부드럽고 낭만적인 음악과 함께 연출되는 "피가로"의 정원 장면과 비슷하다. 대개 베르사유의 숲속에서 연주가 시작되어 트리아농의 굽이길로 이어진다. 그러다가 갑자기 돈 조반니 음악의 강한 울림으로 전주가 시작되고, 드디어 문 앞에서는 기사 수련회장 석상(石像)의, 모든 것을 짓밟아 부술 듯한 무쇠발굽 소리가 들린다. 제3막은 로코코의 감미로움에서 혁명적 비극의 위대한 형식으로 넘어간다. 그리고는 마지막으로 피와 폭력의 전율 속에서 크레셴도가 이별의 절망감, 파멸의 엑스터시를 보여준다.

사람들이 모두 도주해버린 극한의 위기 상황에서야 행복한 시절에는 숨어 있던 페르센의 모습이 나타난다. 진정한 친구이며 또한 유일한 친구인 그는 그녀와 함께 죽을 각오가 되어 있었다. 지금까지 그늘 속에 숨어야 했던 페르센은 시대의 뇌우가 치는 삭막한 하늘을 배경으로 의연하게 그 모습을 드러낸다. 연인이 위협을 당할수록 그의 마음은 확고해지기만 했다. 두 사람은 합스부르크가의 황녀이며 프랑스 왕비인 여자와 낯선 스웨덴 귀족 자제 사이에 놓인 인습적인 한계를 무시한 것이었다. 페르센은 매일 궁에 나타났다. 모든 편지가 그의 손을 스쳐갔고, 모든 결정이 그와 더불어서야 내려졌다. 극히 어려운 문제, 위험스런 비밀 역시 그에게 맡겨졌다. 페르센만이 그녀의 모든 생각과 고민, 희망을 알고 있었으며 그녀의 눈물과 절망과 쓰라린 슬픔 역시 그만이 알고 있었다. 모든 것을 잃게 된 바로 그 순간에 왕비는 일생을 바쳐 헛되이 찾아헤맸던 것, 즉 성실하고 올바르며 남성적이며 용기 있는 친구를 찾은 것이다.

그랬을까, 안 그랬을까?(막간의 의문)

　요즘에 와서야 한스 악셀 폰 페르센이 전에 생각했던 것처럼 마리 앙투아네트의 영혼의 드라마 속에서 조연이 아니라 주연임이 알려졌다. 왕비와 그의 관계가 우아한 희롱이나 낭만적인 연애 장난 또는 기사적인 음유시인의 태도가 아니라 진홍빛 열정의 외투라는 그 용기의, 왕홀과 같은 고결함이라는 그 감정의, 너무나 큰 그 힘을 상징하는 것을 모두 포용하며 20여 년 동안 다져지고 간직된 사랑이었다는 사실이 알려진 것이다. 불확실한 점은 단지 그들이 나눈 사랑의 형태에 관한 것뿐이다. 그 사랑이 —— 구시대에 흔히 문학적으로 이야기하듯이 —— "순수한" 사랑으로서, 열정적으로 사랑하고 열정적으로 사랑받는 여자가 그 남자에게 육체적인 최후의 사랑에 대해서는 시치미를 떼며 거절하던 그런 사랑이었는지 아니면 그것이 "벌을 받아 마땅한" 사랑, 즉 우리들의 관념에서 보면 완전하고 자유롭고 규모가 크며 대담하게 주는, 모든 것을 주는 그런 사랑이었는지 하는 점이다. 한스 악셀이 단지 "노예 기사", 즉 마리 앙투아네트의 낭만적인 구애자였을까 아니면 실질적이며 육체적인 애인이었을까? 그가 그랬을까? 안 그랬을까?

"아니다!" "결코 아니다!" 왕당파의 반동적인 전기작가들의 말이다. 그것도 극도로 화를 내면서 수상할 정도로 허겁지겁 말한다. 그들은 무슨 일이 있어도 왕비는 "우리들의" 왕비로서 "순결하며" 어떤 "비하의 언사"에서도 보호를 해야 한다고 말한다. "그는 왕비를 열정적으로 사랑했다"라고 베르네르 폰 헤이덴스탐(스웨덴 시인/역주)은 부러울 정도로 자신감에 차서 말했다. "그러나 조금이라도 육체적인 생각을 했었다면 이 사랑은 음유시인이나 원탁의 기사 이야기와 같이 불순해지고 말았을 것이다. 마리 앙투아네트는 그를 사랑했으나 아내로서의 의무, 왕비로서의 존엄을 한순간도 잊지 않았다." 경외심에 가득 찬 열성 분자들로서는 "프랑스의 마지막 왕비가, 우리 나라 대대의 국왕 모두, 혹은 그들의 어머니 거의 모두로부터 물려받은 '명예의 기탁금'을 기부했다는 것은 생각조차 할 수 없는 일이다." 누군가가 그런 생각을 하려고 하면 그들은 강력하게 항의한다. 그러니 이 "끔찍한 중상모략(공쿠르)"에 대해서 더 이상 논의하는 것은 쓸데없는 일이며 사실을 밝히기 위해서는 "중상모략을 하거나 비꼬지" 말아야 한다는 것이다. 더 이상 파고든다면 마리 앙투아네트의 "순결함"을 옹호하는 사람들은 예민해져서 신경질을 부리고 말 것이다.

　그들의 생각 그대로 페르센이 마리 앙투아네트를 일생 동안 "이마 위의 후광"이 있는 여자로 쳐다보았을지, 아니면 남성적이며 인간적인 눈길로 바라보았을지 하는 문제 관해서는 입을 다물고 묵묵히 지나치는 편이 낫지 않을까? 이 의문점을 그냥 덮어둔 채 지나쳐 버리는 것이 나을는지도 모른다. 그러나 한 남자의 마지막 비밀까지 알기 전에는 그 남자를 완전히 알았다고 할 수 없고, 사랑의 기본 형태를 이해하기 전에는 한 여자의 성격을 완전히 파악했다고 할 수 없다. 세계사적 측면에서 볼 때 그들의 열정은 그저 삶을 스쳐지나간 사건에 불과한 것이 아니라 결정적으로 정신세계를 완전히 사로잡은 것이기 때문에 이 사랑이 어느 한계에까지 갔는지 하는 문제는 하찮은 또는 시니컬한 문제로 취급해서는 안 되며 한 여자의 영혼의 초상을 그리는 데 결정적인 사건으로 취급해야 한다. 정확하게 그려내기 위해서는 눈을 똑바로 떠야 한다. 좀더 가까이 다가가서 당시의 상황과 기록을 조사해보기로 하자. 조사해보면 이 의문에 대한 해답이 나올지도 모르는 일이다.

첫 번째 의문 : 시민적인 도덕의 의미에서 그것을 죄라고 가정해보자. 마리 앙투아네트는 페르센에게 정말 아무 생각도 없이 몸을 내맡겼을까? 이 무절제한 열정에 대해서 왕비에게 죄가 있다고 말할 수 있는 사람은 누구일까? 동시대인들 중에는 세 명의 대단한 남자들이 거기에 속한다. 그들은 문 뒤에서 엿들은 자들이 아니라 상황을 파악할 만한 위치의 상당한 인물이었던 나폴레옹, 탈레랑 그리고 사건의 진행을 두눈으로 지켜본 루이 16세의 신하 생프리스트였다. 이 세 사람은 자신 있게 마리 앙투아네트가 페르센의 애인이었으며 의심할 나위 없는 사람이라고 주장한다. 이 상황에 관해서 가장 믿을 만한 인물인 생프리스트는 세세한 부분까지 자세히 알았다. 왕비에 대한 적개심이 없이 극히 객관적으로 트리아농, 생클루, 튈르리 궁에서 일어난 페르센의 야밤 비밀 방문에 관해서 이야기하고 있다. 라파예트는 그에게만 이들 성에 대한 출입을 허락했다. 그는 비밀 사건의 유일한 목격자가 되었다. 또 폴리냐크 부인도 그 모든 사실을 알았으나, 외국인이 왕비의 총애를 받는 것에 대해서 별로 유감스럽게 생각하지 않았으며, 그런 총애를 이용해서 어떤 이득을 보려고 하지도 않았다고 말했다. 광신적인 도덕옹호자들이, 나폴레옹과 탈레랑을 중상자들이라고 불렀던 것은 무시한다고 하더라도, 그때 공정한 조사를 하는 것은 상당한 용기가 필요했으리라는 점은 확실하다. 그러나 두 번째 문제는 동시대인들 중에서 또는 목격자들 중에서 페르센이 왕비의 애인이라는 사실을 감히 말할 수 있는 사람이 있었을까 하는 점이다. 한 사람도 없었다. 측근들은 페르센의 이

름을 입에 올리지 않기 위해서 굉장히 조심했다. 왕비가 머리에 꽂는 핀까지 샅샅이 알고 있는 메르시도 역시 공식적인 편지에서는 한 번도 페르센이라는 이름을 언급한 적이 없을 정도였다. 궁정의 심복들은 편지를 전해준 "어떤 인물"에 관해서만 이야기했을 뿐이다. 아무도 그의 이름을 입 밖에 내지 않았다. 한 세기 동안이나 이상한 함구의 맹세가 지켜져왔기 때문에 일급 전기저술가들 역시 그를 잊어버리기 일쑤였다. 로맨틱한 정녀(貞女)의 전설에 방해만 되는 페르센을 될 수 있는 대로 잊도록 하기 위해서, 나중에 "암호"가 만들어진 것이 아닐까 하는 인상을 지울 수 없다.

그렇기 때문에 역사적인 연구는 한동안 어려운 문제에 부딪치게 되었다. 곳곳에서 극히 의심스러운 상황과 마주치고, 최종적이고 결정적인 증거가 날렵한 손에 의해서 마치 요술처럼 사라져버린 것을 발견했다. 남아 있는 자료를 토대로 해서는 명확한 사실을 밝힐 수가 없었다. 그랬을지도 모르지만, 안 그랬을지도 모른다 —— 이렇게밖에는 말을 할 수 없었다. 마지막 열쇠가 되는 증거가 없기 때문에 페르센 사건을 역사적으로 탐구해보려는 사람은 한숨을 쉬면서 기록 뭉치를 내던지고 그런 말이나 하는 수밖에 별다른 도리가 없었다. 기록이 하나도 남아 있지 않고, 인쇄물도 아무것도 없으며, 아무리 보아도 결정적인 증거를 찾아낼 수 없었다.

그러나 엄격한 검증에 의한 연구가 끝나는 곳에서 마음의 눈에 의한 자유롭고도 활기에 찬 방법이 시작된다. 고문서학이 밝힐 수 없는 것을 심리학은 밝힐 수 있다. 심리학이 논리적으로 획득한 개연성이 서류나 사실이 말하는 적나라한 진실보다 더 진실에 가까울 때가 많다. 역사의 기록만으로 이야기한다면 역사는 얼마나 왜소하고 초라하고 헛점투성인지 모른다. 의미의 명확함과 확실함은 과학의 분야인 반면 의미와 다양함을 캐내는 것은 심리학의 영역이다. 서류상의 증거가 충분치 못한 곳에도 심리학자들을 위한 무한한 가능성이 남아 있다. 기록보다는 감정이 인간에 대해서 더 많은 것을 알고 있다.

우선 기록을 다시 한 번 살펴보자. 한스 악셀 폰 페르센은 낭만적인 사람이었지만 한편 질서정연한 사람이기도 했다. 그는 대단히 정확하게 일기를 적었다. 매일 아침에 날씨와 기압을 깨끗하게 적은 다음 정치적인 사건이나 개인적인 사건까지 적어넣었다. 그는 극히 빈틈없는 사람으로 보낸 편지와 받은 편지를 날짜와 함께 우편물 책자에다 보관했다. 그는 자기 문서에 대해서 손수 간단한 설명까지 남겨놓았으며, 서신을 기술적으로 잘 보관했기 때문에 역사 연구가들에게는 이상적인 사람이었다. 1810년 세상을 떠났을 때, 그는 자기 생애를 흠잡을 데 없이 잘 정리해 남겨놓았는데 그것은 달리 찾아보기 힘든 기록상의 보고였다.

그 보고는 어떻게 되었을까? 그대로 남아 있다. 이것 자체가 좀 이상한 일이기는 하지만, 서류의 존재에 대해서 후손들은 조심스럽게 —— 걱정스럽게라고 말하는 편이 나을 것 같다 —— 침묵해왔다. 아무도 그 서류철에 다가간 사람이 없었다. 그것이 존재한다는 사실조차 아무도 몰랐다. 페르센이 죽은 뒤 반세기가 지나서 클링코브스트룀 남작이 그 서신과 일기의 일부를 출판했다. 그러나 이상하게도 그것은 온전하지가 못했다. 또한 "조세핀"의 편지로 기록되어 있는 마리 앙투아네트 편지철의 중요한 부분과 결정적인 시간대에 쓰인 페르센의 일기도 함께 사라졌다. 또한 이상한 부분은 편지 곳곳이 알아볼 수 없어졌다는 사실이다. 그리고 전에는 온전히 보전되었던 후손들의 편지까지 훼손되거나 없어진 것을 알 수 있다. 이것은 무엇인가를 이상화(理想化)시키려는 의도하에 사실을 왜곡시켜 놓은 것임에 틀림없는 것 같다.

편지는 삭제된 부분도 있고 알아볼 수 없게 된 부분도 있다. 원본부터 알아볼 수 없었다고 클링코브스트룀은 말한다. 누가 그랬을까? 물론 페르센 자신이 그랬을 것이다. "물론!" 그 목적은? 이 질문에 대해서 클링코브스트룀은 지워진 부분이 정치적인 비밀을 지켜야 될 구절이거나 스웨덴의 구스타프 왕에 대한 마리 앙투아네트의 비우호적인 논평이었을 것이라고 추측한다. 페르센이 편지를 왕에게 보여주기 전에 그 부분을 없애버렸다고 한다. 그러나 편지는 상당 부분이 암호로 적혀 있을뿐더러 왕에게는 사본만을 내보이게 되어 있었다. 뭣하러 원본까지 훼손해가면서 알아볼 수 없게 만들었다는 말인가? 그 점이 극히 의심스럽다. 그러나 앞에서 말했듯이 편견은 금물이다.

다시 한 번 살펴보자. 읽을 수 없도록 만들어놓은 곳을 자세히 들여다보도록 하자. 무엇을 느낄 수 있을까? 맨 먼저 알 수 있는 점은 그런 부분이 대개 편지의 시작과 끝이라는 것이다. 다시 말해서 편지 서두나 "안녕"이라는 단어 다음에 그렇게 된 부분이 많다. 예를 들면 "이야기는 다 끝났어요"라는 구절이 있는데 "사무적이고 정치적인 이야기는 다 했으니 이제……" 그런데 그 바로 다음부터가 알아볼 수 없게 되어 있다. 편지의 중간에도 정치와는 전혀 관계 없는 구절이 발견된다. 예를 들면 "당신의 건강을 어떠신지요? 당신이 당신 자신을 돌보지 않고…… 나는 필요 이상으로 참고 있어요." 이렇게 이런 식으로 정치 이야기를 할 수 있단 말인가? 왕비는 자기 자녀들에 관해서 이야기하면서 "이 일이……나의 유일한 행복입니다 —— 나는 참을 수 없이 슬퍼지면 어린 아들을 꼭 껴안습니다." 1,000명 중 999명은 공백에 어떤 말이 들어가야 할지 상상할 수 있을 것이다. "당신이 이곳을 떠난 이후에" 이런 비슷한 말이 들어가야지, 스웨덴 왕을 비난하는 말이 들어갈 리는 결코 없을 것이다. 따라서 클링코브스트룀의 주장은 그대로 받아들일 수가 없다. 공백 부분에는 정치적인 비밀 이외에 극히 인간적인 비밀이 숨겨져 있는 까닭이다. 그런데 그 비밀을 밝혀낼 수 있는 방법이 발견되었다. 현미경을 써서 뭉개놓은 편지 구절을 손쉽게 읽어내는 것이다. 자, 이제 원본만 찾으면 된다.

　그런데 또 놀라운 일이 벌어졌다. 원본이 사라져버린 것이다. 1900년까지 거의 한 세기 동안 편지는 페르센 집안이 대대로 살았던 성에 잘 정리되어 보관되어 있었다. 그런데 그 편지가 갑작스럽게 없어졌다. 자신이 알아보지 못하도록 만들어놓은 구절을 알아낼 수 있는 기술이 발견되었다는 것이 보수적인 클링코브스트룀 남작에게는 걱정이었을 것이다. 그래서 그는 세상을 떠나기 전에 페르센에게 보낸 마리 앙투아네트의 편지를 불살라버리고 말았다. 그것은 유래를 찾아보기 힘든 헤로스트라토스(자신의 이름을 영원히 하기 위해서 아르테미스 신전을 태움/역주)와 같은 행동이었다. 그러나 다른 한편으로는 어리석기 그지없는 행동이기도 했다. 클링코브스트룀은 어떻게 해서든지 페르센 사건을 광명보다는 박명 속에, 확실한 사실보다는 신화 속에 남겨두고자 했다. 그는 편지라는 증거를 인멸시켜버림으로써 페르센의 "명예"와 마리 앙투아네트의 명예를 구하고 자기만 세상을 떠나면 된다고 생각했다.

　그러나 이런 식의 소각은 범죄보다도 더 나쁜 행위였다. 그것은 어리석은 짓이다. 증거인멸이라는 것은 그 자체가 죄책감의 증거에 불과하며, 범죄학의 불문율에는 아무리 감쪽같이 증거를 말살시킨다고 하더라도 언제나 한 가지 증거쯤은 남는다는 법칙이 있다. 결국 뛰어난 여류 연구가인 알마 쇠데르헬름이 남아 있는 서류를 조사하다가 마리 앙투아네트의 편지 사본 하나를 발견했다. 그 편지는 페르센이 손수 필사한 것이었기 때문에 그대로 남아 있었는데(원본은 물론 "알 수 없는 손"에 의해서 없어졌다) 출판업자들이 당시 간과해버린 것이었다. 그 발견으로 우리는 비로소 왕비의 속마음을 털어놓은 편지를 완전한 형태로 소유하게 되었고, 그것으로 다른 모든 편지에 관한 열쇠, 아니 오히려 에로틱한 소리굽쇠를 손에 넣게 된 것이다. 이제 그 점잖은 출판업자가 어느 대목을 점선으로 지워버렸는지 대강 짐작할 수 있다. 이 편지의 마지막에도 "안녕"이라고 적혀 있고 그 뒷부분은 알아볼 수 없도록 지워져 있었다. 그러나 그것은 "안녕, 모든 남성들 중에서 가장 사랑하고 있으며, 가장 많은 사랑을 받고 있는 이여"라고 판독되었다.

이 구절을 어떻게 달리 받아들일 수 있단 말인가? 우리는 클링코브스트룀을 비롯해서 "순결"을 역설한 사람들이 이런 기록을 손에 들고서 페르센 사건을 어떻게 설명한 것인가 대단히 걱정했으리라는 것쯤은 상상할 수 있다. 심장의 맥박을 이해하는 사람이라면 왕비가 한 남자에 대해서 인습에 어긋날 정도로 용감하게 표현했다는 것은 사랑의 마지막 증거까지도 이미 준 지 오래라는 사실을 쉽게 상상할 수 있게 하기 때문이다. 남겨진 이 한 행은 사라진 다른 모든 구절을 보상하고도 남는다. 사라졌다는 것 자체가 벌써 그 증거이다. 남아 있는 이 한마디 말이면 충분하다.

그러나 좀더 검토해보자. 남겨진 이 편지 외에 페르센의 일생에는 심리학적으로 볼 때 결정적인 장면이 하나 더 있다. 그것은 왕비가 죽고 6년 후의 일이다. 페르센은 라슈타트 회의(독일과 프랑스의 평화회의/역주)에 스웨덴 정부를 대표하게 되었다. 그때 보나파르트가 에델스하임 남작에게 페르센이 왕당파적인 기질을 가진 것은 불문가지인데다 왕비하고 잤다는 그런 사람하고는 이야기하지 않겠다고 강경하게 맞섰다. 관계가 있었다고 말한 것이 아니라 외설스럽게도 "왕비하고 잤다"고 했던 것이다. 에델스하임 남작은 페르센을 변호하려고 하지 않았다. 그 역시 그것이 사실이라고 생각했던 까닭이다. 그는 웃음으로 얼버무리면서 "구제도" 하에서 있었던 그 사건은 이미 지나간 일이며 정치하고는 아무 상관이 없는 일이라고만 변명했을 뿐이다. 그는 페르센에게 그 이야기를 그대로 옮겼다. 페르센은 어떻게 했을까? 보나파르트의 말이 거짓이라면 그는 어떻게 했어야 했을까? 그 고발에 대해서 (사실이 아니라면) 왕비를 옹호했어야만 하지 않았을까? 그것은 중상모략이라고 소리쳤어야 하지 않았을까? 작은 코르시카 출신의 풋내기 장군에게 결투를 신청하는 것이 옳지 않았을까? 자기 애인과 정말로 그런 적이 없었다면 명예를 존중하는 대쪽 같은 그의 성격상 여자에게 그런 모욕을 당하게 할 수는 없었을 것이다. 오래 전부터 수군대는 그 소문에 번득이는 칼을 내리쳐 일순간에 박살을 내버려야 하지 않았을까?

페르센은 어떠했는가? 슬프게도 그는 입을 다물었다. 펜대를 잡고 에델스하임과 보나파르트의 대화, 즉 그가 왕비와 "잤다"는 내용의 대화를 했다는 사실을 일기장에다 그대로 기록했을 뿐이다. 그의 전기작가의 말마따나 "비열하고 냉소적인" 그 이야기에 대해서 전혀 아무런 논박도 하지 않았다. 결국 고개를 숙이고 사실을 인정한 셈이다. 며칠 뒤 어느 영국 신문이 이 에피소드를 소생하게 보도하고 "보도하는 김에 그와 불행한 왕비의" 사건을 떠들어대자 그는 그것을 쓰면서 "기분 나쁜 일이 아닐 수 없다"고 덧붙였을 뿐이다. 그것은 페르센의 항의라고 하기보다는 오히려 침묵이라고 보는 편이 좋을 것이다. 그러나 침묵이란 항상 말 이상의 것을 내포하고 있다.

불안한 후손들이 필사적으로 숨기려고 했던 것이 무엇인지 이제는 알 수 있을 것이다. 그것은 페르센이 마리 앙투아네트의 애인이었다는 사실이며, 페르센은 그 사실을 부인한 적이 없다. 그것을 좀더 잘 증명할 만한 사실은 얼마든지 있다. 그가 브뤼셀에 다른 여자와 함께 공개석상에 나타났을 때 "그녀"에게는 비밀로 해두어야지 아니면 기분 나빠할지도 모른다고 충고한 누이의 편지도 있다(그녀가 애인이 아니었다면 그럴 필요가 있을 리 없다). 그리고 페르센이 튈르리 궁의 왕비 방에서 밤을 보냈다는 부분을 지운 편지도 있다. 그리고 어느 하녀는 혁명 재판소에서 밤중에 누군가가 자주 왕비의 방에서 나가는 것을 본 적이 있다고 증언한 일도 있다. 마지막 결정적인 구절을 찾아볼 수 없기 때문에 사람들을 납득시키기가 어렵다. 그 점은 전체적인 성격으로 보아 사건의 진행을 추측하는 수밖에 없다.

왜냐하면 인간 개개인의 행동 양식은 그의 본성과 긴밀한 인과관계 속에서 성립되는 까닭이다. 페르센과 마리 앙투아네트의 관계가 실제로 열정적이며 내밀한 관계였는지, 아니면 경외심에 가득 찬 인습적인 관계였는지, 이것은 결국 여자 쪽 성격에 달려 있다는 결론에 도달하게 된다. 그 관계가 멋대로 몸을 내맡기는 그런 관계였을까? 아니면 왕비라는 자리에 걸맞게 두려움 속에서 거부하는 그런 관계였을까? 상상력이 풍부한 사람이라면 판결을 내리는 데 그리 오래 주저하지는 않을 것이다. 왜냐하면 마리 앙투아네트는 상당한 힘, 즉 무모하고 생각이 모자라는, 겁이라고는 모르는 용기를 가지고 있었기 때문이다. 내심을 그대로 드러내고 전혀 위장할 줄 모르는 그녀는 별다른 동기 없이도 인습의 테두리를 거부하기가 일쑤였고 등뒤에서 떠드는 소문에 대해서도 관심을 두지 않았다. 운명의 결정적인 클라이맥스에서는 위대한 태도를 보이며 비열하게 군다거나 겁을 낸 적이 없었다. 그녀는 한 번도 사회나 궁중의 법도를 자기 의지보다 우위에 놓은 적도, 명예나 예절을 인정한 적도 없었다. 따라서 이 용감한 여자가 진실로 사랑하는 사람과의 관계에서 얌전을 빼면서 전혀 사랑으로 결합되지도 않은 루이의 겁 많고 명예로운 아내 역만을 고수했을까? 일체의 규율과 질서가 무너지는 묘한 시대의 한가운데에서, 죽음의 신비롭고 격렬한 쾌락 속에서, 파멸의 모든 공포 속에서 자기의 열정을 얌전히 희생시켰을까? 아무도 구속하고 방해할 수 없었던 그녀였는데 새삼스레 우스꽝스러운 결혼이라는 허깨비를 위해서, 한 번도 남자로 느껴보지 못한 남편을 위해서, 제어할 수 없는 천성적인 자유의 본능으로 미워해왔던 관습을 위해서 지극히 자연스럽고 여성적인 감정을 제어해야만 했을까? 이 믿기지 않은 일은 믿으려고 해도 잘 믿어지지가 않는다. 그러나 한편 생각하면 열정적인 사랑놀이에 대담하고 무분별했던 마리 앙투아네트이기는 했지만 겁 없는 이 여자에게도 앞뒤를 재는 마음 약한 구석이 있어서 마지막 선만은 감히 돌파하지 못한 채 자연의 충동을 마음속에서 제어하고 말았을지도 모를 일이다. 그러나 인간의 성격에 관해서 그것을 총체적인 것이라고 생각하는 사람에게는 마리 앙투아네트가, 모든 영혼과 오랫동안 잘못 사용되어왔으며 환멸만을 맛보아온 육체를 내건, 한스 악셀 폰 페르센의 애인이었음은 의심할 수 없는 사실이다.

그렇다면 왕은 어떠했을까? 결혼 파탄에는 언제나 속임을 당하는 제3자가 난처하고 괴롭고 우스꽝스러운 인물로 등장하기 마련이다. 그리고 루이 16세에게도 그 삼각관계의 결과가 상당한 여파를 던진다. 사실 루이 16세는 그저 우스꽝스러운 풋내기 서방만은 아니었다. 그는 아내와 페르센과의 내밀한 관계를 알고 있었던 것이 틀림없다. 생프리스트는 이렇게 적은 적이 있다. "왕비는 백작과 자기와의 관계를 남편이 모두 알 수 있도록 온갖 수단과 방법을 다 썼다."

이 견해는 정당한 것이다. 숨긴다든가 속인다든가 하는 것은 마리 앙투아네트에게 어울리지 않는 일이었다. 엉큼하게 남편을 속인다는 것은 그녀의 성격에 도대체 어울리지 않는다. 남편과 애인 사이에서의 동거 생활이라는 극히 불미스러운 관계는 그녀의 성격상 아무 문젯거리가 되지 않았다. 페르센과의 내밀한 관계가 이루어지자 —— 결혼 후 15년 내지 20년이 지났을 때인 것 같다 —— 남편과의 육체관계는 끝이 나고 말았다. 이런 추측은 누이동생이 네 번째 아이를 출산한 뒤, 루이 16세와 떨어져 살려고 한다는 이야기를 빈 어디에선가 들었다는 그녀의 오빠가 쓴 편지를 보면 더욱 더 확실해진다. 그 시기는 바로 페르센과의 비밀스런 관계가 시작되던 때와 일치한다. 따라서 상황은 명약관화하다. 전혀 사랑하지도 않고 매력도 느끼지 못하는 남자와 정략적으로 결혼했던 마리 앙투아네트는 수년간 사랑의 욕망을 결혼이라는 굴레 때문에 억누른 채 살아왔다. 두 아들을 낳아서 부르봉 왕가의 핏줄을 이을 왕위 계승자를 왕국에 바치자 나라와 법률과 가문에 대한 의무를 완수한 것으로 생각했으며, 스스로 자유로운 존재라고 느꼈다. 정치 때문에 20년을 희생하고 난 뒤 마지막 비극적 전율의 순간에 이 여자는 자기의 순수하고도 자연스런 권리를 되찾아 오래 전부터 사랑해왔던 남자를 친구이며, 애인, 신뢰자, 자기와 함께 용감하게 사랑의 제물이 되기 위해서 걸어갈 수 있는 동반자로서 맞아들이게 된 것이다. 달콤하고 도덕적인 왕비라는 극히 조작적인 가설과 비교해볼 때, 그녀의 태도라는 명백한 현실은 얼마나 초라한 것이며, 인간적인 용기와 정신적인 위엄을 억누르고 이 여자가 지키려고 했던 왕비로서의 "명예"란 또 얼마나 하찮은 것일까! 자신의 감정을 자유롭게 따라갔다는 점에서, 여자로서 그 이상 명예를 지키고 고귀하게 처신하기는 어려웠을 것이다. 그리고 인간적인 행동을 했다는 점에서 어느 왕비도 그녀보다 더 이상 당당하게 행동할 수 없었을 것이다.

베르사유에서의 마지막 밤

 1,000년 역사의 프랑스에서 1789년 여름보다 더 빨리 씨앗이 자란 해는 없었다. 곡물은 하늘 높이 쑥쑥 자라났다. 그러나 일단 피가 거름이 된 혁명의 씨앗은 더 빠른 속도로 자라났다. 수십 년간에 걸친 태만과 수백 년간의 불의는 단 한 자루의 펜으로 단숨에 타파되었고, 왕실에 의해서 프랑스 백성의 권리가 감금되어왔던 눈에 보이지 않는 수많은 바스티유가 드디어 무너졌다.
 8월 4일, 요란한 환호성 가운데 유서 깊고 강력한 봉건주의의 성이 무너졌으며, 귀족들은 부역과 10분의 1세를, 고위 성직자들은 조세와 염세를 포기했다. 농부들은 자유로워졌고, 시민들 역시 자유를 얻었다. 신문도 자유로워졌으며, 인권이 선언되었다. 그해 여름에는 장 자크 루소의 모든 꿈이 실현되었다. "즐거운 메뉴"의 방(왕들에게는 쾌락의, 백성에게는 권리 획득의 장소)의 창문은 환호성으로 혹은 논쟁으로 흔들렸다. 백 보 떨어진 곳에서 벌떼처럼 웅웅거리는 소리가 들려왔다. 그러나 천 보 떨어진 베르사유 궁전에는 당혹의 고요만이 내리깔렸다. 놀란 대신들은 마치 통치자의 주인이나 된 것처럼 충고라도 할 요량으로 몰려온 시끄러운 손님들을 내다보고 있었다. 어떻게 이 마술사의 제자들을 되돌려보낼지? 당황한 왕은 이 이야기 저 이야기 조언자들의 말을 듣고 있었다. 최선책은 기다려보는 거야. 이 폭풍우가 가라앉을 때까지만이라도 왕과 왕비는 생각했다. 그저 묵묵히 뒷곁에나 앉아 있자. 시간만 지나가면 만사가 잘 해결될 테니까.

그러나 혁명은 자꾸 앞으로만 달려가고 있었다. 그럴 수밖에 없는 일이었다. 혁명이란 밀려오는 흐름과도 같은 것이므로 정체는 재앙이며, 후퇴는 종말이기 때문이다. 혁명은 자기 주장을 위해서 무엇인가를 더 많이 자꾸 요구하게 된다. 그리고 패배하지 않기 위해서는 계속적으로 공격을 하는 수밖에 없었다. 이 휴식 없는 행군의 북소리를 요란하게 울리는 것은 신문이었다. 혁명의 아이들, 혁명의 골목대장들은 주저 없이 대열의 앞에 섰다. 펜을 한 번 휘두를 때마다 자유라는 말을 휘둘렀고 난폭하고 무절제했다. 10, 20, 30, 50개의 신문이 발간되었다. 미라보가 하나 만들었고, 데물랭, 브리소, 루스탈로, 마라 등이 독자를 모아 자기만이 애국정신이 투철한 것처럼 모두들 분별 없이 허풍을 떨었다. 나라 전체에서 떠들어대는 소리만 들리는 것 같았다. 오른쪽도 시끄럽고 왼쪽도 시끄러웠다. 목소리가 크면 클수록 좋은 것 같았다. 모든 증오심은 전부 왕실을 겨냥하고 있었다. 왕이 배신하려고 한다, 정부가 곡식 수송을 방해한다, 군중을 해산시키려고 외국의 군대가 벌써 몰려오는 중이다. 새로운 성 바돌로매의 밤이 재현될 위험성이 있다, 시민이여! 눈을 떠라! 애국자여 눈을 떠라! 둥둥둥! 신문은 밤낮을 가리지 않고 불안, 불신, 분노, 증오를 수백만의 가슴속에 일구어놓았다. 그리고 이런 북소리 뒤에는 창과 검을 든 보이지 않는 민중의 대열이 무시무시한 분노를 품고 늘어서 있었다.

왕으로서는 사태가 너무 빨리 진전되는 것 같았다. 하지만 혁명을 일으킨 사람들로서는 너무 천천히 진행되는 것 같았다. 소심한 왕은 새로운 이념의 소란스런 행군에 한 발자국도 발을 맞출 수 없었다.

베르사유는 주저하고 머뭇거리기만 했다. 자, 전진하자! 파리로! 이 지긋지긋한 체제에 종말을 고하고, 참을 수 없는 왕과 백성 사이의 타협도 끝장을 내자! 이제 신문은 북을 두드려댔다. 너는 1만 개, 2만 개의 주먹을 가지고 있다. 그리고 총과 대포가 병기고에서 우리를 기다리고 있다. 그걸 꺼내와라. 그리고는 왕과 왕비를 베르사유에서 끌어내라. 이제 너의 운명을 손안에 꽉 붙잡도록 해라! 혁명 사령부인 오를레앙 공작의 저택 루아얄 궁에서는 이러한 슬로건을 내걸었다. 모든 준비는 완료되었다. 변절자 중의 한 사람인 드 위뤼주 후작은 슬그머니 원정군의 군사훈련을 위해서 떠나버렸다.

그러나 왕실과 수도 사이에는 어두운 지하통로가 있었다. 클럽의 애국자들은 매수한 종복들을 통해서 왕실의 일을 전부 알고 있었고, 왕실에서도 스파이를 풀어 공격 계획을 눈치 채고 있었다. 베르사유는 행동을 취하기로 결정했으나, 프랑스 군대에 의존할 경우, 동포에 대한 그들의 태도를 신뢰할 수 없었기 때문에 왕궁 수비를 위해서 플랑드르 연대를 불러들이기로 결정했다. 10월 1일에 그 군대는 베르사유로 진군해왔다. 그들을 따뜻하게 맞이하기 위해서 왕실에서는 요란한 환영 채비를 했다. 연회를 위해서 커다란 오페라 홀을 말끔히 치운 다음 파리의 극심한 식량난은 전혀 아랑곳하지도 않고 포도주와 좋은 음식을 아낌없이 제공했다. 그리고 군대가 국왕에게 열광하도록 왕과 왕비가 왕세자를 데리고 —— 전에 없던 일이다 —— 축하연에 나타났다.

마리 앙투아네트는 의도적인 간사함이나 타산 또는 아첨으로 남들의 호감을 사는 재주는 전혀 없었다. 그러나 천성적으로 그녀의 육체와 영혼에는 묘한 품위가 흐르고 있어서 처음 만나는 사람의 호감을 샀다. 개인이든 대중이든 첫인상의 그 기묘한 마력(가까이 사귀다보면 금방 다 사라지지만)에서 벗어나는 일은 불가능했다. 젊고 아름다운 왕비가 고상하지만 애교를 띤 모습으로 등장하자 앉아 있던 장교와 군인들은 매혹당해 칼집에서 칼을 뽑아 군주와 여군주

"만세"를 요란하게 외쳤다. 그리고 필시 그 때문에 그들은 국민에 대한 "만세"를 잊어버렸던 것이다. 왕비는 대열 속으로 걸어갔다. 그녀는 매혹적으로 미소를 지을 줄 알았고 별 부담감 없이 애교를 떨 줄도 알았다. 군주인 어머니와 오빠 또는 다른 어느 합스부르크 가의 사람들처럼 (이 기술은 오스트리아 제국에서 물려받은 유구한 전통이다) 마음속에는 흔들리지 않는 거만함을 지닌 채, 겸손한 미소는 아니지만 비천한 사람들에게 극히 자연스럽고 친절하고 다정하게 대할 수 있었다. 오랫동안 들어보지 못했던 "왕비 만세"를 듣고 행복한 미소를 띤 그녀는 아이들과 함께 연회석으로 나아갔다. 손님으로 온 거친 군인들을 향한 인자하고 위엄이 넘치는 그녀의 눈길은 장교와 사병들을 끝없는 충성심으로 들뜨게 했고, 그 순간에는 누구나 마리 앙투아네트를 위해서 죽을 각오가 되어 있었다. 왕비 역시 그 시끄러운 무리들 속에서 행복했다. 환영 축배를 들며 그녀는 안전의 황금 포도주에 취한 기분이었다. 아직도 프랑스 왕위에 대한 안전감과 충성심을 찾아볼 수 있었던 까닭에.

그러나 다음 날 애국충정에 불타는 신문들은 또다시 북을 두드려댔다. 둥둥둥! 신문은 이렇게 외쳐댔다. 왕비와 왕실은 인민을 죽일 살인자들을 불러왔도다. 동포의 붉은 피를 쏟게 하도록 붉은 포도주와 군인들의 정신을 흘려놓았다. 굴종의 노래를 부르면서 노예 같은 장교들은 삼색 모장을 짓밟고 야유했다. 이 일은 전부 군인을 격려하는 왕비의 미소 속에서 이루어진 것이다. 아직도 모르는가, 애국자들이여! 파리는 파멸하려고 한다. 연대는 이미 행군해왔다. 시민들이여, 이제 마지막 봉기, 마지막 결정을 내려라! 모여라, 애국자들이여. 둥둥둥…….

이틀 뒤인 10월 5일에 파리에서 소요가 일어났다. 결국 소요가 일어나고 만 것이다. 하지만 어떻게 해서 이 소요가 일어났는가는 프랑스 혁명의 수많은 불가사의 중의 하나이다. 이 소요는 겉으로 보기에는 극히 단순한 사건처럼 보였지만 정치적으로 보면 극히 조직적이며 조준이 정확하고 올바른 위치에서 올바른 목표를 겨냥하고 있었다. 똑똑하고 학식 있고 민첩하고 노련한 손이 책동한 것임에 틀림없었다. 왕을 베르사유에서 끌어낸 것이 남자 군대가 아닌 한떼의 여자들이었다는 것부터가 훌륭한 착상이라고 하지 않을 수 없다. 루아얄 궁에서 오를레앙 공을 위해서 왕위 획득전을 지휘하고 있었던 쇼더 로 드 라클로와 같은 심리학자에게는 참으로 어울리는 작전이라고 할 수 있다. 남자가 갔더라면 반란군 또는 폭도라는 말을 들었을 것이고 명령에 따라 훈련된 군인들이 그들을 향해 총을 쏘았을 것이다. 그러나 여자들이 반란을 일으킨다는 것은 불가능한 일이었고 여자의 부드러운 가슴 앞에서는 단검도 도로 집어넣을 수밖에 없었다. 게다가 책동자들은 왕처럼 겁이 많고 감상적인 남자는 절대로 여자들을 향해서 감히 발포 명령을 내릴 리가 없음을 알고 있었다. 어느 손에, 어느 책략자에 의해서 시작된 일인지는 알 수 없으나 이 흥분 속에서 파리의 빵 공급이 이틀 동안 감쪽같이 중단되었다. 굶주림 때문에 시작된 이 소요는 민중의 분노에 불을 당겼다. 소요가 일어나자마자 여자들이 먼저 뛰어나왔다. 여자들이 맨 앞줄에 선 것이다!

어떤 젊은 여자였다. 사람들 말로는 손에 값비싼 반지를 낀 여자였다고 한다. 그녀가 10월 5일 아침에 초소를 부수자 소요가 일어났다고 한다. 그러자 빵을 달라고 소리치는 수많은 여자들의 대열이 곧 뒤를 따랐다. 그때 여자로 변장한 한 무리의 남자가 나타나 분노한 무리에게 시청 쪽을 가리켰다. 30분쯤 지나자 사람들이 구름처럼 모였다. 피스톨과 창 그리고 두 대의 대포까지 약탈했다. 그때 갑작스럽게 마야르라는 지도자가 나타나 무질서한 대중을 군대처럼 정비하더니 빵을 달라고 외치면서 —— 실제로는 왕을 파리로 데려오기 위해서 —— 베르사유로 진군해갔다. 여느 방법으로는 이미 손을 쓸 수도 없게 되었을 때 국민군 사령관 라파예트는 백마를 타고 달려왔다. 신념이 고결하고 성실하지만 쓸모없는 이 남자는 언제나 1시간쯤 늦게 나타나는 것이 숙명이었다. 그의 임무는 행군을 막는 일이었지만 군대가 그의 명령을 듣지 않았다. 그래서 그는 이 반란을 합법적인 것으로 얼버무리기 위해서 여자들의 행렬을 묵묵히 뒤쫓아갔다. 그는 자기의 직무를 별로 고상한 임무라고 생각하지 않았고 그 임무를 좋아하지도 않았기 때문에 유명한 백마 위에 올라앉은 채 여성 혁명군의 뒤를 슬슬 따라갔다. 그것은 원초적인 극히 비논리적인 열정을 추구해서 헛되이 노력하는, 냉정하게 논리적인 계산을 하는 무기력한 인간 이성의 상징이었다.

베르사유 궁전에서는 점심 때가 될 때까지도 수천의 사람들이 행군해오고 있다는 위험에 대해서 아무것도 모르고 있었다. 왕은 말에 안장을 얹고 무동 숲으로 사냥을 떠났고, 왕비는 아침 일찍 걸어서 트리아농에 가고 없었다. 조신들과 가까운 친구들은 이미 다 달아나 버렸다. 국민의회에서는 매일처럼 그녀에게 "배신적인" 지겨운 요구만을 일삼고 있는 처지인데, 베르사유에서 도대체 무엇을 한다는 말인가! 그녀는 모든 분노에 지쳤고, 분쟁에 지쳤고, 인간들에게 지쳤으며, 왕비 자리에도 지치고 말았다. 좀 쉬었으면! 두세 시간만이라도 조용히 사람들로부터, 정치로부터 벗어나 10월의 햇살이 나뭇잎을 구릿빛으로 물들이는 가을 정원에서 지내보았으면! 겨울이, 무서운 겨울이 오기 전에 화단에 핀 마지막 꽃을 가만히 따고, 닭에게 모이를 주고, 작은 연못의 중국산 금붕어에게 먹이나 주었으면······ 흥분과 혼란이 지나고 조용히 쉬면서 무료하게 손을 느긋이 내려놓고 검소한 실내복 차림으로 동굴에 앉아 자연의 위대한 권태감을 맛보면서 가을을 마음속 깊이 느껴보기 위해서 읽지는 않더라도 책 한 권을 벤치 위에 펴놓고 앉아 있고 싶었다.

왕비는 동굴 속 바위 위에 앉아 있었다. 그녀는 그 동굴이 전에 "사랑의 동굴"이라는 이름으로 불렸다는 사실을 까마득히 잊고 있었다. 그때 시종이 손에 편지를 들고 오는 것이 보였다. 그녀는 일어서서 다가갔다. 편지는 대신 생프리스트에게서 온 것으로 천박한 백성들이 베르사유로 진군해오고 있으므로 왕비께서는 바삐 성으로 돌아오시는 것이 좋을 듯하다는 내용이었다. 얼른 모자와 외투를 집어들고 그녀는 아름다운 날랜 걸음으로 발길을 서둘렀다. 어찌나 서둘러 걸었는지 작고 아름다운 그 성과 애써서 다듬어놓은 그곳 풍경을 한 번도 뒤돌아보지 못했다. 이 부드러운 초원과 사랑의 신전과 가을의 연못이 있는 부드러운 언덕을 다시는 보지 못하리라는 것, 자신의 안식처인 트리아농을 일생을 통해서 마지막으로 보고 있는 것이며, 이것이 영원한 이별이라는 것을 그녀는 전혀 알지 못했다.

그녀가 궁정에 돌아왔을 때 귀족과 대신들은 정신을 완전히 잃은 채 흥분해 있었다. 파리로부터의 진군에 관한 불확실한 소식은 달려온 시종에 의해서 다시 확인되었다. 뒤늦은 다른 시종들은 도중에 여자들한테 붙잡히고 말았다. 그때 기사 한 사람이 거품을 흘리는 말을 탄 채 대리석 계단을 올라왔다. 페르센이었다. 위험을 느끼자 그는 재빨리 안장을 얹고, 카미유 데물랭의 격렬한 표현에 따르면 "8,000의 유디트"(적장을 죽이고 나라를 구한 전설적인 유대의 여장부 이름/역주)라고 불렀던 여성군을 맹렬하게 추월하여 위험의 순간에도 왕비 곁에 있기 위해서 달려왔다. 왕도 드디어 회의에 나타났다. 샤티용 문 근처 숲에 있는 왕을 찾아내 그의 최고의 행복을 방해하지 않으면 안 되었다. "사고로 중단되었음." 왕은 그날 저녁 일기에 형편없던 사냥 결과에 대해서 이렇게 설명을 붙여놓았다.

왕이 나타났다. 그러나 그는 절도를 잃었고 그의 시선은 여느 때처럼 머뭇거리기만 했다. 모두들 걱정스런 눈을 하고 당황한 채 서 있었다. 이제 반란군의 선두를 세브르 근처 다리에서 차단하기에도 너무 늦은 시각이었다. 하지만 아직도 2시간 정도는 남아 있었다. 결정을 내리기에는 충분한 시간이었다. 어느 대신은 왕께서 직접 말을 타고 용기병과 플랑드르 연대의 선두에 나가 훈련받지 못한 오합

지졸들을 무찌르시는 것이 어떠냐고 제안했다. 왕의 출현만으로 여자들이 후퇴할지도 몰랐다. 한편 신중파들은 왕과 왕비가 빨리 성을 떠나 교활한 음모자들이 옥좌를 공격할 때 헛탕을 치도록 랑부예로 피신하시는 것이 좋을 듯하다고 충고했다. 그러나 항상 주저하기만 하는 루이는 이번에도 망설이기만 했다. 결단을 내리지 못한 채, 사건을 수습하지 못한 채 우유부단한 성격으로 그냥 그것을 맞아들였다.

왕비는 입술을 깨문 채 당황한 남자들 속에 서 있었다. 그들 중에 진짜 남자는 한 사람도 없었다. 본능적으로 그녀는 폭력이 승리하리라는 것을 느꼈다. 왕궁에서는 피를 본 첫날부터 모두들 두려워하고만 있었던 까닭이다. "이 모든 혁명은 단지 일련의 공포의 결과에 지나지 않았다." 하지만 어떻게 그녀가 모든 일과 모든 사람들을 대신해서 책임을 질 수 있단 말인가! 궁정의 중정(中庭)에는 의장마차가 곧 떠날 듯한 기세로 기다리고 있었고 한 시간 내로 왕실 일가는 대신들과 왕을 끝까지 보위하겠다고 맹세한 국민의회와 함께 랑부예로 가기로 했다. 그러나 왕은 출발하려고 하지 않았다. 대신들은 자꾸만 재촉했다. 생프리스트가 특히 더 그랬다. "전하, 만약 내일 파리로 가신다면 왕관을 잃게 되실 것입니다." 그러나 왕국을 보존시키는 것보다 자기의 인기를 더 중요하게 생각하는 네케르는 그 의견에 반대했다. 왕은 여느 때처럼 아무런 생각도 없이 흔들리는 시계추처럼 두 사람의 의견 사이에서 갈피를 잡지 못했다. 점점 저녁이 되어갔다. 날씨마저 나빴다. 말들은 초조하게 몰려 서 있었고, 마부들은 몇 시간 전부터 마차 문짝에 기대서서 대기하고 있었다. 그런데도 아직까지 회의는 계속되었다.

그때 수백 명이 떠드는 듯한 소리가 아브뉘 드 파리에서 들려왔다. 벌써 그들이 도착하고 만 것이었다. 쏟아지는 비를 피하느라 머리 위에 블라우스를 뒤집어쓴 수천의 무리가, 밤의 어둠 속으로 중앙시장의 아마존 여족들이 몰려들었다. 혁명군의 선두가 이미 베르사유 앞에 와닿았다. 너무 늦었다.

뼛속까지 비에 젖어 춥고 굶주린 무리, 신발에는 온통 거리의 진흙을 묻힌 여자들이 행진해왔다. 오는 동안 선술집에 몰려들어가 쪼르륵거리는 위를 약간 덥히기는 했지만 여섯 시간에 걸친 이 행군은 결코 유쾌한 산책은 아니었다. 여자들의 목소리는 거칠고 열에 들떠 있었다. 그리고 그들이 외치는 구호는 왕비에게 별로 우호적이지 못했다. 그들이 처음 찾아간 곳은 국민의회였다. 국민의회는 아침부터 열리고 있었는데 거기에 참석한 많은 인물과 그 대표자인 오를레앙 공작은 이 아마존들의 국민의회 행군을 전혀 예기하지 못했다.

  처음에 여자들은 국민의회에 빵을 요구했다. 국왕을 파리로 데려가겠다는 요구는 예정에 따라 전혀 언급하지 않았다. 결국 드무니에 의장과 몇몇 의원들 그리고 여자들의 대표들이 성으로 들어가는 것이 허락되었다. 6명의 여자 대표들이 함께 성으로 들어갔다. 시종들이 장신구 제조여공과 생선장수와 거리의 창부들에게 공손하게 문을 열어주었다. 그리고는 극진한 태도로 귀족들 중의 귀족이라고 할 수 있는 명문 출신만이 걸어갈 수 있었던 대리석 층계로 그들을 인도했다. 국민의회의 의장을 따라가는 대표들 중에는 장대하고 비만하며 상냥해보이는 한 남자가 끼어 있었는데 특별히 눈에 띄지는 않았다. 그러나 그의 이름은 왕과의 첫 대면에서 상징적인 의미를 가지게 되었다. 왜냐하면 파리 대표인 의사 기요탱이 등장함으로써 기요틴("길로틴"은 독일어식 표기임/역주)이 10월 5일에 왕궁으로 그 첫 나들이를 한 셈이었기 때문이다.

  사람 좋은 루이는 여자들을 극진하게 맞아들였다. 그래서 대표 중 하나인 어느 젊은 아가씨는 궁전 주인에게 꽃밖에는 달리 선물할 것이 없자 당황해서 기절을 하기까지 했다. 서서히 그녀는 정신을 되찾았다. 선량한 국왕은 몰래 처녀를 포옹했다. 그리고 멍하니 서 있는 여자들에게 빵이든 뭐든 원하는 것은 다 주겠다고 약속했고 돌아갈 때는 자기 의장마차를 타고 가라고까지 했다. 만사가 그럴듯하게 해결되는 것 같았다. 그러나 밖에서는 "대표들이 돈에 매수되었으며 거짓말에 타협했다"고 비밀 스파이들에 의해서 선동된 여자들이 분노에 찬 함성을 지르고 있었다. 쪼르륵거리는 배를 움켜쥐고 거짓 약속이나 듣고 되돌아가려고 비바람 속을 6시간이나 행군해온 것은 아니라고 떠들어댔다. 안 된다, 간계를 꾸미고 질질 끌지 못하도록 왕과 왕비와 그 일당을 전부 파리로 데려가야만 한다! 여자들은 잠을 자려고 국민의회로 몰려들어갔다. 특히 테루아뉴 드 메리쿠르(자유의 아마존이라고 불렸음/역주) 같은 프로급들은 플랑드르 연대를 자기 편으로 만들었다. 낙오된 사람까지 합쳐 반란군의 숫자는 더욱 더 늘어났다. 위험한 사람들의 그림자가 석유등불이 던지는 흐릿한 작은 불빛을 받으며 울타리 주위에서 바장이고 있었다.

 그러나 궁정에서는 아직도 아무런 결정을 내리지 못했다. 그냥 도망치는 것이 낫지 않을까? 그런데 이 흥분한 무리 속을 어떻게 둔중한 의장마차를 타고 뚫고 나간단 말인가? 너무 늦었어. 그때, 멀리서 북치는 소리가 들려왔다. 라파예트가 온 것이었다. 그는 우선 국민의회에 인사를 하고 나서 왕에게로 왔다. 그는 정중히 절을 하면서 말했다. "전하, 제가 왔습니다. 전하를 구하는 일에 제 목숨을 걸겠습니다." 그러나 그를 치하하는 사람은 아무도 없었다. 기껏해야 마리 앙투아네트 정도였다. 왕은 자신이 떠날 생각도, 국민의회를 저버릴 생각도 없다고 말했다. 모든 것이 질서를 되찾은 것처럼 보였다. 왕은 약속을 했고 라파예트의 무장한 군대는 왕을 방어하기 위해서 가까운 위치에 자리를 잡았다. 의회의 대표들은 집으로 돌아갔으며 민중군과 반란군들은 쏟아지는 비를 피해 병영과 교회, 성문의 아치 밑, 지붕이 있는 층계 등에서 피난처를 찾았다. 서서히 마지막 등불도 꺼졌다. 왕의 안전을 끝까지 지키겠다고 약속했던 라파예트 역시 곳곳을 모두 돌아본 후 새벽 4시에 노아유 호텔로 가서 잠자리에 들었다. 왕비와 왕도 방으로 돌아갔다. 그 밤이 베르사유 궁에서 편안히 지내는 마지막 밤이라는 것은 전혀 알지도 못한 채.

왕정의 상여

 구세력, 왕권과 그 수호자들, 귀족들은 잠이 들었다. 그러나 혁명은 젊었다. 혁명의 피는 뜨겁고 거칠 것이 없었다. 혁명은 휴식을 몰랐고, 날이 밝을 것을, 행동을 초조하게 기다리고 있었다. 거리 한가운데의 모닥불 주위에는 피난처를 구하지 못한 파리 혁명군들이 모여 있었다. 자신들이 왜 베르사유에 왔는지, 왜 집으로 돌아가서 잠자리에 들지 못하는지 설명할 수가 없었다. 국왕이 모든 것을 인정하고 약속했는데도 말이다. 그러나 어떤 초현실적인 의지가 이 불안한 무리를 휩싸고 있었다. 비밀 지령을 전달하면서 문을 들락거리는 그림자도 있었다. 5시, 성이 아직 어둠과 잠 속에 파묻혀 있을 때 한 떼의 사람들이 길에 밝은 어떤 손에 인도되어 예배당의 중정을 지나는 길을 한 바퀴 돌아 궁전의 창문으로 은밀히 다가갔다. 뭘 하려는 것일까? 누가 이 이상한 그림자를 인도하는 것일까? 아직 잘 알 수는 없지만 뭔가 목적을 가지고 움직이는 것 같기는 한데 과연 누가 선동하는 것일까? 선동자들은 어둠 속에 서 있었다. 오를레앙 공작, 왕의 동생인 프로방스 백작은 궁에서 물러나 있었다. 그들은 그 밤을 왕궁에서, 왕 곁에서 지내지 않는 것이 좋다는 사실을 미리 알고 있었다. 그때 갑자기 한 발의 총성이 울렸다. 계획적인 교전을 위한 극히 선동적인 발포였다. 그러자 곳곳에서 반란자들이 몰려왔다. 창과 갈고리와 소총으로 무장한 수십 명, 수백 명, 수천 명의 사람들, 여성부대와 여자로 변장을 한 남자들이었다. 돌진할 방향은 촛불의 방향, 즉 왕비의 방이었다. 베르사유에는 한 번도 와보지 못했던 생선장수, 시장의 여자들이 성의 그 복잡한 수많은 방 중에서 어떻게 왕비의 방으로 쉽게 쳐들어갈 수 있었을까? 여자들과 변장한 남자들의 물결은 단숨에 왕비의 방으로 달려갔다. 몇몇 경비병들이 방으로 들어가려는 사람들을 저지했다. 그들 중 두 사람은 공격을 당해 무참히 살해되었다. 몸집이 큰 어느 텁석부리가 시체에서 머리를 잘라내어 피가 뚝뚝 흐르는 것을 커다란 창에 매달았다.

그러나 희생자들은 임무를 완수했다. 그들의 날카로운 비명 소리에 왕궁이 잠을 깬 것이다. 경비병 3명 중 1명이 도망을 쳐 부상당한 몸으로 층계를 올라가 복도에서 "왕비를 구하라!" 하고 소리쳤다.

이 비명이 왕비를 구할 수 있었다. 시녀가 깜짝 놀라 왕비에게 위험을 알리기 위해서 달려갔다. 경비병이 서둘러 빗장을 지른 문은 갈고리와 손도끼로 위협을 당했다. 양말과 구두를 신을 시간마저 없었다. 마리 앙투아네트는 내복 위에 치마를 걸치고 어깨에 숄을 하나 둘렀을 뿐이었다. 맨발로 양말을 손에 쥔 채 그녀는 가슴을 두근거리면서 "황소의 눈"을 지나 왕의 방으로 가는 복도를 달려갔다. 그러나 끔찍한 일이 벌어졌다. 문이 닫혀 있었다. 왕비와 시녀는 절망적이 되어 주먹으로 문을 두드렸다. 두드리고 또 두드렸지만 무정한 문은 열릴 줄을 몰랐다. 5분, 그 끔찍스런 5분! 바로 옆에서는 살인자들이 문을 부수고 들어와 침대와 옷장을 뒤지고 있는데도 왕비는 기다릴 수밖에 없었다. 그러자 드디어 문 저쪽에서 한 시종이 문두드리는 소리를 들었는지 문을 열었다. 마리 앙투아네트는 겨우 남편의 방으로 들어갈 수 있었다. 때마침 가정교사가 왕세자와 공주를 데려왔다. 일가는 서로 만났고 목숨을 건졌다. 겨우 목숨만 건졌을 뿐이다.

드디어 잠을 자던 남자도 눈을 떴다. 잠의 여신 모르페우스는 그 날 밤에 희생자를 내지는 않았지만, 라파예트에게는 그 시간 이후 "잠보 장군"이라는 별명이 새로 붙게 되었다. 라파예트는 자신의 경솔한 낙천주의가 어떤 결과를 가져왔는가를 보았다. 지휘관의 권위가 아닌 애원과 간청으로 살해당하기 직전에 있던 경비병의 목숨을 건질 수 있었고 폭도들을 간신히 밖으로 내보낼 수 있었다. 위험이 다 지나간 뒤 말쑥하게 면도를 한 왕의 아우 프로방스 백작과 오를레앙 공작이 나타났다. 이상하게도 폭도들은 이 두 사람에게는 존경에 찬 눈길로 길을 비켜주었다. 이제 어전회의가 시작될 모양이었다. 하지만 뭘 의논한다는 것일까? 수많은 무리가 피에 젖은 검은 주먹을 쥐고서 성을 호두 껍질처럼 포위했기 때문에 이 포위망을 뚫고 도망하거나 피신하는 일은 불가능했다. 승리자와 패배자의 담판, 협상만이 남아 있을 뿐이었다. 무리들은 창문 밑에 몰려가 수천의 목소리가 한데 뭉쳐 클럽의 요원들이 어제와 오늘 몰래 속삭여졌던 구호를 외쳤다. "왕을 파리로! 왕을 파리로!" 위협적인 목소리에 유리창이 흔들릴 지경이었다. 낡은 궁의 벽에 걸린 왕실 선조들의 초상화가 놀라움에 떨고 있었다.

　이 명령과 같은 절규를 듣고 왕은 라파예트를 질문하듯 쳐다보았다. 항복을 해야 할까? 이미 항복 상태까지 온 것은 아닐까? 라파예트는 눈을 내리감았다. 그는 어제부터 백성의 신인 왕이 신의 자리에서 이미 내려왔다는 것을 알고 있었다. 그러나 사태를 수습할 수 있다는 희망을 잃고 있었다. 광포한 군중의 위협을 무마하고 승리에 굶주린 자들에게 한 조각의 빵이라도 던져주기 위해서 왕은 발코니에 나서는 수밖에 없었다. 이 모든 사태를 받아들인 남자가 나타나자 군중은 열렬한 환호를 보냈다. 군중은 승리를 감지할 때마다 왕에게 환호를 보냈다. 지배자가 왕관도 쓰지 않은 맨머리로 자신들 앞에 나타나 2명의 경비병의 머리가 도살된 송아지 머리처럼 창에 매달려 있는 중정을 내려다보며 굴욕적으로 고개를 숙이는데도 환호를 보내지 않는다면 이상한 일이었다. 그런데 천성이 점액질이며 명예에 전혀 예민하지 않은 이 남자에게는 도덕적인 수난이란 별로 중요하지 않았다. 만약 그의 비굴한 태도에 백성들의 마음이 누그러졌다면 그는 아마 한 시간쯤 있다가 다시 말을 타고 그 전날 "사고" 때문에 망친 사냥을 하러 떠났을 것이다. 그러나 백성들은 이런 승리에는 이제 만족하지 못했다. 그들은 자만에 취해서 더 뜨겁고 더 강렬한 포도주를 마시려고 했다. 거만하고, 냉정하고, 뻔뻔스럽고, 굽힐 줄 모르는 오스트리아 여편네, 왕비도 나와야 한다! 거만한 왕비도 눈에 보이지 않는 멍에를 쓰고 머리를 숙여야만 한다! 그 소리는 점점 더 난폭해졌다. 발 구르는 소리도 더욱 시끄러워졌다. "왕비, 왕비도 발코니로 나오라!" 외침은 점점 더 열에 들떠갔다.

분노로 창백해진 마리 앙투아네트는 입술만 깨물면서 한 발자국도 앞으로 나서려고 하지 않았다. 그녀를 걸을 수 없게 만들고 뺨을 창백하게 만드는 것은 조준된 소총이나 돌멩이 또는 비방하는 목소리가 아니라 자존심이었다. 누구 앞에서고 한 번도 고개를 숙여보지 않은, 선조 대대로 물려받은 단단한 자만심이었다. 모두들 당황해서 그녀를 쳐다보았다. 창문이 흔들리고 금방 돌멩이가 쏟아질 것만 같자 라파예트가 그녀에게 다가갔다. "마마, 백성들을 무마하는 수밖에 없습니다." "그렇다면 주저하지 않겠어요"라고 마리 앙투아네트는 대답하고서 두 아이를, 한 아이는 오른손에, 한 아이는 왼손에 잡았다. 꼿꼿이 머리를 쳐들고 입술을 꼭 다문 채 그녀는 발코니로 나갔다. 자비를 바라면서 간청하는 여자의 모습이 아니라 당당하게 죽으려는 확고한 결심을 하고 싸움터로 가는 군인 같았다. 그녀는 나가기는 했지만 몸을 굽히지는 않았다. 이런 꼿꼿한 태도가 압도적인 분위기를 만들었다. 두 힘은 서로 충돌하고 있었다. 마주보는 왕비의 힘과 백성의 힘이 불꽃을 튀겼다. 그 긴장감은 어찌나 팽팽한지 1분 동안 넓은 광장에는 죽음과도 같은 정적이 흘렀다. 아무도 그 정적이 어떻게 풀려나갈지, 공포와 경악으로 팽팽한 이 고요가 어떻게 지나갈지 추측할 수 없었다. 분노의 함성이 터질지, 총이 발포될지, 돌멩이 세례가 쏟아질지 알 수 없는 일이었다. 그때, 위기 상황에서도 항상 냉정을 잃지 않는 라파예트가 왕비 옆에 나타나 기사처럼 몸을 굽히고 손에 키스를 했다.

놀라운 일이 벌어졌다. 이 제스처가 긴장을 풀게 한 것이다. "왕비 만세! 왕비 만세!" 수천의 목소리가 광장에 울려퍼졌다. 왕의 나약한 태도에 광란되었던 바로 그 백성들의 호감을 얻기 위해서 억지 미소도, 비겁한 인사도 하지 않는 여자의 완강한 고집에 똑같이 환호성을 터뜨렸다.

발코니에서 방으로 되돌아오자 많은 사람들이 마리 앙투아네트를 둘러싸고 마치 죽음의 위험에서 벗어난 것처럼 축하했다. 그러나 한 번 환멸을 맛보았던 그녀는 백성들의 뒤늦은 "왕비 만세"에 또다시 속지 않았다. "그 사람들이 우리를, 왕과 나를 파리로 데려갈 거예요. 근위병들의 머리를 창에다 매달고서 말입니다." 그녀는 마담 네케르에게 이렇게 말하면서 눈물을 흘렸다.

마리 앙투아네트의 예감은 옳았다. 다만 머리를 숙이는 것만으로 인민은 만족하지 않았다. 그들은 의지가 약해지기 전에 궁전의 돌이란 돌로 유리란 유리는 모두 부수어야 했다. 클럽에서 인민이라는 이 거대한 기계를 까닭 없이 작동시킨 것은 아니었다. 수천의 인민이 괜히 빗속을 6시간 동안이나 행군해온 것은 아니었다. 불평 소리가 높아지고 다시 위험스런 사태가 시작되었고 방위를 위해서 진노해왔던 국민군도 무리와 함께 왕궁을 습격하려는 기색이 농후해졌다. 결국 왕실이 굴복하는 수밖에 없었다. 발코니와 창문으로 왕이 가족들과 함께 파리로 떠날 것을 결심했다는 쪽지를 내려보내는 수밖에 별 도리가 없었다. 인민은 그 이상의 것을 바라지는 않았다. 병사들은 무기를 버렸고 장교들은 백성과 합세했다. 사람들은 서로 껴

안고 환성을 지르며 외쳐댔다. 깃발이 머리 위에서 휘날렸다. 사람들은 피 흘리는 머리를 매단 창을 파리로 보냈다. 그런 협박은 이제 필요 없어졌기 때문이다.

오후 2시에 도금한 거대한 왕궁의 성문이 열렸다. 여섯 마리의 말이 끄는 큰 육두마차를 타고 왕과 왕비와 가족들은 울퉁불퉁한 길을 따라 베르사유를 떠났다. 세계사의 한 장(章), 1,000년에 걸친 왕실의 전제가 프랑스에서 막을 내린 것이다.

10월 5일 비가 쏟아지고 바람이 휘몰아치는 속에서 혁명군은 왕을 데려오기 위한 싸움을 벌였다. 10월 6일에는 화창한 날씨가 그들의 승리를 축하했다. 가을 공기는 청명했고 하늘은 푸른빛 실크처럼 아름다웠으며 금빛 나뭇잎에는 바람 한점 없었다. 마치 자연이 호기심에 가득 차서, 백성들이 왕을 끌어오는, 수백 년에 한 번 있을까 말까 한, 참으로 볼 만한 연극을 구경하기 위해서 숨을 죽이고 있는 것 같았다. 루이 16세와 마리 앙투아네트가 수도로 돌아오다니 얼마나 큰 구경거리인가! 상여 행렬 같기도 하고 사육제 익살극 같기도 했다. 왕정으로서는 장례식이고 백성들에게는 사육제 기분이었다. 당시로서는 얼마나 이상하고 우스운 행차인가! 왕이 탄 마차 앞에는 기마병도, 경기병도 없었고, 요란한 제복을 입은 호위병들이 좌우에서 호위를 하는 것도 아니었고, 화려하고 사치스런 의장마차의 주위를 귀족들이 둘러싸고 있는 것도 아니었다. 그 대신 지저분하고 무질서한 무리들이 난파선처럼 초라한 마차를 에워싸고 가고 있었다. 앞에는 흐트러진 복장을 한 국민군 병사들이 대오를 짓지도 않고서 팔짱을 낀 채 입으로 휘파람을 불면서 웃고 떠들면서 빵 한 조각을 총검에다 매달고 걸어가고 있었다. 그 사이로는 여자들이 대포 위에 걸터앉거나 마음에 드는 경기병들의 안장 위에 올라타기도 하고, 춤이라도 추러 가는 것처럼 노동자나 군인들하고 팔짱을 끼고 걸어가고 있었다. 그녀들 뒤에는 왕실 창고에서 꺼내온 곡식부대를 실은 마차가 경기병들의 호위를 받으면서 덜거덕거리며 따라오고 있었다. 그리고 끊임없이 이 기마 행렬을 앞으로 갔다 뒤로 갔다 하면서 소리를 지르며 사벨을 쩔꺼덕거리며 열광하는 사람은 아마존 여족의 지휘관 테루아뉴 드 메리쿠르였다. 이 요란한 소음 가운데 먼지를 뒤집어쓴 초라하고 가련한 마차가 가고 있었고, 그 안에는 루이 14세의 나약한 후손 루이 16세와 마리아 테레지아의 비극적인 딸 마리 앙투아네트와 그 아이들 그리고 가정교사가 커튼을 반쯤 내리고 비좁게 앉아 있었다. 그들 뒤에는 프랑스의 구세력의 왕족, 조신, 대신, 몇 안 남은 충성스런 친구들이 탄 마차가 상여 대열처럼 뒤따르고 있었다. 그것이야말로 프랑스의 옛 권력의 실상이었으며, 오늘 처음으로 절대한 힘을 실제로 행사해본 새 권력에 의해서 끌려나온 것이다.

베르사유를 떠난 상여 대열이 파리까지 가는 데는 6시간이 걸렸다. 집집마다 사람들이 몰려나왔다. 구경꾼들은 패배자 앞에서 모자를 조심스레 벗기 위해서가 아니라 호기심 때문에 도열하고 있는 것이다. 모두들 왕과 왕비의 굴욕을 자신들의 눈으로 보아야 했다. 여자들은 전리품을 가리키면서 승리에 도취해 소리를 질렀다. "우린 이 무리를 데리고 돌아갑니다. 우리는 빵집 주인과 그 여편네와 자식들을 데려갑니다. 이제 배고픔은 끝났어요." 마리 앙투아네트는 증오와 조롱의 외침을 다 듣고 있었다. 그녀는 아무것도 보지 않고 또 보이지 않게 하기 위해서 마차 속 깊숙이 몸을 숨겼다. 그리고는 눈을 감았다. 아마도 6시간에 걸친 지루한 여행 동안 그녀는 같은 길을 폴리냐크 부인과 단 둘이서 경쾌한 이륜마차를 타고 가장무도회, 오페라, 만찬회에 갔다가 훤한 새벽이면 되돌아오던 일들을 회상했을지도 모른다. 아니면 변장을 한 채 말을 타고 행렬을 따라오는 유일한 친구 페르센을 찾고 있었을지도 모른다. 또는 지치고 피곤해서 전혀 아무 생각도 하지 않았을지도 모른다. 운명을 맞아들이는 수밖에 도리가 없다는 그녀의 마음을 알기라도 하듯이 마차

바퀴는 천천히 돌아가고 있었다.

드디어 왕실의 상여는 파리 성문에 도착했다. 거기에서는 환영의 식이 정치적으로 이미 송장이 된 그들을 기다리고 있었다. 시장 바이는 왕과 왕비를 요란하게 맞아들였고 루이를 노예 중의 노예로 만든 10월 6일을 "아름다운 날"이라고 칭송했다. "얼마나 아름다운 날입니까." 그가 힘주어 말했다. "파리 시민이 전하와 왕실 일가를 이곳에 모시게 되었으니 말입니다." 둔감한 왕까지도 자신의 코끼리 같은 피부에 상대방이 독침을 쏘고 있음을 눈치 챘다. 왕은 이렇게만 대답했다. "나의 체재가 평화와 융화와 법의 준수를 가져오기만을 바랄 뿐이오." 그러나 사람들은 죽을 지경으로 지친 그들을 편안히 쉬도록 내버려두지 않았다. 온 파리가 전리품을 구경할 수 있도록 시청으로 나가야만 했다. 바이가 왕의 인사말을 옮겼다. "아름다운 도시 파리의 시민들 가운데 있으면 과인은 언제나 행복과 신뢰를 느낍니다." 하지만 바이는 그만 "신뢰"라는 말을 옮기는 것을 잊어버리고 말았다. 왕비는 그 말이 빠진 것을 알고 깜짝 놀랐다. 그녀는 난폭한 백성들에게 그들의 의무감을 자극시키기 위해서는 그 "신뢰"라는 말이 얼마나 중요한가를 알고 있었다. 그래서 그녀는 왕이 신뢰에 관해서도 언급했다는 사실을 큰 소리로 상기시켰다. 그러자 바이가 태연자약하게 말했다. "여러분, 내가 말하는 게 훨씬 낫지요!"

마지막으로 포로들은 창문 앞으로 끌려나갔다. 그들의 좌우에는 햇불이 타오르고 있었다. 베르사유에서 온 사람들이 변장한 인형이 아니라 진짜 왕과 왕비라는 사실을 백성들이 잘 알아볼 수 있도록 하기 위해서였다. 백성들은 예기치 못했던 승리감에 도취해 있었고 이제서야 겨우 조금 관대해질 수 있었다. "국왕 만세! 왕비 만세!" 소리가 멀리 그레브 광장에까지 울려퍼졌다. 그리고 난 뒤에야 루이 16세와 마리 앙투아네트는 군대의 호위도 없이 튈르리 궁으로 마차를 타고 가도록 허락을 받았으며, 끔찍했던 낮의 피로를 풀고 자신들이 얼마나 깊은 나락에 떨어져 있는가를 생각해볼 수 있게 되었다.

먼지를 뒤집어쓴 온기를 찾아볼 수 없는 마차가 어둡고 아무도 지키지 않는 성에 도착했다. 루이 14세 이후 150년 동안 옛 왕궁이었던 튈르리 궁에는 사람이 살지 않았다. 방은 낡고 가구는 쓸 수 없을 정도였으며, 침대와 이불이 부족했고, 문은 잘 닫히지 않았으며, 깨진 유리창으로는 찬 바람이 들어왔다. 사람들은 급히 촛불을 밝히고 하늘에서 떨어진 유성과도 같은 신세가 된 왕실 일가를 위해서 잠자리를 마련했다. "엄마, 여긴 모든 게 끔찍해요." 베르사유와 트리아농의 화려함 속에서만 자랐고 빛나는 샹들리에와 번쩍이는 거울과 부귀와 사치에 익숙해진 네 살 반짜리 왕세자가 궁에 들어서면서 말했다. "얘야, 루이 14세께서 여기에 사셨는데 조금도 불편해하지 않으셨단다. 우리는 그분보다도 까다롭게 굴어선 안 돼." 왕비가 대답했다. 그러나 루이는 한마디 불평도 없이 아무렇지도 않게 불편한 잠자리에 들었다. 하품을 하면서 이렇게 말했다. "사람이란 아무 데서고 묵을 수 있어야 해. 난 괜찮아."

그러나 마리 앙투아네트는 불만이었다. 자기 의사로 선택하지 않은 이 집은 감옥 이외에 아무것도 아니었다. 그리고 사람들이 자기를 얼마나 비굴한 방법으로 끌고 왔는가도 잊을 수 없었다. "믿을 수 없을 정도입니다"라고 그녀는 충실한 메르시에게 급히 편지를 썼다. "지난 24시간 동안 무슨 일이 일어났는가에 대해서 사람들이 하는 말은 전혀 과장이 아닙니다. 과장은커녕 우리가 보았고 당했던 일에 비하면 그건 약과입니다."

자각

1789년, 혁명은 아직도 자신의 힘을 제대로 의식하지 못한 채 자신의 용기에 스스로 깜짝 놀랄 뿐이었다. 국민의회, 파리 시 의회 의원, 전 시민이 아직도 내심으로는 왕에 대한 충성심을 간직하고 있었으며, 왕을 무장해제시켜 끌고 온 아마존 여족들의 습격에 놀라고 있었다. 그래서 그들은 이 잔인한 폭력 행위의 불법적인 색채를 지우기 위해서 생각할 수 있는 모든 것을 했으며, 왕실의 유괴 사건을 "자유의사에 의한" 이주로 얼버무리려고 애를 썼다. 그들은 아름다운 장미를 왕권의 묘지 위에 가져다놓으려고 서로 머리를 짜냈으며, 왕정이 실제로는 10월 6일부터 영원히 매장되었다는 사실을 숨기려고 했다. 왕에게 깊은 충성심을 보여주기 위해서 대표들이 줄을 이었다. 고등법원은 30명의 판사를 보냈고, 파리 시 의회 의원들도 떼를 지어 방문했다. 시장은 마리 앙투아네트에게 인사를 하면서 이런 말까지 했다. "우리 도시는 국왕을 모시게 된 것을 기쁘게 생각하고 있습니다. 원컨대 왕과 왕비께서는 자비를 베푸사, 이곳을 영원한 거처로 받아들여주십시오." 대감찰위원회, 대학, 회계국, 추밀 회의도 계속 인사를 왔고 10월 20일에는 국민의회 의원 전원이 왔다. 창문 앞에는 백성들이 몰려와서 "국왕 만세! 왕비 만세!"를 외쳤다. 전제군주 스스로 "자유의사에 의한 이주"를 기뻐하도록 만들기 위해서 온갖 노력이 행해졌다.

그러나 마리 앙투아네트는 스스로를 속일 줄 몰랐다. 그녀와 그녀에게 순종적인 왕은 인간적으로는 이해할 수 있는 것도 정치적인 표현을 하면 대개 바보스러울 정도로 완고했으며, 실제로 그와 같은 당의(糖衣)를 입히는 것을 거부했다. "우리가 어떤 식으로 여기에 오게 되었는지를 잊을 수만 있다면 꽤 만족할 수 있을 것입니다"라고 왕비는 메르시 대사에게 편지를 썼다. 그러나 실제로 그녀는 잊을 수도, 잊고 싶지도 않았다. 너무나 심한 모욕을 당했기 때문이다. 강제로 파리로 끌려왔으며, 베르사유 궁전은 습격을 당했고, 근위병이 살해되었을 때도 국민의회나 국민군 병사들은 손 하나 까딱하지 않았다. 그리고 나서는 강제로 튈르리 궁에 유폐한 것이다. 신성한 왕권이 이런 식으로 치욕을 당했다는 사실을 온 세상에 알려야 한다. 루이 16세와 그의 아내는 의도적으로 자신들의 비참한 상태를 강조하고자 했다. 왕은 사냥을 집어치웠고 왕비는 극장에 나타나지 않았다. 두 사람은 길에 잘 나타나지 않았으며 외출도 하지 않음으로써 파리에서 인기를 얻을 수 있는 중요한 기회를 모두 포기하고 말았다. 이와 같은 완강한 자기 유폐는 위험한 결과를 낳았다. 왜냐하면 왕실이 폭력 행위를 감수했음을 공언함으로써 인민은 자신의 힘을 확인했으며, 왕이 스스로 약자임을 보여주기 시작하면 실제로도 그렇게 되기 때문이었다. 튈르리 궁에 보이지 않는 경계선을 그은 것은 백성이나 국민의회가 아니라 왕과 왕비 자신이었다. 그들 자신의 어리석은 고집 때문에 아직도 남아 있던 자유를 감옥 상태로 만들었던 것이다.

그러나 아무리 비통한 마음으로 튈르리 궁을 감옥으로 생각했다고 하더라도 그것은 왕실의 감옥이었다. 그 다음 날 커다란 마차가 베르사유로부터 가구를 실어왔고, 목수와 가구공들이 밤늦게까지

방에서 못질을 했다. 새로운 거처에 예전 궁중에서 일하던 사람들이 모여들었다. 시종, 하인, 마부, 요리사가 하인 방을 가득 채웠다. 예전 제복을 입은 사람들이 다시 복도에 나타났고 모든 것이 베르사유와 마찬가지가 되었다. 의례 절차도 달라진 것이 없었다. 단 한 가지 달라진 점은 문 앞에 전처럼 은퇴한 귀족 근위병이 서 있는 것이 아니라 라파예트의 국민군 중대가 보초를 선다는 점이었다.

튈르리 궁과 루브르의 수많은 방 중에서 왕실은 별로 많은 방을 사용하지 않았다. 왜냐하면 연회도 없었고, 무도회도, 가장무도회도 없었으며, 남의 이목이나 불필요한 허영도 생각할 필요가 없었던 까닭이다. 튈르리 궁에서도 마당을 향한 부분(1870년의 코뮌 시대에 불탄 뒤 보수되지 않았다)만을 사용했다. 위층에는 왕의 침실과 접견실, 왕의 누이를 위한 침실, 아이들 방이 있었고 작은 살롱이 있었다. 아래층에는 접견실, 화장실이 달린 마리 앙투아네트의 침실, 당구실, 식당이 있었다. 원래 있던 층계 이외에 일 층과 이 층 사이에는 새로 작은 계단을 만들었다. 그 계단은 왕비의 방으로부터 왕세자의 방과 왕의 방을 직접 연결했다. 왕비와 아이들의 가정교사가 이 통로의 열쇠를 가지고 있었다.

이런 식으로 건물을 분할한 것은 식구들과 떨어져 있으려는 마리 앙투아네트의 계획에 따른 것이었다. 그녀는 혼자 자고 혼자 지냈다. 그녀의 침실과 접견실은 뚝 떨어져 있어서 공개적인 층계나 입구를 사용하지 않고도 언제나 몰래 방문객을 맞을 수가 있었다. 그리고 이런 조치에는 장점이 하나 더 있었는데 그것은 왕비가 하인이나 밀정, 국민군 (그리고 놀랍게도 국왕조차도) 때문에 자신의 자유를 침해받을 가능성이 없었다는 사실이다. 그녀의 "경쾌함"이 감금 상태에 놓인 개인의 마지막 자유의 숨통을 틔워놓은 것이었다.

밤낮없이 그을음으로 검어진 기름 등잔이 어두운 복도와 낡은 나선형 층계와 좁은 하인 방을 가까스로 밝히고 있을 뿐이었다. 온 백성이 계속 감시를 하고 국민군이 보초를 서는 이 낡은 성에서 왕실 일가는 조용하고, 은밀하고, 베르사유 궁에서보다 더욱 편안하게 지냈다. 아침 식사 후에 왕비는 아이들을 내려오게 했다. 그리고는 미사에 참석했다가 함께 드는 점심 식사 시간 전까지는 혼자 자기 방에서 지냈다. 점심 뒤에는 남편과 당구를 쳤다. 왕으로서는 당구가 이제는 갈 수 없는 사냥의 초라한 대용물이 되고 말았다. 그 다음 왕은 독서를 하거나 잠을 자고, 마리 앙투아네트는 자기 방으로 돌아와서 절친한 친구인 페르센이나 랑발 공작부인이나 다른 사람들과 함께 지냈다. 저녁 식사 후에는 큰 살롱에 온 식구가 모였다. 뢱상부르 궁전에 살고 있는 왕의 아우 프로방스 백작부부, 늙은 숙모와 몇 명의 충신들까지. 11시면 불이 꺼지고 왕과 왕비는 각각 침실로 돌아갔다. 조용하고 규칙적이고 소시민적인 일과는 바뀌는 적이 없었다. 연회도 사치도 찾아볼 수 없었고, 의상 예술가인 마드모아젤 베르탱을 불러온 적도 없었다. 보석상의 시대 역시 지나갔다. 왜냐하면 이제 루이 16세는 중대한 목적, 즉 매수나 정치적인 비밀 임무를 위해서 돈을 모아야만 했기 때문이다. 창 밖으로는 정원이 내다보였다. 가을이 지나가고 낙엽이 지고 있었다. 왕비에게는 너무나 천천히 지나가는 것만 같았던 세월이 이젠 너무나 빨리 흘러가는 것 같았다. 전에는 두려워했던 고요가 그녀를 휩싸고 있었다. 이제서야 처음으로 엄숙한 사색의 시간이 다가온 것이다.

휴식에는 창조적인 요소가 있다. 휴식은 내부에 힘을 모으고, 순화시키며, 정리해준다. 그리고는 거친 행동 때문에 흩어졌던 모든 것을 다시 모아준다. 병을 흔들었다가 다시 세워놓으면 병 속에 든 무거운 것과 가벼운 것이 분리되듯이 여러 가지가 혼합된 성격에서도 적막한 사색은 그 본성을 더욱 더 확실히 드러낸다. 혼자 내던져진 마리 앙투아네트는 스스로를 발견하기 시작했다. 경솔하고 부박한 그녀의 천성에서는 가볍다는 것이 피할 수 없는 숙명이었는데 바로 그 부당한 생의 선물이 그녀를 내적으로 불행하게 만들었다. 운명은 너무 일찍이 그리고 너무 지나칠 정도로 그녀를 잘못 길들이고 말았다. 지체 높은 출신 때문에, 그보다도 더 높은 자리가 너무나 쉽게 그녀에게 굴러떨어졌기 때문이다. 그녀는 전혀 노력할 필요가 없었다. 그저 멋대로 살아가기만 하면 되었다. 모든 것이 당연할 뿐이었다. 생각은 대신이 하고, 일은 백성이 하고, 일신의 편안을 위해서는 은행에서 돈을 지불해주기 때문에 잘못 길이 든 이 여자는 만사를 아무 생각 없이 감사할 줄 모르고 받아들였다. 거대한 요구에 못 이겨 모든 것을, 왕관과 아이들과 자신의 목숨을 역사의 거대한 혁명 속에서 지켜야만 하는 지금에 와서야 그녀는 자신의 내부에서 저항할 수 있는 힘을 찾아냈고, 한 번도 사용하지 않고 그대로 두었던 지성과 행동력을 갑자기 끌어냈다. 곧 그 성과가 나타났다. "불행 속에서야 겨우 인간은 자기가 누구인가를 알 수 있습니다." 아름답고 감격적이며 감동에 가득 찬 이 말이 갑자기 그녀의 편지에 나타났다. 조언자들, 어머니, 친구들은 수십 년 동안 그녀의 고집스런 영혼에 아무런 영향도 끼치지 못했다. 가르치기 힘든 그녀에게 너무나도 이른 시도를 했던 까닭이었다. 고통이야말로 마리 앙투아네트라는 인간에게 최초의 참된 스승이 되었으며, 배우기 힘든 그녀가 무엇인가를 배울 수 있었던 최초의 상대였다.

  불행과 함께 이 특별한 여자의 내부에 새로운 시대가 시작되었다. 그러나 불행이 성격을 바꾸어놓은 것은 결코 아니었다. 불행 때문에 새로운 성격이 생기지는 않는다. 오래 전부터 있어온 싹을 불행이 꽃피우게 한 것일 뿐이다. 마리 앙투아네트가 현명해지고, 활동이 왕성해지고, 활발해진 것은 마지막 고통스런 해에 갑자기 일어난 일이 아니었다. 그렇게 생각한다면 오해이다. 모든 것이 이미 싹으로 영혼의 은밀한 한구석에 숨어 있었고, 감각의 유치한 도박성 한구석에는 전혀 다른 반쪽이 그 대가로 남아 있었다. 그녀는 지금껏 인생을 가지고 장난 —— 전혀 애쓸 필요가 없었다 —— 만 해왔다. 인생과 맞서서 싸울 필요도 전혀 없었다. 그러다가 강한 자극을 받자 모든 에너지가 총동원된 것이다. 생각해야 할 때가 오자 마리 앙투아네트는 처음으로 생각하고 숙고하게 되었다. 또 일을 해야만 할 때는 일을 했다. 우월한 위치에서 비참해 보이지 않으려면 운명적으로 커지는 수밖에 없기 때문에 그녀는 점점 더 성숙해졌다. 내적, 외적 생활에서의 완전한 변모가 튈르리에서 시작되었던 것이다.

지난 20년 동안 대신의 연설을 한 번도 관심 있게 끝까지 들어본 적이 없었고, 편지나 그저 후딱 읽어볼까 책 한 권 제대로 읽은 적이 없었으며, 놀이, 스포츠, 유행과 같은 쓸모없는 일에만 관심을 가졌던 그녀가 자신의 책상을 내각의 관방으로, 방을 외교용 접대실로 바꾸어놓았다. 어떻게 손도 대볼 수 없는 현실을 그 나약함 때문에 그저 화나 내면서 방관만 하는 남편을 대신해서 그녀는 대신이나 외교사절들과 의논을 했으며 그들의 조처를 감독하고 그들의 편지를 고쳐 썼다. 그녀는 암호문자를 배웠다. 그리고 외국에 있는 친구와 의논할 수 있는 비밀 통신의 특수한 기술도 터득했다. 은현(隱現) 잉크로 편지가 써지고, 숫자식 암호를 사용한 보고가 잡지나 초콜릿 상자에 넣어져 감시의 눈을 피해 밀반출되었다. 편지를 받은 사람에게만 의미가 통하고 나머지 사람들은 알아볼 수 없도록 하기 위해서 한단어 한단어를 조심스럽게 선택해야 했다. 이 모든 것을 혼자서, 도와주는 사람도, 비서도 없이, 문 앞과 방 안에 온통 밀정뿐인 속에서 해냈다. 편지가 하나라도 발각이 되는 날에는 남편과 아이들을 잃을지도 모르는 일이었다. 그런 일에는 전혀 익숙하지 않은 그녀였지만 육체가 지쳐떨어질 때까지 열심히 일했다. 그녀는 "나는 편지 쓰는 일로 무척 피곤합니다"라고 어느 편지엔가 쓴 적이 있다. 그리고 "내가 무엇을 쓰고 있는지 보이지가 않을 정도입니다"라고도 했다.

더 중요한 정신적인 변화는 마리 앙투아네트가 성실한 조언자의 진정한 가치를 인식하기 시작했다는 점이다. 신경질적으로 멋대로 그때그때 내키는 대로 처리하던 자만심을 버리고 정치적인 문제를 이젠 올바로 바라볼 수 있게 되었다. 전에는 나오는 하품을 억지로 참고 백발의 조용한 메르시 대사를 맞아들였다가 꼼꼼한 그가 문을 닫고 나간 후에야 안도의 한숨을 내쉬었지만 이제 그녀는 너무나 오랫동안 자신이 그 중요성을 깨닫지 못했던 신중하고도 경험 많은 대사 앞에서 수치심을 느꼈다. "불행해지면 불행해질수록 진실한 친구에게 마음속 깊은 감사를 느끼게 됩니다." 이런 아름다운 말을 어머니의 오랜 친구에게 쓰기도 했다. "당신과 다시 만나서 마음껏 이야기하고, 내 온 생애를 통해서 당연히 해드렸어야 할 마음의 표시를 할 수 있는 순간을 초조하게 고대하고 있습니다." 서른다섯 살 되던 해에 그녀는 그녀 특유의 숙명 때문에 참된 인간이 될 수 있었다. 아름답고, 애교 있고, 생명이 짧은 유행이나 좇는, 정신적으로 덜 성숙한 여자가 아니라 끊임없이 후세의 완강한 눈길을 의식하는, 그것도 이중으로 의식하는 여자가 되었다. 왜냐하면 그녀는 왕비인 동시에 마리아 테레지아의 딸이기 때문이었다. 잘못 길이 든 소녀의 유치한 자만심에 불과했던 그녀의 자만심은 갑자기 거대한 시대를 맞아 위대하고 용감하게 변모되었다. 그녀는 개인적인 것, 권력, 개인적인 행복을 위해서 투쟁하지는 않았다. "우리들에게는 이제 행복에 대한 생각은 어쨌든 다 사라졌습니다. 다음 사람을 위해서 고통을 당해야 하는 왕으로서의 의무가 남아 있을 뿐입니다. 우리는 그 의무를 잘 실천해야만 합니다. 언젠가는 그 뜻이 제대로 이해되기만을 바라면서 말입니다." 그러나 자신이 어쩔 수 없이 역사적인 인물이라는 생각을 마리 앙투아네트가 마음속 깊이 하게 된 시기는 너무 늦었다. 이런 초시간적인 요구는 그녀의 힘을 점점 더 강화시켰다. 왜냐하면 인간이란 자신의 내부에 침잠하여 자신의 가장 내적인 부분을 파헤쳐보면 자신의 피 속에서 선조들의 알 수 없는 힘을 느끼기 때문이다. 자기가 합스부르크 가문 출신이라는 것, 유서 깊은 황실의 손녀이며 후계자라는 것, 마리아 테레지아의 딸이라는 것이 나약하고 불안한 여자를 갑자기 마술에라도 걸린 것처럼 정신적으로 고양시켰던 것이다. 그녀는 "마리아 테레지아의 훌륭한 딸"이 되는 것, 자기 어머니에게 어울리는 인간이 되는 것이 의무라고 생각했다. 그리고 "용기"라는 단어는 그녀가 내놓은 죽음의 심포니의 라이트모티프(주제)가 되었다. 그녀는 "용기를 잃어서는 안 된다"라는 말을 여러 번 반복했고, 빈으로부터 오빠 요제프가 단말마의 고통 속에서도 마지막 순간까지 남자다운 단호한 태도를 지켰다는 소식을 듣자 마치 자신의 죽음에 대한 예고를 받아들이는 기분이 되어 그녀의 일생에서 가장 자각적인 언어로 대답했다. "오빠께서는 내게 부끄럽지 않게 돌아가셨습니다."

마치 깃발과도 같이 드높이 펄럭이는 세계 앞에 선 마리 앙투아네트는 자신의 자부심 때문에 다른 사람들이 상상했던 것보다도 더 많은 대가를 치러야 했다. 왜냐하면 속으로는 결코 거만하지도 강하지도 못하며, 영웅이 아니라 평범한 여자에 불과하며, 천성이 투쟁보다는 헌신과 부드러움에 더 가까웠기 때문이었다. 그녀가 보여준 용기는 다른 사람들에게 용기를 줄 수 있었다. 그러나 그녀 자신은 한 번도 더 좋은 내일을 믿어본 적이 없었다. 자기 방으로 돌아오면 그녀는 지쳐서 세상 사람들 앞에 자부심의 깃발처럼 휘두르던 두 팔을 축 늘어뜨렸다. 페르센이 보게 되는 모습은 대개 울고 있는 그녀였다. 나중에야 찾았던 무한한 사랑의 시간은 즐거운 놀이의 시간이라기보다는 사랑하는 여자를 위해서, 그녀의 피로와 우울을 씻어주기 위해서 사랑에 사로잡힌 남자가 온갖 노력을 바치는 시간이었다. "그녀는 자주 운다"라고 페르센은 누이에게 편지를 썼다. "그리고 아주 불행하다. 내가 그녀를 어떻게 사랑해주어야 할지." 이 믿기 잘하는 여자에게 현실은 사정없이 냉혹했다. "우리가 다시 행복해지기에는 너무나도 끔찍한 일을 많이 당했고 많은 피를 보았습니다." 그러나 무방비 상태인 그녀에 대한 세상의 증오심은 점점 더 커지기만 할 뿐이었다. 그녀에게 남은 것이라곤 오직 양심뿐 그 이외에는 아무런 방어책도 없었다. "세상은 내가 어떤 구체적인 부정

(不正)을 드러내 보여주기를 원합니다"라고 그녀는 썼다. 또 "나는 미래에 정당한 판단이 내려지기를 바랍니다. 그 생각이 고통을 참아내는 데 도움을 줍니다. 그것을 거부하는 사람을 나는 멸시합니다." 그녀는 또한 이렇게 탄식하기도 했다. "이런 세상을 어떻게 이런 마음으로 살아간단 말인가!" 여기에서 우리는 절망에 빠진 그녀가 하루라도 빨리 끝장이 나기를 소망했음을 추측할 수 있다. "우리는 지금 고통을 당하고 괴로워하고 있지만 적어도 우리 아이들만이라도 행복하게 살 수 있는 날이 왔으면 하는 것이 유일한 소망입니다." 아이들과 관련된 생각만이 마리 앙투아네트를 "행복"이라는 단어와 연결시켜주는 유일한 다리였다. "내가 행복할 수 있다면 그것은 오로지 두 아이들을 통해서일 뿐입니다"라고 그녀는 한탄했다. 그리고 또다른 편지에는 "너무나 슬플 때면 나는 작은 아이를 불러옵니다"라고 썼다. "하루 종일 혼자였습니다. 아이들만이 유일한 위안거리입니다. 아이들을 될 수 있는 대로 오래 내 곁에 두고 싶습니다"라고도 적었다. 자기가 낳은 네 아이 중에서 둘이 세상을 떠나자 온 세상에 경박한 사랑을 나누어주던 이 은둔자는 남은 두 아이를 절망적이고도 열정적으로 사랑했다. 특히 왕세자는 왕비에게 많은 기쁨을 주었다. 그 아이는 튼튼하게 자라나 명랑하고 현명하고 상냥했으며 "사랑의 캐비지"(귀여운 아이/역주)였다. 그녀의 애착과 사랑의 감정 역시 많은 경험을 통해서 투시력을 가지게 되었다. 그녀는 왕세자를 위하기는 했지만 떠받들지는 않았다. "아이에 대한 사랑은 엄격해야만 해요." 그녀는 가정교사에게 이렇게 말하기도 했다. "그 애를 왕으로 키워야 한다는 사실을 잊어서는 안 돼요." 언젠가 아들을 마담 폴리냐크 대신 새 가정교사인 드 투르젤 부인에게 맡기면서 아들에 대한 간단한 심리학적 설명을 해주었는데, 그 설명에는 인간의 판단력이라든가 정신적인 충동에 관한, 이제까지 그녀에게서 볼 수 없었던 능력이 잘 나타나 있었다. "내 아들은 지금 생후 4년 4개월에서 이틀이 모자랍니다. 나는 그 애의 발육이라든가 외모에 관해

서는 말하지 않겠어요. 그것은 보시면 아실 테니까요. 그 애의 건강은 언제나 양호합니다. 그러나 요람에 누워 있을 때부터 나는 그 애가 신경이 지나치게 예민해서 아주 작은 소리에도 반응을 하는 것을 눈여겨보았습니다. 첫 번째 이빨은 늦게 났지만 아무 병도 사고도 없이 잘 났습니다. 그런데 여섯 번째 이가 나올 때쯤 해서 발작을 일으킨 적이 있습니다. 그후 그런 발작을 두 번 더 일으켰는데, 첫 번째는 1787년에서 1788년으로 넘어가는 겨울이었고, 두 번째는 종두를 맞았을 때였습니다. 두 번째는 심하지 않았습니다. 그 애의 신경은 어찌나 예민한지 익숙하지 않은 소리만 나도 두려워합니다. 개가 가까이에서 짖은 적이 있기 때문에 그 애는 개를 아주 무서워하지요. 그러나 나는 그 애한테 개를 가까이 해보라고 강요하지는 않았습니다. 이성이 발달하면서 개에 대한 공포도 저절로 없어지리라고 믿었어요. 다른 건강한 아이들과 마찬가지로 그 애 역시 오만하여 성을 낼 때는 대단합니다. 하지만 고집만 잘 꺾으면 그지없이 착하고 부드럽고 사랑스러운 아이입니다. 그 애는 자의식이 굉장해서 잘만 이끌어준다면 언젠가는 장점이 될 수도 있을 것입니다. 그리고 남과 아주 친해지기 전에는 울타리를 쳐놓고서 부드럽고 사랑스럽게 보이려고 자기의 조바심이나 분노를 숨길 줄도 압니다. 그 애와 약속을 했을 때는 완전히 믿어도 됩니다. 그러나 그 애는 자기가 들은 이야기를 수다스럽게 반복하기를 좋아하고, 거짓말을 하려는 생각은 없지만 들은 이야기에다가 자기의 상상을 덧붙여 이야기하기를 좋아합니다. 그것이 그 애의 가장 커다란 단점이며, 고쳐주어야 할 점이에요. 그외에 아까도 말했지만 착한 아이이며, 사랑과 애착만 있다면 별로 엄하게 하지 않아도 쉽게 가르칠 수 있고 바라는 것을 이룰 수 있을 것입니다. 그 애는 나이에 비해서 복잡한 성격을 가지고 있으니까 엄격하게 다스려야 할 것입니다. 예를 한 가지 들어보지요. 아주 어려서부터 그 애는 '용서해주세요'라는 말이 입에서 결코 잘 나오지 않았습니다. 잘못했을 때 하라는 대로 다 하면서도

'용서해주세요'라는 말 한마디 하려면 온통 눈물을 흘리고 한참 동안 괴로워한 다음에야 그 말이 나옵니다. 어려서부터 아이들을 기르는 일은 주로 내가 맡아왔고, 아이들이 부당한 일을 저질렀을 때도 꾸중은 내가 해왔습니다. 화가 나서 책망하는 것이 아니라 그 아이들이 저지른 일에 대해서 엄마가 마음 아파하고 있으며 그 일에 대해서 스스로 이야기하도록 만들기 위해서였지요. 아이들로 하여금 엄마가 한 번 말한 모든 것, 아이들 스스로 예 또는 아니오라고 대답한 것은 결코 바뀔 수 없다는 것에 습관이 들도록 했습니다. 하지만 나는 항상 내 결정에 대해서 그 아이들이나 그 또래 아이들이 이해할 수 있을 만한 이유로 설명해주었습니다. 그 결정이 내 기분에 따라 멋대로 내린 것이 아니라는 사실을 알게 하기 위해서였지요. 내 아들은 아직 읽을 줄도 모르고 공부한 적도 없습니다. 그 애는 한 곳에 집중하기에는 너무 산만합니다. 그리고 자신의 높은 지위에 대해서 전혀 모르고 있으며, 사실 나는 계속 몰랐으면 좋겠습니다. 하지만 우리 아이들은 자기가 어떤 사람인지 곧 알게 될 것입니다. 그 아이는 또 누나를 사랑합니다. 온 마음을 다해서 사랑하는 것 같습니다. 어디를 가거나 선물을 받거나 기쁜 일이 있을 때면 누나에게도 똑같은 일이 일어나기를 바란답니다. 천성적으로 그 애는 쾌활합니다. 건강을 위해서 그 애에게 많은 공기를 자주 쐬도록 해주는 것이 좋을 것 같습니다.……"

어머니로서의 이 기록을 전에 쓴 다른 편지들과 비교해보면 똑같은 손으로 썼다는 사실이 믿어지지 않는다. 새로운 마리 앙투아네트와 과거의 마리 앙투아네트는 너무나도 달랐다. 행복은 불행과 너무나도 다르며, 절망은 자만과 그렇게도 차이가 났다. 그녀의 부드러운 영혼 속에, 미완성의 순종적인 영혼 속에 불행은 그 각인을 똑똑히 찍고 말았다. 지금까지 흐르는 물처럼 용해되어 흘러가던 어떤 성격이 그 윤곽을 나타내기 시작한 것이다. "도대체 넌 언제 너 자신이 될 거냐!"라고 그녀의 어머니는 절망적으로 탄식했다. 관자놀이에 최초의 백발이 나면서 마리 앙투아네트는 드디어 그 자신이 된 것이다.

　이러한 완전한 변모는 왕비가 튈르리 궁에서 제작하게 한 유일한, 마지막 초상화에도 여실하게 드러난다. 폴란드의 화가인 쿠차르스키가 그림의 윤곽을 잡았는데 바렌으로의 도주 사건 때문에 그림을 완성하지는 못했다. 하지만 이 초상화는 지금 우리들의 손에 남아 있는 가장 완전한 것이다. 베르트뮐러가 그린 성장한 그림과 마담 비제-르브랭이 그린 사교복을 입은 그림 몇 장은 비싼 옷과 장식으로 이 여자가 프랑스 왕비임을 보는 사람에게 기억하게 했다. 새털이 달린 호사스런 모자를 쓰고 수놓은 비단옷을 번쩍이면서 우단 씌운 왕좌 앞에 서 있는 초상화는 그녀가 고귀한 여자, 이 나라에서 가장 고귀한 여자, 즉 왕비라는 사실을 금방 알 수 있게 했다. 그러나 쿠차르스키가 그린 초상화는 이런 모든 장식을 배제했다. 한 아름다운 여자가 의자에 앉아 꿈꾸듯이 앞을 쳐다보고 있을 뿐이었다. 지치고 야위어 보이는 그녀는 화려한 옷도 입지 않았고 장신구도 하지 않았다. 보석이 반짝거리지도 않았다. 별로 꾸미지도 않았다. 그것은 배우나 하는 짓이었고 그럴 시간도 없었기 때문이다. 환심을 사려고 애쓰던 태도는 조용한 태도로, 허영은 소박함으로 바뀌었다. 흰머리가 생기기 시작한 머리는 자연스럽게 빗겨져 있고, 아름답게 손질되어 있으며, 옷은 아직도 풍만하고 아름다운 어깨에서 자연스럽게 흘러내려와 있었다. 태도에서도 남의 환심을 사려는 인상은 찾아볼 수 없었다. 입가에서도 미소가 사라졌고, 눈에서도 환심을 끌려는 기색이 없었다. 마치 가을 햇살처럼 아직도 아름다웠는데, 그 아름다움은 부드럽고 모성적이었으며, 희망과 포기 사이의 희미한 빛 속의 중년 부인으로서, 젊지는 않지만 아직 늙지도 않은, 욕망적이지는 않지만 아직 욕망이 남아 있는 표정으로, 그녀는 꿈꾸듯이 앞을 바라보고 있다. 다른 초상화가 마치 자신의 아름다움에 취한 여자가 뜀박질을 하거나 춤을 추거나 한참 웃다가 어느 순간 화가를 바라본 듯한 느낌이라면, 이 초상화에서는 조용하고 적막을 사랑하는 여자를 느낄 수 있다. 대리석이나 상아로 만든 비싼 틀에 끼워진 수천의 거짓된 초상화가 만들어지고 난 뒤 맨 마지막으로 제작된 이 미완의 작품이 드디어 인간을, 왕비 역시 어떤 영혼을 가지고 있음을 보여주고 있다.

미라보

　혁명과 맞서서 녹초가 될 정도로 피곤한 투쟁을 계속하는 동안 왕비는 단 하나의 동지에게서 피난처를 구했다. 그것은 곧 시간이었다. "참고 인내하는 것만이 우리를 구할 수 있습니다." 그러나 시간은 기회주의적이며 믿기 힘든 동지로서, 항상 강자의 편에 서서 무능하게 그만을 믿고 기대온 사람을 곤궁에 빠뜨리기 일쑤이다. 혁명은 자꾸 앞으로 나아갔다. 도시, 시골, 군대에서 새로운 참여자들이 매주 1,000명씩 늘어났고, 새로 창당된 자코뱅 당은 왕정을 무너뜨리기 위해서 밤낮으로 전력을 증강했다. 결국 왕과 왕비는 자신들의 고독한 은둔 생활의 위험성을 깨닫기 시작했고, 그 유일한 동지에게만 의지하는 일을 중지해야 했다.
　어느 중요한 동맹인—이 대단한 비밀은 측근에게까지도 알려지지 않았다—이 튈르리 궁에 도움을 주겠다고 완곡하게 알려왔다. 9월부터 튈르리 궁의 사람들은 국민의회 대표이며, 두려움과 감탄의 대상인 혁명의 라이온 미라보 백작이 왕의 손에서 황금 모이를 빼앗으려고 하는 것을 알고 있었다. "내가 적이 아니라 그들 편이라는 것을 궁에서 믿도록 도와주기를 바라네"라고 그는 어느 중개자에게 말한 적이 있었다. 그러나 베르사유에 있는 동안, 궁에서는 자신들의 위치를 확고한 것으로 생각했고, 왕비 역시 미라보의 중요성을 깨닫지 못했다. 그는 반란의 천재로서 자유의지의 화신인 동시에 혁명의 힘 그 자체였으며, 살아 있는 무정부 상태로서 혁명을 이끌어나갈 능력을 갖춘 남자였다. 국민의회의 다른 사람들은 점잖고 훌륭한 학자, 예리한 법률가, 충실한 민족주의자들로서 질서나 새로운 체제에 대해서 그저 이상적인 꿈이나 꾸는 형편이었다. 그러나 그는 국가의 혼란 상태를 자신의 내적인 혼란을 해결할 수 있는 방책으로 생각했다. 스스로 자랑스럽게 10명 정도의 힘은 된다고 말했던 화산 같은 무서운 힘을 마음껏 발휘하기 위해서 그는 역사의 폭풍우가 필요했다. 자신의 도덕적, 물질적, 가정적 관계에서 스스로를 붕괴시키기 위해서 그는 폐허 위에 서 있는 붕괴된 국가가 필요했다. 그의 원초적인 본성은 짤막한 팸플릿, 여자의 농락, 결투 추문 등의 형태로 나타났다. 어느 형무소도 다스릴 수 없을 만큼 과격했다. 그러나 지금까지 그의 성격은 충분히 그 면모가 드러나지 않은 셈이었다. 그의 거친 영혼은 좀더 넓은 공간을 원했고, 강한 정신은 좀더 무거운 과제를 원했다. 좁은 우리 속에 갇힌 광포한 짐승처럼 그는 혁명의 싸움터로 달려나가 단숨에 지위의 낡은 우리를 부숴버렸다. 처음으로 천둥 치는 듯한 그의 목소리가 울려퍼졌을 때 국민의회는 질식할 정도였다. 그러나 곧 그 횡포한 멍에 앞에 머리를 숙이고 말았다. 강한 정신력의 소유자이며, 뛰어난 저술가이기도 한 미라보는 힘센 대장장이처럼 몇 분 안에 극히 다루기 힘든 법률, 무모하기 이를 데 없는 조항을 놋쇠판에 새기려고 땀을 흘렸다. 불타는 듯한 격정으로 그는 국민의회의 전체 의사와 맞부딪쳤다. 그의 추잡한 과거에 대한 불신감이나 혼란의 사자(使者)에 대한, 질서에 대한 무의식적인 자기 방어가 없었더라면 프랑스 국민의회는 개회 첫날부터 1,200의 머리 대신에 단 한 사람의 머리, 오직 한 사람의 절대적인 명령자를 가질 뻔했다.

그러나 이 자유의 스텐토르(트로이 전쟁에서 50명의 목소리를 냈다는 그리스의 영웅/역주) 자신은 자유롭지가 못했다. 빚이 등을 내리눌렀고 지저분한 소송 사건의 그물이 손을 묶어놓았다. 그는 도움을 받아가면서 간신히 살아가고 활동하고 있었다. 그는 안락, 사치, 꽉 찬 돈보따리, 쩔렁쩔렁하는 황금, 연회, 비서, 여자, 보좌관, 하인이 필요했다. 그래야만 자신의 능력을 마음껏 발휘할 수가 있었다. 때문에 채권자들한테 둘러싸여 있으면서도 자기가 생각하는 의미의 자유를 만끽하기 위해서 상대가 네케르든, 오를레앙 공작이든, 왕의 아우든 또는 왕실이든 간에 아무나 돕겠다고 나섰다. 그러나 귀족 변절자 이외에는 아무도 미워할 줄 몰랐고, 베르사유에서는 스스로를 상당히 강하다고 생각했던 마리 앙투아네트는 이 "괴물"의 호감을 매수할 필요가 없다고 생각했다. 그녀는 중개인인 드 라 마르크 백작에게 이렇게 말했다. "나는 미라보의 도움을 청한다는, 최후의 고통스런 수단에 호소하지 않으면 안 될 만큼 불행해지지 않기를 바랍니다."

그러나 금방 바로 그런 형편이 되고 말았다. 다섯 달 —— 혁명 중의 기간치고는 영원처럼 긴 시간이다 —— 뒤에 드 라 마르크 백작은 메르시 대사를 통해서 왕비가 미라보와 거래할 준비, 즉 그를 매수할 마음이 있다는 소식을 들었다. 다행히도 아직 늦지는 않았다. 대가로 미라보에게 황금 미끼를 던졌다. 그는 루이 16세가 손수 서명했던 4장의 25만 리브르의 약속어음, 도합 100만 리브르를, 국민의회의 회의 종료 후에 지불하겠다는 내용을 들었다. "왕을 충분히 도와주는 것을 전제로 하여"라고 절약가인 왕은 조심스럽게 덧붙였다. 자기의 빚이 단번에 다 없어지고 한 달에 6,000리브르씩 받게 된다는 사실을 깨닫자 몇 년 동안을 집달관과 경찰에게 시달린 이 호민관은 "미친 듯한 환호성을 질렀는데 그렇게 기뻐하는 것은 난생 처음 보았다"라고 드 라 마크르 백작이 말할 정도였다. 그는 전에 다른 사람들을 설득하던 그 정열로 오로지 자기만이 왕과 혁명과 국가를 구원할 수 있다고 스스로에게 다짐했다. 돈이 주머니에 굴러들어오자 그는 혁명의 사나운 사자였던 자신이 사실은 충성스런 왕권주의자였다는 사실을 기억했다.

5월 10일 그는 "충성심과 성의와 용기를 다하여" 왕에게 봉사하겠다는 약속과 함께 자신을 매매하는 영수증에 서명했다. "나는 왕권에 대한 내 원칙을 이미 고백한 바 있다. 나는 조정에서 약점만을 보았으며, 마리아 테레지아의 딸의 영혼과 생각 속에서 결점만을 보았고, 나 스스로를 훌륭한 동지라고 생각할 수 없었다. 그러나 나는 왕을 위해서 봉사해왔다. 정당하기는 하지만 잘못 인도된 듯한 왕에게서 정당한 인정과 보답을 받지 못했다. 그러나 신뢰감이 내 용기를 북돋우고 내 원칙이 받아들여진 데 대한 감사의 마음이 나를 힘으로 가득 채우고 있기 때문에 나는 무엇이든 할 수 있다. 나는 과거의 나와 마찬가지로 그대로 밀고 나갈 것이다. 즉 법률이 정하는 범위 내에서 왕권의 수호자로서, 왕권이 인정하는 자유의 사도로서 일할 것이다. 나의 심장은 이성이 가리키는 길을 따라갈 것이다."

이 과장된 문구에도 불구하고 양쪽 모두 이 계약이 전혀 명예로운 사건이 아니라 은폐하고 싶은 사건이라는 점을 잘 알고 있었다. 그렇기 때문에 미라보가 성에 직접 나타나지 않고 언제나 왕에게 글로써 충고하기로 합의를 보았다. 미라보는 거리에서는 혁명군이 되었고 국민의회에서는 왕을 위해서 일했다. 그의 묘한 자리는 아무도 믿을 수가 없었다. 미라보는 곧 일에 착수했고 왕에게 충고의 편지를 보냈다. 그러나 진짜 수신인은 왕비였다. 그의 희망은 왕비 —— 왕은 계산 밖이었다 —— 의 이해를 얻는 것이었다. 그는 두 번째 쪽지에 이렇게 썼다. "왕께서는 단 한 사람의 말만을 듣고 계신데 그분은 왕비이십니다. 왕의 권위를 다시 찾지 못하는 이상 왕비께서는 안전하지 못합니다. 제가 보건대 왕비께서는 옥좌 없이 사실 수 없습니다. 옥좌를 지탱하지 못한다면 목숨을 유지하지 못하실 것입니다. 그런 순간이 옵니다. 그것도 멀지 않는 장래에. 그때가 되면 여자와 어린아이가 무엇을 할 수 있는지 알게 됩니다. 그것을 왕가는 경험할 것입니다. 그러나 그때까지는 이 비상한 위기에서 벗어나는 것이 우연의 도움을 빌리고 또한 대수롭지 않는 책략도 이용하지만 비범한 남자와 그의 수단에 의해서라는 사실을 모두들 믿지 않을 것입니다." 이 비범하고 비상한 남자로서 미라보는 자기 자신을 제공했다. 그는 언어의 삼지창(바다의 신 넵튠의 무기/역주)을 이용하여 밀려오는 파도 위에서 가볍게 밀려다닐 작정이었다. 넘쳐흐르는 자부심과 자만심을 가지고 한편으로는 국민의회의 대표로서, 다른 한편으로는 왕과 왕비의 비서로서 일할 마음의 준비가 되어 있었다. 그러나 미라보의 생각은 잘못이었다. 마리 앙투아네트는 이 "고약한 인물"에게 실질적인 권한을 주지 않았다. 그래서 이 악마적인 인간은 중개인만을 본능적으로 의심했고, 한편 마리 앙투아네트는 일생에서 최초인 동시에 최후로 만난 이 천재의 위대한 비(非)도덕성을 전혀 이해하지 못했다. 그녀는 멋대로 변덕을 부리는 미라보의 성격에 마음이 편치 않았다. 그의 거인적인 열정은 그녀의 마음을 사로잡기보다는 그녀를 놀라게 했다. 그래서 왕비는 내심으로 이 거칠고 힘세고 무모한 남자가 필요 없어지면 돈이나 빨리 주어서 쫓아버려야겠다고 생각했다. 돈에 팔린 것이니까 그로서는 비싼 돈에 대한 대가만큼 열심히 일을 하고 충고를 하는 것이 당연하다. 그는 현명하고 교활하니까. 너무 상궤에서 벗어나거나 무모하지만 않다면 그의 충고를 받아들일 수도 있지만, 관계는 단지 그것으로 끝내야 해. 이 뛰어난 투표의 선동가를 국민의회에서 "좋은 일"을 위한 조정자로, 정탐자로 이용할 수 있을 것이고, 이 매수자를 다른 사람을 매수하는 일에 쓸 수도 있겠지. 마치 사자처럼 국민의회에서 멋대로 울부짖는다고 해서 조정까지 마음대로 주무르려고 하다니······. 마리 앙투아네트는 이 초악마적인 인간을 이 정도로 생각하면서 그의 필요성을 잠시나마 인정하기는 했지만 그의 "도덕성"을 끝없이 멸시했고, 천재성에 대해서는 처음부터 끝까지 전혀 이해하지 못한 채, 그에게 진심에서 우러나오는 신뢰감을 주지 못했다.

최초의 감격적인 밀월은 곧 지나가고 말았다. 미라보는 자기 편지가 정신적인 불길을 일으키기는커녕 왕의 휴지통만 채우고 있다는 사실을 알아차렸다. 그러나 허영심 때문이든 약속한 100만 리브르에 대한 욕심 때문이든 미라보는 공격을 포기하지 않았다. 문서상의 제안이 아무런 결실을 거두지 못하자 그는 마지막 수단을 쓰기로 했다. 그는 정치 경험과 수많은 여자 관계를 통해서 자신의 가장 강하고도 유일한 능력은 글쓰기가 아니라 말재주라는 것, 자기의 짜릿한 힘은 바로 자신의 몸에서 가장 강렬하고도 직접적으로 나온다는 사실을 알고 있었다. 그래서 그는 중개인인 드 라 마르크 백작에게 왕비와 이야기를 나눌 기회를 만들어달라고 부탁했다. 한 시간만 대화를 나눈다면 다른 수백 명의 여자들처럼 왕비의 불신감 역시 곧 찬탄으로 변하게 할 수 있을 것 같았다. 꼭 한 번만 알현하면 됩니다. 꼭 한 번! 그의 자부심은 한 번의 만남이 마지막이 되지 않으리라는 생각으로 자신만만했다. 일단 그를 알게만 되면 누구도 그와의 관계를 끊을 수 없기 때문이었다.

마리 앙투아네트는 한참을 주저하다가 수락하고 7월 3일 생클루 성에서 미라보를 만나겠다고 말했다.

물론 이 만남은 완벽하게 비밀이어야만 했다. 운명은 이상한 아이러니이지만 미라보는 로앙 추기경이 그다지도 원했던 알현을 쉽게 허락받았다. 이 만남은 숲으로 둘러싸인 정원에서 이루어졌다. 생클루의 정원에는 은밀한 장소 —— 한스 악셀 폰 페르센이 그해 여름에 발견한 곳이다 —— 가 많았다. "내가 한 군데 찾아냈습니다"라고 왕비가 메르시에게 써보냈다. "별로 편안한 장소는 아니지만 거기서 만나면 집이나 정원에서 만날 때 생기는 바람직하지 않은 일들을 피할 수 있을 것입니다."

약속 시간은 일요일 아침 8시였다. 그때는 아직 궁정이 잠을 자고 있기 때문에 정원에 방문객이 없는 시간이었다. 미라보는 잔뜩 흥분해서 그 전날 밤을 파시에 있는 누이 집에서 지냈다. 마차 한 대가 이른 새벽에 그를 생클루로 데려갔다. 그의 조카가 변장을 하고 마부 노릇을 했다. 눈에 띄지 않는 장소에 마차를 대기시켜놓은 채 미라보는 모자를 깊숙이 눌러쓰고 외투 깃을 마치 모반자처럼 올려세우고 열어놓은 정원의 옆 문으로 들어갔다.

그러자 곧 자갈 밟는 가벼운 발소리가 들려왔다. 왕비가 아무도 수행하지 않고 나타났다. 미라보는 인사를 하려고 했다. 그러나 왕비는 천연두 자리가 있고, 머리를 흩날리며 난폭하지만 유능해 보이는 열정에 들뜬 서민적인 귀족의 얼굴을 보자 그녀의 몸에서 남모르게 전율이 스쳐지나가는 것을 느꼈다. 미라보는 그 전율을 보았다. 그는 전부터 그런 것을 익히 알고 있었다. 그가 아는 한, 여자들은 모두, 소피 볼랑(네덜란드 추방 당시의 상대/역주)까지도, 그를 처음 쳐다볼 때면 그렇게 전율했다. 그의 추악한 메두사(그리스 신화에 나오는 괴녀. 머리카락은 모두 뱀이고 멧돼지의 엄니와 황금의 날개를 가졌음. 그녀의 추악한 얼굴을 본 사람은 공포 때문에 돌이 된다고 함/역주)와 같은 힘이 놀람의 순간에서 깨어나게 만들기는 하지만, 그러나 전율은 그대로 남아 있었다. 그는 언제나 첫 순간의 놀람을 경이와 찬탄 심지어 무서운 열정으로까지 변하게 하는 재주를 지니고 있었다.

왕비가 미라보와 그때 무슨 이야기를 주고받았는가 하는 것은 아직도 비밀에 싸여 있다. 목격자도 아무도 없고, 시녀인 마당 캉팡의 이야기를 포함해서 모든 보고가 전부 허구이며 추측일 뿐이다. 그러나 미라보가 왕비를 굴복시킨 것이 아니라, 왕비가 미라보의 마음을 굴복시켰다는 것만은 확실했다. 왕좌라는 영원히 빛나는 후광으로 더욱 더 강렬하게 그녀의 천성적인 고귀함과, 위엄과, 다른 때보다도 첫 대화에서 마리 앙투아네트를 현명하고, 활동적이며, 자신만만해 보이게 만드는 이해심 등이 미라보의 급히 불붙는 천성에 마술처럼 작용했다. 그는 마음이 움직였고 호감을 느꼈다. 극히 흥분한 그는 정원을 떠나면서 조카의 팔을 잡고 열정적으로 말했다. "정말 멋진 여자야. 아주 점잖은 분인데 너무나 불행해. 내가 그분을 구해야만 해." 결국 1시간이 흐른 후에 마리 앙투아네트는 뇌물로 우쭐거리던 이 남자를 결연한 인간으로 바꾸어놓았다. "아무것도 나를 막을 수는 없습니다. 약속을 지키지 못하는 것보다는 차라리 죽음을 택하겠습니다"라고 미라보는 중개인 드 라 마르크에게 썼다.

이 만남에 대해서 왕비 편에서는 아무런 기록도 남기지 않았다. 감사나 신뢰의 말 한마디도 합스부르크 가문의 그녀의 입에서는 나오지 않았다. 그녀는 한 번도 미라보를 만나겠다고 하지 않았으며 글 한 줄도 보낸 적이 없었다. 만남을 통해서 그와 무슨 연결을 맺은 것도 아니었다. 단지 그의 충성심을 확인했을 뿐이었다. 그녀는 단지 자기를 위해서 희생할 것을 그에게 허용한 것뿐이었다.

미라보는 한 가지 약속을 했다. 아니 두 가지 약속을 한 셈이었다. 그는 국왕에게 충성을 맹세했고, 나라에도 충성을 맹세했다. 혁명이 계속되는 동안 그는 동시에 양쪽의 총사령관 역할을 했다. 어떤 정치가도, 그가 한 이중 역할보다 더 위험한 과업을 수행해본 사람은 없었다. 어떤 천재적인 인물이라고 할지라도(그에 비하면 발렌슈타인 장군〔30년 전쟁 당시의 오스트리아 장군. 스웨덴과 내통하다 부하에게 암살됨/역주〕도 멍텅구리이다) 그런 역할을 해내는 것은 어려운 일이었다. 육체적인 면에서만 보아도 그 극적인 몇 주와 몇 달에 걸친 미라보의 업적은 비교할 상대가 없을 정도였다. 의회와 클럽에서 연설을 했고, 선동을 하고 회담을 하고 손님을 맞아들이고 글을 읽고 일을 하고, 오후에는 의회를 위해서 보고서와 제안서를 만들고, 저녁에는 왕에게 보낼 비밀 보고서를 썼다. 서너 명의 비서가 함께 일을 했지만 그가 하는 연설의 그 유창한 속도를 따라갈 수 없을 정도였다. 그러나 그의 무한한 힘은 그런 것으로 만족하지 못했다. 그는 더 많은 일, 더 많은 위험, 더 많은 책임을 원했고 그와 동시에 더 많은 향락을 원했다. 줄 타는 광대처럼 중심을 잡고 오른

쪽 왼쪽으로 왔다갔다 하면서 타고난 비상한 힘을 양쪽으로 분배했고, 투철한 정치적 수완과 뜨거운 열정을 공격과 수비에 번개처럼 재빨리 바꾸었다. 어찌나 재빨리 칼을 휘두르는지 아무도 그가 누구를 노리는지, 왕인지 국민인지, 새로운 권력인지 낡은 권력인지 알아낼 수 없을 정도였다. 아마 자기도취의 순간에는 그 자신도 알지 못했을 것이다. 그런 모순된 일이 오래 계속될 수는 없는 법이다. 곧 의심을 받았다. 마라는 그가 매수당했다고 말했다. 프레롱은 등불로 그를 위협했다. "덕이나 더 많고 재주는 그만 부렸으면" 하고 국민의회에서는 말했지만 잔뜩 도취한 그는 아무런 불안도 공포도 느끼지 못했다. 자기 빚을 온 파리가 다 아는데도 새 재산을 뿌리고 다니는 데만 열중했다. 사람들이 놀라서 수군대며 무슨 돈으로 갑자기 으리으리한 저택을 사고, 연회를 베풀고, 뷔퐁(저명한 박물학자, 철학자/역주)의 장서를 사고, 오페라 여가수와 창녀들에게 다이아몬드를 걸어주느냐고 물었지만, 그는 마치 제우스처럼 뇌우 속을 걸어갈 뿐이었다. 스스로를 폭풍 속의 주인공처럼 생각했다. 누군가 붙잡으려고 하면 분노의 곤봉과 무시무시한 욕설을 퍼부었다. 블레셋인(유대 인을 박해했던 유대 인접 사람들/역주)한테 삼손이 했듯이, 주위에는 온통 불신감뿐이었고, 뒤에는 위험스런 낭떠러지인데도 그는 자신의 거대한 힘만을 믿었다. 그것은 마치 꺼지기 직전에 무섭게 타오르는 불길 같았다. 열 사람 몫은 족히 되는 그의 무시무시한 힘은 결국 어떤 결정을 내렸다. 이 거짓말 같은 남자는 드디어 자기 천재성에 어울리는 일을 계획한 것이다. 그것은 불가피한 일을 막고 운명을 막는 일이었다. 자기의 전력을 다해서 사건 속에 뛰어들어 혼자서 100만 대군과 맞서 싸움으로써 그 자신이 돌아가게 만들었던 혁명의 바퀴를 되돌이키는 일이었다.

　이중 정면돌파 작전의 대담성, 이중 역할의 어려움을 이해한다는 것은 마리 앙투아네트처럼 직선적인 성격을 가진 사람으로는 이해의 한계를 훨씬 넘어서는 힘든 일이었다. 그가 올리는 글월이 대담해지면 질수록 그녀의 평범한 이성은 전율했다. 미라보의 생각은 악마를 악마의 왕을 통해서 몰아내자는 것, 즉 혁명을 더욱 더 조장하여 무정부 상태로 이끌어감으로써 진정시키자는 것이었다. 상태를 호전시킬 수 없다면 —— "최악의 정치 상태로" —— 될 수 있는 대로 빨리 악화시키자는 것이었다. 마치 치료를 촉진하기 위해서 자극제로 위기를 넘기는 의사처럼 백성들의 움직임을 제어하는 것이 아니라 그들을 부추기고, 국민의회에 직접 대항해 싸우는 것이 아니라 백성들을 몰래 선동해서 그들로 하여금 국민의회를 해체시키고, 휴식과 안전을 도모하는 대신에 온 나라에 부정과 불만을 최대한으로 조성함으로써 질서, 낡은 질서에 대한 강렬한 욕망을 일깨우고, 그렇게 하기 위해서는 내란도 불사해야 한다는 것, 그것이 미라보의 비도덕적이지만 정치적으로는 선견지명이 있는 제안이었다. "네 가지 적이 급속도로 다가오고 있습니다. 세금, 파산, 곤궁 그리고 겨울입니다. 얼른 결정을 내려 미리 사태에 대비해야만 합니다. 한마디로 내란이 안전하고 또 불가피합니다"라고 나팔을 불 듯이 떠드는 그의 대담한 견해에 왕비는 가슴이 떨릴 뿐이었다.

"미라보같이 생각이 있는 사람이 어떻게 내란을 일으킬 생각을 하는지 알 수가 없습니다"라고 그녀는 놀라서 말했고, 이 계획을 "처음서부터 끝까지 미친 짓"이라고 했다. 무서운 수단까지도 불사하려는 비도덕적인 자들에 대한 그녀의 불신은 점점 짙어가기만 했다. 미라보는 "그 끔찍한 무관심을 단숨에 흔들어보려고" 애를 썼지만 허사였다. 그의 말은 먹혀들지 않았다. 왕가의 정신적인 무기력에 대한 그의 분노는 멍하니 도살자들이 오기만을 기다리는 "가축 같은 왕가"의 멍텅구리들에 대한 멸시감으로까지 변하게 되었다. 그는 자기가 별로 악한 사람들은 아니지만 실제적인 행동력이 없는 궁중을 위해서 쓸데없는 싸움을 하고 있다는 사실을 깨달았다. 그러나 싸움은 그의 천성이었다. 실패한 인간으로서 소용없는 일을 위해서 싸울 뿐이었다. 검은 파도에 밀리면서 그는 또다시 절망적인 예언을 두 사람에게 소리쳐 말했다. "선량하지만 나약한 국왕이여! 불행한 왕비여! 무조건의 신뢰와 지나친 불신감 사이에서 우왕좌왕하면서 두 분이 지금 그 속으로 떨어지고 있는 무시무시한 심연을 내려다보십시오. 단 하나의 힘이 지금 양쪽을 견지하고 있습니다. 이것이 마지막입니다. 다시 포기하시거나 또는 실패하신다면 슬픔의 베일이 온 나라를 뒤덮을 것입니다. 나라는 어떻게 가겠습니까? 저도 알 수 없습니다. 만약 제가 파선에서 몸을 피할 수만 있다면 은거 생활 속에서 자랑스럽게 말할 것입니다. 나는 모두를 구하기 위해서 나의 파멸까지도 불사했다. 그런데도 그들은 그것을 원치 않았다고."

그들은 그것을 원치 않았다. 성경 역시 황소와 말을 같은 보습에 묶을 수는 없다고 확인했다. 궁중의 조심스럽고 보수적인 사고방식은 춤추는 불길처럼 격렬하게 재갈과 고삐를 흔드는 호민관의 성질에 발을 맞출 수가 없었다. 구시대의 여자인 마리 앙투아네트는 미라보의 혁명적인 성격을 이해하지 못했다. 단지 직선적인 것만을 이해할 뿐, 천재적인 모험가의 대담한 단판승부를 이해하지 못했다. 그러나 마지막 순간까지 미라보는 투쟁욕에 불타 기쁜 마음으로, 자기의 무한한 대담성에 대한 자부심을 가지고 계속 싸웠다. 모든 사람들에게 혼자 맞서서, 백성들에게 의심받고, 궁중에서 의심받고, 국민의회에서 의심을 받아가면서도 그는 모든 사람들을 위해서, 동시에 모든 사람에게 맞서서 싸웠다. 못쓰게 된 몸을 이끌고 끓어오르는 피를 억누르지 못한 채 그는 다시 한 번 1,200대 1로 맞서보려고 투기장에 나타났다. 그러나 1791년 3월 —— 결국 8개월 동안 왕을 위해서, 혁명을 위해서 싸운 셈이다 —— 죽음이 그를 덮쳤다. 그래도 연설을 하고 마지막 순간까지 비서에게 지시를 내리고 2명의 오페라 여가수와 마지막 밤을 지낸 다음 이 장대한 인물은 기력을 잃고 말았다. 사람들이 떼를 지어 혁명가의 심장이 아직도 뛰는가를 들어보려고 그의 집 앞에 모여들었다. 죽은 사람의 관을 따라간 사람이 30만이나 되었다. 그의 주검이 영원히 잠들게 하기 위해서 팡테옹(팡테옹은 이 이후 명사들의 묘지가 됨/역주)이 비로소 그 문을 활짝 열었다.

그러나 그 "영원히"라는 말은 격동하는 시대에는 얼마나 슬픈 말인지 모른다. 2년 후 미라보가 왕과 내통했던 사실이 밝혀지자 법률은 아직도 생생한 그의 주검을 묘에서 파헤쳐 박피장(剝皮場)에 내던져버렸다.

왕실만이 미라보의 죽음에 입을 다물었고 그 침묵의 이유를 알고 있었다. 소식을 듣자 마리 앙투아네트는 눈에 눈물이 비쳤다는 마담 캉팡의 어리석은 이야기는 믿을 만한 것이 못 된다. 그것은 믿을 수 없는 이야기이다. 왕비는 안도의 한숨을 내쉬면서 관계가 종말을 고하게 된 것을 기뻐했을 것이다. 그는 남을 위해서 봉사하기에는 너무나 큰 사람이었고, 남에게 복종하기에는 너무나 대담한 인물이었다. 궁중에서는 살아 있는 사람은 물론 죽은 사람까지도 두려워했다. 미라보가 목을 그르렁거리며 침대에 누워 있는 동안 성에서는 혐의를 받을 만한 편지를 얼른 책상에서 치워버렸고 양쪽이 부끄럽게 생각하는 관계가 비밀로 지켜지도록 신뢰할 만한 첩자를 보냈다. 미라보가 궁중을 위해서 일해왔다는 것, 왕비가 그를 이용했다는 사실은 부끄러운 일이었다. 이젠 왕실과 백성 사이를 조정해보려고 했던 마지막 인물마저 사라졌다. 마리 앙투아네트와 혁명은 이제 서로의 이마와 이마를 맞대고 대면하게 되었다.

도주 계획

미라보의 죽음과 함께, 왕권으로서는 혁명에 맞서 투쟁했던 유일한 지지자가 세상에서 사라지고 말았다. 왕실은 다시 고립되었다. 이젠 두 가지 가능성이 남아 있을 뿐이었다. 혁명에 맞서서 싸우든가, 항복하든가. 항상 그래왔듯이 왕실은 두 가지 가능성에서 가장 불행한 가운데 길, 즉 도망가는 방법을 택하기로 했다.

미라보 역시 그런 생각을 하기는 했다. 왕을 파리로 억지로 끌려오게 했던 무방비 상태에서 우선 왕의 권위를 되찾아야만 하는데, 감금 상태로는 전쟁을 수행할 수가 없다는 것이 이유였다. 잘 싸우기 위해서는 자유로운 팔과 발 밑에 단단한 땅이 필요했다. 그러나 미라보는 왕이 몰래 도망해서는 안 된다고 말했다. 그것은 왕의 위엄에 어긋나는 일이라는 것이었다. "왕은 자신의 국민으로부터 도망가서는 안 됩니다"라고 말한 뒤 다시 강하게 말했다. "왕은 모름지기 대낮에 떠나야만 합니다. 그래야 진정한 왕이라고 할 수 있습니다." 루이 16세가 의장마차를 타고 충성스런 기마병 연대가 기다리고 있는 근교에 나가 그 군대와 합세해서 대낮에 자유인으로서 국민회의와 담판을 지어야 한다고 제안했다. 그러나 그런 행동은 진정한 남자라야 할 수 있는 일이었고, 대담성이라면 루이 16세만큼 무기력한 사람도 찾아보기 힘든 형편이었다. 왕은 이리저리 생각해보았지만 결국은 목숨을 걸기보다는 아무것도 하지 않고 노닥거리는 것을 더 좋아했다. 그런데 미라보가 죽음을 당하자 매일매일의 굴욕에 지친 마리 앙투아네트의 그 아이디어는 생기를 찾았다. 그녀는 도주의 위험성에 전율한 것이 아니라 왕비가 도망을 친다는 것이 위엄에 어긋나는 짓이라는 생각으로 몸서리쳤다. 그러나 매일 악화되기만 하는 처지로서는 다른 가능성이 없었다. "남아 있는 길은 두 가지가 있습니다"라고 그녀는 메르시에게 썼다. "폭도들이 승리하여 그들의 칼에 맞아죽든가, 말로는 우리들의 안녕을 바란다고 하면서 실제로는 우리들에게 최악의 짓을 저질러왔고 앞으로도 계속 그렇게 할 사람들의 독재에 얽매여 살아가든가 하는 것입니다. 그것이 우리의 장래입니다. 그리고 만약 우리가 결정을 내리지도 자신의 힘과 태도를 통해서 여론을 일으키지도 않는다면, 우리를 기다리는 순간은 생각보다 더 가까이 와 있을지도 모릅니다. 내가 흥분했다거나 우리 처지에 대한 혐오감 또는 초조감에서 이야기하는 것은 결코 아닙니다. 나는 이 순간에도 우리들을 집어삼킬지도 모르는 위험과 갖가지 가능성을 잘 알고 있습니다. 그러나 도대체 도처에서 끔찍한 일밖에 보이지 않기 때문에 구제받을 방법을 모색하다가 죽는 것이 완전히 무능하게 포기하는 것보다는 낫다고 생각합니다."

이성적이고도 조심스런 인물인 메르시가 브뤼셀에서 자기의 생각을 계속 보내오는 동안 그녀 역시 서둘러 선견지명이 있는 편지를 보냈다. 그 편지들을 보면 경박하기만 했던 여자가 이젠 자신의 파멸을 확실하게 예감하고 있음을 알 수 있다. "우리의 처지는 끔찍합니다. 직접 볼 기회가 없는 사람으로서는 상상할 수도 없을 정도입니다. 우리에게는 단 한 가지 길밖에 없습니다. '폭도'들이 하라는 대로 그대로 따라하거나 끊임없이 우리 머리 위에서 번득이는 칼 아래에서 파멸하는 것입니다. 결코 위험을 과장해서 말하는 것이 아닙니다. 나의 원칙은 될 수 있는 한 참고, 시간에 대한 희망과 여론 변화에 거는 기대를 버리지 않는 것임을 당신은 알고 계실 것입니다. 그렇지만 요즘은 다릅니다. 우리는 죽거나 남아 있는 단 한 가지 길을 택하는 수밖에 없습니다. 우리는 그 길이 위험하지 않다고 생각할 정도로 눈이 멀지는 않았습니다. 우리가 죽어야만 한다면 적어도 명예만은 지켜야 할 것입니다. 우리는 우리의 의무가 명령하는 한, 명예와 종교를 위해서라면 모든 일을 해오지 않았습니까?……내 생각에 지방은 수도보다 덜 부패했을 것 같습니다. 그러나 온 나라가 파리를 쫓아갑니다. 클럽과 비밀단체들이 나라 전체를 이끌어가고 있습니다. 상당히 많은 점잖은 사람들과 불만을 가진 사람들이 국외로 피신해서 몸을 숨기고 있습니다. 그들은 아직 강자가 되지 못했고 서로 연결이 되지도 않습니다. 국왕께서 방위 태세가 든든한 도시에 자유롭게 나타나신다면, 지금껏 침묵만을 지켜왔던 불만을 품은 사람들이 표면에 많이 나타날 것입니다. 그러나 오래 주저하면 할수록 지지는 점점 더 줄어들고 말 것입니다. 왜냐하면 공화주의 정신이 매일 각 계급의 사람들에게 점점 널리 파고들고 있으며, 군대는 전보다 더 압박을 받을 것이기 때문입니다. 더 이상 주저하다가는 군대도 믿을 수 없는 사태가 벌어질 것입니다."

혁명 이외에도 제2의 위험이 위협을 하고 있었다. 질 나쁜 인물인 데다가 요란한 허풍선이들인 프랑스의 영주 아르투아 백작과 콩데 공과 다른 망명자들이 칼을 칼집에 숨긴 채 국경에서 시끄럽게 굴고 있었다. 그들은 간계를 꾸며 자신들의 도주 사실을 은폐하면서 각국의 왕실을 찾아가 위험하지 않을 만큼의 영웅 흉내를 내고 다녔다. 궁정에서 궁정으로 돌아다니면서 자신들의 쓸데없는 그런 행동이 왕과 왕비에게 얼마나 큰 생명의 위험이 되는지 생각하지 못하고, 곳곳의 황제와 왕들에게 프랑스에 맞서도록 충동질을 하고 다녔다. "그(아르투아)는 자기 형이나 내 누이에 대해서는 거의 아무 걱정도 하지 않고 있습니다"라고 레오폴트 2세(요제프 2세의 뒤를 이은, 마리 앙투아네트의 오빠/역주)는 썼다. "국왕에 대해서 말하면서 그것이 이익이 된다고 말했고, 그의 계획과 행동이 왕과 내 누이를 얼마나 위험한 지경에 빠뜨리는지에 대해서는 생각지도 않습니다."
그 위대한 영웅들은 코블렌츠와 토리노에 앉아 풍성한 연회나 열면서 자코뱅 당의 혈기를 부추겼다. 왕비는 그들의 어리석은 짓을 막아보려고 가능한 한 애를 썼다. 혁명가들뿐만 아니라 그들 역시 막아야만 했다. 그러나 양편을, 즉 과격한 혁명가와 과격한 반동파를, 파리 시의 과격파와 국경의 과격파를 진압하기 위해서는 우선 왕이 자유로워야 했다. 왕이 자유로워야 한다는 목적을 실현시키기 위해서 그들은 가장 괴로운 우회 방법, 도주를 택했다.

도주하는 일은 왕비의 손에 달려 있었다. 왕비는 실제적인 준비를 누군가의 손에 떠맡겼는데, 그것은 아무것도 숨길 것이 없는 사람, 그녀가 무한히 신뢰하는 페르센이었다. "저는 왕비께 봉사하기 위해서 살고 있을 뿐입니다"라고 말했던 사람, 즉 "친구" 페르센에게, 왕비는 온 힘을 바치고 생명까지도 바쳐야만 가능한 행동을 맡겼던 것이다. 어려운 일은 하나둘이 아니었다. 국민군이 지키고 있고 시종이 모두 첩자인 궁에서 빠져나와 낯설고 적의에 가득 찬 도시를 통과하기 위해서는 극도로 신중해야만 했고, 국토를 통과하는 이 여행을 위해서는 신뢰할 수 있는 유일한 군 지휘관 부예 장군과 협력해야만 했다. 부예 장군이 몽메디 요새까지 가는 길의 중간인 샬롱까지 기병대 일개 대대를 보내주기로 계획이 되었다. 왕실 일가가 탄 마차가 발각되거나 추적당할 경우 즉시 보호하기 위해서였다. 이것 역시 어려운 문제였다. 눈에 띄는 국경 지방에서의 이와 같은 군대 이동을 정당화시키려면 구실이 있어야만 했고, 그러기 위해서는 우선 오스트리아 정부가 국경에 군대를 이동시킴으로써 부예 장군이 병력 이동을 단행할 계기를 마련해주어야만 했다. 이 모든 일이 수많은 서신 왕래를 통해서 비밀리에 그리고 극히 신중하게 진행되었는데 그것은 대부분의 편지가 개봉되기 일쑤인데다 페르센 자신이 말하고 있듯이 아주 사소한 일 한 가지라도 발각되는 날에는 만사가 실패로 돌아가기 때문이었다. 또한 도주하기 위해서는 많은 돈이 필요했으나 왕과 왕비는 전혀 가진 것이 없었다. 그들의 형제나, 영국, 스페인, 나폴리의 왕들이나 궁정 출입의 은행가에게서 몇백만을 빌려보려던 일이 수포로 돌아가자 그 일까지 소귀족 페르센이 주선해야만 했다.

페르센은 열정적으로 온 힘을 다했다. 열 개의 머리와 열 개의 손 그리고 단 하나의 충성스런 마음을 가지고 일했다. 몇 시간씩 왕비와 의논을 했다. 밤이나 오후에 비밀 통로로 들어와 세부적인 것까지 의논을 했다. 국외의 영주나 부예 장군 등과 서신을 교환했고, 귀족 중에서 마부로 변장하고 왕실을 따라갈 사람, 편지를 나르고 국경까지 안내를 할 믿을 만한 사람도 뽑았다. 자신의 이름으로 의장 마차를 주문했고, 가짜 여권을 구했으며, 자신의 재산을 담보로 러시아 귀부인과 스웨덴 귀부인에게 각각 30만 리브르를 빌렸다. 자신의 고용인에게서도 3,000리브르를 빌렸다. 그는 변장에 필요한 옷을 하나둘 튈르리 궁으로 날라왔고, 왕비의 다이아몬드를 밖으로 가지고 나와 밀매했다. 밤낮으로 몇 주일간 긴장을 풀지 못한 채 거듭되는 생명의 위험 속에서 계속 편지를 쓰고, 의논하고, 계획하고, 여행을 하면서 보냈다. 왜냐하면 온 프랑스에 펴놓은 그물이 한 코라도 풀리거나, 심복 중 하나라도 신뢰를 한 번이라도 악용하거나, 말 한마디라도 꼬리를 잡히거나, 편지가 한 장이라도 발각되면 그의 목숨은 끝장이었다. 그러나 대담하고 조심스럽게 열정에 따라 움직였기 때문에 피곤한 줄도 모르고, 조용한 막후의 영웅인 그는 세계사의 거대한 드라마 속에서 자기 의무를 빈틈없이 수행했다.

모두들 주저했고 왕 역시 무슨 좋은 일이 일어나서 도망과 같은 괴롭고도 긴장을 필요로 하는 일은 피할 수 있었으면 했다. 그러나 쓸데없는 일이었다. 의장마차는 이미 주문했고, 필요한 돈도 구했으며, 호위를 위한 약속도 부예 장군과 이야기가 다 되어 있었다. 오직

한 가지만이 남아 있었다. 그것은 정당하고 공개적인 이유, 이 떳떳하지 못한 도주에 대한 도덕적인 보증이 그것이었다. 왕과 왕비가 단순한 공포심 때문에 도망가는 것이 아니라 공포정치 때문에 그렇게 할 수밖에 없었음을 세상에 증명해 보일 수 있는 이유를 찾아야만 했다. 이 구실을 만들기 위해서 왕은 국민의회와 시청에다 부활절 주일을 생클루에서 보낼 작정이라는 말을 전했다. 그러자 감쪽같이 비밀로 했던 일인데도, 자코뱅 당의 신문들은 왕이 생클루로 가려는 것은 위험이 다가오니까 선서 거부파 신부(국민의회의 승려 기본법에서 선서를 거부한 신부/역주)의 미사와 고백성사를 치르고는 식구와 함께 도망하기 위해서라고 못을 박았다. 그 선동적인 기사는 큰 반향을 일으켰다. 4월 19일 왕이 준비를 끝낸 의장마차에 타려고 하자 거대한 군중이 몰려들었다. 출발을 폭력으로 저지하려는 마라와 클럽의 군대였다.

바로 그런 공개적인 소란이야말로 왕비와 그녀의 조언자가 바라던 것이었다. 루이 16세야말로 맑은 공기를 쏘이기 위해서 마차를 타고 16킬로미터 밖으로 나갈 수 없는, 프랑스에서 가장 부자유한 사람이라는 사실이 온 세계에 증명된 셈이었다. 왕의 식구 모두가 시위라도 하듯이 마차에 앉아서 말에 마구를 얹기를 기다렸다. 그러나 군중들과 국민군 병사들이 마굿간 앞을 막았다. 결국 영원의 "구세주"인 라파예트가 나타나 국민군의 지휘관으로서 왕에게 길을 터줄 것을 명령했다. 그러나 아무도 그의 말을 듣지 않았다. 그가 경고의 붉은 깃발을 펴라고 명령하자 시장은 면전에서 비웃기만 할 따름이었다. 라파예트는 백성들에게 이야기를 하려고 했지만 그의 목소리는 들리지도 않았다. 무정부 상태만이 제멋대로 날뛰고 있을 뿐이었다.

애처로운 지휘관이 자신의 군대에게 자신의 명령을 들어달라고 부질없는 애원을 계속하는 동안 왕과 왕비와 왕녀와 마담 엘리자베트는 덤덤하게 마차를 탄 채 시끄러운 군중 가운데 포위되어 있었다. 요란한 소음과 거친 욕설은 마리 앙투아네트를 괴롭히지 않았다. 반대로 그녀는 자유의 사도이며 민중의 총아인 라파예트가 흥분한 무리 앞에서 약자가 되어가는 모습을 조용히 만족스러운 얼굴로 쳐다보았다. 그녀는 자신이 증오하는 두 힘의 충돌 속에 끼어들지 않았다. 그녀는 소란이 얼마든지 계속되도록 내버려두었다. 그렇게 함으로써 국민군의 권위도 이젠 별것이 아니며, 온 프랑스는 무정부 상태가 되었으며, 폭도들이 왕가를 마음대로 모독할 수 있게 되었다는 사실을 널리 알려 왕의 도주를 정당화하고자 했다. 2시간 15분 동안 그들은 백성들이 멋대로 하게 내버려두었다. 그런 다음 왕은 명령을 내려 의장마차를 다시 마굿간에 넣도록 하고 생클루행 외출은 중지한다고 말했다. 승리할 때면 언제나 그랬듯이 발광하고 소리치며 분노하던 무리들은 금세 기분이 좋아져서 국왕 부부에게 환호성을 보냈다. 국민군 역시 갑자기 마음이 변해서 왕비에게 보호를 약속했다. 그러나 이 보호라는 것이 무엇을 위한 것인지를 아는 마리 앙투아네트는 큰 소리로 대답했다. "네, 그렇게 하도록 하세요. 하지만 여러분도 우리가 자유롭지 못하다는 것을 이젠 인정해야 합니다." 그녀는 의도적으로 이 말을 했다. 국민군에게 한 이야기였지만 실은 전 유럽에 한 말이기도 했다.

　4월 20일, 그날 밤에 계획을 실천했었더라면 원인과 결과, 모욕과 분노, 공격과 반격이 극히 논리적으로 전개되는 가운데 성공했을 것이다. 두 대의 단출하고 눈에 띄지 않는 마차를 준비해서 한 대에는 왕이 아들과 함께 타고 다른 한 대에는 왕비와 딸과 마담 엘리자베트가 탔다면 그런 일상적인 이륜마차는 눈에 띄지도 않고 왕실 일가를 쉽사리 국경으로 데려갔을 것이다. 왕의 아우인 프로방스 백작은 그런 식으로 해서 눈에 띄지 않고 무사히 도주를 하지 않았는가!
　그러나 삶과 죽음의 그 위험한 틈바구니 속에서도 왕가는 신성한 가문에 부끄러움을 남기는 일을 하려고 하지 않았다. 그런 위험한 여행을 하는데도 불멸의 예의범절만은 함께 가져가야 한다는 이야기였다. 첫 번째 실수 —— 5명이 한 마차에 타기로 결정한 것. 수백 개의 동판화를 통해서 프랑스 구석 마을까지도 알려진 부, 모, 누이, 2명의 자녀가 한꺼번에 한 마차에 탔다는 점이다. 게다가 드 투르젤은 한순간도 왕의 자녀들과 떨어질 수 없다고 맹세했다는 것을 상기시키면서 따라가겠다고 우겼다. 그리하여 그녀가 제6의 인물로서 끼게 되었는데 그것이 두 번째 실수였다. 이런 불필요한 부담 때문에 여행의 속도는 더욱 늦어졌다. 세 번째 실수 —— 왕비 자신이 시중을 든다는 것은 상상도 못 할 일이었다. 그래서 두 번째 마차에 2명의 시녀가 탔다. 결국 모두 8명이 된 셈이었다. 거기다가 마부, 전방기수(前方騎手), 역마차꾼, 하인의 자리도 믿을 만한 사람으로 채워야만 했다. 귀족이기 때문에 길도 모르는 사람들이기는 했지만 인원은 벌써 12명이었다. 페르센과 그의 마부까지 합하면 14명이었다. 비밀을 지키기에는 너무 많은 숫자였다. 제4, 제5, 제6, 제7의 실수는 왕과 왕비가 여행복이 아닌 화려한 차림으로 몽메디에 나타나기 위해서 의상을 준비하고 몇백 파운드는 족히 될 만한 의복이 새 트렁크에 차곡차곡 넣어져 마차 위에 산더미처럼 쌓였다는 점이다. 덕택에 속도는 자꾸 느려지고, 남들의 주목을 끌게 되고, 비밀 탈출이 되어야 하는데도 굉장한 원정이라도 떠나는 것처럼 되고 말았다.

그러나 실수 중의 실수는 왕과 왕비가 24시간 타고 가기 위해서는 지옥 속을 탈출한다고 해도 편하게 여행해야 한다는 생각이었다. 그 생각 때문에 새 마차를 주문했다. 특별히 넓고 특별히 좋은 깃털로 꾸며진 마차는 새 칠 냄새와 부유한 냄새가 났고, 역마다 마부, 역마차꾼, 우체국장의 특별한 호기심을 끌고도 남을 정도였다. 그러나 페르센은 마리 앙투아네트를 위해서 —— 사랑에 빠진 자는 눈이 먼다 —— 될 수 있는 대로 화려하고 아름답고 사치스럽게 치장해주려고만 했다. 그의 지시에 따라 (코르프 남작부인이 쓸 물건이라고 둘러대고) 많은 물건이 준비되었다. 사륜의 그 작은 전함에는 왕실 식구 6명과 가정교사, 마부, 하인들이 탔을 뿐만 아니라 쾌적함을 위한 장소까지도 남겨두어야 했다. 은식기, 옷장, 음식, 어린이용 의자, 왕을 위한 일상적인 필수품도 가져가야 했다. 그리하여 포도주 저장고까지 만들어졌다. 왕이 목말라할 것이 뻔한 일이기 때문이었다. 더욱이 말이 안 되는 것은 내부를 환하고 사치스런 다마스트 천으로 꾸미고 마차의 문짝에는 백합 문장을 뚜렷이 보이게 해놓았다는 점이다. 이 무거운 짐을 싣고 어지간한 속도로 달리기 위해서 거대하고 사치스런 이 마차는 적어도 여덟 필이나 열두 필의 말들이 필요했다. 두 마리 말이 끄는 경마차라면 5분 안에 마차의 말을 교대할 수 있지만 이런 경우에는 반 시간이나 걸리기 때문에 15분이 생사를 가름할 수 있는 여행 길에서 전체적으로 네다섯 시간이나 지체하게 되었다. 온종일 비천한 하인으로 변장하고 있는 귀족 호위병들에 대한 보상으로 눈에 띌 만큼 번쩍이는 새로운 옷을 맞추어 주었는데 그것 역시 왕과 왕비의 검소한 옷차림과는 너무나 대조적인 것이었다. 이런 식으로 가뜩이나 눈에 띄기 십상이었는데 작은 도시마다 "금 수송"을 대기한다는 명목으로 몇 개 용기병 중대가 불쑥 나타나는 통에 더욱 눈에 띄게 되었다. 그리고 그야말로 역사적인 어리석은 일은 수아죌 공작이 부대간의 연락 장교로서는 가당치도 않은 인물, 곧 왕비의 미용사인 그 거룩한 인물 레오나르를 뽑은 것이었다. 그는 머리카락은 잘 다스렸지만 외교 수완은 없는 인물로서 왕을 위해서라기보다는 자신의 피가로 역에 더 충실하려는 뜻에서 낀 것이다. 그는 이미 곤란해진 처지를 더욱 곤란하게 만들었다.

  이 모든 과오에 대한 단 하나의 변명은 프랑스의 국가의식에는 왕이 도주한 전례가 전혀 없었다는 점이다. 헌납식, 대관식을 어떻게 집행하고 극장, 사냥에서는 어떻게 해야 하는지 작고 큰 연회, 미사, 놀이에는 어떤 옷, 어떤 구두, 어떤 허리띠를 해야 하는지에 대해서는 세세한 항목까지 나와 있지만 왕과 왕비가 선조들의 왕궁에서 도망할 때 무슨 옷을 입어야 하는지에 대해서는 규정이 없었다는 점이다. 그렇기 때문에 즉석에서 과감하고 자유롭게 결정해서 대처하는 수밖에 없었다. 너무나도 세상을 몰랐기 때문에 현실 세계와의 첫 번째 만남에서 왕실은 정신을 잃은 채 쓰러지고 만 셈이다. 프랑스의 국왕이 도망을 가기 위해서 하인의 옷을 입은 바로 그 순간에 그는 이미 자기 운명의 주인이 아니었다.

끝없는 망설임 끝에 6월 19일을 도주하는 날로 정했다. 일각의 유예도 불가능한 날짜였다. 왜냐하면 많은 사람들이 짠 비밀의 그물이란 어느 때고 갑자기 찢어질 수 있기 때문이었다. 왕을 유괴하는 음모 소식을 들은 마라가 쓴 다음과 같은 논문이 채찍이 되었다. "왕의 일은 모든 왕들의 일이라는 구실을 내세워 왕을 네덜란드로 끌어내려는 음모가 있다. 당신네들은 너무나도 어리석어서 왕의 도주를 막지 못할 것이다. 파리 시민이여, 똑똑지 못한 파리 시민이여, 같은 말을 되풀이하지만 나도 이젠 지쳤다. 왕과 왕세자를 당신의 우리 속에 잡아가두고 잘 감시하라. 그리고 오스트리아 여자와 그녀의 친구, 나머지 식구들도 붙잡아놓아야 한다. 하루만 허비해도 온 나라는 불운이 뒤덮고 말 것이다." 안경 너머로 예리하게 관찰하는 병적인 불신감에 가득 찬 남자의 이상한 예언이었다. "하루의 허비"는 나라의 불운이 아니라, 실은 왕과 왕비의 불운이었다. 왜냐하면 마지막 순간에 마리 앙투아네트는 세부사항까지 다 확정된 도주 계획을 연기해야 했기 때문이다. 페르센의 불철주야의 노력은 허사가 되고 말았다. 다시 준비하는 수밖에 없었다.

몇 주일, 몇 달 전부터 그의 열정은 낮이나 밤이나 오직 이 한 가지 거사를 위해서 소모되었다. 그는 밤이면 왕비를 만났고, 자신의 망토 속에 변장용 의상을 숨겨 밖으로 내왔고, 어떤 지점에서 용기병과 경기병이 왕의 마차를 대기해야 하는지에 관해서 부예 장군과 수많은 편지를 주고받았으며, 주문한 우편마차의 말고삐를 직접 잡고서 뱅센으로 가는 길을 가보기까지 했다. 믿을 만한 사람들은 완전한 준비 태세를 갖추었고 사소한 마차 바퀴에 이르기까지 장비는 빈틈없이 점검되었다. 그러나 마지막 순간에 왕비가 취소 명령을 내렸다. 어떤 혁명가와 연결되어 있던 시녀 하나가 갑자기 더 의심스러워졌기 때문이다. 그 시녀가 일하지 않는 6월 20일 아침으로 결정이 바뀌었다. 그래서 24시간 연기에 따라 장군에게 명령을 취하하는 수밖에 없었다. 출동 준비를 끝낸 경기병에게 안장을 풀라는 명령이 내려졌고 불안을 제어할 수 없는 왕비와 페르센은 또다시 긴장했다. 의심을 덜 받기 위해서 왕비는 오후에 두 자녀와 시누이 엘리자베트를 티볼리의 유원지에 데리고 갔다. 돌아오는 길에 왕비는 지휘관에게 일상적인 존엄한 태도로 그 다음 날의 지시 사항을 전해두었다. 왕비에게서는 흥분한 기색을 찾아보기 힘들었다. 왕은 더욱 더 그랬다. 무신경한 그 인물은 워낙 흥분이라는 것을 모르는 사람이었다. 저녁 8시에 자기 방으로 돌아가면서 마리 앙투아네트는 여자들에게 인사를 했다. 그리고는 아이들을 침대에 뉘었다. 저녁 식사 후 온 식구가 큰 홀에 다 함께 모이도록 되어 있었다. 특별히 세밀한 관찰자라면 이상하게 왕비가 여러 번 일어나서 피곤한 듯이 시계를 쳐다보는 것을 눈치 챘을 것이다. 사실 그날 밤보다 더 긴장되고 정신이 또렷하고 운명을 맞은 준비가 되어 있는 날은 그녀에게 아직 한 번도 없었다.

바렌으로의 도주

1791년 6월 20일 밤, 아무리 의심 많은 자라고 하더라도 튈르리 궁에서 의심스러운 점을 전혀 찾아볼 수 없었다. 여느 때처럼 국민군 병사들은 제 위치에 서 있었고, 언제나 그랬듯이 시녀와 하인들은 저녁 식사 후 물러갔고, 큰 홀에서는 매일 하는 그대로 왕과 프로방스 백작과 다른 식구들이 주사위 놀이를 하거나 잡담을 하고 있었다. 10시쯤 해서 왕비가 이야기를 나누다 말고 일어나서 잠시 자리를 비운 것만이 좀 달랐다고 할까? 전혀 아무 일도 없었다. 잠시 돌아볼 일이 있거나 편지를 쓰러 가는 것이겠지. 시종 한 사람도 따라 나서지 않았다. 왕비는 복도로 나왔다. 그곳은 텅 비어 있었다. 마리 앙투아네트는 긴장한 채 숨을 멈추고 서서 마당의 조용한 발자국 소리를 확인한 다음 급히 딸의 방으로 올라가서 노크를 했다. 어린 공주는 잠이 깨어 깜짝 놀라 가정교사(대리) 마담 브뤼니에를 불렀다. 그녀는 왕비의 알아들을 수 없는 명령에 깜짝 놀라 아이에게 얼른 옷을 입혔다. 전혀 아무런 대꾸도 없이. 그동안에 왕비는 다마스트 천개의 커튼을 들고 왕세자를 깨워 조용히 말했다. "자, 일어나거라. 길을 떠나야 한다. 군인들이 많이 있는 성으로 떠나는 거란다." 어린 왕자는 칭얼대면서 군인처럼 자기도 검과 제복을 달라고 말했다. 그러나 마리 앙투아네트는 비밀을 알고 있는 정(正)가정교사 드 투르젤 부인에게 "어서, 어서 서둘러"라고 재촉하면서 왕자한테는 가장무도회에 가기 때문에 소녀로 변장해야만 한다고 달랬다. 두 아이들은 소리 나지 않게 층계를 내려와 왕비의 방으로 인도되었다. 방 안에는 놀라운 일이 그들을 기다리고 있었다. 왕비가 벽장을 열자 페르센이 조심스레 숨겨놓았던 경호장교 폰 말덴이 나왔던 것이다.

정원은 거의 불빛을 찾아보기 힘들 정도였다. 마차들은 일렬로 서 있었다. 마부들은 하릴없이 왔다갔다 하거나 무거운 무기를 내려놓은 국민군 병사들과 잡담을 하고 있었을 뿐 —— 아름다운 여름 밤이다 —— 누구도 의무라든가 위험에 대해서는 생각하지 않았다. 그때 왕비가 손수 문을 열고 밖을 내다보았다. 그러한 결정적인 순간에도 그녀는 전혀 침착함을 잃지 않았다. 마차의 그림자 속에서 마부로 변장한 한 남자가 나타나더니 한마디 말도 없이 왕세자의 손을 잡았다. 지칠 줄 모르는 인간, 페르센이었다. 그는 아침 일찍부터 초인적으로 일을 했다. 마부를 배치시키고 3명의 호위병을 급사로 변장시켜 제자리에 배치시켰다. 그는 궁에서 여행 가방을 들어내왔고 마차를 준비했으며 오후에는 흥분해서 눈물을 흘리는 왕비를 위로했다. 세 번, 네 번, 다섯 번씩 변장을 했다가 평상복으로 갈아입었다가 하면서 만사를 실수 없이 준비하기 위해서 파리를 돌아다녔다. 지금 그는 프랑스의 왕세자를 왕궁에서 데려오는 일에 목숨을 걸었다. 그러면서도 그는 자기에게, 오로지 자기에게 아이들을 맡긴 애인의 감사에 찬 눈길 이외에는 다른 보상은 조금도 바라지 않았다.

4명의 그림자는 어둠 속으로 사라졌다. 왕비는 조용히 문을 닫았다. 눈에 띄지 않는 가볍고 경쾌한 걸음걸이로 왕비는 마치 편지라도 한 장 가지러 갔다온 사람처럼 홀로 되돌아와서는 아무렇지도 않은 듯이 잡담을 계속했다. 그동안 아이들은 페르센의 인도로 넓은 광장을 지나 고풍의 삯 마차에 옮겨져 깊은 잠에 빠져들었다. 그 사이에 왕비의 시녀 2명이 다른 마차로 클레로 먼저 이동했다. 11시, 결정적인 순간이 시작되었다. 그날 밤 도주할 계획이었던 프로방스 백작과 그의 아내는 보통 때와 마찬가지로 성을 떠났고, 왕비와 마담 엘리자베트는 그들의 방으로 돌아갔다. 의심을 받지 않으려고 왕비는 시녀에게 옷을 벗기게 했고, 다음 날 아침에 산책 나갈 마차도 지시해놓았다. 11시 30분, 라파예트의 국왕 알현이 끝나자 왕비는 불을 끄라는 명령을 내렸는데 그것은 하인들에게 물러가서 쉬라는 신호였다. 그러나 시녀가 문을 닫고 나가자마자 왕비는 벌떡 일어나 옷을 입고 눈에 띄지 않는 회색 비단으로 된 숄을 두르고 얼굴을 잘 알아보지 못하도록 보랏빛 베일이 달린 검은 모자를 썼다. 그리고는 문을 조용히 닫고 믿을 만한 사람이 와서 기다리고 있는 층계로 내려와 컴컴한 카루젤 광장을 가로질러갔다. 모든 것이 순조로웠다. 힘들었던 일은 불빛을 밝힌 마차 한 대가 보초와 횃불을 손에 든 사람들과 함께 다가오고 있었던 것이다. 그것은 언제나처럼 만사가 순조로운지를 돌아보고 있는 라파예트였다. 왕비는 황급히 불빛을 피해 성문의 아치 밑에 숨었다. 라파예트의 마차가 어찌나 가깝게 지나쳐가는지 몸이 바퀴에 닿을 지경이었다. 아무도 그녀를 알아보지 못했다. 몇 발자국 떨어진 곳에 전세마차가 기다리고 있었다. 그 안에는 그녀가 이 세상에서 가장 사랑하는 페르센과 아이들이 타고 있었다.

더 힘든 것은 왕이 빠져나오는 일이었다. 라파예트가 어찌나 오래 알현 시간을 끄는지 피부가 두꺼운 왕으로서도 가만히 앉아 있기가 괴로울 정도였다. 그는 몇 번이나 소파에서 일어나 하늘을 쳐다보는 체하면서 창가로 갔다. 11시 30분이 되어서야 그 짐스러운 손님은 자리를 떴다. 루이 16세는 침실에 들었다. 그런데 그곳에는 에티켓과의 마지막 절망적인 싸움이 그를 기다리고 있었다. 오랜 관습에 따르면 왕의 시종은 손목에 끈을 맨 채 왕과 같은 방에서 자게 되어 있었다. 국왕의 손놀림만으로도 잠자고 있는 시종을 쉽게 깨울 수 있도록 하려는 배려였다. 따라서 루이 16세가 도망을 치려면 우선 자신의 손목부터 시종의 손목에서 벗어날 수 있어야 했다. 루이 16세는 평상시처럼 옷을 벗고 침대에 누워 천개의 양쪽 커튼을 내렸다. 자려는 것처럼. 그러나 그는 시종이 옷을 벗으러 옆 방으로 들어가는 순간을 기다리고 있었던 것이다. 그 짧은 순간 —— 보마르셰의 장면하고 비슷하다 —— 에 왕은 천개 속에서 나와 맨발로 나이트가운만 걸친 채 다른 쪽문을 통해서 텅 빈 아들의 방으로 달려갔다. 그 방에는 검소한 옷 한 벌과 조야한 가발 —— 새로운 치욕이었다! —— 과 하인 모자가 준비되어 있었다. 시종일관 충성스러웠던 시종은 조심스럽게 침실로 돌아와서 천개 아래에서 곤히 잠든 왕을 깨우지 않으려고 숨을 죽이고 끈의 한쪽 끝을 평상시처럼 자기 팔목에 붙들어 매었다. 그 사이 성스러운 루이 가문의 상속자이자 프랑스와 나바라(북스페인 지방의 이름/역주)의 국왕인 루이 16세는 내복 바람으로 회색 윗도리와 가발과 하인용 모자를 손에 쥔 채 층계를 내려왔다. 그곳에는 벽장 속에 숨어 있던 호위병 폰 말덴이 길을 인도하기 위해서 기다리고 있었다. 푸른 코트를 입고 고귀한 머리에 마부 모자를 쓴 왕은 유유히 조용한 왕궁을 걸어나왔다. 열심히 보초를 서던 국민군 병사 역시 그를 알아보지 못했다. 이제 가장 힘든 일까지 무사히 치른 셈이었다. 자정쯤 해서 식구들은 전부 전세마차 속에 모였다. 마부로 변장한 페르센이 마부석에 올라앉아 하인으로 변장한 왕과 왕실 일가를 태우고 파리를 가로질러갔다.

파리를 가로지른다. 글자 그대로 그들은 파리를 가로질러갔다. 페르센은 마부를 고용하고 다녔기 때문에 말을 몬 적이 없었고 복잡한 도시의 미궁을 잘 알지도 못했던 까닭이었다. 게다가 그는 걱정이 되어 —— 숙명적인 걱정이었다 —— 도시를 빠져나가기 전에 다시 한 번 마티뇽 거리로 가서 의장마차의 출발을 확인하려고 했던 것이다. 자정이 훨씬 지난 2시나 되어서야 그 귀중한 짐은 도시의 성문을 벗어날 수가 있었다. 2시간이라는 금쪽 같은 시간을 허비한 셈이었다.

세관의 울타리 뒤에 커다란 의장마차가 대기하기로 되어 있었다. 첫 번째 놀란 일은 마차가 거기에 없었다는 사실이다. 그래서 네 마리의 말이 끄는 그 마차를 찾느라고 또 귀중한 시간을 흘려보냈다. 그 다음에는 왕실 일가의 신발에 프랑스의 길 진흙을 묻히지 않고 마차를 옮겨 타도록 —— 끔찍할 일이 아닐 수 없다 —— 삯 마차를 큰 마차에 바짝 붙여 가져다대는 일이었다. 말이 마차를 끌 수 있게 된 것은 12시가 아니라 2시 반이나 되어서였다. 페르센은 채찍을 아끼지 않았다. 반 시간 안에 그들은 봉디에 도착했다. 거기에는 경호 장교가 푹 쉰 역마용 말 여덟 필을 데리고 대기 중이었다. 이곳에서 이별을 해야만 했다. 그것은 쉬운 일이 아니었다. 마리 앙투아네트는 신뢰하는 남자 곁을 떠나는 것이 싫었다. 하지만 왕은 무슨 이유에서인지 알 수 없지만 페르센이 자신들과 함께 가지 않기를 원한다고 천명한 바가 있었다. 자신의 신하 중에서 하필이면 아내와 지극히 가까운 사람과 동행하는 것이 싫었는지도 모르고, 아니면 페르센을 위해서 그랬는지도 모를 일이었다. 아무튼 페르센은 "꼭 필요한 사람"은 아니었다. 그는 짤막한 인사를 하는 수밖에 없었다. 지평선 너머에는 새벽이 밝아오고 더운 여름날을 예고하고 있었다. 페르센은 마차 곁에 다가와 낯선 마부를 속이기 위해서 의도적인 큰 목소리로 "안녕히 가십시오, 마담 코르프!"라고 이별을 고했다.

여덟 마리가 네 마리보다 마차를 더 잘 끌 것은 정한 이치이다. 커다란 마차는 활기차게 흔들리면서 회색의 작은 하천과 같은 국도 위를 신나게 달렸다. 모두 기분이 좋았다. 아이들은 실컷 잠을 자고 일어났고 왕 역시 어느 때보다도 유쾌했다. 제각기 자신의 가짜 이름에 대해서 웃어댔다. 드 투르젤 부인은 귀부인 이름인 마담 코르프가 되었고, 왕비는 아이들의 가정교사 행세를 하면서 마담 로세라고 불렸으며, 하인 모자를 쓴 왕은 집사(執事)인 뒤랑이 되었고, 마담 엘리자베트는 하녀로, 왕세자는 계집애로 변장을 했다. 편안한 마차 안에 앉아 있으려니까 식구들은 수백 명의 하인과 국민군 병사들에게 둘러싸여 있었던 성에서보다 훨씬 더 자유로운 기분이 들었다. 곧 루이 16세와 한 번도 헤어져본 적이 없는 충실한 친구가 얼굴을 내밀었는데 그것은 식욕이었다. 풍성한 음식이 즉각 선보였다. 은식기에 담아 모두 실컷 먹었다. 닭다리뼈와 포도주병이 마차 창 밖으로 던져졌다. 모험에 들뜬 아이들은 마차 속에서 장난을 했고, 왕비는 사람들과 잡담을 주고받았으며, 왕은 이 불운한 기회를 자신의 나라를 배우는 데 이용했다. 그는 지도를 꺼내들고 흥미진진하게 마차의 발길을 따라 이 마을 저 마을 이 촌락 저 촌락을 확인해보았다. 점차 안도감이 그들을 휩쌌다. 첫 번째로 마차의 말을 바꾸는 장소에 도착했을 때는 새벽 6시쯤이었다. 사람들이 아직 잠자리에서 일어나지 않은 시각이었고, 아무도 코르프 남작부인의 통행증에 대해서 물어보는 사람이 없었다. 이제 샬롱만 통과하면 다 된 것이나 마찬가지였다. 왜냐하면 이 마지막 장애물의 6킬로미터 뒤에는 젊은 공작 수아죌의 명령에 따라 솜-벨 다리 근처에 경기병 제1 선발부대가 대기 중이었기 때문이다.

드디어 샬롱 도착. 오후 4시의 일이었다. 우편마차 역참(驛站)에 수많은 사람들이 몰려든 것은 결코 어떤 악의를 품어서가 아니었다. 우편마차가 도착하면 사람들은 파리의 최근 소식을 마부에게서 듣고자 했고 다음 역참으로 편지나 작은 소포 꾸러미를 보내려고 했다. 재미없는 시골 도시에 사는 사람들은 이야기를 좋아하는 법이고 예나 지금이나 낯선 얼굴과 아름다운 마차 구경하기를 좋아한다. 제기랄, 무더운 여름날에 그런 일 외에는 또 무슨 할 일이 있단 말인가! 뭣 좀 안다는 사람들이 전문가나 된 것처럼 마차를 훑어보았다. 그들은 새로 만든 마차를 경외심에 가득 찬 눈초리로 바라보았다. 다마스트 천으로 장식하고 반자를 두르고 화려한 휘장을 친 것을 보니 틀림없이 귀족인 모양이로군. 아마 망명객이겠지. 궁금할 텐데, 왜 내다보고 잡담이라도 하지 않는 것일까? 정말 이상하군, 오랫동안 구부렸던 다리를 좀 펴고 걸으면서 시원한 포도주라도 한 잔 마시지, 왜 6명 전부가 이 더운 날씨에 지루한 여행을 했을 텐데 저렇게 마차 속에만 죽치고 앉아 있는 것일까? 왜 저 하인은 이상한 인종이라도 되는 것처럼 도도하게 구는 것일까? 이상하군. 이상해! 웅성거리는 소리가 들리기 시작했다. 그때 누군가가 우체국장에게 다가가 그의 귀에다 대고 무슨 말인가를 소근댔다. 그는 놀란 것 같았다. 굉장히 놀란 얼굴이었다. 그러나 거기서 별다른 일은 일어나지 않았고 마차는 그냥 통과되었다. 하지만 30분 뒤에는 온 도시에 왕과 그의 일가가 샬롱을 지나갔다는 소문이 온통 파다했다.

그러나 마차 속에서는 아무것도 몰랐다. 상당히 피곤했지만 즐겁기만 할 따름이었다. 다음 역에는 수아쥘이 경기병들과 함께 그들을 기다리고 있기 때문이었다. 이젠 변장하고 숨을 필요도 없었다. 하인 모자를 벗어던지고 가짜 통행증을 찢어버리고 "국왕 만세, 왕비 만세!" 소리를 다시 듣게 된 것이다. 마담 엘리자베트는 초조해서 무엇보다도 먼저 수아쥘을 찾으려고 자꾸만 창 밖을 내다보았다. 혹시 저 멀리 경기병들의 검이 번쩍이는 것이 보이지 않을까 해서 동행인들은 지는 햇살을 손으로 가렸다. 하지만 아무것도 없었다. 아무것도. 기마병 한 명이 나타났지만 그는 전초병으로 나갔던 호위장교일 뿐이었다.

"수아쥘은 어디에 있나?" 사람들이 그에게 소리쳤다.

"없습니다."

"다른 경기병들은?"

"한 사람도 없습니다."

흥겹던 기분이 금세 다 사라졌다. 무엇인가 일이 제대로 풀리지 않은 것이었다. 게다가 어둠이 다가오고 있었다. 곧 밤이 될 텐데……미지의 곳, 불확실한 곳을 향해 마차를 계속 몰 수만은 없지 않은가! 하지만 되돌아갈 수도 정지할 수도 없는 일이었다. 도망자에게는 오직 하나의 길이 있을 뿐이었다. 계속해서 앞으로 나가는 것이었다. 왕비는 다른 사람들을 위로했다. 실수는 아마 경기병들 때문일 것입니다. 생트-므누에 가면 경기병을 만나게 되겠지요. 2시간만 더 가면 됩니다. 이 2시간은 한나절보다도 더 긴 것 같았다. 그러나 또다시 놀라운 일이 벌어졌다. 생트-므누에서도 호위병은 찾아볼 수 없었다. 실은 기병들은 오랫동안 기다리고 있었다. 하루 종일 식당에 앉아서 기다리고 있었는데 기다리다 신경질이 나서 술을 마시고 소란을 피워 사람들의 이목을 끌 정도였다. 그래서 지휘관은 궁정 이발사의 엉뚱한 연락에 혼란을 일으켜 그들을 도시 밖으로 내보내 길에서 기다리게 하고 자기 혼자만 남는 편이 낫겠다고 결정을 내렸던 것이다. 그리고 나서 한참 뒤에 여덟 필의 말이 끄는 사륜마차가 다가왔고 그 뒤에는 두 필의 말이 끄는 이륜마차가 따라왔다. 소시민들로서는 그날 일어난 두 번째의 불가사의한 사건이 아닐 수 없었다. 처음은 왜 왔는지 알 수 없는 경기병들이 모여들어 곳곳에서 대기 중이었던 일이고, 거기다가 지금은 마차 두 대가 고상한 제복을 입은 마부와 함께 나타난 사실이다. 더군다나 경기병 지휘관이 이 이상한 손님을 맞아들이는 존경에 가득 찬 태도라니! 아니, 그것은 존경에 가득 찬 눈초리가 아니라 굽실거린다고 해야 할 정도였다. 이야기하는 동안 내내 손은 옷자락 앞에 모아져 있었다. 자코뱅 당원이며 과격 공화주의자이며 역장이었던 드루에는 날카로운 눈초리로 그들을 바라보고 있었다. 지체 높은 귀족이거나 망명객인 모양이로군. 그는 이렇게 생각했다. 높고 높으신 분들일 테니 우리 같은 사람이야 알 리 없지. 그는 수하의 마부들에게 이 비밀스런 승객이 탄 마차의 속력을 너무 내지 말라고 작은 소리로 명령했다. 졸고 있는 승객을 가득 태운 사륜마차는 졸린 듯 천천히 굴러가고 있었다.

하지만 10분도 못 되어 그 마차 속에 국왕 일가가 타고 있다는 소문이 —— 샬롱에서 소문이 퍼져온 것인지 아니면 백성들이 본능적으로 알아낸 것인지는 알 수 없지만 —— 퍼졌다. 모두 놀라고 흥분했다. 경기병 지휘관은 재빨리 위험을 느끼고 호위를 위해서 부하 병사들을 마차 뒤를 쫓아가게 하려고 했다. 그러나 이미 늦었다. 민중이 항의를 시작했고, 포도주의 열기에 들뜬 경기병들은 백성들과 합세하여 복종하려고 하지 않았다. 몇몇 격분한 자들은 행군을 막으려고 했다. 누군가가 결심을 하고 긴급경보를 울렸다. 모두가 우왕좌왕하는 이 혼란 속에서 결의를 다진 사람이 있었던 것이다. 한 사람이 결정을 내렸다. 전쟁 때부터 훌륭한 기마병이었던 역장 드루에가 말에 안장을 얹고 동료 한 사람과 함께 지름길을 달려 바렌으로 가는 둔중한 의장마차를 앞질러간 것이다. 거기서라면 이 의심스런 승객들을 한 번 더 문초해볼 수 있을 것이고 정말 왕이라면 그자도 왕관도 가만두지는 않을 테다. 이미 수천 번이나 그랬던 것처럼 열정적인 사람의 열정적인 행동으로 세계 역사는 다시 한 번 역전하게 되었다.

왕이 탄 커다란 마차는 바렌으로 가는 울퉁불퉁한 길을 가고 있었다. 24시간 동안 햇볕에 달궈진 마차 지붕 밑에 끼여앉는 바람에 여행자들은 피곤했다. 아이들은 오래 전에 잠이 들었고 왕은 카드를 집어넣었으며 왕비는 침묵할 따름이었다. 1시간 마지막 1시간만 지나면 안전한 호위를 받을 수 있을 텐데. 그러나 다시 놀라운 일이 일어났다. 말을 바꾸기로 약속된 장소에 말이라고는 찾아볼 수가 없었다. 어둠 속을 돌아다니면서 창문을 두드려보았지만 불친절한 목소리들뿐이었다. 이곳에서 기다리기로 했던 2명의 장교가 먼저 달려온 미용사 레오나르의 앞뒤가 안 맞는 말을 듣고서 —— 피가로를 사자(使者)로 삼다니! —— 왕이 오지 않는 것으로 생각하고는 잠을 자버린 것이다. 그들의 잠은 국왕에게는 10월 6일 라파예트의 잠과 마찬가지로 숙명적인 것이었다. 결국 지친 말을 타고 바렌까지 가는 수밖에 없었다. 그곳에 가면 말을 바꿀 수 있을 것 같았다. 두 번째 놀라운 일은 성문 아래에서 젊은이 몇 명이 앞으로 다가오더니 "정지!"라고 소리치는 것이었다. 두 대의 마차는 순식간에 포위를 당한 채 젊은이들한테 끌려갔다. 10분 먼저 도착한 드루에와 그의 일행이 바렌의 혁명적인 젊은이들을 잠자리와 술집에서 불러모아온 것이었다. "통행증을 내놓으시오." 누군가가 소리쳤다. "우린 급해요. 빨리 가야만 해요"라고 마차 속에서 여자 목소리가 들렸다. 그것은 위험 중에서도 기운을 잃지 않은 유일한 인물 "마담 로셰", 즉 왕비였다. 항의해봐도 아무 소용이 없었다. 그들은 가까운 술집, "대제왕"이라는 이름 —— 세계 역사는 얼마나 짓궂은가! —— 의 술집으로 끌려갔다. 거기에는 소스라는 맛 좋은 이름을 가진 소매상인이며 시장이라는 자가 서서 통행증 제시를 요구했다. 그 자그마한 소매상인은 왕에게 충성심을 가지고 있었고 귀찮은 일에 끼어들기 싫어서 통행증을 힐끗 훑어보고는 "이상 없음"이라고 말했다. 그는 마차를 그냥 보낼 작정이었다. 하지만 낚싯대에 물고기가 걸린 것을 알아챈 젊은 드루에는 식탁을 두들기면서 큰 소리로 말했다. "이 사람들은 왕과 왕실 일가인데 만약 당신이 그들을 외국으로 보낸다면 대역죄를 범하는 것이오." 그런 위협에 용감한 그 가장(家長)은 뼛속 깊이 불쾌했다. 바로 그때 드루에의 동료들이 끌고 온 반종(半鐘)을 요란하게 울렸다. 창문마다 불빛이 타올랐고 도시가 비상 사태에 들어갔다. 마차 주위에는 사람들이 점점 더 많이 몰려들었다. 무사히 그 속을 뚫고 나가 행군을 계속한다는 것은 생각할 수조차 없는 일이었다. 말까지 새로 갈지 않은 상태였다. 이 곤란한 상태에서 벗어나기 위해서 기특한 소매상인 시장은 여행을 계속하기에는 너무 늦었으니 코르프 남작부인과 그 일행께서 자기 집에 와서 하룻밤 묵으시면 어떻겠느냐고 제안했다. 그 교활한 인물은 조용히 생각해보았던 것이다. 내일 아침이면 어떻게 되든간에 만사가 밝혀지리라. 그러면 나는 이 골치 아픈 책임에서 벗어나게 되겠지. 더 나은 방법도 없기 때문에 왕은 경기병이 올 때까지 그 초대를 받아들이기로 했다.

한두 시간 있으면 수아죌이나 부예가 이곳으로 오겠지. 그렇게 생각하고 루이 16세는 가발을 쓴 채 유유히 집 안으로 들어갔다. 그는 무엇보다 먼저 포도주 한 병과 치즈 한 조각을 달라고 했다. 저 분이 왕일까? 저 분이 왕비일까? 노파와 급히 달려온 농부들이 수군댔다. 프랑스의 이 작은 도시는 지엄하고 위대한 궁중으로부터 너무 멀리 떨어져 있어서 백성들 중 그 누구도 동전 위에 있는 얼굴 말고는 국왕 얼굴을 배알한 적이 없었다. 때문에 이 낯선 여행객이 정말 코르프 남작부인의 하인인지, "가장 크리스트교적이신" 프랑스와 나바라의 국왕 루이 16세인지 알아보기 위해서 귀족을 모셔오도록 특별히 심부름꾼을 보내야만 했다.

바렌의 밤

    1791년 6월 21일 마리 앙투아네트는 36년이라는 생애와 프랑스 왕비로서의 17년이라는 세월을 통해서 난생 처음으로 프랑스 농부의 집 내부로 들어갔다. 그곳이야말로 왕궁과 왕궁, 감옥과 감옥 사이의 유일한 정거장이었다. 변질된 기름 냄새, 마른 소시지와 요란한 양념 냄새가 풍기는 잡화상인의 가게를 지나서 안으로 들어가는 수밖에 없었다. 삐걱거리는 사닥다리 위로 왕과, 아니 가발을 쓴 알 수 없는 남자와 자칭 코르프 남작부인이라고 하는 가정교사는 이 층으로 올라갔다. 거기에는 거실과 침실이 두 개 있었는데 천장이 낮고 초라하고 지저분했다. 문 앞에는 낯선 호위가 서 있었다. 베르사유의 화려하게 차려입은 호위와는 조금도 닮은 구석이 없었다. 2명의 농부가 손에 건초 갈퀴를 들고 서 있는 것이었다. 8명, 즉 왕비, 왕, 마담 엘리자베트, 두 아이들, 가정교사, 2명의 시녀가 그 좁은 방 안에 서거나 앉았다. 피곤한 아이들은 곧 잠자리에 누워 잠이 들었다. 드 투르젤 부인의 부축을 받으면서 왕비는 소파에 앉아서 얼굴 위의 베일을 벗었다. 아무도 그녀의 분노와 괴로움을 보았노라고 자랑할 수 없었다. 왕만이 편안하게 식탁 앞에 앉아 나이프로 커다란 치즈 덩어리를 자르고 있었다. 아무도 입을 열지 않았다.

그때 길에서 말 달리는 소리가 들리더니 수백 명의 시끄러운 목소리가 "경기병이다! 경기병" 하고 외치는 소리가 들렸다. 잘못된 보고로 멍청이 짓을 했던 수아죌이 온 것이었다. 그는 칼을 몇 번 휘둘러 길을 비키게 하고는 군대를 집 주위로 모았다. 그가 한 이야기를 용감한 독일 경기병들은 전혀 알아듣지 못했다. 그들은 무슨 일이 벌어지고 있는지 조금도 알지 못한 채 "왕과 왕비"라는 두 마디의 독일어만을 겨우 알아들었다. 그러나 그들은 묵묵히 그의 명령대로 사람들을 쫓아버렸다. 사람들이 둘러섰던 마차는 곧 자유로워졌다.

수아죌 공작은 칼을 쩔그렁거리면서 계단을 달려올라가서 자신의 안(案)을 이야기했다. 그는 말을 일곱 마리 준비해놓겠으니 곧 왕과 왕비 일행께서는 그 말을 타고 군대의 호위를 받으면서 주위에 있는 국민군 병사들이 모여들기 전에 얼른 이곳을 뜨라는 것이었다. 그는 그 제안을 한 다음 공손히 머리를 숙였다. "전하, 저는 명령만을 기다립니다."

그러나 명령이나 결정을 내리는 일에 루이 16세는 도대체 재주가 없었다. 수아죌이 책임을 다할 수 있을까 하고 그는 의혹을 품고 있었다. 이 타개책을 택했다가 혹시 아내나 누이 또는 아이들 중 하나라도 총에 맞지나 않을까, 술집에 흩어져 있는 경기병들을 불러모을 때까지 기다리는 것이 더 낫지 않을까? 이 생각 저 생각을 하느라고 귀중한 몇 분이 또 흘러갔다. 작고 황량한 방의 소파에는 식구들이 곧, 구시대가 앉아서 주저하며 마음을 정하지 못한 채 상의하고 있었다. 그러나 혁명은, 젊은 시대는 기다리지 않았다. 그런데 마을에서는 반종(半鐘) 소리에 잠이 깬 민병대들이 모여들었고, 국민군 병사도 거의 모두 집합했다. 그들은 요새에서 대포를 끌어왔고 또 길에는 바리케이드까지 쳤다. 24시간 전부터 하릴없이 안장에 올라앉아 이리저리 돌아다니며 뿔뿔이 흩어져 있던 군인들도 포도주 냄새를 맡고 기분이 좋아져 백성들과 한패가 되었다. 거리에는 사람들이 점점 더 많아졌다. 백성들은 무의식적으로 결정적인 순간에 대해서 공통적인 예감이라도 가지고 있는 것 같았다. 근방에 사는 농부, 소작인, 양치기, 노동자들이 모두 잠자다 말고 일어나서 바렌으로 몰려왔다. 노파들은 왕을 한 번 보려는 호기심으로 지팡이를 짚고 왔다. 그리고 왕이 공공연하게 신분을 밝히지 않으면 안 되는 지금, 모두들 일단 들어온 왕을 절대로 성 밖으로 내보내지 않을 작정이었다. 마차의 말을 새 말로 바꾸려는 시도는 허사가 되고 말았다. "파리로 가라! 그렇지 않으면 우리가 쏘겠다. 마차 속에 있는 자가 누구든 쏘고 말겠다"라고 거친 목소리들이 마부를 향해 쏟아졌다. 그때 이 혼잡 속에서 또다시 반종이 울렸다. 그 드라마틱한 밤의 새로운 경보였던 것이다. 파리 쪽에서 마차 한 대가 나타났다. 왕의 도주를 저지하기 위해서 국민의회가 허겁지겁 방방곡곡에 내보낸 위원들 중 두 사람이 다행히도 왕의 족적을 찾아낸 것이었다. 끝없는 환호성이 공동의 권력의 사자(使者)들에게 보내졌다. 이젠 바렌은 책임질 필요가 없어졌다. 이 작은 도시의 빵가게, 구두가게, 양복가게, 푸줏간의 주인이 세계 역사를 결정지을 필요가 없어진 것이다. 국민의회에서 보낸 사람이 온 것이다. 국민의회는 민중이 자기 편이라고 믿는 유일한 권위였다. 승리감에 도취한 그들은 두 사람의 사자를 용감한 잡화상인 시장 소스의 집으로 데리고 가서 계단을 올라가 왕 앞으로 데리고 갔다.

   그러는 동안 끔찍한 밤은 거의 다 지나가고 벌써 아침 6시 반이 되었다. 두 사절 중의 한 사람인 로뫼프는 창백하고 수줍음을 잘 탔는데 자기의 임무를 만족스럽게 생각하지 않았다. 그는 라파예트의 부관으로서 자주 튈르리 궁정의 왕비 곁에서 근무를 했었다. 아랫사람들한테 항상 선천적인 부드러운 태도로 대하던 마리 앙투아네트는 그에게도 마찬가지로 대했고 왕비와 왕은 그에게 직접 친절한 말을 해준 적도 있었다. 이 라파예트의 부관은 마음속 깊이 두 사람을 구해주어야겠다는 생각뿐이었다. 그러나 옆에는 임무에 충실하고 명예욕이 강하며 극히 혁명적인 동료 바이용이 있었다. 왕가 일행의 흔적을 발견하자 로뫼프는 곧 왕이 도주할 수 있도록 걸음을 늦추었다. 그러나 무서운 탐정이기도 한 바이용이 버티고 있었기 때문에 그는 얼굴을 붉힌 채 두려움에 떨며 국민의회의 운명의 명령서를 왕비에게 바치려고 했다. 마리 앙투아네트는 놀라움을 감출 수 없었다. "뭐라구요! 당신이! 맙소사, 그럴 줄은 몰랐어요!" 당황한 로뫼프는 온 파리가 흥분하고 있으며 나라를 위해서 왕께서 돌아가시는 편이 좋을 것 같다고 더듬거리며 말했다. 왕비는 참지 못하고 몸을 홱 돌렸다. 그녀는 그 묘한 말 뒤에 무엇인가 좋지 못한 일이 숨어 있음을 느꼈다. 왕이 명령서를 받았다. 거기에는 왕의 모든 권리가 국민의회에 의해서 정지되었으며 모든 급사는 여행이 계속되는 것을 막기 위해서 최대한의 조처를 취할 것이라고 적혀 있었다. 도주, 체포, 투옥이라는 말은 교묘하게 피했다. 하지만 국민의회의 이 명령서는 왕은 자유롭지 못하며 의회의 뜻에 따라야만 한다는 것을 의미했다. 둔한 루이도 세계사적인 위치의 전환을 느끼지 않을 수 없었다.

그러나 그는 거역하지 않았다. "이제 프랑스에는 왕이라곤 없군." 마치 자기하고는 별 상관없는 일인 것처럼 졸린 목소리로 말하고는 지친 아이들이 자고 있는 침대에다가 명령서를 내던졌다. 그러자 마리 앙투아네트가 펄쩍 뛰었다. 자만심이 훼손당한다거나 명예가 위협당할 때면, 시시한 일에는 시시하게, 대단하지 않은 일에는 대단하지 않게 처신해온 이 여인이 갑자기 위엄 있는 태도를 취했다. 그녀는 자기와 자기 식구들에게 불손하게도 명령을 내린 국민의회의 명령서를 구겨서는 아무것도 아니라는 듯이 바닥에 내던졌다. "이따위 쪽지가 내 아이들을 모독할 순 없어요!"

이 도전에 왜소한 사절들은 전율하고 말았다. 심각한 장면을 피하기 위해서 수아쬘이 얼른 쪽지를 주워들었다. 방 안에 있던 사람들은 모두들 긴장했다. 왕은 아내의 대담성에, 2명의 사절은 자신들의 괴로운 입장에 긴장했다. 모두들 어떻게 해야 할지 결정을 내릴 수 없었다. 결국 왕이 겉으로는 굴복하는 듯한, 그러나 실제로는 속셈이 따로 있는 제안을 했다. 두세 시간만 이곳에서 쉰 다음에 파리로 돌아가겠다는 이야기였다. 로뫼프는 왕이 무슨 생각을 하는지 금방 알아차렸다. 두 시간 안에 부예의 전 기병이 이곳에 도착할 것이고 그 뒤에는 보병과 대포도 올 것이다. 마음속으로 왕을 구해주고 싶은 생각이 있었기 때문에 그는 반대하지 않았다. 사실 그의 임무란 여행을 중지시키는 것뿐이었다. 그 일이야 벌써 다 끝난 셈이 아닌가. 그러나 또다른 의원 바이용은 왕의 제안이 무슨 꿍꿍이 수작인가를 금방 눈치 채고 음흉한 데에는 음흉하게 맞서기로 작정을 했던 것이다. 그는 겉으로는 알겠노라고 말한 다음 층계를 어슬렁거리며 내려왔다. 사람들이 흥분해서 어떻게 결정을 보았느냐고 묻자 그는 한숨을 내쉬면서 "떠나지 않으시겠다는군요……부예가 지척에 왔으니 그를 기다리고 계시는 거죠"라고 대답했다. 이 말은 활활 타오르는 불길에 기름을 부은 결과가 되었다. 그럴 수는 없어! 더 이상 속아서는 안 돼! "파리로! 파리로!" 요란한 함성 때문에 창문이 덜컹거릴 지경이었다. 시 당국자들이 달려왔고, 특히 불쌍한 잡화상인 소스는 국왕께서 어서 떠나셔야지 그렇지 않으면 안전을 책임질 수 없다고 말했다. 경기병들은 군중들 속에 섞여들어가 민중의 편이 되고 말았다. 사람들은 승리감에 도취되어 마차를 집 앞으로 끌고 와서는 조금도 지체하지 못하도록 말을 대기시켰다. 비굴한 게임이 시작된 것이다. 단지 15분이 문제였다. 부예의 경기병들이 거의 다 왔을 테니까 몇 분만 참으면 왕권은 그대로 유지될 수도 있는 일이었다. 이제는 치사한 방법을 써서라도 파리행 출발을 연기하는 수밖에 별 도리가 없었다. 마리 앙투아네트가 고개를 숙이면서 난생 처음으로 애걸을 했다. 그녀는 잡화상 아낙을 보고 도와달라고 간청했다. 그러나 그 불쌍한 여자는 남편을 걱정했다. 눈물을 흘리면서 그녀는 프랑스의 왕과 왕비를 자신의 집에 손님으로 모실 수 없는 것은 너무나도 괴로운 일이지만 자기도 자식이 있고 게다가 그렇게 한다면 남편이 벌을 받을 것이라고 말했다. 가난한 여자가 두려워하는 것은 당연한 일이었다. 왜냐하면 불행한 그 잡화상인은 그날 밤 왕이 비밀 서류를 태워버리는 일을 도와주었다는 죄목으로 목숨을 잃었기 때문이다. 왕과 왕비는 핑계를 찾으면서 머뭇거리고 있었다. 자꾸만 시간은 흘러갔으나 부예의 경기병들은 나타나지 않았다. 모든 준비가 다 끝났다. 그러자 루이 16세 —— 너무나도 풀이 죽은 그는 코미디를 연출하고 말았다 —— 가 자신은 뭣이든 좀 먹어야겠다고 했다. 왕이 식사 좀 하겠다는데 누가 막을 수 있겠는가? 사람들은 조금이라도 지체하지 않기 위해서 음식을 재빨리 대령했다. 왕은 얼마 되지 않는 식사를 핥다시피 다 먹었고, 왕비는 멸시하듯 그 접시를 옆으로 밀어버렸다. 이젠 어떤 구실도 더 댈 수가 없었다. 그때 마지막 돌발 사고가 발생했다. 식구들이 거의 다 문가로 갔을 때 시녀인 마담 뇌브빌이 꾀병 발작을 일으키며 쓰러진 것이었다. 마리 앙투아네트는 시녀를 그냥 놔둘 수는 없다고 당당하게 말했다. 의사를 데려오지 않으면 떠날 수가 없다고 했다. 그러나 의사가 부예의 군대보다 먼저 —— 바렌이 발칵 뒤집혔다 —— 도착했다. 꾀병을 앓던 시녀에게는 진정제를 주었고 그 슬픈 연극은 더 이상 계속될 수 없었다. 왕은 한숨을 쉬며 앞장서서 좁은 계단을 내려갔다. 그의 뒤에는 입술을 깨문 마리 앙투아네트가 수아죌 공작의 팔을 잡고 내려갔다. 그녀는 귀로가 어떤 것인지를 상상하고 있었다. 그러나 근심 속에서도 친구를 생각했다. 수아죌에게 건넨 최초의 말은 친구에 대한 것이었다. "페르센은 무사하단 말씀이시죠?" 남자다운 남자만 곁에 있다면 이 지옥 같은 여행도 견딜 만할 텐데. 겁보와 우유부단한 사람들 속에서 혼자서 강한 행동을 한다는 것은 여간 힘든 일이 아니었다.

  왕실 일가는 마차에 올랐다. 그들은 아직도 부예와 그의 군대에 희망을 걸고 있었다. 그러나 아무도 나타나지 않았다. 민중의 위협적인 욕설이 그들을 둘러싸고 있을 뿐이었다. 드디어 의장마차가 움직이기 시작했다. 6,000명이 그들을 에워쌌다. 온 바렌이 자신들의 전리품과 함께 행진했다. 이제 분노와 공포는 승리감으로 바뀌었다. 혁명가에 휩싸이고 프롤레타리아 군대에 포위당한 채 왕국의 불행한 배는 좌초했던 암초에서 벗어났다.

  그러나 20분 후, 먼지 구름을 흰 하늘로 퍼뜨리며 시내 저쪽 국도 끝에서부터 급히 말발굽을 울리면서 한 중대의 기병대가 나타났다. 그들이야말로 왕비가 그다지도 기다리던 부예의 경기병들이었다. 30분만 더 왕이 지체를 했더라면 군대가 호위했을 것이고, 지금 환호를 올리는 자들은 깜짝 놀라 해산하고 말았을 것이다. 그러나 부예는 왕이 무력하게 패했다는 말을 듣고서 군대를 되돌렸다. 무엇하러 쓸데없이 피를 흘린단 말인가? 지배자의 무능 때문에 왕국의 운명이 결정되었으며, 루이 16세는 이제 왕도 아니며 마리 앙투아네트 역시 프랑스 왕비도 아니라는 사실을 부예 역시 알고 있었다.

귀로

 배는 폭풍 속에서보다 순풍 속에서 더욱 빨리 간다. 의장마차로 파리에서 바렌까지는 20시간 걸렸는데, 귀로는 사흘이나 걸렸다. 왕과 왕비는 한방울 한방울 밑바닥까지 수모의 쓴 잔을 마셔야만 했다. 이틀 동안 잠을 못 자 잔뜩 지치고 옷도 갈아입지 못한 채 ─ 왕의 셔츠는 땀으로 어찌나 더러워졌는지 어느 군인의 옷을 빌려 입어야 했다 ─ 그들 6명은 뜨거운 화덕 같은 마차 속에 앉아 있어야만 했다. 6월의 직사일광은 뜨겁게 마차 지붕에 사정없이 내리쪼였고, 공기는 온통 더운 먼지가 타는 듯한 냄새가 났다. 게다가 모욕당하는 사람들의 비참한 귀로를 호위하는 사람은 점점 더 그 숫자가 늘어나기만 했다. 이전에는 베르사유에서 파리까지 6시간 행차였지만 지금에 비하면 천국처럼 편안한 것이었다. 거칠고 조잡한 욕설이 퍼부어졌고 이 귀로객들의 치욕을 구경하려고 모두 몰려들었다. 마차 밖의 경멸하는 눈초리와 욕설에 모욕을 당하기보다는 차라리 창문을 닫고 굴러가는 마차 속의 찌는 듯한 열기 속에서 헐떡거리며 고통을 당하는 편이 더 나았다. 이미 승객들의 얼굴은 회색의 곡식 가루를 뒤집어쓴 것처럼 지저분했고 잠을 못 잔데다가 먼지를 뒤집어쓴 눈은 충혈되어 있었다. 그런데도 커튼을 계속 내리는 것은 허용되지 않았다. 역마다 시장들이 나타나 왕에게 훈계가 섞인 연설을 하려고 했기 때문에 왕은 자신이 결코 프랑스를 떠나려고 한 것은 아니었다는 이야기를 해야만 했다. 그때마다 그 누구보다도 왕비의 태도가 가장 훌륭했다. 어느 역에서인가 그들의 배고픔을 달래기 위해서 식사를 날라왔는데 커튼이 내려져 있자 사람들이 몰려와 커튼을 높이 치켜올리라고 소리쳤다. 엘리자베트는 하마터면 굴복할 뻔했으나 왕비는 완강하게 거부했다. 그녀는 사람들이 실컷 떠들게 내버려두었다가 15분쯤 지나서 이제 그 명령에 따르지 않겠다는 기색을 보인 뒤에 스스로 커튼을 올리고 닭 뼈다귀를 밖으로 던지면서 말했다. "사람이란 끝까지 꿋꿋해야 하는 거예요."

드디어 희망이 보였다. 저녁을 샬롱에서 쉬기로 한 것이다. 그곳의 석조 개선문 뒤에는 시민들이 기다리고 있었다. 그곳은 21년 전에 마리 앙투아네트가 화려한 의장마차를 타고 오스트리아에서 와서 백성의 환호성 속에서 장래의 남편을 맞던 바로 그곳 ─ 역사의 아이러니가 아닐 수 없다 ─ 으로서 돌 난간에는 "이 기념비가 우리의 사랑처럼 영원하리라"라고 새겨져 있었다. 그러나 사랑이란 좋은 대리석이나 깎아놓은 돌보다 더 덧없는 것이다. 마리 앙투아네트는 이 아치 아래서 예복을 입은 귀족의 영접을 받던 일, 길이 온통 불빛과 사람으로 꽉 찼고 샘에서는 결혼을 축하하는 포도주가 넘치던 일이 꿈만 같았다. 지금 그녀는 정감이 넘치는 공손한 태도나 무시무시한 증오가 아니라 친절만을 바라고 있을 뿐이었다. 우선은 잠을 잘 수 있고 옷을 갈아입을 수 있었지만 다음 날이면 또다시 뜨거운 햇살을 받으면서 괴로운 여행을 계속해야만 했다. 파리에 가까이 가면 갈수록 백성들의 증오심은 더 강해지기만 했다. 왕이 얼굴의 땀과 먼지를 닦으려고 젖은 해면을 달라고 하자 어느 관리가 조롱하듯 말했다. "여행을 할 때는 그런 법이오." 잠시 휴식한 다음 왕비가 마차 계단 앞으로 걸어가자 뒤쪽에서 뱀에 물린 듯한 어느 여자의 목소리가 들려왔다. "조심해요, 제발. 곧 다른 계단을 구경하게 될 거예요!" 왕비에게 인사를 했던 어느 귀족은 말에서 끌어내려져 피스톨과 칼로 살해되었다. 그제서야 왕비와 왕은 파리만이 혁명의 "과오"를 저지르는 것이 아니라 온 국토라는 밭에서 새로운 씨앗이 꽃피우고 있음을 깨달았다. 그러나 그들은 이젠 이 모든 것을 통감할 만한 힘마저 없었다. 피로감이 그들을 서서히 무감각하게 만들었다. 운명에 대해서 무관심한 얼굴로 그들은 마차 속에서 멍하니 앉아 있었다. 그때 드디어, 드디어 급사가 달려와 왕실 일가의 마차를 보호하기 위해서 국민의회 의원 3명이 오고 있다는 전갈을 가져왔다. 이제 목숨은 건진 것이다. 그러나 그뿐이었다.

마차는 넓은 국도 한가운데서 정지했다. 왕당파의 모부르, 부르주아 변호사인 바르나브와 자코뱅 당원인 페티옹이 그들을 맞이하기 위해서 왔다. 왕비는 손수 마차의 문을 열었다. "여러분", 그녀는 흥분해서 말하며 세 사람에게 얼른 손을 내밀었다. "불행한 일이 일어나지 않도록 해주세요. 우리를 따라갔던 사람들이 희생되지 않고 생명을 보존할 수 있도록 말입니다." 중대한 순간에도 그녀는 나무랄 데 없이 용감했고 올바르게 처신했다. 왕좌를 보존하려고 호소한 것이 아니라 자기에게 충성했던 사람들을 위해서 호소한 것이었다. 이와 같은 왕비의, 고귀한 사람만이 가질 수 있는 강한 태도는 처음부터 사절들의 거만한 태도를 무력하게 만들었다. 자코뱅 당원이었던 페티옹은 메모에서 왕비의 확고한 발언이 자신에게 강한 인상을 남겼다고 고백했다. 그는 즉시 소란한 백성들에게 조용히 하라고 말하고 나서 왕실 일가를 위험에서 보호하기 위해서 마담 드 투르젤과 마담 엘리자베트를 다른 마차에 타게 한 뒤에 국민의회 사절 두 사람이 마차에 함께 타는 것이 좋겠다고 제안했다. 그러나 왕비는 거절하며 그냥 자리를 더 좁혀 앉겠다고 했다. 그들은 급히 자리를 옮겨 앉아야 했다. 바르나브가 왕과 왕비 사이에 앉고 왕비는 왕세자를 무릎에 앉혔다. 페티옹은 마담 드 투르젤과 마담 엘리자베트 사이에 앉았고 마담 드 투르젤이 공주를 무릎 사이에 앉혔다. 6명 대신에 8명이 무릎을 맞대고 앉은 셈이었다. 왕국의 대표와 국민의 대표가 한 마차에 탄 셈이었다. 왕실 일가와 국민의회 의원이 그때만큼 서로 가깝게 나란히 앉아본 적은 일찍이 없었다.

그 마차 속에서 일어난 일은 예기치 못했던 것이었다. 양극 사이에, 5명의 왕실 일가와 2명의 국민의회 의원 사이에, 죄수와 간수 사이에 처음에는 적대적인 긴장감뿐이었다. 두 파는 서로 뻣뻣하게 자기의 권위를 지키기로 작정했다. "반도(叛徒)"들의 보호를 받으며 그들의 호의에 몸을 맡기고 있는 마리 앙투아네트는 꼼짝 않고 두 사람을 쳐다보지도 않은 채 입을 다물고 있었다. 그녀는 왕비인 자신이 그들의 환심을 사려고 애를 쓴다는 것은 있을 수 없는 일이라고 생각했다. 사절들은 어떤 경우에라도 공손함이 비굴함으로 바뀌어서는 안 된다고 생각했다. 이 여행을 통해서 그들은 왕에게 국민의회 의원들이 굽실거리기만 하는 궁중 아첨꾼들과는 달리 자유롭고 청렴한 사람들이라는 인상을 주려고 했다. 그들은 거리, 거리, 거리를 유지해야만 했다.

이런 각오 속에서 자코뱅 당원인 페티옹이 먼저 공개적인 공격을 개시했다. 처음부터 그는 거만한 왕비가 정신을 차리도록 훈계를 할 작정이었다. 왕실 일가는 성 근처에서 어느 스웨덴 인이 끄는 삯마차에 타셨다고들 하더군요……이름이……그 스웨덴 인 이름은……. 페티옹은 마치 이름이 생각나지 않는 것처럼 말을 더듬거리면서 왕비에게 그 스웨덴 인의 이름을 물었다. 왕 면전에서 왕비에게 그녀의 애인 이름을 물어보는 것은 독 묻은 비수로 찌르는 것과 같았다. 그러나 왕비는 용감하게 그 공격을 막아냈다. "난 마부 이름 같은 것엔 관심 없어요." 이 승강이가 있고 난 뒤에는 적의와 긴장감이 좁은 마차 속의 공간을 휩감았다.

하지만 사소한 사건으로 괴로운 분위기가 좀 누그러졌다. 어린 왕자가 어머니의 무릎에서 뛰어내려온 것이었다. 낯선 두 사람에게 그 아이는 호기심을 보였다. 아이는 바르나브의 단추를 작은 손가락으로 잡고서 "자유롭게 살 수 없다면 죽음을"이라고 쓰인 글씨를 더듬더듬 읽었다. 두 사절은 프랑스의 장래의 왕이 이런 식으로라도 혁명의 근본정신을 알게 된 것이 기뻤다. 그래서 대화의 문이 열렸다. 그러자 또 묘한 일이 일어났다. 저주하기 위해서 출정한 발람(성경에 나오는 메소포타미아의 예언자/역주)이 축복을 내리기로 작정을 한 것이다. 양쪽은 모두 상대가 서로 멀리서 상상했던 것보다는 꽤 괜찮은 인물이라는 사실을 깨달았다. 소시민인 자코뱅 당원 페티옹과 젊은 지방 변호사 바르나브는, "폭군"을 사생활에서도 가까이 할 수 없을 정도로 교만하고 잘난 체하며 어리석고 뻔뻔한 사람이며, 궁중에서의 추종은 사람을 질식시킬 정도일 것이라고 생각했다. 자코뱅 당원과 시민 혁명가는 왕실 식구들의 자연스런 분위기를 보고서 깜짝 놀랐다. 카토(고대 로마의 엄격한 검찰관/역주)의 역을 했던 페티옹까지도 이렇게 기록했다. "나는 그들에게서 내가 사랑하는 소박함과 친밀감을 발견했다. 허례는 전혀 찾아볼 수 없었고 쾌활함과 가정적인 순박함뿐이었다. 왕비는 마담 엘리자베트를 '동생'이라고 불렀고 마담 엘리자베트도 그것에 걸맞게 대답했다. 마담 엘리자베트는 왕을 '오라버니'라고 불렀다. 왕비는 왕자가 마음껏 자기 무릎 위에서 장난을 치도록 내버려두었다. 어린 공주는 동생과 함께 놀았다. 왕은 이 모든 것을 무감각하고 묵묵한 태도이기는 했지만 비교적 만족한 눈길로 바라보았다." 두 혁명가는 놀라서 서로 쳐다보았다. 왕실의 아이들 역시 자기 집안의 아이들과 똑같은 장난을 하고 있었다. 그들은 더러운 옷을 입은 프랑스 국왕보다도 자신들이 훨씬 더 고급 옷을 입었다는 사실이 괴롭기까지 했다. 처음의 적대감은 점차 누그러졌다. 왕은 술을 마실 때 술잔을 예의 바르게 페티옹에게 내밀었다. 왕세자가 오줌이 마렵다고 하면 왕이 황송하게도 손수 아들의 고의춤을 열고 오줌을 누는 동안 은변기를 들고 있는 것을 보고서는 기가 막힌 자코뱅 당원은 초자연적인 사건을 보는 듯했다. 이 "폭군들"도 역시 우리와 같은 인간이 아닌가, 잔인한 혁명가는 깜짝 놀랐다. 왕비 역시 참으로 의외였다. 국민의회의 "간악하고" "잔인한" 무리들이 어떻게 저렇게 훌륭하고 공손할 수 있을까! 피에 굶주리지도 않았고 무식하지도 전혀 어리석지도 않았다. 그 반대였다. 아르투아 백작이나 그 패거리들보다도 함께 대화하기가 수월할 정도였다. 마차를 함께 탄 지 3시간도 되지 않아 고집과 자만심 때문에 서로 경원하고 있었던 그들은 서로 환심을 얻으려고 애쓰게 되었고 —— 참으로 아름답고 깊은 인간적인 변화가 아닐 수 없었다 —— 왕비는 정치 문제를 화제에 올렸다. 2명의 혁명가들에게 그릇된 신문의 오도로 인해서 백성들이 흔히 생각하듯이 왕실 사회가 그렇게 편협하고 악의에 차 있는 것이 아님을 증명하려고 했다. 두 사절은 왕비에게 국민의회가 목표하는 바를 마라의 거친 울부짖음과 혼동하지 말아달라고 말했다. 이야기가 공화국에 미치자 페티옹은 조심스럽게 대화를 회피했다. 궁중 분위기라는 것이 열정적인 혁명가까지도 혼란스럽게 해서 바보로 만들어놓을 수 있다는 사실 —— 케케묵은 이야기이지만 —— 이 페티옹의 표현을 통해서 보다 더 재미있게 증명된 적은 일찍이 없었다. 사흘 동안의 공포에 가득 찬 밤과 사흘 동안의 살인적인 무더위 속에서의 불편한 마차 여행, 게다가 정신적인 흥분과 수치는 여자들과 아이들을 말할 수 없이 지치게 만들었다. 잠이 든 마담 엘리자베트는 무의식적으로 곁에 앉은 페티옹에게 몸을 기댔다. 이 행동에 멍청이는 정신이 다 나가고 말았다. 그는 호색적인 유혹을 했고, 궁중 분위기에 혼이 나간 불쌍한 자신을 수백 년 동안 웃음거리로 만들 만한 말들을 보고서에 기록하고 말았다. "마담 엘리자베트는 애정이 가득한 눈길을 내게 보냈는데 그 눈에는 순간적이었지만 흥미를 불러일으키는 몰아의 표정이 떠돌았다. 일종의 이해와 매혹 속에서 우리의 눈길은 서로 마주쳤다. 밤이 깊어지자 이 분위기에 맞추어 달빛 역시 밝게 빛났다. 마담 엘리자베트는 공주를 무릎에 앉혔는데도 반쯤은 내 무릎에 앉힌 상태였다. 반쯤은 마담 무릎이었다. 공주가 잠이 들었을 때 나는 한쪽 팔을 펴고 있었고, 마담 엘리자베트는 그녀의 팔을 내 팔 위에 얹었다. 우리의 팔은 서로 엉켜 내 손이 그녀의 겨드랑이 아래에까지 가 있었다. 나는 그녀의 옷 속의 따스함과 움직임을 그대로 느낄 수 있었다. 마담 엘리자베트의 눈길에 나는 감동을 받을 수밖에 없었다. 나는 그녀의 태도 속에서 확실히 몰아의 빛을 보았던 것이다. 그녀의 눈은 축축히 젖어 있었고, 그녀의 우울 속에는 관능적인 쾌락 같은 것이 숨겨져 있었다. 내가 잘못 본 것인지도 모르지만. 불행의 모습을 만족의 모습으로 착각한 것인지도 모른다. 그러나 그때 우리 둘뿐이었다면 그녀가 내 팔 속에 뛰어들어 본능적인 충동에 몸을 내맡겼을 것이라고 나는 확신한다."

"미남 페티옹"의 이 우스꽝스러운 에로틱한 환상보다도 더 중요한 것은 동행자인 바르나브에 대한 왕비의 위험한 마력이었다. 지방도시에서 갓 파리에 온 젊은 변호사이며 이상주의에 불타는 혁명가인 그는 프랑스 왕비에게 혁명의 기본 이념이나 당원의 사상을 설명할 기회를 얻자 흥분하고 말았다. 굉장한 사회가 아닐 수 없다고 포자 후작(실러의 유명한 희곡 『돈카를로스』에 나오는 비극적인 주인공. 친구를 위해서 희생함/역주)은 생각했다. 이 기회에 왕비에게 그 고귀한 이념에 대한 경외심과 존경심을 불어넣어주자. 입헌군주제에 대한 사상에 찬성을 할지도 모르지. 혈기에 찬 젊은 변호사는 이야기를 하면서 자신의 목소리를 듣고 있었다. 그리고는 천박하다고들 말하는 그녀가 (그것은 중상모략이었다) 열심히, 깊은 이해심으로 자신의 말에 귀 기울이는 것을 보았다. 그녀의 견해는 또 얼마나 탁월한 것인지! 그의 흥분된 연설을 들으며 마리 앙투아네트는 오스트리아 여자다운 사랑스러운 태도와 넓은 이해심을 발휘하여 소박하고 믿기 잘 하는 그를 매혹시켰다. 어떻게 이 우아한 여자한테 부당하게 굴 수가 있단 말인가? 어떻게 심하게 다룰 수가 있단 말인가? 깜짝 놀란 바르나브는 생각했다. 잘 해낼 수 있을 거야. 누군가가 옆에서 그녀에게 올바른 조언만 한다면 프랑스는 만사가 다 잘 되어나갈 텐데. 왕비는 자기가 조언자를 찾고 있었으며 자신의 무지함을 깨우쳐주신다면 얼마나 좋겠느냐고 말했다. 그렇지, 이 상상할 수 없을 정도의 안목 있는 여자에게 백성들의 참된 소망을 알려주고, 자신은 민주적인 그녀의 사고의 순수함을 국민의회에 확신시켜주자. 그들이 휴식을 취했던 모의 대주교 궁에서부터 시작된 애교 섞인 긴 대화를 통해서 마리 앙투아네트는 바르나브를 사로잡았으며, 그로 하여금 자기를 위해서는 어떤 일이라도 할 수 있게 만들었다. 모든 것은 비밀 —— 아무도 그런 사실을 알아차리지 못했다 —— 이었다. 왕비는 바렌에서부터의 여행을 통해서 굉장한 정치적인 승리를 거둔 셈이었다. 다른 사람들이 땀이나 흘리며 먹고, 지쳐서 포기하는 동안에 계속해서 달리는 감방 속에서 그녀는 왕실을 위한 마지막 승리를 거두었던 것이다.

여행의 세 번째 날인 마지막 날이 가장 괴로웠다. 프랑스 하늘 역시 국민의 편만 들고 왕의 편을 들지 않았다. 해는 아침부터 저녁까지 먼지 덮인, 빈틈없이 끼어앉은 화덕 같은 사륜마차를 사정없이 달구었다. 구름의 시원한 손은 한순간도 타는 듯한 마차의 지붕 위로 그림자를 던져주지 않았다. 드디어 일행이 파리 성문 앞에 도착했다. 그러나 갤리 선을 타고 온 왕을 구경하려는 수십 만의 인파는 무엇인가 보상을 받지 않으면 물러가지 않으려고 했다. 왕과 왕비는 생드니 성문을 지나 성으로 곧장 들어가지 못하고 환상(環狀) 도로를 돌아, 끝없는 불바르(boulevard)를 통과해야 했다. 그들은 도중에 그들에 대한 존경의 한마디 부르짖음도, 비방의 한마디 부르짖음도 듣지 못했다. 왜냐하면 왕을 맞는 데 경멸이란 있을 수 없는 일이고, 나라의 죄수들을 비방하는 사람은 누구를 막론하고 몽둥이 찜질을 하겠노라고 포고를 해놓았기 때문이었다. 그러나 왕실 마차를 뒤따라오는 마차를 보자 끝없는 환호성이 터져나왔다. 그 안에는 인민이 이 승리에 대해서 고맙게 생각하는, 간계와 술책으로 왕실 일가를 노획한 대담한 사냥꾼 드루에가 몸을 드러내고 있었다.

이 여행의 맨 마지막 장면이야말로 극히 위험한 순간이었다. 마차에서부터 궁의 정문에 이르는 2미터 거리에서 일어난 일이었다. 왕실 일가가 국민의회 의원들의 보호를 받았기 때문에 분노한 군중은 희생을 요구하며 왕을 "유괴한" 3명의 무고한 호위병들에게 달려들었다. 마부석에서 끌려내려오는 순간 일이 벌어졌다. 왕비는 궁의 정문 앞에서 피가 흐르는 호위병들의 머리가 창 끝에 매달리는 장면을 보아야 했다. 그때 국민군 병사가 뛰어들어 총검으로 군중을 내몰고 문을 열었다. 그제서야 화덕의 문이 열리고 더럽고 땀에 젖고 지친 왕이 무거운 걸음으로 맨 먼저 마차에서 나왔으며 그 뒤를 왕비가 따랐다. "오스트리아 계집"에 대한 위험스런 욕설이 튀어나왔지만 왕비는 재빠른 걸음으로 정문까지 걸어갔다. 뒤에는 아이들이 따라갔다. 끔찍한 여행은 이제 끝난 것이다.

안에서는 하인들이 행렬을 지어 기다리고 있었다. 예전처럼 식탁이 준비되었고 착석 서열이 준수되었다. 궁으로 돌아온 사람들은 믿을 수가 없었다. 마치 꿈을 꾼 듯한 기분이었다. 그러나 실제로 이 닷새는 개혁의 5년보다도 왕권의 기초를 더 강하게 흔들어놓은 셈이었다. 왜냐하면 구금 상태인 이상 왕관을 쓰고 있다고 말할 수 없기 때문이었다. 결과적으로 왕은 한 계단 내려가고 혁명은 한 계단 올라간 셈이었다.

그러나 지친 남자에게 그런 것은 별것이 아닌 일로 생각되었다. 만사에 무관심한 그는 자신의 운명에 대해서도 무관심했다. 꼼꼼한 필적으로 그는 일기에다가 "6시 반에 모 출발. 8시 파리 도착. 휴식 없었음"이라고만 적었다. 그것이 루이 16세가 생애에서 받은 가장 깊은 치욕에 대해서 언급한 전부였다. 페티옹도 같은 말을 했다. "그는 마치 아무것도 보지 않은 사람처럼 태연했다. 사냥 파티에서 돌아온 듯이 보일 정도였다."

 그러나 마리 앙투아네트는 모든 것을 잃어버렸다는 사실을 알았다. 무위로 끝난 이 여행의 고통은 자존심을 완전히 뒤흔들어놓았다. 그러나 거부할 수 없는 때늦은 마지막 열정의 사랑에 빠진 진정한 여인, 참된 여인으로서 그녀는 이 지옥 속에서도 헤어진 사람만을 생각했고, 그 친구 페르센이 자기 걱정을 하리라는 것을 근심했다. 무서운 위험 속에 갇혀 있으면서도 그의 고통, 그의 불안을 염려했다. "우리 걱정은 마세요"라고 그녀는 쪽지에다가 재빨리 썼다. "우린 살아 있어요." 그리고 그 다음 날로 더 긴박하고 더욱 더 사랑이 가득한 편지를 보냈다(은밀한 부분은 페르센의 후손에 의해서 파손되었지만 단어의 진동을 통해서 그 사랑의 숨결을 충분히 느낄 수 있다). "나는 아직 살아 있어요.……당신이 염려됩니다. 우리한테 아무 소식도 받지 못해서 당신이 근심하리라는 생각을 하면 괴롭습니다. 이 편지를 당신이 받을 수 있기를 기원합니다. 나한테 편지하지 마세요. 위험하니까요. 그리고 어떤 일이 있더라도 오시면 안 됩니다. 사람들은 당신이 우리를 이곳에서 데리고 나갔다는 사실을 알고 있습니다. 당신이 오면 모든 일이 실패로 돌아갑니다. 우리는 낮이고 밤이고 감시당하고 있습니다. 그렇지만 난 아무렇지도 않습니다.……걱정하지 마세요. 나한테는 아무 일도 없을 테니까요. 의회는 우리를 관대하게 대해줍니다. 안녕……. 당신에게 이제 다시는 편지를 보내지 못할 것입니다.……"

 하지만 그녀는 페르센에게서 아무 말도 듣지 못하는 상황을 참을 수가 없었다. 그래서 그 다음 날로 소식과 위로와 사랑을 요구하는 아름답고 부드러운 편지를 썼다. "당신을 사랑하고 있다는 말밖에는 말할 여유가 없어요. 난 잘 지내고 있습니다. 그러니 내 걱정은 마세요. 당신도 잘 지내기를 바랍니다. 저한테 암호로 쓴 편지를 보내주세요. 당신 시종의 주소로 말입니다.……그리고 당신께 어느 주소로 편지해야 할지 가르쳐주세요. 편지를 쓰지 않으면 난 살 수 없어요. 안녕히 계세요. 모든 사람들 중에서 가장 깊이 사랑하며, 가장 깊이 사랑받고 있는 이에게. 온 마음으로 나는 당신을 포옹합니다."

"편지를 쓰지 않으면 난 살 수 없어요"라는 말, 전에는 왕비의 입에서 들어볼 수 없었던 열정의 외침이었다. 그러나 그녀는 이름만 왕비일 뿐, 이전의 왕비가 아니었으며 왕비에게는 이제 아무도 빼앗아갈 수 없는 것, 즉 사랑만이 남아 있을 뿐이었다. 그리고 이 사랑의 감정이야말로 그녀에게 위대하고 단호하게 자기의 생을 방어할 수 있는 힘을 주었다.

서로 속이다

바렌으로의 도주는 혁명사에서 새로운 장을 열었다. 바로 그날 새로운 당파인 공화파가 탄생했다. 그날까지, 즉 1791년 6월 21일까지는 귀족과 시민으로 구성된 국민의회는 왕당파 일색이었지만, 제3신분인 시민계급의 배후에는 다음 선거를 위해서 제4의 계급, 거대하고 질풍과도 같은 원초적인 힘을 가진 프롤레타리아가 등장하고 있었다. 그들 앞에서는, 왕이 시민계급 앞에서 두려워했던 것과 마찬가지로, 시민계급 역시 경악하고 말았다. 불안하고 애석한 마음으로 유산계급은 프롤레타리아가 얼마나 악마적으로 근원적인 힘을 가졌는가를 느꼈고 서둘러 헌법으로 왕의 권력과 인민의 권력 사이의 경계를 구분지으려고 했다. 루이 16세의 동의를 얻기 위해서는 그를 개인적으로 보살필 필요가 있었다. 그리하여 온건파들은 바렌으로의 도주에 대해서 왕을 비난하지 않기로 했다. 그가 파리를 떠난 것은 자유의사가 아니라 "유괴"였다고 떠들었다. 자코뱅 당이 연병장에서 왕의 폐위를 요구하는 시위를 벌이려고 하자 시민계급의 지도자인 바이와 라파예트는 처음으로 기병과 소총 사격으로 그들을 해산시켰다. 그러나 방 속에서 꼼짝도 않고 있는 왕비 —— 바렌으로의 도주 시도 이후에는 방문을 잠그는 것이 허용되지 않았고 국민군 병사들이 한 발자국도 나가지 못하도록 엄중하게 감시했다 —— 는 이런 때늦은 구제 시도에 대해서 마음속으로는 그다지 신뢰하지 않았다. 창문 앞에서 전처럼 "국왕 만세" 소리가 들려오지 않고, "공화국 만세" 소리가 연달아 들려왔기 때문이다. 공화국이라는 것이 자기와 남편과 아이들이 제거되어야만 세워질 수 있음을 그녀는 똑똑히 알고 있었다.

바렌의 밤의 재앙이 자신이 도피하는 데는 불행을 가져왔지만, 루이의 아우 프로방스 백작에게는 성공을 가져다주었다는 것을 왕비는 곧 알아차렸다. 브뤼셀에 도착하자 곧 그는 부담스럽고 괴로운 아우의 종속적 지위를 내던지고 마치 군주처럼, 왕국의 대표자처럼 굴었다. 진짜 왕인 루이 16세가 파리에 포로로 붙잡혀 있는 한에서는 자신이 섭정이며 왕권의 정당한 대표라고 선언했다. "이상하게도 이곳 사람들은 국왕의 포로 생활을 좋아하고 있습니다"라고 페르센은 브뤼셀에서 썼다. "아르투아 백작은 희색이 만면할 정도입니다." 오랫동안 비굴하게 형의 수행원처럼 지내야 했던 루이의 두 아우는 드디어 소파에 가슴을 펴고 앉아 있었다. 전쟁에 대해서는 걱정할 필요가 없었다. 그렇게 되면, 루이 16세와 마리 앙투아네트, 게다가 루이 17세까지 죽임을 당할 것이고 더불어 왕좌로 가는 두 계단을 단숨에 뛰어넘는 셈이 되니까 더 잘된 일이 아닐 수 없었다. 그렇게만 된다면 "므슈" 프로방스 백작은 루이 18세라고 불리게 될 것이다. 타국의 영주들도 당연히 그렇게들 생각하고 있었다. 전제주의적인 이념으로는 어느 루이가 프랑스 옥좌를 차지하든 별 상관이 없었다. 중요한 것은 유럽에서 혁명적이며 공화주의적인 독소가 제거되어 "프랑스 전염병"의 싹이 말살되기만 하면 되었다. 지극히 냉정한 태도로 스웨덴의 구스타프 3세는 이렇게 썼다. "왕실 일가의 운명에 대한 내 관심은 지대하지만 그보다는 유럽 균형의 일반적인 상황, 특히 스웨덴의 이해관계나 군주의 권한이 저울대에 올라갔다는 점에 더욱 더 관심이 깊다. 모든 것이 프랑스에서 왕권이 재확립될 수 있느냐 없느냐에 달려 있다. 왕권이 확립되고 말 조련장에 불과하다는 괴물(국민의회)만 분쇄된다면 왕좌에 루이 16세가 앉든 루이 17세가 앉든 샤를 10세(아르투아 백작/역주)가 앉든 아무 상관이 없다." 더 이상 더 확실하고 시니컬하게 표현할 수는 없다. 군주들로서는 "군주의 문제", 즉 자신의 확고한 권력에만 관심을 가질 뿐 구스타프 3세가 말했듯이 어느 루이가 왕좌에 앉는가에 대해서는 "전혀 관심이 없었다." 사실 그들은 끝까지 아무 관심도 보이지 않았다. 이 무관심에 대한 대가로 왕과 왕비는 목숨을 바쳐야만 했다.

마리 앙투아네트는 이러한 안과 밖의 이중 위험에 대항해서, 즉 국내의 공화주의 사상과 인접 국경 제후들의 전쟁욕에 맞서서 싸워야 했다. 그것은 초인적인 과제로서, 연약하고 궁지에 몰린 채 친구들로부터 버림받은 여자에게는 거의 감당하기 어려운 일이었다. 그 일을 위해서는 오디세우스이며 동시에 아킬레우스인, 교활하고 대담한 천재, 새 미라보가 필요했다. 그러나 이 무서운 곤궁 속에서는 시시한 조언자밖에 찾아볼 수가 없었다. 왕비는 할 수 없이 밖으로 시선을 돌렸다. 바렌으로부터의 귀로에서 마리 앙투아네트는 의회에서 상당한 발언권이 있는 지방 변호사 바르나브가 자기의 달콤한 말에 얼마나 쉽게 매료되는가를 재빨리 깨달았던 것이다. 왕비는 그의 약점을 이용하기로 했다.

결국 그녀는 비밀 편지를 바르나브에게 썼는데 바렌에서 돌아온 이후 자신이 "많은 이야기를 주고받았던 그의 지성과 정신을 잊지 못하고 있으며 편지를 통한 대화를 그와 주고받는다면 많은 것을 얻게 되리라고 생각합니다"라고 말했다. 그녀는 또한 자신의 성격이 공공의 복리를 위해서라면 모든 것을 다 바칠 수 있는 성격이므로 이 일에 관해서 함부로 입을 열지 않으리라는 사실에 대해서는 믿어도 좋다고 안심시켰다. 이런 식으로 서두를 꺼내고 나서 그녀는 다음과 같이 말했다. "지금 상태는 길게 계속되지 않겠지요. 무슨 일이든지 일어나고야 말 것입니다. 무슨 일일지 나로서는 지금 알 수 없지만. 그것을 알기 위해서 당신에게 도움을 청합니다. 내가 선의에서 이런 일을 한다는 점은 우리의 대화를 통해서 아실 것입니다. 난 변치 않습니다. 그것이 우리에게 남아 있는, 내가 어떤 경우에도 잃지 않는 유일한 재산입니다. 당신이 정의에 대한 소망을 가지고 있음을 나는 믿습니다. 우리는 똑같은 소망을 가지고 있으며, 남들이 그렇지 않다고 반박하더라도 항상 그러할 것입니다. 당신은 우리의 희망이 성취될 수 있도록 우리 처지가 되어 한 번 생각을 가다듬어주세요. 만약 어떤 방책을 당신이 찾아내고 내게 그 생각을 전할 수 있는 방법을 발견하신다면 내가 할 수 있는 일을 있는 대로 알려드리겠습니다. 진실로 공공의 복리를 위한 길이라면 어떤 희생도 불사할 각오가 되어 있습니다." 그는 이 편지를 친구들에게 보여주었다. 그들은 기뻐함과 동시에 두려워했고 결국 왕비의 은밀한 조언자── 루이 16세는 전혀 안중에도 없었다 ── 가 되기로 결정했다. 우선 그들은 왕비에게 망명 왕족들이 돌아오도록 충동질하고 오빠인 황제로 하여금 프랑스 헌법을 인정하도록 만들라고 충고했다. 그녀는 조언자들이 부르는 대로 오빠에게 편지를 썼다. 그들의 지시를 그대로 따랐다. 단지 "명예와 감사가 관계하는 점에서"만은 양보하지 않았다. 이것만으로도 그녀의 신임 정치 문제 교사들은 그녀가 깊이 감사하는 마음을 잃지 않는 학생이라고 생각했다.

그러나 이 정직한 자들 역시 무참한 실망만을 안겨줄 뿐이었다. 사실 마리 앙투아네트도 이 "역적"들을 별로 믿은 것은 아니었다. 고대하고 있는 "무장 회합"을 오빠가 소집할 때까지만이라도, "지연" 작전을 써보려던 것에 불과했다. 페넬로페(오디세우스의 아내/역주)처럼 낮에 새 친구들과 꿰맨 솔기를 밤이면 풀었다. 구술된 편지를 오빠 레오폴트 2세에게 부치는 한편 메르시에게 이렇게 썼다.

루이 16세(1754-1793) 그는 1774년에 그의 할아버지 루이 15세로부터 왕국을 이어받았으나 민중의 거대한 역사의 수레바퀴를 멈추게 할 수는 없었다. 마침내 그는 그때까지의 역사에서 두 번째로 민중의 손에 의해서 처형되는 국왕의 운명을 맞는다(위의 그림은 처형당한 루이 16세의 머리).

테니스 코트의 선서 1789년 6월 20일 평민 대표들이 국민의회를 결성하자 루이 16세는 의회장을 폐쇄하여 이들을 진압했다. 이에 평민 대표들은 테니스 코트로 이동하여 헌법이 실현될 때까지 국민의회는 해산하지 않을 것임을 서약했다.

바스티유 습격 1789년 7월 14일, 파리 민중이 봉기하여 바스티유 감옥을 습격하는 장면. 절대왕정의 상징으로서의 바스티유를 습격하려는 목적뿐만 아니라 무기를 탈취하려는 목적도 있었다. (위의 그림)
수개월 후, 민중에 의해서 점령된 바스티유는 형편없이 파괴되었다. (아래 그림)

루이 15세 그의 이름은 퐁파두르나 뒤바리 등의 첩실 이름들과 함께 흔히 기억된다. 그러나 그의 치세 60여 년간, 특히 1763-1774년은 "루이 15세의 황금 시대"라고 할 정도로 프랑스의 융성기였다. (왼쪽)

뒤바리 백작부인 퐁파두르 후작부인의 뒤를 이어 루이 15세의 침상을 점령했으나 창녀 출신이라는 설이 있으며, 그녀는 자신의 출신 성분을 합리화하기 위해서 애매한 사람을 남편으로 조작하여 뒤바리 백작으로 만든 뒤 곧장 처리했다. (오른쪽)

베르사유 궁전 파리 서남쪽 20킬로미터에 있는 부르봉 왕가의 부와 권력과 영광의 상징. 태양왕 루이 14세가 건축. 50년이 넘는 세월과 백성의 피땀으로 대리석을 깎아 거대한 궁전 베르사유를 세웠으나, 화장실을 만들지 않음으로써 아름다운 귀부인들마저 정원의 숲이나 복도의 으슥한 곳을 찾아가야 했다.

혁명 재판소의 법정을 떠나는 마리 앙투아네트

처형당하기 직전의 마리 앙투아네트
유명한 자코뱅파의 화가 다비드의 스케치. 다비드는 혁명이 반동하자 혁명을 배반하고 나폴레옹의 열렬한 찬양자가 되었다.

나폴레옹과 마리 루이즈의 혼례 행렬 마리 루이즈는 대고모 마리 앙투아네트처럼 프랑스의 왕비가 되었다. 그 시간적 거리는 40여 년이었지만, 그녀는 대고모의 피가 제물이 된 대혁명을 상여에 태워서 묘지에 보낸 나폴레옹의 아내가 된 것이다. 그러나 두 여자 모두 정략의 희생양이 된 것도, 최후가 아름답지 못했던 것도 마찬가지였다.

1789년 10월 5-6일 이날 파리의 민중, 특히 아낙네들이 떼지어 베르사유 왕궁에 밀어닥쳤다. 그것은 국왕에게 "인권 선언"을 승인하게 하고 파리의 식량 공급을 확보하기 위한 운동이었다. 무기를 든 아낙네들의 행진. (위의 그림)
시위 운동 참가자들이 승리를 쟁취한 뒤 귀로에 오르고 있다. (아래 그림)

미라보(1749-1791) 귀족이었지만 제3신분에 대표로 국민의회 의원이 되었다. 빚투성이었던 그는 자신의 이익을 위해서 왕권과 뒷거래를 시도했으나 곧 마리 앙투아네트에게 매료되었다. 그는 생애 최후의 8개월 동안 한편으로는 왕을 위해서, 또 한편으로는 혁명을 위해서 싸우다가 마지막 밤을 2명의 오페라 여가수와 함께 지낸 뒤 쓰러졌다. 로베스피에르와는 또다른 면에서 혁명을 대표하는 인물이다. (왼쪽)

로베스피에르(1758-1794) 프랑스 대혁명을 주도했던 인물. 그는 공포정치에 가장 큰 책임이 있었다. 그러나 그것은 오직 덕의 공화국이라는 그의 이상을 실현하기 위해서 정당화할 수 있었다. 그는 그가 단두대에 보낸 루이 16세와 마리 앙투아네트의 뒤를, 테르미도르의 반동에 의해서 따라야 했고, 그의 죽음으로써 혁명은 반동되었다. (오른쪽)

기요틴 의사였던 기요탱이 혁명의 과업을 이상적으로 수행하려고 고안한 단두대로 1791년 처음으로 사용되었다. 이 기계는 기대했던 그대로 혁명의 적들을 효과적으로 처치했다. 이 기계의 장점을 가장 잘 구사했던 로베스피에르도 이 기계에 의해서 처형되었는데, 혁명의 도구였던 기요틴은 그의 목과 함께 혁명의 목도 잘라 그 뒤부터는 반혁명의 도구가 되었다.

"내가 29일에 당신에게 편지를 보냈지요. 그 편지가 내 문체와는 어딘가 다르다는 것을 쉽게 알아보셨을 것입니다. 그러나 나로서는 그 편지 초안을 잡아준 이곳 당원들의 요구를 들어주는 수밖에 도리가 없었습니다. 나는 어제 황제께 다시 편지를 썼습니다. 지금 상태에서 나는 남들이 요구하는 대로 행동하는 수밖에 없으며 그렇게 편지를 쓰는 수밖에 없다는 사실을 오빠께서 이해해주지 못하리라는 생각을 하면 비굴한 생각이 듭니다." 그녀는 "그 편지에 쓰인 말은 한마디도 내 의견이 아니며 사물을 보는 방식 역시 내 방식이 결코 아니라는 것을 황제께서 납득해주셔야만 합니다"라고 강조했다. 편지는 전부 우리야의 편지("편지를 지참한 자를 죽여라"라고 쓴 「사무엘서」의 편지/역주)가 된 셈이었다. 물론 왕비는 "조언자들이 질서를 회복하고 왕권과 왕의 권위를 되찾으려는 위대하고 충성스러운 의지와 공명정대한 심정으로 그들의 주장을 고집하고 있다는 사실을 인정하고는" 있었지만, 그들의 도움을 전적으로 믿지는 않았다. 왜냐하면 "나는 그들의 선의를 믿기는 하지만 그들의 이념은 극단적인 것으로서 우리들과는 전혀 맞지 않는다고" 생각했기 때문이다.

마리 앙투아네트가 이 갈등 속에서 시작한 일은 불안한 이중 역할이었다. 그것은 결코 명예롭지 못한 일이었다. 그녀가 정치에 관여한 이후, 아니 정치가 그녀에게 관여한 이후 이제 최초로 거짓말을 하지 않을 수 없게 된 것이다. 그녀는 극히 대담하게 그 일을 해냈다. 조력자들에게는 잔뜩 믿는 것처럼 믿게 해놓고서 페르센에게 이렇게 썼다. "걱정하지 마세요. 난 '공수병 환자'의 포로가 되지는 않았기 때문입니다. 내가 그들 중 몇몇과 만나거나 관계를 맺고 있는 것은 그들을 이용하려는 생각에서일 뿐입니다. 그들과 그런 일을 꾸미기에는 나는 너무나 그들을 혐오하는 것 같습니다." 결국 그녀는 자기를 위해서 단두대에서 머리가 잘린 선의의 사람들을 속인 품위 없는 짓을 했다고 생각했으며 도덕적인 죄책감을 느꼈지만 그것을 시대의 책임으로, 자기로 하여금 그런 무참한 역할을 하게 만든 거친 상황의 탓으로 돌렸다. 절망 속에서 그녀는 성실한 벗 페르센에게 이렇게 썼다. "나 스스로를 이해할 수 없을 때가 많습니다. 말을 하고 있는 사람이 정말 나인지 확인을 해야만 할 때도 있어요. 당신은 어떻게 생각하고 계신지요? 이 모든 일은 불가피한 일입니다. 내가 만약 이런 방책이라도 강구하지 않았더라면 우리는 틀림없이 더 깊은 구렁텅이 속에 벌써 떨어지고 말았을 것입니다. 적어도 우리는 시간을 번 셈입니다. 시간이야말로 우리에게 필요한 전부인걸요. 내가 다시 내 자신이 되어 내가 그들의 웃음거리가 되지 않았다는 것을 그 비렁뱅이들에게 보여주고 싶습니다." 그녀의 무한한 자만심은 다시 자신이 자유로워져 술책을 부리고, 흥정하고, 기만할 필요가 없어지기를 꿈꾸고 있었다. 그녀는 무한한 자유는 왕좌에 앉은 왕비로서의 당연한 권리, 곧 신이 준 권리라고 생각했기 때문에 그녀는 권리를 제약하려는 모든 인간들을 무참하게 속이는 일을 정당한 것으로 생각하고 있었다.

  그러나 속이는 자는 왕비만이 아니었다. 이 위기 속에서 큰 역할을 하는 모든 인물들은 서로를 속이고 있었다. 정부, 군주, 외교사절, 각료들이 쓴 당시의 수없이 많은 서신을 뒤져보면 어떤 비밀 정치에서도 찾아볼 수 없는 비도덕성을 발견하게 될 것이다. 모두가 모두에 대해서 음모를 꾸몄고 개인적인 이해관계만을 위해서 일했다. 루이 16세는 국민의회를 기만했고, 국민의회 쪽에서는 공화주의 사상이 왕을 쓰러뜨릴 정도로 만연되기만을 기다리고 있었다. 입헌주의자들은 마리 앙투아네트가 이미 가지고 있지도 않은 권력을 가진 것처럼 보이도록 해놓았지만 마리 앙투아네트가 뒤로 오빠 레오폴트와 선을 대고 있었기 때문에 그것은 참으로 어리석은 짓일 뿐이었다. 그러나 레오폴트 역시 누이동생을 기만하고 있었다. 마음속으로는 동생을 위해서 군사 한 명, 돈 한 푼 쓸 생각이 없었고 러시아와 프로이센과 함께 2차 폴란드 분할을 타협하고 있었다. 그러나 프로이센 왕은 프랑스에 대항해서 "무장 회합"을 베를린에서 타결시키는 한편 동시에 왕의 대사로 하여금 파리에서 자코뱅 당의 재정 지원을 하도록 했고 페티옹과 같은 식탁에서 식사를 하게 했다. 망명 왕족은 전쟁을 일으키도록 충동질하고 있었는데, 그것은 형 루이 16세의 왕좌를 지켜주기 위해서가 아니라 될 수 있는 대로 빨리 자기가 왕좌에 오르려는 생각에서였고, 이 종이 위의 시합장에서 왕국의 돈키호테라고도 할 수 있는 스웨덴의 구스타프 3세는 유럽의 구세주 구스타프 아돌프(30년 전쟁에 참가한 스웨덴 국왕 구스타프 2세/역주) 역만을 하려고 했다. 프랑스에 대항하는 동맹군을 지휘해야 하는 브라운슈바이크 공작은 프랑스 왕좌를 주겠다고 하는 자코뱅 당과 연락을 했고 당통이나 뒤무리에 역시 이중 역할을 했다. 군주들도 혁명가들과 마찬가지였다. 오빠는 누이를, 왕은 국민을, 국민의회는 왕을, 이 군주는 저 군주를 서로 기만했다. 모두가 서로 속이면서 자신을 위해서 시간을 벌려고만 했다. 모두가 이 혼란 속에서 무엇인가를 얻어내려고 했고 그런 험악한 분위기 때문에 일반적인 불안감만 더욱 고조되었다. 아무도 손가락은 데지 않으려고 하면서도 모두가 불을 가지려고 했고 황제든, 왕이든, 왕족이든, 혁명가들이든 끝없는 함정과 속임수로 (오늘날〔1930년대〕의 세계를 물들인 것과 비슷한) 불신의 분위기를 조성했으며, 별로 원치 않으면서도 2,500만의 인구를 25년간의 전쟁이라는 소용돌이 속으로 몰아넣고 말았다.

그런 더러운 책략 따위에도 아랑곳없이 그 사이에도 시대는 폭풍처럼 지나가고 있었다. 혁명의 속도는 낡은 외교 정책의 "기회주의 전술"과는 맞아떨어지지 않았다. 어떤 결정이든 내려져야만 했다. 국민의회는 새 헌법의 기초를 마련해놓고 루이 16세에게 그것을 승인할 것을 요구했다. 이젠 대답을 하는 도리밖에 없었다. 왕비 마리 앙투아네트는 이 "기괴한" 헌법 —— 러시아 여제 예카테리나에게 말하기를 —— 이 "도덕적인 죽음을 뜻하며 모든 고통에서 벗어나게 해주는 육체적인 죽음보다도 훨씬 더 지독한 것"이라고 말했다. 코블렌츠(많은 망명 귀족이 여기에 있었음/역주)와 각국의 궁정이 이 헌법의 승인은 자기 체념 또는 개인적인 비겁함에 기인한다고 비난하리라는 사실을 잘 알고 있었지만 왕실의 권위는 이미 너무나도 깊은 수렁에 빠져 있어 자존심 강한 그녀 역시 왕에게 수락할 것을 진언하는 수밖에 별 도리가 없었다.

"여행을 통해서 우리는 충분히 증명해보였습니다"라고 그녀는 썼다. "만인의 행복을 위해서라면 우리가 위험 속에 빠지는 일이라도 불사한다는 사실을 말입니다. 지금 처지로서는 왕께서 더 이상 승인을 거절할 수가 없습니다. 내 말이 사실임을 믿어주십시오. 당신은 품위 있는 용감한 행동을 하고자 하는 내 성격을 잘 아실 것입니다. 하지만 그렇게도 뻔한 일인데도 위험에 몸을 내맡긴다는 것은 무의미한 일입니다." 그러나 항복 서명의 펜이 이미 준비되어 있었다는 이유로 마리 앙투아네트는 왕이 내심으로는 백성에 대한 약속을 지킬 생각 —— 서로를 속이고 스스로 속임을 당하는 셈이었다 —— 은 전혀 없다고 자신이 신뢰하는 사람들에게 전했다. "승인 요구에 대해서 생각이 있는 사람이라면 누구나 우리가 행한 일이 단지 우리가 자유롭지 못한 몸이기 때문에 그렇게 되었다는 것을 이해하리라고 생각합니다. 중요한 것은 이제 우리가 주변의 '괴물들'한테서 의심을 받지 않게 되었다는 점입니다. 우리를 구원할 수 있는 것은 외국의 힘뿐입니다. 군대마저 잃어버렸고 이젠 돈도 남아 있지 않습니다. 고삐나 제방으로는 무장한 폭도들을 진압할 수 없습니다. 혁명 지도자까지도 질서를 잡을 수 없을 정도입니다. 그것이 바로 지금 우리가 처한 불행한 사태입니다. 게다가 우리한테는 친구 한 사람 없으며 모두들 우리를 배반했다는 사실을 생각해보세요. 겁이 나서 그러는 사람도 있고 심약해서 또는 명예욕 때문에 그러는 사람도 있습니다. 나는 너무나도 좌절한 나머지 약간의 자유가 용납되는 날이 온다고 해도 걱정입니다. 지금 우리가 처한 이 무기력의 상태에서는 도저히 어떻게 해볼 도리가 없습니다." 아무 숨김없이 그녀는 이렇게 말을 이었다. "이 편지를 보면 내 영혼의 전부가 들어가 있음을 아실 것입니다. 아마 내가 잘못 생각하고 있는 것인지도 모르지만, 내 생각으로는 그것만이 현상을 타개할 수 있는 유일한 수단입니다. 나는 될 수 있는 한, 양쪽 편 사람들 이야기를 많이 들었고, 내 생각은 그들의 생각을 토대로 해서 이루어졌습니다. 그러나 그것이 실천될 수 있을지 어떨지는 나로서는 알 수가 없습니다. 당신은 내가 지금 상대하는 사람[루이 16세]을 잘 아시지 않습니까? 설득당한 듯 싶다가도 한마디 말이나 다른 사람의 의견에 자기도 모르는 사이에 금방 변하기가 일쑤이고, 그런 식이기 때문에 너무나 많은 일이 어긋나기 마련입니다. 당신은 어떤 일이 일어나더라도 나에 대한 우정과 애정도 변치 말아주세요. 나에게는 그런 것이 정말 필요합니다. 그리고 내가 어떤 화를 입게 되더라도 날 믿어주세요. 나는 상황에 적응해나갈 수 있고, 내게 가해지는 어떤 품위 없는 조치에도 결코 찬성하지 않을 것입니다. 불행 가운데에서만 인간은 자신이 어떤 사람인지 정확히 깨달을 수 있습니다. 나의 피는 아들의 혈관 속에서 뛰고 있습니다. 나는 그 아이가 마리아 테레지아의 손자라는 사실을 품위 있게 증명해주기를 바랍니다."

이것은 위대하고 감격적인 발언이었다. 그러나 그녀는 자신이 이 억지 기만극에서 내적인 수치심을 느꼈다는 사실을 속이지는 않았다. 마음속 깊이 그녀는 이러한 불성실한 태도는 스스로 왕좌를 버리는 것보다 왕족답지 못하다는 사실을 알고 있었다. 하지만 선택의 여지가 없는 일이었다. "거부하는 것이 더 품위 있는 일인데 그랬어요"라고 그녀는 사랑하는 페르센에게 썼다. "하지만 그 상태에서는 불가능한 일이었습니다. 나는 승인이 훨씬 더 순조롭게 끝나기를 바랐습니다. 그러나 우리 주위에는 온통 악의에 찬 사람들뿐입니다. 시동생들과 망명자들의 어리석음 역시 우리들의 결정을 필연적인 것으로 만들어놓습니다. 그래서 헌법 승인에서 우리가 진실로 선량한 의도에서 찬성할 수 없는 의미를 지닌 조항까지도 그냥 참아넘기는 수밖에 별 도리가 없었습니다."

이렇게 불명예스럽고 그리고 그 때문에 비정치적으로 헌법을 표면적으로만 승인함으로써 왕실은 한숨 돌릴 시간을 얻을 수 있었다. 그것이 바로 이중 놀음이 가져다준 이익 —— 그 사실은 곧 밝혀진다 —— 의 전부였다. 한숨 돌리면서 모두들 남의 거짓말을 믿는 척하고 있었다. 벼락이라도 칠 듯하던 검은 구름이 순식간에 걷혔다. 다시 한 번 백성들의 호의라는 태양이 부르봉 왕가의 머리 위를 비추었다. 왕은 9월 13일에 공고를 했고 그 다음 날로 의회에서 헌법 준수를 서약했다. 그러자 왕궁을 지키던 호위병들은 물러났고 튈르리 궁전은 통제가 해제되었다. 감금 생활은 이제 끝이 났다. 그리고 혁명도 끝이 났다고 —— 대부분의 사람들은 성급하게도 —— 생각했다. 끔찍스런 몇 주, 몇 달 만에 처음이자 마지막으로 마리 앙투아네트는 "국왕 만세! 왕비 만세!"라고 외치는 수만의 소리를 들을 수 있었다.

그러나 이미 친구도 적도, 국경 이쪽에서도 저쪽에서도, 모든 사람들이 두 사람이 별로 오래 목숨을 부지하지 못하리라는 것을 확신하고 있었다.

친구가 마지막으로 나타나다

　마리 앙투아네트의 운명적 파멸에서 참으로 비극적인 순간은 무서운 뇌우가 아닌 사람을 기만하는 아름다운 날에 찾아왔다. 혁명이 산사태처럼 무너져내리면서 한순간에 왕정을 붕괴시켰더라면, 생각이라든가 희망과 저항의 가능성을 한순간도 남겨주지 않고 산사태처럼 덮쳐왔더라면, 왕비는 서서히 다가오는 단말마의 고통이라든가 무서운 신경쇠약에 걸리지 않았을 것이다. 폭풍의 사이사이에서 갑작스런 무풍 상태가 나타났다. 혁명이 계속되는 동안 왕실 일가는 다섯 번, 열 번 이젠 정말 평화가 찾아오고 전쟁이 끝나는 모양이라고 생각했다. 하지만 혁명은 바다와 비슷해서 단숨에 육지에 태풍을 몰아치는 것이 아니라 가끔씩 파도를 뒤로 물러서게 한다. 겉으로 보기에는 지쳐서 그러는 것 같지만 실제로 그것은 섬멸적인 타격을 위해서 다시 준비하기 위한 것이다. 공격당하는 쪽에서는 최후의 파도가 가장 무섭고 결정적인 것인지 어떤지 도대체 알 수가 없다.
　헌법 승인 이후 위기는 극복된 것처럼 보였다. 혁명은 법률이 되었고 불안은 확실한 형태로 응고되었다. 며칠 동안, 몇 주 동안 기만적인 평온이 계속되었다. 일시적인 쾌적감이 몇 주일 계속되었다. 환호성이 우레처럼 울려퍼졌다. 그러나 마리 앙투아네트는 청춘의 순박한 믿음을 잃어버린 지 오래였다. "얼마나 딱한 일인지 모르겠어요"라고 그녀는 축제일처럼 불을 밝힌 도시에서 궁으로 돌아오는 길에 아이들의 가정교사에게 말했다. "우리 가슴속의 아름다움이 말살되고 말았으니 말이에요." 너무 많은 환멸을 당했기 때문에 이제 그녀는 속아넘어가지 않았다. "모든 것이 순간적인 평온일 뿐입니다"라고 그녀는 마음의 친구 페르센에게 썼다. "그러나 이 평온은 실오라기 하나에 매달려 있습니다. 인민은 어떤 충격에도 준비하고 있습니다. 사람들은 일이 좋게 풀릴 것이라고 안심을 시키지만 나는 그 말을 믿지 않습니다. 적어도 나의 일신에 관한 한, 나는 이 모든 일이 얼마나 오래 지속될지 알고 있습니다. 대개의 경우 대가를 치러야만 합니다. 인민이 우리를 사랑하는 것은 단지 그들이 요구하는 바를 우리가 그대로 받아들였기 때문입니다. 이 일은 절대로 오래 계속될 수가 없습니다. 파리는 전보다도 더 안전하지 못합니다. 그들은 이미 우리들이 모욕당하는 것을 구경하는 데 상당히 익숙해져 있습니다." 실제로 새로 선출된 국민의회 역시 실망만을 안겨주었다. 왕비의 의견에 따르자면 "전보다 수천 배나 더 고약해졌다." 그들의 첫 결의사항 중의 하나는 왕에게서 "전하"라는 칭호를 몰수한 것이었다. 불과 몇 주일 뒤에 주도권은 공화정에 공공연히 동조하는 지롱드 당에게 넘어가버렸다. 화해의 아름다운 무지개는 다시 피어오르기 시작한 구름 뒤에 가려지고 말았다. 이제 싸움이 또다시 시작된 것이다.

 왕과 왕비는 사태가 급속히 악화된 것을 혁명 탓이 아니라 자신의 친족들 탓으로 돌렸다. 사실 프로방스 백작과 아르투아 백작은 코블렌츠에 사령부를 설치하고 튈르리 궁에 대항하여 공공연하게 싸움을 걸어오고 있었다. 왕이 궁박한 처지에서 헌법을 승인한 사실이 그들에게는 플러스가 되었다. 그들은 신문들이 마리 앙투아네트와 루이 16세를 비겁자라고 놀리도록 했고, 안전하게 앉아 있던 자신들은 왕권사상에 대한 참되고 유일한 수호자인 것처럼 굴었다. 그들은 이런 놀음에 대한 대가로 형의 목숨이 위태롭다는 사실에 대해서는 무관심하기만 했다. 루이 16세는 백성들의 불신을 덜어보려고 동생들에게 애원하기도 하고 돌아오라는 명령도 해보았지만 허사였다. 자칭 상속자들은 그것이 감금된 왕의 진짜 의도가 아니라고 우기며 공격을 피해 코블렌츠에서 꼼짝도 안 하면서 마치 영웅처럼 놀아나고 있었다. 마리 앙투아네트는 망명객들에 대한, "도와준다고 하면서 계속 해가 되는 짓만 하는 인간들에 대한" 분노를 억누를 수 없었다. 그 비겁함에 몸을 떨었다. 다만 이제는 "저 사람들의 처신 때문에 우리는 지금과 같은 처지에 빠지게 되었다"고 남편의 친족에게 죄를 돌렸다. "그러나" 하고 분개한 그녀는 이렇게 썼다. "그들이 원하는 것이 도대체 무엇이란 말입니까? 그들은 우리의 요구를 못 들은 척하기 위해서 우리가 지금 자유의 몸이 아니므로(옳은 말입니다) 생각을 말할 수 없는 처지이고 그렇기 때문에 자신들이 우리들의 말과는 반대로 행동을 해야 한다고 말하고 있습니다." 그녀는 오스트리아 황제에게 시동생과 국외에 있는 프랑스 인들을 돌려보내달라고 간청도 했지만 허사일 뿐이었다. 프로방스 백작은 왕비의 사절을 되돌려보내면서 그녀의 명령을 "강요에 의한" 것이라고 떠들어댔고 곳곳에서 동의를 얻었다. 스웨덴 왕 구스타프는 헌법을 승인했음을 알리는 루이 16세의 편지를 개봉하지도 않은 채 되돌려보냈고, 러시아의 예카테리나 여제는 묵주 이외에 다른 희망이 하나도 없다면 슬픈 일이 아닐 수 없다고 조롱했다. 빈에 있는 오빠는 몇 주일씩 질질 끌면서 답장을 미루고 있었다. 실제로는 프랑스의 무정부 상태에서 무슨 이점이라도 얻을 수 없을까 기회만 노리고 있는 것이었다. 아무도 올바른 도움을 주려고 하지 않았고, 아무도 확실한 제안을 하지 않았으며, 튈르리 궁에 갇힌 사람들이 무엇을 바라는지 물어본 사람도 없었다. 모두들 이중 역할 —— 불쌍한 죄수들만 희생당한 채 —— 에만 열중하고 있었다.

마리 앙투아네트 자신은 어떻게 되기를 바라고 있었을까? 대부분의 정치운동과 마찬가지로 적대자들끼리 서로 깊고 비밀스런 작전을 세웠던 프랑스 혁명은 마리 앙투아네트를 위시한 튈르리 궁전의 "오스트리아 패거리"가 프랑스 국민에 대해서 커다란 십자가를 준비하고 있었다고 말했으며, 많은 역사가들 역시 그렇게 말했다. 그러나 마리 앙투아네트는 결코 아무런 생각도, 현실적인 어떤 계획도 가지고 있지 않았다. 성심성의껏 열심히 곳곳에 편지를 쓰고 메모와 제안서를 정리하고 상의하고 토론했지만 편지를 쓰면 쓸수록 자기 자신이 어떤 정치사상을 가지고 있는지 점점 알 수가 없었다. 그녀는 너무 과하지도 않고 너무 모자라지도 않는 중용을, 권력의 화합을 무의식적으로 바라고 있었던 것 같다. 위협으로 혁명을 누그러뜨리면서도 프랑스 국민 감정을 자극하지 않는 그런 것을. 하지만 어떻게, 언제 그렇게 될지는 불확실했다. 논리적으로 행동하고 생각한 것이 아니라 그녀의 행동과 절규는 자꾸만 물속으로 빠져드는 익사자의 그것과 비슷할 따름이었다. 언젠가 그녀는 자기가 갈 수 있는 유일한 길은 백성들의 신뢰를 얻는 길뿐이라고 말한 적이 있었다. 그러나 같은 목소리로, 같은 편지 속에서 "용서의 가능성은 전혀 없습니다"라고 말하기도 했다. 그녀는 전쟁을 원치 않았으며 정확하게 앞을 내다보고 있었다. "한편 생각하면 그들과 맞서 싸우는 것이 우리의 의무이며 불가피한 일이기는 하지만, 만약 우리가 외국 군대와 화해한다면 여기서 더욱 더 의심을 받을 것입니다." 그러나 며칠 뒤에는 이렇게 썼다. "무력만이 모든 것을 회복시킬 수 있습니다. 외부의 도움 없이 우리는 아무것도 할 수가 없습니다." 그녀는 오빠 레오폴트 2세를 건드려 참을 수 없는 모욕감을 느끼도록 만들었다. "아무도 우리의 안전을 걱정하지 않고 있습니다. 전쟁을 바라는 것은 바로 이 나라입니다." 그 다음에는 그에게 매달렸다. "밖으로부터의 공격은 우리를 파멸시키고 말 것입니다." 아무도 그녀의 진심을 캐낼 수 없었다. 열강의 외교 당국은 "무장 회합" 따위에 돈을 낭비할 생각이 없었고 비싼 군대를 국경에 투입할 바에야 합병이나 배상이 따르기 마련인 진짜 전쟁을 치러야 한다고 생각했으므로 다만 "프랑스 왕을 위해서" 군대를 무장시켜야 한다는 생각에는 회의적이었다.

러시아의 예카테리나는 "이중으로 행동하는 사람들을 어떻게 받아들여야 좋을지 모르겠다"라고 썼다. 그리고 가장 신뢰받고 있으며, 마리 앙투아네트의 내심을 안다고 믿고 있던 페르센 역시 왕비가 원하는 것이 전쟁인지, 평화인지, 진심으로 헌법을 받아들인 것인지, 혹은 입헌주의자들을 현혹시키려는 수단에 불과한 것인지, 혁명을 기만하려는 것인지, 열강의 군주들을 기만하려는 것인지 알 수가 없었다. 그러나 고통 속의 여자는 실제로는 단 한 가지, 사는 것, 모욕당하지 않고 사는 것만을 바라고 있었다. 자신의 직선적인 성격이 감당하기 어려운 이중 연기를 하고 있음을 남들이 눈치 채자 고통은 점점 더 심해졌다. 불가피한 자기의 역할에 대한 구토감 속에서 깊고 인간적인 비명이 터져나오고 있었다. "어떤 태도와 억양으로 말해야 하는지 알 수가 없습니다. 온 세상이 내가 위장과 거짓으로 물들어 있다고 질책하고 있습니다. 내 오빠가 여동생의 괴로운 처지에 대해서 별 관심이 없다는 것, 동생에게 한마디 말도 하지 않고 동생을 위험 속으로 몰아넣고 있다는 것을 아무도 믿지 않습니다. 그렇습니다. 오빠는 날 위험 속에 몰아넣고 있습니다. 그리고 마음만 먹으면 그는 수천 번도 더 그렇게 할 수가 있습니다. 이 순간 나라를 움직이는 것은 증오, 불신 그리고 오만의 세 가지 힘입니다. 사람들은 과도한 공포 때문에, 외부로부터는 아무 도움도 받지 못하리라는 생각 때문에 결국 오만해지고 말았습니다.……지금 상태에서 그대로 있는 것보다 더 끔찍한 일은 없습니다. 시간으로부터도 프랑스 내부로부터도 아무런 도움을 기대할 수 없는 처지이기 때문입니다."

이런 식의 우왕좌왕, 명령 하달과 곧이은 반대명령 하달이 절망의 신호이며, 이 여자 혼자 힘만으로는 사태를 구제할 수 없음을 단 한 사람은 깨달았다. 그녀 곁에 아무도 없다는 것, 루이 16세는 결단력이 없어 아무 쓸모가 없다는 것을 그는 알고 있었다. 시누이인 마담 엘리자베트 역시 왕실을 지키려고 했다는 전설만큼은 별 도움이 되지 못했다. "시누이는 너무나도 경솔한데다가 음모자들이나 외국에 있는 시동생들 말만 듣기 때문에 서로 이야기를 할 수가 없습니다. 잘못하다가는 하루 종일 말다툼만 하게 되죠." 솔직하게 이야기를 한다는 것은 더욱 더 힘들고 어려운 일이었다. "우리들의 가정 생활은 지옥과도 같습니다. 아무리 좋게 보려고 해도 그렇게밖에는 달리 표현할 수가 없습니다." 먼 곳에 있는 페르센은 누군가가 그녀를 도와주어야만 하며, 그녀의 신뢰를 받는 그 한 사람은 남편도, 오빠도, 친척 중의 누구도 아닌 바로 자기 자신이라는 사실을 점점 더 명확하게 인식하게 되었다. 몇 주일 전 그녀는 에스터하지 백작을 통한 비밀 루트로 사랑을 전했다. "만약 그에게 편지를 보낼 수 있다면 몇 킬로미터, 몇 나라의 거리라고 하더라도 우리들의 마음을 서로 떼어놓을 수는 없으며, 내가 매일 이 사실을 점점 더 짙게 느끼고 있음을 그에게 전해주세요." "나는 지금 그가 어디에 있는지 모릅니다. 소식도 알지 못하고, 사랑하는 사람이 어디에 있는지도 모른다는 것은 나로서는 참을 수 없는 고통입니다"라고 썼다. 마지막의 이 불타는 사랑의 말은 백합 세 송이를 조각하고 "그녀를 저버리는 자는 비겁한 사람"이라고 새긴 금반지와 함께 전달되었다. 이 반지는 왕비가 자기 손가락에 맞게 맞춘 다음 뜨거운 피의 온도가 차가운 반지에 간직되도록 사흘간 끼고 있다가 보내는 것이라고 에스터하지에게 썼다. 페르센은 애인의 이 반지를 끼고 다녔다. "그녀를 저버리는 자는 비겁한 사람"이라고 새긴 이 반지는 매일 그녀를 위해서 무슨 일이든 해야 되겠다는 결심을 굳게 했다. 그녀의 편지에 나타난 절망의 목소리는 너무나도 처절한 것이었으므로 그는 얼마나 무서운 혼돈이 사랑하는 여인을 집어삼키고 있는가를 느낄 수 있었으며, 스스로 모든 인간들로부터 버려졌다고 생각하는 사랑하는 여인을 위해서 영웅적인 행동을 취해야겠다고 생각했다. 그는 편지로는 사정을 잘 이해할 수가 없으니 어서 파리로 가서 그녀를 만나야겠다고 결심했다. 파리는 추방을 당한 곳이었고 다시 거기에 간다는 것은 곧 죽음을 뜻했다. 마리 앙투아네트는 이 소식에 놀랐다. 그녀는 그런 거창하고 진실한 희생을 바라지 않았다. 진실한 연인으로서 그녀는 그의 목숨을 자기 목숨보다도 더 사랑했으며 그가 가까이에 있다는 것만으로도 안심이 되고 행복했다. 12월 7일에 그녀는 서둘러 이렇게 썼다. "지금 상태에서 당신이 온다는 것은 불가능합니다. 그것은 우리의 행복을 위험 속에 몰아넣는 일입니다. 당신을 보고 싶어하는 끝없는 소망을 품은 내 말을 믿어주십시오." 그러나 페르센은 말을 듣지 않았다. 그는 "그녀를 지금 상태에서 벗어나게 해주는 일만이 무조건 필요한 일"이라고 생각했다. 그는 스웨덴 왕과 새로운 도주 계획을 꾸몄다. 총명한 마음씨로 거절하고는 있지만 온갖 조심스런 편지나 비밀 편지를 통해서 그녀가 얼마나 자유로운 몸이 되어 마음대로 이야기를 나눌 수 있게 되기를 바라는지 그는 잘 알고 있었다. 2월 초순에 페르센은 더 이상 기다릴 수 없어서 프랑스로 마리 앙투아네트를 만나러 가기로 결정했다.

이 결정은 명백한 자살 행위였다. 이 여행에서 다시 돌아오기란 어려운 일이었다. 당시 프랑스에서는 그의 머리만큼 비싼 것이 없었기 때문이다. 다른 어떤 이름도 더 많이, 더 증오스럽게 불리지는 않았다. 페르센은 파리에서 공개적으로 법의 보호를 박탈당했으며, 여행 도중이든 파리 시내든 발각되는 날에는 시체가 되어 길에서 갈기갈기 찢길 형편이었다. 그러나 페르센은 파리로 가서 몰래 어느 구석에 숨은 것이 아니라 미노타우로스(사람의 몸에 소의 머리를 한 괴물. 그리스 전설에 나옴/역주)의 위험스런 소굴 속으로, 1만2,000의 국민군이 지키고 있는 튈르리 궁으로, 하인이고 시녀고 마부고 그를 개인적으로 잘 아는 왕궁으로 —— 이 사실이야말로 그의 영웅적 행동을 수천 배나 더 강하에 나타내는 사실이다 —— 직행하기로 결심했다. "나는 오직 당신께 봉사하기 위해서 살고 있습니다." 2월 11일에 이렇게 고백한 페르센은 전체 혁명사를 통틀어 가장 용감한 행동을 했다. 페르센은 가발을 쓰고, 가짜 여권을 가지고 스웨덴 왕의 서명을 가짜로 꾸며 리스본으로 가는 외교사절처럼 가장하고 자신의 전속장교와 함께 길을 떠났다. 놀랍게도 서류도 사람도 검색을 당하지 않았으며 2월 13일 5시 반에 파리에 도착했다. 물론 신뢰하는 친구, 아니 애인이 생명의 위험을 무릅쓰고 자기를 숨겨줄 준비를 하고 있다고는 하지만, 페르센은 우편마차를 타고 곧장 튈르리궁으로 달려갔다. 겨울철에는 어둠이 일찍 내린다. 어둠의 다정한 보호로 그의 무모한 행동은 가려질 수 있었다. 그가 아직도 열쇠를 간직하고 있는 비밀 문에는 —— 정말 놀랍게도 —— 지키는 사람이 없었다. 잘 간직해온 열쇠는 제 의무를 다했다. 페르센은 들어갔다. 여덟 달에 걸친 끔찍한 이별과 무서운 사건 뒤 —— 그동안 세계가 바뀌고 말았다 —— 연인들은 다시 함께 있을 수 있었다. 페르센이 마리 앙투아네트 곁에 머문 마지막 기회였다.

이 방문에 대해서는 페르센의 필적으로 쓰인 두 가지 기록이 남아 있다. 하나는 공식적인 것이고 다른 하나는 은밀한 것이다. 두 기록의 차이점이야말로 바로 페르센과 마리 앙투아네트를 연결하고 있는 관계를 설명하는 충분한 자료가 된다. 공식 편지에서 페르센은 자신의 군주에게 자신이 2월 3일 저녁 6시에 파리에 도착해서 바로 두 분 전하들 —— 복수를 써서 국왕 루이와 마리 앙투아네트를 지칭하고 있다 —— 을 만나 이야기했으며 다음 날 두 번째로 만났다고 쓰고 있다. 그러나 스웨덴 왕에게 보낸 이 보고서는 그의 일기의 은밀한 기록과는 많은 차이가 난다. 일기에는 이렇게 적혀 있다. "그녀에게 갔다. 늘상 다니던 길로. 국민군 병사들 때문에 조심했다. 그녀의 방은 아름다웠다." 그는 "그녀"에게 갔을 뿐, "그분들"에게 간 것이 아니었다. 또 일기에는 잉크로 알아볼 수 없게 만들어놓은 단어가 두 개 있다. 하지만 다행스럽게도 그 단어를 알아내는 데 성공했다. 그 중요한 단어는 바로 "그곳에서 지냈다(reste la)"였다.

이 두 단어로 트리스탄(불륜의 사랑을 했던 전설의 주인공/역주)의 밤의 모든 것이 확실해진다. 페르센은 그날 밤 스웨덴 왕에게 보고하고 있듯이 국왕 부부의 영접을 받은 것이 아니라 왕비 혼자만의 영접을 받았으며 —— 틀림없이 —— 그날 밤을 왕비의 방에서 지냈다. 밤에 갔다가 돌아온다는 것, 즉 튈르리 궁전을 나선다는 것은 어리석고 위험한 짓이었다. 복도에는 주야로 국민군 병사들이 수시로 순찰을 돌고 있었다. 마리 앙투아네트의 방은 일 층에 있었는데 침실에 작은 화장실이 하나 붙어 있을 뿐이었다. 페르센이 그날 밤과 다음 날 오후까지의 낮 시간을 국민군 병사들의 감시나 시종들의 눈길로부터 가장 안전한 왕비의 침실에 숨어 있었다는 사실은 도덕 수호자들로서는 별달리 변명할 수 없는 괴로운 사실이다.

단 둘만의 그 시간에 대해서 과묵한 페르센은 자신의 은밀한 일기에서도 침묵만을 지키고 있다. 고귀한 임무를 지킨 셈이다. 그 밤이 낭만적인 기사도와 정치적인 대화의 밤이었으리라는 것을 부인할 사람은 없을 것이다. 하지만 심장으로 감각으로 느끼는 사람, 영원한 계율보다는 피의 힘을 믿는 사람은 누구나 이렇게 확신할 것이다. 페르센이 전부터 마리 앙투아네트의 애인이 아니었다고 하더라도 이 거역할 수 없는 마지막 밤, 운명적인 밤에는 애인이 되고 말았으리라고.

첫 번째 밤은 연인들의 밤이었다. 다음 날 저녁에야 정치가 거론되었다. 6시에, 다시 말하면 페르센이 도착한 지 24시간 뒤에야 남편은 용감한 사절과 회견을 하기 위해서 왕비의 방으로 들어갔다. 페르센이 제안한 도주 계획을 루이 16세는 거절했다. 이유는 현실적으로 불가능한 것으로 생각되는데다 명예심 때문이었다. 국민의회와 공개적으로 파리를 떠나지 않겠다고 약속했기 때문에 배신자가 되고 싶지 않다는 것이었다(페르센은 일기에 "그분은 명예로운 분이었다"라고 쓰며 존경심을 보였다). 남자 대 남자로서 깊은 신뢰심을 가지고 왕은 믿을 만한 친구에게 자기의 처지를 설명했다. 왕은 이렇게 말했다. "우리들뿐이오. 그래서 이야기를 할 수가 있소. 사람들이 내가 약하고 결단력이 없다고 탓하는 것을 나는 알고 있소. 아마 나 같은 처지에 있어본 사람은 아무도 없을 것이오. 나는 (도망하기에) 적당한 시기인 7월 14일(1790년 7월 14일, 왕은 헌법을 지킬 것을 맹세했다/역주)을 놓쳐버린 것을 깨달았소. 그후 한 번도 그럴 만한 때를 다시 만난 적이 없었소. 온 세상이 나를 궁지에 몰아넣고 있소." 왕도 왕비도 이미 자신이 구원받을 수 있으리라는 희망은 품지 않았다. 열강은 그들에게 별 관심을 두지 않은 채, 가능한 한 모든 일을 시도하고 있었다. 왕이 오만가지 일을 다 인정한다고 해도 놀랄 일은 아니었다. 당시 처지로서는 내키지 않는 일이라도 할 수밖에 없었다. 그들로서는 시간을 버는 도리밖에 없었다. 도움이란 밖에서나 기대할 수 있었다.

   한밤중까지 페르센은 왕궁에 머물렀다. 할 이야기는 전부 다 했다. 이렇게 30시간이 지나자 가장 괴로운 순간이 찾아왔다. 그들은 이별해야만 했다. 더 이상 만날 수 없다는 것, 살아서는 이제 만나지 못하리라는 생각은 하고 싶지도 않았고, 전혀 하지도 않았다. 떨고 있는 여자를 위로하기 위해서 그는 가능하다면 다시 오겠다고 약속했다. 자신의 존재가 그녀를 안심시킨다는 사실에 그는 행복했다. 다행히 아무도 지키는 자가 없는 어두운 층계를 지나 왕비는 문까지 페르센을 배웅했다. 그들은 아직 마지막 날, 마지막 포옹을 하지 않았다. 그때 낯선 발자국 소리가 들렸다. 목숨이 위험해요! 페르센은 외투를 뒤집어쓰고 가발을 쓴 채 밖으로 사라졌다. 마리 앙투아네트는 황급히 방으로 되돌아왔다. 그것이 연인들의 마지막 만남이었다.

전쟁으로의 도피

 어떤 국가든지, 정부든지 내부의 위기를 더 이상 통제할 능력이 없을 때에는 긴장을 밖으로 전환시키는 것이 좋다는 구식 처방이 있다. 혁명 지도자들은 불가피한 내란을 피하기 위해서 이 영원한 법칙에 따라 몇 달 전부터 오스트리아와의 전쟁을 요구하고 있었다. 헌법 승인에 의해서 루이 16세의 왕으로서의 지위가 약화된 것은 어떻게 보면 확실한 것이었다. 혁명은 영원히 끝난 것 같았다. 라파예트와 같이 무지한 자들 역시 그렇게 생각했던 것이다. 그러나 〔1791년 10월 1일에〕 새로 선출된 입법의회를 지배하는 지롱드 당에서는 공화정치를 지지하고 있었다. 그들은 왕정을 말살시키려고 했다. 그렇게 하기 위해서는 전쟁보다 더 좋은 묘책은 없었다. 왜냐하면 전쟁이 나면 왕실 일가와 국민과의 불화는 불가피한 것이 되기 때문이었다. 외국 군대의 최전선에는 요란한 왕의 두 아우가 나설 것이고 지휘봉은 왕비의 오빠가 잡을 것이 확실했던 것이다.
 공개적인 전쟁이 자기한테 도움이 되기는커녕 해만 되리라는 것을 마리 앙투아네트는 알고 있었다. 어떤 식으로 전쟁이 판가름나든 그녀에게는 불리할 것이 뻔했다. 망명객과 황제와 군주들과의 싸움에서 혁명군이 승리한다면 프랑스가 그들의 "폭군"을 더 이상 감수하지 않으리라는 것은 확실한 사실이었다. 다른 한편 프랑스 군대가 왕이나 왕비의 친족에게 살해당한다면 흥분하거나 선동당한 파리의 폭도들이 튈르리 궁에 갇힌 왕족들에게 책임을 물을 것은 명약관화했다. 프랑스가 승리하면 왕좌를 잃고 외부 세력이 승리를 하면 목숨을 잃게 되었다. 이런 이유 때문에 마리 앙투아네트는 오빠 레오폴트와 망명객들에게 싸우지 말자고 간언했다. 조심스럽고, 소심하며, 냉철하고, 내심으로 전쟁을 혐오하는 오스트리아 황제는 호전적인 왕족이나 망명객들과는 달리 도발 행위로 간주될 수 있는 모든 일을 삼가고 있었다.

그러나 마리 앙투아네트의 행운의 별은 사라진 지 오래였다. 만사가 그녀를 거역했다. 3월 2일, 갑작스런 병마가 평화주의자인 오빠 레오폴트를 저 세상으로 데려갔고, 다섯 주 뒤에는 어느 반역자의 피스톨에 유럽 왕권사상의 최고 수호자인 스웨덴의 구스타프 왕이 피살되었다. 그렇게 되자 전쟁은 불가피해지고 말았다. 구스타프의 후계자는 전제정치를 보존시킬 생각은 하지 않았으며, 레오폴트 2세의 후계자(프란츠 2세/역주)는 혈육보다는 자신의 이해관계를 더 많이 고려했다. 단순하고 냉정하며 무감각한 스물네 살의 황제 프란츠에게서 마리 앙투아네트는 전혀 이해의 대상이 되지 못했다. 이해받지 못했을 뿐만 아니라 그에게서는 이해해주려는 기미조차 찾아보기 힘들었다. 프란츠는 그녀의 사신을 쌀쌀하게 맞아들였고 편지에 대해서도 냉담했다. 자기의 혈통이 무서운 정신적인 갈등 속에 있건 말건 그녀의 목숨이 자신의 행동 여하에 따라 위협당하건 말건 전혀 개의치 않았다. 그는 단지 자신의 세력을 확대시킬 기회만을 찾고 있었으며 국민의회의 모든 희망과 요구를 냉담하게 거절했다.

결국 지롱드 당이 유리해지고 말았다. 4월 20일(1792년/역주) 루이 16세는 기나긴 반대 끝에 결국 —— 사람들의 말에 의하면 —— 눈물을 흘리며 "헝가리 왕"(오스트리아 황제는 헝가리 왕을 겸했음/역주)에게 전쟁을 선포했다. 군대가 움직이기 시작했다. 운명이 제

갈 길을 가기 시작한 것이었다.

  이 전쟁에서 왕비는 마음속으로 어느 편이었을까? 옛날의 조국 편이었을까, 아니면 현재의 조국 편이었을까? 프랑스 군대 편이었을까? 외국 군대 편이었을까? 이 결정적인 질문에 대해서 왕당파, 그녀의 수호자들, 찬양자들은 마리 앙투아네트가 진심으로 연합군의 승리와 프랑스의 파멸을 바랐다는 명확하고도 간단한 사실을 숨기기 위해서 그녀의 메모와 편지의 글귀를 왜곡시켰다. 그래서 그녀의 태도는 불확실해지고 말았다. 그녀를 침묵하게 만든 자들이 사실을 왜곡시킨 것이다. 사실을 부인하도록 만든 자들이 거짓말을 꾸민 것이다. 마리 앙투아네트는 스스로를 왕비로, 프랑스의 왕비로 자각하고 있었지만 왕권을 고수하려는 사람들, 자기를 강력한 독재적 인물로 만들려는 사람들에게는 대항해서 싸웠고, 프랑스의 파멸을 촉진시키고 외국의 승리를 위해서 할 수 있는 일, 할 수 없는 일을 모두 했다. "우리가 이 나라에서 받았던 모든 도전에 대해서 복수했으면 합니다"라고 페르센에게 썼다. 모국어를 오래 전에 잊어버려 독일어 편지는 번역을 시켜야만 읽을 수 있었으면서도 그녀는 이렇게 썼다. "독일 민족으로 태어난 것에 대해서 지금보다도 더 큰 자부심을 가져본 적은 없습니다." 선전포고 나흘 전에 그녀는 프랑스 혁명군의 출정 계획서를 오스트리아 사절에게 전해주었다. 그것은 반역 행위였다. 그녀의 태도는 확실했다. 마리 앙투아네트에게 오스트리아나 프로이센의 깃발은 친구의 깃발이었으며 프랑스의 삼색기는 적의 깃발이었다.

  의심할 나위 없이 그것은 반역이었다. 그런 행위는 오늘날의 법정에서도 범죄로 간주된다. 그러나 18세기에는 국민이나 국가의 개념이 아직 확립되지 못한 상태였다는 사실, 유럽에서 그런 개념이 형성된 것은 프랑스 혁명을 통해서라는 사실을 잊어서는 안 된다. 마리 앙투아네트가 살았던 18세기에는 철저히 전제적인 관념만이 있었을 뿐이다. 국가는 왕의 것이며, 왕의 주장이 정의이며, 왕과 왕권을 위해서 싸우는 자가 정의를 위해서 싸우는 자로 간주되었다. 아무리 자기 나라를 위한 일이라고 하더라도 기존 왕권에 거역하는 자는 반역자나 모반자였다. 애국심에 대한 미숙한 개념은 상대편에서도 마찬가지였다. 클로프슈토크, 실러, 피히테, 횔더린을 위시한 훌륭한 독일인들은 자유의 이념을 위해서 백성의 군대가 아니라 압제자들의 군대인 독일군의 파멸을 바랐다. 그들은 프로이센 군사의 퇴각에 기뻐했던 것이다. 반면에 프랑스에서는 왕과 왕비가 개인적인 이해타산 때문에 자기 군대의 파멸을 바라고 있었다. 곳곳에서 전쟁은 국가의 이익을 위해서가 아니라 전제정치냐 자유냐 하는 정신적인 이념의 문제로 생각되었다. 구시대의 견해와 새로운 시대의 견해가 공존하는 과도기의 혼돈 상태는 한 달 전만 하더라도 프랑스 지휘관 자리를 맡을 것인가 말 것인가로 고심했던 브라운슈바이크 공작이 연합 독일군의 지휘관이 되었다는 사실만으로도 충분히 알 수 있다. 1791년에는 조국이나 국가에 대한 개념이 18세기의 정신 속에서 확실하지 않았다. 국민군과 민족의식이 형성되고, 그리하여 동족상잔의 끔찍스런 싸움까지 일으키게 한 이번 전쟁을 통해서 애국심이라는 것이 생겼고 그것이 다음 세기로 계승되었다.

　마리 앙투아네트가 외부 세력의 승리를 원하는 반역의 죄를 범했다는 사실에 대해서 파리 시민들은 아무런 증거도 확보하지 못했다. 그러나 집단으로서의 민중은 논리적이며, 정확한 사고는 할 수 없지만, 개인적으로는 무엇인가 본능적인 것, 동물적인 민감한 후각을 가지고 있는 법이다. 민중은 사고력 대신에 본능을 가지고 있다. 그리고 이 본능이라는 것은 틀리는 법이 없다. 처음부터 프랑스 민중은 튈르리 궁의 적대감을 분위기로 느끼고 있었다. 민중은 자기 군대나 자신들에 대한 마리 앙투아네트와 군사적인 반역 행위에 대해서 냄새를 맡고 있었다. 왕궁에서 백 보쯤 떨어진 의회에서는 지롱드 당원인 베르뇨가 공개 비난에 나섰다. "내가 여러분에게 말을 하는 이 연단에서는 타락한 조언자들이 헌법에서 동의한 왕을 현혹시키는 궁이 보입니다. 거기서 그들은 우리를 붙들어맬 사슬을 만들고 있으며, 우리를 오스트리아 왕가에 넘겨줄 책략을 꾸미고 있습니다. 나는 반(反)혁명이 준비되고 있으며 우리를 노예의 울타리 속에 가두려는 왕궁의 창문을 바라보고 있습니다." 그리고는 마리 앙투아네트를 이 공모의 선동자로서 부각시키기 위해서 위협적인 말투로 이렇게 덧붙였다. "왕궁에 있는 모든 자들에게 우리의 헌법이 왕에게도 해당된다는 사실을 주지시킵시다. 법률이란 예외 없이 모든 범법자들에게 해당되는 것이며 죄가 있는 자는 누구를 막론하고 정의의 칼을 받아야 합니다." 혁명가들은 우선 국내의 적을 깨닫기 시작했다. 그리하여 혁명가들은 더욱 더 요란한 투쟁을 벌였고 신문들은 앞장서서 왕의 폐위를 요구했다. "마리 앙투아네트의 구설수 많은 인생"이라고 쓴 전단이 길가에 뿌려졌다. 오래된 증오심에 다시 불을 붙인 셈이었다. 입법의회에서는 국왕이 헌법에 정한 권리에 따라 거부권을 행사하기를 기대하면서 안건을 상정했다. 그것은 신앙심 깊은 가톨릭 신자인 루이 16세로서는 결코 동의할 수 없는 내용으로서, 헌법 앞에서 선서하기를 거부한 신부들을 강제로 추방하자는 안건이었다. 모두들 공개적인 마찰을 기대하고 선동했다. 왕은 실제로 난생 처음으로 분노를 터뜨리면서 거부권을 행사했다. 강할 때는 권리를 휘두를 필요가 전혀 없었지만 파멸이 코앞에 다가오자 이 불행한 남자는 가장 불행한 순간에 자신의 용감성을 보여주었다. 그러나 이제 민중은 이 납 인형의 불복을 참지 않았다. 이 거부권이야말로 인민에게 맞서는, 인민에게 보내는 왕의 마지막 발언이었다.

국왕과 자만심에 가득 차서 복종할 줄 모르는 오스트리아 여자한테 본때를 보여주기 위해서 혁명의 돌격대인 자코뱅 당은 6월 20일이라는 상징적인 날을 택했다. 그날은 3년 전에 국민의 대변자들이 처음으로 총검의 힘에 굴복하지 않고 자신의 힘으로 프랑스의 체제와 법률을 마련하기 위한 위대한 선서식을 하려고 베르사유의 테니스 코트에 모였던 날이었다. 1년 전 그날에는 마부로 변장한 국왕이 인민의 독재로부터 탈출하기 위해서 한밤중에 왕궁의 작은 문으로 도망을 친 날이었다. 국왕은 자기는 아무것도 아니며 인민이 모든 것이라는 사실을 그날에는 영원히 기억해야 했다. 1789년 베르사유를 조직적으로 습격한 것과 마찬가지로 1792년 지금에는 튈르리 습격이 조직적으로 준비되었다. 예전에는 아마존 부대가 어둠의 보호를 받으며 그런 대로 비밀스럽게, 비조직적으로 몰려들었지만 이번에는 환한 대낮에 탑의 종소리에 따라 양조업자 상테르의 지시에 따라서 1만5,000명의 남자가 행군을 했다. 시 당국은 깃발을 휘두르면서 그들을 지지했고 입법의회는 그들에게 문을 열어주었다. 질서를 유지해야 하는 시장 페티옹 역시 정신나간 사람처럼 서 있었다.

　혁명파의 행렬은 처음에는 의회 앞에서의 단순한 축제 행렬에서 비롯되었다. 열을 지은 1만5,000명의 남자들이 "거부권을 철회하라", "자유가 아니면 죽음을 달라"라고 쓴 커다란 플래카드를 들고 「사 이라」의 박자에 맞추어서 입법의회가 개최 중인 말 조련장 앞을 지나갔다. 3시 반에는 굉장한 쇼가 막을 내리고 행진이 시작되었다. 시위가 시작된 것이다. 조용하게 물러설 것 같지 않았다. 거대한 군중이 명령을 내리는 사람은 없었지만 눈에 보이지 않는 지휘에 따라 왕궁 입구를 향해서 걸어가기 시작했다. 국민군과 헌병이 번쩍이는 총검을 들고 지키기는 했지만, 궁에서는 이 위급한 상황에 예전처럼 아무런 결정도 내리지 못했고 또 아무런 명령도 내리지 못했다. 군인들은 전혀 저항하지 않았다. 군중은 좁은 문으로 물밀듯이 밀려들어왔다. 그들의 힘은 대단히 강하여 단숨에 계단을 올라와 이 층까지 밀어닥칠 지경이었다. 조금도 멈추지 않고 문을 밀치고 자물쇠를 부수고 앞으로 나아갔다. 결국 아무런 방어 태세도 갖추지 않고 국민군 병사들 속에 겁을 집어먹고 몸을 숨기고 있던 왕의 바로 앞까지 침입자의 선두가 다가갔다. 루이 16세는 자신의 집에서 반도들의 무리를 맞아들이는 수밖에 없었다. 그의 냉담한 무관심이 충돌을 피할 수 있는 안전판이 되었다. 참을성 있게 그는 모든 요구에 친절하게 대답했고 한 상퀼로트(sans-culott : 과격 공화파. 귀족의 반바지가 아니라 긴 바지를 입었다는 뜻에서 생긴 명칭/역주)가 씌워준 빨간 모자를 묵묵히 쓰고 있었다. 세 시간 반을 그는 뜨거운 더위 속에서 꼼짝도 하지 않고 버텼다. 악의에 찬 손님들의 호기심과 조롱에 조금도 저항하지 않았다.

같은 시간에 모반자의 다른 군대가 왕비의 방으로 몰려들어갔다. 10월 5일의 그 끔찍한 장면이 다시 재현될 것만 같았다. 왕비가 왕보다도 더욱 위험했기 때문에 장교들은 군대를 불러모았고, 마리 앙투아네트를 방 한귀퉁이에 밀어넣고는 커다란 테이블로 앞을 막았다. 육체적인 피해만이라도 막기 위해서였다. 그리고는 국민군 병사들이 세 겹으로 테이블 앞에서 보호했다. 난폭하게 밀려들어오던 사람들은 마리 앙투아네트에게 가까이 갈 수는 없었지만 "괴물"을 구경하듯이 관찰할 수 있을 만큼 가까이, 마리 앙투아네트가 욕설과 위협을 하나도 빼놓지 않고 모두 들을 수 있을 정도로 가까이 다가갔다. 왕비에게 굴욕감과 위협만 주고 진짜 폭력은 막으려고 생각한 상테르는 병사들에게 인민이 마음대로 그들의 전리품인 왕비를 구경할 수 있도록 옆으로 비켜서라고 명령했다. 그리고 왕비에게 이렇게 안심시켰다. "마담, 다른 사람들이 속이고 있는 것입니다. 인민은 당신께 아무 악의도 없습니다. 원하시기만 한다면 모두들 이 아이처럼 (그러면서 그는 놀라 떨면서 어머니 곁에 붙어서 있는 왕세자를 가리켰다) 당신을 사랑할 것입니다. 두려워하지 마십시오. 전혀 아무 짓도 안 할테니까요." "반도" 중의 누가 왕비에게 도움을 주려고 하면 언제나 그녀의 자존심만 건드리기 마련이었다. "날 속이거나 기만하는 사람은 아무도 없어요"라고 왕비는 냉정하게 대답했다. "그리고 난 두렵지 않아요. 점잖은 사람들 사이에서는 두려움 같은 건 없어요." 냉정하고 자신만만하게 왕비는 적의에 찬 눈길과 뻔뻔한 요구에 맞섰다. 아이에게 빨간 모자를 억지로 씌우려고 하자 그녀는 몸을 돌려 장교에게 말했다. "이건 너무 심하군요. 인간의 인내로는 참을 수 없을 정도입니다." 그녀는 조금도 두려워하거나 불안해하지 않고 당당하게 서 있었다. 침입자들이 실컷 왕비를 위협한 뒤에야 시장 페티옹이 나타나서 "민중의 존경하는 의도를 의심하지 않도록 하려면" 어서 집으로 돌아가라고 군중에게 말했다. 그러나 성이 조용해진 것은 저녁 늦게나 되어서였다. 모욕을 당한 왕비는 자신이 의지할 데 없는 존재라는 괴로움을 뼈저리게 느꼈다. 그녀는 만사가 끝났다는 것을 알았다. "난 아직도 살아 있어요. 하지만 이건 기적입니다"라고 그녀는 급히 신뢰하는 벗 한스 악셀 폰 페르센에게 썼다. "오늘은 정말 끔찍했어요."

마지막 비명

증오의 숨결을 면전에서 느꼈으며, 혁명의 창(槍)을 자신의 방에서 또 튈르리 궁에서 보았으며, 입법의회의 무능과 파리 시장의 적의를 체험한 이후 마리 앙투아네트는 자기를 비롯한 식구들의 생존이 외부의 긴급한 도움이 없으면 구제할 수 없는 절망적인 상태임을 깨달았다. 프로이센과 오스트리아의 승리만이 그녀를 구할 수 있을 것 같았다. 그때 마지막, 정말 마지막 순간에 오랜 친구가 도피를 도와주겠다고 제안해왔다. 라파예트 장군이 직접 기병대 선두에 서서 왕과 그 일가를 7월 14일의 연병장 축제에서 구출하여 도시를 빠져나가게 해주겠다는 것이었다. 그러나 라파예트가 모든 불행의 원인이라고 생각하던 마리 앙투아네트는 자식과 남편과 자신을 그 경박한 인물의 손에 내맡기기보다는 차라리 죽는 것이 낫다고 생각했다.

그리고 극히 고귀한 동기에서 그녀는 헤센-다름슈타트 지방 태수부인이, 도망하는 수밖에 다른 도리가 없는 것 같으니 왕국을 빠져나가도록 도와주겠다고 제안했을 때도 거절했다. "안 됩니다"라고 마리 앙투아네트는 대답했다. "당신의 뜻은 잘 알지만 받아들일 수가 없습니다. 나는 불행을 함께 나누고, 남들이 뭐라고 하든 용감하게 운명의 몫을 받아들여왔던 귀중한 사람들을 위해서 사는 것을 생애의 의무로 삼아왔습니다.……우리가 행하고 당하는 이 모든 일이 훗날 자식들에게 행복을 가져다주었으면 하는 것만이 나의 유일한 소망입니다. 안녕히 계십시오. 나는 내 마음만을 남겨놓고는 모든 것을 빼앗겼습니다. 내 마음은 언제나 변치 않고 당신들을 사랑할 것입니다. 그것만은 의심하지 마십시오. 만약 의심하게 된다면 그것이야말로 내가 견딜 수 없는 유일한 불행입니다."

이것은 마리 앙투아네트가 자기 자신을 위해서가 아니라 후세를 위해서 쓴 최초의 편지이다. 이미 그녀는 마음속 깊이 재앙을 막을 수 없다는 것을 알고 있었다. 위엄 있고 점잖게 죽음으로써 마지막 의무를 완수해야만 했다. 무의식중에 수렁 속에 이런 식으로 서서히 빠져드는 것보다는, 시간시간 나락으로 깊이 떨어지는 것보다는 가능한 한 보다 빨리 영웅적인 죽음을 맞는 편이 더 낫다고 생각했을 것이다. 7월 14일 바스티유 습격 축제 때 연병장의 의식에 마지막으로 참석했으나 그녀는 조심스런 남편과는 달리 옷 밑에 갑옷 입기를 거절했다. 그리고는 수상한 그림자가 방에 나타난 적이 있는데도 불구하고 혼자서 잠을 잤다. 그녀는 집을 나가지도 않았다. 정원에만 나가도 백성들이 —— "거부권 부인은 약속했다, 파리 전체의 모가지를 따버리겠다"고 —— 외치는 소리가 들렸기 때문이다. 밤에 잠을 잘 때는 괜찮았다. 그러나 탑에서 종소리만 들려도 왕궁의 사람들은 이미 오래 전부터 계획을 세워놓고 있다는 튈르리 궁으로의 돌격을 위한 비상경보가 아닌가 해서 몸을 떨었다. 비밀 클럽이나 시외 지역에 보낸 밀사나 사절들을 통해서 왕궁에서는 이미 자코뱅 당이 폭력으로 사태를 종결시키려는 날짜가 사흘, 여드레, 열흘, 기껏해야 다섯 주일 정도밖에 남지 않았다는 사실을 알고 있었다. 마라와 에베르의 신문들은 점점 더 시끄러운 목소리로 국왕의 폐위를 요구했다. 기적이 일어나거나 아니면 프로이센과 오스트리아 군대가 빨리 행군해들어오기 전에는 아무도 자기를 구원할 수 없음을 마리 앙투아네트는 알고 있었다.

마지막 기다림과, 상상할 수 없는 초조함에 쫓겨 기다리던 날들의 전율과 공포와 불안이 가장 소중한 친구에게 보낸 왕비의 편지 속에 잘 드러나 있다. 사실 그것은 편지라기보다는 비명이었다. 거칠고 무시무시한 불안의 외침이었으며 교살자의 비명처럼 불분명하지만 날카로운 것이었다. 튈르리 궁에서 소식을 밖으로 보내려면 극히 조심스럽고도 대담한 방법을 택하는 수밖에 없었다. 시중들도 믿을 만하지 못한데다가 스파이가 창문이나 방문 뒤에서 엿듣고 있었다. 마리 앙투아네트의 편지는 은현 잉크로 암호로 쓰게 해서 (손수 쓰면 위험했다) 초콜릿 상자 속에 숨기거나 모자의 차양 밑에 말아넣어져 밖으로 나갔다. 적발되더라도 그녀가 다치지 않도록 하기 위해서였다. 편지에는 여러 가지 일상적인 사건들이 적혀 있고 왕비가 말하고자 하는 내용은 대개 3인칭으로, 암호로 쓰여졌다. 절박하게 외치는 이 비명 소리는 꼬리에 꼬리를 물었다. 6월 20일 이전에는 이렇게 썼다. "당신 친구들은 회복을 불가능한 것으로 또는 요원한 것으로 생각하고 있습니다. 할 수만 있다면 그들을 어서 안심시켜주세요. 그들은 그것이 필요합니다. 그들의 상태는 날이 갈수록 악화되고 있습니다." 6월 23일에는 독촉이 더 심해졌다. "당신 친구는 극히 위험한 상태입니다. 병세는 끔찍할 정도로 진전되어 의사들도 이젠 도저히 손을 쓰지 못할 정도입니다.……만약 그를 한 번만이라도 만나보실 작정이라면 서두르셔야 합니다. 그의 절망적인 상태를 부모에게 알려드리도록 하세요." 체온계는 점점 더 높이 올라갔다(6월 26일). "환자를 구하기 위해서는 모험을 서두를 필요가 있으나 그런 것은 아무 데도 보이지 않고 온통 절망뿐입니다. 조치를 취할 수 있도록 그와 관련 있는 모든 사람들에게 그의 상태를 알려주세요. 시간이 급박합니다.……" 이런 경고의 외침 속에서도 진실한 여인은 자기에게 무엇보다도 귀중한 남자를 불안에 떨지 않게 하려고 무진 애를 썼다. 끝없는 불안과 핍박 가운데에서 마리 앙투아네트는 자신의 운명보다는 자기의 불안에서 나온 외침이 애인에게 불러일으킬 정신적인 괴로움을 먼저 생각했다. "우리의 상태는 끔찍합니다. 그러나 불안해하지는 마세요. 나는 용기를 가지고 있으며, 곧 행복해지고 구원을 받을 것이라고 마음속의 무엇인가가 내게 이야기해주고 있습니다. 이 생각만이 내게 용기를 북돋아주고 있습니다.……안녕히 계세요! 언제 우리는 다시 평화롭게 만나게 될까요!" 7월 3일 편지에는 "나 때문에 걱정하지는 마세요. 정말이지 용기가 점점 솟아나고 있으니까요.……안녕히 계세요. 그리고 가능하다면 우리를 구하기 위해서 약속한 도움을 급히 서둘러주세요.……우리를 위해서라도 몸조심하세요. 그러나 우리 때문에 불안해하지는 마세요." 곧 다른 편지가 뒤를 이었다. "내일 마르세유에서 800명의 사람이 옵니다. 그들은 계획을 실천에 옮길 만한 충분한 힘을 일주일 안에 가질 것이라고 합니다."(7월 21일) 사흘 뒤에는 "메르시에게 왕과 왕비의 목숨이 극히 위험하며, 이삼 일이라도 허비하다가는 상상할 수 없는 재앙을 맞을지도 모른다고 말해주세요.……살인자의 무리는 점점 늘어나고 있습니다." 그리고 페르센이 왕비에게서 받은 마지막 편지인 8월 1일 편지에는 극한의 절망 속에서 모든 위험을 뚜렷이 예감하고 있음이 나타나 있다. "왕과 왕비의 목숨은 오래 전부터 위협을 받아왔습니다. 약 600명의 마르세유 인과 수많은 자코뱅 당원들의 도착은 우리를 더욱 더 불안하게 합니다. 왕실 일가의 안전을 위해서 만반의 준비를 하고 있지만 살인자들이 항시 성 주위를 배회하고 있습니다. 민중은 선동당했고, 입법의회의 한구석에는 악의가 맴돌고 있으며 다른 한쪽에는 나약함과 비겁함뿐입니다.……비수를 피하고, 왕좌를 무너뜨리겠다고 모여든 모반자들이 멋대로 날뛰도록 내버려두는 수밖에 없다고 사람들은 체념하고 있습니다. 오래 전부터 '반도들'은 왕실 일가를 몰아내기 위한 자신들의 의도를 숨기려고도 않습니다. 두 번에 걸친 야밤 회의에서는 실천 방법에 관해서만 일치를 보지 못했을 뿐입니다. 전에 보낸 내 편지를 통해서 24시간을 번다는 것이 얼마나 중요한 일인가는 알고 계실 것입니다. 오늘도 그 말밖에는 할 말이 없습니다. 만약 지금 당장에 도움의 손길이 우리한테 미치지 않는다면 하느님만이 왕과 왕비를 구할 수 있을 것입니다."

사랑하는 남자는 이 연인의 편지를 브뤼셀에서 받았다. 그가 어떤 절망감 속에 빠졌을까 하는 것은 누구나 상상할 수 있다. 하루 종일 그는 왕들과 군사령관들과 사절들의 태만함과 결단력 부족에 항의했다. 그는 편지에 또 편지를 썼고 이곳저곳을 찾아다니며 힘을 다해서 어서 행군을 하고, 군사행동을 취하도록 채근했다. 그러나 군사령관인 브라운슈바이크 공작은 작전은 몇 달에 걸친 계획 뒤에야 날짜를 잡을 수 있다고 생각하는 구식 전술을 배운 군인이었다. 천천히, 조심스럽게 그리고 체계적으로 프리드리히 대왕이 시험해본 군사학 법칙에 따라 브라운슈바이크는 조직적으로 군대를 편성했으며 전통적인 존대한 장군들의 방식에 의해서 어떤 정치가나 외부인의 간섭도 받지 않은 채 자신이 작성한 동원 계획에 따라 정확히 자신의 임무를 수행해나갔다. 그는 8월 중순 이전에는 절대로 국경을 넘을 수 없다고 말했지만 그 이후에는 계획대로 —— 군사적 산보야말로 모든 장군들의 영원한 꿈이다 —— 단숨에 파리로 진격하겠다고 약속했다.

그러나 튈르리 궁에서 들려오는 비명 소리에 심란해진 페르센은 시간이 촉박했다. 왕비를 구하기 위해서는 무슨 일이든지 해야만 했다. 자신의 열정에 남자는 여인을 파멸시킬 일을 하고 말았다. 폭도들의 튈르리 궁 진격을 막기 위해서 서둘러 그 방법을 썼던 것이다. 오래 전부터 마리 앙투아네트는 동맹국들의 선전포고를 고대했다. 그녀의 생각 —— 꽤 그럴듯한 생각이었다 —— 은 선전포고가 공화파와 자코뱅 파의 일이며 프랑스 국민과는 별개의 문제라는 것을 알려 고결한(그녀의 생각에 고결한) 인물들에게 용기를 북돋아주고 "비렁뱅이들"에게 겁을 주려는 것이었다. 그녀는 무엇보다도 이 선전포고가 프랑스 자체와는 전혀 관계가 없음을 보여주고 "왕에 관해서 너무 많이 언급하지 않음으로써 왕을 지지하고 있다는 사실을 은연중에 느끼도록" 할 작정이었다. 그녀는 선전포고가 프랑스 국민에 대해서는 우호의 표시가 되고 동시에 테러리스트들에 대해서는 위협이 되기를 바랐다. 그러나 겁을 집어먹은 불행한 페르센은 동맹국 측으로부터의 군사적 원조가 요원한 것으로 보이자 선전포고라도 강경한 어조로 작성되어야 한다고 생각했다. 그리하여 그는 손수 초안을 작성해서 친구 편에 전하고는 그 초안을 받아들일 것을 촉구했다. 동맹군이 프랑스 군에 대해서 발표한 이 악평이 자자한 선전포고에는 브라운슈바이크 공작의 연대가 이미 승리의 깃발을 펄럭이며 파리 근처에 도착해 있다는 식으로 쓰여 있었으며, 사태를 좀더 잘 파악한 왕비가 애써 피해보려고 했던 내용이 온통 다 적혀 있었다. 그 속에는 프랑스 국왕의 훌륭한 덕망에 관해서 적혀 있었으며, 입법의회를 비난하고 프랑스 군대가 왕의 편에 서서 그들의 정통 군주에게 복종해야 하고, 만약의 경우 튈르리 궁전이 폭력으로 약탈을 당한다면 군사력을 동원하여 완전히 파멸시킴으로써 파리에 대해서 "영원히 기억할 만한, 본때 있는 복수"를 하겠다고 쓰여 있었다. 티무르와 같은 인간이 생각할 수 있는 것을, 소총도 한 방 쏘기 전에, 나약한 장군이 허풍을 떨었던 것이다.

  이 종잇장 위협의 성과는 무서운 것이었다. 그때까지 왕에게 충성을 보이던 사람들도 그들의 왕이 프랑스의 적군에게 얼마나 귀중한 존재인가를 알게 되었고, 외국 군대가 승리하면 혁명의 성과가 모두 파기되고 바스티유의 진격이 무위로 돌아가며 테니스 코트의 선서가 쓸모없어져서 수많은 프랑스 인들이 연병장에서 일으킨 거사가 무가치한 것이 되고 만다는 사실을 알고서는 갑자기 전부 공화당원이 되고 말았다. 페르센의 손이, 애인의 손이 어리석기 그지없는 위협을 하는 통에 꺼져가는 불길에 폭탄을 던진 셈이 되고 말았다. 이 무분별한 행동 때문에 2,000만의 분노가 폭발하고 말았다.

7월 말일에 브라운슈바이크의 불행한 포고문 내용이 파리에 알려졌다. 백성들이 튈르리 궁으로 돌격한다면 파리를 초토화시키고 말겠다는 동맹국의 위협을 백성들은 공격 신호로 받아들였다. 곧 준비가 시작되었다. 곧장 행동을 시작하지 않은 것은 핵심 세력이 될 600명의 공화파 정예군이 마르세유로부터 도착하기를 기다리기 위해서였다. 8월 6일 그들은 행군해왔다. 남녘의 햇살에 그을은 그들은 거칠고 무자비한 모습으로 새로운 노래에 박자를 맞추면서 걸어왔다. 몇 주일 전부터 온 나라를 뒤덮은 노래 「라 마르세예즈」였다. 이 노래야말로 신의 은혜를 받은 시간에 전혀 하늘이 준 은혜를 받지 못한 한 장교의 마음속을 폭풍처럼 휩쓸어간 혁명의 찬가였다. 이제야말로 부패한 전제정치에 최후의 일격을 가할 마지막 돌격 준비가 끝난 셈이었다. 공격만이 남았다. "가자, 조국의 아들들이여……."

8월 10일

 8월 9일에서 10일로 넘어가는 밤은 더운 날씨를 예고하고 있었다. 하늘에는 구름 한 점 없이 별만이 총총했고 한 자락의 바람도 불지 않았다. 거리에는 적막만이 뒤덮여 있었고 지붕은 여름밤 달빛을 받아 하얗게 빛나고 있었다.
 그러나 이 적막에 속아넘어갈 사람은 아무도 없었다. 거리가 이렇게 이상할 정도로 텅 빈 것은 무엇인가 이상하고 묘한 일이 일어날 준비가 진행되고 있다는 뜻이었다. 혁명은 잠자는 법이 없다. 또한 거리마다, 클럽마다, 거실마다 지도자들이 모여 앉아 있었다. 명령을 전하는 전령들은 이상할 정도로 조용한 발걸음으로 이 거리 저 거리로 발길을 서둘렀고 반란의 참모들, 즉 당통, 로베스피에르, 지롱드 당원들은 뒤에 숨어 비합법적인 군대인 파리 인민에게 공격을 준비시키고 있었다.
 왕궁 쪽에서도 잠이 든 사람은 없었다. 며칠 전부터 반란이 일어날 기미가 보였다. 마르세유 사람들이 파리로 몰려드는 일이 예삿일이 아니라는 사실을 모두들 알고 있었으며, 마지막 보고는 다음 날 아침에 진군해올 것 같다는 것이었다. 숨막힐 듯이 찌는 여름 날씨에 창문은 활짝 열려 있었다. 왕비와 마담 엘리자베트는 창 밖을 향해 귀를 기울였다. 그러나 아직은 아무 소리도 들리지 않았다. 굳게 문이 닫힌 튈르리 궁전에는 고요한 적막만이 흐르고 있었으며 보초병의 발자국 소리, 가끔 대검들이 부딪치는 소리, 말이 발로 땅을 차는 소리가 들릴 뿐이었다. 2,000명 이상의 군인들이 궁성에 주둔하고 있었고, 회랑에는 장교와 무장한 귀족들이 꽉 차 있었다.

드디어 새벽 0시 45분 —— 모두 창가에 몰려왔다 —— 이 되자 멀리 교외의 첨탑에서 종소리가 들려왔다. 그러자 제2, 제3, 제4의 종소리가 뒤를 이었다. 그리고 먼 곳에서 큰북을 두드리는 소리가 들려왔다. 의심할 바 없이 반도들이 모이는 모양이었다. 두 시간 정도면 결판이 나겠지. 흥분한 왕비는 위험의 징후를 더 강하게 느껴보려는지 창가로 다가갔다. 잠을 이룰 수 없는 밤이었다. 드디어 4시가 되자 구름 한점 없는 하늘에서 태양이 피처럼 붉은빛을 터뜨리며 떠올랐다. 더운 날이 될 모양이었다.

왕궁은 준비를 끝냈다. 시간이 임박하자 왕실이 가장 신뢰하는 900여 명으로 구성된 스위스 연대가 대열을 만들었다. 그리고 철과 같은 군기하에서 어떤 일이 일어나더라도 의무에 충실할 것을 맹세했다. 저녁 6시부터는 국민군과 기병대가 경호에 가담했다. 도개교(跳開橋)가 내려졌고 초병은 세 배로 증강되었으며, 침묵하고 있었지만 위협적인 포구의 12개의 대포가 입구를 가로막았다. 그리고 2,000명의 귀족들에게 사자를 보내 한밤중까지 성문을 열어놓겠다는 통보를 했다. 그러나 그 일은 허사였다. 150여 명이 나타났을 뿐이었는데 대부분은 늙고 백발이 성성한 귀족들이었다. 용감하고 정력적이며 어떤 위협에도 물러설 줄 모르는 용감한 인물 망다가 군기(軍紀)를 세우며 결의를 굳혔다. 그러나 그 일은 혁명군들 역시 알고 있었다. 새벽 4시에 그들은 망다를 시청으로 오라고 소환했다. 어리석게도 왕은 그를 보냈다. 망다는 무슨 일이 자기를 기다리고 있는지 알고 있었지만 소환에 응했다. 허가도 없이 시청을 장악하고 있던 새 혁명 코뮌은 그를 끌고 가서 간단한 심문을 했다. 두 시간 뒤에 그는 무참하게 살해당한 시체가 되어 두개골이 부수어진 채 센 강에 떠올랐다. 수비대는 지휘관을 잃고 말았다. 확고한 마음과 정력적인 손을 잃은 것이다.

왕은 지휘관이라고 할 수 없었다. 자색 상의에 가발을 쓴 루이 16세는 당황하여 아무런 결단도 내리지 못한 채 우스꽝스러운 걸음걸이로 왔다갔다하기만 했다. 명한 눈으로 이 방에서 저 방으로 오가며 기다리기만 할 뿐이었다. 마지막 피 한 방울까지 튈르리 궁을 방어하기 위해서 용기백배하여 요새로, 진영으로 몰려들던 것은 어제의 일일 뿐, 적이 나타나기도 전에 사람들은 불안에 떨고 있었던 것이다. 그리고 그 불안의 단서는 루이 16세였다. 왕은 결정을 내려야 할 때 결정 그 자체에 대해서는 두려워하지 않았으나 책임 때문에 갈피를 잡지 못하기가 일쑤였다. 지휘관이 떨고 있는 것을 본 군인들에게 어떻게 용기를 기대할 수 있단 말인가? 장교가 통제하는 스위스 군인들은 든든했지만, 국민군 쪽에서는 이미 반신반의하는 징후가 나타나기 시작했다. "싸울 것인가? 말 것인가?" 반문은 계속되었다.

왕비는 남편의 무력함에 대해서 분노를 참을 수 없었다. 마리 앙투아네트는 마지막 결단을 원했다. 그녀의 과로한 신경은 더 이상 계속되는 긴장을 견딜 수 없었고, 그녀의 자존심은 계속되는 협박과 굴욕을 참아내기 힘들었다. 양보와 후퇴가 혁명군의 요구를 약화시키기는커녕 반대로 그들의 자신감을 더 강화시켜줄 뿐이라는 사실을 그녀는 이미 2년 동안 실컷 보아왔던 것이다. 이제 왕권은 마지막 계단까지 내려와 있었고 그 아래는 무서운 심연뿐이었다. 한 발 내려서면 끝장이었다. 이젠 다 잃어버리는 것이다. 명예까지도. 자존심에 몸을 떠는 왕비는 자기의 결심을 보여주고 국민군 병사들에게 의무를 끝까지 다해줄 것을 당부하기 위해서 몸소 용기를 잃은 그들 앞에 나가보는 것이 어떨까 하는 생각을 했다. 그러자 이보다 더한 곤경 속에서도 지금처럼 당황하던 헝가리 인들 앞에 왕위 계승자를 껴안고 나가서 몸뚱이 하나로 그들을 감동시킴으로써 자기 편으로 끌어들였던 어머니에 대한 생각이 마음속에 떠올랐다. 그러나 이런 장면에서 여자가 남편을, 왕비가 왕을 대신할 수는 없다는 사실을 왕비는 알고 있었다. 그래서 그녀는 루이 16세에게 싸움이 벌어지기 전에 마지막으로 사열식이라도 거행해 군인들을 고무함으로써 마음의 흔들림을 막아보라고 말했다.

이 생각은 옳았다. 마리 앙투아네트의 직감은 언제나 틀림이 없었다. 나폴레옹이 위기에 처해 터득했던 것과 마찬가지로 두세 마디의 열정적인 말, 다시 말해 자신이 군대와 함께 죽겠노라는 왕의 서약이나 행동, 이것만 있으면 동요하는 보병 대대라고 하더라도 청동의 장벽을 쌓을 수 있는 법이다. 그러나 미련하고 둔한 왕은 모자를 겨드랑이에 낀 채 서투른 걸음걸이 —— 그는 근시였다 —— 로 큰 계단을 왔다갔다 하며 몇 마디 더듬거리는 말을 할 뿐이었다. "그들이 온다는데……내 문제는 전부 모두 선량한 시민들의 문제야……그렇지 않는가? 우리, 용감하게 싸우도록 하지……." 왕의 망설이는 말투와 당황한 태도는 불안을 누그러뜨리기는커녕 증폭시키기만 했다. 국민군 병사들은 불안한 걸음으로 그들의 대열에 다가온 이 마음 약한 인간을 경멸하듯 바라보았다. 그리고는 기대하던 "국왕 전하 만세" 대신에 두 가지 뜻으로 해석될 수 있는 "국민 만세"라는 불분명한 외침으로 대답했다. 군대와 인민이 한데 몰려선 경계선까지 국왕이 다가가자 "거부권을 철회하라!" "뚱보 돼지를 쓰러뜨려라!" 하는 소리가 공공연히 들렸다. 몇몇 근위병들과 대신들이 놀라서 왕을 호위하여 다시 왕궁 안으로 모셔갔다. "맙소사, 국왕을 조소하다니." 해군대신이 이 층에서 소리쳤다. 눈물과 불면으로 충혈된 눈으로 이 비참한 광경을 내려다보고 있던 마리 앙투아네트는 분노에 떨며 얼굴을 돌렸다. "다 틀리고 말았어." 그녀는 떨면서 시녀에게 말했다. "왕은 아무런 힘도 없어. 사열식은 오히려 사태를 악화시켰을 뿐이야." 시작되기도 전에 싸움은 이미 끝이 나고 만 셈이었다.

왕정과 공화정 사이에 마지막 결전이 있던 날 아침, 튈르리 궁전 앞에 모인 군중 속에 한 젊은 소위가 서 있었다. 그는 코르시카 출신의 장교였다. 누군가가 그에게 언젠가는 자네가 루이 16세의 후계자가 되어 이 성에서 살 것이라고 말했다면 나폴레옹은 바보 같은 소리라고 일축했을 것이다. 그는 마침 근무를 하고 있지 않았기 때문에 공격 쪽과 수비 쪽을 예리한 눈으로 관찰할 수 있었다. 두세 발 대포를 쏘기만 하면 이 촌놈들(세인트 헬레나에서 그는 외곽 경비 군대를 멸시하는 조로 그렇게 부른 바 있다)을 당장에 소탕할 수 있을 것이었다. 왕이 이 보잘것없는 포병 소위를 기용하기만 했다면 그는 파리 전체를 상대로 싸웠을 것이다. 그러나 왕궁 안에는 이 소위처럼 강심장과 기회를 포착할 줄 아는 눈을 가진 사람은 하나도 없었다. "공격은 하지 말고, 단단히 버티면서 강력하게 수비하라." 이것이 병사들에게 주어진 명령의 전부였다. 그것은 어정쩡한 조치로서 완전한 패배라고 보는 것이 더 정확했다. 그러는 사이 아침이 되어 혁명의 선봉대가 도착했다. 그들은 도대체 질서도 없었고, 무장도 제대로 되지 않았다. 그들의 위력은 전투력이 아니고 불굴의 의지일 뿐이었다. 벌써 도개교 아래로 사람들이 모여들고 있었다. 결정을 더 이상 연기할 수는 없는 일이었다. 파리의 총대리인 뢰드레르는 책임을 절감했다. 한 시간 전부터 왕에게 입법의회로 가서 그들의 보호를 받도록 하라고 권고했다. 그러나 마리 앙투아네트는 화를 낼 뿐이었다. "우리에게는 충분한 병력이 있어요. 곧 누가 더 강한지 알게 될 것입니다. 왕인지 반도인지, 헌법인지 혁명군인지!" 그러나 장본인인 국왕은 권위를 세울 수 있는 말이 생각나지 않았다. 무거운 한숨을 내쉬면서 그는 어쩔 줄 모르는 표정으로 팔걸이 의자에 앉아서 기다리기만 했다. 무엇을 기다리는지 자기 자신도 모르는 채, 그는 미루기만 하고 있었다. 아무런 결정도 내리지 못했다. 그때 뢰드레르가 어디서나 통행을 가능하게 해주는 표지를 가지고 몇몇 시(市) 위원들과 함께 다시 왔다. "전하", 그는 힘주어 말했다. "5분도 지체할 수가 없습니다. 입법의회 외에는 전하께 안전한 방도가 없습니다." "카루젤 광장에는 아직 사람이 많지 않은데……." 언제나 시간만 끌려고 하는 루이 16세는 겁을 내며 말했다. "12문의 대포를 가진 대군중이 교외로부터 몰려오고 있습니다."

레이스 상인으로 왕비한테 종종 물건을 판 적이 있었던 한 관리가 뢰드레르의 편을 들었다. 그러나 "당신은 좀 조용히 계세요"라고 마리 앙투아네트가 그를 꾸짖었다(존경하지 않는 사람이 자기를 보호하려고 할 때 항상 화를 내던 것과 마찬가지로). "총대리인이 말하도록 놔두세요." 그리고는 뢰드레르에게 몸을 돌렸다. "그렇지만 우리한테는 무장한 군인이 있지 않습니까!" "마담, 온 파리가 진군해오는 중입니다. 어떤 저항도 불가능합니다."

마리 앙투아네트는 흥분을 감출 수가 없었다. 피가 뺨으로 치솟는 것 같았다. 이런 상태 속에서도 남자다운 점이라고는 찾아볼 수 없는 이 남자들에게 화를 내지 않기 위해서 자신을 억눌러야만 했다. 그러나 책임은 무섭고 컸다. 프랑스 국왕의 어전에서 여자가 전쟁을 명령할 수는 없는 법이다. 그래서 그녀는 우유부단한 왕의 결정을 기다리고만 있었다. 왕은 무거운 머리를 들고 잠시 뢰드레르를 쳐다보았다. 그리고는 드디어 한숨을 쉬며 결단을 내려 다행스럽다는 듯이 말했다. "그럼 가기로 하지."

루이 16세는 존경하는 마음은 추호도 없이 왕을 바라보고 서 있는 귀족들 사이를 지나, 싸움을 해야 할지 말아야 할지 모르는 채 서 있는 군인들에게 한마디 말을 건네는 것도 잊고 스위스 군인들을 지나, 왕과 왕비와 충신들을 맞대놓고 비웃고 심지어 협박까지 하는 군중 속을 지나 걸어갔다. 싸움 한 번 못 해본 채, 선조들이 세운, 다시 돌아올 수 없는 이 성에서 아무런 저항도 시도해보지 못하고 그들은 천천히 정원을 지나갔다. 맨 앞에 왕과 뢰드레르, 그 뒤에는 왕비가 해군대신의 팔을 끼고 뒤를 따르고, 옆에는 아들이 따르고 있었다. 그들은 품위 없이 서두르면서 말 조련장으로 갔다. 아무 걱정도 없이 화려한 기마 행렬을 보고 기뻐했던 곳이었다. 지금 그곳에서 기다리는 자들은 목숨을 부지하기 위해서 왕이 싸움도 하지 않고 그들의 보호를 받으려고 하는 데에 자부심을 느끼는 입법의회 의원들이었다. 거기까지는 이백 보 남짓했다. 이 이백 보는 마리 앙투아네트와 루이 16세의 권위를 다시 돌이킬 수 없을 정도로 땅에 떨어뜨려놓고 말았다. 왕권은 종말을 고했다.

입법의회는 그들에게 주인의 권리를 요구해온 국왕의 무리를 착잡한 심정으로 쳐다보았다. 의회는 아직은 선서와 결의로 왕과 연결되어 있다. 이 경황 중에서도 도량이 넓다는 것을 보여주면서 베르뇨가 의장으로서 이렇게 말을 꺼냈다. "전하, 의회의 결의를 신뢰하셔도 됩니다. 의회의 의원들은 인민의 권리와 법에 의해서 보장된 권위의 권리 보호를 목숨을 걸고 맹세했습니다." 이것은 대단한 약속이었다. 왜냐하면 헌법에 따르면 아직도 왕은 법률에 의해서 보장된 두 개의 권위 중의 하나였기 때문이다. 이 난리통에도 입법의회는 마치 아직도 법률적 질서가 남아 있는 것처럼 행동했다. 그들은 입법의회 회의 중에는 왕의 회의실에 나타날 수 없다는 헌법조항을 주장했다. 회의가 오래 진행되어 언제 끝날 줄 몰랐기 때문에 평상시에는 서기가 앉던 칸막이 방이 왕의 대피소로 정해졌다. 이 방은 천장이 낮아 제대로 설 수 없을 정도였다. 앞쪽에는 몇 개의 소파가 있고 뒤쪽에는 짚으로 만든 긴 의자가 하나 있었다. 이 방은 회의장과는 창살로 구분이 되어 있었다. 이 창살은 곧 의원들의 도움을 받아서 줄과 망치로 제거되었다. 거리의 폭력배들이 폭력으로 왕실 일가를 납치하려는 시도를 할지도 모른다는 가능성을 고려한 처사였다. 그런 극단적 사태가 벌어질 때에는 의원들이 회의를 중단하고 왕실 일가를 자신들이 방패막이가 되어 보호하려는 배려였다. 작열하는 8월의 대낮에, 지독하게 더운 이 울 안에서 마리 앙투아네트와 루이 16세는 아이와 함께 악의와 동정의 시선을 받으면서 18시간을 보냈다. 그러나 어떤 외적인 증오보다도 그들의 몰락을 더욱 비참하게 만든 것은 철저한 무관심이었다. 18시간 동안 입법의회 의원들은 왕실 일가가 거기에 있다는 사실에 대해서조차 모르는 체했다. 그들이 마치 수위나 관람석의 구경꾼이기라도 한 것처럼 아무런 관심도 보여주지 않았다. 와서 인사하는 의원 한 명 없었고, 그들을 좀 편하게 해서 이 울 안에서의 체류가 조금이라도 견딜 만하게 만들어주려는 사람조차 없었다. 그들은 자신들에 관한 이야기였지만 주고받는 이야기만을 들을 수 있도록 허락되었을 뿐이었다. 마치 창을 통해서 자기를 매장하는 것을 구경하는 듯한 악몽 같은 광경이었다.

　갑자기 회의실이 흥분으로 일렁였다. 몇몇 의원이 일어나서 귀를 기울였다. 문이 홱 열리며 튈르리 궁 쪽에서 총소리가 들려왔다. 대포 발사로 창문이 흔들렸다. 반란자들이 왕궁에 침입하면서 스위스 근위병들과 마주친 것이었다. 도주하느라고 너무 서둔 나머지 왕은 명령을 내리고 오는 것조차 잊었던 것이다. 아니면 항상 그랬던 것처럼 예스냐 노냐를 말할 능력이 없었다고 보는 것이 더 나을지도 모른다. 지시대로 스위스 친위대는 텅 빈 왕궁 튈르리를 지키고 있었다. 장교의 명령에 따라 몇 번 일제 사격이 가해졌다. 그들은 정원을 소탕하고 대포를 빼앗았다. 대신 중에 결연한 지휘관이 한 명만 있었더라도 훌륭하게 방위할 수 있었으리라는 것은 확실했다. 그러나 지금 머리가 제대로 돌아가는 사람은 아무도 없었다. 그러자 머리가 텅 빈 왕은 자신이 용기가 없음을 이미 보였기 때문에 다른 사람들한테 용기나 피를 요구한다는 것이 무리라는 생각을 하고 스위스 군인들에게 왕궁 방위를 포기하라는 명령을 내렸다. 국왕의 통치권에 언제나 따라다니는 상투어는 "늦었다"라는 말뿐이었다. 그의 우유부단함과 건망증 때문에 이미 1,000명 이상이 목숨을 잃었다. 분격한 민중은 무방비 상태의 왕궁에 아무런 방해도 받지 않고 밀려들어갔다. 혁명의 핏빛 등장에 다시 불이 켜졌다. 창 끝에는 죽음을 당한 왕당파의 목이 꽂히고, 11시나 되어서야 학살은 끝이 났다. 그 날은 더 이상 목이 떨어지지는 않았으나 떨어진 것은 왕관이었다.

숨막힐 듯한 칸막이 방에서 움츠린 채 왕실 일가는 한마디 말도 하지 못하고 회의실에서 일어나는 일들을 전부 보고 들어야만 했다. 왕실 일가는 화약에 그을려 검게 된, 피가 솟아오르는 충성스런 스위스 병사들을 보았고, 그들 뒤에서는 힘으로 의회의 보호에서 벗어나려는 승전한 반란군들을 보았다. 그리고는 궁궐에서 훔친 물건들, 은식기, 장식품, 편지, 보석함, 아시냐 지폐가 의장의 책상 위에 펼쳐지는 것을 보았다. 마리 앙투아네트는 반란군의 지휘관들이 칭찬을 받는 것을 묵묵히 바라보아야만 했다. 몇몇 지역의 의원들이 단위에 올라가서 격렬한 말투로 왕의 폐위를 요구했다. 그녀는 왕궁의 명령에 따라 첨탑의 종이 울렸으며 국민이 왕궁을 포위한 것이 아니라 왕궁 쪽에서 먼저 국민을 포위했다는 등, 명백한 사실을 왜곡하여 보고하는 것을 한마디 변명도 없이 멍하니 듣고 있어야만 했다. 그녀는 바람의 방향이 달라지면 그에 따라 정치가들이 비겁자가 되고 마는, 영원히 그리고 언제나 계속 반복되는 연극을 다시 한 번 구경할 수가 있었다. 법이 정한 권리를 포기하기보다는 차라리 목숨을 버리겠노라고 했으면서도 2시간 전에 의회의 대변자가 되기로 약속했던 바로 그 베르뇨가 지금은 싸우기를 포기하고 즉각적인 왕의 권한 정지에 대한 동의를 제출하고, "시민과 법률의 보호하에서", 즉 감금 상태하에서 왕실 일가가 뤽상부르 궁으로 옮겨가도록 요구했다. 왕당파 의원들에게 이 처사가 너무 심하다는 말을 듣지 않으려고, 그들은 왕세자를 위해서 교육 담당자를 마련해주도록 했다. 그러나 실제로는 왕관이라든가 왕을 생각하는 사람은 아무도 없었다.

왕은 유일한 권리인 거부권까지 뺏기고 말았다. 관람용 칸막이 방의 의자에 기댄 채 정신 없이 땀을 흘리는 이 남자에게 동의를 구하는 시선조차 던지는 사람 하나 없었다. 왕은 자신에게 물어보지 않는 것에 대해서 내심 고마워하는 것 같았다. 루이 16세는 이제 결정을 내릴 필요조차 없었다. 지금부터는 그에게 결정이 내려질 뿐이었다.

회의는 8시간, 12시간, 14시간 계속되었다. 칸막이 방에 앉아 있는 다섯 사람은 그 공포의 밤에 잠을 한숨도 자지 못했으며, 아침부터 영원처럼 지루한 시간을 맛보았다. 아무것도 모르는 아이들은 피곤해서 졸고 있었고 왕과 왕비의 이마에서는 줄곧 땀이 흘렀다. 마리 앙투아네트는 계속해서 손수건을 물에 적셔오게 했고, 동정의 손길이 한두 번 그들에게 건네준 얼음물을 마셨다. 그녀는 피곤하기는 했지만 잔뜩 흥분되어 증오에 찬 눈으로 화덕처럼 과열된 방 안을 노려보았다. 그 안에서는 계속 언어의 기계가 그녀의 운명의 주위를 돌고 있었다. 그녀는 음식에 손도 대지 않았다. 그러나 남편은 정반대였다. 루이 16세는 구경꾼은 염두에 두지도 않은 채 식사를 여러 번 가져오게 해서 이 칸막이 방 속에서도 은식기를 늘어놓은 베르사유의 식탁에서처럼 편안하게, 천천히 그리고 꼭꼭 씹어먹었다. 어떤 외적인 위험도 왕의 위엄이라고는 찾아볼 수 없는 그의 육체에서 배고픔과 갈증을 몰아낼 수는 없었다. 무거운 눈꺼풀이 점점 내려오자 루이 16세는 왕관을 잃을지도 모르는 이 싸움터 한구석에서 한 시간쯤 잠을 잤다. 마리 앙투아네트는 그에게서 몸을 돌린 채 어둠을 향해 앉아 있었다. 그녀는 무서운 파멸의 순간에도 편안하게 음식을 먹어치우고 잠이 들 수 있으며, 명예보다도 자신의 배를 더 염려하는 남편의 위엄 없는 무기력이 수치스러웠다. 분노를 감추기 위해서 그녀는 고통스러운 눈길을 다른 곳으로 돌렸다. 의장 쪽도 쳐다보기 싫었다. 그녀는 주먹으로 귀를 막아버리고 싶은 심정이었다. 그녀 혼자만이 이 날의 몰락을 그리고 앞으로 닥칠 모든 쓰라린 고통을 서서히 조여지는 목으로 실감했다. 그러나 그녀는 항상 위대했다. 반도들에게 눈물을 보여서도 안 되고, 한숨 쉬는 것을 듣게 해서도 안 돼. 그녀는 칸막이 방 어둠 속에서 더욱 더 깊숙이 몸을 숨겼다.

지독하게 무더운 울 안에서 끔찍한 18시간을 지낸 뒤에 왕과 왕비는 비로소 푀양 파(派)의 예전의 수도원으로 가라는 허락을 받았다. 그지없이 황폐한 조그만 그 수도원에 왕실 일가가 쓸 침대가 급히 준비되었다. 낯선 여자들이 왕비에게 내복과 갈아입을 옷을 빌려주었다. 난리통에 잃어버렸는지 돈이라고는 한 푼도 없었다. 그녀는 시녀에게서 금화 몇 닢을 빌렸다. 드디어 혼자 남자 그녀는 먹을 것을 몇 입 먹었다. 쇠창살이 끼워진 창문 밖은 아직도 조용하지 않았다. 시내는 아직도 긴장 상태였고, 군인들이 열을 지어 다녔다. 거리는 열에 들떴고, 튈르리 궁 쪽에서는 수레 굴러가는 소리가 들렸다. 그것은 1,000구나 되는 시체를 치우는 수레였다. 무서운 밤의 작업이었다. 왕권의 시체는 밝은 낮에 치울 작정이었다.

다음 날과 그 다음 날 아침에 왕실 일가는 공포스런 울 안에 앉아 한번 더 입법의회의 심의에 참석해야만 했다. 시간이 지날수록 그들은 이 뜨거운 화덕 속에서 힘이 녹아버리는 것을 실감할 수 있었다. 어제까지만 해도 왕이라고 불렀지만, 오늘 당통은 "국민의 억압자"라는 단어를 썼고, 클로츠는 "왕이라는 인물"이라고 그를 불렀다. 전날만 해도 그들은 뤽상부르 궁을 거주지로 정해주고 왕세자를 위해서 가정교사를 마련해주겠다고 말했으나 오늘은 말투가 훨씬 사나워졌다. 왕을 "국민의 보호하에" 둔다는 아름다운 말로 감금을 의논했다. 게다가 코뮌 —— 8월 10일에 설치된 혁명적인 시 자치단체 —— 은 뤽상부르나 법무부를 거주지로 하자는 동의를 거부하고, 이 두 건물은 도주하기가 쉽기 때문이라는 이유를 붙였다. "탕플" 안에서만 "피구금자"들의 안전을 꾀할 수가 있다는 것도 그 이유에서였다. 감옥이라는 개념이 점점 더 뚜렷이 나타났다. 의회는 왕을 처리하는 일을 코뮌에 넘겨준 것을 내심 매우 기뻐했다. 코뮌은 왕실 일가가 "불행을 당한 데 대해서 경의를 표하며" 탕플로 인도하겠다고 약속했다. 그것이 전부였다. 그리고 새벽 2시까지 말의 물레방아가 계속 돌아갔다. 그러나 운명의 그림자 속에 웅크린 채, 울 안의 어둠 속에 앉아 있는 굴욕자들에 대한 말은 그 이외에는 하나도 없었다.

 드디어 8월 13일에 탕플이 준비되었다. 사흘 동안의 긴 여행이 끝난 셈이다. 절대왕정에서 국민의회까지 수백 년이 걸렸고, 국민의회에서 헌법까지 2년, 헌법에서 튈르리 궁전까지는 두세 달이 걸렸지만 튈르리 궁전에서 감옥까지는 불과 사흘이 걸린 셈이다. 이제 단두대까지는 이삼 주일이 남았고, 그 다음에는 한 번만 밀면 관 속으로 들어갈 처지였다.

 8월 13일 저녁 6시, 왕실 일가는 페티옹의 안내로 탕플로 옮겨졌다. 밤이 아닌 저녁 6시에 옮긴 것은 국민들로 하여금 예전의 왕과 오만한 왕비가 감옥으로 가는 모습을 구경할 수 있도록 하기 위해서였다. 두 시간 동안, 고의적으로 느릿느릿 마차는 시내 한복판을 지나갔다. 루이 16세에게 의회의 명령에 의해서 대좌에서 끌어내려진 증조 할아버지 루이 14세의 동상을 보도록 하고, 이제 그 자신의 권력뿐만 아니라 가문의 모든 권력이 끝났음을 확신시키기 위해서 마차는 방돔 광장으로 돌아서 갔다.

 지금까지의 프랑스 국왕이 선조들의 궁을 감옥으로 바꾼 그날 저녁 파리의 새 주인도 파리로 그 거처를 옮겨왔다. 그날 밤 기요틴이 콩시에르즈리에서 카루젤 광장으로 옮겨졌다. 8월 13일부터는 루이 16세가 프랑스를 다스리는 것이 아니라 공포가 다스린다는 사실을 프랑스에 알리기 위해서였다.

탕플

왕실 일가가 전에 성당 기사들의 성이었던 "탕플"에 도착했을 때는 날은 이미 상당히 어두웠다. 본관 건물의 창은 수많은 종이등으로 — 사람들이 거족적인 축제를 즐기고 있었기 때문에 — 밝혀져 있었다. 마리 앙투아네트는 이 작은 성을 잘 알고 있었다. 즐거웠던 로코코 시대에 이곳에는 몇 년 동안 그녀의 춤 친구, 놀이 친구였던 왕의 동생 아르투아 백작이 살았다. 그녀는 14년 전 겨울에 값비싼 모피 외투로 몸을 싸고 시동생의 집에서 식사를 하려고 화려하게 장식한 마차를 타고 방울을 울리며 이곳에 온 적이 있었다. 그러나 오늘 그녀를 여기에 초대한 것은 불친절한 주인, 곧 코뮌의 위원들로서 문 앞에는 제복을 입은 하인 대신에 국민군 병사와 헌병이 보초를 서고 있었다. 죄수들에게 저녁을 대접한 큰 홀을 우리는 지금 「콩티 왕자의 차 모임」이라는 유명한 그림으로 볼 수가 있다. 이 그림에서 화려하게 차려입은 사람들의 모임을 음악으로 즐겁게 해주는 소년과 소녀는 다름 아닌 여덟 살의 어린 볼프강 아마데우스 모차르트와 그의 누이였다. 음악과 웃음이 방방에 울려퍼졌고 행복하고 향락적인 귀족이 이 집에 살았었다.

그러나 마리 앙투아네트와 루이 16세를 위한 거처로 코뮌이 정해준 곳은 이 궁이 아니라, 그 옆에 있는 지붕이 뾰족한 낡은 두 개의 요새 탑이었다. 공격당하지 않도록 무겁고 네모난 돌로 중세 때 튼튼하게 지은, 바스티유 감옥처럼 어둠침침한 이 탑은 마리 앙투아네트를 공포감에 떨게 했다. 육중한 철문, 낮은 창틀, 컴컴한 벽으로 둘러싸인 이 탑은 그녀에게 잊혀진 지난날의 발라드를 생각나게 했고, 비밀재판, 종교재판, 마녀의 굴, 고문실을 떠오르게 했다. 아무도 살지 않아 더욱 신비에 가득 싸인 채, 소시민 구역 한가운데 서 있는 구시대의 유물인 이 폐허를 파리 사람들은 두려운 시선으로 달갑지 않게 쳐다보았다. 낡고 폐허가 된 이 성을 기능이 정지된 왕실의 감옥으로 택한 것은 의미심장한 일이었다.

다음 주부터 이 넓은 감옥에 안전책이 강구되었다. 탑 주위에 즐비했던 작은 집들을 부수고 정원의 나무들도 모두 베었다. 사방으로 망을 보는 데 방해를 받지 않으려는 조치였다. 그밖에도 주위의 나무를 베어낸 삭막한 뜰은 다른 건물들과 돌담으로 차단되어 사람들이 탑에 가려면 세 개의 성벽을 지나야만 했다. 출구마다 문 옆에는 초소가 세워졌고, 일고여덟 명의 보초들이 오가는 사람들의 신분증을 검사할 수 있도록 복도에는 횡목까지 쳐놓았다. 죄인을 맡은 시 위원회는 매일 제비로 4명의 위원을 감시원으로 뽑아서 그들에게 교대로 방을 감시시키고, 밤이면 방의 자물쇠를 보관하게 했다. 감시원과 시 위원 이외에 시청의 특별 허가증이 없이는 탕플의 요새 구역 출입이 허용되지 않았다. 페르센이든 친구든 누구도 왕실 일가에서 접근할 수 없었다. 편지 왕래의 가능성도, 의사소통의 가능성도 없었다. 이젠 끝장이 난 것이다.

위험에 대비하기 위한 또 하나의 조치가 왕실 일가에서 취해졌다. 8월 19일 밤에 시 당국의 직원 2명이 왕실 식구가 아닌 사람은 즉시 철수하라는 명령을 내린 것이다. 그리고 고통스러웠던 것은 이런 위험한 시기에 우정을 확인하기 위해서 자진해서 런던에서 돌아왔던 랑발 공작부인과 왕비와의 이별이었다. 그들은 서로 만나지 못하리라는 것을 예감했다. 헤어질 때 마리 앙투아네트는 친구인 랑발에게 마지막 사랑의 표시로 그녀의 금발을 "불행 때문에 희게 되었도다"라는 비극적인 글귀를 새긴 반지 속에 넣어 선물로 주었다. 이별할 때는 증인이 없었지만 살해된 랑발 공작부인의 동강난 시체 곁에서 발견됨으로써 그것이 사실임이 증명되었다. 가정교사였던 드 투르젤과 그 딸 역시 이 감옥에서 다른 곳으로 옮겨가야 했고, 왕의 수행원들도 마찬가지였다. 시종 1명만이 개인적인 심부름을 위해서 남았을 뿐이었다. 왕궁 비슷한 마지막 흔적마저 사라진 채 이제는 정말 왕실 일가만이 남았다. 루이 16세, 마리 앙투아네트, 두 아이들, 엘리자베트뿐이었다.

일이 일어나기 전에 느끼는 공포란 대체로 일 자체보다 더 견디기 힘든 법이다. 감금되었다는 사실 자체가 왕과 왕비에게는 이미 파멸을 의미하기는 했지만, 그것은 그들에게 일종의 확고한 안정감을 주었다. 그들을 에워싼 두꺼운 성벽, 담으로 차단된 정원, 발사 준비가 된 총을 든 감시병, 이런 것들은 도주하려는 일체의 시도를 저지했지만, 한편으로는 모든 습격으로부터 그들을 보호했다. 이제 왕실 일가는 튈르리 궁에서처럼 오늘 습격당할지, 내일 습격당할지 신경을 곤두세우면서 경보나 비상 북소리에 귀를 기울이지 않아도 되었다. 매일 꼭 같은 일이 반복되었고, 그들은 안전하고 조용한 격리 상태 속에 있었다. 또한 바깥 세상의 온갖 흥분으로부터도 멀리 떨어져 있었다. 처음에 시 당국은 왕가에 육체적으로 쾌적한 생활을 마련해주려고 노력했다. 혁명은 싸울 때는 잔인하지만 마음속까지 비인간적이지는 않았다. 혁명은 한 번 강력한 일격을 가한 뒤에는 잠시 쉬기 마련인데 바로 이 휴식, 외적인 긴장 완화가 패배자들에게는 그들의 몰락을 더욱 실감나게 했다. 탕플로 이송된 뒤 처음 며칠 동안 시 당국은 감금된 사람들이 이 감옥을 가능한 한 편하게 느끼도록 해주려고 애썼다. 탑에 새로 양탄자를 깔고, 가구를 들여왔으며, 방이 네 개 있는 한 층 전체를 왕에게 주었고, 네 개의 방을 왕비, 왕비의 시누이인 마담 엘리자베트와 아이들에게 나누어주었다. 그들은 아무 때고 음침하고 곰팡내 나는 탑에서 나와 정원을 산책할 수 있었다. 그리고 무엇보다 코뮌은 왕을 만족시키는 데 가장 중요한 일, 즉 훌륭한 식사 준비에 신경을 썼다. 13명이나 되는 고용인들이 그의 식사를 준비했고 매일 점심 시간에는 세 종류의 수프와, 네 종류의 전채, 두 종류의 구운 고기, 네 종류의 가벼운 식사, 설탕에 절인 과일, 과일, 말바어지산 포도주, 보르도, 샴페인이 나왔다. 석 달 반 동안 식비는 자그마치 3,500리브르나 들었다. 세탁, 의복, 가구들도 루이 16세가 죄인으로 낙인찍히지 않을 때까지는 풍족하게 배당되었다. 그는 원했던 대로 257권의 책을 갖춘 서재 전체를 인수받았다. 대부분이 라틴 고전 작가의 작품이었는데 그는 책으로 소일을 했다. 초기의 아주 짧은 기간 동안에는 왕실 가족의 감금은 전혀 처벌의 성격을 띠지 않았다. 정신적인 압박감을 제외하고는 왕과 왕비는 안락하고 거의 평화로운 생활을 영위해나갔다. 오전이면 마리 앙투아네트는 아이들을 오게 해서 공부를 가르치거나 함께 놀았고, 점심 때는 같이 식사를 했으며, 점심 후에는 주사위 놀이를 하거나 장기를 두었다. 그런 것이 끝나면 왕은 왕세자와 함께 정원을 산책하고 연을 띄웠는데 그 시간 동안에는 왕비는 방에서 수를 놓았다. 자존심이 너무나 강한 왕비는 감시를 받으면서까지 공개적인 산책을 하는 것이 싫었기 때문이다. 저녁 때에는 몸소 아이들을 잠자리에 데려다주었고, 그 다음에는 잡담을 하거나 카드 놀이를 했다. 마리 앙투아네트는 때로는 옛날처럼 클라브생을 연주하거나 노래를 부르기도 했다. 그러나 그녀는 바깥 세계나 친구들과 격리되자 명랑함을 잃고 말았다. 말수가 적어진 채 아이들과 함께 지내거나 혼자 있기를 좋아했다. 늘 기도하며 단식일을 반드시 지키는 루이 16세나 그의 누이에게 침착하게 견딜 수 있는 힘을 주는 깊은 신앙의 위안도 그녀에게는 없었다. 그러나 그녀의 삶의 의지는 걱정이라고는 없는 이 두 사람처럼 그렇게 쉽사리 무너지지는 않았다. 폐쇄된 성 안에서까지도 그녀의 생각은 여전히 바깥 세상을 향했다. 아직도 그녀의 불굴의 정신은 단념할 줄 몰랐다. 그녀는 희망을 버리려고 하지 않았다. 고여 있던 힘을 그녀는 내부 세계로 모아들였다. 오로지 그녀만이 감금되었지만 포로가 되지는 않았다. 다른 사람들은 감금되어 있음을 거의 느끼지 못했으며 만약 감시나 내일에 대한 불안만 없었더라면 아무런 긴장감도 느끼지 않았을 것이다. 소시민 루이 16세나 수도원의 수녀와 같은 마담 엘리자베트는 이제껏 무의식적으로 수년 동안 동경해오던 무감각하고 무책임한 생활방식을 얻게 된 것에 불과했다.

그러나 감시는 물샐틈이 없었다. 다른 어떤 힘이 그들의 운명을 쥐고 있다는 사실을 구금된 사람들은 언제나 상기해야만 했다. 코뮌은 식당에다가 왕으로서는 참기가 괴로운 "공화국 1년"이라는 날짜가 찍힌 "인권선언"을 커다란 종이에 써서 붙여놓았다. 화덕의 놋쇠판 위에 쓴 "자유, 평등"이라는 말을 읽어야만 했고, 점심 식사 때면 정부에서 특별히 임명한 위원과 수비대 사령관이 불청객으로 나타났다. 빵은 모두 사전에 칼로 잘라 그 속에 비밀 쪽지라도 숨기지 않았나 조사했다. 신문도 이 탕플 안에는 들여오지 못했으며, 탑 안에 들어오거나 나가는 사람들은 감시원에 의해서 샅샅이 수색을 당했다. 그뿐 아니라 방은 문마다 밖에서 잠겨 있었다. 왕과 왕비는 뒤에 탄환을 장전한 감시병이 따라다니지 않는 한, 한 발자국도 움직일 수 없었고 입회인 없이는 아무 말도 할 수가 없었으며, 검열받지 않은 인쇄물은 하나도 읽을 수 없었다. 감시가 없는 침실에서만 자기들만 있다는 행복감과 은혜를 맛볼 수 있을 뿐이었다.

그렇다면 이 감시는 고통을 주려는 의도된 행위였을까? 왕실의 감시인들이나 감독관이 왕당파의 수난의 역사가 묘사한 것처럼 그렇게 정말 사디스트였을까? 사람들이 공연히 쓸데없는 모욕으로 계속 마리 앙투아네트와 식구들을 욕보였으며, 이런 목적을 이루기 위해서 거칠고 난폭한 하층계급의 과격 공화파를 선택했다는 것이 사실일까? 코뮌의 기록은 이를 단연 부인한다. 그러나 이런 기록은 당파적인 것으로서 신빙성이 없다. 어느 쪽이 사실인지는 알 수가 없다. 혁명이 정말 패배한 왕을 고의적으로 상처 입히고 학대했는지 아닌지 하는 이 결정적인 물음에 공정한 판단을 내리기 위해서는 특별히 신중해야 한다. 왜냐하면 혁명이라는 개념은 그 자체로 이미 상당히 폭넓은 의미를 내포한 단어이기 때문이다. 지고한 이상주의에서부터 현실적인 잔악함에 이르기까지, 위대함에서부터 무자비함에 이르기까지, 정신에서부터 그것과는 반대인 폭력에 이르기까지 그것은 여러 가지로 변색되며 변화한다. 그것은 인간과 환경에 의해서 그 빛깔을 바꾼다. 모든 혁명이 다 그렇지만 프랑스 혁명에서도 두 종류의 혁명가가 뚜렷이 대조를 이룬다. 이상주의적인 혁명가와 복수심에 불타는 혁명가가 그것이다. 대중보다도 더 나은 생활을 누리는 이상주의적 혁명가는 증오심에 불타는 혁명가들을 그들에게로 끌어올려 그들의 교육, 문화, 자유, 생활방식을 향상시키려고 했고, 오랫동안 가난하고 어렵게 살아온 증오심에 불타는 혁명가들은 풍족하게 살아온 사람들에게 복수를 하려고 했다. 그들은 전에 권력을 가졌던 사람들에게 난폭하게 행동함으로써 분노를 해소시키려고 했다.

  이런 것은 인간의 이중성에 근거를 두는 것으로서 어느 시대에나 해당된다. 프랑스 혁명에서 처음에는 이상주의자가 우세했다. 귀족과 시민, 곧 명망가들로 구성된 국민의회가 인민들을 도와 대중을 해방시켰다. 그러나 해방된 군중, 쇠사슬이 풀린 폭력은 곧 해방자들에게 달려들었다. 두 번째 국면에서는 과격 분자들, 증오심에 불타는 혁명가들이 우세했다. 그들에게는 권력이라는 것이 너무나도 새로워서 마음껏 즐겨보려는 욕망을 누를 길이 없었다. 마침내 비정상적인, 고삐가 풀린 인물들이 권력을 잡게 되었다. 그들의 야심은 혁명을 자신들의 수준으로 자신들의 평범한 정신 수준으로 끌어내리는 것일 뿐이었다.

이 증오에 찬 혁명가들 중에서도 왕실의 감독 책임자가 된 에베르는 가장 전형적인 인물이었다. 고결하고 정신적인 혁명의 주인공들 로베스피에르, 카미유 데물랭, 생쥐스트 등은 이 더러운 서푼짜리 문사의 본질을 간파했다. 그는 혁명의 명예를 손상시키는 종기였던 것이다. 나중에 로베스피에르가 그 종기를 달군 쇠로 소독하기는 했지만 때가 이미 늦은 일이었다. 극장 돈을 횡령하여 고발된 그는 직업도 없이 쫓기는 짐승이 강물에 뛰어들 듯이 혁명에 뛰어들어 조류를 타고 흘러갔다. 생쥐스트가 말했듯이 "시대의 분위기와 위험을 간파하여 교묘히 빛깔을 바꾸는 파충류처럼" 혁명이 피로 물들면 물들수록 그가 쓰는 아니 그가 더럽히는 「페르 뒤셴」지(紙)의 그의 펜은 더욱 더 핏빛처럼 붉어졌다. 저속한 말투 —— "마치 파이에서 흘러나오는 하수도처럼"이라고 카미유 데물랭이 말한 적이 있다 —— 로 그는 글을 통해서 하층 중에서도 가장 하층의 가장 저열한 본능에 아첨했고, 그로 인해서 국외에서의 혁명의 평판을 떨어뜨렸다. 그러나 그 자신은 하층 사회의 인기 때문에 많은 수입 외에도 시위원회에서 한 자리를 얻었고, 그의 위력은 점점 더 커가기만 했다. 그런데 불행하게도 마리 앙투아네트의 운명이 바로 이 남자의 손에 맡겨진 것이다.

왕실 일가의 주인, 감시자가 되자 에베르는 잔뜩 만족해하며 오스트리아의 황녀이며 프랑스 왕비인 마리 앙투아네트를 냉혹하게 다룰 수 있는 권리를 실컷 즐겼다. 개인적인 접촉에서는 고의적으로 냉정하면서도 정중한 태도를 취하여 자신이야말로 새로운 정의의 진정한 대표, 새로운 세력의 대표임을 알려줄 작정으로, 그는 「페르 뒤셴」지에 자기와의 대화를 거부하는 왕비에 대해서 분노를 폭발시켰다. 시 대표위원 에베르 씨가 매주 극히 정중하게 방문하는 바로 그 사람들이 "잭나이프"(도약대에서 뛰어내리는 순간 몸을 굽혔다가 물에 들어가기 직전에 펴는 다이빙의 한 형태. 사형을 의미하는 듯함/역주)와 "국영 면도"(단두대를 일컫음/역주)를 당해야 할 "주정뱅이와 창부"(루이 16세와 마리 앙투아네트를 일컫는 말/역주)였다. 그는 말투가 마음보다도 훨씬 더 급했던 것이다. 그러나 애국자들 중에서 가장 비열하고 정직하지 못한 자가 감독 총책임자로 임명되었다는 것만으로도 이 패배자들에게는 충분한 굴욕이었다. 왜냐하면 에베르에 대한 두려움이 감시병이나 관리들에게 상당한 영향을 미쳤기 때문이다. 자신들을 신용할 수 없다고 하지나 않을까 하는 불안에서 생각보다도 훨씬 더 냉혹하게 행동했다. 그러나 한편 그들의 증오에 찬 외침은 예기치 않았던 방법으로 갇힌 사람들을 도왔다. 에베르가 감시를 하라고 뽑은 정직하고 무식한 일꾼들과 소시민들은 그가 쓴 「페르 뒤셴」지에서 "피의 폭군"에 대해서 그리고 음란하고 지나치게 호사스러운 오스트리아 여자에 관해서 읽은 것이 많았다. 그러나 감시를 하면서 그들이 실제로 본 것은 무엇일까? 그것은 악의라고는 없는 뚱뚱보 소시민이었다. 왕은 아들의 손을 잡고 정원을 산책하고 아들과 함께 뜰이 몇 센티미터, 몇 미터나 되는지 재고 있을 뿐이었다. 그들은 그가 많이 먹으며, 잠자는 것을 좋아하고, 앉아서 독서를 즐기는 모습을 보았을 뿐이다. 이 둔하고 마음씨 좋은 인간이 파리 한 마리도 괴롭히지 못하리라는 것을 그들은 금방 알 수 있었다. 그런 폭군을 미워한다는 것은 정말 힘든 일이었다. 에베르가 그렇게 엄하게 감시하지만 않았더라도 감시병들은 아마도 이 다정다감한 왕과 자기들 계층의 사람인 것처럼 잡담도 하고 장난도 하고 카드 놀이도 했을 것이다. 그러나 왕비에 대해서는 전혀 그렇지 못했다. 마리 앙투아네트는 식사 때에도 감시인들에게 말 한 번 건 적이 없었고, 위원이 와서 필요한 것이나 불편한 것이 없느냐고 물을 때면 아무것도 바라는 것이 없다고 의연하게 대답했다. 그녀는 간수의 도움을 청하기보다는 차라리 모든 것을 참고 견뎠다. 그러나 불행 가운데에서 보여준 이 고귀함은 소박한 사람들을 사로

잡았다. 어려움을 당하는 여자란 다 그런 법이지만 왕비 역시 그들의 동정심을 불러일으켰다. 실제로 죄수 신세와 다를 바 없는 감시인들은 점점 더 왕비와 왕실 일가에게 호감을 가졌고, 갖가지 탈출 가능성에 대해서도 말했다. 왕실 기록에 쓰인 것처럼 감시인들은 겉으로는 난폭하고 전부 공화파인 것처럼 행동하면서 때로는 거친 욕설도 퍼붓고 큰 소리로 노래도 하고 필요하면 휘파람도 불었는데 그것은 단지 마음속에서 우러나오는 동정심을 감추기 위한 행동이었을 뿐이다. 이런 불행 가운데에서도 그들이 실은 존경을 받을 만한 사람들이라는 것을, 의회의 공론가들보다도 소박한 민중이 더 잘 알고 있었다. 거칠다는 탕플의 군인들도 베르사유의 살롱 사람들보다 왕비를 덜 미워했고 추악한 행동도 하지 않았다.

그러나 시간은 조용히 머무르지 않았다. 벽으로 둘러싸인 이 감옥 안에서는 아무도 그 사실을 몰랐지만 밖에서는 시간이 거대한 날개를 펄럭이고 있었다. 국경에서는 나쁜 소식이 왔다. 프로이센과 오스트리아 인들이 마침내 공격을 개시해 단번에 혁명군을 격파하여 풍비박산으로 만들었다는 것이다. 방데에서는 농민들이 폭동을 일으켰다. 내란이 시작된 것이다. 영국 정부는 공사를 소환했고, 라파예트는 자신이 선두에 섰던 혁명의 과격 분자들에게 격분하여 군대를 떠났다. 식량이 부족하여 국민들은 불안해했다. 그러나 가장 위험한 것은 패전 후에는 늘 그렇듯이 반역이라는 말이 수천의 입에 오르내리며 온 시내를 발칵 뒤집어놓았다. 이때 가장 강력하고 단호한 혁명가 당통이 피 묻은 테러의 깃발을 꽉 붙잡고 무시무시한 결정을 내렸다. 9월의 사흘 밤낮 동안 감옥에 있는 모든 혐의자들을 학살하겠다는 내용이었다. 이 2,000명 중에는 왕비의 친구인 랑발 공작부인도 끼어 있었다.

사람들의 목소리나 인쇄물과는 차단되어 탕플 안에 갇힌 왕실 일가는 이 무서운 사건에 대해서 아무것도 알지 못했다. 그들은 갑자기 경종이 울리는 소리를 들었을 뿐이었다. 마리 앙투아네트는 불행을 예고하는 이 청동의 종에 관해서 깨달았다. 이 나부끼는 듯한 음향이 도시의 하늘에서 울려퍼지면 곧 폭풍우가 몰아친다는 것을, 불행이 닥치리라는 것을 그녀는 이미 알고 있었다. 탑 안에 갇힌 사람들은 흥분해서 귓속말을 주고받았다. 브라운슈바이크 장군이 군대를 이끌고 성 앞에 와 있는 것일까? 반혁명이 일어난 것은 아닐까?

저 아래, 탕플로 들어오는 잠겨진 문 곁에는 감시인들과 관리들이 흥분해서 이야기들을 주고받고 있었다. 그들은 더 많은 것을 알고 있었다. 달려온 시종은 교외로부터 수많은 사람들의 무리가 이리로 몰려오고 있으며, 처형된 랑발 공작부인의 흙빛깔의 머리가 창에 꽂혀 머리카락이 바람에 흘날리고 있으며, 부인의 갈기갈기 난자된 시체는 벌거벗겨진 채 뒤에서 질질 끌려오고 있다는 소식을 전해주었다. 오랫동안 왕비와 추잡한 관계였다는 랑발의 벌거벗은 육체와 창백한 머리를 마리 앙투아네트에게 보여줌으로써 최후의 야만적인 승리감을 피와 술에 취한 무리들이 맛보려고 한다는 사실은 의심할 나위도 없는 일이었다. 절망한 감시병이 군대의 도움을 구하기 위해서 코뮌으로 보내졌다. 그들로서는 미쳐 날뛰는 군중들을 도저히 막을 수가 없었기 때문이다. 그러나 교활한 페티옹은 위험할 때마다 항상 그랬듯이 나타나지조차 않았다. 증원군은 오지 않았다. 군중은 끔찍한 제물을 가지고 성 앞에서 광포하게 굴었다. 일당들을 어느 정도 진정시키고, 왕실 일가에게 살인적 결과를 가져올 기습을 우선 통고해주려고 사령관은 폭도들을 지체시킬 방도를 모색했다. 그는 먼저 술 취한 행렬을 탕플의 바깥 뜰로 유인했다. 무리는 더러운 격류처럼 흩어지며 문을 빠져나갔다.

그 야만인들 중 2명은 벌거벗은 부인의 발 부분을 잡고는 질질 끌고 왔으며 또 한 사람은 피투성이인 오장육부를 손에 쥐고 높이 쳐들었다. 다른 한 사람은 푸른 빛이 돌 정도로 창백한 부인의 머리를 창으로 찔러 높이 들고 있었다. 통고한 대로 그들은 왕비에게 그녀의 창부의 머리에 키스를 시키기 위해서 승리의 기념품을 들고 탑으로 올라가려고 했던 것이다. 이 미쳐 날뛰는 자들을 누를 수 있는 방법은 아무것도 없을 것 같았다. 그래서 코뮌의 한 위원이 묘책을 짜내어 이들을 진정시키려고 했다. 위원의 신분임을 밝히고 나서 그는 조용히 하라고 한 다음 연설을 했다. 그들을 유인하기 위해서 그는 우선 이 군중들의 멋진 행위에 대해서 찬사를 늘어놓은 다음, 온 국민이 이 "전리품"을 "승리의 영원한 기념물"로 찬양할 수 있도록 머리를 들고 온 파리 시를 돌아다니는 편이 낫지 않겠느냐고 제안했다. 다행히도 이 감언이설은 효과가 있었다. 취한 군중은 요란한 함성을 올리면서 치욕스런 시체를 끌고 거리를 지나 루아얄 궁으로 가기 위해서 물러갔다.

탑 안의 감금자들은 초조와 불안에 떨고 있었다. 미쳐 날뛰는 무리들의 요란한 외침이 들려왔지만 그 무리들이 어떤 일을 할 작정인지, 무엇을 원하는지 그들로서는 알 수가 없었다. 그러나 탑 안의 사람들은 베르사유와 튈르리 궁에서 습격을 받았던 날부터 이 음험한 소란이 무엇을 뜻하는지를 잘 알고 있었다. 그들은 위험을 막기 위해서 감시병이 창백하게 질려 흥분한 채 제 위치로 뛰어가는 것을 보았다. 왕은 불안해져서 국민군 병사에게 물었다. "네에, 그건 말입니다.……" 국민군 병사는 화가 나서 대답했다. "아시고 싶다니 말씀드립니다만, 사람들이 랑발 부인의 머리를 보여드리겠다는군요. 사람들을 이리로 올라오지 못하도록 하시려면 창가로 가서 몸을 내보이는 수밖에 없을 것 같습니다."

그때 나지막한 비명이 들렸다. 마리 앙투아네트가 정신을 잃고 쓰러진 것이었다. "어머니가 정신을 잃고 쓰러진 적은 그때 딱 한 번뿐이었어요." 뒷날 왕비의 딸은 회상했다.

3주일 뒤, 곧 9월 21일, 거리는 다시 들끓었다. 갇혀 있는 사람들은 다시 밖으로 귀를 기울였다. 그러나 이번에는 분노의 음성이 아니었다. 이번에는 기쁨에 넘쳐 지르는 소리였다. 그들은 저 아래에서 신문팔이들이 의회(국민공회. 파리 코뮌의 압력에 의해서 보통선

거로 선출된 의회/역주)가 왕권 폐지를 결정했다는 소리를 고의적으로 크게 외치는 소리를 들었다. 그리고 다음 날 이미 왕이 아닌 왕에게 폐위를 알리기 위해서 대표들이 나타났다. 루이 16세 —— 그 뒤부터는 경멸적으로 루이 카페(부르봉가 조상의 이름/역주)라고 불렀다 —— 는 이 소식을 셰익스피어의 리처드 2세처럼 태연히 받아들였다.

왕은 무엇을 해야 하지? 복종인가?
왕은 아마 그렇게 할걸. 그럼 폐위당하겠지?
왕은 따른다. 왕이라는 이름을 잃고 말 거야.
꺼져버려라. 제발!

그림자 속에서 빛을 찾을 수 없듯이 이미 싸울 힘을 잃은 사람은 힘을 쓸 수 없기 마련이다. 이미 모든 굴욕에 대해서 무감각해진 왕은 한마디도 반박할 말을 찾지 못했고, 마리 앙투아네트도 마찬가지였다. 이들 두 사람은 아마도 무거운 짐을 벗어놓은 듯한 기분이었을 것이다. 왜냐하면 이제부터는 자신의 운명이나 국가의 운명에 대해서 아무런 책임도 없고 더 이상 잘못하거나 걱정할 일도 없으며, 사람들이 허용해준다면 자신들의 짧은 목숨 이외에는 아무것도 걱정할 필요가 없었기 때문이다. 이제는 인간적인 사소한 일에 대해서나 기뻐하는 수밖에 없었다. 딸이 수를 놓거나 피아노 치는 것을 도와주고 아들이 크게 또박또박 어린아이다운 필체로 쓴 과제의 틀린 곳이나 고쳐주는 정도였다. 아이가 종이 위에 "왕세자 루이 샤를"이라고 쓰면 —— 여섯 살짜리가 어찌 이 사건을 이해할 수 있단 말인가 —— 재빨리 그것을 찢어버려야만 했다. 『메르퀴르 드 프랑스』라는 잡지의 수수께끼를 풀기도 하고 정원을 오르내리기도 했다. 너무 천천히 가는 벽난로 위 고물시계 바늘의 움직임을 쳐다보기도 하고, 멀리 지붕 위로 연기가 올라가는 광경을 바라보기도 했으며, 가을의 구름이 겨울을 몰고오는 것을 쳐다보기도 했다. 무엇보다도 그들은 전에 자신들이 어떤 인물들이었던가를 잊으려고 했으며, 무슨 일이 밀어닥칠 것인가를 생각해보려고 했다.

    이제 혁명은 목적을 달성한 것 같았다. 왕은 폐위되었다. 그는 한마디 이의도 없이 왕위를 포기하고 탑 안에서 아내와 아이들과 함께 조용히 살고 있었다. 그러나 혁명은 계속 굴러가는 공과 같은 것이다. 공을 굴리는 사람이 균형을 유지하기 위해서는 쉬지 않고 공과 함께 달려야 하듯이 혁명을 이끌고, 혁명의 지도자가 되려는 사람은 쉬지 않고 달려야 한다. 계속되는 전개 속에 정지란 있을 수 없다. 모든 당파는 그 사실을 알고 있었고, 그래서 남보다 뒤지는 것을 두려워했다. 우익은 온건파를, 온건파는 좌익을, 좌익은 가장 활력이 있는 지롱드 당을, 지롱드 당은 마라 패거리를, 지도자는 군중을, 장군은 병사를, 국민공회는 코뮌을, 코뮌은 지역(섹시옹)을 또한 두려워했다. 그룹마다 긴장에 감염되어 열기를 띤 경주에 온 힘을 모았다. 공포가 프랑스 혁명을 원래의 목표보다 훨씬 더 멀리 몰고 갔으며 격류와도 같은 거센 힘을 휘두르게 했다. 혁명의 운명은 간신히 얻은 휴식을 다시 몰아냈고 목표에 도달하자마자 곧 그 목표를 더 높은 곳으로 올려놓았다. 혁명은 처음에는 왕권을 붕괴시키고 왕을 폐위시키면 임무가 끝나는 것이라고 생각했다. 그러나 폐위를 당하고 왕관도 빼앗겼지만 이 불행하고 쓸모없는 인간은 여전히 하나의 상징으로 남아 있었다. 수세기 동안 땅속에 파묻혀 먼지와 재가 된 왕들의 뼈를 다시 한 번 태우기 위해서 무덤에서 꺼내는 마당인데 살아 있는 왕의 그림자라고 하더라도 어떻게 그것을 벗어날 수 있단 말인가. 지도자들은 이전의 상태로 되돌아가는 것을 막기 위해서는 루이 16세의 정치적인 죽음을 육체적으로도 완결시켜야 한다고 믿었다. 과격한 공화주의자들은 공화정의 조직이 왕의 피로 칠해질 때 비로소 영속할 수 있다고 생각했다. 덜 과격한 사람들 역시 국민의 신망을 잃을까 두려워하여 이 요구에 동의했다. 루이 카페에 대한 재판은 12월로 결정되었다.

탕플에서는 갑작스럽게 나타난 위원 때문에 이 절박한 결정을 눈치 챘다. 그들은 "모든 자르는 도구", 곧 칼, 가위, 그리고 포크를 몰수해갔다. 단순히 감금만을 당해오던 그들 "피감금자"들은 이제 피고가 되었다. 루이 16세는 아내와 식구들과 격리되었다. 이 조치가 더욱 잔인하다는 것은 같은 탑 안에 살면서도, 가족보다 바로 한 층 아래에 감금당했는데도 아내나 자식들을 만나지 못하게 했다는 점이다. 숙명적인 몇 주일 동안 부인은 한 번도 남편과 이야기를 할 수도 없었고, 재판이 어떻게 되어가는지, 어떻게 결판이 날지도 알 수 없었다. 신문구독도 허용되지 않았고, 남편의 변호사에게 물어볼 수도 없었다. 전율할 만한 불안과 흥분 속에서 이 불행한 여인은 끔찍하게 긴장된 시간을 혼자 보내야 했다. 한 층 아래, 마룻바닥 하나를 사이에 두고 그녀는 남편의 무거운 발소리를 들을 수가 있었다. 그렇지만 그를 볼 수도, 이야기할 수도 없었다. 정말 무서운 이 조처는 그녀에게 형언할 수 없는 고통을 주었다. 1월 20일 시 위원이 마리 앙투아네트에게 나타나 다소 침울한 목소리로 오늘은 특별히 가족과 함께 아래층에 있는 남편에게 가도 좋다고 말했을 때 그녀는 이 관대함 속에 숨겨진 의미를 금방 알아차렸다. 루이 16세가 처형 선고를 받았으며, 자신이 남편을, 아이들이 아버지를 마지막으로 만나도록 허용되었다는 사실을, 비극적인 순간을 고려해서 —— 내일 단두대에 오를 사람은 이젠 아무 위험도 되지 않았다 —— 4명의 시 위원은 아내와 남편, 누이동생, 아이들이 마지막으로 함께 마주 앉을 자리를 마련해주고 처음으로 자리를 피했다. 그러나 유리문을 통해서 이별의 장면을 감시했다.

처형 선고를 받은 왕과의 재회인 동시에 영원한 이별을 고하는 이 비참한 순간에 입회자는 아무도 곁에 없었다. 모든 인쇄된 보고는 멋대로 꾸며낸 낭만적인 허구이며, 눈물이 솟을 듯한 감동으로 그 순간의 비극을 달콤한 스타일로 우스꽝스럽게 만들어놓은 그지없이 감상적인 동판화 역시 마찬가지이다. 아이들의 아버지와의 이별이 마리 앙투아네트의 생애에서 가장 고통스러운 순간 중 하나였음은 의심할 나위 없는 사실이다. 그렇지만 그것을 무엇하러 과장한단 말일까? 죽음의 제물, 처형 선고를 받은 사람을 땅속에 묻히기 전에 본다는 것, 이것만으로도 인간적 감정을 가진 사람에게는 참으로 가슴을 에는 고통이 아닐 수 없다. 마리 앙투아네트는 이 남자를 결코 정열적으로 사랑하지 않았고 오랫동안 다른 한 사람에게 마음을 주기는 했지만, 20년을 함께 살았고 그의 네 아이를 낳은 것은 사실이었다. 그녀는 이 격동의 시대에 남편이 자기에게 정말 너그럽고 헌신적이었음을 깨달았다. 원래는 국가의 정략적인 이해관계로 인해서 일생을 함께 하게 된 두 사람이지만 탑에서의 암울한 시간에 함께 겪은 지극한 불행을 통해서 인간적으로 더 가까워졌다. 왕비는 자기가 곧 그를 따라가리라는 것을 알고 있었다. 남편이 조금 먼저 가는 것일 뿐이었다.

일생 동안 왕을 뒤따라다녔던 완전한 무감각이 이 절박한 최후의 순간에는 시련을 겪는 그에게 도움이 되었다. 견디기 어려운 무신경이 결정적인 순간에 루이 16세에게 어떤 도덕적인 위대함을 부여했다. 그는 공포감도 흥분한 기색도 보이지 않았다. 옆 방에 있던 4명의 시 위원은 단 한 번도 그가 소리 높여 흐느끼며 목소리를 높이는 것을 듣지 못했다. 가엾고 연약한 남자에 불과한 위엄 없는 왕은 가족들과의 이별 장면에서는 그의 온 생애를 통해서 보여주지 못했던 힘과 위엄을 보여주었다. 사형 선고를 받은 그는 10시에 여느 날처럼 조용히 의자에서 일어나 가족에게 이젠 올라가라는 손짓을 했다. 꺾을 수 없는 그의 의사에 마리 앙투아네트는 감히 싫다고 말할 수가 없었다. 다음 날 아침 7시에 그녀에게 가겠노라고 그가 거짓말까지 했기 때문에 어쩔 수가 없었다.

그리고 조용해졌다. 왕비는 위층 작은 방에 혼자 앉아 있었다. 밤이 지나갔다. 잠을 이룰 수 없는 기나긴 밤이. 그리고는 마침내 날이 새더니 준비하는 소리가 무시무시하게 들려왔다. 그녀는 의장마차의 육중한 바퀴 소리를 들었다. 층계 위아래로 계속 발자국 소리가 들렸다. 고백신부일까? 시 위원들일까? 아니, 벌써 형리가 온 것은 아닐까? 저 멀리 행군해오는 연대의 북소리가 둥둥 들렸다. 날은 점점 밝아왔다. 아침이 되었다. 아이들은 아버지를, 그녀로서는 그녀의 일이라면 언제나 신경을 쓰며 친절을 베풀어온 오랜 세월의 반려자를 잃을 시간이 점점 다가왔다. 방문 앞에서 지키고 서 있는 감시인들은 시련을 겪는 이 여인이 계단을 내려가지 못하도록 막았다. 그녀는 방에 갇힌 채 무슨 일이 진행되는지 아무것도 들을 수도 볼 수도 없었다. 그리하여 실제 일어나는 것보다도 수천 배나 더 끔찍한 고통을 내적으로 겪어야 했다. 그때 아래층이 갑자기 조용해졌다. 왕이 떠난 것이다. 그를 태운 육중한 의장마차는 형장을 향해 달렸다. 그리고 1시간 뒤에는 기요틴이 전에는 오스트리아의 황녀였으며, 그 뒤에는 프랑스의 왕세자비, 그리고 왕비가 된 마리 앙투아네트에게 새로운 이름을 주었다. 카페 미망인이라는 새로운 이름을.

마리 앙투아네트 홀로

 도끼 떨어지는 소리 다음에는 일종의 당혹스러운 정적만이 남았다. 루이 16세의 처형으로 국민공회는 왕정과 공화정 사이에 붉은 피의 경계선을 그으려고 했던 것이다. 의원 중 대부분은 이 약하고 선량한 인간을 단두대로 끌고 가는 것을 내심 유감스러워했다. 그 뒤를 이어 마리 앙투아네트까지 기소되리라고는 아무도 생각하지 못했다. 회의도 열지 않은 채 코뮌은 미망인에게 그녀가 요구한 상복을 내주었다. 감시는 눈에 띌 정도로 허술해졌다. 합스부르크가의 여자와 아이들을 아직도 구금하는 것은 이들을 잡고 있으면 오스트리아를 고분고분하게 만들 수 있는 담보물을 손에 쥐고 있는 것이나 마찬가지라고 생각했기 때문이었다.
 그러나 그 계산은 맞지 않았다. 프랑스의 국민공회는 합스부르크가의 가족정서를 지나치게 좋게 평가했던 것이다. 둔하고 무감각하며 욕심 많고 내적인 위대함이라고는 찾아볼 수 없는 프란츠 황제는 금고에 플로렌스 다이아몬드(133캐럿이나 됨/역주) 외에도 무수한 귀중품이나 보석이 있었지만 혈연을 구하기 위해서는 보석 한 개도 꺼낼 생각이 없었다. 뿐만 아니라 오스트리아의 주전파들은 담판을 파기시키는 온갖 방법을 동원했다. 빈은 처음에는 정복이나 배상을 위해서가 아니라 이념을 관철시키기 위해서 이 전쟁을 일으켰다 —— 프랑스 혁명은 곧 그 말을 부인했다 —— 고 주장했지만 영토합병 전쟁으로 번지고 마는 것이 결국 전쟁의 본질이다. 그리고 장군들이란 모두 교전 중에 방해받는 것을 싫어하는 법이다. 그들의 취미에 맞는 이런 좋은 기회를 만나는 것은 힘든 일이므로 전쟁이란 길면 길수록 좋은 법이다. 페르센의 독촉을 받은 메르시는 계속해서 마리 앙투아네트는 이제 프랑스 왕비라는 칭호를 빼앗겼으니 오스트리아의 황녀이며 황실의 일원이 되었고, 그러므로 황제께서는 그녀를 데려올 도덕적 의무가 있다고 궁궐에다 대고 누누이 설명했지만 아무 소용이 없었다. 세계 전쟁에서 포로가 된 한 여인이란 얼마나 하찮은 존재인가! 그리고 차가운 정치 게임 속의 한 인간이란 얼마나 하찮은 존재인가? 사람들의 마음은 차갑고 문은 전부 닫혀 있었다. 군주들은 모두 크게 충격을 받았다. 손을 내미는 사람은 아무도 없었다. 마리 앙투아네트는 루이 16세가 페르센에게 했던 말, "온 세상이 나를 버렸소"라는 말을 되풀이하는 수밖에 없었다.

온 세상이 그녀를 버렸다. 마리 앙투아네트는 쓸쓸하고 적막한 방에서 그것을 실감했다. 그러나 이 여자의 생의 의욕은 아직도 깨지지 않았다. 살아야 한다는 각오는 점점 더 단단해졌다. 그러나 왕관은 빼앗겼다. 그리고 얼굴마저 이미 지치고 늙었지만 이 여인은 사람들의 마음을 사로잡는 묘한 힘, 마력을 가지고 있었다. 에베르와 다른 시 위원들은 모두 예방책을 강구했으나 그녀의 비밀스런 자력(磁力)에는 효력이 없었음이 증명되었다. 그것은 역시 소시민인 모든 감시인들과 관리인들을 향해서 이 세상의 왕비라는 이유로, 그 후광 때문에 여전히 자력이 작용했던 것이다. 몇 주가 지나자 벌써 그녀를 감시하겠다고 선서한 상퀼로트부터 엄중한 명령이 연신 내려오는데도 마리 앙투아네트를 세상으로부터 격리시켜놓은 보이지 않는 벽은 무너졌다. 그녀의 편이 된 감시인들의 도움으로 집 안으로 집 밖으로 계속 소식이 드나들었다. 그리고 레몬즙이나 은현 잉크로 쓰인 종이쪽지는 물병 뚜껑으로 만들어지거나 화로의 통풍구을 이용하여 밖으로 운반되었다. 감시를 피해서 왕비에게 매일 정치나 전쟁 소식을 알려주기 위한 손짓과 몸짓도 고안되었다. 뿐만 아니라 특별히 행상인에게 부탁해서 탕플 앞에서는 중요한 뉴스를 큰 소리로 외치도록 합의했다. 이러한 조력자 서클은 감시인들 사이에서 점점 그 폭을 넓혀갔다. 항상 우유부단하여 모든 실현 가능한 일을 불가능하게 만들어온 루이 16세가 곁에 없었기 때문에 이제 모든 사람으로부터 버림받은 마리 앙투아네트는 감히 탈출을 시도하기로 결심했다.

위험은 초산과 같은 것이다(초산은 금과 은을 분리하는 데 쓰임/역주). 평화롭고 미온적인 상황에서는 불분명하게 섞여 있는 것, 즉 인간의 용감함과 비겁함은 시련 속에서는 명확하게 분리된다. 옛 사회의 용기 없는 자들, 귀족 중에서 이기적인 인물들은 왕이 파리로 이송되자 곧 모두 망명, 도주했다. 정말 충성스런 사람들만이 남았는데, 도망가지 않은 사람들은 모두 절대적으로 신뢰할 수 있는 사람들이었다. 이런 용감한 사람들 중에서도 첫째가는 사람은 자르자예 장군으로서 그의 부인은 전에 마리 앙투아네트의 시녀 노릇을 한 적이 있었다. 그는 오로지 왕비를 도울 생각으로 안전한 코블렌츠로부터 돌아와 어떤 희생도 치를 각오가 되어 있다고 알려왔다. 왕이 처형된 후 2주가 지난 1793년 2월 2일, 낯선 사람 하나가 자르자예에게 나타나 마리 앙투아네트를 탕플로부터 구출하자는 놀라운 제안을 했다. 자르자예는 상퀼로트의 골수분자처럼 보이는 이 낯선 남자를 의심스런 눈초리로 바라보았다. 그가 정탐꾼일 것이라고 생각했다. 그러자 그 낯선 인물은 의심할 여지가 없는 왕비의 필체로 쓰인 아주 작은 종이쪽지를 그에게 내밀었다. "내 이름을 대고 이 쪽지를 보여주는 사람은 믿으셔도 됩니다. 그의 마음은 내가 잘 알고 있습니다. 그는 다섯 달 동안 한 번도 변심한 적이 없습니다." 그는 탕플의 상주 경비원 툴랑으로, 변태적인 심리 연구 사례가 될 것이다. 왕권이 무너진 8월 10일, 그는 튈르리 궁 습격 때 앞장을 섰던 첫 번째 지원자들 중 한 사람이었다. 이 행동에 대한 훈장이 자랑스럽게 그의 가슴을 장식하고 있었다. 공공연하게 증명된 그의 공화주의 사상을 몸으로 실천한 덕택에 시 위원회는 그를 특별히 신뢰할 수 있는 사람, 매수되지 않을 사람으로 생각하고 왕비의 감시를 맡겼다. 그러나 사울은 바울이 되고 말았다(유대교 신봉자였던 사울은 기독교를 전파하는 바울이 되었다. 박해자에게 지지자가 되었음을 뜻함/역주). 자기가 감시해야 할 여자의 불행에 마음이 움직인 그는 그가 습격 때 무기를 들이댔던 바로 그 여자의 가장 충실한 친구가 되었다. 마리 앙투아네트가 비밀 기록에서 항상 익명으로 "피델", 즉 충신이라고 썼을 정도로 그는 마리 앙투아네트에게 지극한 희생적인 헌신을 보여주었다. 탈출 계획에 휩쓸려들어온 사람 가운데 돈 욕심에서 자기 목숨을 걸지 않은 사람은 이 이상한 툴랑 한 사람뿐이었다. 그는 일종의 인간적인 열정으로 그리고 과감한 모험에 대한 흥미 때문에 자신의 목숨을 걸었던 것 같다. 담대한 사람은 늘 위험을 즐기는 법이다. 다른 사람들, 자기 이익만을 찾으려고 했던 사람들은 일이 실패로 돌아가자 교묘하게 달아났는데도 툴랑만은 저돌적으로 목숨을 걸었다는 사실만 보아도 알 수 있다.

자르자예는 그 낯선 사람을 믿었다. 그러나 완전히 신임하지는 않았다. 편지란 위조할 수 있는 것이고, 교신이란 위험하기 그지없는 짓이다. 그래서 자르자예는 툴랑에게 자신이 탕플 안으로 잠입하여 왕비와 이야기할 수 있도록 해달라고 요구했다. 낯선 사람, 특히 귀족을 경비가 삼엄한 탑 안으로 들어가게 한다는 것은 처음에는 불가능한 일로 간주되었다. 그러나 그동안 왕비도 감시원들 중에서 돈으로 매수함으로써 새로운 조력자들을 얻었고, 며칠 뒤에는 벌써 툴랑이 새 종이쪽지를 가지고 나타났다. "이리로 오시기로 결심하셨다니 지금 곧 오실 수 있으면 좋겠습니다. 그렇지만 발각되지 않도록, 특히 우리와 함께 갇혀 있는 여자에게 발각되지 않도록 부디 조심하십시오." 이 여인의 이름은 티송이었으며 첩자이리라는 왕비의 예감은 결국 적중했다. 그 여자의 약고 빈틈없는 신중함 때문에 만사가 실패로 돌아갔던 것이다. 그러나 처음에는 참으로 성공적이었다. 자르자예는 탕플로 몰래 들어갔다. 그것도 탐정 드라마를 상기시키는 방법으로. 매일 저녁 감옥 주변의 가로등을 켜기 위해서 사람이 왔다. 시 위원회의 명령으로 그 주변은 아주 환히 불을 켜놓도록 되어 있었다. 어둠은 탈출하는 데 도움이 되기 때문이었다. 툴랑은 그 등 켜는 사람에게 자기 친구 하나가 장난 삼아 탕플을 구경해보고 싶다고 하니, 옷과 장비를 하룻밤만 친구에게 빌려주었으면 좋겠다고 그럴듯하게 말했다. 등 켜는 사람은 돈을 받고는 희색이 만면하여 술을 마시러 갔다. 변장을 한 자르자예는 왕비 앞에까지 갔다. 그리고는 왕비와 탈출 계획을 의논했다. 왕비와 마담 엘리자베트는 남자로 분장하여 시 위원의 옷을 입고 훔친 신분증을 가지고 검열을 마친 시 위원처럼 탑을 떠나기로 했다. 더 어려운 일은 아이들을 데리고 오는 일이었다. 그러나 다행스럽게도 그 등 켜는 사람은 오는 길에 종종 자기 아이들을 데려오곤 했다. 그래서 배짱이 두둑한 귀족이 가로등을 켜는 역을 맡아 초라하게 옷을 차려입은 아이들을 전에 데리고 다니던 아이들처럼 데리고서 가로등을 켠 후 유유하게 관문을 통과하도록 계획을 짰다. 그 다음에는 근처에 세 대의 경마차가 대기하고 있어야 했다. 한 대는 왕비와 아들과 자르자예가 타고 두 번째 마차는 딸과 제2의 공모자 르피트르가, 세 번째 마차에는 마담 엘리자베트와 툴랑이 타도록 되어 있었다. 발견되지 않고 5시간만 경마차를 타고 달리면 된다. 왕비는 이 계획의 대담함에 놀라지 않았다. 자르자예는 이미 제2의 공모자인 르피트르와 이야기가 되었다고 설명했고, 왕비는 거기에 동의했다.

전직 초등학교 교사였던 제2의 공모자 르피트르는 수다스럽고 몸집이 작고 다리를 절었다. 왕비도 이렇게 쓴 적이 있다. "당신은 또 한 사람을 만날 것입니다. 그의 외모는 별로 호감이 가지는 않지만 꼭 필요한 사람입니다. 우리는 그를 반드시 우리 편으로 만들어야만 합니다." 그는 이 음모에서 색다른 역할을 했다. 그렇게 하도록 그를 부추긴 것은 인정도 아니었고 참가하는 데 대한 모험심은 더더욱 아니었다. 그것은 자르자예가 약속한 엄청난 액수의 돈이었다. 그러나 유감스럽게도 그 돈은 사실 준비되지 못했다. 파리의 반혁명 자금주인 드 바츠 남작과 자르자예는 묘하게 아무런 연결도 없었던 까닭이다. 이들 두 사람의 음모는 거의 동시에 나란히 진행 중이었다. 그러나 아무 접촉도, 연락도 없었고 서로 전혀 알지도 못했다. 귀중한 시간은 흘러가기만 했다. 왕비의 예전 자본주로 하여금 우선 신뢰하도록 만들어야 했다. 동분서주한 끝에 결국 돈은 마련되었다. 그러나 시 위원회 위원이었던 르피트르는 바라던 대로 감쪽같이 위조여권을 준비해놓았음에도 불구하고 용기를 잃었다. 파리의 철책이 폐쇄되었고 마차마다 철저히 수색한다는 소문이 나돌았기 때문이다. 소심한 르피트르는 겁을 집어먹은 것이다. 아니면 첩자가 잠복해 있다는 암시를 받는지도 모른다. 어쨌든 그는 협조를 망설였고 그 때문에 4명이 모두 동시에 탕플 밖으로 나오는 것은 불가능해졌다. 왕비 한 사람이었더라면 쉽게 구출이 되었을 것이다. 자르자예와 툴랑은 왕비에게 혼자 탈출하라고 독촉했다. 그러나 마리 앙투아네트는 고귀한 품격을 보여 혼자 탈출하기를 거부했다. 아이들을 두고 가다니 차라리 단념하겠어요! 흥분하여 그녀는 자르자예에게 이 뒤바꿀 수 없는 결심의 이유를 설명했다. "우리는 아름다운 꿈을 가졌어요. 그뿐이에요. 하지만 이번 기회에 나를 위해서 당신이 헌신한 새 증거를 발견하게 된 것은 큰 수확입니다. 당신에 대한 나의 신뢰는 무한합니다. 당신은 내가 어떤 일을 할 때나 용기가 있었다는 것을 인정하실 거예요. 그렇지만 아들에 대한 관심이야말로 나를 지탱하는 유일한 힘입니다. 여기서 빠져나간다는 것은 행복을 의미하겠지요. 그러나 나를 그 아이와 떼어놓는다는 것에는 동의할 수 없습니다. 당신이 어제 말씀한 것으로 나는 당신의 충성심을 너무나도 잘 알 수 있었습니다. 또한 당신이 제공한 근거가 얼마만큼 내게 유리하게 작용하리라는 것도. 그런 기회는 또다시 오지 않겠지요. 그러나 아이들을 남기고 간다면 어떤 즐거움도 없겠지요?"

자르자예는 기사도적인 의무를 다했다. 이제는 계속 왕비를 도울 수가 없었다. 그러나 이 충신은 왕비를 위해서 다시 한 번 시도해보았다. 외국에 있는 친구와 친척들에게 마지막 사랑의 표시, 살아 있다는 표시를 보냄으로써 어떤 가능성을 얻지 않을까 했던 것이다. 처형당하기 직전 루이 16세는 기념으로 인장 반지와 머리카락 한 다발을 시종을 통해서 가족에게 전해달라고 했다. 그러나 시 위원들은 왕이 죽은 뒤에도 은밀한 모반의 징후를 예감하고 이 유품을 압류해서 봉인하도록 했다. 왕비를 위해서라면 언제라도 죽을 수 있는 툴랑이 봉인을 풀어 유품을 왕비에게 가져다주었다. 그러나 왕비는 자신이 이 유품을 안전하게 숨겨둘 수 없다고 생각했다. 자신에게 신뢰할 만한 심부름꾼이 있는 것을 기회로 하여 왕비는 왕의 반지와 머리카락을 시동생에게 안전하게 보낼 수 있었다. 그녀는 프로방스 백작에게 이렇게 덧붙였다. "신뢰할 수 있는 충성스런 사람이 곁에 있어 동생이고 친구이기도 한 당신에게 이 유품을 보낼 기회를 얻었습니다. 당신의 손안에서라면 안전하게 보관이 되겠지요. 우리가 어떤 놀랄 만한 방법으로 이 귀중한 유품을 손에 넣었는가는 이것을 가져가는 사람이 당신께 설명해드릴 것입니다. 우리에게 지금 그다지도 유용한 그 사람의 이름을 당신께 말씀드리는 것은 삼가겠습니다. 당신께 우리 소식을 제대로 전할 수 없는 저의 상황과 너무나도 가혹한 불행은 저로 하여금 잔인한 격리 상태의 감정을 더욱 강하게 느끼게 합니다. 이 이별이 이제 그만 끝난다면 얼마나 좋겠습니까. 그때까지 나는 당신을 포옹하고 당신을 사랑할 것입니다. 이것이 진실임을 당신은 아실 것입니다." 그녀는 아르투아 백작에게도 비슷한 편지를 보냈다. 그러나 자르자예는 파리를 떠나는 것을 망설였다. 자기가 파리에 있는 편이 마리 앙투아네트에게 좀더 도움이 될지도 모른다고 생각했다. 그러나 결국 그가 머무르는 것은 무의미하며 위험하다는 것이 판명되었다. 출발 직전 그는 툴랑을 통해서 왕비의 마지막 편지를 받았다. "안녕히 가세요. 출발하기로 결심하셨다니 곧 떠나시는 게 좋겠습니다. 아! 나는 당신의 딱한 부인이 너무나 걱정됩니다. 우리가 다시 만날 수 있다면 얼마나 행복할까요? 당신이 우리를 위해서 한 모든 일은 아무리 감사를 드린다고 해도 충분치 못할 것입니다. 아듀! 이 단어는 얼마나 끔찍한 단어인지 몰라요."

마리 앙투아네트는 이것이 자신의 심정을 멀리 보낼 수 있는 마지막 기회가 되리라는 것을 예감했으며, 알고 있었다. 단 한 번의 마지막 기회가 주어진 것이다. 이 두 사람, 감사해야 할 필요는 없지만 단지 혈연 때문에 형의 유품의 보관자가 된 프로방스 백작과 아르투아 백작 두 사람 외에 또다른 사람에게 왕비가 아무런 사랑의 표시도 남기지 않았을까? 아이들을 제외하고는 이 세상에서 가장 귀중한 사람인 페르센에게는 아무런 인사도 없었을까? 그녀의 소식이 없이는 "살 수가 없다"던 페르센에게, 포위된 튈르리의 지옥 속에서도 영원한 추억을 위해서 반지를 보냈던 그에게 정말 마지막 인사도 하지 않았을까? 아니다. 편지 사본으로 자르자예와의 이별을 기록해놓은 고글라는 그의 회상록에서 페르센에 대해서는 한마디 인사말도 기록하지 않고 있다. 여기서 영혼의 내적인 마지막 소식을 기대하던 우리의 감정은 실망한다.

하지만 감정은 항상 옳은 법이다. 사실 마리 앙투아네트는 최후의 고독 속에서도 애인을 잊지 않았다. 어떻게 그렇게 하지 않을 수가 있단 말인가? 시동생들에게 보낸 의무적인 보고는 자르자예가 충실히 중계한 진짜 편지를 은폐하기 위한 구실에 지나지 않는지도 모른다. 그 회상록이 나온 1823년에는 이미 내밀한 관계를 후세에 은폐하려는 음모, 페르센을 위한 침묵의 음모가 시작되었던 것이다. 여기서도 역시 우리에게 가장 중요한 편지 몇 통(마리 앙투아네트의 경우에는 보통이었다)이 비굴한 출판업자의 손에 들어갔던 것이다. 그것은 한 세기가 지난 뒤에야 다시 빛을 보게 되었다. 왕비의 열정이 파멸 직전의 이 순간보다 더욱 강렬하게 타올랐던 적은 일찍이 없었다. 마음에 위안을 주는 애인의 추억과 항상 피를 통하게 해주려고 마리 앙투아네트는 왕실의 문장인 백합 문장을 새긴 반지 대신에 페르센가의 문장을 새긴 반지를 끼고 있었다. 페르센이 그의 손가락에 왕비의 말이 새겨진 반지를 끼고 다닌 것과 마찬가지로 왕비는 그와 헤어져 있는 동안 손가락에다 스웨덴 귀족의 문장을 끼고 다녔다. 이제 드디어 그에게 또 한 번 사랑의 표시를 보낼 가능성이 생겼기 때문에 —— 왕비는 이번이 마지막이 되리라는 것을 알고 있었다. 그녀는 반지와 더불어 자기의 감정을 그에게 알려주고 싶었다 —— 그녀는 글씨가 적힌 문장을 뜨거운 밀랍에 눌러 그 누른 자국을 자르자예를 통해서 페르센에게 보냈다. 더 이상 아무 말도 필요하지 않았다. 이 자국은 모든 것을 말해주었다. 그녀는 자르자예에게 이렇게 썼다. "여기 동봉하는 압형(押型)을 지난 겨울 브뤼셀에서 나를 찾아왔던 분께 전해주세요. 그리고 그분께 이 글귀가 지금보다 더 가치가 있었던 적은 결코 없었다고 말씀해주세요."

그녀 자신이 특별히 만들었던 인장 반지에 새겨진 "지금보다 더 가치가 있었던 적은 결코 없었다"는 글귀는 과연 무엇을 뜻했을까? 프랑스 왕비 자신이 하찮은 스웨덴 귀족의 문장을 새겨넣고, 100만 개의 장신구 중에서 유일하게 감옥 속에서까지 손가락에 간직하던 반지에는 무엇이라고 새겨져 있었을까? 그것은 다섯 개의 이탈리아어 단어로서 죽음을 목전에 둔 지금 이전보다 훨씬 더 진실하게 들리는 말이었다. "모든 것이 나를 당신께 인도합니다(Tutto a te mi guida)."

죽음의 제물이 될 이 여인의 무언의 인사 속에는 죽음의 열정이, "되돌아올 수 없는" 격정이 살아 있는 육체가 먼지로 변하기 전에 다시 한 번 솟구치고 있었다. 멀리 떨어져 있던 사나이는 그녀의 심장이 마지막 순간까지 자기를 향한 사랑 속에서 뛰고 있음을 알았다. 이별의 인사 속에서 영원의 사상이 불타오르고, 파멸 속에서 불멸의 감정은 다시 타오르는 법이다. 단두대의 그림자 아래 이 비할 데 없는 위대한 사랑의 비극은 드디어 최후의 대사를 말한다. 이제 막을 내려도 좋다고.

마지막 고독

 짐을 벗었다. 최후의 말도 끝났다. 마음은 다시 한 번 자유롭게 날아다닐 수 있었다. 이제는 조용하고 침착하게 올 것을 기다리는 것이 편했다. 마리 앙투아네트는 세상과 작별을 고했다. 그녀는 더 이상 아무것도 바라지 않았으며, 아무것도 시도하려고 하지 않았다. 빈 황실이나 동맹군의 승리에는 더 이상 기대할 것이 없었고 자르자예가 곁을 떠났고 충실한 툴랑도 코뮌의 명령으로 멀리 떠난 후 파리 시에는 이제 자기를 도와줄 사람이 하나도 없다는 것을 그녀는 알고 있었다. 첩자 티송 덕분에 시 위원회는 감시인에게 더 주의를 기울였다. 탈출 시도는 전에도 위험한 짓이었지만, 이제는 미친 짓, 자살 행위나 다름이 없었다.
 그러나 모험 그 자체에다 신비로운 베일을 씌우고 거기에다 인생의 모든 것을 거는 도박꾼 같은 사람도 있다. 불가능한 것을 감행할 때에야 비로소 자신의 힘이 충만함을 느끼고, 과감한 모험만이 현존재의 유일한 형식이라고 생각하는 것이다. 평범한 시대에는 그런 사람은 숨을 쉴 수 없다. 그들에게는 인생살이가 너무 지루하고 모든 행위가 구질구질하고 한심하기 때문이다. 그들은 죽음마저 두려워하지 않는 용감성이, 황당무계할 정도의 비상식적인 목표가 필요한 것이다. 그리고 그들은 어리석은 짓과 불가능한 짓을 시도하기를 가장 열망했다. 그런 종류의 남자가 당시 파리에 살고 있었는데 그의 이름은 드 바츠 남작이었다. 왕정이 광채를 발하고 영광을 누리던 동안은 이 부유한 귀족은 오만하게 뒷전에 물러나 있었다. 무엇 때문에 지위나 녹(綠)을 위해서 머리를 숙여야 한단 말인가? 위험은 그의 마음속에 있는 모험심을 들쑤셨다. 처형 선고를 받은 왕은 이젠 끝장이 났다고 모두가 포기했을 때 왕에게 충성을 다하겠다는 이 돈키호테는 어리석은 영웅심으로 그를 구하기 위한 싸움에 뛰어들었다. 이 미치광이가 혁명이 진행되는 동안 말할 수 없이 위험한 위치에 있었다는 것은 당연한 사실이다. 혼자서 익명으로 혁명에 맞서 싸우기 위해서 그는 수십 가지의 이상한 이름을 쓰가며 파리에 숨어 있었다. 그는 셀 수 없이 많은 모험을 위해서 전 재산을 희생했다. 그가 한 가장 미친 짓은 루이 16세가 처형장으로 끌려갈 때 8만 명의 무장한 군인들 한가운데로 뛰어나가 군도를 휘두르면서 "왕을 구하고 싶은 자는 내게로 오라"라고 소리친 것이었다. 그러나 아무도 그의 편이 되지 않았다. 대낮에 시 전체, 군인 전체와 맞서 한 사람을 빼내려고 시도할 만큼 무모한 용기를 가진 사람은 프랑스 전체에서 한 사람도 없었다. 경비병들이 깜짝 놀라 정신을 못 차리는 동안 드 바츠 남작은 군중 속으로 종적을 감췄다. 그러나 그는 실패에도 전혀 용기를 잃지 않았다. 왕이 처형당하고 나자 곧 그는 왕비를 구출하기 위한 환상적이고도 대담한 계획에 착수함으로써 실패한 왕 구출보다 더 멋진 행동을 해볼 준비를 시작했다.

 드 바츠 남작은 노련한 안목으로 혁명의 약점, 가장 비밀스런 독의 씨앗을 찾아냈다. 그것은 로베스피에르가 달군 쇠로 제거하려고 했던 부패였다. 정치권력을 장악하자 혁명가들은 관직을 차지했다. 모든 관직에는, 쇠에 녹이 슬 듯이, 영혼을 부패시키는 위험스런 돈이 개입되는 법이다. 거액이라고는 만져보지도 못했던 소시민들, 프롤레타리아들, 일꾼들, 작가들, 실업자였던 선동가들이 전시 물자의 분배, 징발, 망명자 재산의 매각 등으로 어떤 통제도 없이 갑자기 거액의 돈을 관리하게 되었다. 이런 일을 싫어할 사람은 별로 없었다. 사상과 돈벌이가 불분명하게 연결되었다. 사나운 혁명가들 중에서 많은 사람들이 이제 공화국에 공헌한 그만큼 난폭하게 돈을 챙기기 시작했다. 전리품을 뺏기 위해서 서로 으르렁거리며 싸우는 부패한 자들의 양어장에 드 바츠 남작은 주문을 외우면서 낚시 바늘을 던졌다. 오늘날까지도 사람들을 현혹시키는 숫자, 100만을 탕플에서 왕비를 구출하는 일을 도와주는 사람에게 주겠노라고 제안한 것이다. 그런 액수라면 사람들이 자진해서 두꺼운 감옥의 성벽이라도 뛰어넘을 만한 액수였다. 드 바츠 남작은 가로등 켜는 사람과 병사들의 도움으로 일을 도모하려고 했던 자르자예처럼 하급관리들의 도움으로 시도하려고 하지 않았다. 그는 철저하고 단호하게 전체에 도전해서 덤벼들었다. 하급관리를 매수한 것이 아니라 감시 조직의 중요한 인물이며 시 위원 중에서도 세력 있는 인물인, 전에는 레모네이드 사업을 벌였던 미쇼니를 매수했다. 감옥의 모든 감시, 탕플의 감찰 역시 그의 소관이었다. 그가 두 번째로 포섭한 사람은 지역 총사령관인 코르티였다. 결국 모든 관리들과 경찰의 추적을 당하는 이 왕당파는 탕플의 민간인들뿐만 아니라, 군 당국자까지도 수중에 넣었고, 국민공회와 공안위원회에서 "비열한 바츠"에 대해서 큰 소리로 욕설을 퍼붓는 동안 비밀리에 자신의 일을 진행시켰다.

이 노련한 음모가 드 바츠 남작은 계산과 매수에서도 철저하고 냉담하고 잔인했으나 타오르는 인간적인 용기도 가지고 있었다. 수백 명의 첩자들과 밀사들이 초조하게 추적했으나 —— 공안위원회는 그가 공화국을 전복시키기 위해서 계획을 진행 중이라는 것을 알고 있었다 —— 그는 지형을 정찰하기 위해서 포르게라는 이름으로 탕플 경비중대에 병사로 들어갔다. 국민군의 더러운 옷을 아무렇게나 걸치고 손에는 무기를 든 백만장자인 이 귀족은 다른 군인들과 함께 왕비의 방문 앞에서 군 복무를 했다. 그가 직접 마리 앙투아네트에게까지 가는 데 성공했는지는 확실하지 않다. 하지만 그것은 원래 계획에서도 불필요한 일이었다. 거액의 몫을 받기로 한 미쇼니가 직접 왕비에게 모든 것을 설명한 까닭이다. 매수당한 사령관 코르티의 협조 덕택에 점점 더 많은 남작의 부하들이 경비중대에 들어갔다. 그리하여 마침내 세계 역사상 아연실색할 만한 믿기지 않는 사태가 벌어졌다. 1793년 어느 날, 한창 혁명이 진행 중인 파리 한가운데, 시 당국의 허가 없이는 아무도 들어갈 수 없는 탕플, 그 안에 법률의 보호를 박탈당한 프랑스 왕비가 감금되어 있는 탕플 전체가 공화국의 적, 위장한 보병대대의 왕당파들에 의해서 감시되고 있었다. 그리고 그들의 지도자는 국민공회와 공안위원회가 각종 명령서와 체포장으로 백방으로 수색 중인 드 바츠 남작이었다. 이 믿지 못할 대담한 사건은 어떤 소설가도 감히 생각하지 못할 사건이었다.

　마침내 드 바츠는 결정적인 기습을 할 시기가 무르익은 것으로 판단했다. 밤이 되었다. 그날 밤은, 만약 그의 행동이 성공하기만 했더라면 세계사의 운명을 바꿔놓았을지도 모르는 잊지 못할 밤이었다. 그날 밤 프랑스의 새 왕이 될 루이 17세가 영원히 혁명의 손아귀에서 구출되었을 것이기 때문이다. 그날 밤 드 바츠 남작과 운명은 공화국의 번영이냐 패망이냐에 내기를 걸었다. 저녁이 되었고 어두워졌다. 만사가 세심히 준비되었다. 매수당한 코르티는 그의 분대를 이끌고 정원으로 왔다. 거기에는 이 모반의 지휘관인 드 바츠 남작도 끼어 있었다. 코르티는 중요한 출구는 전부 드 바츠 남작이 모은 왕당파들의 손아귀에 있도록 병사들을 배치했다. 매수당한 또다른 인물 미쇼니는 감옥 안에서의 일을 맡았다. 그는 이미 마리 앙투아네트와 마담 엘리자베트 그리고 마리 앙투아네트의 딸에게 군대 외투를 넘겨주었다. 그들 세 사람은 자정에 군모를 쓰고 어깨에 총을 메고 다른 순찰대원처럼 다른 국민군들과 함께 왕세자를 그들 사이에 세우고서 코르티의 명령에 좇아 탕플 밖으로 행군해나갈 작정이었다. 만사는 확실해보였다. 계획은 세부까지 잘 들어맞게 짜여 있었다. 코르티는 국민군의 지휘관으로서 성문을 지날 때마다 감시병들에게 문을 열라는 명령을 내릴 수 있는 권리가 있었기 때문에 그가 직접 이끄는 군대가 아무런 제지도 받지 않고 거리로 나갈 수 있으리라는 것은 의심할 여지가 없었다. 드 바츠는 다른 것까지도 다 챙겨두었다. 그는 가명으로 아직 경찰의 손이 미치지 않은 파리 근교에 집 한 채를 가지고 있었다. 그곳에 몇 주일 동안 왕실 가족을 숨겨놓았다가 안전한 기회가 오면 국경을 넘게 할 작정이었다. 그 외에도 그는 비상시에 추적자들을 막기 위해서 거리에다 주머니에 피스톨을 두 자루씩 지닌 젊고 결연한 왕당파들을 배치시켰다. 이 계획은 얼핏 보기에 기묘하고 너무나 대담해 보였지만 세부사항까지 철저히 검토한 것이며 벌써 실행이라도 한 것 같았다.

　11시경이었다. 마리 앙투아네트와 가족들은 언제라도 구출자들을 따라갈 수 있도록 준비하고 있었다. 그녀는 아래에서 순찰병들이 행군하는 소리를 들었다. 그러나 그런 감시는 그녀에게 위협이 되지 않았다. 그들 상퀼로트의 제복 안에는 같은 동료의 가슴이 뛰고 있음을 그녀도 알고 있었기 때문이다. 미쇼니는 드 바츠 남작의 신호만을 기다리고 있었다. 그때 갑자기 감옥 문을 세차게 두드리는 소리가 났다. 무슨 일이 일어난 것일까? 그들은 질겁을 해서 몸을 움츠렸다. 혐의를 받지 않으려고 그들은 문을 두드리는 사람을 들어오게 했다. 그는 시 위원이며 성실하고 결코 매수할 수 없는 혁명가인 제화공 시몽이었다. 그는 왕비가 이미 탈출하지나 않았나 해서 흥분하여 뛰어들어왔다. 몇 시간 전에 헌병이 그에게 쪽지를 가져왔다. 오늘 밤 미쇼니가 모반을 꾀한다는 내용이었다. 그래서 그는 곧 이 중요한 소식을 시 위원회에 보고했다. 그들은 그의 황당무계한 이야기를 믿으려고 하지 않았다. 매일 밀고가 수백 통이나 위원들의 책상 위로 빗발치듯 날아들었기 때문이다. 어떻게 그런 일이 가능할 수 있단 말인가? 탕플은 280명이 감시하고 있고 가장 신뢰할 수 있는 위원들이 감시하는데……. 그러나 어쨌든, 별일은 아니겠지만, 그들은 그날 밤 미쇼니 대신 시몽에게 탕플 내부의 임무를 인수할 것을 지시했다. 그가 오는 것을 보자 코르티는 만사가 틀렸다는 것을 즉시 깨달았다. 다행히도 시몽은 그가 공범자라고는 짐작도 하지 못했다. "자네가 여기 있으니 안심이네"라고 친근하게 말하고 나서 그는 미쇼니가 있는 탑 안으로 올라갔다.

이 의심 많은 사람 때문에 자기 계획 전체가 무참히 파괴되어 버리는 것을 본 드 바츠 남작은 잠시 동안 생각했다. 시몽을 재빨리 뒤쫓아가 피스톨로 바로 쏘아버려 그의 두개골을 부숴버리는 것이 낫지 않을까? 하지만 그것은 분별 없는 짓이었다. 총성은 나머지 감시병들을 전부 불러모을 것이고 그렇게 되는 날엔……그는 어쨌든 배신자가 아닌가! 왕비를 구출하는 것은 틀린 일이었다. 폭력을 써봤자 쓸데없이 왕비의 목숨만 위태롭게 할 뿐이었다. 이제 남은 일은 변장하고 잠복한 자들을 온전하게 탕플 밖으로 데리고 나가는 일뿐이었다. 불안해진 코르티는 재빨리 모반자들로 순찰대를 짰다. 드 바츠 남작을 포함한 순찰대는 탕플의 뜰에서 유유히 거리로 행군해 나갔다. 모반자들은 구출되었다. 그러나 왕비는 포기하는 수밖에 별 도리가 없었다.

그동안, 시몽은 격분하여 미쇼니에게 해명을 요구했다. 즉시 시 위원회 위원 앞에서 변명하라는 이야기였다. 변장했던 복장을 재빨리 감춰놓고 미쇼니는 꿋꿋하게 서 있었다. 아무런 저항 없이 그는 위험한 사람을 따라 위험한 법정으로 갔다. 그러나 이상하게도 사람들은 시몽을 좀 냉담하게 대해서 돌려보냈다. 그의 애국심과 선의, 경계심을 칭찬하기는 했으나, 유령을 보았을 것이라고 용감한 시몽에게 분명히 알아듣도록 말했다. 외관상으로 시 위원회는 그 음모를 진지하게 생각하지 않았던 것처럼 보였다. 실제로 시 위원회는 이 탈출 기도를 매우 진지하게 생각했으며 ─ 이 일은 복잡미묘한 정치를 반영하고 있다 —— 단지 누설되지 않도록 조심할 따름이었다. 마리 앙투아네트의 재판에서, 드 바츠와 그의 공범자들이 함께 시도했으나 시몽에 의해서 좌절된 그 대규모 계획의 세부는 모두 은폐해 둘 것을 공안위원회가 검사에게 문서로 명령한 그 기묘한 행위가 그것을 입증하고 있다. 세세한 부분은 들추어내지 말고 탈출 시도에 관해서만 말하도록 했다. 부정부패가 충성스런 공화당원들에게 벌써 얼마나 깊숙이 좀먹어들어갔는지가 세상에 알려지는 것을 시 위원회는 두려워했던 것이다. 그래서 세계 역사의 극적이고도 믿지 못할 에피소드는 오랫동안 침묵 속에 묻혀 있었다.

겉으로 보기에는 그렇게 충실한 관리들의 부정부패에 놀란 시 위원회는 감히 공범자들에 대해서 공공연한 심문을 벌이지는 못했다. 이제는 더욱 엄격하게 조처함으로써 포기하기는커녕 대단한 반항심으로 거듭 자유를 얻기 위해서 투쟁하는 대담한 여자의 그러한 시도를 불가능하도록 만드는 결정을 내렸다. 우선 혐의가 있는 위원들, 첫째로 툴랑과 르피트르를 해임하고 마리 앙투아네트를 범죄자처럼 감시하도록 했다. 밤 11시 정각, 시 위원회 위원 중 가장 난폭한 에베르가 잠든 마리 앙투아네트 앞에 나타났다. 그는 "마음대로" 방과 사람들을 수색하라는 코뮌의 명령을 철저하게 이용하여 새벽 4시까지 모든 방과 서랍, 가구들을 샅샅이 뒤졌다.

수색의 수확은 속이 상할 정도로 별것이 없었다 —— 몇 개의 별 볼일 없는 주소가 쓰인 빨간 가죽으로 된 수첩과 연필도 없는 필통, 한 조각의 봉랍, 세밀화 초상 두 점, 또다른 기념물, 루이 16세의 헌 모자 등이었다. 탐색은 방법을 바꿔가며 반복되었으나 마리 앙투아네트에게 불리한 결과는 없었다. 혁명이 계속되는 동안 쓸데없이 친구들과 조력자들을 노출시키는 일이 없도록, 마리 앙투아네트는 모든 편지를 받는 즉시 태워버렸기 때문에 이번에도 조사위원들에게 기소 구실이 될 만한 증거품은 없었다. 침착하게 투쟁하는 여인에게서 위법의 단서를 찾지 못해 화가 났고, 또 한편으로는 그녀가 의심스러운 노력을 그만두지 않으리라는 것을 확신한 위원회는 그녀의 가장 예민한 부분인 모성애에 상처를 주기로 결정했다. 이번에는 그녀의 마음 한가운데에 타격을 주었다. 음모가 발각된 며칠 후인 7월 1일, 공안위원회는 어린 왕세자 루이 카페를 어머니에게서 격리하여 그녀와 의사소통도 할 수 없도록 탕플의 가장 안전한 장소로 옮기는, 더 분명하고 잔인하게 말하면 어머니의 손에서 빼앗아버리는, 시 위원회가 서명한 결정을 발표했다. 가정교사 선택은 위원회가 결정했다. 위원회는 노골적으로 시몽의 경계심에 감사하며, 가장 신뢰할 만하고 확실하며 돈이나 감상에 동요되지 않을 상퀼로트인 이 제화공에게 선발의 표를 던졌다. 단순하고 소박하며 거친 시민 시몽은 순수한 프롤레타리아였다. 후에 왕권주의자들이 날조했던 것과 같이 난폭한 술꾼이나 잔인한 사디스트는 아니었다. 그러나 얼마나 짓궂은 선택인가! 이 사람은 일생 동안 아마 한 권의 책도 읽지 않았을 것이며, 세상에 알려진 그의 단 한 장의 편지가 증명하듯이 그는 맞춤법조차도 전혀 몰랐던 것이다. 그는 성실한 상퀼로트였고, 1793년에는 이미 어떤 관직이라도 얻을 만한 충분한 자격을 갖춘 것 같았다. 혁명의 정신적인 선은 6개월 전부터 급경사를 그리며 하강했다. 그때는 아직도 국민공회에서 뛰어나고 위대한 작가이며 『인간 정신의 위대한 진보』의 저자인 콩도르세가 프랑스 왕위 계승자의 가정교사가 될 것이라고 생각되었다. 제화공 시몽에 비하면 이 차이는 끔찍할 정도였다. 그러나 "자유, 평등, 박애" 세 단어 중에서 자유의 개념은 감시위원회가 생긴 이후, 박애의 개념은 단두대가 만들어진 이후 아시냐 지폐만큼 가치가 떨어졌다. 단지 평등의 사상, 그보다는 오히려 강제적으로 평등을 조작하려는 사상만이 과격하고 폭력적인 혁명의 마지막 단계를 지배했다. 이 조치로써 그들의 의도가 드러났다. 어린 왕세자를 교육받은 사람, 교양 있는 사람으로 키워서는 안 되고 정신적으로 최하위, 교육받지 못한 시민계급에 머물도록 할 심산이었다. 왕세자에게 자신의 신분을 완전히 잊게 해서 남들도 그를 더 쉽게 잊을 수 있도록.

저녁 9시 반, 6명의 시청 관리들이 탕플의 문을 쾅쾅 두드릴 때까지도 아이를 엄마의 품안에서 빼앗으려는 국민공회의 결정에 관해서 마리 앙투아네트는 꿈에도 몰랐다. 잔인하고도 갑작스런 뜻밖의 방법은 에베르의 득의의 처벌 방식이었다. 그는 언제나 사전 통고도 없이 한밤중에 불시에 기습적으로 감찰을 했다. 아이는 벌써 오래 전에 잠자리에 들었고 왕비와 마담 엘리자베트는 아직 자지 않고 있었다. 그들이 안으로 들어왔을 때 왕비는 의아해하며 몸을 일으켰다. 이런 한밤의 방문은 늘 굴욕적인 일이나 나쁜 소식만을 그녀에게 전해주었기 때문이다. 이번에는 그들도 조금 당황해하는 것 같았다. 대부분 한 가정의 아버지인 그들에게는 아들과 이별해야 할 아무런 외적인 이유도, 정당한 이유도 없으면서 자신의 외아들을 영원히 남의 손에 즉시 양도해야만 한다는 공안위원회의 명령을 어머니에게 전한다는 것은 어려운 임무였다.

이 밤에 절망한 어머니와 시청 관리들 사이에 벌어진 장면에 관해서는 유일한 목격자인 마리 앙투아네트의 딸이 쓴 불확실한 기록 외에는 아무것도 없다. 단지 직무상의 명령을 수행해야만 할 뿐인 이 관리들에게, 마리 앙투아네트는 아들을 자기 곁에 있게 해달라고 눈물로 간청했다고, 후에 폰 앙굴렘 공작부인이 된 그녀가 이야기한 것이 사실일까? 아들을 빼앗기느니 차라리 자기를 죽이라고 그들에게 말했다는 것이 사실일까? 장시간 거부하자 관리들은 (그런 명령이 없었던 것으로 보아 사실 같지는 않다) 어린 아들과 공주를 죽이겠다고 위협했고, 수시간이나 다툰 끝에 마침내 울부짖는 어린아이를 난폭하게 끌고 갔다는 것이 사실일까? 공식적인 기록은 거기에 대해서 아무런 언급도 없다. 미사여구를 덧붙이기 좋아하는 관리는 다음과 같이 말했다. "이별은 이런 때 예상할 수 있는 모든 감정의 폭발을 수반했다. 국민의 대표는 그 엄격한 의무와 일치하는 한에서는 모든 것을 허용하는 걸 고려했다." 이 경우 보고는 보고끼리 그리고 당파는 당파끼리 대립했다. 당이 말하는 곳에 좀처럼 진실은 없는 법이다. 그러나 한 가지만은 의심할 여지가 없다. 즉 강제적인, 불필요한, 비참한 아이들과의 이별은 마리 앙투아네트 생애에서 가장 어려운 순간이었을 것이라는 사실 말이다. 이 금발의 자랑스럽고 조숙한 아이를 엄마는 특별히 사랑했다. 그녀는 그 아이를 왕으로 키우려고 했다. 오직 그 아이만이 하루 종일 명랑하게 종알거리고 호기심에 차 질문함으로써, 외로운 탑 안에서의 시간들을 그래도 견딜 수 있었던 것이다. 의심할 것 없이 그녀는 딸보다 아들을 더 사랑했다. 딸은 무뚝뚝하고 애교가 없고 정신적으로 나태했다. 따라서 어떤 점을 비교해봐도 옹졸했고 마리 앙투아네트의 샘솟는 생생한 애정에 대해서 그 아름답고 활발한 소년만큼 감정을 나타내지 못했다. 제 자식을 이렇게 무의미하게, 사납게, 잔인한 방법으로 영원히 빼앗기다니, 왕세자는 탕플 구내에, 마리 앙투아네트가 있는 탑에서부터 몇 미터밖에 떨어지지 않은 곳에서 살 수 있도록 허락을 받기는 했지만, 시 위원회의 무례한 형식주의 때문에 어머니는 자식에게 한마디 말도 건넬 수가 없었다. 병이 들었다는 이야기가 들려도 들여다볼 수가 없었다. 왕세자는 페스트 환자처럼 외부로부터 일체의 접촉이 단절되었다. 그뿐인가, 교육 담당인 제화공까지도 입을 열지 못하도록 명령을 받았다. 아들에 대한 정보는 일절 거절당했다. 어머니는 아들이 같은 대기 속에서, 바로 옆에 살고 있음을 알면서도 말도 붙일 수 없어 안타까워하고만 있었으며, 어떤 명령도 금지할 수 없는 내적 감정의 접촉 이외에는 아무런 말도 할 수 없었다.

드디어 —— 작고 불충분한 위안 한 가지가 발견되었다 —— 마리 앙투아네트는 사 층에 나 있는 단 하나의 창을 통해서 아들이 노는 안뜰 한 모퉁이를 바라볼 수 있다는 것을 발견했다. 전에는 왕비였던 시련의 여인 마리 앙투아네트는 이제 몇 시간씩 창가에 몰래 서서(감시병의 묵인하에서) 감옥 안뜰에 잠시라도 좋으니 사랑하는 아들의 밝은 그림자가 나타나기만을 기다렸다. 때때로 창으로부터 눈물 어린 어머니의 눈길이 자신의 일거일동을 뒤쫓고 있는 것도 모르는 이 아이는 쾌활하게 놀기만 했다. 아홉 살 난 아이가 운명에 대해서 무엇을 알겠는가! 아이는 곧 새 환경에 익숙해졌고 자신이 누구의 아들이며 어떤 핏줄이며 이름이 무엇인가를 잊어버렸다. 아이는 시몽이나 그의 친구로부터 배운 「카르마뇰」이나 「사 이라」 등의 노래를 의미도 모른 채 큰 소리로 불렀다. 그는 상퀼로트의 붉은 모자를 쓰고 좋아하면서 어머니를 감시하는 군인들과 이야기를 주고받았다. 아이와 어머니 사이는 돌로 된 벽뿐만 아니라 하나의 세계 전체에 의해서 내면적으로 분리되어 있었다. 그러나 어머니는 눈으로만 볼 뿐, 팔로 안아볼 수도 없는 제 자식이 그렇게도 쾌활하고 즐겁게 뛰어노는 모습을 보는 것만으로도 심장이 강하고 밝게 고동쳤다. 이 가여운 아이는 어떻게 될 것인가? 무정한 국민공회로부터 그 아이를 무자비한 손으로 인도받은 에베르는 자신이 주재하는 악덕 신문 「페르 뒤센」 지에 다음과 같은 위협적인 말을 싣고 있었다. "불쌍한 국민이여, 이 작은 새끼는 조만간에 당신네들의 화근이 될 것이다. 지금 우스꽝스러우면 그럴수록 한층 더 위험하다. 이 작은 뱀과 그의 누나는 황량한 섬에 유배시켜야 한다. 어떤 일이 있어도 내쫓아야만 한다. 공과국의 안녕이 문제가 되는데 아이 하나가 무슨 가치가 있단 말인가!"

아이 하나가 무슨 가치가 있단 말인가? 에베르에게는 전혀 가치가 없었다. 어머니는 그것을 알고 있었다. 그래서 그녀는 사랑스런 아이가 안뜰에서 보이지 않는 날은 몸서리를 쳤다. 그리고 이 마음의 적이 자기 방에 들어올 때마다 어쩔 수 없는 노여움에 몸을 떨었다. 이자야말로 아이를 빼앗아가도록 권고했으며 그는 그렇게 함으로써 도덕적 세계의 내부에서 가장 치욕스러운 범죄를 저질렀다. 혁명이 그녀를 다름 아닌 에베르에게, 그녀의 테르시테스(「일리아드」에 나오는 추악하고 입이 더러운 추남/역주)에게 인도했다는 사실은 혁명상의 음울한 한 페이지를 장식한다. 가장 순수한 이념일지라도 비열한 인간에게 이념의 이름으로 권력을 주고 비인간적인 짓을 하게 한다면 금방 비열해지고 왜소해질 것이다.

이제 시간이 갈수록 아이의 웃음소리에 마음이 환해지는 것도 없어졌고 창살을 친 탑 안의 방은 더욱 어두워졌다. 밖에서는 아무 소리도 들리지 않았다. 최후의 조력자들까지 사라지고 친구들은 손이 닿지 않는 먼 곳에 있었다. 3명의 고독한 여자, 마리 앙투아네트와 어린 딸과 마담 엘리자베트는 하루 종일 함께 마주앉아 있었다. 이젠 이야기할 것도 없고 희망도 없었다. 공포까지도 잊어버린 듯한 기분이었다. 봄이 되고 벌써 여름이 왔으나 그녀들은 뜰에 내려가는 것도 잊고 있었다. 무거운 피로가 사지를 눌렀다. 이 무서운 시련이 계속된 몇 주일 동안 왕비의 얼굴에서 사라진 것이 있었다. 이 여름에 어느 무명화가가 그린 마리 앙투아네트의 최후의 초상을 보면 목자극(牧者劇)에 출연했던 과거의 여왕, 로코코의 여신은 상상할 수도 없으며 튈르리 궁에 있을 때처럼 오만하고 당당하고 위엄 있는 여자의 모습도 찾아볼 수 없다. 백발에 베일을 쓰고 있는 이 초상화의 얼굴은 서른여덟 살의 모습이지만 —— 너무나 많은 고생을 해서 —— 이미 노파처럼 보인다. 지난날 그다지도 거만했던 눈에 나타나던 생동감은 전부 사라지고 말았으며 무서운 피로 속에서 두 손을 축 늘어뜨리고 앉은 채 종말의 부름까지도 아무런 반항 없이 따라가려는 태도를 보여준다. 지난날 얼굴에 보이던 우아한 품격은 고요한 슬픔으로 변했으며, 불안은 완전히 사라지고 무관심이 자리 잡고 있었다. 멀리서 보면 마리 앙투아네트의 최후의 초상은 수녀원 원장의 모습과도 비슷하다. 이미 현세적인 생각은 하나도 없이 세상에 대해서는 아무런 희망도 없이 이미 이 세상의 삶이 아닌 저 세상에 살고 있는 듯한 모습이다. 거기에는 아름다움도, 용기도, 힘도 찾을 수가 없다. 왕비는 퇴위했을 뿐만 아니라 이제 여자다움까지도 포기했다.

피로하고 생기 없는 노부인이 아무것에도 놀라거나 겁내지 않는 푸르고 맑은 눈망울을 들고 있을 따름이었다.

그로부터 며칠 지나지 않아 새벽 2시에 문을 요란하게 두드리는 소리가 들렸다. 마리 앙투아네트는 겁내지 않았다. 남편, 아이, 애인, 왕관, 명예, 자유를 다 빼앗긴 지금, 세계가 무슨 상관이 있겠는가? 그녀는 일어나 옷을 입고 위원을 방 안에 들어오게 했다. 그들은 카페의 미망인이 기소되었으므로 콩시에르즈리에 수용한다는 국민공회의 명령서를 읽었다. 마리 앙투아네트는 조용히 귀를 기울인 채 아무 말도 하지 않았다. 혁명 재판소에 기소되면 사형 선고를 받은 것과 마찬가지이며 콩시에르즈리는 죽음의 집이라는 사실을 그녀는 잘 알고 있었다. 그러나 그녀는 아무런 부탁도, 논쟁도 하지 않았으며 여유를 달라는 말도 하지 않았다. 이런 통지를 가지고 살인자처럼 한밤중에 쳐들어온 사람들에게 그녀는 한마디도 하지 않았다. 그녀는 태연히 옷 검사를 당했고, 몸에 지닌 물건을 전부 빼앗기면서도 반항하지 않았다. 단지 손수건 한 장과 강심제가 든 작은 병 하나만이 허용되었다. 그녀는 다시 한 번 —— 벌써 몇 번째인가! —— 이별을 고해야 했다. 이번에는 시누이와 딸에게. 이것이 최후의 이별임을 그녀는 알고 있었다. 그러나 그녀는 이미 이별에는 너무나도 익숙해졌다.

 뒤를 돌아다보지도 않고 자세를 바르고 꼿꼿하게 한 그녀는 방문을 나와 빠른 걸음으로 계단을 내려갔다. 도움의 손길도 뿌리친 채, 기력이 빠졌을 때를 대비해서 강력한 진액을 담은 병을 가지고 있었지만 필요하지 않았다. 그녀는 이미 스스로 내부에서부터 강해져 있었다. 가장 괴로운 것까지도 이미 견뎌냈던 까닭에, 이 몇 달 동안의 생활보다도 더 심한 것은 있을 수가 없었다. 이번에 온 것은 좀더 쉬운 것, 죽음이었다. 그녀는 죽음을 향해 거의 돌진해가는 것처럼 보였다. 무서운 추억뿐인 이 무서운 탑으로부터 빨리 나가려고 서두르고 있었다. 그래서 낮은 문에 머리를 숙이는 것도 잊었는지 —— 눈물로 눈앞이 흐려졌는지도 모른다 —— 이마를 단단한 문틀에 부딪치고 말았다. 따라오던 사람들이 걱정되어 달려와서 아프지 않냐고 물었으나 그녀는 침착하게 "아뇨"라고 대답했다.

"아픔 같은 것은 잊은 지 오래되었어요."

콩시에르즈리

그날 밤에 또다른 여자, 콩시에르즈리 관리인의 아내 마담 리샤르도 잠에서 깼다. 저녁 늦게 누군가가 갑자기 그녀에게 마리 앙투아네트가 쓸 작은 방 하나를 준비하라는 지시를 가져왔다. 공작, 후작, 백작, 사교(司敎), 시민에 이어, 이제 모든 계급의 희생자들을 뒤따라 프랑스 왕비까지 죽음의 집으로 오게 된 것이다. 마담 리샤르는 놀랐다. 이 서민 여자에게 "왕비"라는 단어는 아직도 종이 힘차게 울려퍼지듯 마음속에 경외심을 진동시켰기 때문이다. 왕비가! 우리 집에 왕비가! 곧 마담 리샤르는 침대 시트 중에서 가장 좋은 흰 리넨을 찾아냈다. 마인츠의 정복자 퀴스틴 장군 역시 쇠창살로 막힌 그 방에 갇혔던 적이 있었다. 서둘러서 그 음산한 방이 왕비를 위해서 준비되었다. 접는 철제 침대와 매트 두 장, 짚으로 만든 소파 두 개, 베개, 얇은 이불 그리고 세숫대야와 습기 찬 벽 앞의 낡은 양탄자. 이 이상은 왕비에게 허용되지 않았다. 준비를 한 다음 그들은 아주 오래된, 돌로 지은, 반은 지하인 이 집 안에서 왕비 일행을 기다렸다.

새벽 3시 정각에 몇 대의 마차가 덜컹거리면서 왔다. 맨 먼저 감시병이 횃불을 들고 어두운 복도로 들어왔다. 그 다음에는 운좋게도 드 바츠 남작 사건을 잘 처리해서 감옥의 총감독관으로 지위를 굳힌 약삭빠른 레모네이드 상인 미쇼니가 왔고, 그 다음에는 깜박이는 등불의 빛을 받으면서 왕비가 감방에서 함께 있도록 허락된 유일한 생명체인 작은 개를 한 마리 데리고 걸어들어왔다. 밤이 이슥한 시간이라 콩시에르즈리에서 프랑스 왕비였던 마리 앙투아네트를 못 알아봤다고 한다면 그것은 너무나 속이 빤히 들여다보이는 연극이 될 것 같았다. 그래서 그녀에게는 관례적인 법원의 서류기재 절차를 생략하게 하고 곧 방에 들어가서 쉬도록 허락이 내려졌다. 왕비의 마지막 77일 동안에 관해서 가장 진실하고 감동적인 보고를 해준 데 대해서 우리가 감사히 여기는, 글조차 쓸 줄 모르는 시골 출신의 어리고 불쌍한 감옥 관리인의 가정부인 로잘리 라모클리에르는 몹시 흥분해서 검은 옷을 입은 창백한 부인을 살그머니 뒤따라가 그녀가 옷을 벗는 것을 보고는 "도와드릴게요"라고 말했다. "고마워, 아가씨." 왕비가 대답했다. "도와줄 사람이 없어진 뒤로는 내 일은 내가 한단다." 우선 그녀는 자기에게 주어진 짧은 그러나 끝없는 시간을 측정할 수 있도록 벽에 있는 못에다가 시계를 걸었다. 그리고는 옷을 벗고 자리에 누웠다. 그러자 탄환을 장전한 총을 휴대한 감시병이 들어왔다. 그리고는 문이 닫혔다. 거대한 비극의 마지막 장이 시작된 것이다.

파리 사람뿐만 아니라 전 세계 사람들이 다 알고 있듯이 콩시에르즈리는 정치범 중에서도 가장 위험한 인물을 수용하기 위해서 선택된 감옥이다. 이름을 기입하는 수용인 명부는 사망 증명서나 다를 바 없었다. 생라자르, 카름, 아베이 등의 다른 어떤 감옥으로부터도 다시 세상으로 나갈 수 있었다. 그러나 콩시에르즈리에서는 아주 특수한 경우 말고는 그것은 거의 불가능했다. 그러므로 마리 앙투아네트와 시민들은 이곳에 수용된다는 것이 죽음의 춤을 위한 첫 번째 바이올린에 활을 긋는 것이라고 생각해야 했다. 그러나 국민공회는 귀중한 볼모인 왕비를 서둘러 기소할 생각은 없었다. 콩시에르즈리의 이송은 질질 끄는 오스트리아와의 교환 담판을 위한 채찍질에 불과한 것이었다. 이 협박의 제스처는 국민공회에서 크게 떠들던 기소하겠다는 주장을 잠잠하게 만들었다. 모든 외국 신문이 놀라서 크게 보도한 이 "죽음의 문간방"으로의 비참한 이송 후 3주가 지나도록 놀랍게도 혁명 재판소의 푸키에 탱빌 검사에게는 아무런 서류도 넘어오지 않았다. 큰 나팔을 한 번 불고 나자 국민공회도, 코뮌도 마리 앙투아네트에 대해서 다시 공개 토론을 하려고 하지 않았다. 혁명의 추악한 인물 에베르가 가끔씩 그의 「페르 뒤셴」지에다가 그 "창녀"를 이제 "상송(형리의 이름/역주)의 넥타이로 매달아야 한다"고, "그 암이리의 머리로 구주희(九柱戱) 놀이를 할 때"라고 떠들어대기는 했지만 더 앞을 생각한 공안위원회는 에베르가 노기등등해서 어째서 "오스트리아의 암이리에게 판결 내리기를 그렇게 질질 끌고 있는가? 어째서 판결에 필요한 증거를 찾지 않는가? 그녀를 정당히 취급할 생각이라면 그녀가 양심의 가책을 받아야 마땅한 모든 피의 응보로서 그녀의 살을 찢어발기지 않으면 안 된다"라고 외치는 것을 태연히 듣고만 있었다. 그의 거친 변설과 소란은 군용 지도만을 들여다보는 공안위원회의 비밀 계획에 조금의 영향도 미치지 못했다. 이 합스부르크가의 딸을 아직도 유용하게 써먹을 수 있다는 것, 그것도 곧 써먹을 수 있다는 사실을 아무도 알지 못했다. 7월은 프랑스 군대에게는 불리한 달이었다. 그리고 언제 연합군이 파리로 행군해올지 모르는 일이었다. 무엇 때문에 귀중한 생명을 쓸데없이 버린단 말인가! 그래서 에베르가 떠들도록 그냥 내버려두었던 것이다. 그러한 국민공회의 행동은 왕비가 곧 처형될지도 모른다는 의혹을 더욱 부채질했다. 그러나 국민공회로서는 그녀의 운명을 어떻게 해결해야 할지 미결이었다. 마리 앙투아네트는 석방도, 유죄 판결도 받지 않은 채 그대로 있었다. 그저 머리 위에 칼을 매달아놓고 대대로 번득이는 칼날을 보여주어 위협함으로써 합스부르크 왕가가 협상에서 고분고분해지기만을 기다리고 있을 뿐이었다.

 그러나 불행하게도 마리 앙투아네트가 콩시에르즈리로 이송되었다는 소식에 그녀의 친척들은 조금도 놀라지 않았다. 그녀가 프랑스의 지배자였을 때는 합스부르크가의 정치를 위해서 카우니츠에게는 중요한 인물이었지만, 이제 폐위당한 왕비, 불행한 여자에 불과한 지금, 대신이나 장군, 황제에게는 아무런 관심의 대상도 될 수 없었다. 외교는 감상적인 것이 아니었다. 단지 한 사람, 아무런 힘도 없는 한 사람에게만은 이 소식이 충격적이었는데, 그는 바로 페르센이었다. 절망 속에서 그는 자기 누이에게 이렇게 편지를 썼다. "나의 귀중한 소피. 하나뿐인 나의 친구 누이도 왕비가 콩시에르즈리 감옥으로 이송되었다는 끔찍하고 불행한 사건과, 그녀를 혁명 재판소로 넘겨준 비열한 국민공회의 처사에 대한 소식을 들었을 줄 안다. 그 소식을 들은 이후 나는 더 살 수 없을 것 같다. 이 고통을 견디며 이렇게 목숨을 부지하는 것은 사는 것이 아니다. 왕비를 돕기 위해서 조그만 일이라도 할 수만 있다면 좀 덜 고통스러울 것 같다. 여기저기 다니면서 도와달라고 애걸하는 일 외에 아무것도 할 수 없다는 것은 정말 끔찍한 일이다. 너만이 내 고통을 함께 나눌 수 있을 것 같구나. 내게는 모든 것이 전부 사라지고 말았다. 나의 이 괴로움은 영원한 것이며 단지 죽음만이 그것을 잊게 해줄 수 있을 것이다. 아무 일도 손에 잡히지 않고 어려운 시련을 당하는 왕비의 불행 이외에는 다른 아무것도 생각할 수가 없구나. 지금은 내가 느끼는 것을 표현할 힘조차도 없다. 왕비를 구하기 위해서라면 내 목숨까지도 바칠 작정이다. 그렇지만 그것마저 허용되지를 않으니 나의 가장 큰 행복은 왕비를 구하기 위해서, 그녀를 위해서 죽는 것이다." 그리고 며칠 후에는 또 이렇게 썼다. "그녀가 무서운 감옥에 갇혀 있다는 생각을 하면 내가 호흡하는 공기를 저주하고 싶다. 내 마음은 찢어지는 듯하고 생명에 독을 풀어놓는 것 같구나. 오직 고통과 분노 사이에서 나는 괴로워할 뿐이다." 하지만 이 보잘것없는 페르센의 정성이 전지전능한 참모본부에, 현명하고 숭고하고 거대한 정치에 무슨 소용이 있었을까! 그가 할 수 있는 것은 분노, 불만, 절망뿐, 가슴 속을 뒤집어놓고 영혼을 불태우는 듯한 지옥의 불길을 폭발시키면서 소용도 없는 부탁을 곳곳에 하고 다녔다. 귀족들의 사랑방을 찾아다니고, 군인, 정치가, 왕족, 망명객들을 차례로 찾아가 프랑스 왕비, 합스부르크가의 황녀인 마리 앙투아네트가 굴욕을 당하고 살해되는 것을 그렇게 몰인정하게 바라보고만 있지 말아달라고 간청하는 것밖에는 별 도리가 없었다. 그러나 그는 여러 곳에서 정중한 말로 거절당했다. 마리 앙투아네트의 충실한 에카르트(신뢰할 수 있는 지도자/역주)인 메르시 백작까지도 그에게는 "얼음처럼" 여겨졌다. 메르시는 페르센의 간섭을 정중하기는 하지만 단호하게 거절하고 불행하게도 이것을 기회로 개인적인 불만을 토로하려고만 했다. 메르시는 그가 도의적으로 용서받을 수 있는 것 이상으로 왕비와 친했다는 사실을 용납하지 않으려고 했다. 그는 바로 왕비의 애인으로부터 —— 그녀와 그녀의 생명을 사랑하는 유일한 남자로부터 —— 지시를 받기는 싫었던 것이다.

그러나 페르센은 포기하지 않았다. 자기의 끓어오르는 열정과는 너무나도 어긋나는 모든 사람들의 얼음과 같은 냉대가 그를 미치광이처럼 만들었다. 메르시가 거절하자 그는 왕실의 또 한 사람의 충실한 벗, 드 라 마르크 백작을 만났다. 지난날 미라보와 거래를 하던 바로 그 인물이었다. 페르센은 좀더 인간적인 태도를 느낄 수 있었다. 드 라 마르크 백작은 메르시를 찾아가서 그가 25년 전에 마리아 테레지아에게 딸을 최후의 순간까지 지켜준다고 약속했던 일을 상기시켰다. 두 사람은 메르시의 책상에서 오스트리아 군의 총사령관인 코부르크 공 앞으로 강력한 어조의 편지를 썼다. "왕비가 아직 직접적인 위협을 받지 않는 동안에는 왕비를 둘러싼 야만인들의 위험스러운 불안에 침묵을 지킬 수도 있었습니다. 그러나 왕비가 피의 법정으로 끌려가고 있는 지금에는 어떠한 조처도 의무로 생각해야 합니다." 드 라 마르크에게 선동당한 메르시는 즉시 파리로 급히 진격을 개시하여 시내에 공포심을 퍼뜨리라고 요구했다. 다른 군사적 작전은 모두 이 긴급한 작전의 뒤로 돌려놓았다. "이런 순간에도 움직이지 않는다면"이라고 메르시는 경고했다. "뒷날 우리 전부가 후회할 것입니다. 승리에 취한 군대에서 불과 몇 시간밖에 떨어지지 않은 곳에서 무서운 범죄가 일어났는데도 군대가 그것을 막을 생각도 하지 않았다면 후세는 어떻게 생각하겠습니까!"

그러나 시기를 놓치기 전에 마리 앙투아네트를 구출하자는 요청을 받은 당사자는 유감스럽게도 나약하고, 참으로 어리석은 인간, 지쳐떨어진 군인이었다. 총사령관 코부르크 공의 회답은 정말로 한심스러웠다. 그는 1793년이 아직도 마녀재판과 이단심문의 시대인 것처럼 "어리석게도" 왕비 전하의 몸에 폭력이 가해지기만 하면 근자에 체포한 국민공회 의원 4명을 산 채로 바퀴에 매달아 찢어버리겠다고 공언했다. 고귀하고 교양 있는 귀족 메르시와 드 라 마르크 두 사람은 이 어리석은 태도에 놀라서 이런 바보를 상대해봤자 아무 소용도 없음을 깨달았다. 드 라 마르크 백작은 메르시에게 기회를 놓치지 말고 빈 궁정으로 편지를 보낼 것을 부탁했다. "곧 사신을 보내 위험을 알리도록 해주십시오. 극도의 불안을 알려주십시오. 유감이지만 이 불안은 근거가 있고도 남을 정도입니다. 빈에서도 이젠 알 필요가 있습니다. 강력한 승리자인 오스트리아 군대로부터 65킬로미터밖에 떨어지지 않은 곳에서 마리아 테레지아의 딸이 단두대에서 목숨을 잃을 판인데, 그녀를 구출하려는 시도도 하지 않았다고 훗날 역사가 말하는 일이 생긴다면 제국 정부로서는 얼마나 귀찮은 일인지, 아니 감히 말씀드린다면, 얼마나 불미스러운 일이 될지 모릅니다. 그렇게 되면 우리 황제의 문장에 씻을 수 없는 오점을 남기는 결과가 될 것입니다." 그리고 그는 활동하기가 불편한 늙은 메르시를 선동하려고 개인적인 경고까지도 덧붙였다. "당신이 현재의 불운한 상황에서 계속적인 노력으로 우리의 궁정을 지금과 같은 숙명적인 무감각으로부터 깨우쳐주기 위해서 애쓰지 않는다면 사람의 판단이란 늘 공정하지 못한 것이기 때문에 친구들 전부가 존경하는 당신의 진실한 감정도 결국은 정당하게 평가되지 못할 것이라는 사실을 나는 지적하고자 합니다."

그와 같은 경고에 자극을 받았는지 늙은 메르시는 겨우 움직이기 시작하여 빈을 향해 다음과 같은 편지를 썼다. "고모를 위협하는 운명을 황제 폐하가 방관만 하고 고모를 그 운명으로부터 벗어나게 하거나, 한 걸음 더 나아가 탈출하게 해주지 않는다면 과연 황제 폐하의 존엄과 이해관계를 해치지 않을지 저는 의심스럽습니다. 황제 폐하는 이런 사정을 염두에 두시고 특수한 의무를 다하지 않으면 안 됩니다.……우리 정부의 태도가 언젠가 후세의 비판을 받으리라는 것을 잊어서는 안 됩니다. 그리고 황제 폐하가 고모를 구출하기 위해서 아무런 시도도 하지 않고, 아무런 희생도 하지 않는다면 이 냉혹한 비판을 피할 수 없을 것입니다."

일개 외교사절로서는 비교적 대담한 이 편지도 조정의 서류 더미 속에 냉담하게 던져져 답장도 보내지 않은 채 먼지만 뒤집어쓰고 있었다. 프란츠 황제는 손 하나 까딱하려고 하지 않았다. 그는 태연하게 쉰브룬 궁을 산책했고, 코부르크 공은 태연하게 겨울 전투를 기다리고만 있었으며, 병사들에게 지루한 전쟁 연습만 시켰기 때문에 대혈전에서 잃었으리라고 생각되는 것보다도 더 많은 병사들이 도망을 치고 말았다. 각국 군주들은 태연하고 냉담하고 무관심하게 지켜보고만 있었다. 유구한 가문 합스부르크가의 명예가 높아지든 훼손되든 무슨 상관이람! 마리 앙투아네트를 구출하기 위해서는 아무도 손가락 하나 까딱하지 않았다. 메르시는 갑자기 분노를 터뜨리면서 쓸쓸하게 말했다. "그들은 자신의 눈으로 그녀가 기요틴에 올라가는 걸 보았어도 구출하려고 하지 않았을 것이다."

코부르크 공도, 오스트리아도 믿을 수가 없었다. 왕족도, 망명자도, 친척도 마찬가지였다. 그래서 페르센과 메르시는 자기들의 힘으로 최후의 수단을 강구했다. 그것은 매수였다. 그리하여 댄스 교사인 노베르와 정체불명의 한 금융인을 통해서 파리에 돈을 보냈다. 그것이 누구의 손에 넘겨졌는지는 아무도 모른다. 먼저 당통에게 접근이 시도되었다. 그는 일반적으로 접근하기 쉬운 인물 —— 로베스피에르는 그의 냄새를 정확히 맡고 있었다 —— 로 간주되었던 것이다. 묘한 것은 길이 에베르에게도 통했다는 사실이다. 증거는 없지만 매수의 경우의 대개 그런 법이다 —— 효과는 정말로 놀라울 정도여서 몇 달 전부터 간질병자처럼 "창녀"에게 지금이야말로 "잭나이프형 다이빙"을 시키지 않으면 안 된다고 떠들던 장본인이 급히 왕비를 탕플로 돌려보내라고 요구하기 시작한 것이다. 그 뒤 암거래가 어느 정도까지 진척되었는지 또는 진짜로 진척을 보았는지는 아무도 말할 수 없다. 하여튼 황금의 탄환은 발사되었으나 이미 때는 늦었다. 훌륭한 친구들이 이렇게 마리 앙투아네트를 구출하려고 하는 동안 너무나도 서툰 친구가 그녀를 이미 심연 속에 몰아넣었다. 그녀의 일생은 항상 친구들이 적보다도 더 위험스러웠던 것이다.

최후의 시도

 "죽음의 문간방" 콩시에르즈리는 혁명 감옥 가운데서도 가장 엄격한 규칙을 준수했다. 두꺼운 벽으로 둘러싸였고 쇠고리를 단 문짝은 주먹만큼이나 두껍고, 창마다 창살이 달렸고, 통로마다 통행을 막는 칸막이를 쳤다. 몇 개 중대의 감시병이 지키고 있는 이 석조건물의 돌 위에는 "모든 희망을 버릴지어다.……"라는 단테의 말을 조각해놓았으면 퍽 잘 어울렸을 것이다. 몇 세기 전부터 계속된, 공포정치의 대량 투옥이 시작되면서 일곱 배나 강화된 감시 조직 탓에 바깥과의 접촉은 전혀 불가능해졌다. 편지를 건네주는 일도 있을 수 없으며 방문도 용납되지 않았다. 그것은 이곳 감시원들이 탕플에서처럼 어설픈 감시인들이 아니라 어떤 술책에도 넘어가지 않는 감시 전문가들로 구성된 까닭이었다. 게다가 감시를 더 강화하기 위해서 수인들 중에 "무통"이라는 전문적인 스파이까지 넣어두고 있었다. 따라서 탈옥 계획을 세운다고 해도 반드시 사전에 당국에 발각되기가 일쑤였다. 하나의 조직이 몇 년, 몇십 년이라는 긴 세월을 거쳐서 차츰 강화되었기 때문에 어느 개인이 여기에 저항한다고 하더라도 도저히 맞설 수 없을 것 같았다.
 그러나 집단적 폭력이 아무리 강하더라도 우리를 암암리에 위로

하는 것이 있다. 그것은 굽히지 않고 단호하게 행동하면 결국에는 개인이 어떠한 조직보다도 강하다는 것이 증명된다는 사실이다. 인간적인 것은 그 의지가 굽혀지지 않는 한, 종이에 쓰인 명령 따위는 항상 백지로 만들 수가 있는 법이다. 마리 앙투아네트의 경우가 그렇다. 콩시에르즈리에 이감되고 난 며칠 뒤에는 이미 거기서도 우선 그녀의 이름과 개인적인 품격에서 풍기는 이상한 마력으로 감시자들을 모두 친구로, 조력자로, 하인으로 만들어놓았다. 관리인의 아내가 맡은 일은 방 청소와 간단한 식사 심부름밖에 없었지만 탄복할 정도로 정성스레 왕비를 위해서 좋은 식사를 대접하곤 했다. "머리를 빗겨들릴까요?"라고 말하기도 하고, 마리 앙투아네트가 좋아하는 음료수를 매일 한 병씩 각기 다른 시 지역에서 가져오도록 하기도 했다. 관리인의 아내와 하녀 역시 시간만 나면 죄수의 몸이 된 왕비에게 달려와 자기 나름대로 심부름거리가 없는지 물어보곤 했다. 수염을 꼬아올리고 넓은 대검을 소리내면서 언제나 탄환을 장전한 총을 든 감시병들은 무슨 일을 했을까? 그들까지도 심문조서에 따르면 자발적으로 왕비를 위해서 시장에서 사들인 새 꽃을 그녀의 쓸쓸한 방에 가져갔던 것이다. 시민보다도 불행에 더 가깝게 살고 있는 하층민들 가운데에서, 행복했던 나날에는 그렇게 미워했던 왕비에 대해서 동정하는 감동적인 힘이 우러나왔다. 콩시에르즈리에서 가까운 시장의 아낙네들은 마담 리샤르로부터 왕비가 먹을 닭이나 야채를 산다는 말을 들으면 정성스럽게 제일 좋은 것을 골라주었다. 그래서 재판 때 푸키에 탱빌은 왕비가 어처구니없게도 콩시에르즈리에서 탕플에서보다도 편안하게 생활했음을 화를 내면서 확인하지 않을 수가 없었다. 죽음이 가장 잔인한 지배의 손을 뻗치고 있는 바로 그 장소에서도 사람의 마음속에는 무의식적인 저항으로서의 인간성이 드높아지고 있었다.

 마리 앙투아네트와 같은 중요한 국사범에게 감시의 눈이 소홀했다는 말을 한다면 깜짝 놀랄 것이다. 그러나 이 감옥의 총감독이 탕플에서의 모의 때 도움을 준 적이 있는 레모네이드 상인 미쇼니, 그 사람이라는 점을 생각하면 곧 여러 가지 일이 이해될 것이다. 그 감옥의 두꺼운 돌벽을 통해서도 드 바츠 남작의 100만이라는 도깨비불은 광채가 났고 미쇼니 또한 예전처럼 대담한 1인 2역을 연출했다. 그는 매일 의무에 따라 엄격하게 왕비의 방에 들어가 창살의 쇠막대기를 흔들어보거나 문을 조사하기도 하여 코뮌에 이러한 방문 결과를 꼬박꼬박 규정대로 보고했다. 그래서 코뮌은 이렇게도 착실한 공화주의자를 감독 겸 감시 역으로 둔 것은 잘한 일이라고 만족해했다. 그러나 실은 미쇼니는 감시병이 나가는 것을 기다렸다가 왕비와 극히 친밀한 잡담을 하고, 그녀가 기다리는 탕플의 아들 소식을 전해주었다. 그뿐 아니라 돈 욕심에서인지 친절에서인지는 알 수 없지만 감옥을 순찰할 때 때때로 호기심에 가득 찬 사람들까지도 몰래 데리고 들어오기도 했다. 어떤 때는 영국 남자나 영국 여자도 데리고 들어왔다. 미세스 아트긴스일 때도 있었고, 또 왕비의 최후의 참회를 들었다고 전해지는 신부일 때도 있었고, 또 어떤 때는 카르느발레 박물관에 있는 초상화를 그려 우리에게 남겨준 화가일 때도 있었다. 그러나 끝내는 불행하게도 너무나 열성적이었던 까닭에 이런 자유와 은혜를 좌절시킨 터무니없는 바보까지도 데리고 들어왔다.

뒤에 알렉상드르 뒤마가 일대 장편으로 꾸며놓은 악명 높은 이 "카네이션 음모"는 비밀에 싸인 사건이었다. 이 사건의 수수께끼를 푸는 것은 어려운 일이다. 재판 기록이 전하는 바는 충분하지 않고, 사건 주인공의 이야기들은 과장된 냄새가 나기 때문이다. 시 위원회와 감옥의 총감독인 미쇼니의 말에 의하면 이 사건 전체가 전혀 말도 안 되는 에피소드였다. 미쇼니는 어느 날 어떤 사람과 같이 저녁을 먹으면서 매일 감옥을 방문할 의무가 있는 왕비 이야기를 한 적이 있었다는 것이다. 그랬더니 이름도 모르는, 본 적도 없는 그 신사는 대단한 호기심으로 언제고 자기도 한 번 데려갈 수 없겠느냐고 물었다. 그는 기분이 좋아서 자세히 알아보지도 않고 이 신사를 순찰할 때 데리고 갔는데 그전에 왕비한테는 한마디 말도 건네지 않겠다는 맹세를 시켰다. 시 위원회와 미쇼니의 말에 따르면 그렇다는 이야기이다.

그러나 드 바츠 남작의 심복이었던 미쇼니가 정말 자신이 말하듯이 그런 소박한 사람이었을까? 정말 그가 왕비의 독방에 남모르게 데리고 들어간 이 낯선 신사가 어떤 인물인가를 조사해보지도 않았을까? 조사를 했더라면 이 사나이가 슈발리에 드 루즈빌이라는 왕비와 친한 인물이며, 6월 20일(튈르리 습격의 날/역주) 사건에서도 생명을 걸고 왕비를 지킨 귀족 중의 한 인물이었음을 알아낼 수 있었을 것이다. 그러나 드 바츠 남작에게 사다리를 내주었던 미쇼니였으므로 그가 이 낯선 남자에게 깊이 의도를 물어보지 않은 데에는 충분히 이유가 있었을 것이다. 아마도 흔적이 지워진 이 음모는 오늘날 생각하는 것보다 훨씬 더 잘 짜인 음모였던 것 같다.

어쨌든 8월 28일, 감옥 방문 앞에서 짤그락 하고 열쇠 소리가 났다. 왕비와 감시병이 일어났다. 그녀는 감옥 문이 열릴 때마다 깜짝 놀라곤 했다. 몇 주, 몇 달 전부터 생각지도 않았던 정부 인사들이 올 때면 늘 좋지 않은 소식이 왔던 까닭이었다. 그러나 이번에는 그렇지가 않았다. 비밀의 벗인 미쇼니가 찾아온 것이었다. 그는 낯선 사람을 데리고 왔다. 그녀는 그 남자에게 전혀 주의를 기울이지 않았다. 마리 앙투아네트는 안도의 숨을 내쉬고 미쇼니와 말을 주고받고 아이들의 안부를 물었다. 어머니가 맨 먼저 그리고 가장 절실하게 묻는 것은 언제나 아이들 이야기였다. 미쇼니는 친절하게 대답했다. 왕비는 유쾌하다고 할 정도로 기분이 좋았다. 종 모양의 유리 덮개처럼 내리누르고 있는 침묵을 깨뜨리고 남 앞에서 아이들의 이름을 부를 수 있는 이 짧은 몇 분간이야말로 그녀에게는 행복의 순간이었다.

갑자기 마리 앙투아네트는 죽은 사람처럼 창백해졌다. 그러나 곧 피가 그녀의 볼에 돌았다. 그녀는 떨기 시작했다. 간신히 자세를 흐뜨리지 않고 있을 뿐이었다. 놀라움은 너무나도 컸다. 그녀는 루즈빌을 알아보았던 것이다. 왕궁에서 몇백 번이나 그녀 옆에 있었던 남자, 어떠한 무리한 일도 할 수 있는 남자였다. 도대체 일이 어떻게 된 것 —— 모든 것을 차분히 생각하기에는 시간이 너무 짧았다 —— 일까? 확실하게 믿을 수 있는 이 벗이 갑자기 이 독방에 나타났다는 것은! 나를 구출하기 위한 것일까? 무슨 이야깃거리가 있는 것일까? 무엇을 줄 작정일까? 그녀는 루즈빌에게 감히 말을 하려고 하지 않았다. 감시병과 하녀의 눈을 피해서 눈에 띄게 그를 쳐다보는 것까지도 삼갔다. 그러나 그녀는 그가 몇 번인가 이쪽에서는 의미를 알 수 없는 신호를 보내고 있음을 눈치챘다. 몇 달 만에 처음으로 심부름꾼이 가까이 있는 것을 알면서도 그의 신호를 이해할 수 없다는 것은 마음을 괴롭게 자극하는 그러나 즐겁게 하는 일이었다. 그녀의 마음은 뒤숭숭해져서 정신을 잃을 정도였다. 남들이 눈치 채지나 않을까 점점 걱정이 되었다. 미쇼니도 이런 곤혹스러움을 다소는 눈치 챈 모양이었다. 그는 또다른 방을 보고 오지 않으면 안 된다는 생각이 들어 손님과 같이 황급히 밖으로 나갔는데 다시 한 번 찾아올 작정이라고 분명히 말하고 갔다.

혼자 남은 마리 앙투아네트 —— 오금이 덜덜 떨렸다 —— 는 앉아서 마음을 가라앉혔다. 그녀는 두 사람이 되돌아오면 처음 갑자기 만났을 때보다는 좀더 주의를 해서, 정신을 가다듬어 어떤 신호, 어떤 제스처에도 정신을 집중해야겠다고 다짐했다. 정말로 그들은 다시 한 번 찾아왔다. 다시금 열쇠가 짤그락 소리를 냈고 미쇼니가 루즈빌과 함께 들어왔다. 마리 앙투아네트는 이젠 정신을 되찾은 뒤였다. 그녀는 미쇼니와 이야기하면서 전보다도 예민하고 주의 깊고 침착하게 루즈빌을 관찰했다. 그랬더니 갑자기 루즈빌이 재빨리 신호를 하면서 무엇인가를 난로 구석 뒤로 던지는 것이었다. 그녀는 가슴이 두근거렸고, 빨리 그것을 읽어보고 싶었다. 미쇼니와 루즈빌이 방을 나가자 곧 그녀는 침착하게 구실을 찾아내 감시병에게 두 사람의 뒤를 쫓아가게 했다. 감시가 없는 1분을 이용해 그녀는 숨겨진 물건을 집었다. 어머! 카네이션뿐이잖아. 아니, 그러면 그렇지. 카네이션 가운데에 접어놓은 쪽지가 한 장 들어 있었다. 그녀는 그것을 꺼내 읽었다. "나의 은인이여, 나는 당신을 결코 잊지 않을 것입니다. 나의 헌신적인 마음을 증명하기 위해서 언제까지나 방법을 찾을 것입니다. 당신 주위 사람들을 위해서 필요하시다면 300-400루이돌(루이 금화/역주)을 다음 금요일에 가지고 오겠습니다."

희망의 기적을 체험했을 때 불행한 여자의 마음이 어떠했으리라는 것은 상상할 수 있다. 마치 어두운 감방의 천정이 천사의 칼로 다시 한번 환히 열리는 듯한 기분이었다. 빗장을 내린 문을 일고여덟 개나 지나서 모든 금지명령에도 불구하고 마치 코뮌의 모든 대책을 무시하듯 이 무서운 죽음의 집에 유일한 자기 편인 루이 기사단의 기사, 신뢰할 수 있는 왕당파가 잠입한 것이다. 이제 구출될 날도 멀지 않았다. 사랑하는 페르센이 이 도움의 밧줄을 그녀에게 보내준 것이 틀림없었다. 알지 못하는 조력자가 새로이 나타나 심연의 바로 한 발자국 앞에서 그녀의 목숨을 구하려고 나타난 것이다. 단념하고 있던 백발의 왕비는 다시 삶에 대한 용기와 의욕을 찾았다.

그녀는 용기를 냈다. 유감스럽게 지나칠 정도의 용기를. 그리고 그녀는 신뢰도 가지고 있었다. 너무나도 많은 신뢰를. 300-400루이돌은 자기 방에 있는 감시병을 매수하는 돈이라는 것을 왕비는 곧 알아차렸다. 그녀가 할 일은 그것뿐이었다. 나머지 일은 친구들이 처리할 것이었다. 타오르는 희망 속에서 그녀는 곧 일에 착수했다. 위험스런 그 종이쪽지를 찢어버리고 왕비는 손수 답장을 쓸 준비를 했다. 펜, 연필, 잉크는 빼앗기고 없었지만 종이 조각은 한 장 있었다. 그것에다가 왕비는 바늘로 뚫어 —— 필요는 발명의 어머니이다 —— 답장을 썼다. 이 쪽지는 뒤에 다른 사람의 손에 의해서 알아볼 수 없도록 망가졌지만 오늘날까지 유품으로 남아 있다. 이것을 그녀는 감시병 질베르에게 주고서 그 낯선 사람이 또다시 올 때 그에게 넘겨준다면 후한 사례를 치르겠다고 약속했다.

　여기서 사건에 어두운 그림자가 비치기 시작한다. 감시병 질베르는 내심 동요를 했던 것이다. 300루이돌, 400루이돌이라는 돈이 그 가련한 인간에게 눈부시게 빛을 번쩍였다. 그러나 기요틴의 도끼 역시 불길한 빛을 발하고 있지 않은가! 그는 불쌍한 여자도 동정했지만 한편 자기 직위도 불안했다. 어떻게 해야 할 것인가? 부탁을 들어주면 공화국을 배반하는 것이 되고, 밀고하면 딱하고 불행한 여자의 신뢰를 저버리는 것이 되고 만다. 그래서 감시병은 중간 방법을 택하기로 하고 관리인의 아내이며 유능한 마담 리샤르에게 의논했다. 그런데 마담 리샤르 역시 결정을 내리지 못했다. 그녀 역시 침묵을 지킬 용기도, 크게 떠들 용기도 없었다. 이렇게 위험한 음모에 가담할 생각은 없다. 그녀의 귀에도 수백만이 외쳐대는 소리가 들려왔던 것이다.

　마담 리샤르 역시 감시병과 마찬가지였다. 그녀는 고발을 하지는 않았지만 그렇다고 완전히 입을 다문 것도 아니었다. 감시병과 꼭 같이 그녀 역시 책임을 전가하기 위해서 그 비밀 쪽지에 대한 이야기를 상사인 미쇼니에게 했다. 미쇼니는 이 이야기를 듣고 얼굴이 창백해졌다. 루즈빌을 왕비에게 데리고 갔을 때 이미 미쇼니 스스로 자신이 조력자의 하수인을 데리고 간 것을 알았던 것인지, 아니면 그 순간에 그 사실을 처음 안 것인지, 아니면 그 역시 음모에 참여한 것인지, 루즈빌에게 당한 것인지는 확실하지 않다. 어쨌든 그로서는 이 비밀을 아는 자가 둘이나 된다는 점이 마음에 걸렸다. 그는 엄한 태도로 선량한 마담 리샤르로부터 의심스런 쪽지를 빼앗아 주머니에 넣고서 이 일에 대해서는 입을 다물라고 그녀에게 말했다. 그는 이런 식으로 왕비의 경솔함을 무마시키고 골치아픈 사건을 넘겨버리려고 했다. 그는 사건을 더 이상 보고하지는 않았다. 드 바츠와의 음모 때와 마찬가지로 사건이 위험에 처하자 그는 슬그머니 뒤로 빠졌다.

만사가 잘 해결된 것 같았다. 그런데 감시병은 이 사건을 그냥 내버려두지 않았다. 금화 한 개만 주었더라면 그를 무마시킬 수도 있었을 것이다. 그러나 마리 앙투아네트는 돈이 없었다. 감시병은 점점 자기 목이 걱정스러워졌다. 그래서 닷새 동안은 친지나 당국에 입을 다물고 있었으나 9월 3일이 되자 갑작스럽게 상사에게 그 일을 보고했던 것이다. 2시간 뒤에 시 위원회 위원들이 콩시에르즈리로 몰려와서 관계자들을 심문하기 시작했다.

왕비는 처음에는 부인했다. 자기는 아무도 본 적이 없으며, 며칠 전에 무엇인가 편지를 쓴 적이 없느냐는 질문을 당하자 쓸 만한 도구는 하나도 없다고 냉정하게 대답했다. 미쇼니도 어리석은 척하면서 은근히 마담 리샤르의 침묵을 기대했다. 그러나 그녀가 미쇼니에게 종지쪽지를 건네주었다고 말하자 그것을 제출하지 않을 수가 없었다(그러나 그는 현명하게도 종이에 바늘로 구멍을 더 찍어 알아볼 수 없게 만들었다). 다음 날 제2의 심문에서 왕비는 저항을 포기하고 말았다. 자기가 튈르리 시대의 그 남자를 알고 있으며 카네이션 속에 감추어진 쪽지를 그에게서 받았고 답장을 썼다는 이야기를 했다. 그녀는 자기가 관여했으며 죄를 범했다는 것을 부인하지 않았다. 그러나 무한한 희생정신으로 몸을 희생하려는 남자를 옹호하기 위해서 루즈빌이라는 이름은 입에 올리지 않고 그 근위장교의 이름을 기억할 수 없다고 대답했다. 그녀는 관대하게도 미쇼니를 옹호했고 그의 목숨을 건져주었다. 그러나 24시간 후에는 시 위원회와 공안위원회가 루즈빌의 이름을 알게 되었고 경찰은 왕비를 구하려고 하다가 몰락만을 초래한 그를 찾아 온 파리를 뒤졌다.

시작이 서툴렀던 이 음모는 왕비의 불운을 재촉한 결과밖에 되지 않았다. 암묵 속에서 보여주던 관대한 대우는 이제 갑자기 사라졌다. 그녀의 모든 소유물, 마지막 남은 반지까지도 빼앗겼다. 어머니에 대한 마지막 기념물로 오스트리아에서 가지고 온 금시계와 아이들의 머리카락을 간직한 작은 메달도 마찬가지였다. 루즈빌에게 보낼 쪽지를 쓸 때 사용한 바늘도 압수되었다. 저녁에 불을 켜는 것도 허락되지 않았다. 관대한 미쇼니는 쫓겨났고, 마담 리샤르도 마찬가지였다. 그리고 마담 보가 간수가 되었다. 시 위원회는 9월 11일에 포고를 내리고 여러 번 탈옥을 시도한 여자에게 지금보다 더 안전한 감방을 줄 것을 명령했다. 그러나 콩시에르즈리를 다 찾아보아도 불안한 위원회를 충분히 안심시킬 만한 감방을 찾을 수 없었기 때문에 약사의 방을 치우고 이중 철문을 달았다. 그리고 감방에서 내다볼 수 있는 창문은 반 정도를 막아버렸다. 창 밑에 있는 2명의 보초와 옆 방에서 밤낮으로 교대해가면서 지키는 감시병들은 목숨을 걸고서 이 죄수를 감시해야 했다. 이 세상에서는 그 어떤 방법으로도 관계자 이외에는 아무도 그 방에 출입할 수 없게 되었다. 직무상의 용무가 있는 형리나 그곳에 들어갈 수 있을 뿐이었다.

이제 마리 앙투아네트는 고독의 최후의, 가장 마지막 계단에 서지 않으면 안 되었다. 새 간수들은 호의는 있었지만 그 위험한 여자에게 말 한마디 걸 엄두도 낼 수 없었다. 감시병도 마찬가지였다. 조그만 소리를 내며 무한한 시간을 가리켜주는 작은 시계도 없어지고 바느질거리도 빼앗기고 말았다. 그녀와 함께 남은 것은 개 한 마리뿐이었다. 25년이 지난 이제서야 완전한 고독 속에서 마리 앙투아네트는 처음으로 어머니가 자주 말해왔던 것에서 위로를 얻었다. 난생 처음으로 책을 요구했고 충혈된 눈으로 글을 읽었다. 그러나 책도 충분히 가져다주지는 않았다. 그녀는 소설, 희곡, 재미난 이야기, 감상적인 이야기, 사랑 이야기 같은 것은 읽으려고 하지 않았다. 지나간 시절을 생각나게 하기 때문이었다. 그 대신에 쿡 선장의 항해, 난파당한 사람들과 힘든 항해의 이야기 등 거친 모험물 같은 것, 독자의 마음을 붙들어 긴장시키고 흥분시키는 책, 시간도 공간도 잊게 만드는 책만을 읽었다. 가공의 인물이야말로 그녀의 고독에게 유일한 벗이 되었다. 아무도 찾아오지 않았다. 하루 종일 그녀에게는 근처 생트샤펠의 종소리와 자물통에 열쇠 넣는 소리만 들릴 뿐, 좁고 관처럼 축축하고 어둔 이 천장이 낮은 방 안에는 적막, 영원한 적막뿐이었다. 운동 부족과 산소 부족으로 몸은 쇠약해지고 심한 출혈로 지치고 말았다. 드디어 법정에 소환되었을 때, 그녀는 백발의 노부인이 되어 기나긴 밤으로부터 오랜만에 하늘의 빛 아래 서게 되었다.

끔찍한 치욕

이제는 밑바닥이었다. 길은 막다른 골목이었다. 운명이 만들 수 있는 대조적인 비극이 실현된 것이다. 궁정에서 태어나 왕실에서 수백 개나 되는 방을 소유했던 사람이 이젠 창살이 쳐진 좁고 반은 지하에 묻힌 눅눅하고 어두운 방 안에서 지내게 된 것이다. 사치를 좋아하고 수천 종류의 정교한 값비싼 사치품을 주변에 소유했던 여자에게 옷장도 거울도 등의자도 없이, 꼭 필요한 필수품들, 곧 책상 하나, 의자 하나, 쇠침대 하나만이 있을 뿐이었다. 수석 시녀, 시녀, 화장 시녀, 낮에 두 사람, 밤에 두 사람의 몸종, 낭독자, 내과 의사, 외과 의사, 비서, 집사, 시종, 출납관, 미용사, 요리사, 시동(侍童) 등 한떼의 무수한 사람들에 둘러싸여 있던 여자가 이제는 백발이 된 머리카락을 손수 빗질해야 했다. 또한 1년에 백 벌이나 되는 새 옷이 필요했던 여자가 이제는 잘 보이지도 않는 눈으로 다 떨어진 수의를 꿰매야 했다. 전에는 강했으나 이제는 지치고 피로해져 일찍이 그렇게도 아름답고 촉망받던 여자가 창백한 노파처럼 변하고 말았다. 정오부터 한밤중까지 사교를 즐기던 여자가 이제는 혼자 생각에 잠겨 잠 한숨 이루지 못하고 창살이 쳐진 창문에 아침이 나타나기를 기다릴 뿐이었다. 여름이 깊어갈수록 독방은 점점 더 그늘이 짙어지면서

관 속처럼 변해갔다. 저녁의 어둠이 점점 더 빨리 찾아왔으나 명령이 엄해진 뒤부터 그녀에게는 불을 켜는 것조차 허락되지 않았다. 복도로부터 유리창을 통해서 희미한 기름 등잔의 불빛이 동정이라도 하듯이 암흑 속으로 떨어질 뿐이었다. 가을이 온 것을 느낄 수 있었다. 찬 기운이 아무것도 깔지 않은 바닥에서 위로 올라왔다. 가까운 센 강으로부터 안개와 같은 습기가 벽을 뚫고 밀려들어와 나무를 축축하게 해면처럼 만들었다. 부패하여 썩은 냄새가 났고 점점 더 강하게 죽음의 냄새도 났다. 내복은 남루하고 의복은 다 찢어져 뼛속까지 젖어드는 냉기로 몸에는 끊어질 듯한 신경통이 계속되었다. 예전에는 이 나라의 왕비였으며 프랑스에서 인생을 가장 잘 즐겼던 그녀였지만 —— 그녀의 기분으로 말하면 1,000년 전의 일 같았다 —— 이제는 내장까지 얼어붙은 것 같았고, 적막은 점점 더 차가워지고 시간은 점점 더 공허해지기만 했다. 죽음의 소환을 당한다고 해도 이젠 놀랄 것도 없었다. 이 방을 통해서 이미 관 속의 삶을 생생히 경험했기 때문이다.

파리 한가운데 있는 이 산 사람의 무덤에는 그해 가을에 세계를 엄습했던 폭풍우 소리마저도 전혀 들리지 않았다. 프랑스 혁명이 그때처럼 위기에 처했던 적은 없었다. 가장 강력한 성채, 마인츠와 발랑시엔이 함락되었고, 영국 군은 가장 중요한 군항을 장악했으며, 프랑스에서 두 번째로 큰 도시 리옹에는 폭동이 일어났고, 식민지를 빼앗겼으며, 국민공회는 싸움만 벌였고, 파리는 굶주림과 파멸뿐이었다. 공화국은 몰락 일보직전이었다. 공화국을 구할 수 있는 것은 단지 불사의 용기, 자살적인 도전뿐이었다. 공화국은 스스로 불안을 불러일으킴으로써 그 불안을 극복할 수 있었다. "테러에 대해서 의논하는 수밖에 없다"는 무서운 말이 국민공회의 회의장에 울려퍼졌고 이 위험은 실제 행동으로 나타났다. 지롱드파는 법의 보호를 빼앗겼고 오를레앙 공과 그밖의 수많은 사람들이 혁명 재판소에 인도되었다. 도끼가 맹활약을 시작했다. 비요-바렌은 일어서서 다음과 같이 말했다. "국민공회는 우리 나라를 파멸로 이끈 배신자들에게 엄벌을 내리는 위대한 표본을 보인 바 있습니다. 그러나 중대한 결정을 내릴 의무가 아직 하나 더 남아 있습니다. 인류와 여성의 치욕인 그 여자가 단두대에서 속죄할 때가 왔습니다. 이미 곳곳에서는 그녀가 다시 탕플로 돌아갔다느니 안 갔다느니, 비밀 재판으로 그녀에게 무죄를 선포했다느니 하는 소문이 나돈 지 오래됩니다. 수천 명의 피에 대해서 양심의 가책을 받아야 할 그 여자가 프랑스 법정에서 프랑스 배심원들에 의해서 무죄 석방되었다는 이야기입니다. 나는 혁명 재판소가 금주 안에 그녀에 대한 판결을 내려줄 것을 요구합니다."

그의 요청은 마리 앙투아네트의 재판을 요구하는 것일 뿐만 아니라 그녀의 사형을 요구하는 것임에도 불구하고 이의 없이 채택되었다. 그러나 우스운 것은 보통 때에는 기계처럼 냉정하고도 신속하게 일을 처리하던 푸키에 탱빌이 이상할 정도로 주저하기만 하는 것이었다. 그 주에도, 그 다음 주에도, 그 다음다음 주에도 그는 왕비를 기소하지 않았다. 누군가가 비밀리에 그와 손을 잡고 있었던 것인지, 아니면 평상시에 마술사처럼 재빠르게 서류를 피로, 피를 서류로 바꾸는 가죽심장의 소유자인 그가 확실한 증거를 손에 넣지 못해서 그런 것이었는지는 확실히 알 수가 없었다. 아무튼 그는 몇 번이고 머뭇거리면서 기소를 계속해서 뒤로 미루기만 했다. 그는 공안위원회에 편지를 써서 자료를 보내달라고 요구했다. 또 이상한 것은 이 공안위원회 역시 이상하게 늑장을 부리는 것이었다. 결국 공안위원회는 카네이션 사건의 청취서, 증인 리스트, 왕의 심리에 관한 서류 같은 쓸모없는 서류만을 몇 개 보내왔다. 그래도 푸키에 탱빌은 일을 시작하지 않았다. 아직 무엇인가가 부족했던 것이었다. 그것은 최종적으로 심리를 시작하라는 비밀 명령이었는지도 모른다. 혹은 특히 결정적인 기록이라든가, 진실한 공화주의자가 품은 분노를 기소장 속에 활활 타오르게 하는 명백한 범죄 사실이라든가, 여자로서든 왕비로서든 그녀가 범했던 자극적, 충동적 과실이었는지도 모른다. 격렬한 어조로 요청된 기소는 또다시 슬그머니 사라질 것만 같았다. 그런 최후의 순간에 푸키에 탱빌은 왕비의 불구대천지 원수 에베르로부터 갑자기 서류, 프랑스 혁명 전체를 통틀어 가장 두렵고 비열한 서류를 받았다. 이 강한 일격은 결정적인 것이었다. 곧 재판이 시작되었다.

무슨 일이 일어났던 것일까? 9월 30일에 에베르는 탕플에 있는 왕세자의 교육 담당인 제화공 시몽에게서 편지 한 통을 받았다. 처음 부분은 다른 사람의 손으로 쓰인 것이었으나 상당히 괜찮은 필체였다. "잘 있었나? 친구여, 빨리 와주게. 말할 것이 있네. 오늘 만나 볼 수 있다면 기쁘겠네. 자네도 알다시피 나는 용감한 공화주의자가 아닌가." 그러나 편지의 나머지 부분은 시몽 자신의 손으로 쓴 것이었는데 그 교육 담당자의 교육 수준이 얼마나 끔찍스럽게 한심한가를 잘 말해준다. "나는 당신에게 인사한다. 나와 나의 마누라 장 브라스로부터 당신의 부인과 나의 귀여운 친구 따님에게 인사드린다. 꼭 잊지 말고 당신의 누이에게 장 브라스로부터 안부드리네. 내 부탁을 꼭 들어주게 나를 위해서 빨리 만나주기 바라네. 당신의 동무 시몽." 의무에 충실하고 열성적이었던 에베르는 주저하지 않고 시몽에게로 달려갔다. 거기에서 들은 이야기를 무쇠 같은 에베르까지도 불안하게 만들어 자기 혼자 그것을 해결할 수는 없다고 생각하여 시장을 우두머리로 하는 코뮌 전원의 위원회를 소집하게 했다. 위원회는 비공개로 탕플에 가서 세 통의 심문조서(지금도 남아 있다)를 받은 뒤에 왕비를 기소하는 결정적인 자료를 꾸몄다.

이제 우리는 긴 세월 동안 도저히 믿을 수 없는 사건, 불가사의한 사건에 접근하게 된다. 시대의 불안한 흥분과 수년간에 걸친 여론의 조직적인 중독으로 말미암아 반쯤은 알아볼 수도 없게 된 마리 앙투아네트 사건의 에피소드가 그것이다. 조숙하고 쾌활한 어린 왕세자는 그가 아직도 어머니의 보호를 받고 있던 몇 주 전에 막대기에 고환을 다친 적이 있었다. 외과 의사가 와서 아이에게 일종의 탈장대(脫腸帶)를 만들어주었다. 마리 앙투아네트가 탕플에 있을 때 일어난 이 사건은 그것으로 끝이 났고 잊혀졌다. 어느 날 시몽인지 그의 처인지 둘 중 누군가가 조숙한 그 아이가 사내아이들이 흔히 하는 악습, 소위 "자위"를 하고 있는 것을 발견했다. 아이는 현장을 잡혔으므로 부인할 수 없었다. 이러한 악습을 누구한테서 배웠는가 하고 시몽이 다그쳐 묻자 자발적으로 그랬는지 강요에 못 이겨 그랬는지 알 수 없지만 아이는 어머니와 고모가 자기를 그런 악습에 물들게 했다고 대답했다. "암호랑이"에 대한 것이라면 전부 몹쓸 짓이라고 생각하고, 시몽은 계속 질문을 퍼부어 결국은 아이에게 두 여자가 탕플에서 자기를 가끔 잠자리로 불러들였으며 어머니와 근친상간을 했다고 말하도록 만들었다.

아홉 살도 되지 않은 소년의 이런 터무니없는 말을 이성적인 인간, 정상적인 시대라면 전혀 믿지 않았을 것이다. 그러나 혁명의 수많은 비방문서 덕택에 마리 앙투아네트에게는 색정광이라는 낙인이 찍혀 있었기 때문에 어머니가 여덟 살 반 된 제 자식을 성적으로 유혹했다는 터무니없는 비난까지도 에베르나 시몽에게는 전혀 의심스러운 일이 아니라고 여겨졌다. 오히려 광신적이며 눈이 먼 이 상퀼로트들에게는 이 일이 논리적이고 확실한 것처럼 생각되었던 것이다. 바빌론의 창부, 동성애 환자인 마리 앙투아네트는 트리아농 시대 이후 매일 수많은 남자와 여자를 유혹했을 것이다. 이러한 암호랑이가 탕플에 유폐되어 악마와도 같은 색욕의 상대를 구경도 못했을 때 아직 저항도 할 줄 모르는 순진한 제 자식한테 달려드는 것보다 더 자연스러운 일이 어디 있을까? 그들은 그렇게 생각했다. 증오에 눈이 먼 에베르와 그의 친구는 아이가 어머니에게 모욕당했으리라는 데에 대한 정당성을 조금도 의심하지 않았다. 이젠 왕비의 추행을 조서로 만들어 전 프랑스에 이 파렴치한 오스트리아 여자의 끔찍한 비행을 알리는 길밖에 남은 것이 없었다. 그 잔학성과 비행은 기요틴 형으로도 너무 가벼울 정도였다. 결국 아홉 살도 되지 않은 소년과 열다섯 살이 된 소녀 그리고 마담 엘리자베트에 대해서 세 차례에 걸친 심문이 행해졌다. 이 광경은 너무나도 끔찍하고 수치스러운 것이었다. 오늘날까지 색이 바랜 채 그렇지만 똑똑히 판독할 수 있는 상태로, 미성년의 아이들이 서명한 그 치욕적인 서류가 파리 국립서고에 남아 있지 않았더라면 사실이었다고 믿기 어려운 사건이다.

10월 6일의 제1차 심문에는 시장 파슈와 법률고문 쇼메트, 에베르 및 그외의 위원들이 출석했다. 그리고 10월 7일 제2차 심문에는 유명한 화가이며 혁명아였던 다비드의 이름도 서명란에서 읽을 수가 있다. 우선 여덟 살 반 된 아이가 증인으로 소환되었다. 탕플에서 일어난 일에 대해서 질문을 받자 수다스러운 소년은 자기의 말이 어떤 결과를 불러올지도 모른 채 어머니의 비밀 조력자들, 특히 툴랑의 이름을 입에 올리고 말았다. 그리하여 그 난처한 문제가 화제에 오르고, 다음과 같이 조서에 기록되었다. "몇 번인가 침대에서 건강에 해가 되는 나쁜 습관에 빠져 있는 것이 시몽과 그의 처에 의해서 발각되었다. 아이는 그들에게 자신이 이 위험스런 장난을 알게 된 것은 어머니와 고모를 통해서였으며, 그런 짓을 그 여자들 앞에서 해보였을 때 재미있어 했다고 말했다. 이런 일은 아이를 두 여자 사이에 재울 때도 가끔 일어났다. 아이의 말로 미루어보건대 어머니는 한 번인가 아이에게 접근해 관계를 했던 것 같고, 그때 아이의 고환이 팽창해서 지금까지도 붕대로 싸매져 있는 것 같다. 어머니는 아이한테 그런 말을 해서는 안 된다고 했다. 이후에도 이런 행위가 몇 번이고 되풀이되었다고 한다. 그리고 아이는 미쇼니와 다른 몇몇 사람들이 어머니와 이상하게 가깝게 이야기를 주고받았다는 것도 고백했다."

이 끔찍한 말이 일고여덟 사람의 서명과 함께 확인되었다. 이 조서가 정당하다는 것, 눈이 어두운 아이가 실제로 이런 무서운 진술을 했다는 것은 부인할 수 없다. 그러나 여덟 살 반짜리의 근친상간과 관계되는 탄핵이 포함된 기소는 본문에는 없다. 나중에 귀퉁이에 써넣은 것이다. 심문관들 역시 이런 추행을 문서로 남겨놓는 일은 주저했기 때문이다. 그러나 한 가지만은 명백하게 남아 있으니 그것은 어린아이의 필적으로, 진술 밑에 애써 크게 쓴 "루이 샤를 카페"라고 한 서명이다. 낯선 사람들 앞에서 제 어머니에 대해서 자식이 가장 비열한 비난을 한 것이다.

그러나 미친 짓은 이것으로 끝나지 않았다. 예심판사들은 그 보고서를 철저하게 처리하려고 했다. 그 소년에 이어 열다섯 살이 된 그의 누이가 소환되었다. 쇼메트가 그 소녀에게 물었다. "동생하고 놀 때 만지면 안 되는 곳을 동생이 만지지 않았느냐? 그리고 어머니와 고모가 동생을 가운데다 재우지 않았느냐?" 어린 소녀는 "아니오"라고 대답했다. 아홉 살짜리와 열다섯 살짜리 두 아이들이 어머니의 재판관 앞에서 명예를 놓고 논쟁을 벌이게 된 것이다(끔찍한 장면이 아닐 수 없었다). 어린 왕세자는 자기 주장을 고집했고, 열다섯 살 소녀는 무서운 남자들 앞에서 겁을 집어먹고 파렴치한 질문에 당황해서 "아무것도 모릅니다. 아무것도 못 보았습니다"라고만 대답했다. 제3의 증인으로서 왕의 누이동생인 마담 엘리자베트가 소환되었다. 힘에 넘치는 스물아홉 살의 아가씨를 심문하는 것은 벌벌 떨고 있는 순진한 어린아이들을 심문하는 것처럼 그렇게 쉽지 않았다. 왕세자에 관해서 작성된 조서를 보자마자 모욕으로 뺨이 붉게 달아오르면서 경멸하듯 서류를 던지고 나서 이런 치사한 짓은 있을 수 없는 일이며 대답조차 하기 싫다고 말했다. 그러자 그녀와 소년이 대질되었고 —— 또다시 지옥 같은 장면이었다 —— 왕세자는 계속 뻔뻔스럽게 자기 주장을 굽히지 않으면서 그녀와 어머니가 자기를 그런 악습으로 유혹했노라고 말했다. 마담 엘리자베트는 참을 수 없었다. 뻔뻔스런 거짓말을 하는 아이가 수치도 모르자 그녀는 어쩔 수 없는 분노 속에서 "오 지독한 녀석"이라고 소리쳤다. 그러나 위원들은 듣고 싶었던 것은 이미 다 들은 뒤였다. 조서에 서명이 끝났다. 에베르는 쾌재를 부르짖으면서 세 통의 서류를 예심판사에게 가지고 갔다. 이제 왕비가 그때는 물론 후대, 시간을 초월해서 영원히 가면이 벗겨지고 망신을 당할 것이라는 기대 속에서, 애국심에 불타는 가슴을 펴고 그는 마리 앙투아네트의 근친상간의 증인으로서 법정 증언대에 서겠노라고 진술했다.

자기 어머니에 대한 어린아이의 이와 같은 진술은 역사의 연대기에 그 예를 찾아보기 힘든 것으로서 마리 앙투아네트의 전기작가들에게 큰 수수께끼가 되었다. 이 귀찮은 암초를 피하기 위해서 왕비의 정열적인 변호인들은 둘러대는 해명이나 왜곡으로 도망치곤 했다. 그들은 인간의 가죽을 쓴 악마 에베르와 시몽이 불쌍하고 가련한 아이에게 압력을 가해서 —— 왕당파들이 제일 많이 하던 이야기식으로 —— 비스킷을 주거나 또는 매질을 하기도 했으며 때로는 브랜디로 —— 극히 비심리적인 제2의 설명이다 —— 아이를 취하게 만들었다고 설명했다. 아이의 진술은 취한 상태에서 한 것이기 때문에 무효라고 그들은 주장했다. 그러나 이 장면의 목격자인 서기 당주가 쓴 확실하고도 비당파적인 기록은 이러한 증거도 없는 두 가지 주장과는 극히 상반된다. 그는 이런 조서를 작성한 바 있다. "어린 왕자는 팔걸이 의자에 앉았다. 바닥에 채 닿지도 않는 다리를 흔들고 있었다. 아는 바를 물으면 그는 그래요라고 대답했다.……" 왕세자의 이런 태도에는 극히 도전적이며 장난스런 오만함이 섞여 있었다. 다른 두 조서의 원문에서 보아도 이 소년이 어떤 외적인 강요에 의해서 그렇게 행동했던 것이 아니라 반대로 소년다운 반항심 —— 일종의 악의와 복수심까지도 섞여 있었다 —— 으로 고모에 대해서 터무니없는 비난을 되풀이했으리라는 것은 확실하다.

이것을 어떻게 설명해야 할까? 우리들 세대로서는 그것이 그다지 힘들지 않다. 우리는 성적인 문제에 대한 아이들의 말이란 거짓이 많다는 것을 옛날보다는 훨씬 더 과학적으로 그리고 재판 심리적으로 알고 있기 때문에 미성년자의 심적인 궤도에서 어긋난 이러한 짓도 상당히 이해할 수 있다. 우리는 왕세자가 제화공 시몽에게 인도되었을 때 끔찍한 수치심을 느꼈을 것이며 어머니를 그리워했으리라는 감상적인 판단은 배제하는 것이 좋다. 처음에는 상당한 충격을 받지만 아이들이란 낯선 환경에 너무나도 빨리 적응하기 때문이다. 여덟 살 반의 소년은, 하루 종일 공부해라, 책을 읽어라, 장래의 프랑스 왕으로서의 위엄과 태도를 갖추도록 하라고 떠드는 슬픔에 잠긴 두 여자 곁에 있는 것보다는 거칠지만 기분 좋은 시몽 곁에 있는 것이 더 마음 편했는지도 모른다. 제화공 시몽과 함께 있으면 어린 왕자는 매우 자유로웠다. 공부에 속을 썩일 필요도 없고 염려하거나 고민할 필요도 없이 마음껏 뛰어놀 수가 있었을 것이다. 경건하고 재미없는 마담 엘리자베트와 함께 묵주를 가지고 기도하는 것보다는 군인들과 함께 「카르마뇰」을 노래하는 것이 아이는 더 재미있었을 것이다. 아이들이란 하나같이 본능적으로 낮아지려는 특성이 있기 때문이다. 흔히 강요된 교양이나 예절에 거역하려고 하고 강요된 교육을 받는 것보다는 교양 없는 사람들 가운데서 더 기분 좋게 지낼 수 있다. 더 많은 자유와 더 많은 방종, 그리고는 아무런 구속도 없는 곳에서 아이들의 천성은 실컷 기를 펼 수 있다. 사회적인 상승에 대한 소망 같은 것은 지성의 깨우침과 함께 비로소 시작되는 것이다. 지체 높은 집안의 아이들은 열 살, 또는 열다섯 살까지는 프롤레타리아 친구들을 부러워한다. 철저한 교육으로 자신들로서는 할 수 없는 모든 것이 그들에게는 허용되기 때문이다. 이러한 급격한 감정의 변화는 아이들에게는 극히 당연한 것으로서 왕세자도 마찬가지였고 ── 감상적인 전기작가들은 이 극히 자연스런 사실을 조금도 인정하려고 하지 않았다 ── 아이는 어머니의 감상적인 분위기를 벗어나서 속박이 적고 정도는 낮지만 그에게는 즐거운 제화공 시몽과 어울렸던 것 같다. 왕세자의 누나조차도 왕세자가 큰 소리로 혁명가를 부른 적이 있었다는 사실을 고백했다. 또다른 믿을 만한 증인은 왕세자가 어머니와 고모에게 극히 야비한 말을 했다고 증언했다. 그것은 너무나도 야비한 말이어서 여기에 다시 옮기기가 힘들 정도이다. 공상적인 표현에 대한 그 아이의 특별한 소질에 관해서는 반박의 여지가 없는 확실한 증거가 있다. 그것은 아이의 어머니 자신이 아이가 네 살 반밖에 안 되었을 때 가정교사에게 했던 말이다. "그 애는 자기가 들은 이야기를 수다스럽게 반복하기를 좋아하고, 거짓말을 하려는 생각은 없지만 들은 이야기에다가 자기의 상상을 덧붙여 이야기하기를 좋아합니다. 그것이 그 애의 가장 큰 결점이며 어떻게 해서든지 고쳐주어야만 할 점이에요."

　아들의 성격묘사를 통해서 마리 앙투아네트는 수수께끼를 해결하는 결정적인 암시를 주고 있는 셈이다. 그리고 그 암시는 마담 엘리자베트의 발언을 통해서 충분히 보완된다. 모두 알다시피 아이들이란 금지된 행동을 하다가 현장에서 붙잡히면 죄를 누군가에게 전가시키려고 하는 법이다. 본능적인 방어 태세로(아이들은 어른들이 자신들한테 죄를 뒤집어씌우는 것을 사실 별로 좋아하지 않는다는 것을 잘 안다) 그들은 누군가에게 "유혹을 받아" 그렇게 되었노라고 대답한다. 이 경우는 마담 엘리자베트의 조서로써 상황이 명백해진다. 그녀는 이렇게 —— 이상하게도 이 사실은 완전히 무시되었다 —— 말했다. 자기 조카가 아주 오래 전부터 이미 그런 악습에 시달렸던 탓에 그의 어머니는 물론 자신도 심하게 야단을 친 적이 있다는 말을 했다. 이제 상황이 확실해지기 시작한다. 아이는 전부터 고모나 어머니에게 현장을 잡혀서 크게 벌을 받았다. 시몽이 누구 때문에 그런 악습에 물들게 되었느냐고 묻자 아이는 그 행위로부터 극히 자연적인 실마리를 더듬어 최초로 현장을 잡힌 때의 일을 생각했던 것이다. 그리고는 그 일로 자기한테 벌을 주었던 사람들을 생각했을 것이 뻔했다. 그는 무의식중에 자기가 받은 벌에 대해서 복수하려고 했던 것이다. 자기의 발언이 어떤 결과를 가져올지에 대해서는 아무 생각도 없이 아이는 벌을 준 사람들을 선동자로 만들었거나, 그런 식의 유도심문에 주저 없이 간단히 사실이라고 대답했을 것이다. 그 뒤는 뻔하다. 일단 거짓말에 말려들기 시작하면 물러나는 것은 힘든 일이다. 더구나 이 경우는 자신의 말을 기뻐하며 들어주고 있지 않은가! 아이는 거짓말을 해도 괜찮겠지 하는 생각에서 계속 위원들의 대답에 전부 그렇다고 대답을 했다. 아이들은 그렇게만 말하면 벌을 받지 않으리라는 것을 눈치 채고 나면 자신의 말을 고집하는 법이다. 유능한 심리학자라면 이렇게 확실하고도 분명하게 기록된 발언에 직면하면 실수하지 않도록 제화공, 광대, 페인트공, 서기보다는 훨씬 더 많은 노력을 했을 것이다. 그러나 이 사건의 경우, 취조자들은 전부 「페르 뒤셴」지를 매일 읽는 독자들로서 일종의 집단최면에 걸려 있었기 때문에 아이의 그 무서운 비난이 어머니의 악마와 같은 천성에 너무나도 잘 어울리는 것이라고 생각했다. 프랑스에 퍼져 있는 음란한 팸플릿이 그녀를 모든 악덕의 화신으로 만들었다. 암시에 걸린 그 사람들은 마리 앙투아네트가 무슨 죄를 지었다고 해도, 말도 안 되는 어떤 죄를 지었다고 해도, 하나도 놀랄 일이 아니었다. 그래서 그들은 별로 오래 끌지도 않고, 잘 생각해보지도 않은 채 아홉 살짜리 아이와 함께 그의 어머니에 대한 가장 비열한 서류에 서명을 했다.

　마리 앙투아네트는 감옥에서 완전히 외부로부터 차단되어 다행히도 자신의 이런 터무니없는 기소 사실에 대해서 들은 적이 없었다. 생애의 마지막 이틀 전에야 그녀는 비로소 기소장을 통해서 이런 극악한 수모를 알았다. 몇십 년 동안이나 그녀는 입을 다문 채 자신의 명예에 대한 모든 비난, 비열하기 이를 데 없는 중상모략을 참아왔다. 그러나 자식이 자기를 중상했음을 알게 되자 곧 그녀는 말할 수 없는 고통 속에서 영혼 깊이 상처를 입었다. 죽음의 문턱을 밟을 때까지 그녀는 그 고통에서 헤어나지 못했다. 기요틴에 서기 3시간 전 평소에는 침착하기 그지없던 그녀는 함께 죄를 뒤집어쓴 마담 엘리자베트에게 이렇게 썼다. "나는 아이가 당신을 괴롭게 했음을 압니다. 그를 용서해주세요. 그 아이는 아직 어리니까요. 그리고 아이들을 강압하는 것은 아주 쉬운 일이니까요. 언젠가 그 아이가 당신의 사랑과 부드러운 마음씨의 가치를 받아들여 서로를 이해하게 되기를 나는 기도합니다."

에베르의 생각은 성공하지 못했다. 그는 죄상을 유도시켜 왕비의 영예를 떨어뜨릴 생각이었던 것이다. 그러나 반대로 재판이 진행되는 동안 도끼가 자신의 손에서부터 빠져나와 자신의 목을 치고 말았다. 그러나 한 가지는 그가 성공한 셈이었다. 그것은 영혼에 치명적인 상처를 입혀서 죽음으로 인도한 여자에게 최후의 순간에 독배를 마시게 한 사실이다.

심문이 시작되다

　이제 냄비에 버터는 충분했다. 검사는 고기를 굽기만 하면 되었다. 10월 12일에 마리 앙투아네트는 최초의 심문을 받기 위해서 대회의실로 호출되었다. 그녀의 맞은편에는 푸키에 탱빌, 에르망, 배석판사, 몇 명의 서기가 앉아 있었지만, 그녀의 옆에는 아무도 없었다. 변호사도, 보호인도 없이 감시하고 있는 감시병뿐이었다.
　그러나 혼자 지내는 몇 주 동안 마리 앙투아네트는 전력을 다했다. 위험은 그녀에게 생각을 요약하는 법, 조리 있게 말하는 법을 가르쳐주었고, 또 어떤 때는 차라리 침묵하는 편이 낫다는 것을 가르쳐주었다. 대답 하나하나가 놀라울 정도로 강력하고 신중하고 현명했다. 그녀는 한순간도 마음을 놓지 않았다. 아무리 어리석고 음흉한 질문에도 그녀는 당황하지 않았다. 마지막 순간, 정말 마지막 순간에야 마리 앙투아네트는 자신의 이름의 책임을 실감할 수 있었다. 베르사유의 호사스런 홀에서는 완전한 왕비라고 할 수 없었지만 이제 이 어둠침침한 심문실에서는 완전한 왕비가 되어야만 했다. 자신이 대답해야 할 상대는 고발자로 나선, 배가 고파 혁명에 뛰어든 초라한 변호사나, 재판관으로 분장한 경찰이나 서기가 아니라 단 하나의 현실적인 진정한 재판관, 곧 역사였던 것이다. "언제가 되야 너는 진짜 네가 될 작정이냐?"라고 절망에 빠진 어머니 마리아 테레지아는 딸에게 편지를 보낸 적이 있었다. 이제 죽음을 목전에 두고 마리 앙투아네트는 자기에게 이제까지는 외적으로만 부여되었던 존엄을 스스로 찾았다. 이름이 무엇이냐는 형식적인 대답에 대해서 그녀는 큰 소리로 똑똑하게 대답했다. "외스터라이히 로트링겐가의 마리 앙투아네트, 38세, 프랑스 국왕의 미망인"이라고. 모든 형식을 준수해서 정당한 법절차를 빠뜨리지 않으려고 푸키에 탱빌은 심문 형식을 그대로 지켜 자신은 아무것도 모르는 것처럼 체포 당시 어디에 살고 있었느냐고 물었다. 비웃는 표정도 없이 마리 앙투아네트는 검사에게 자신은 결코 체포당한 것이 아니라 탕플로 옮겨달라는 의회의 청을 받았을 뿐이었노라고 대답했다. 그러자 본격적인 질문과 소추가 시작되었다. 그녀가 혁명 이전에 "보헤미아와 헝가리의 왕"(오스트리아 황제를 말함/역주)과 정치적인 관계를 맺고 있었으며, "끔찍한 방법으로 백성의 땀의 결정인 프랑스 재정을 자신의 쾌락과 음모를 위해서 부패한 대신들의 동의하에" 낭비했으며, 오스트리아 황제에게 "수백만금을 보내 자기를 키워준 인민을 공격하려고 했다"는 내용이었다. 그녀가 혁명 이후 프랑스에 맞서 음모를 꾸몄으며 외국 밀사와 거래하여 남편인 국왕을 선동해서 거부권을 발동하도록 했다는 것이다. 이런 모든 비난에 대해서 마리 앙투아네트는 날카롭게 그리고 강력하게 부인했다. 에르망이 극히 미숙한 주장을 내세움으로써 대화는 활기를 띠었다. "지독한 위장술을 카페에게 가르친 사람은 바로 당신이다. 그 덕택에 그는 선량한 백성들을 그렇게나 오래 기만했던 것이다. 어느 정도 비열하고 악의에 찬 것인지 백성들은 그 정도를 헤아리지 못하고 있었다." 그의 장광설에 마리 앙투아네트는 조용히 대답했다.

"그렇습니다. 국민은 기만당했습니다. 그것도 아주 끔찍하게. 그러나 그것은 남편이나 내 탓은 아닙니다."

"그렇다면 누가 백성을 기만했다는 것인가?"

"그런 것에 관심 있는 사람들입니다. 우리는 국민을 기만할 생각은 조금도 없었습니다."

이 모호한 대답에 대해서 에르망은 즉시 반격을 가했다. 그는 지금이야말로 왕비에게 일격을 가해 그녀가 공화국에 적대감을 가졌음을 폭로할 때라고 생각했다.

"그렇다면 당신 생각에는 누가 백성을 기만했다는 뜻인가?"

그러나 마리 앙투아네트는 이 질문에 대한 대답을 교묘하게 회피했다. 자기는 그런 것은 모른다고 대답했다. 자신의 관심은 백성을 기만하는 것이 아니라 오직 계몽시키려고 했던 것뿐이었노라고 대답했다.

에르망은 이 대답이 비꼬는 것임을 눈치 채고 이렇게 비난했다. "당신은 내 질문에 대해서 명확한 대답을 하지 않았다."

그러나 왕비는 방어의 자세를 흐트러뜨리지 않았다. "그 사람들 이름을 안다면 금방 대답할 수 있을 텐데요.……" 이 말다툼 뒤에 심문은 다시 계속되었다. 바렌으로의 도피에 대한 경위에 대해서 질문했다. 왕비는 신중히 대답하면서 검사들이 기소로 끌고 가려고 하는 비밀의 벗들을 숨겨주었다. 에르망이 고발을 계속하자 그녀는 다시 힘주어 대답했다.

"당신은 한순간도 프랑스를 멸망시키려는 시도를 중지한 적이 없었다. 당신은 어떻게 해서든지 통치를 하고 애국자의 시체를 넘어 왕좌에 오를 생각만 했다." 이러한 허풍에 대해서 왕비는 거만하고도 예리한 대답을 했다(왜 저런 멍텅구리를 질문자로 데려왔을까). 그녀는 자신과 왕은 이미 왕좌에 있었기 때문에 왕좌에 오르고자 하는 생각은 할 필요가 없었으며 단지 프랑스의 행복만을 바랐노라고 대답했다.

그러자 에르망은 더 공격적으로 변했다. 마리 앙투아네트가 신중하고 안전한 태도를 무너뜨리지 않았고, 공판을 위한 어떤 "재료"도 나오지 않자 그는 공소 사실을 더욱 더 많이 쌓아올렸다. 그녀가 플랑드르 연대를 취하게 만들고, 외국 궁정과 연락해서 전쟁을 일으키고, 필니츠 조약(오스트리아와 프로이센이 프랑스 혁명에 무력 행사를 할 용의가 있음을 선언한 조약/역주)에 영향을 미쳤다는 것이다. 그러나 마리 앙투아네트는 사실에 맞게 그것을 정정하면서 전쟁 결정을 내린 것은 그녀의 남편이 아니라 국민의회였으며 자기는 연대의 연회가 있었을 때 단 두 번 홀을 지나갔을 뿐이었다고 대답했다.

그러나 에르망은 가장 위험스런 질문을 맨 마지막에 남겨두고 있었다. 그 질문은 왕비 자신의 감정을 거역하게 하거나 그렇지 않으면 공화국에 반역하게 하는 질문이었다. 국법에 대한 교양문답식 질문이 행해졌다.

"당신은 공화국의 군사적 운명에 어떤 관심을 가지고 있는가?"

"프랑스의 행복만이 내가 다른 무엇보다도 관심을 두는 것입니다."

"당신은 백성들의 행복을 위해서 국왕이 필요하다고 생각하는가?"

"그런 질문은 한 사람이 결정내릴 만한 것이 못 됩니다."

"당신은 물론 당신 아들이 왕좌를 빼앗긴 것을 유감스럽게 생각하고 있을 것이다. 국민이 자기의 권리를 찾아 왕권을 분쇄하지만 않았더라면 당신 아들은 왕좌에 올랐을 것이 아닌가?"

"나는 그의 나라에 이익이 되는 것이라면 아들 때문에 유감으로 생각하지는 않습니다."

예심판사가 잘하지 못하는 것이 보였다. 마리 앙투아네트가 "그의 나라에 이익이 되는 것이라면" 아들 때문에 유감으로 생각하지는 않는다고 한 대답은 아주 교묘하고 교활한 것이었다. 왜냐하면 왕비는 소유를 말하는 "그의"라는 말을 통해서 공화국을 부정하지 않으면서도 공화국의 예심판사 면전에서 프랑스가 자기 아들의 땅이며 소유임을 언명했기 때문이다. 그녀는 가장 귀중한 아들의 왕위 계승권을 위험 속에서도 포기하지 않았다. 마지막 논쟁이 끝나자 심문은 급속히 종결을 향해 치닫기 시작했다. 그녀는 공판을 위한 변호인을 지명하겠느냐는 질문을 받았다. 마리 앙투아네트는 자기는 아는 변호사가 없다고 말하고 자기와 개인적으로 알지 못하는 한두 사람을 당국에서 지명해줄 것에 동의했다. 마음속 깊이 그녀는 변호사가 아는 사람이든 낯선 사람이든 아무 상관이 없으리라는 사실을 알고 있었다. 이제 와서 옛날 왕비를 변호할 만한 용기가 있는 사람은 프랑스 전체에서 한 사람도 찾아볼 수 없기 때문이었다. 그녀에게 유리한 말을 공개적으로 하는 사람이 한 사람이라도 있다면 그 사람은 변호인석에서 피고석으로 자리를 바꿔야만 했다.

이제 —— 외양으로는 합법적인 심리 체제가 아직 남아 있었다 —— 형식주의자인 푸키에 탱빌은 기소장을 작성하기 시작했다. 그의 펜은 서류 위에서 재빨리 굴러갔다. 매일 산더미처럼 많은 기소장을 쓰다 보면 손이 가벼워지기 마련이다. 이 촌뜨기 법률가는 이런 특별한 사건에서는 무엇인가 사적인 분위기를 첨가하는 것이 의무라고 생각했다. 왕비를 기소하는 것은 "루이 왕 만세"를 외친 하녀의 목덜미를 잡을 때보다는 훨씬 더 멋지고 비장해야 한다고 생각했다. 그래서 그는 기소장을 이렇게 어마어마하게 시작했다. "검사가 제출한 증거 서류를 검토한 결과 다음과 같은 사실이 명확해졌다. 프랑스의 왕비라고 불렸으나 역사 속에서 영원히 멸시받는 이름으로 지워지지 않는 메살리나, 브룬힐트, 프레데군트, 카트린 드 메디시스와 마찬가지로 루이 카페의 미망인 마리 앙투아네트 역시 프랑스에 거주하기 시작한 이래 계속 프랑스 인들의 채찍, 흡혈귀 노릇을 해왔다." 이러한 자그마한 역사적 오류 —— 프레데군트나 브룬힐트 시대에는 아직 프랑스 왕국은 존재하지 않았다 —— 를 범한 뒤 주지할 만한 고발은 계속되었다. 마리 앙투아네트가 "보헤미아와 헝가리의 왕"이라는 남자와 정치적 거래를 하면서 수백만금을 그에게 주었고, 근위부대의 "방탕놀이"에도 끼어들었으며, 내란을 일으키게 했고, 외국인의 손에 작전 계획서를 넘겨주었다는 것이었다. 에베르의 고발도 둘러댄 형태로 인용되었다. "그녀는 자연에 거역하여 모든 악과 결탁해서 어머니로서의 자기 위치와 자연의 법칙을 조소하고, 제 자식인 루이 샤를과 불륜의 관계를 지속하고도 태연해했는데, 그 행위는 상상하기도, 입에 올리기에도 무서운 행위였다." 새롭고도 놀라운 사실은 그녀가 얼마나 비열하고도 저열하게 자신이 프랑스 백성들에게 당하고 있는지를 글로 인쇄해서 열강에 유포시키려고 했다는 새로운 기소 내용이었다. 푸키에 탱빌의 주장을 따르면 마리 앙투아네트는 라 모트 부인을 위시한 수많은 사람들이 쓴 팸플릿을 퍼뜨렸다는 것이다. 이런 모든 죄의 결과로 마리 앙투아네트는 피감시인의 상태에서 피고자리로 다시 물러나게 되었다는 것이다.

법적인 면에서도 별로 훌륭한 작품이라고 할 수 없는 이 보고서는 잉크도 채 마르기 전 10월 13일에 변호인 쇼보 라가르드의 손에 넘겨졌고, 그는 그것을 들고 곧장 마리 앙투아네트에게로 갔다. 피고와 그녀의 변호사는 함께 그 기소장을 읽었다. 그러나 악의에 찬 구절에 놀라 전율한 사람은 변호사였다. 심문 뒤 조금이나마 호전될 수도 있다는 것은 이미 기대하지 않았던 마리 앙투아네트는 아주 태연해했다. 그러나 이 양심적인 법률가는 그렇지 않았다. 안 됩니다. 이렇게 많은 기소장과 보고서를 하룻밤에 읽고서 이 종이의 혼란 속에서 진짜 변호를 한다는 것은 불가능합니다. 그래서 그는 왕비가 사흘 동안만 선고 공판을 연기시킨다면 자기가 자료를 정리하고 증거를 재검토하여 변론의 기초 준비를 하겠노라고 말했다.

"누구에게 부탁을 한단 말입니까?" 마리 앙투아네트가 물었다.

"국민공회입니다."

"안 돼요. 안 됩니다……절대로."

"그렇지만" 하고 쇼보 라가르드는 다그쳤다. "아무 쓸데도 없는 자만심 때문에 이익을 포기해서는 안 됩니다. 당신에게는 의무가 있습니다. 당신의 생명은 당신을 위해서가 아니라 아이들을 위해서라도 보존해야만 합니다." 아이들이라는 말에 왕비는 양보를 했다. 그녀는 국민공회 의장 앞으로 다음과 같은 편지를 썼다.

"시민인 국민공회 의장 귀하. 국민공회가 나의 재판을 맡긴 시민 트롱송과 쇼보가 오늘 처음으로 직무를 위임받았다는 사실에 저는 관심을 가지고 있습니다. 나는 내일 판결을 받도록 되어 있습니다. 그렇지만 그렇게 짧은 기간 동안에 그 두 사람이 소송 서류를 연구한다는 것은 불가능할 것 같습니다. 나는 자식들에게 대해서 그들의 어머니가 완전 무죄임을 입증할 만한 방도를 포기할 수 없습니다. 나의 변호인은 사흘간만 유예를 주시기를 바라고 있습니다. 국민공회가 동의해주기를 나는 희망하는 바입니다."

이 편지를 보면 마리 앙투아네트의 정신적 변화에 놀라지 않을 수 없다. 평생토록 형편없는 편지만 썼고, 형편없는 외교관에 불과했던 그녀가 이제는 왕비답게 쓰고, 책임감 있게 사고하기 시작한 것이다. 무서운 생명의 위험 속에서도 그녀는 국민공회에 탄원하지 않았던 것이다. 그녀는 자기 이름으로 소망한 것 —— 그러느니 차라리 죽는 것이 나았다 —— 이 아니라 제3자의 소망을 받아준 것뿐이었다. "나의 변호인은 사흘간만 유예를 주시기를 바라고 있습니다"라고, "국민공회가 동의해주기를 나는 희망하는 바입니다"라고 썼을 뿐이다. "나는 그것을 청원합니다"라고 하지 않은 것이다.

국민공회는 답신을 보내지 않았다. 왕비의 죽음은 이미 오래 전에 결정된 사항인데 무엇 때문에 법정에서의 형식을 요구한단 말인가? 어름어름해봤자 끔찍하기는 마찬가지이다. 다음 날 아침 8시에 공판이 시작되었다. 공판이 어떻게 끝이 날지 결과는 불을 보듯 뻔했다.

공판

　콩시에르즈리에서 보낸 70일은 마리 앙투아네트를 늙고 병든 여자로 만들었다. 햇살로부터 차단된 그녀의 눈은 충혈되어 아팠고 입술은 수주일 동안 많은 출혈로 고통을 겪었기 때문에 눈에 띌 정도로 창백해졌다. 이제는 피로와 싸워야 했다. 의사는 몇 번이나 강심제를 처방했다. 그러나 그녀는 이제야말로 역사적인 날이 시작된다는 것을 알고 있었다. 오늘이야말로 지쳐서는 안 돼. 법정의 누구에게서도 왕비이며 황제의 딸인 자신의 연약함을 드러내어 조소를 당해서는 안 되었다. 지친 육체로부터, 이미 쇠잔한 감정으로부터 다시 한 번 모든 힘을 이끌어내어야 했다. 이 일만 끝나면 육체는 영원히 긴 휴식을 취할 수 있다. 마리 앙투아네트가 아직 이 세상에서 해야 할 일 두 가지는 의연하게 대답하고, 의연하게 죽는 것이었다.

　마음속으로 결심을 굳힌 마리 앙투아네트는 겉으로도 위엄을 보여주면서 재판을 받아야겠다는 생각을 했다. 오늘 법정에 나타난 여자가 합스부르크가의 딸이며, 아무리 폐인이 되었을망정 왕비임에 틀림없음을 백성들에게 알려주어야 했다. 그녀는 보통 때보다 더 정성스레 희게 센 머리를 손질했다. 풀이 빳빳한 흰 리넨 모자를 쓰고, 모자 양쪽에 상중(喪中)의 베일을 늘어뜨렸다. 프랑스 최후의 국왕 루이 16세의 미망인으로서 마리 앙투아네트는 혁명의 법정에 나타날 생각이었다.
　8시에 재판관과 배심원이 대법정에 모여들었다. 로베스피에르와 동향인인 에르망이 재판장이었고, 푸키에 탱빌이 검사였다. 배심원은 전 후작, 외과 의사, 레모네이드 소매상, 음악가, 인쇄업자, 가발 제조업자, 전 사제, 목수 등 여러 계층으로 구성되었다. 공판 진행을 감시하기 위해서 여러 명의 공안위원회 위원이 검사 옆에 자리를 잡았다. 법정은 꽉 찼다. 왕비가 사형대에 서는 것을 보는 기회는 금세기에는 한 번밖에 없는 일이었기 때문이다.
　마리 앙투아네트는 태연히 들어와서 조용히 자리에 앉았다. 남편에게는 특별히 팔걸이 의자가 마련되었지만 형편없는 나무 의자만이 그녀를 기다리고 있었다. 재판관들도 장엄한 루이 16세의 공개재판 때처럼 국민공회가 뽑은 대표들이 아니고 일상의 생업에 종사하는 배심원에 불과했다. 그들은 그 음울한 의무를 극히 사무적으로 간단하게 처리했다. 구경꾼들은 그녀의 지치기는 했어도 흐트러지지 않은 얼굴에서 흥분과 불안의 빛을 찾으려고 했으나 허사였다. 단호한 태도로 그녀는 공판 개정을 기다렸다. 그녀는 침착하게 재판관 쪽을 보고 침착한 태도로 법정을 돌아보며 힘을 집중시켰다.
　맨 먼저 푸키에 탱빌이 일어나서 기소장을 낭독했다. 왕비는 전혀 귀를 기울이지 않았다. 그녀는 이미 이 비난에 대해서는 전부 다 알고 있었다. 그 전날 변호사와 그 내용을 하나하나 검토했기 때문이다. 극히 준엄한 탄핵이 가해졌으나 그녀는 한 번도 머리를 치켜들지 않았다. 그녀의 손가락은 "마치 피아노를 치는 것처럼" 의자의 팔걸이 위에 무심히 놓여 있을 뿐이었다.
　그 다음으로 41명의 증인이 연달아 등장했다. 그들은 "미워하지 않고 겁내지 않고 진실을, 모든 진실을" 진술하겠다고 선서했다. 재판이 서둘러 열렸기 때문에 —— 가엾은 푸키에 탱빌은 이 며칠 동안 정신없이 바빴다. 금방 마담 롤랑을 위시한 수백 명의 지롱드파의 차례가 되었다 —— 여러 가지 범죄 사실이 아무런 시간적, 논리적 관련도 없이 마구 제기되었다. 증인들은 베르사유의 10월 6일 사건에 대해서 진술하다가 파리에서의 8월 10일 사건을 이야기하기도 하고, 혁명 전의 사건을 이야기하다가 혁명 동안에 일어난 일을 말하기도 했다. 그들의 진술은 대개가 쓸모없는 것들이었고, 그중에는 아주 우스꽝스러운 것들도 있었다. 예를 들면 하녀 밀로의 증언이 바로 그런 것으로서 그녀는 왕비가 오빠한테 2억의 돈을 보냈다고 1788년에 쿠아니 공작이 어떤 사람한테 말하는 것을 들었다고 했다. 우스꽝스러운 것은 마리 앙투아네트가 오를레앙 공을 살해하기 위해서 항상 두 자루의 피스톨을 휴대했다는 이야기였다. 왕비가 발행한 어음을 봤다는 증인도 둘이나 있었지만 결정적인 증거를 제시하지는 못했다. 마리 앙투아네트가 스위스 근위병의 사령관에게 보냈다는 "당신의 스위스 군인들을 완전히 믿어도 좋을까요? 필요한 경우에 용감히 싸워줄까요?"라는 편지도 손에 넣을 수 없었다. 마리 앙투아네트가 쓴 편지는 단 한 장도 제출되지 못했고, 탕플에서 압수되어 봉인된 그녀의 소유품을 넣은 보따리 속에서도 그녀에게 불리한 물건은 하나도 나오지 않았다. 머리카락은 남편과 아이들의 것이었고, 작은 초상화는 랑발 공작부인과 그녀의 어린 시절 친구인 헤센-다름슈타트 백작부인을 그린 것이었다. 수첩에 적힌 이름은 그녀의 세탁부와 의사의 이름뿐이었다. 기소에 필요할 만한 것은 하나도 없었다. 그래서 검사는 몇 번씩이나 일반적인 죄상으로 되돌아가는 수밖에 없었다. 왕비도 이번에는 준비가 되어 있어서 예심 때보다는 더 확실하게, 더 자신 있게 대답할 수 있었다. 문답은 다음과 같이 전개되었다.

"당신은 소(小)트리아농을 개축하고, 가구를 들여놓고, 연회를 열고, 여신처럼 지냈는데 그 돈은 어디서 난 것인가?"

"그 비용을 위한 준비금이 마련되어 있었습니다."

"그 준비금은 상당한 액수였겠군. 소트리아농은 거액의 돈이 필요했을 테니 말이오."

"소트리아농에 거액의 돈이 필요했다는 것은 옳은 말씀입니다. 내 자신이 생각했던 것보다도 훨씬 더 많이 든 것 같습니다. 점점 끌려들어가서 비용이 늘어났습니다. 그 모든 일을 분명하게 하고 넘어가는 것은 그 누구보다도 내가 더 원하는 바입니다."

"당신이 맨 처음 라 모트 부인을 만난 것은 트리아농에서의 일이지요?"

"그 사람을 만난 일은 없습니다."

"악명 높은 목걸이 사건으로 그녀는 당신의 희생자가 되지 않았는가?"

"그럴 리 없습니다. 나는 그녀를 모르니까요."

"그러면 그녀를 알았다는 것을 끝내 부인하는 것인가?"

"나는 전부 다 부인하려는 것은 아닙니다. 나는 진실을 말해왔고 앞으로도 진실을 말할 것입니다."

아직 희망이 남아 있다면 마리 앙투아네트는 희망을 버리지 않아도 좋을 정도였다. 증인은 대부분이 전혀 쓸모가 없었기 때문이다. 그녀가 두려워하던 사람들 중에서 누구 하나 정말로 불리한 증언을 할 수 있는 사람은 없었다. 그녀의 반격은 점점 더 강력해졌다. 검사가 그녀에게 그녀의 그러한 영향력으로 전 국왕을 마음대로 움직였다고 말하자 그녀는 말했다. "조언하는 것과 행동하도록 하는 것은 전혀 별개의 일입니다." 공판 진행 중에 재판장이 그녀의 진술은 아이의 말과 상반된다고 지적하자 그녀는 경멸하듯이 말했다. "여덟 살 난 아이에게 듣고 싶은 말을 전부 대답하도록 하는 것은 아주 쉽지요." 정말 위험한 질문이 나오면 그녀는 주의 깊게 "모릅니다. 기억이 없습니다"라고 대답을 회피했다. 그래서 에르망은 단 한 번도 그녀에게 명백한 허위를 말하게 한다든가 모순을 말하게 하는 개가를 올릴 수 없었다. 오랜 시간 동안 긴장해서 귀를 기울였으나 청중들은 한 번도 분노의 소리를 외치거나 악의에 찬 행동을 보이거나 애국심에 불타는 박수갈채를 보낸 적이 없었다. 공판은 공허하게, 천천히 그리고 별 볼일 없이 진행되었다. 탄핵의 양상을 뒤집어엎기 위해서는 결정적인, 너무나도 결정적인 증언이 나와야 될 시간이었다. 에베르는 근친상간이라는 무서운 죄를 들고 나와 그런 센세이션을 일으키려고 했다.

그는 앞으로 나왔다. 단호하고 확신에 찬 태도로 그는 큰 소리로 터무니없는 비난을 되풀이했다. 그러나 그는 잠시 후 도저히 믿을 수 없이 이 비난이 역시 믿기지 않는다는 인상만을 준 채, 법정 안의 그 누구도 분노의 외침을 외쳐 이 못된 어머니, 사람도 아닌 여자에게 혐오의 마음을 일으키게 하지 못했음을 깨달았다. 모두 묵묵히, 창백하게, 당황한 듯이 앉아 있을 뿐이었다. 그래서 가련한 이 남자는 다른 특별한 심리적, 정치적 해석을 들고 나서지 않으면 안 되겠다고 생각했다. "이렇게 생각할 수도 있습니다"라고 이 바보는 말했다. "이 범죄적 향락은 쾌락에 대한 욕구 때문이 아니고 이 어린아이의 육체적인 힘을 소진시키려는 정치적인 의도에서 나온 것입니다. 미망인 카페는 아들이 언젠가 왕위에 오를 것을 생각하고 이런 계획으로 아이의 행동 방법을 지배하는 권리를 확보하려고 했던 것입니다."

그러나 이상하게도 이런 세계사적 망발에 청중은 놀랄 만큼 조용하기만 했다. 마리 앙투아네트는 대답하지도 않고 경멸하듯이 에베르에게서 눈을 돌렸다. 그 바보가 중국어로라도 떠드는 것처럼, 그녀는 무관심하게, 얼굴색 하나 변하지 않고 의연하게 꼼짝 않고 앉아 있었다. 재판장 에르망도 이 고발을 전혀 못 들은 —— 그는 중상당한 어머니에게 무슨 대답할 말이 있느냐고 묻는 것조차 잊고 말았다 —— 체했다. 그는 근친상간의 고발이 모든 청중, 특히 여자들에게 불쾌한 인상을 주었다는 사실을 알았기 때문에 급히 이 곤란한 고발을 무시했다. 그러나 그때 불행히도 배심원 한 사람이 간섭을 하면서 재판장에게 주위를 환기시켰다. "재판장, 시민 에베르가 그녀와 그 아들 사이에서 일어났다고 주장하는 사건에 관해서 피고가 의견을 진술하지 않았다는 사실에 유의하기를 바라는 바입니다."

이렇게 되자 재판장도 더 이상 피할 수가 없었다. 그는 하는 수 없이 감정에 내심 거역하며 피고에게 질문했다. 마리 앙투아네트는 자신 있게 벌떡 머리를 들고 —— "이때 피고는 극히 마음의 동요를 일으켰던 것 같다"라고 보통 때는 매우 무관심했던 「모니퇴르」지가 보도했다 —— 큰 소리로, 말할 수 없이 경멸스런 태도로 대답했다. "내가 대답하지 않은 것은 어머니에 대한 그런 비난에 대답하는 것을 자연이 거부하기 때문입니다. 나는 나와 같은 처지에 있는 모든 어머니들에게 묻고자 합니다."

사실 지하에서의 소란스런 항의, 강한 동요가 법정을 휩쓸고 갔다. 여자 노동자, 생선장수 여자, 뜨개질 하면서 듣던 여자들은 숨소리마저 죽였다. 신비로운 연대감정으로 이 한 여자와 더불어 여자 전체가 모욕당하고 있음을 느꼈다. 재판장은 입을 다물었고, 호기심 많은 배심원들도 눈을 내리감았다. 모략을 당한 여인의 목소리에 담긴 비통한 분노의 어조가 전체의 마음을 감동시켰다. 말없이 에베르는 증인석에서 물러났다. 자신의 행위를 자랑스럽게 만들지도 못한 채, 그의 비난이 최악의 사태에 있던 왕비를 도와서 위대한 도덕적 승리를 가져다준 결과가 되었다는 사실을 모든 사람들 그리고 그 자신도 깨달았다. 그녀를 욕보이려는 심사가 반대로 그녀를 높이 치켜 올리고 만 셈이었다.

그날 밤, 사건을 안 로베스피에르는 에베르에 대한 분노를 누를 수가 없었다. 큰소리치는 민중 선동가들 중에서 오직 한 사람의 정치적 정신이라고 할 수 있는 그는 아직 아홉 살도 채 되지 않은 소년이 불안이나 죄의식으로 진술한 어머니에 대한 이 바보스러운 탄핵을 세상에 들고 나온다는 것이 얼마나 미치광이 같은 어리석은 짓인가를 깨달았다. "에베르라는 바보는"이라고 그는 화를 내며 친구들에게 말했다. "그녀에게 또 한 번 승리를 안겨주고 말았다." 로베스피에르는 이미 이 야비한 친구에게는 짜증이 나 있었다. 에베르는 품위 없는 선동과 터무니없는 행동으로 그의 신성한 사업에 먹칠을 했던 것이다. 이날 그는 마음속으로 그 오점을 말살시키기로 결심했다. 에베르가 마리 앙투아네트에게 던진 돌은 그 자신에게 돌아와 치명타가 되었다. 그 몇 달 뒤에는 그도 같은 수레를 타고 같은 길을 가게 된다. 그러나 그의 태도는 그녀처럼 훌륭하지 못했고 너무도 의기소침했으므로 친구 롱생은 이렇게 외쳤다. "행동해야 할 때 그렇게도 떠들더니……이젠 죽는 거나 배우도록 해라."

마리 앙투아네트는 자신의 승리를 직감했다. 그러나 그녀는 방청석에서 놀랄 만한 소리를 들었다. "굉장히 오만하군." 그래서 그녀는 변호인에게 물었다. "답변하는 방법이 너무 오만하지 않은지요?" 그러나 변호인은 그녀를 안심시켰다. "마담, 끝까지 그렇게 하십시오. 그러면 됩니다" 그 다음 날도 마리 앙투아네트는 싸우지 않으면 안 되었다. 심리는 질질 끌었다. 방청을 하는 사람도 관계자도 모두 지쳤다. 그러나 그녀는 출혈로 지치고, 쉬는 시간에 한 접시의 수프밖에 먹지 않았으나 태도나 정신은 힘에 넘치고 의연했다. "그 모든 정신력을 상상해보십시오"라고 그녀의 변호사는 자신의 회상록에 쓰고 있다. "그렇게도 오랜 끔찍한 개정 시간의 긴장을 견디기 위해서 왕비에게는 대단한 정신력이 필요했던 것입니다. 많은 사람들을 앞에 둔 무대 위에서 잔인한 적과 싸우면서 자신에게 던진 그물을 피하고, 확실한 태도, 바른 절도를 지켜 비굴하게 처신해서는 안 되기 때문이었습니다." 그녀는 첫날에는 15시간 동안 싸웠다. 이튿날도 12시간 이상이 지나서야 간신히 재판장은 심문이 끝났음을 선언하고 죄과를 가볍게 하기 위해서 무엇인가 더 할 말이 없는가 하고 물었다. 자각하게 된 마리 앙투아네트는 이렇게 대답했다. "어제, 나는 증인들이 누구인지 알지도 못했고 그들이 내게 무슨 말을 할 것인지도 몰랐습니다. 그러나 그들 중 아무도 내게 불리한 사실을 지적하지 못했습니다. 나는 나 자신이 루이 16세의 아내에 지나지 않는다는 것, 따라서 남편의 결정에 따를 수밖에 없었다는 말밖에 이야기할 것이 없습니다."

그러자 푸키에 탱빌이 일어나서 총괄적으로 기소 사유를 설명했다. 할당된 두 사람의 변호사는 극히 무성의하게 반박했을 뿐이다. 아마도 루이 16세의 변호사가 너무나 열심히 왕의 편을 든 결과 단두대 처형이 요구되었다는 사실을 기억했던 것 같다. 그래서 그들은 왕비의 무죄를 주장하기보다는 백성들의 관용에 호소하는 편을 택했다. 재판장 에르망이 배심원에게 유죄 여부를 묻기 전에 마리 앙투아네트는 법정에서 퇴장당해 재판장과 배심원만이 남게 되었다. 뻔한 소리가 끝난 다음 재판장 에르망은 명백하고 객관성이 충분하지 않은 수백 가지의 죄상은 전부 배제하고 모든 질문을 간단한 형태로 정리했다. 즉 마리 앙투아네트를 기소한 것은 프랑스 국민이다. 왜냐하면 5년 전부터 일어난 모든 정치적인 사건이 그녀를 반대하는 증언을 하고 있기 때문이다. 그는 배심원에게 네 가지 질문을 했다.

첫째, 공화국의 적인 외국 열강에 대해서 자금 원조를 중개했고 프랑스 영토의 침입을 승인했고 그들의 군사적 승리를 지원하기 위해서 그들과 함께 음모를 계획하고 쌍방이 양해를 했다는 사실은 증명이 된 것인가?

둘째, 오스트리아의 마리 앙투아네트, 미망인 카페는 이런 음모에 관여하고 그런 양해를 인정했다는 죄를 졌는가?

셋째, 내란을 선동하기 위한 공모, 모반이 행해졌다는 사실은 증명되었는가?

넷째, 오스트리아의 마리 앙투아네트, 루이 카페의 미망인이 이 모반에 관여한 죄를 인정할 수 있는가?

배심원들은 묵묵히 일어나서 옆 방으로 옮겨갔다. 이미 한밤중이었다. 사람들 때문에 더워진 법정 안에는 촛불이 불안하게 흔들리고 있었다. 그리고 사람들의 마음도 역시 촛불과 함께 긴장과 호기심으로 전율하고 있었다.

중간 질문 : 배심원들은 법률상 어떠한 결정을 내려야 하는 것인가? 재판장은 최후의 제안 중에서 재판이 내포하는 정치적 장식을 일체 배제하고 여러 가지 죄상을 실질적으로는 단 하나로 묶었다. 배심원들이 질문을 받은 것은 마리 앙투아네트가 자연에 거역하는 탕녀, 근친상간한 여자, 낭비가 심한 여자인가 아닌가를 결정하는 것이 아니라 단지 전 왕비가 외국과 손을 잡고 적군의 승리와 국내의 봉기를 원하고 그것을 촉진시킨 죄가 있는지 없는지를 밝히는 것뿐이었다.

마리 앙투아네트는 법적인 의미에서 이런 범죄에 책임이 있고 유죄라고 보아야 하는가? 이런 양날의 칼과 같은 질문에는 이중으로 대답하는 수밖에 도리가 없다. 물론 마리 앙투아네트는 공화국의 의미에서는 유죄 —— 그리고 이것이 재판장의 강점이다 —— 일 수밖에 없다. 그녀가 늘 외국과 손을 잡았던 것은 부정할 수 없다. 우리는 그것을 알고 있다. 그녀는 프랑스 군대의 공격 계획을 오스트리아 대사에게 넘겨주었기 때문에 기소장에서처럼 사실 반역죄를 범한 것이다. 자기 남편의 왕위와 자유를 회복시키려는 수단이면 합법이든 비합법이든 가리지 않고 어떤 수단이라도 무조건 이용했고 개발했으며 그럴 생각도 다분했다.

따라서 기소는 정당하다. 그러나 —— 이것이 재판상의 약점이다 —— 증거가 없다. 지금은 마리 앙투아네트가 공화국에 대한 반역죄를 범했음을 증명할 수 있는 기록이 세상에 알려져 출판되었다. 빈의 기록 창고와 페르센의 유품 속에서 발견된 것이다. 그러나 이 재판은 1793년 10월 16일에 파리에서 행해졌기 때문에 그 당시로는 이들 기록은 전혀 검사의 손에 들어가지 못했다. 실제로 범한 반역죄에 유효한 증거는 재판 전체를 통틀어 단 하나도 배심원에게 제출되지 못했다.

이런 까닭에 성실하고 공평한 배심원단이라면 극히 당황했을 것이다. 본능을 따르면 12명의 공화주의자들은 무조건 마리 앙투아네트에게 유죄를 선고해야 하는 처지였다. 이 여자가 공화국의 불구대천지 원수이며, 아들 때문에 왕권을 완전한 형태로 찾으려고 했다는 것은 그들 중 누구도 도대체 의심할 수가 없었다. 그러나 글자 그대로 정의는 왕비 쪽에 있었다. 사실의 입증만이 모자랄 뿐이다. 공화주의자로서는 왕비를 유죄로 간주해도 좋으나 선서한 배심원으로서는 입증된 죄 이외에는 인정할 수 없는 법을 지켜야 했다. 그러나 다행히도 이들 소시민들은 내적 양심의 갈등을 느끼지 않아도 좋았다. 그것은 국민공회가 공평한 판결을 전혀 요구하지 않는다는 사실을 이미 알고 있었기 때문이었다. 결정을 내리기 위해서 국민공회가 그들을 뽑은 것이 아니라 국가에 위험한 여자에게 유죄 판결을 내리도록 불러모은 것뿐이었다. 그들은 마리 앙투아네트의 목을 인도하거나 자신들의 목을 내놓는 것 두 가지 중에서 하나를 선택해야만 했다. 따라서 12명의 배심원들은 형식을 위해서 토론할 뿐이었다. 토론을 질질 끌면서 심사숙고하는 것처럼 보이는 것도 실은 이미 전부 결정이 난 것에 형식을 갖추기 위한 행위일 뿐이었다.

새벽 4시에 배심원들은 묵묵히 법정으로 돌아왔다. 죽음과도 같은 고요가 그들의 판결을 기다리고 있었다. 배심원들은 마리 앙투아네트에게 전원일치의 유죄 판결을 선언했다. 재판장 에르망은 방청객 —— 한밤중도 지났으므로 남아 있는 사람들은 적었다. 대개는 지쳐서 집으로 돌아갔다 —— 에게 찬성의 시위는 피해달라고 경고했다. 마리 앙투아네트가 이끌려 들어왔다. 이틀 동안 아침 8시부터 계속 싸워온 그녀였지만 아직 지쳐떨어질 권리는 없었다. 배심원의 표결이 낭독되었다. 푸키에 탱빌은 사형을 구형했고 만장일치로 승인되었다. 재판장은 그녀에게 이의가 있으냐고 물었다.

마리 앙투아네트는 꼼짝도 하지 않고 극히 태연하게 배심원들의 말과 판결에 귀를 기울였다. 그녀는 불안, 분노, 약한 기색을 조금도 보이지 않았다. 재판장의 질문에 그녀는 말없이 부인하는 표시로 머리를 저었을 뿐이었다. 돌아다보지도 않았고 다른 사람들의 얼굴을 쳐다보지도 않은 채 그녀는 정적만이 감도는 법정을 나와 계단을 내려갔다. 그녀는 삶과 사람들에게 넌덜머리가 났으며 이런 고통이 이젠 끝장나리라는 데 깊이 만족했다. 이제는 최후의 순간을 잘 견디는 일만이 남아 있었다.

지치고 약해진 눈이 어둠침침한 복도에서 한순간 시력을 잃었던 것 같다. 다리는 계단을 찾을 수가 없었다. 그녀는 머뭇거리며 비틀거렸다. 넘어지기 직전 감시장교인 드 뷘 중위가 부축해주려고 팔을 내밀었다. 그는 재판이 진행되는 중에도 물을 한 잔 가져다주는 용기를 보인 인물이었다. 그는 죽음을 선고받은 여자를 부축하면서 모자를 벗어 손에 들었기 때문에 다른 한 감시병에게 지적을 당했다. 그러자 중위는 이렇게 대답했다. "쓰러지는 것을 막기 위해서 그렇게 한 것뿐이다. 건전한 이성의 소유자라면 거기에 다른 이유가 없다는 것을 이해할 것이다. 만약 왕비가 쓰러졌더라면 사람들은 음모니 반역이니 하고 떠들어댈 것이다." 판결 뒤에 두 사람의 왕비 변호인은 체포되었다. 그리고는 왕비가 몰래 무슨 쪽지라도 전해주지 않았나 몸을 수색했다. 한심스런 법률가 근성이었다. 검사들은 무덤 일보 직전에 선 이 여자의 강렬한 열정을 두려워했다.

그러나 이러한 모든 불행과 염려의 주인공, 피를 쏟고 지쳐 있는 여자는 이런 쓸모없는 짓들에 대해서는 전혀 아무것도 알지 못했다. 조용히 그리고 태연하게 그녀는 감옥으로 돌아갔다. 이제 그녀의 생명은 물리적인 시간으로나 헤아릴 수 있을 정도가 되었다.

작은 방 안의 책상 위에는 두 자루의 촛불이 타고 있었다. 사형을 선고받은 사람에게 영원한 밤 이전의 하룻밤을 어둠 속에서 보내지 않도록 배려해준 마지막 은혜였다. 지나칠 정도로 신중한 간수 역시 오늘은 그녀의 청을 거절하지 않았다. 마리 앙투아네트는 편지를 쓸 종이와 잉크를 요구했다. 최후의, 음울한 고독 속에서 그녀는 자기를 걱정하는 사람들에게 또 한 번 말을 전하고 싶었다. 간수가 잉크와 펜과 접힌 종이를 한 장 가져다주었다. 창살을 친 창에서 아침 햇살이 비치기 시작하는 동안, 마리 앙투아네트는 마지막 힘을 다해 최후의 편지를 쓰기 시작했다.

괴테는 죽음의 직전에 대해서 다음과 같은 멋진 말을 했다. "인생의 최후에서 이미 각오를 한 사람의 머릿속에는 전에는 도저히 불가능했던 생각이 떠오른다. 그것은 하늘의 영(靈)과도 같은 것으로서 과거의 산봉우리 위에서 빛을 내려보내고 있다." 죽음을 선고받은 왕비의 편지에도 이러한 신비로운 작별의 햇살이 빛나고 있다. 시누이며 이제는 자기 아이들의 보호자가 된 마담 엘리자베트에게 이별의 편지를 쓰던 그 순간처럼 마리 앙투아네트의 영혼이 그렇게 강렬하고도 결연한 태도를 보여준 적은 일찍이 없었다. 감옥의 초라한 책상 위에서 쓰인 이 편지는 트리아농의 도금한 책상에서 흐트러진 필적으로 썼던 어떤 편지보다도 확실하고, 단호하고, 거의 남성적인 필치로 쓰였다. 언어는 훨씬 더 순수했고 담겨진 감정도 솔직했다. 마치 죽음이 일으킨 내면의 폭풍우가 불안한 검은 구름을 깨끗이 휩쓸어 날려버린 것과도 같았다. 비극적인 이 여인은 숙명적으로 오랫동안 구름 속에 숨겨져, 자기 마음속 깊은 곳을 들여다보지 못하고 지내왔던 것이다. 마리 앙투아네트는 이렇게 썼다.

"사랑하는 시누이, 이것이 당신에게 보내는 마지막 편지입니다. 나는 지금 선고를 받았습니다. 그러나 그것은 범죄자들에게 가하는 치욕적인 죽음의 선고가 아니라 당신의 오빠를 다시 만나볼 수 있는 선고입니다. 그분은 결백합니다. 나도 최후의 순간에 그분과 마찬가지로 처신하기를 바라고 있어요. 양심에 거리낄 것이 없는 사람은 모두 그렇겠지만, 나는 극히 평온합니다. 불쌍한 아이들을 남기고 가는 것이 정말이지 마음에 걸리는군요. 당신도 알다시피 나는 아이들만을 위해서 살아왔습니다. 심지가 곧고 마음씨가 좋은 시누, 당신을 위해서도 나는 살아왔습니다. 우리와 함께 지내려는 다정한 마음씨로 모든 것을 희생해온 당신을 남겨두고 떠나게 되다니! 재판의 변론을 통해서 나는 내 딸이 당신과 떨어져 있다는 것을 비로소 알았습니다. 아, 불쌍한 어린것! 그 아이한테는 편지를 쓰지 않으려고 합니다. 쓰더라도 전해주지 않을 테니까요. 이 편지가 당신에게 전해질지조차도 알 수가 없습니다. 그 아이들에게 나의 이 편지에 의한 축복을 전해주세요. 아이들이 자란 뒤에 당신을 만나 당신의 착한 마음씨를 접할 수 있게 되기를 기도합니다. 자기 주장을 지키고 의무를 다하는 것이야말로 삶의 가장 중요한 요소라는 것, 곧은 심지를 가지고 신뢰하고 화합하면 행복해지리라는 것을 가르쳐주세요. 딸은 연상이므로 누나로서 풍부한 경험과 아름다운 마음씨로 동생에게 충고를 해줄 수 있기를 바랍니다. 아들은 누나에게 우정에서 우러나오는 염려와 봉사의 태도를 보여주기를 바랍니다. 두 아이가 어떤 처지에 놓이더라도 서로 도우면 행복하게 지낼 수 있음을 깨닫게 되기를 바랍니다. 아이들이 우리를 본보기로 삼았으면 좋겠습니다. 괴로움 가운데에서도 우리들의 우정은 얼마나 많은 위로가 되었는지 모릅니다. 행복이란 친구와 함께 그것을 나누어 가질 때 배가 될 수 있는 것입니다. 가족 말고 어디에서 아름답고 내적인 친구를 구할 수 있겠습니까? 아들이 아버지의 마지막 말을 절대로 잊지 말았으면 합니다. 훗날을 경계하기 위해서 되풀이하면, 우리들의 죽음에 복수할 생각은 절대로 하지 말기를 바란다는 것입니다.

   나의 마음을 크게 아프게 하는 것을 당신에게 이야기하지 않으면 안 되겠군요. 나는 아이가 당신을 괴롭게 했음을 압니다. 그를 용서해주세요. 그 아이는 아직 어리니까요. 그리고 아이들을 강압하는 것은 아주 쉬운 일이니까요. 언젠가 그 아이가 당신의 사랑과 부드러운 마음씨의 가치를 받아들여 서로를 이해하게 되기를 나는 기도합니다.

당신에게 이제 나의 최후의 생각을 털어놓아야겠습니다. 재판이 시작될 때부터 편지를 쓰고 싶었지만 쓸 수도 없었거니와 재판이 너무나도 빨리 진행되는 통에 그럴 만한 시간도 없었습니다.

나는 로마-가톨릭의 사도적인 신앙을 품고 죽습니다. 그것은 내가 성장해왔고 내가 잘 아는 조상들의 신앙입니다. 이곳에서는 어떤 종교적인 위안도 기대할 수 없기 때문에 이곳에 내 종교의 사제가 계실지조차도 알 수 없습니다. 그런 분이 내가 있는 이 장소에 오신다는 것은 극히 위험한 일이지요. 나는 살아오면서 내가 범한 죄악에 대해서 하느님께 용서받고 싶습니다. 하느님께서 옛날부터 그래 오신 것처럼 나의 마지막 기도를 들어주시고 동정과 사랑으로 나의 영혼을 받아들여주시기를 바라고 있습니다.

알지 못하는 사이에 내가 주었던 모든 괴로움을 용서해주기를 나는 모든 사람, 특히 사랑하는 시누, 당신께 기도합니다. 나는 내게 고통을 주었던 나의 모든 적들의 죄악을 모두 용서합니다. 나는 이제 형제, 자매에게 안녕을 고하려고 합니다. 내게는 벗들이 있었습니다. 그 사람들과 영원히 헤어져야 한다는 생각과 그들의 고통에 대한 생각이야말로 내가 지금 죽으면서도 떨쳐버릴 수 없는 가장 큰 괴로움입니다. 내가 최후의 순간까지도 그들을 생각했었다는 것만이라도 그들이 알아주었으면 좋겠습니다.

안녕, 다정한 시누. 이 편지를 받을 수 있기를 바랍니다. 나를 잊지 마세요. 불쌍한 아이들과 당신을 온 마음을 다해서 포옹합니다. 당신과 아이들과 영원히 헤어져야 하는 일은 끔찍한 일이 아닐 수 없습니다. 안녕히, 안녕히! 이제는 종교적인 의무만이 남아 있습니다. 나는 결정을 내릴 수 있는 자유로운 사람이 아니므로 아마 사제 한 사람을 임의로 데려오겠지요. 그러나 나는 그에게 아무 말도 하지 않을 것이고 전혀 낯선 사람처럼 행동할 것입니다."

　여기에서 편지가 갑자기 끊어졌다. 인사말도, 서명도 없이. 아마 편지를 쓰다가 피로가 엄습했을 것이다. 책상 위에는 초 두 자루가 아직도 활활 타오르고 있었을 것이다. 아마도 그 불꽃이 여기 지금 살아 있는 사람보다도 더 오래 살아 있을지도 모를 일이었다.

　어둠 속에서 쓴 이 편지는 마담 엘리자베트의 손에는 들어가지 못했다. 마리 앙투아네트는 형리가 들어오기 직전에 간수 보에게 그 편지를 시누이에게 전해줄 것을 부탁했다. 보는 그녀에게 편지지와 펜을 줄 만한 인정은 있었지만 허가 없이 이 편지를 전해줄 만한 용기는 없었다(남의 머리가 베어지는 것을 많이 보면 볼수록 자기 머리에 대해서는 더 겁이 나게 마련이다). 그래서 그녀는 왕비의 편지를 규칙대로 검사 푸키에 탱빌에게 넘겨주었고 검사는 편지에 도장을 찍어 보관했다. 2년 뒤 콩시에르즈리의 수많은 사람을 단두대로 보낸 마차를 푸키에 자신이 타야 했을 때 이 쪽지는 이미 사라진 뒤였다. 정말 보잘것없는 남자 쿠르투아 한 사람을 빼놓고는 이 세상의 그 누구도 그런 편지가 있으리라고는 상상하지도, 알지도 못했다. 별 지위도, 머리도 없는 이 의원은 로베스피에르가 체포된 뒤에 국민공회로부터 그가 남겨놓은 문서를 정리해서 발간하라는 요청을 받았다. 그러자 나막신 제조업자에 불과했던 이 남자의 머릿속에서 공적인 비밀 문서들을 손에 넣기만 한다면 굉장한 권력을 쥐게 될지도 모른다는 생각이 번개처럼 스치고 지나갔다. 왜냐하면 의원들이 전에는 자기에게 아는 체도 하지 않았는데 이제는 극히 저자세가 되어 보잘것없는 자신에게 아첨을 했기 때문이었다. 그리고는 로베스피에르에게 보낸 편지를 돌려달라며 어리석기 그지없는 약속들을 마구 했다. 수단 좋은 그 장사꾼은 이상한 편지들을 될 수 있는 대로 많이 서랍에 모아두기만 하면 수지가 맞으리라는 것을 곧 깨달았다. 그는 혼란을 틈타서 혁명 재판소 서류 일체를 주머니에 쑤셔넣고는 그것을 미끼로 장사를 했다. 그러나 그 기회에 우연히 손에 넣은 마리 앙투아네트의 편지만은 교활하게도 보관했다. 이런 어지러운 판국에 바람이 다시 한 번 휘몰아쳐서 이 귀중한 비밀 문서를 써먹게 될지 누가 안담! 그는 20년 동안 이 약탈물을 숨겨두었다. 그런데 정말 바람이 다시 불었던 것이다. 부르봉가의 인물, 루이 18세가 프랑스 국왕이 되자 그의 형인 루이 16세의 처형에 동의했던 사람들의 모가지가 위태로워졌다. 잘 보이기 위해서 쿠르투아는 (서류를 훔친 일은 잘한 짓이었다) 멋진 편지를 써서 자기가 "구한" 마리 앙투아네트의 편지를 루이 18세에게 편지로 보냈다. 그러나 이런 악랄한 계교는 그에게 아무런 도움도 주지 못했다. 쿠르투아 역시 다른 사람과 마찬가지로 추방되었다. 어쨌든 편지는 빛을 보게 되었다. 왕비가 쓴 그 아름다운 이별의 편지는 쓰인 지 21년이 지난 뒤에야 빛을 보게 된 것이다.

 그러나 때는 이미 늦었다! 마리 앙투아네트가 죽음의 순간에 작별의 말을 보내려고 했던 사람들은 거의 그녀의 뒤를 따라 세상을 떠난 뒤였다. 마담 엘리자베트는 기요틴에서 죽었고, 아들은 탕플에서 죽었는지 혹은 그때에도 (오늘날까지도 진실은 알 수가 없다) 낯선 이름을 써가며 신분을 알지도 못한 채, 자신과 자신의 운명에 대해서 아무것도 모른 채 세상을 방황하고 있었는지도 모른다. 페르센 역시 사랑에 찬 인사말을 보지 못했다. 편지에는 그의 이름은 한 번도 등장하지 않았다. 그러나 "내게는 벗들이 있었습니다. 그 사람들과 영원히 헤어져야 한다는 생각과 그들의 고통에 대한 생각이야말로 내가 지금 죽으면서도 떨쳐버릴 수 없는 가장 큰 괴로움입니다." 이 감동적인 말은 그에게 하는 말이 아니고 무엇일까! 의무는 마리 앙투아네트로 하여금 이 세상에서 제일 귀중한 사람의 이름을 입에 올리지 못하게 만들었다. 그러나 그녀는 애인이 언젠가는 이 글귀를 읽어 자신이 마지막 순간까지도 변치 않는 영원한 헌신 속에서 그를 생각했다는 사실을 알게 되기를 바랐던 것이다. 마지막 순간에 그를 곁에 두고 싶어했던 마리 앙투아네트의 소망을 느끼기라도 했던 것처럼 —— 정말 신비한 텔레파시였다 —— 죽음의 소식을 들은 그의 일기에는 다음과 같은 말이 적혀 있다. "그녀가 아무런 위안도 없이, 함께 이야기를 나눌 만한 사람도 한 사람 곁에 없이 최후의 순간에 홀로 있어야만 했다는 사실은 나의 모든 고통 중에서도 가장 무서운 고통이다." 그녀가 그 무서운 고독 속에서 그를 생각했듯이 그 역시 그 순간에 그녀를 생각했다. 먼 거리와 몇 겹의 장벽으로 막혀 있어 다른 한쪽을 보지도 듣지도 못하면서도 두 사람의 영혼은 같은 순간에 같은 소망을 가졌다. 시간과 공간을 넘어 그의 생각과 그녀의 생각은 키스하는 입술과 입술처럼 마주치고 있었다.

마리 앙투아네트는 펜을 놓았다. 모든 사람에게 마지막 인사를 남기는 가장 괴로운 일도 이젠 지나갔다. 몇 분만 누워 쉬면서 정신을 가다듬기만 하면 되었다. 이 세상에서 자신이 해야 할 일은 거의 없었다. 단 한 가지 남은 일은 죽는 일, 훌륭하게 죽는 일뿐이었다.

마지막 길

　새벽 5시, 마리 앙투아네트가 아직 최후의 편지를 끝내지도 못한 시각에 파리 48구 전 지역에서는 북소리가 울리기 시작했다. 7시에는 무장한 군인들이 행동을 개시했고, 발사 준비가 된 대포가 다리와 교통의 요로를 차단했고, 총검을 든 보초병이 시내를 순회했고, 기병이 연도에 울타리를 만들며 도열했다. 죽음 이외에는 아무것도 생각할 수 없는 한 여자 때문에 무수히 많은 군대가 집결했다. 희생자가 권력을 겁내는 이상으로 권력이 희생자를 겁내는 일은 흔히 있는 일이다.
　7시에 간수의 하녀가 살그머니 감방으로 들어왔다. 책상 위에는 아직도 두 자루의 초가 타고 있었다. 구석에는 감시를 늦추지 않고 감시장교가 그림자처럼 앉아 있었다. 로잘리는 처음에는 왕비를 보지 못했다. 왕비의 모습을 보자 그녀는 깜짝 놀랐다. 마리 앙투아네트는 검은 상복을 입은 채 침대에 누워 있었던 것이다. 그러나 그녀가 자고 있는 것은 아니었다. 계속 피를 쏟아 지쳤을 뿐이었다.
　착한 어린 시골 처녀는 죽음을 선고받은 여자 앞에, 왕비 앞에 이중의 감동을 받고는 떨면서 서 있었다. "마담", 그녀는 감동해서 다가갔다. "어제 저녁엔 아무것도 잡수시지 않으셨어요. 낮에도 거의 안 잡수시고요. 오늘 아침엔 뭘 가져다드릴까요?"

"아가씨, 아무것도 필요없어. 나는 모든 것이 끝난 거야." 왕비는 그대로 누운 채로 대답했다. 그러나 하녀가 그녀를 위해서 특별히 준비해온 수프를 여러 번 권하자 지친 왕비는 이렇게 대답했다. "로잘리, 수프를 이리 줘." 그리고 그녀가 몇 숟갈을 들고 나자 어린 처녀는 옷 갈아입는 것을 도와주었다. 마리 앙투아네트는 단두대에 갈 때에는 검사 앞에 나갈 때 입었던 검은 상복의 착용을 금지당했다. 눈에 띄는 상복이 민중을 흥분시킬지도 모른다는 이유에서였다. 마리 앙투아네트는 저항하지 않고 —— 이제 와서 어떤 옷이든 무슨 상관이랴! —— 가볍고 흰 드레스를 입기로 결정했다.

그러나 이 마지막 장면에서도 다시 한 번 치욕을 겪어야 했다. 왕비는 계속 출혈을 했기 때문에 내의는 온통 피로 지저분했다. 마지막 길을 육체적으로도 깨끗하게 가리려는 자연스런 소망에서 그녀는 새 내의로 갈아입으려고 감시장교에게 잠깐 자리를 비켜달라고 부탁했다. 그러나 단 1분이라도 그녀에게서 눈을 떼서는 안 된다는 엄한 명령을 받았던 그는 잠시도 자리를 떠날 수가 없다고 말했다. 그래서 왕비가 침대와 벽 사이의 좁은 공간에서 쪼그린 채 내의를 갈아입는 동안 동정심이 많은 하녀는 벗은 몸을 가리도록 왕비 앞에 서 있었다. 그렇지만 피 묻은 내복은 어디에 치운단 말인가? 그녀는 여자로서 더럽혀진 리넨 내의를 낯선 남자 앞에 남기고 가는 것을 수치스럽게 생각했다. 그리고 유품을 가져가려고 올 사람들의 호기심 많고 파렴치한 눈길도 마찬가지였다. 그래서 그녀는 급히 내의를 조그맣게 똘똘 뭉쳐서 벽난로의 우묵한 곳에다 밀어넣었다.

특히 정성스럽게 옷을 입었다. 거리에 나가본 지도, 자유로운 넓은 하늘을 바라본 지도 벌써 1년이 넘었다. 이 마지막 길에 그녀는 단정하고 깨끗하게 옷을 입고 싶었다. 그녀의 마음은 여자다운 허영이 아니라 역사적인 시간의 존엄성을 생각한 것이었다. 그녀는 옷차림을 가다듬고 목을 가벼운 모슬린 천으로 싸고, 가장 좋은 구두를 신었다. 백발이 된 머리는 모자로 감추었다.

8시가 되자 문을 두드리는 소리가 들렸다. 그러나 형리는 아니었다. 그는 공화국에 선서를 한 신부였다. 왕비는 참회하는 것을 정중히 거절하고, 자기는 선서를 거부했던 신부들만을 하느님의 심부름꾼으로 생각한다고 말하고서, 마지막 가는 길을 동반해도 괜찮겠느냐는 신부의 질문에 냉담하게 "마음대로 하세요"라고 대답했다. 이러한 외면적인 냉담함은 일종의 방패로서, 마지막 길에 대한 마리 앙투아네트의 내적인 결의를 보여주었다. 10시에 거인처럼 큰 젊은 형리 상송이 그녀의 머리카락을 자르러 들어왔다. 그녀는 조용히 손을 등뒤로 묶게 했다. 아무런 저항도 하지 않았다. 목숨은 전혀 건질 도리가 없다는 것, 구할 수 있는 것은 명예뿐임을 그녀는 알고 있었다. 아무에게도 연약함을 보여서는 안 되었다. 태연한 태도로 보고 싶어하는 사람들에게 마리아 테레지아의 딸의 죽음을 보여주는 수밖에 없었다.

11시경이 되자 감옥 문이 열렸다. 문 밖에는 박피공(剝皮工)의 마차가 기다리고 있었다. 그것은 크고 힘센 한 필의 말이 끄는 사다리마차(양쪽에 사다리가 달린 싸구려 마차/역주)였다. 루이 16세는 문을 닫은 의장마차로 장엄하고 위엄 있게 죽음으로 인도되었기 때문에 거친 호기심이나 고통스러운 증오심으로부터 유리벽으로 차단되어 있었다. 그러나 그후 공화국은 불같이 전진하여 많은 변모를 거쳤다. 공화국은 기요틴으로의 여행에서까지도 평등을 요구했다. 왕비라고 해서 보통 시민보다 더 편하게 죽을 이유가 없었다. 카페 미망인에게는 사다리마차면 충분했다. 사다리 사이에 놓인 널빤지가 좌석 구실을 할 뿐 깔개도 없었다. 마리 앙투아네트를 죽음으로 몰아간 모든 사람들, 마담 롤랑, 당통, 로베스피에르, 푸키에, 에베르 역시 후에 이 딱딱한 널빤지에 앉아 최후의 길을 갔다. 재판을 받은 그녀가 재판을 한 자들보다 한 발 먼저 가는 것뿐이었다.

맨 먼저 콩시에르즈리의 어두운 복도로부터 장교들이 걸어나왔다. 총을 손에 든 감시병 1개 중대가 그 뒤를 따랐고 그 뒤에는 마리 앙투아네트가 침착하고 확고한 걸음걸이로 나타났다. 형리 상송은 그녀의 두 손을 뒤로 묶은 긴 끈을 잡고 있었다. 마치 수백 명의 감시인과 군인들로 둘러싸인 제물이 도망칠 수 있는 위험이 있기라도 한 것처럼. 주위에 서 있던 사람들은 불필요한 이러한 굴욕을 보고 깜짝 놀랐다. 조롱의 외침은 하나도 들리지 않았다. 왕비는 조용히 마차 있는 데까지 걸어갔다. 상송이 손을 내밀어 왕비를 태웠다. 그녀의 곁에는 지라르 신부가 자리를 잡았다. 형리는 손에 끈을 쥔 채로 꼿꼿이 무표정한 얼굴로 서 있었다. 카론(그리스 신화에 나오는 죽음의 강의 뱃사공/역주)이 죽은 사람의 영혼을 실어나르듯이 그는 무감각하게 매일 자신의 짐을 삶의 저편에 실어날랐다. 그러나 이번만은 그와 그의 조수는 내내 삼각모를 겨드랑이 밑에 끼고 있었다. 그들이 형장으로 끌고 가는 불쌍한 여자에게 자기들의 슬픈 직책에 대해서 용서를 구하는 것처럼.

비참한 마차는 길 위를 천천히 구르기 시작했다. 누구나 이 광경을 구경할 수 있도록 의도적으로 시간을 끌었다. 딱딱한 자리에 앉은 왕비는 초라한 마차가 나쁜 길 위에서 흔들릴 때마다 뼛속까지 흔들리는 듯한 기분이었다. 그러나 창백한 얼굴은 무표정했고, 붉게 충혈된 눈은 곧장 앞을 쳐다보기만 했다. 마리 앙투아네트는 길 옆에 늘어선 사람들에게 불안이나 고통의 흔적은 조금도 보이지 않았다. 그녀는 최후까지 강한 태도를 잃지 않으려고 신경을 곤두세우고 있었다. 무시무시한 적들은 그녀가 절망하고 기력을 잃는 장면을 놓치지 않으려고 서 있었으나 허사였다. 마리 앙투아네트는 당황하지 않았다. 생로셰 성당 근처에 모여선 여자들이 늘 하던 대로 소리 높여 조롱했을 때에도, 또 배우 그라몽이 이 황량한 장면에 흥을 돋우기 위해서 국민군 제복을 입고 말을 타고 죽음의 마차 앞을 왔다갔다 하면서 칼을 휘둘러대며 "저 여자가 악명 높은 마리 앙투아네트이다. 이제 세상을 하직하려고 한다, 벗들이여"라고 소리쳤을 때에도 조금도 자세가 흐트러지지 않았다. 그녀의 얼굴은 딱딱하게 굳어 있었다. 아무것도 보지도, 듣지도 않는 것 같았다. 등뒤로 묶인 두 손이 목덜미를 뻣뻣하게 할 뿐이었다. 그녀는 멍하니 앞만 쳐다보았다. 거리의 요란하고 시끄러운 광경은 이미 심적으로는 죽음을 당하고 있는 그녀에게 하나도 눈에 들어오지 않았다. 입술에는 아무런 경련도 일어나지 않았고, 몸도 전혀 떨리지 않았다. 그녀는 자기를 완전히 배제한 채 자신 있는 태도로, 경멸하듯이 앉아 있을 뿐이었다. 그리하여 에베르는 다음 날 자신의 신문「페르 뒤셴」지에다가 이렇게 썼다. "그 창녀는 죽을 때까지도 대담하고 뻔뻔스러웠다."

생오노레 가(街) 한모퉁이, 요즘 카페 드 라 레장스가 있는 곳에 한 남자가 손에 연필을 들고, 종이를 든 채 누군가를 기다리고 서 있었다. 그가 바로 가장 비열한 인물이며, 또한 그 시대의 가장 위대한 예술가였던 루이 다비드였다. 그는 혁명 동안에는 권력을 쥔 사람들 밑에서 일을 했으나 그들이 위험에 처하자 그들을 저버렸다. 임종시의 마라를 그렸고, 테르미도르(혁명력의 11월. 반혁명으로 로베스피에르가 처형됨/역주) 제8일에는 로베스피에르에게 비장한 말투로 "함께 마지막까지 잔을 비우겠다"고 맹세를 해놓고는, 제9일에 숙명적인 국민공회가 개최되자 영웅적인 갈증이 사라져버린 비참한 이 영웅은 몰래 집에 숨어서 참으로 비겁하게 그러나 멋있게 기요틴을 피했다. 혁명 중에는 폭군의 적대자였던 그는 새 독재자가 나타나자 제일 먼저 방향을 돌려 나폴레옹의 대관식을 그리고 지난날의 귀족에 대한 증오를 내던지고 "남작" 칭호를 받기에 이르렀다. 권력에 대한 영원한 변절자의 전형으로 승자에게 아부하고 패자에게는 무자비했던 그는 승자의 대관식을 그렸고, 패자가 형장으로 가는 마지막 길을 그렸다. 오늘 마리 앙투아네트가 타고 가는 죄수 호송마차를 나중에 탄 당통은 이미 그의 교활함을 알고 있었다. 그는 그의 모습을 보고는 "못된 종놈 근성 같으니"라고 경멸의 욕설을 퍼부었다.

그는 종의 근성과 비겁함이 천성이기는 했지만, 뛰어난 눈과 정확한 손을 가지고 있었다. 그는 단숨에 종이에다 형장으로 가는 왕비의 모습을 그렸는데 놀랄 만큼 뛰어난 스케치였다. 이미 아름다움은 사라진, 약간의 자부심만이 남아 있는 늙은 여자의 모습을 잘 보여주고 있다. 입은 거만하게 다물고, 속으로 외치고 있는 사람처럼, 눈은 냉담하고 손을 뒤로 묶인 채 마치 왕좌에라도 앉아 있는 것처럼 죄수 호송마차에 꼿꼿이 앉아 있는 여자를. 돌처럼 굳은 얼굴 윤곽에는 말할 수 없는 경멸이 흘러내리고, 솟아오른 가슴에는 흔들리지 않는 결심이 엿보였다. 인내는 고집으로 변하고 고통은 마음속 깊은 곳에서 힘이 되어 이 괴로운 인간에게 무시무시한 위엄을 주었다. 증오심조차도 훌륭한 태도로 죄수 호송마차의 굴욕까지 극복하고 있는 마리 앙투아네트의 품위를 이 종이 위에서 배제시킬 수는 없었다.

지금은 콩코르드 광장이 된 거대한 혁명 광장은 인산인해를 이루었다. 수만의 사람들이 새벽부터, 에베르의 품위 없는 말을 빌려 표현하자면, 왕비가 "국민의 면도칼로 잘려" 죽는 다시 없는 구경거리를 보기 위해서 몰려들었다. 호기심 많은 군중은 몇 시간째 기다리고 있었다. 지루함을 달래기 위해서 옆에 앉은 아름다운 여자와 수다를 떨고, 웃고, 쓸데없는 소리를 하기도 하고, 신문팔이로부터 신문과 만화를 사기도 하고 "왕비와 애인과의 이별"이라든가 "옛 왕비의 대광란" 따위의 기사가 쓰인 팸플릿을 보기도 했다. 오늘은 누구의 머리가 잘릴지, 내일은 누구의 머리가 잘릴지 서로 맞춰보기도 하고 의논해보기도 했으며, 심심하면 노점상에서 레몬, 빵, 호두를 사먹기도 했다. 다시 못 볼 장면이기 때문에 약간 지루해도 참는 수밖에 없었다.

호기심 많은 파도치는 검은 무리들의 머리 위로, 이 활기가 넘치는 공간 속에서 유일하게 생기 없는 두 개의 실루엣이 모습을 드러내놓고 있었다. 그것은 이 세상에서 저 세상으로 인도하는 나무다리 기요틴과 새로 갈아놓은 도끼였다. 기요틴은 마치 서글픈 신이 잊고 간 장난감처럼 회색 하늘에 멋대로 줄을 그어놓고 있었다. 그리고 이 무시무시한 기구의 음산한 의미를 모르는 새들이 그 위로 철없이 날아갔다.

　이 죽음의 문 옆에는 거대한 자유의 여신상이 서 있었다. 그곳은 전에는 루이 15세의 동상이 서 있던 자리였다. 위엄에 찬 여신상은 프리지아 모자(자코뱅 당의 붉은 모자. 자유의 상징/역주)를 머리에 쓰고 칼을 손에 들고 있었다. 자유의 여신상은 돌처럼 단단한 모습으로 자기 발 밑의 불안한 무리들과 옆에 있는 죽음의 기구 저 멀리 어떤 곳, 알 수 없는 어떤 곳을 멍하니 응시하고 있었다. 돌로 만든 꿈꾸는 듯한 눈을 가진 여신은 자기 주위의 인간 만사, 삶, 죽음 같은 것은 쳐다보지도 않았다. 여신은 외치는 사람들의 비명도 듣지 않았고 자신의 무릎 위에 놓인 화환도, 발 밑의 대지를 물들이는 피도 모르는 체했다. 사람들 속에서는 항상 이질적 존재가 되는 영원한 사상의 자유의 여신은 입을 다물고 머나먼 곳, 보이지 않는 목표물을 응시하고 있을 뿐이었다. 자기의 이름으로 무슨 일이 일어나고 있는지 전혀 알지 못한 채 묻지도 않고 있었다.

　갑자기 군중이 움직이기 시작했으나 곧 조용해졌다. 이 적막 속에 생오노레에서 소리가 들려오더니 기병의 선두가 보이기 시작했고 전에는 프랑스의 왕비였던 여자를 묶어서 태운 마차가 길모퉁이를 돌아오는 것이 보였다. 그녀의 뒤에는 자랑스럽게 한손에는 끈을 쥐고 다른 한손에는 겸손하게 모자를 쥔 형리 상송이 서 있었다. 거대한 광장은 쥐 죽은 듯이 조용했다. 물건을 파는 이들도 조용했다. 말 한마디 들리지 않았고, 말의 무거운 발굽 소리와 마차 바퀴 도는 소리가 들릴 뿐이었다. 조금 전까지만 해도 유쾌하게 떠들며 웃던 수만의 군중은 가슴을 조인 채, 공포감에 휘말린 채 결박당한 창백한 여자를 바라보았다. 그녀는 그들을 결코 바라보지 않았다. 그녀는 이 최후의 시련만 참으면 끝이라는 것을 알고 있었다. 5분만 지나면 그 다음에는 불멸이 온다는 것을.

마차가 기요틴 앞에 섰다. 침착하게 아무의 도움도 받지 않은 채 "감옥을 나올 때보다도 훨씬 더 굳은 얼굴로" 왕비는 도움의 손을 모두 거절하면서 기요틴의 널빤지 계단을 올라갔다. 그녀는 베르사유의 대리석 계단을 오를 때처럼 굽이 높은 검은색 비단 구두를 신고 날아가는 것처럼 가벼운 걸음걸이로 이 최후의 계단을 올라갔다. 그녀는 군중들 위로 하늘 저 멀리를 바라보았다. 저 멀리 가을 안개 속에서 말할 수 없는 고통을 당했던 튈르리 궁이 눈에 들어왔는지도 모른다. 이 최후의 아슬아슬한 순간에 지금과 같은 군중들이 같은 정원에서 자신을 왕세자비로 열광하며 맞아들이던 때를 생각했는지도 모른다. 그것은 알 수 없다. 죽어가는 사람들이 맨 마지막으로 무엇을 생각하는지는 아무도 알 도리가 없다. 이제 끝이었다. 형리가 그녀를 잡아채서 널빤지 위에 내던진 뒤 도끼 밑에 목을 가져갔다. 끈을 잡아당기자 도끼가 번쩍한 뒤 둔탁한 소리를 냈고 상송은 피가 떨어지는 머리를 사람들이 볼 수 있도록 높이 들어올렸다. 숨을 죽이고 전율한 채 앉아 있던 수만의 군중들은 요란한 함성을 질렀다. "공화국 만세!" 조임을 당했다가 풀어진 듯한 목구멍에서 만세 소리가 거칠게 터져나왔다. 군중들은 재빨리 흩어졌다. 벌써 12시 15분이었다. 점심 시간이었다. 어서 집으로 가야지. 더 이상 돌아다녀봤자 이젠 별것 없다. 내일, 아니 주일마다, 또 달마다 같은 구경거리를 거의 매일 볼 텐데…….

점심 때였다. 군중은 이미 다 사라졌다. 형리가 작은 손수레에 시체를 올려놓고, 머리는 그 양 다리 사이에 놓은 채 작은 손수레를 끌고 갔다. 감시병 몇 명이 기요틴을 감시했다. 그러나 땅속으로 빨려들어가는 피에 관심을 가진 사람은 아무도 없었다. 광장은 다시 텅 비었다.

단지 하얀 돌로 된 자유의 여신만이 꼼짝도 하지 않은 채 그 자리에 서서 알 수 없는 목표를 응시하고 있을 뿐이었다. 그녀는 들은 것도 본 것도 없었다. 그녀는 인간의 거칠고 어리석은 행위 너머 저 멀리 머나먼 곳을 바라보았던 것이다. 그녀는 자기의 이름으로 무슨 일이 일어났는지 알지 못했으며, 알려고도 하지 않았다.

만가

  이 몇 달 동안 파리에는 너무나 많은 사건이 일어났기 때문에 한 사람의 죽음을 그렇게 오래 생각할 여유가 없었다. 시간이 빨리 흐르면 흐를수록 사람들의 기억이란 그만큼 빨리 엷어지기 마련이다. 며칠 뒤, 몇 주일 뒤에는 마리 앙투아네트라는 왕비가 처형을 당해 매장되었다는 사실을 까마득히 잊었다. 처형 그 다음 날 에베르는 「페르 뒤셴」지에 다음과 같이 떠들었다. "나는 그 여자의 머리가 자루 속에 떨어지는 것을 보았다. 빌어먹을! 36개의 막대와 함께 그 암호랑이가 수레에 실려 급히 시내에 끌려다니는 것을 보고 상퀼로트들은 얼마나 만족해했을까! 저주스런 머리는 창녀의 목에서 떨어지고 말았다. 온 천지는 —— 빌어먹을 —— 공화국 만세 소리로 진동하고 있었다." 그러나 그의 말에 귀를 기울이는 사람은 별로 많지 않았다. 공포시대에 사람들은 자신의 목 걱정밖에 하지 않았기 때문이다. 그동안 관은 매장되지 않은 채 묘지에 방치되어 있었다. 단 한 사람의 인간을 위해서 묘를 파는 것은 너무도 사치스러운 일이었기 때문이다. 기요틴의 다음 차례를 기다렸다가 잔뜩 시체가 쌓인 다음에야 마리 앙투아네트의 관에는 생석회가 뿌려져서 새로 온 관들과 함께 합동묘지에 묻혔다. 그것으로 일은 완전히 끝난 셈이었다. 감옥에서는 왕비의 강아지가 며칠 동안 불안하게 짖으며 주인을 찾아 침대에 뛰어오르며 이리저리 돌아다녔으나 끝내는 지쳐버렸다. 불쌍하게 생각한 간수가 개를 자기 집으로 데리고 갔다. 그리고 시청에 묘지 파는 일꾼이 나타나 계산서를 제출했다. "카페 미망인의 관값 6리브르, 묘와 매장 비용 15리브르 35수." 재판소 직원이 왕비의 몇 가지 되지 않는 초라한 옷들을 거두어 서류를 첨부해서 구빈원(救貧院)으로 보냈다. 불쌍한 노파들은 누구의 것이었는지 알지도 못한 채 물어보지도 않고 그 옷을 입었다. 이제 동시대인들에게 마리 앙투아네트라는 인물은 완전히 종말을 고한 셈이었다. 몇 년 뒤 어느 독일인 한 사람이 파리에 와서 왕비의 무덤에 대해서 물었을 때 프랑스의 전 왕비가 어디에 묻혔는가를 말해줄 수 있는 사람은 온 파리 시내에 한 사람도 없었다.

국경선 저 너머에서도 마리 앙투아네트의 처형은 큰 문제를 일으키지 못했다. 그것은 이미 예상했던 바였다. 너무나도 겁쟁이였기 때문에 그녀를 적당한 때에 구출하지 못했던 코부르크 공은 전투 명령을 내리고는 격렬한 복수를 선언했다. 후에 루이 18세가 되었을 때보다는 그래도 용감한 조처를 조금은 취할 줄 알았던 프로방스 백작은 퍽 감동받은 듯한 태도로 장례미사를 올렸다. 빈 궁정에서는 너무나도 게을러서 마리 앙투아네트를 구원하려는 편지 한 장 쓰지 못했던 프란츠 황제가 장엄한 궁중 상(喪)을 명령했다. 귀부인들은 모두 검은 상복을 입었다. 황제 폐하는 몇 주일 동안 극장 구경을 가지 않았으며, 신문은 명령대로 파리의 극악한 자코뱅 당을 비난하는 기사를 실었다. 마리 앙투아네트가 메르시에게 맡겼던 다이아몬드는 반납되었고, 딸은 체포된 코뮌의 위원과 교환되었다. 그러나 구출 계획에 든 비용이나 왕비의 차용증서 문제에 대해서는 빈 궁정은 귀머거리처럼 못 들은 체했다. 왕비의 처형을 기억하게 하는 것은 좋지 않은 일로 간주되었다. 자신의 혈연을 그렇게도 무참하게 대했다는 사실이 황제의 양심을 무겁게 했던 것은 확실하다. 몇 년 뒤 나폴레옹은 이렇게 말한 적이 있다. "프랑스 왕비에 대해서 침묵을 지키는 것이 오스트리아 황가의 철칙이다. 마리 앙투아네트라는 이름이 나오면 그들은 눈을 내리감고는 귀찮고 괴로운 문제가 나온 것처럼 화제를 다른 곳으로 돌리고 만다. 가문 전체가 이 철칙을 따르며 외국에 주재하는 사절들 역시 마찬가지이다."

이 소식은 단 한 사람의 마음을 뒤흔들었는데 그는 충실한 인물들 중에서도 가장 충실한 인물 페르센이었다. 매일 그는 불안한 마음으로 끔찍한 소식을 기다리고 있었다. "오래 전부터 나는 마음의 준비가 되어 있다. 그 소식을 듣는다고 해도 나는 별로 놀라지 않을 것이다." 그러나 신문이 브뤼셀에 도착하자 그는 한 대 얻어맞은 듯한 기분이었다. 그는 누이에게 썼다. "내 전 생애를 의미하는 사람, 내가 항상 사랑해온 그녀, 결코 한순간도 빼놓지 않고 사랑해온 그녀, 내가 모든 것을 희생하고자 했던 그녀, 내게 그녀가 어떤 존재인가를 더욱 더 새롭게 느끼도록 해주는 그녀는 이제 이 세상에 없다. 아, 하느님, 어찌하여 당신은 나를 이렇게 벌하시는 것입니까? 무슨 일로 내가 당신의 노여움을 사야 합니까? 그녀는 이제 살아 있지 않다. 나의 고통은 이제 절정에 이르고 있다. 어떻게 내가 살아나갈 것인지 알 수가 없구나. 내가 이 고통을 견딜 수 있을지 모르겠다. 이 고통은 너무나도 크고 끝이 없기 때문이다. 나는 항상 그녀를 똑똑히 기억하며 그녀를 위해서 울 수밖에 없을 것이다. 아, 나의 가장 귀중한 동생이여, 내가 왜 그녀 옆에서 그녀를 위해서 죽지 못했을까? 그 6월 20일에. 그때 죽었더라면 영원한 고통 속에서 목숨을 질질 끌고 다니는 것보다 훨씬 더 행복했을 텐데. 나의 가책은 목숨이 끊어질 때까지 계속될 것이다. 그녀의 모습은 내 기억 속에서 결코 사라질 수 없기 때문이다." 죽음을 슬퍼하면서, 그녀의 생각에 잠겨 있음으로써만 자기가 살아갈 수 있음을 그는 알고 있었다. "나를 가득 채웠던 대상, 내게 모든 것을 의미했던 그 대상은 이미 존재하지 않는다. 이제서야 나는 내가 얼마나 그녀를 사랑하고 있었던가를 알 수 있을 것 같다. 그녀의 모습은 나를 꼭 잡은 채 따라다닌다. 어디든 계속 따라오기 때문에 나는 그녀에 대해서만 말하고 내 생애의 가장 아름다웠던 순간에 대해서만 생각하는 수밖에 없다. 나는 그녀를 생각나게 하는 모든 것을 파리에서 사다달라고 부탁했다. 그녀의 것은 모두 신성하며 그 유품들은 영원히 내 고귀한 찬미의 대상이 될 것이다." 아무것도 그의 마음을 메울 수가 없었다. 몇 달 뒤 그는 일기에 이렇게 썼다. "아, 나는 매일 내가 얼마나 많은 것을 잃고 말았는가를 생각한다. 그리고 그녀가 모든 점에서 얼마나 완전했던가를 생각한다. 그와 같은 여자는 이전에도 없었고 앞으로도 나타나지 않을 것이다." 몇 해가 갔으나 그의 충격은 조금도 줄어들지 않았다. 모든 일이 그에게는 잃어버린 여자에 대한 추억을 불러일으키게 하는 동기가 되었다. 1796년에 빈으로 가서 그곳 궁정에서 마리 앙투아네트의 딸을 보았을 때 너무나도 감정이 복받쳐 그는 눈물을 참을 수가 없었다. "층계를 걸어내려오는 내 무릎은 떨리고 있었다. 나는 고통과 기쁨을 동시에 느꼈으며 깊은 감동을 받았다."

딸을 볼 때마다 그의 눈은 그녀의 어머니를 생각하며 눈물에 젖었다. 그는 그녀의 피를 받은 딸에게 끌려갔다. 그러나 그 딸은 명령에 따라 페르센에게 단 한마디 말도 할 수 없었다. 희생된 마리 앙투아네트에 대해서 잊으려는 그곳 궁정의 비밀 명령이었는지 또는 어머니와의 그 "죄스러운" 관계를 알고 있는 고백신부의 엄명이었는지는 확실하지 않다. 아무튼 오스트리아 궁정은 페르센의 등장을 달가워하지 않았고 그가 떠나자 반가워했다. 이 성실한 인물은 합스부르크가로부터 고맙다는 인사도 한마디 듣지 못했다.

마리 앙투아네트가 죽은 뒤 페르센은 무뚝뚝하고 가혹한 남자로 변했다. 그는 세계를 불의에 가득 차고 냉담하다고 여겼으며, 삶이란 무의미하다고 생각했다. 그의 정치적, 외교적 야심은 완전히 사라졌다. 전쟁 중 몇 년 동안 그는 외교사절로서 유럽을 두루 돌면서 빈, 카를스루에, 라슈타트, 이탈리아, 스웨덴 등지를 돌아다녔다. 다른 여자들과 관계를 맺기도 했지만 그 누구도 그의 내심을 완전히 사로잡지는 못했다. 그의 일기는 그가 사랑하는 여자의 그림자 속에서만 살아왔다는 것을 증명해줄 뿐이다. 그녀가 죽은 10월 16일 날짜에는 몇 년이 지난 뒤에도 다음과 같이 적혀 있다. "오늘은 나에게는 외경의 날이다. 나는 내가 잃어버린 것을 결코 잊을 수가 없다. 나의 비통한 마음은 내 목숨이 다하는 날까지 계속될 것이다." 6월 20일이라는 날짜 역시 그의 생애에 운명적인 날이 되었다. 그는 바렌으로 도주하던 그날, 루이 16세의 명령을 좇아 마리 앙투아네트를 위험 속에 혼자 내버려두었던 자신을 결코 용서할 수 없었다. 그는 이 날을 자기의 개인적인 날로, 해결하지 못한 짐스러운 날로 항상 기억했다. 이렇게 살아남아 목숨을 부지하면서 아무런 기쁨도 없이 자책 속에서 사느니보다는 그날 백성들의 손에 조각조각 찢겨 죽는 편이 더 용감하고 더 나았으리라고 그는 몇 번이나 탄식했다. "왜 나는 6월 20일 그녀를 위해서 죽지 못했을까!" 이런 신비로운 비탄이 일기 곳곳에 나타나 있다.

그러나 운명이란 우연의 일치와 숫자의 신비로운 유희를 좋아한다. 몇 년 뒤에 운명은 그의 로맨틱한 희망을 이루어주었던 것이다. 바로 그날 6월 20일, 페르센은 꿈꾸어온 죽음을 맞았으며 그것도 자신의 희망과 꼭 같은 죽음이었다. 페르센은 직위를 원하지 않았지만 고국에서 서서히 강력한 직위를 가진 사람으로 이름이 회자되었다. 명예원수이며, 가장 강력한 왕의 고문으로서 권세 있는 인물이 되었다. 그는 가혹하고 엄격한 18세기적인 군인이었다. 그는 바렌에서의 그날 이후 자기에게서 왕비를 빼앗아간 민중을 증오했으며 그들을 악의에 찬 천민으로, 비천한 모리배들로 생각했다. 그리고 민중 역시 이 귀족에 대해서는 마찬가지 심정이었다. 그의 적들은 이 뻔뻔한 귀족이 프랑스에 복수하기 위해서 스스로 스웨덴의 왕이 되어 나라를 전쟁 속으로 휘말려들게 할 작정이라는 소문을 퍼뜨렸다. 1810년 6월 스웨덴의 왕위 계승자가 갑자기 세상을 떠나자 스톡홀름 시내에는 왕위를 차지하기 위해서 페르센이 그를 독약으로 처치했다는 무섭고 위험한 소문이 이상하게 퍼져나갔다. 이 순간부터 페르센의 목숨은 혁명 때의 마리 앙투아네트와 마찬가지로 민중의 분노로 위험해졌다. 여러 가지 계획에 대해서 소문을 들은 친구들은 고집불통인 페르센에게 장례에 참여하지 말고 집에 조심스럽게 남아 있으라고 충고했다. 그러나 그날은 페르센에게 운명의 날인 6월 20일이었다. 어두운 의지가 그를 사로잡아 이미 꿈꾸어왔던 숙명을 실현시키도록 만들었다. 그리하여 6월 20일 스톡홀름에서는 18년 전에 군중들이 마차 속에 페르센이 마리 앙투아네트의 동반자로 앉아 있는 것을 발견했던 파리에서의 일과 비슷한 일이 일어났다. 마차가 성을 출발하자마자 분노한 폭도들이 군대의 경계선을 뛰어넘어 주먹으로 백발의 남자를 마차에서 끌어내려 방어할 것도 아무것도 없는 그를 막대와 돌멩이로 때려눕혔다. 6월 20일의 환상은 이렇게 해서 실현되었다. 마리 앙투아네트를 단두대로 끌고 간 것과 똑같은 광포하고 맹렬한 폭도들에게 밟히고 얻어맞은 최후의 왕비의 최후의 기사 "아름다운 페르센"의 시체는 피를 흘리며 비참한 모습으로 시청 앞에 누워 있었다. 젊은 그를 그녀에게 연결시켜주지 못했지만 그는 적어도 같은 운명의 날에 죽음으로써 그녀를 위한 상징적인 죽음을 맞게 되었다.

　페르센이 죽음으로써, 마리 앙투아네트와 사랑으로 연결된 마지막 인물도 세상을 떠났다. 이 지상의 누구에게 진실한 사랑을 받는 한, 어떤 인간도, 어떤 혼령도 완전히 세상을 떠났다고는 말할 수 없다. 페르센의 만가는 진실로 마지막 말이 되고 말았다. 이후에는 완전한 침묵뿐이었다. 곧 다른 진실한 사람들이 그녀의 뒤를 따랐다. 트리아농은 황폐해졌고, 그 아름다운 정원은 황량해졌으며, 아름답게 꾸며져 그녀의 우아함을 보여주던 그림이나 가구는 경매에 붙여져 처분되었다. 그녀가 살았던 흔적은 그런 조치로 완전히 사라지고 말았다. 그리하여 세월은 흘러갔고 유혈은 계속되어 혁명정부는 총재정부로 바뀌었고 보나파르트가 나타났고 그가 나폴레옹으로, 황제 나폴레옹으로 불리게 되었으며 합스부르크가의 황녀와 결혼식을 올렸다. 그녀 마리 루이즈 역시 같은 혈통이었지만 —— 우리들의 감정으로 볼 때는 이해가 잘 되지 않는다 —— 아둔했기 때문에 자기보다 먼저 같은 트리아농의 같은 방에서 살았으며 괴로워했던 여자가 지금 어디에서 험한 잠을 자고 있는지 한 번도 물어본 적이 없었다. 죽은 지도 얼마 되지 않은 왕비는 이렇게 해서 자기의 가장 가까운 혈연이며 후계자인 여자로부터 잔혹하고 냉담하게 잊혀졌다.

그러나 결국 상황은 달라졌고 괴로운 양심은 기억을 더듬게 되었다. 프로방스 백작은 300만의 시체를 넘어 루이 18세가 되어 프랑스의 왕좌에 올랐다. 결국 목적을 달성한 셈이었다. 그의 야망에 오랫동안 장애가 되어온 루이 16세와 마리 앙투아네트와 그녀의 불쌍한 아들 루이 17세는 다행스럽게도 이미 전부 제거된 지 오래였다. 죽은 자가 일어나서 한탄하는 법은 없지 않은가. 이제 그들을 위해서 훌륭한 능 하나쯤 만들어주어도 상관없겠지……그리하여 그들의 묘소를 찾아보라는 명령이 내려졌다(그 이전에는 형의 무덤에 대해서 물어본 적이 한 번도 없었다). 22년 동안이나 철저히 무관심 속에 파묻혀 있었기 때문에 그 일은 쉬운 일이 아니었다. 왜냐하면 공포정치가 수천의 시체로 살찌게 만든 마드렌 근처의 악명 높은 수도원 뜰에서는 언제나 급히 일을 서둘러야 했기 때문에 묘 파는 사람들이 묘마다 표시를 해둘 만한 여유가 없었기 때문이다. 그들은 지칠 줄 모르는 도끼가 매일 잘라 보내는 것을 한꺼번에 모아 묻어야 했다. 십자가도 왕관도 없기 때문에 묘를 찾기는 매우 어려운 일이었다. 국민공회가 왕가의 시체에는 생석회를 뿌리라는 명령을 내린 적이 있었다는 것만을 알고 있을 뿐이었다. 사람들은 파고 또 팠다. 드디어 삽이 단단한 것에 부딪치는 소리가 났다. 반쯤 썩은 스타킹 대님을 보고 사람들은 무서움에 떨며 젖은 흙 속에서 찾아낸 한 줌의 그 하얀 먼지가 그들의 시대에 우아와 세련의 여신이었으며, 이후에는 모든 고뇌에 괴로워하도록 선택되었던 왕비의 최후의 흔적이라는 것을 알 수 있을 뿐이었다.

마리 앙투아네트 연보

1755. 11. 2 : 마리 앙투아네트 출생.
1769. 6. 7 : 루이 15세의 서신에 의한 구혼.
1770. 4. 19 : 빈에서의 대리 결혼식.
　　　 5. 16 : 베르사유에서의 결혼식.
　　　12. 24 : 수아죌이 노여움을 삼.
1772. 1. 11 : 로앙이 빈에 도착.
　　　 8. 5 : 폴란드 분할.
1773. 6. 8 : 왕세자가 파리에 입성.
1774. 5. 10 : 루이 15세 사망.
　　　　　　 목걸이를 마리 앙투아네트가 처음으로 보게 됨.
　　　　　　 페르센이 베르사유에 처음 나타남.
　　　　　　 빈으로부터 로앙 소환.
　　　　　　 보마르셰가 비밀 문서를 마리아 테레지아에게 팜.
1777. 4.-5 : 요제프 2세의 베르사유 방문.
　　　 8.　　: 부부 최초의 동침.
1778. 12. 19 : 왕녀 탄생. 후에 폰 앙굴렘 공작부인이 됨.
1779.　　　 : 마리 앙투아네트를 공격하는 최초의 팸플릿이 나타남.
1780. 8. 1 : 처음으로 트리아농의 극장이 등장.
　　　11. 29 : 마리아 테레지아 사망.
1781. 10. 22 : 왕세자 탄생.
1783. 9. 3 : 베르사유 평화조약.
　　　　　　 영국의 미합중국 승인.
1784. 4. 27 : 테아트르 프랑세즈에서 「피가로의 결혼」 초연.

539

　　　　　8.11 : 비너스 숲에서 로앙이 가짜 왕비를 만남.
1785. 1.29 : 로앙이 목걸이를 삼.
　　　　　3.27 : 둘째 왕자 탄생.
　　　　　8.15 : 로앙이 베르사유에서 체포됨.
　　　　　8.19 : 트리아농에서 「세비야의 이발사」 공연. 그것이 그곳 무대의 최후 공연이 됨.
1786. 5.31 : 목걸이 사건의 법정 선고.
　　　　　7. 9 : 왕녀 소피 베아트릭스 탄생.
1788.　　　 : 페르센과의 내밀한 관계가 시작됨.
　　　　　8. 8 : 1789년 5월 1일에 삼부회 소집을 결정. 네케르가 재상이 됨.
1789. 5. 5 : 삼부회 열림.
　　　　　6. 3 : 왕세자 사망.
　　　　　6.17 : 제3신분이 국민의회 구성.
　　　　　6.20 : 테니스 코트의 선서.
　　　　　6.25 : 출판의 자유 선포.
　　　　　7.11 : 네케르의 추방.
　　　　　7.13 : 국민국 창설.
　　　　　7.14 : 바스티유 습격.
　　　　　7.16 : 망명이 시작됨(아르투아, 폴리냐크).
　　　　　8월 말 : 페르센이 베르사유에 옴.
　　　　　10. 1 : 근위 연대의 향연.
　　　　　10. 5 : 파리 시민의 베르사유 행진.
　　　　　10. 6 : 왕 일가의 파리 이주. 파리에 자코뱅 당이 만들어짐.
1790. 2.20 : 요제프 2세 사망.
　　　　　6. 4 : 생클루에서의 마지막 여름 체류.
　　　　　7. 3 : 미라보와의 회견.
1791. 4. 2 : 미라보 사망.
　　　　　6.20-25 : 바렌으로의 도주. 바르나브와 그의 친구들, 튈르리에서 활약.
　　　　　9.14 : 국왕의 헌법에 대한 서약.
　　　　　10. 1 : 입법의회 성립.
1792. 2.13-14 : 페르센이 튈르리에 최후로 나타남.

　　　　2. 20 : 마리 앙투아네트가 극장에 최후로 모습을 나타냄.
　　　　3. 1 : 레오폴트 2세 사망.
　　　　3. 24 : 롤랑이 내무대신이 됨.
　　　　3. 29 : 스웨덴의 구스타프 왕 사망.
　　　　4. 20 : 프랑스의 오스트리아에 대한 선전포고.
　　　　6. 13 : 롤랑 해임.
　　　　6. 19 : 국왕의 거부권 행사.
　　　　6. 20 : 최초의 튈르리 습격.
　　　　8. 10 : 튈르리 탈출. 당통이 법무대신이 됨.
　　　　8. 13 : 국왕의 권한 정지.
　　　　　　　　 왕실 일가의 탕플 이주.
　　　　8. 22 : 방데에서의 최초의 봉기.
　　　　9. 2 : 베르됭 함락.
　　　　9.2-5 : 9월 학살.
　　　　9. 3 : 랑발 공작부인의 살해.
　　　　9. 20 : 발미의 포격. 국민공회 성립.
　　　　9. 21 : 국민공회에 의한 왕정 폐지. 공화정 선언.
　　　　11. 6 : 제마프 근처의 전투.
　　　　12. 11 : 루이 16세에 대한 재판 시작.
1793. 1. 4 : 폴란드 2차 분할.
　　　　1. 21 : 루이 16세 처형.
　　　　3. 10 : 혁명 재판소 설치.
　　　　3. 31 : 프랑스 군 벨기에 장악.
　　　　4. 4 : 뒤무리에가 적군 쪽으로 도주.
　　　　5. 29 : 리옹에서의 봉기.
　　　　7. 3 : 왕세자가 마리 앙투아네트와 격리됨.
　　　　8. 1 : 마리 앙투아네트의 콩시에르즈리 이송.
　　　　10. 3 : 지롱드 당에 대한 탄핵.
　　　　10. 9 : 리옹 함락.
　　　　10. 12 : 마리 앙투아네트에 대한 최초의 심문.
　　　　10. 14 : 마리 앙투아네트에 대한 재판 시작.

          10. 16 : 마리 앙투아네트 처형.
1795. 6. 8 : 왕세자(루이 17세)가 죽었다고 발표됨.
1814.   : 루이 18세(프로방스 백작)가 프랑스 국왕이 됨.

저자 후기

　역사책의 뒷장에는 참고로 한 문헌을 열거하는 것이 보통이다. 그러나 마리 앙투아네트라는 특수한 경우에서는 어떤 문헌을 달리 참고로 하지 않았다. 그리고 무슨 이유에서 그렇게 했는지를 명확히 해명하는 것이 더욱 더 중요한 일이라고 생각한다. 왜냐하면 흔히 가장 믿을 만한 기록이라고 받아들여지는 자필 편지조차도 마리 앙투아네트의 경우에는 믿을 수 없다는 것이 증명되었기 때문이다. 이 책에서도 여러 번 언급했지만 마리 앙투아네트는 성격이 조급해서 편지 쓰기를 게을리 했다. 오늘날에도 트리아농에서 우리가 볼 수 있는 우아하기 그지없는 책상 앞에 그녀 스스로 앉은 일이란, 불가피한 경우를 제외하고는, 한 번도 없었다. 때문에 불가피해서 쓴 "지불하겠음, 마리 앙투아네트"라는 무수한 계산서를 제외하고는 그녀가 손수 쓴 편지가 사후(死後) 10년, 20년 뒤에도 전혀 발견되지 않았다는 사실은 놀라운 일이 아니다. 그녀가 진심에서 우러나온 편지를 보낸 것은 오직 두 군데뿐인데, 하나는 어머니와 빈 궁정을 상대로 한 것이고, 다른 하나는 페르센 백작에게 보낸 것으로서 이 편지들은 반세기가 지나도록 문서 보관소에서 잠자고 있었다. 그리고 폴리냐크 백작부인에게 보낸 몇 통 되지 않는 편지는 공개가 되기는 했지만 원본은 볼 수 없었다. 그렇기 때문에 40년대, 50년대, 60년대의 파리의 친필 경매장에서 왕비의 자필 편지가 계속 나타날 때의 놀라움이란 굉장한 것이었다. 이상하게도 이 편지에는 전부 왕비의 서명이 들어 있었다. 왕비가 실제로 서명을 하는 경우는 극히 그물었는데도 말이다. 이어서 속속 대대적인 간행이 이루어졌다. 그 중 하나는 위놀스탱 백작이 낸 것이고, 또 하나는 푀예 드 콩슈 남작이 편집한(오늘날까지도 가장 방대한) 서간집이다. 그리고 세 번째 것은 클링코브스트룀의 것인데 여기에는 —— 그녀의 순결을 지키기 위해서 삭제를 하기는 했지만 —— 페르센에게 보낸 마리 앙투아네트의 편지도 수록되어 있다. 그러나 엄격한 역사가는 자료가 이렇게 크게 불어난 것을 그저 기뻐할 수만은 없었다. 출판 후 몇 개월도 지나지 않아 위놀스탱과 푀예 드 콩슈가 발간한 일련의 편지들이 의혹을 샀고, 장황한 논쟁이 벌어졌다. 생각이 있는 사람이라면 누군가 극히 교묘한, 아니 천재적인 위작가가 대담무쌍한 수법으로 진짜와 가짜를 뒤섞고 그것을 뒷받침하기 위해서 위조 친필까지 사용했음을 확실히 알 수가 있었다.

이 대단한 위작가, 가장 교묘한 위작가의 이름을 학자들은 유별난 신중함 때문에 입에 올리지 않았다. 그러나 최고의 연구가인 플라메르몽과 로슈트리는 누가 의심스러운가를 행간에서 확실히 읽을 수 있도록 해놓았다. 오늘날에 와서는 그 이름을 숨겨 위작술의 역사에 심리적으로 아주 흥미로운 사례를 남길 이유가 하나도 없다. 마리 앙투아네트의 편지의 분량을 애써 불린 사람은 바로 서간집의 편집자 푀예 드 콩슈였다. 푀예 드 콩슈 남작은 상당한 지위의 외교관이었고, 만만찮은 교양을 갖춘데다 뛰어난 오락소설 작가였으며 프랑스 문화사에도 조예가 깊었는데, 10년 또는 20년 동안 온갖 문서 보관소와 개인 기록서를 추적해 그야말로 놀랄 만한 열의와 박식함으로 그 서간집을 펴냈다. 그것은 오늘날에 와서도 존경받을 만한 업적이다.

그런데 이 존경할 만한 부지런한 인물은 정열을 품고 있었다. 정열이란 항상 위험스러운 법이다. 그는 무서운 정열을 기울여 친필을 수집했고, 이 분야에서는 학문적인 교황이라고 불릴 만했다. 그가 쓴 『어느 수집가의 이야기』라는 책에는 수집 활동에 대한 탁월한 문장이 실려 있다. 그의 컬렉션, 또는 그가 자랑스럽게 쓰던 말을 빌리면 그의 "소장실"은 프랑스 최대였다. 그러나 어느 수집가가 자기의 수집에 만족한단 말인가? 아마 질(帙)을 욕심껏 불리기에는 자금이 모자라서 그랬겠지만 그는 라퐁텐(프랑스 고전주의 작가. 1621-1695/역주), 부알로(프랑스 고전주의의 시인이며 비평가. 1636-1711/역주), 라신의 친필을 제 손으로 만들어 파리나 영국의 상인들을 통해서 팔았다. 그것들은 오늘날에도 가끔 시장에 나타난다. 그러나 그의 진짜 걸작은 마리 앙투아네트의 위조 편지임은 논의의 여지가 없다. 이 경우 그만큼 자료, 필적, 모든 부대사정을 익히 아는 사람은 아무도 없었다. 그런 까닭으로 자신이 처음으로 진본임을 알아본 폴리냐크 공작부인에게 보낸 마리 앙투아네트의 진짜 편지 7통을 입수해서 같은 수만큼의 가짜 편지를 창작하거나 왕비와 가까운 사이의 친척들에게 짧은 편지를 쓰거나 하는 일은 그에게는 전혀 어려운 일이 아니었다. 왕비의 글씨나 문체를 훤히 아는 덕택으로 그는 이 기묘한 일에 어느 누구도 추종할 수 없는 솜씨를 발휘했고, 애석하게도 위조하려고 결심을 했기 때문에 그의 대가적인 솜씨는 그야말로 우리를 혼란시킬 지경이다. 왕비의 글씨 습관을 그대로 흉내내고 문체에다 감정을 훌륭하게 옮겨넣고, 개개의 사실을 뛰어난 역사 지식으로 너무나도 그럴듯하게 꾸며놓았다. 그리하여 아무리 애를 써도 — 솔직하게 고백하는 수밖에 없다 — 편지가 진짜인지, 가짜인지, 그 편지가 마리 앙투아네트 자신의 생각인지 또는 푀예 드 콩슈 남작의 생각을 적어놓은 것인지를 분별한다는 것은 전혀 불가능하다. 한 예를 들자면 프로이센 국립 도서관에 소장되어 있는 플라흐스란덴 남작에게 보낸 편지가 원본인지 가짜인지 동그스름한 필적을 보면 가짜 같기도 하다. 게다가 이 편지의 전 소유자가 푀예 드 콩슈 남작으로부터 편지를 입수했다는 사정으로 봐서는 더욱 그렇다. 이런 이유에서 역사적인 정확성을 기하기 위해서 이 책에서는 푀예 드 콩슈 남작의 "소장실"이라고밖에 적혀 있지 않은 수상쩍은 것들은 사정없이 무시하기로 했다. 의심스러운 것을 넉넉히 사용하는 것보다는 적지만 진짜를 쓰자는 것이 이 책에서의 편지 사용에 대한 심리학적 근본 원칙이었다.

마리 앙투아네트에 대한 구술 증언도 신빙성이라는 점에서는 편지와 비교해볼 때 별로 나을 것이 없다. 다른 시대에는 흔히 회상록이나 목격담이 너무 적어서 걱정인데, 프랑스 혁명 때에는 오히려 너무 많아서 비명을 지를 정도이다. 하나의 세대가 정치의 물결에 떠밀려 쉴 새 없이 다음 세대로 내던져지는 회오리바람의 수십 년 동안에는 숙고한다든가 개관할 만한 여유를 누리지 못한다. 그 당시에는 불과 25년 동안에 하나의 세대가 전혀 예상할 수 없는 변화를 겪었다. 왕정의 최후의 성화기(盛花期)와 단말마의 고통, 혁명 초기의 행복한 나날, 공포 시대의 전율의 나날, 총령정부, 나폴레옹의 대두, 통령 시대, 독재, 제국, 세계 제국, 수천의 승리와 결정적인 패배, 왕정복고, 백일천하를 쉴 새 없이 겪어야만 했다. 워털루 전쟁 뒤에야 겨우 커다란 휴식이 찾아든다. 4반세기 뒤에야 일찍이 볼 수 없었던 세계적 질풍은 겨우 가라앉았던 것이다. 사람들은 불안에서 깨어나 눈을 비볐다. 처음에는 자신들이 아직도 살아 있는 것에 놀랐고, 뒤에는 그렇게 짧은 기간에 얼마나 많은 체험을 했는지에 스스로 놀랐으며 —— 1914년 이래 끊임없이 우리를 춤추게 한 홍수가 물러난 다음에는 우리도 마찬가지였다 —— 안전한 기슭에 닿자 혼란과 흥분 속에서 함께 보고 함께 겪은 모든 것을 침착하게 하나씩 다시 바라보려고 했다. 당시에는 누구의 잡다한 체험을 자신이 재편성하고 목격자의 회상록 속에서 역사를 읽으려고 했다. 그리하여 제1차 세계대전과 제2차 세계대전 이후 전쟁물이 범람한 것과 마찬가지로 1815년 이후 회상록 붐이 일어났다. 곧 직업 문필가와 출판업자가 냄새를 맡았고 —— 이것 역시 우리가 경험한 바이다 —— 호기심이 식기 전에 갑자기 폭발한 호기심의 수요를 충족시키려고 계속 이 위대한 시대의 회상록, 회상록, 회상록을 연거푸 만들었다. 어느 덧 역사적 인물이 된 사람들과 옷깃이라도 한 번 스친 적이 있는 사람이라면 누구 할 것 없이 대중으로부터 그 체험을 이야기해달라는 요청을 받았다. 그러나 대사건 속을 무감각하게 비틀거리면서 지나쳐온 이 한심하고 별 볼일 없는 인간들은 몇 개의 단면만을 기억하고 있을 뿐, 자기가 기억하고 있는 것을 재미있게 표현할 줄 몰랐다. 그리하여 교묘한 저널리스트들은 그들의 이름을 빌려 몇 개의 건포도 거죽에 가루를 두껍게 입혀 단 것을 잔뜩 발라 감상적인 허구 속에서 굴려 한 권의 책을 만들었다.

튈르리나 감옥이나 혁명 재판소에서 1시간이라도 세계 역사를 함께 체험한 사람이라면 열을 지어 누구든지 책의 저자가 되었다. 마리 앙투아네트의 재봉사, 시녀, 제1, 제2, 제3의 시종, 미용사, 간수, 아이들의 제1, 제2 가정교사, 친구들이 그들이었다. 끝내는 형리인 상송까지 회상록을 쓰거나 다른 사람이 써 갈긴 책에 이름을 빌려주고 돈을 받기에 이르렀다.

이런 엉터리 기록이 세부적으로 서로 모순되는 것은 물론이다. 그리고 1789년 10월 5일과 6일에 일어난 결정적 사건이나 튈르리 습격 때의 왕비의 태도나 그녀의 최후에 관해서 엄청나게 엇갈리는, 소위 말하는 목격담이 7개, 8개, 10개, 15개, 20개나 나오게 되었다. 그것들은 모두가 정적 신념에서만은 완전히 일치함으로써 왕에 대한 충성을 감동적으로 완강하게 지켰는데 그것이 모두 부르봉가로부터 특권을 얻어 인쇄되었다는 점을 상기한다면 그 사정은 금방 짐작이 간다. 혁명 기간에는 가장 단호한 혁명가였던 종이나 간수가 루이 18세 시대가 되자 기품 있고 순결하며 덕망 있는 왕비를 자기가 얼마나 남몰래 존경하고 사랑했는가를 알리지 못해 야단들이었다. 만약 이들 뒤늦은 충신들의 극히 일부만이라도 1820년에 말했듯이 1792년에 그렇게 충성스럽고 헌신적이었더라면 마리 앙투아네트는 결코 콩시에르즈리의 문턱을 밟지 않았을 것이고 단두대에도 올라가지 않았을 것이다. 따라서 당시의 회고록 가운데 10분의 9

는 센세이션을 노린 조잡한 이야깃거리거나 비굴한 아첨에 불과하다. 역사적 진실을 추구하는 자라면 허수아비에 불과한 이들 시녀, 미용사, 감시병, 시종들이 믿을 수 없는 증인으로서 너무나도 안성맞춤의 기억력을 보이고 있기 때문에 퇴장을 명령해두는 것이 가장 좋은 방법이다. 여기서도 원칙적으로 그렇게 했다.

나의 이 마리 앙투아네트 전기가 왜 지금까지 어느 책에서도 서슴없이 이용해온 많은 기록, 편지, 대화에 별 가치를 두지 않았는가 하는 점은 그런 이유 때문이다. 아마도 독자들은 지금까지의 전기에 실려 있던 매혹적이고 우리를 즐겁게 해주던 에피소드가 여기에는 없음을 애석해할지도 모른다. 그것은 어린 모차르트가 쇤브룬 궁에서 마리 앙투아네트에게 청혼을 했다는 최초의 에피소드에서 시작해서 자신 있게 이야기를 진행시켜 왕비가 처형될 때 형리의 발을 잘못 밟자 공손하게 "미안해요"라고 말했다는 에피소드(이야기가 너무나 잘 짜여져서 실제 같다)로 끝난다. 그리고 많은 편지, 특히 "귀여운 사람" 랑발 공작부인에게 보낸 감동적인 편지가 나오지 않은 것도 독자들에게는 유감일 것이다. 그 이유는 간단하다. 이런 편지는 푀예 드 콩슈 남작이 날조한 것이지 마리 앙투아네트가 쓴 것이 아니기 때문이다. 입으로 전해온 감정이 풍부하고 기지에 뛰어난 말들 역시 마찬가지로 그런 말은 너무나도 기지에 넘치고 감정이 풍부해서 내 생각에는 마리 앙투아네트의 평범한 성격에는 걸맞지 않는다고 여겨진다.

역사적 진실의 의미로서의 손실은 아니지만 이런 감상의 의미로서의 손실을 대신하는 수확으로 새롭고 본질적인 자료가 있다. 빈의 공문서 보관실을 철저하게 조사한 결과 완전히 공개가 되었다던 마리아 테레지아와 마리 앙투아네트 사이에 오간 편지가 대단히 중요한 대목, 아니 가장 중요한 대목이 지나치게 집안 이야기라는 이유로 공개가 금지되었음을 발견한 사실이다. 이 책에서는 그러한 대목을 충분히 이용했다. 루이 16세와 마리 앙투아네트의 부부관계는,

오랫동안 지켜져온 생리학적 비밀을 모르고는 심리학적으로 이해할 수 없기 때문이다. 더욱 중요한 것은 뛰어난 여류 연구가인 알마 쇠데르헬름이 페르센의 후손의 문서 보관실에서 행한 최종적인 얼룩 빼기에서 수많은 도덕적 덧칠을 다행스럽게도 벗겨낸 사실이다. 페르센이 접근하기 힘든 마리 앙투아네트에게 음유시인과도 같은 애정을 바쳤을 따름이라는 "경건한 거짓말"은 훼손으로 인해서 더욱 더 설득력을 얻은 기록들로 인해서 이젠 무너지고 말았다. 그외에도 많은 불분명한, 또는 불분명하게 만들어져 있던 사실들이 분명해졌다. 여자에 대한, 설령 그 여자가 우연하게도 왕비라고 할지라도, 그녀의 인간적 또는 윤리적 권리에 대한 우리들의 견해는 전보다 훨씬 자유로워졌기 때문에 오늘날의 우리들은 공명정대함으로 가는 길에 좀더 가까이 갈 수 있게 되었고 정신적인 진실에 대한 두려움도 줄었다. 왜냐하면 우리는 옛 세대처럼 역사적 인물에 관심을 가지기 위해서 그 성격을 이상화하고 감상적으로 만들고 영웅화하지 않으면 안 된다는 의식, 다시 말하면 중요한 본질의 특성은 모호하게 놔눈 채 그 대신 다른 특징을 비극조로 과장할 필요가 있다고는 생각하지 않기 때문이다. 신격화하는 것이 아니라 인간화하는 일이 모든 창조적인 심리학의 최고 법칙이다. 인위적 논리로 변명하는 것이 아니라 해명하는 것이 심리학이 이룩해야 할 과제이다. 이런 과제가 이 책에서는 한 평범한 인물을 통해서 시도되고 있다. 이 인물이 시대를 초월하는 영향력을 가지게 된 것은 오로지 비할 바 없는 운명의 덕택이며, 내적인 위대함을 얻게 된 것은 유별난 불행의 탓에 지나지 않는다. 나는 그녀가 지상에서의 어떤 조건이나 아무런 높임 없이도 현대인의 관심과 이해를 받게 되기를 희망할 따름이다.

1932년

슈테판 츠바이크

역자 후기

슈테판 츠바이크(Stefan Zweig, 1881-1942)는 무의식 세계의 미묘한 움직이라든가 이상심리, 성적욕구 등에 대한 날카로운 묘사와 분석에 뛰어난 작가이다. 1881년 훌륭한 유대 인 가문의 후손으로 빈에서 태어난 그는 남다른 감수성으로 어려서부터 시와 희곡을 썼다. 당시의 독일 문학은 현실 세계에 대한 어두운 비판을 일삼는 자연주의에서 벗어나 그 반동으로 신낭만주의 기운이 무르익고 있었다. 빈 사람다운 서정성과 우울, 섬세한 감각은 그러한 사조와 잘 어울렸다. 츠바이크의 문학 세계는 후고 폰 호프만슈탈이나 릴케의 시, 니체의 철학, 프로이트의 심리학에서 많은 영향을 받았다.

그는 곳곳을 여행했고 사람들 만나기를 좋아했으며 많은 외국의 작가들과도 가깝게 지냈다. 그의 문학 세계가 독일적인 특징보다는 유럽적, 세계적 특징 더 짙은 것은 그런 이유에서이다. 소설 『감정의 혼란』, 『아마크』, 『낯선 여인의 편지』 등은 모든 이국적 분위기 속에서 인간 심층의 심리를 묘사했는데 내용 면에서도 재미가 있어서 대중적인 인기를 모았다. 프로이트의 심리학에 지대한 관심을 가진 그는 천재들의 창조력을 악마적인(dämonisch) 것이라고 부르고 그러한 악마적인 힘이 천재들에게 어떻게 작용했는가를 보여주는 전기를 썼다. 『악마와의 싸움』에서는 휠덜린, 클라이스트, 니체를, 『세 사람의 대가』에서는 발자크, 디킨스, 도스토예프스키를, 『생명의 세 작가』에서는 카사노바, 스탕달, 톨스토이의 생애를 그리고 있다. 이러한 특수한 인간의 심리에 대한 관심은 뒤에 전기로 이어져

『마리 앙투아네트』, 『로테르담의 에라스무스』, 『마리아 슈투아르트』, 『아메리고』를 썼고 세상을 떠나던 해에는 자신의 전기 『어제의 세계』를 썼다.

1920년대와 1930년대에 츠바이크는 유럽 최고의 작가로, "세계에서 가장 많이 번역된 작가"로 불렸고 그의 휴머니즘과 자유정신은 유럽 정신의 대표라는 칭호를 받았다. 그러나 1930년대에 생의 절정에 올라 있던 그는 히틀러가 오스트리아를 침공하면서부터는 내적인 긴장과 불안 속에서 망명의 길을 떠나 어디에도 안주하지 못한 채 세계를 방황했다. 영국, 미국을 거쳐 브라질에 자리를 잡은 그는 전쟁과 나치에 대한 공포, 친구와의 이별에서 오는 고독감, 미래에 대한 불안, 창작력 고갈 등으로 자살에 대한 끊임없는 생각에서 벗어나지 못했고, 결국 1942년 2월 22일 "친구들이여, 잘 있게. 기나긴 밤이 지나고 자네들이 여명을 다시 보게 되기를 바라네. 너무나도 참을성이 없는 나는 자네들보다 먼저 가네"라는 말을 남긴 채 부인과 함께 자살했다.

『마리 앙투아네트』는 그의 인생의 황금기인 1932년에 쓰였다. 프랑스 혁명이라는 역사적 사건을 배경으로 삼았지만 이 소설은 역사소설이라기보다는 마리 앙투아네트라는 "평범한" 인물에 대한 심리소설 쪽에 가깝다. 쇤브룬 궁의 철없는 소녀가 프랑스의 왕비가 되고 결국은 단두대에서 사라지기까지의 내면의 성숙을 그린 작품이다.

힘겨운 번역을 하는 동안 도와주신 분들에게 감사드린다.

1979. 8. 10
박광자, 전영애